1.ª edición: febrero, 2017

Printed in Spain
ISBN: 978-84-9070-328-1
DL B 23551-2016

Impreso por NOVOPRINT
              Energía, 53
              08740 Sant Andreu de la Barca - Barcelona

Bajo el sol de medianoche

MARISA GREY

*A mis suegros, Maribel y Juan Ignacio,
con todo mi cariño,
por siempre en mi memoria.*

No vayas por donde el camino te lleve.
En cambio, ve por donde no hay camino y deja tu huella.

RALPH WALDO EMERSON

PRIMERA PARTE

1

Silencio blanco. El silencio era cuanto se oía y el color blanco lo invadía todo a su alrededor. No se distinguían los árboles ni el curso del riachuelo, ni siquiera la montaña que se alzaba sobre la ciénaga en la confluencia de los ríos Yukón y Klondike. Un manto de nieve espesa sofocaba cualquier señal de vida. Era lo más parecido a la muerte o que el tiempo se hubiese detenido durante una eternidad en aquella tierra olvidada de todos. Solo de vez en cuando se oía el aullido lastimoso de un lobo ártico, que se desvanecía en la lejanía. Algunas veces él también sentía la necesidad de aullar, de gritar al silencio aunque fuera para oír su propia voz, desafiarle como el náufrago que alza el puño hacia la tormenta. No temía la soledad, lo que le provocaba pavor era la locura que se apoderaba de algunos hombres al vivir en condiciones tan extremas.

Aun así prefería la quietud a los días ventosos, entonces las corrientes se colaban por cualquier rendija y la sensación de frío se hacía insoportable. Sentía el viento del Norte como una respiración agónica de un ser omnipresente, que amenazaba con clavar sus garras en los habitantes de esa tierra en cualquier momento.

En unas semanas empezaría el deshielo; lo anhelaba y a la vez lo temía. Cuando los bloques de nieve se desprendían de las montañas, en un estruendoso chasquido semejante a un trueno, arrasaban con cuanto se cruzaba por su paso. La corriente de los riachuelos, dormida durante el largo invierno, se rebelaba de tanta quietud y se transformaba en una trampa para todo aquel que pretendiera cruzarla. Los ríos Yukón y Klondike se resquebrajaban como si disparasen una salva de cañonazos a una lámina de cristal. La naturaleza salía de su apatía invernal como un gigante iracundo tras un largo sueño.

El deshielo traería temperaturas más cálidas, pero también nuevos peligros como los osos hambrientos que saldrían poco a poco de sus cuevas tras meses de hibernación, más peligrosos que todas las trampas del invierno, y los lobos famélicos se acercarían a los campamentos en busca de restos de alimentos. Pese a todo, había encontrado un lugar donde era quien quería ser, donde nadie ni nada le marcaba ninguna pauta, ninguna limitación, excepto la naturaleza.

La recompensa surgía semanas después: el paisaje se convertía en un majestuoso tapiz salpicado por el azul de los lupinos, el morado de las adelfillas, los rosas y amarillos de las gallardías y el blanco de los arbustos del té del labrador. El cielo abandonaba el gris plomizo del invierno y se tornaba de un celeste intenso salpicado de nubes níveas.

Pero aún faltaban semanas de monótona luz fantasmal, que apenas duraba unas pocas horas, y noches eternas en soledad con la única compañía de sus pensamientos.

Cooper oteó el paisaje tan fascinante como traicionero bañado en una luz mortecina. A lo lejos apenas se distinguía el horizonte; cielo y tierra se confundían, las líneas se difuminaban, desaparecían, jugaban con el observador hasta que nada tenía principio ni fin.

Un viento gélido lo envolvió en un abrazo feroz; enseguida sintió su despiadado mordisco en el rostro. Se arrebujó en la manta con la que se había abrigado y sacó el machete de su funda para partir una de las estalactitas que se había formado en el alero de la cabaña. Volvió al interior, a la semipenumbra solo rota por el halo de luz dorada de los dos farolillos colgados de una viga. Para protegerse del frío mantenía cerrado los postigos de madera de los dos ventanucos de la cabaña. Metió el trozo de hielo en una olla sobre la estufa encendida, que avivó con un leño, después hizo lo mismo con la chimenea. Al cabo de unos segundos el calor le desentumeció los dedos. Se sentó en el suelo sobre una gruesa piel de oso junto a sus perros, *Linux* y *Brutus*, a la espera de que se derritiera el hielo.

Linux ladeó la cabeza. Segundos después Cooper percibió lo que el perro había oído antes que él: unas pisadas se acercaban trabajosamente. La nieve crujía bajo las raquetas y de vez en cuando alguien soltaba una maldición. No necesitó mirar por el ventanuco para saber que era Paddy quien se acercaba. Palmeó el cabezón de *Linux* y se puso en pie para abrir.

—¡Por Jesús! —exclamó el irlandés en cuanto vio la enorme silueta de Cooper en el vano de la puerta—. Creí que no lo conseguiría… la nieve me llega a las rodillas.

Nada más entrar en la cabaña, Paddy dejó su rifle contra la pared y se deshizo de las raquetas de madera. Después se sentó junto al fuego sobre una de las dos sillas que había en la cabaña sin quitarse el aparatoso abrigo de piel de lobo ni los gruesos guantes. Extendió las manos hacia las llamas. De su bigote ralo y su barba de chivo colgaban diminutos carámbanos de hielo.

—Si hoy no hablo con alguien, creo que me pondré a gritar a los árboles —declaró a Cooper, que le estaba sirviendo whisky en una taza de hojalata. Se apresuró a cogerla torpemente—. Gracias, me calentará las tripas. Por San Patricio, y yo que creía que en ningún otro lugar podía hacer más frío que en Circle City.

—No falta mucho para el deshielo —auguró Cooper mientras añadía café al agua, que ya hervía.

—Eso espero, este invierno se me ha hecho eterno. Ojalá haya oro en este maldito arroyo, aunque sigo sin entender por qué elegiste un sitio tan alejado de los demás. No podemos estar más aislados. Todos se han ido a Eldorado o a Bonanza Creek, pero nosotros estamos aquí, en el último agujero del Klondike.

—Podrías haber elegido otro lugar, pero quisiste venir conmigo. Aquí estamos tranquilos. Sabes lo que ha sucedido en las demás concesiones; la gente se ha vuelto loca, la codicia ha matado a más de uno. Todos están pendientes de lo que ocurre en la concesión del vecino. La desconfianza es tal que algunos se han vuelto locos pensando que sus amigos o sus hermanos querían robarles su oro. Además, aquí tenemos leña, caza y, cuando conseguimos romper el hielo, podemos pescar algo.

Cooper hablaba en un tono controlado y se movía con gestos pausados, como si midiera sus fuerzas. Se le veía de humor taciturno, como era habitual en él en los últimos días.

Estuvo pendiente de su amigo mientras este dejaba el bote de hojalata del café en una alacena, que ocupaba casi toda una pared de la cabaña. Cooper había sido previsor como pocos y se había pertrechado de todo cuanto fuera a necesitar mucho antes de que los víveres empezaran a escasear en Dawson. Si no hubiese sido por él, Paddy habría muerto de inanición.

—Eres el único en el que confío —soltó después de dar un trago a su taza—, pero necesito oro cuanto antes. Podríamos haber hecho como Tom Lippy o los Berry el año pasado; hicieron hogueras y cavaron donde el suelo se había reblandecido. Encontraron mucho oro, mucho.

Mackenna filtró el café con una gasa y sirvió dos tazas. Paddy se apresuró a añadir el whisky a la suya y bebió a riesgo de escaldarse la lengua.

—Nosotros también tendremos nuestra oportunidad, ten paciencia. —Cooper se sentó de nuevo sobre la manta con una taza de café en una mano—. El jefe Klokutz me dijo que aquí encontraremos oro. El terreno es perfecto para cobijar una buena veta. De momento solo podemos esperar, llegamos demasiado tarde para empezar una prospección del arroyo. Apenas si nos dio tiempo de construir las cabañas. Sabes tan bien como yo que era primordial protegernos del frío antes de que helara.

—Pero Tom Lippy...

—¿Pretendes cavar el suelo helado? —le preguntó en un tono

demasiado suave—. Este invierno apenas podías sostenerte en pie y yo tenía que cazar, cortar leña para los dos y conseguir las raíces que te bajaban la fiebre.

El irlandés soltó un bufido al tiempo que arrugaba el ceño, lo que dio un aspecto extraño a su rostro casi cadavérico. Una barba rala, que acababa en punta, apenas le cubría las mejillas y unas greñas castañas le colgaban como ratas escaldadas a ambos lados del semblante. Estaba tan delgado que se le marcaba el contorno óseo de las cuencas de los ojos y los pómulos amenazaban con traspasar la piel tirante. Había sido un milagro que se salvara de la última pulmonía, pero aún no se había recuperado del todo.

—Lo sé, no me hagas caso. La espera me crispa, es cuanto se puede hacer aquí. El invierno dura ocho meses, después apenas disponemos de cuatro para encontrar algo de oro.

—Tendremos nuestra oportunidad —le aseguró Cooper.

—Si esta vez no tenemos suerte —prosiguió Paddy, cabizbajo después de dar un trago—, no creo que aguante un año más. Este infierno blanco me matará o me robará la cordura.

—A mí me gusta vivir aquí.

—Solo los locos pueden sentirse cómodos en este lugar.

Cooper clavó una mirada carente de emoción en Paddy. Esa mirada gris se asemejaba demasiado a la de un lobo solitario. Un año antes el irlandés se había topado con uno, cara a cara y desarmado; durante al menos veinte segundos se habían mirado fijamente y Paddy se había erizado de pavor hasta que el animal se había alejado de manera inesperada dejándolo temblando. Los ojos de Mackenna eran similares: fríos e insondables. Si a ello se le sumaba la espesa barba de un castaño claro, que le ocultaba media cara, y la melena larga que solía llevar suelta en invierno, el aspecto de Cooper no podía ser más turbador.

—Puede que yo sea uno de esos locos —musitó Cooper—. ¿Quién sabe?

El irlandés prefirió beber a contestar. Algunas veces se preguntaba qué ocupaba la mente de ese hombre solitario. No se comportaba de manera amenazante ni agresiva, pero solo los necios no percibían en él un aura de peligro.

El irlandés era de los pocos que se relacionaban con Mackenna; no le temía, pero se guardaba de tomarse libertades. Con Cooper apenas había cabida para las bromas, sin embargo, pocos cuidaban tan bien de sus animales. Cuando la falta de víveres llegó a ser angustiosa ese invierno, Cooper se enfrentó a un grupo de hombres decididos a llevarse a sus animales con la intención de sacrificarlos. Rifle en mano, amenazó con matar a todo aquel que se acercara a su cabaña. El miedo que inspiraba Cooper los disuadió, pero dicho incidente le obligó a vigilar durante días sin apenas dormir. Ese rasgo tranquilizaba al irlandés, ningún hombre cruel trataría con tanta dedicación a unos chuchos enormes que comían como leones, a un caballo con mal genio y a un burro aficionado a mordisquear todo lo que alcanzaban sus dientes.

—Tienes razón, todos los que vivimos aquí estamos algo locos —admitió Paddy mientras estudiaba el interior ya vacío de la taza—. ¿Quién puede aguantar este frío en su sano juicio? —Meneó la cabeza lentamente—. Anoche soñé que volvía a Irlanda, casi pude oler el aire fresco de la primavera, sentí la suave lluvia y oí el lejano oleaje rompiendo en los acantilados. Y la luz... Aquí no hay luz, en invierno los días son tan cortos que apenas los notas. ¿Tú no echas nada de menos?

Cooper solo evocaba, y cada recuerdo era una agonía y a la vez un consuelo. A su mente acudieron imágenes fugaces de un cabello del color del cobre, unos ojos verdes, una sonrisa traviesa, unas pecas sobre una piel pálida, pero se negó a que todas esas imágenes se convirtieran en una sola. Podía lidiar con los detalles, pero se resistía a evocar su rostro.

—No, no echo nada de menos —mintió.

Muy a pesar suyo, oyó en su mente una voz tan lejana como familiar, a pesar de no haberla oído en nueve años:

—Dime que me quieres... —le susurró ella al oído.
Estaban tumbados bajo la sombra de un árbol. Era una

tarde perezosa de verano, durante la cual todos se resguarda-
ban del calor al amparo de sus casas. Ella se había escabullido
por la salida del servicio de la vigilancia de su institutriz. Él no
había necesitado esforzarse mucho, ya que su padre había fa-
llecido un año antes y no le quedaba nadie, excepto ella.

—No te quiero —respondió él—. Se puede querer un trozo
de tarta de manzana o unos zapatos nuevos —se apresuró a
añadir al ver como ella fruncía el ceño—. Pero a ti, yo te amo.
Te amo más que a nada en el mundo.

Ella sonrió, complacida por la respuesta, y se recostó contra
su cuerpo tendido sobre la hierba fresca.

—Entonces ama mi cuerpo como amas a mi persona —le
pidió mientras le acariciaba el pecho entre los botones de la
camisa.

Cooper cerró los ojos. De repente quería oír el lamento del
viento. Quería que se llevara el eco de esas palabras, dejar de sen-
tirla tan cerca. Ella había sido cuanto había amado y necesitado,
desde entonces vagaba de un lado a otro sin rumbo.

Unos ladridos interrumpieron sus pensamientos, seguidos de
voces de hombres. Cooper fue a uno de los ventanucos desde donde vio a cuatro hombres bajarse de dos trineos tirados cada uno
por cuatro perros. Instantes después la puerta se abrió, dejando
entrar el frío, y apareció Gustaf Janssen, un antiguo cantero cuyos
brazos eran como jamones y sus anchos hombros habían cargado
troncos que ninguna mula habría aguantado. Su rostro curtido por
la inclemencia del invierno se veía enrojecido y los labios se le
habían agrietado, pero sus ojillos azules —bajo unas pobladas cejas pelirrojas— siempre lucían un brillo travieso.

Le seguían tres hombres más, uno de ellos era Dominique
Danton, un francés que había recorrido todo el país persiguiendo
la buena fortuna y había acabado en el Yukón buscando oro. Los
que llevaban años en el norte sospechaban que no aguantaría esa
vida de penuria; su cuerpo delgado y su mente frágil no estaban
preparados para sobrevivir a un invierno tan largo.

Los dos siguientes eran unos desconocidos. A pesar de sus barbas profusas, melenas desgreñadas y ropa remendada, intuyó que no eran buscadores de oro.

En otro momento la intrusión le habría molestado, pero la estruendosa voz de Gustaf era mejor que el aullido melancólico del viento del Norte para alejar los recuerdos.

—¡Buenos días! —voceó este con un fuerte acento sueco y señaló a los dos hombres, que hicieron un gesto de la cabeza—. Os traigo a unos amigos: Melvin Shaw, fotógrafo, y Bernard Grant, periodista del *Examiner* de San Francisco. Quieren conocer a unos verdaderos *sourdoughs* y he pensado: ¿quién mejor que Paddy y Cooper? Señores, os presento a Paddy O'Neil, un maldito irlandés que ha recorrido el río Tanana, y Cooper, el único blanco que ha vivido con los kashkas.

Paddy se apresuró a saludar a los tres hombres; Cooper prefirió servir el resto de café caliente que le quedaba a Dominique, que se había sentado en un rincón sin abrir la boca. Los perros husmearon al francés y se tumbaron a sus pies. Los ojos hundidos de Danton, cercados por unas oscuras ojeras, se cerraron al inhalar el fuerte aroma de la taza que sostenía entre las manos temblorosas. Una leve sonrisa le estiró los labios.

—Gracias, Mackenna...

—Bebe ahora que está caliente —le ordenó.

Cooper le echó una manta sobre los hombros y se sentó a su lado, apoyando la espalda contra la pared de troncos.

Su cabaña se había visto de repente invadida por palabras, risas y calor humano. Gustaf y Paddy se encargaban de hablar por los codos de las penurias del invierno en el Gran Norte, de la esperanza de hallar oro y largarse a otras latitudes más soleadas. Mientras Grant hacía preguntas y anotaba apresuradamente las respuestas en una libreta, Shaw disparaba fotos en el exterior de la cabaña. Cooper jamás había visto una cámara fotográfica tan pequeña, y le asombraba que pudiera disparar unas cien exposiciones gracias al innovador carrete en su interior, según contó el fotógrafo.

El hombre parecía encontrar fascinante cualquier detalle, ya fuera la fachada, la pila escarchada donde bebían sus animales, el surco helado del arroyo o los árboles cubiertos de nieve. Cooper lo espió por el hueco de la puerta entornada, el tipo había perdido el juicio. ¿A quién narices iba a importarle aquel lugar perdido? Cuando el fotógrafo se cansó, regresó al interior y estudió la cabaña con un interés que rayaba lo infantil. Pocos segundos después tomaba parte en la conversación.

Cooper no abrió la boca, prefería escuchar en silencio el barullo que había alejado la voz del pasado. A su lado, el cuerpo de Danton se echó a temblar. Cooper chasqueó los dedos y los perros se pegaron al joven para darle calor.

—¿Y tú no tienes un sueño? —indagó Grant dirigiéndose a Cooper.

Este alzó los ojos del suelo. Paddy pensó que jamás se había parecido más a un animal salvaje.

—Los sueños son peligrosos —dijo sin entonación—. Mi única meta es sobrevivir al invierno. Nadie de por aquí tiene garantizado el regreso a donde sea.

Se hizo un silencio incómodo, solo interrumpido por el crepitar del fuego en la chimenea. Todos eran conscientes de lo peligrosa que era esa región y de lo duro que había sido sobrevivir a las penurias del invierno.

—Yo tengo un sueño —murmuró Danton—. Quiero volver a Nueva Orleans y casarme con Giselle. Ella me espera allí.

Paddy, Gustaf y Cooper apartaron la mirada del joven francés. Los tres sabían que el que menos posibilidades tenía de escapar del Yukón era Danton.

—Pues claro que sí —exclamó el fotógrafo con demasiado entusiasmo y la conversación volvió a llenar de ruido la cabaña.

Sí, en ese momento necesitaba ruido, aunque le fastidiaba que el fotógrafo estuviera tan pendiente de él.

2

En la consulta del doctor Donner siempre olía a fenol y jabón de lejía. Las paredes eran de un blanco deslumbrante, lo que llevaba al chico a preguntarse qué hacían cuando se manchaban de sangre.

Porque Tommy estaba en una consulta donde se veían cosas muy feas, como la pierna rota del joven Dougal y la herida por donde había asomado un trozo de hueso entre borbotones de sangre. El propio Tommy lo había visto y, aunque le habría gustado mostrarse más valiente, unos segundos después había vomitado el desayuno. Recordaba perfectamente, tan solo tres semanas antes, como un chorro rojo y viscoso había salpicado una de esas paredes blancas al tiempo que Dougal había gritado como un marrano en el matadero. En ese momento, sentado en la misma mesa, pero sin riesgo de quedarse cojo como Dougal, Tommy buscaba en vano algún rastro de esa salpicadura de sangre.

Mejor pensar en cualquier cosa en lugar de atormentarse por lo que le esperaba en cuanto volviera a casa con su madre. Tommy se miró el pie vendado, que la señorita Parker sujetaba con delicadeza entre sus manos, mientras su madre despotricaba acerca de las travesuras de su hijo. El niño trató de adoptar una actitud arrepentida con la esperanza de librarse de lo que sería un castigo ejemplar por presentarse en casa con los pantalones desgarrados, el tobillo tan hinchado como la ubre de una cabra y apestando a whisky.

Nada de todo eso habría ocurrido si el bruto de Julius no le hubiese retado a robar una botella de whisky a Harry el Cojo en su taberna del puerto mientras este dormitaba desmadejado en una vieja mecedora. Y casi lo habría conseguido si el perro sarnoso del viejo Harry no hubiese aparecido en el momento más inoportuno, justo cuando Tommy estaba a punto de escabullirse de la taberna por la puerta lateral. Ante la amenaza del perro, que se puso a gruñir de manera escalofriante, salió disparado hacia el patio de atrás sin percatarse de que se estaba metiendo en una trampa sin salida. No tuvo más remedio que trepar a un árbol para escapar de los colmillos del can enfurecido y saltar al otro lado de la tapia.

En la caída se habían roto la botella y los pantalones, y su tobillo derecho se había llevado la peor parte. Lo primero que su madre le había gritado era que no podían permitirse pagar a un médico; y él, a pesar de sus ocho años, lo entendía. Su madre trabajaba de sol a sol en una lavandería, donde se despellejaba las manos en agua hirviendo, y volvía agotada cada noche con un exiguo sueldo en el bolsillo.

Pero su madre no entendía que, si no lo hubiese hecho, Julius se habría reído de él delante de todos los niños del barrio. Vivir en el meandro de calles estrechas y apestosas del puerto tenía sus reglas, incluso para los más pequeños: desde que aprendían a caminar solos todos eran conscientes de que los más débiles se convertían en el blanco de los matones del barrio. Robar esa botella de whisky, para que Julius se la bebiera con sus amigos, había sido la prueba para que le respetaran. Demostrar valentía y atrevimiento era una ley no escrita, pero ineludible, en las calles más pobres de San Francisco. La mala suerte quiso que se torciera el tobillo cuando saltó desde lo alto de la rama, pero aun así Julius le había mirado con algo parecido a la admiración. Y bien pensado, una torcedura no era nada, porque desde esa altura se podría haber roto el cuello.

Echó una mirada de soslayo a la señorita Parker, que escuchaba a su madre con una sonrisa comprensiva en el semblante mientras ponía la bota al pie vendado. Le gustaba la enfermera del doctor Donner; era amable y bonita, olía bien, hablaba sin alzar la voz —no como solía hacer su madre, que gritaba todo el día—, y siempre regalaba golosinas cuando acababa una cura.

—Le aseguro que Tommy se pondrá bien. En una semana volverá a correr como una liebre.

—Ahí está el problema —arguyó la señora Godwin mirando con censura a su hijo cabizbajo—, Tommy siempre anda metiéndose en líos. Si el doctor Donner no hubiese estado en su consulta, no habría podido llevarle a otro médico. No podemos permitírnoslo. No sé qué haríamos sin vuestra ayuda.

Hizo acopio de la poca dignidad que le quedaba, sorbió con fuerza por la nariz y se arrebujó en su chal raído, que ocultaba zurcidos en el cuello y los puños de la blusa.

Lilianne le cogió las manos; las notó ásperas.

—Tranquila, todo irá bien. Ojalá pudiéramos hacer mucho más.

—Ya hacen mucho, se lo aseguro —susurró la mujer.

—Traiga a Tommy la semana que viene para que el doctor Donner vea su tobillo.

—Gracias... —La señora Godwin se metió una mano en el bolsillo de la falda y sacó un pequeño paquete envuelto en un pliego de papel de estraza—. Le he traído esto, lo he hecho yo.

Lilianne desenvolvió el paquete dejando a la vista un pañuelo de fino lino con una delicada cenefa bordada en su contorno. Paseó los dedos por las primorosas rosas enlazadas con ramas de mimosas.

—Es precioso. Muchísimas gracias, señora Godwin.

— Encontré ese trozo de lino en la lavandería y, como nadie lo quería, pensé en bordarle un pañuelo. Antes de casarme bordaba para una modista —explicó con un deje de orgullo.

—Debería volver a bordar, tiene un don para ello —exclamó Lilianne estudiando el delicado motivo floral.

—Lavar ropa es lo que llena la panza a mis hijos.

A pesar de su réplica áspera, la mujer agradeció el halago y se sintió menos afligida por no poder pagar por la atención que había recibido su hijo, al cual hizo una señal perentoria para que se bajara de la mesa.

—Procura no forzar el tobillo y nada de subirte a los árboles —le aconsejó Lilianne mientras le tendía un puñado de caramelos, que desapareció en un segundo en el bolsillo del pequeño—. Compártelos con tus hermanos.

Tommy asintió con solemnidad y siguió cojeando a su madre, que ya salía por la puerta.

—Tommy —le llamó Lilianne—, procura no dar disgustos a tu madre. Trabaja mucho para ti y tus cuatro hermanos, no se merece más preocupaciones.

El pequeño le echó por encima del hombro la sabia mirada de un anciano que había visto demasiadas desgracias.

—Algunas veces hay que hacer lo que hay que hacer, señorita Parker, pero le prometo que haré lo posible por no meterme en líos.

Lilianne se metió el pañuelo en el bolsillo de la falda. Echó una última mirada a la sencilla sala de paredes encaladas y con unas pocas estanterías. En aquel lugar humilde realizaban las curas y guardaban los suministros necesarios para sanar lo que muchas veces precisaba de un quirófano, pero no disponían de más medios. Se reunió en el otro cuarto de la consulta con el doctor Donner, que se estaba lavando las manos en una pequeña pila en un rincón.

—La señora Godwin ya se ha ido. Me da mucha lástima verla tan agotada. —Lilianne meneó la cabeza en señal de disgusto. Se quitó el delantal y lo colgó de una percha—. Parece tan abatida.

Eric Donner asintió con pesar. Acababa de cumplir cincuenta y dos años y en cada arruga de su rostro se adivinaba una naturaleza compasiva. A pesar de ser uno de los mejores médicos de San Francisco, dedicaba tres tardes a la semana a ayudar a los vecinos de un barrio asolado por la violencia y la pobreza.

«Ojalá hubiese más hombres como él», pensó Lilianne. Desgraciadamente cuanto más poseían algunas personas, menos generosas se mostraban ante el infortunio de los más pobres. Su madre era un ejemplo, no faltaba a un servicio religioso y colaboraba en obras de caridad, pero realizaba ambas actividades como una obligación, más por el qué dirán que por deseo de ayudar. Ellen Parker no movía un dedo si no le generaba alguna ventaja. Alejó al instante el recuerdo de su madre.

—Me temo que no podemos hacer mucho más por ella. Estar aquí tres tardes a la semana es poco, pero para la gente como Amalia es una gran ayuda. —Donner colgó su bata blanca en el mismo gancho donde Lilianne había dejado su delantal—. Ya puedes marcharte a casa, Willoby te espera fuera.

Mirándose en un pequeño espejo colgado de un armario esquinado, Lilianne se puso un sombrerito de paja adornado con un sencillo lazo del mismo color que su falda. Después se hizo con un bolsito de mano, una sombrilla y ocultó su preocupación por el aspecto de Eric con una sonrisa. Estaba segura de que no se marcharía hasta asegurarse de que ese día no lo necesitaba nadie. Viudo y sin hijos, él mismo aseguraba que no tenía nada mejor que hacer. Era médico por vocación y se volcaba en sus pacientes hasta caer rendido, sobre todo con los más desfavorecidos.

—Transmite mis respetos a tu tía Violette.

—Así lo haré. Buenas tardes.

Desde la ventana de la pequeña consulta Eric la observó subirse al cabriolé que la esperaba. Willoby cerró la puertezuela tras ella y se subió al pescante de un salto a pesar de su enorme corpachón.

Agradecía la presencia de Willoby; una joven como Lilianne habría sido una presa demasiado tentadora en una zona de la ciudad donde no abundaban las mujeres como ella, y no quería cargar con una desgracia en la consciencia. La presencia de Willoby resultaba intimidatoria; era suficiente para que el más audaz saliera huyendo.

Los ojos cansados de Eric se dirigieron a Lilianne. Le costaba reconocer a la joven que había salvado milagrosamente. Violette y él habían acordado que Lilianne viviría con su tía a pesar de la oposición de los señores Parker. Desde entonces la joven había florecido bajo las atenciones de Violette, pero había pagado un precio excesivamente alto por su independencia, un precio que casi le había costado la vida.

A pesar de pertenecer a una influyente familia de San Francisco, la joven vivía en un estado permanente de aislamiento; hacía lo posible por pasar desapercibida, apenas se relacionaba con el resto de las familias acaudaladas de la ciudad, y, cuando no le quedaba más remedio que salir de su retiro, esquivaba con evasivas las preguntas capciosas de alguna dama. Los rumores acerca de la ruptura de su compromiso habían sido despiadados, solo el tiempo había ayudado a que la buena sociedad de San Francisco se olvidara de la señorita Parker.

Por desgracia el caso de Lilianne no era el único con el que se había topado como médico. Los propios familiares eran la mayor amenaza para las jóvenes que pretendían dirigir sus vidas. Pagaban un coste desorbitado y casi siempre fracasaban. Al menos Lilianne había tenido una aliada en su tía.

Alguien llamó a la puerta. Un nuevo suspiro salió de entre sus labios finos cobijados bajo un tupido bigote canoso. Al abrir se topó con dos hombres cubiertos de polvo de yeso que sostenían a un tercero que apenas se mantenía en pie. Un hilo de sangre se deslizaba por una sien hasta la barbilla.

—Sentimos venir tan tarde, doctor, pero Salomón se ha caído de un andamio y ha perdido el conocimiento —explicó uno de los hombres.

—Y se ha hecho una buena brecha en la cabeza —añadió el otro.

—Está bien —aseguró Eric con voz cansada—, métanlo en la consulta.

Cerró la puerta después de que los tres hombres entraran. Esos tres días a la semana le resultaban muy gratificantes, pero algunas veces se sentía impotente por no disponer de más medios o de más personal para atender las incontables consultas que nunca parecían tener fin.

En el cabriolé Lilianne contemplaba las calles estrechas. Era un barrio atestado de niños harapientos, mujeres de rostro amargado por las penurias que debían sobrellevar y de hombres encorvados, cansados tras una larga jornada de trabajo apenas retribuido. Olía a estiércol de caballo, miseria, desesperación y rabia. Algunos días Lilianne se marchaba de la consulta con la sensación de no haber hecho nada o, al menos, no lo suficiente.

—¿Alguna novedad? —preguntó Willoby tras echarle una mirada por encima del hombro.

La nariz aplastada del hombre daba a su voz un tono peculiar. Uno de sus párpados se mantenía medio cerrado y le otorgaba un aire siempre suspicaz. En su juventud la viruela había dejado incontables huellas en su piel curtida. Su pelo empezaba a escasear y procuraba taparse la coronilla calva con una gorra. Los que no le conocían ignoraban que su aspecto poco agraciado y amenazante ocultaba un temperamento bondadoso y leal. Al principio Lilianne había rechazado su continua presencia, pero enseguida había descubierto que era un aliado que le permitía moverse a su antojo por la ciudad.

—No, nada fuera de lo común. —Dudó un instante—. ¿Conoces a Tommy Godwin? Un pequeño pillo de unos ocho años, pelirrojo y con el rostro cubierto de pecas. Vive cerca de la taberna de Harry el Cojo. Su madre trabaja en la lavandería que hay en la calle de la consulta del doctor Donner.

Willoby conocía muy bien a los habitantes del barrio. Había crecido sin padre ni madre en esas calles y muy joven se había convertido en boxeador en las tabernas de aquel lugar inmundo. No se sentía orgulloso de su pasado, pero por aquel entonces solo sabía pelear y, gracias a la rabia de los abandonados, había sido de los mejores. Había malgastado cuanto había ganado en mujeres de mala vida y whisky barato. Cuando la buena fortuna le abandonó, el alcohol se convirtió en su único refugio y así emprendió su particular descenso a los infiernos. Una noche unos matones le asestaron una paliza para robarle lo poco que tenía encima y le abandonaron a su suerte en un charco maloliente.

A la mañana siguiente un ángel, que olía a gloria y no sentía repulsión por su aspecto, se dirigió a él. Violette Larke, con la ayuda de su cochero, lo llevó a la consulta del doctor Donner. Este le curó las heridas, pero la señora Violette le salvó el alma ofreciéndole respeto y trabajo. Unos años después le ofreció la mayor muestra de confianza al poner en sus manos la seguridad de su sobrina.

Echó una discreta mirada a Lilianne, que contemplaba la calle al abrigo de su sombrilla.

—Sí, conozco a Tommy Godwin. ¿Ese golfillo ha hecho algo malo?

—No, pero me gustaría que le echaras un vistazo. No quiero que se meta en problemas, intuyo que se relaciona con niños poco recomendables. Si le consiguieras un trabajo, algo como ser recadero, sería una buena ayuda para su madre y no andaría todo el día vagabundeando por las calles. —Soltó un suspiro de resignación—. No es justo, los niños no deberían trabajar. Su lugar es una escuela donde aprender a ser personas de provecho.

—Le vigilaré y le buscaré un trabajillo.

—Te lo agradezco.

Willoby frunció el ceño con la vista al frente. Aquel día las calles estaban más abarrotadas de lo normal y no quería atropellar a nadie. El cabriolé apenas avanzaba entre la gente que se dirigía hacia el puerto.

—¿Por qué hay tanta gente en las calles? —preguntó ella al cabo de unos minutos.

—Hoy ha llegado un barco.

—¿Es otro buque de guerra? —inquirió ella, intrigada por el ir y venir de todas aquellas personas.

Desde hacía semanas el puerto de San Francisco se veía abarrotado de hombres uniformados listos para luchar por el honor de su nación. El patriotismo vivía un nuevo auge por el conflicto entre España y Estados Unidos. El presidente Mackinley había hecho un llamamiento y setenta y cinco mil hombres habían sido reclutados. Todo había empezado con el hundimiento del buque

Maine en el puerto de La Habana el 15 de febrero y desde el 22 de abril los dos países estaban en guerra. Era un conflicto lejano que la prensa mantenía vivo en la mente de los ciudadanos más preocupados por pagar sus deudas y no perder sus empleos que por unas tierras lejanas que no interferirían en sus vidas.

—No, señorita. Esta vez es un barco con más oro del Yukón. Es el primero que llega a San Francisco este año. A pesar de la guerra contra los españoles, todos quieren saber más de la fiebre del oro. ¿No le parece una locura?

Las noticias acerca de los yacimientos auríferos en el territorio del Yukón habían dejado de ocupar las primeras páginas de los periódicos desde el estallido del conflicto con España, aunque todos seguían soñando con el oro del Klondike, un remoto río en el noroeste de Canadá. En los barrios más pobres de la ciudad se hablaba de las riquezas de una región lejana y desconocida, como si el oro colgara de las ramas de los árboles como fruta madura. Cada vez que llegaba un nuevo cargamento de oro a la ciudad, los curiosos se amontonaban en los muelles, anhelando ser uno de esos hombres ricos.

3

Mackenna Creek, territorio del Yukón

—¡Mackenna!

Cooper ignoró la llamada de Paddy y siguió tumbado sobre la roca en medio del arroyo con la vista clavada en el cielo. Era un día soleado, sorprendentemente cálido, perfecto para no hacer nada. La brisa arrastraba el aroma picante de las pináceas, de la tierra húmeda y le acariciaba la piel. No le apetecía conversar con nadie, prefería la soledad que le proporcionaba su cabaña. Desgraciadamente, la región estaba cada vez más infectada de inútiles que irrumpían en su mundo de silencio.

—¡Mackenna! ¿Estás sordo?

En ese instante habría deseado sufrir un episodio de sordera aguda. A desgana echó un vistazo a la silueta desgarbada de Paddy. Este agitaba los brazos con vigor haciéndole gestos para que se reuniera con él mientras evitaba a los perros que le gruñían. Se echó a la poza justo debajo de una pequeña cascada nutrida por el deshielo. El frío le cortó el aliento al tiempo que le produjo una sensación vivificante que le estimuló cada centímetro de piel. Una vez fuera se sacudió las gotas de agua a sabiendas que empaparía a Paddy. Era un justo castigo por interrumpir su descanso.

—Muy amable por tu parte —rezongó el irlandés. Se quitó el sombrero para secarse la cara con una manga—. Te estás convirtiendo en un salvaje. ¿Desde cuándo no te pones algo encima? Vas como tu madre te trajo al mundo...

Cooper ocultó una sonrisa tras una mueca de fastidio y chasqueó los dedos a los dos enormes chuchos, medio perros, medio lobos, que se tumbaron con una docilidad que irritó al irlandés. Esas dos bestias grandes como becerros apenas si le toleraban, pero obedecían a su amo como mansos corderos.

—Estoy en mi tierra y voy como se me antoja. Si te incomoda, ya sabes por dónde largarte.

Echó a andar hacia su cabaña, seguido de sus dos fieles compañeros, sin prestar más atención a su visita, pero Paddy no había cabalgado más de una hora para que Mackenna le cerrara la puerta en las narices.

—Está a punto de llegar un barco a Dawson de Fort Selkirk —soltó a la ancha espalda de su amigo—. Tenemos que ir de inmediato y hacernos con todo lo que podamos. Esto se va a convertir en un auténtico circo en cuanto aparezcan todos los novatos que se quedaron atrapados este invierno en los lagos Bennett y Lindeman. En unos días vamos a darnos bofetadas para movernos y no habrá suministros para todos. El verano pasado se registraron ochocientas concesiones, ni me imagino las que se registrarán este año.

—Se pueden quedar con todas, siempre y cuando me dejen en paz —replicó Cooper, que se disponía a entrar en la cabaña.

Sin esperar una invitación Paddy se adentró en la pequeña edificación después de echar una mirada precavida a los dos perros tumbados junto a la chimenea apagada. Como siempre, el interior estaba ordenado. Cooper era metódico en todo lo que hacía; podía tacharle de huraño o indolente, como en ese momento, pero nadie podía acusarle de ser un holgazán. Sencillamente hacía las cosas cuando creía oportuno, nunca antes, como si siguiera una lista que solo él conocía.

Le había visto derribar con diligencia los troncos que después se habían convertido en las paredes de la cabaña, sin que el cansancio le afectara, sin echar una mirada al arroyo, donde se suponía que estaba el oro que los haría ricos. Después había llenado su despensa con cuanto había conseguido adquirir, cazar o pescar. Lo había hecho todo sin una queja por las picaduras de mosquitos, los arañazos, los golpes o el esfuerzo físico. En cuanto acabó con lo suyo, hizo lo mismo por Paddy, que se había tirado al arroyo, batea en mano, convencido que el oro saltaría a su interior como un salmón despistado.

—¿Te has enterado de que Dominique Danton ha muerto?

Por primera vez Cooper prestó atención a su vecino y se giró con el ceño fruncido.

—¿Cuándo ha sido?

Turbado por la desnudez de Cooper, Paddy desvió la mirada hacia el suelo. Maldijo a Mackenna y su manía de ir desnudo.

—Ayer. Un empleado de Ladue se lo encontró fiambre cuando fue a reclamarle el alquiler de su cabaña. Pobre chico... Me he enterado en Dawson esta mañana. —Paddy se rascó la nuca y meneó la cabeza con pesar, pero un segundo después su rostro se iluminó—. Y hablando de Dawson, ni te imaginas lo que se ha construido en esa ciudad. Ladue sí que tuvo suerte, por Dios, y todos pensaban que estaba loco por apostar por esa tierra pantanosa. Mira ahora, los alquileres han alcanzado precios desorbitados; la Compañía Comercial de Alaska ha pagado cerca de veinte mil dólares por una nave que en cualquier otro lugar le costaría diez veces menos. En Front Street los locales más económicos se alquilan por cuatrocientos dólares. Y todo eso va a los bolsillos de Ladue. Menudo genio. Es una lástima que el tipo se fuera el verano pasado, no tuve oportunidad de preguntarle cómo se le ocurrió crear una ciudad en un pantano apestoso.

Cooper asintió; el recuerdo de una noche blanca en el pequeño colmado de Joseph Ladue en el río Sixtymile le asaltó. Dos botellas de *hootchinoo* para entrar en calor y matar el hambre habían sido suficientes para soltar la lengua de un hombre reservado como Ladue; le había contado cómo había pedido la mano de la mujer que amaba. El padre de esta le había despachado por no poder ofrecer una vida acomodada a su hija. La joven le había prometido esperarle el tiempo que fuera necesario. La historia le había resultado dolorosamente familiar a Cooper.

Ignoraba si su amigo había tenido suerte. Se la deseaba de corazón, aunque lo que más le había preocupado por aquel entonces había sido el aspecto agotado de Joseph, la constante tos que le había sacudido como una ventisca y la debilidad que había padecido los últimos meses. Trece años soportando las durísimas condiciones de vida del Yukón, sin comodidades, pasando frío y mucha hambre, arruinaban la salud del hombre más resistente.

Durante esa noche blanca no solo habían hablado de mujeres, también habían hablado del anhelo de todos los que pisaban esa tierra: hacerse rico.

—Ladue llevaba más de una década buscando la manera de enriquecerse. Después de muchas penurias tenía muy claro que en cualquier yacimiento no había oro para todos —explicó Cooper—. Tenía razón, jamás habrá oro para todos, sea donde sea. Pero todos necesitamos lo mismo: un techo, comida, ropa, herramientas, madera. Y fue lo que ofreció creando la ciudad de Dawson.

Paddy reflexionó un momento.

—Es lógico que alguien piense en las necesidades que tiene la gente, sobre todo cuando desembarcan a diario cientos de novatos que buscan donde vivir, que necesitan comer o divertirse. Ojalá se me hubiese ocurrido a mí, ahora sería un tipo rico como tu amigo Ladue. ¿Hace mucho que os conocéis?

—Sí, de cuando tenía su colmado en Sixtymile —explicó con paciencia; cuando a Paddy le daba por divagar, nada le devolvía al origen de la conversación.

—¿Socios?

—No, es un amigo.

—Ya... —El irlandés renegó por lo bajo—: Ladue es un amigo, pero parece que yo no lo soy. No me merezco que me digas qué te traes entre manos con él. No soy tonto, chico.

Cooper soltó un suspiro de resignación. Paddy era un hombre jovial, pero también un cascarrabias susceptible cuando se lo proponía. Por eso mismo había preferido construir dos cabañas a vivir con el irlandés. Durante el largo invierno habría sentido ganas de estrangularlo.

—Por favor, te estás comportando como una novia celosa. No le he visto desde el final del verano del 96. No sé de dónde sale que somos socios, lo último que supe de Ladue fue que pretendía comprar ciento sesenta acres de tierra pantanosa entre los ríos Klondike y Yukón. Te aseguro que no nos traemos nada entre manos. ¿Satisfecho? Estabas hablando de Dawson —agregó, esperando así distraer al irlandés.

—Está bien, está bien. Es que me desquicia que no hayamos encontrado el oro que esperábamos y me da por pensar en cosas absurdas.

Echó una mirada sesgada a su socio y volvió a centrarse en el suelo de madera. Su desnudez le incomodaba. Se enzarzó en una descripción de Dawson caminando de un lado a otro sin acercarse a los perros.

—Esa ciudad sigue siendo un barrizal hediondo, pero día tras días surge algo nuevo: un bar, un hotel, un almacén o un burdel. Hay quien vive como un nabab, con todos los lujos que se puede comprar, mientras que otros se mueren de asco en sus tiendas hundidas en el barro. Ayer noche el sueco se bañó en champán en medio del comedor del Monte Carlo. Se gastó más de dos mil dólares invitando a todo el que se le acercaba. Se arruinará en dos semanas si sigue a ese ritmo. Ahora dice que quiere instalarse en San Francisco. Esto se está convirtiendo en un carnaval grotesco. Ya no es como en los otros yacimientos, cualquier idiota con dos manos cree saber buscar oro y lo único que consigue es morirse de asco.

Paddy chasqueó la lengua. La región del Yukón, que había sido un remoto lugar donde solo habían llegado los mineros más avezados o los inadaptados que huían del progreso o de la justicia, se estaba llenando de buscadores de oro y de otros que pretendían serlo. Los nativos los llamaban *cheechakos*. Cruzaban los pasos de montaña Chilkoot y White en penosas condiciones, navegaban por el mar de Bering hasta el puerto de Saint Michael o por los meandros de los canales del Inside Pass hasta la ciudad de Juneau en buques herrumbrosos, para después recorrer el río Yukón hasta el Klondike. Y nada más llegar, tras un viaje que había puesto a prueba su valor y su voluntad, la mayoría descubría que las mejores concesiones ya habían sido reclamadas por los *sourdoughs,* los veteranos que llevaban años deambulando por la región. Sus ilusiones, alimentadas por las historias rocambolescas de la prensa que hablaban de ríos de oro, se desvanecían y la realidad los abofeteaba sin piedad: el Yukón no era la Tierra Prometida ni el oro estaba al alcance de todos.

Cooper, a quien los *cheechakos* y Dawson le traían al fresco, permanecía pensativo.

—¿Qué ocurrirá con la concesión de Danton?

Paddy se sentó en una silla.

—Ese malnacido de Rudger Grass ya se ha quedado con ella. La familia de Danton vive en Luisiana, tienen una semana para reclamar la explotación de su concesión. No disponen de tiempo suficiente para reclamar. Ese Grass lo sabe y se ha aprovechado.

Las autoridades canadienses cobraban un porcentaje de todo el oro que se extraía de las concesiones, por ello no querían asuntos legales pendientes como herencias que mantuvieran inexplotados los yacimientos. Tanta premura había originado muertes sospechosas. Desde que la Policía Montada había instalado un cuartel en la ciudad de Dawson, las muertes habían cesado. Sin embargo, algunos seguían merodeando como carroñeros para hacerse con los títulos de propiedad de los desgraciados que fallecían sin familiares cerca.

—El pobre Danton no tuvo ninguna oportunidad desde el principio —añadió el irlandés con pesar—, y para colmo había perdido la cabeza.

—Lo sé —convino Cooper—; hace una semana me acerqué a su cabaña y estuvo a punto de volarme la tapa de los sesos. Creía que iba a robarle su oro.

No mostró la lástima que le inspiraba la muerte del francés, aun así se arrepentía de haberlo dejado a su suerte cuando se había acercado a su cabaña interesándose por su salud.

Uno más que fallecía.

El territorio del Yukón se había convertido en un auténtico infierno en cuanto los ríos se helaron y los barcos quedaron anclados en el hielo; la falta de previsión ante la avalancha de personas que alcanzaron el río Klondike al final del último verano originó una situación angustiosa para las autoridades canadienses. Las cabañas o las tiendas apenas habían protegido a sus habitantes. Ni siquiera los más fuertes habían sido inmunes a las adversidades del interminable invierno, que llegó a superar los cuarenta grados bajo cero. A las deplorables condiciones de vida se sumaron las enfermedades como la disentería, la fiebre tifoidea y el tifus. Se cebaron como plagas malditas en hombres y mujeres. El hambre también causó estragos. Los caribúes, alces y ciervos desaparecieron por la migración de los animales, pero también por la caza indiscriminada. Se sacrificaron los perros de trineo así como los caballos o cualquier otro animal que hubiese alcanzado el Yukón.

La región se había convertido en una trampa mortal, donde sobraba el oro, pero el oro no aliviaba los calambres producidos por el hambre ni sanaba los cuerpos enfermos ni calentaba una tienda.

Danton había sido un buen hombre en busca de fortuna, pero no había resistido los envites de la enfermedad, el hambre y la locura. Llevaba un tiempo encerrado en su cabaña, convencido de que alguien pretendía robarle su oro.

Cooper sirvió un resto de café a su inesperada visita, ya que Paddy no parecía dispuesto a marcharse. Después se echó aún desnudo sobre el camastro, dispuesto a dormitar un rato si el irlandés cerraba el pico unos minutos. Su esperanza se desvaneció al momento.

—¡Por lo que más quieras, ponte algo encima! —le gritó Paddy, impacientándose por la impasibilidad de Mackenna.

Los perros le enseñaron los dientes y él les devolvió el gesto, pero cuando *Brutus* hizo el ademán de levantarse, estuvo tentado de subirse a la mesa. Solo su orgullo se lo impidió.

—Deja en paz a los perros —le avisó Cooper.

—¡Pero si no he hecho nada! Son unas fieras que deberías tener atadas.

—Conmigo son leales, es lo que importa. Si no los provocaras, te ignorarían.

Paddy farfulló algo por lo bajo y se bebió el café sin perder de vista los chuchos.

—Tenemos que ir a Dawson —insistió—. Los locos del bosque me han pedido que les traigamos algunas cosas.

Cooper podría haberle dicho que todos ellos eran los locos que vivían como ermitaños en el bosque, pero no le apetecía entrar en detalles. Si Paddy no lo entendía, era su problema.

—No iremos hasta mañana. Dawson es una cloaca y no quiero tener que pasar la noche allí.

Paddy deambuló por la cabaña, siempre a una distancia prudente de los perros que, si bien parecían dormitar, estaban alerta. Contempló por el rabillo del ojo el cuerpo desnudo de Cooper tirado en la cama. Él también parecía relajado, pero el ruido más insignificante era suficiente para que saltara sobre lo que fuera. Su comportamiento solitario había llamado la atención de los nativos. Le llamaban Gran Oso Blanco, por su envergadura y su temperamento hosco y solitario. Paddy no podía negar que algunas veces se comportaba como un oso con dolor de muelas.

Apenas sabía de su pasado, dónde había nacido ni cuál había sido el motivo que le había llevado a aquella tierra remota y peligrosa. Todos tenían una historia a sus espaldas, pero Cooper no soltaba prenda. Lo que nadie le negaba era que conocía el terreno, que se podía contar con él y que jamás usaba la fuerza si no era necesario. Esa actitud le había valido el respeto de los veteranos; aun así, muchos le consideraban un tipo raro.

Rememoró cómo se habían conocido: dos veranos antes el irlandés había intentado alcanzar el río Klondike después de haber recorrido el río Tanana sin suerte, pero su salud debilitada por el frío y el hambre le había dejado al borde de la extenuación. Una noche, tirado sobre un lecho de musgo, decidió encomendarse a Dios y esperar su final.

Sin embargo, su destino no había sido morir mirando el firmamento; un tipo grande y silencioso se materializó de la nada. Paddy, dispuesto a morir, pero no a convertirse en el divertimento de nadie, se enfureció y buscó febrilmente su rifle. Antes de dar con él, el tipo le asestó un puñetazo que le dejó inconsciente. El irlandés se despertó en un trineo tirado por dos perros y dirigido por el tipo que no había sido otro que Cooper Mackenna. Le había salvado de una muerte segura.

Durante unos días le veló con una conversación que se redujo a algún que otro gruñido. Pero el irlandés fue insistente al hablar de las riquezas del Klondike y Mackenna capituló de mala gana. Reunió las fuerzas suficientes para volver al trineo de Cooper y bajaron siguiendo el curso del río Yukón hasta Dawson. Después de un discreto tanteo, Cooper reclamó dos concesiones que le correspondían por ley en un arroyo tributario del Klondike por haber dado con un nuevo yacimiento. No había sido ni de lejos tan espectacular como los arroyos Eldorado y Bonanza, pero Cooper tenía una fe inquebrantable en ese lugar. Aunque muchas veces Paddy no le entendía, seguía a su lado y, gracias a los diez dólares que Mackenna le había prestado, disponía de su propia concesión.

Llevaban un año trabajando codo con codo, pero seguía siendo un desconocido. Ignoraba lo que realmente le movía, era tan expresivo como una pared. Algunas veces su mirada se volvía aún más ausente; en esos momentos Paddy sospechaba que se marchaba muy lejos de donde estuviese, pero nunca se atrevía a preguntarle hacia dónde se dirigían sus pensamientos.

Tomó aire y se decidió a hablar, aunque se esperaba un bufido como respuesta.

—¿Sabes que los tlingits te llaman Gran Oso Blanco?

—Algo he oído.

La escueta respuesta de Cooper no amilanó a Paddy, que se sentía en deuda con ese hombre. Le preocupaba su apatía y, si algunas veces sentía ganas de patearle el trasero, se había propuesto velar por él.

—¿Y sabes lo que les ocurre a los osos machos?

—Creo que sí, pero me lo vas a decir...

La voz de Cooper, que mantenía los ojos cerrados, sonaba perezosa. Paddy puso los brazos en jarra para darse valor.

—¡Pues que mueren solos! ¿Eso es lo que quieres? Un día tus chuchos te devorarán.

Los perros gruñeron al oír el tono de Paddy. Este dio un paso atrás alzando las manos.

—Mira, chico. No sé ni siquiera qué edad tienes...

—Treinta y uno.

—¿Qué?

Cooper soltó un suspiro y repitió:

—Tengo treinta y un años.

Paddy arqueó las cejas. Eso era insólito, Cooper nunca soltaba prenda en todo lo referente a su persona.

—Ah... pues eres aún muy joven —se apresuró a decir.

Volvió a estudiar el cuerpo grande y musculoso de su socio y lo comparó con el suyo: flaco y desgarbado, de brazos largos y piernas como alambres. Hizo una mueca ante las diferencias, pero no tardó en volver a lo que le preocupaba.

—No lo entiendo. Un hombre de tu edad debería querer formar una familia, tener una mujer a su lado y un hogar que no sea una cabaña perdida en un bosque. Pero no, no haces nada que no sea nadar, pescar, sacar alguna que otra pepita de oro, lo justo para dar de comer a tus perros, tu caballo y tu burro. ¿Qué vida es esa? Yo no pienso quedarme aquí un invierno más; sacaré todo el oro que pueda para comprarme una...

—Una granja donde criarás caballos, después te casarás con una buena irlandesa...

Paddy parpadeó, sorprendido de que Cooper se acordara. Algunas veces el irlandés sospechaba que su compañero apenas le prestaba atención cuando hablaba con él.

—Exactamente —convino, asombrado.

—— 40 ——

Cooper también había anhelado esa vida en el pasado: una pequeña granja o quizás una modesta carpintería. Se le daba bien trabajar la madera y disfrutaba el tacto, el olor, el placer de darle forma con paciencia. Por ella habría construido una mansión, le habría hecho una cama digna de una reina. Se habría deslomado para compensarla por haber renunciado a tanto por él. Qué ingenuo había sido.

—Me alegro por ti, pero yo vivo la vida que quiero. No necesito a una mujer que me dé órdenes, a unos niños gritones ni deslomarme para alimentarlos a todos.

Paddy sintió la mirada ausente de su vecino, sus ojos grises, extraños e inexpresivos, destacaban en su rostro moreno por el sol. Se sentó, desanimado. El estado de ensimismamiento de Cooper le preocupaba cada vez más. Tanta soledad no podía ser buena, ni siquiera para un hombre tan fuerte como Mackenna.

—Mira, chico, no dejo de pensar en qué será de ti...

—¿Ahora te has convertido en mi niñera?

—Hazme caso. Márchate de aquí o acabarás loco de remate como Dominique.

Cooper volvió a cerrar los ojos zanjando así la conversación. Paddy apretó los dientes, cada vez más frustrado; le debía una, y bien grande. Cooper le había salvado la vida y quería hacer algo por él, pero hasta entonces había sido Mackenna quien había velado por él a su manera.

Por su parte, Cooper meditaba sobre los últimos años que había vivido, cuán diferente había sido su destino de lo que había imaginado junto a ella. Sí, había tenido un sueño que pagó muy caro. No volvería a creer en sueños.

—Nos tenemos que ir cuanto antes —le dijo ella entre lágrimas—. Mis padres quieren casarme con Fletcher Vernon. Dios mío, es casi un anciano y apenas puede caminar de lo gordo que está...

La voz se le quebró y él la abrazó, ocultos tras la caseta de la enorme caldera que generaba luz eléctrica a toda la mansión de los Parker. Se sentía frustrado y asustado, solo atinó a abrazarla aún más fuerte.

—Tenemos que escaparnos —insistió ella con el rostro bañado en lágrimas.

—No tenemos nada —le recordó—. Apenas disponemos de unos pocos dólares...

—Yo puedo llevarme mis joyas. No son muchas, pero nos las arreglaremos. Nos ocultaremos en Oakland entre los trabajadores del ferrocarril. Lo tengo todo pensado; hay un barco, el Matamua, que zarpa en menos de tres semanas. Si vendemos mis joyas, podremos comprar los pasajes y nos sobrará para pagar una pensión hasta que nos vayamos. —Se aferró a su camisa—. ¿Recuerdas nuestro sueño? Lo conseguiremos.

Escapar. Era lo único que les quedaba, no había otra solución. La besó con desesperación. Ella era cuanto necesitaba; sin embargo, huir precisaba algo de organización porque los Parker jamás los dejarían escapar sin perseguirlos. Él podía acomodarse a una vida de estrecheces, pero Lily no estaba acostumbrada. ¿Qué sería de ella? Le cogió el rostro entre las manos.

—Si huimos, viviremos una vida de privaciones, al menos hasta que consigamos asentarnos en algún lugar.

—¿Crees que no puedo? —Se mordió el labio superior, como hacía cada vez que se ponía nerviosa. La conocía tan bien que sospechó al instante que le iba a comunicar una mala noticia—. Además... Además... —titubeó desviando la mirada—. Además, estoy embarazada.

Se quedó petrificado, dividido entre la más absoluta felicidad y el más aterrador pánico. Llevaban un año manteniendo relaciones y habían tomado todas las precauciones, pero a la vista estaba que no había sido suficiente. El deseo y la pasión los había unido aún más, pero las consecuencias podían ser un desastre si los Parker se enteraban. La noticia de Lily lo cambiaba todo.

—¿Estás segura?

Ella asintió. Lo miró a los ojos y Cooper se perdió en esas

dos lagunas que le encandilaban. Por esa mirada daría la vida si ella se lo pidiera.

—¿Lo entiendes ahora? —le instó ella con los ojos brillantes—. Nos fugaremos y nos casaremos. Una vez que lo hagamos, mis padres ya no podrán separarnos. No quiero casarme con ese hombre, me mira como si fuera una yegua. A quien quiero es a ti, me moriré si nos separan...

La abrazó para no dejarse llevar por el pánico. La amaba tanto que le dolía, no concebía un futuro sin Lily.

—Seremos felices —le prometió ella y escondió el rostro contra su cuello—. En cuanto zarpemos para Australia, nada ni nadie podrá separarnos.

Él cerró los ojos rezando por que fuera cierto.

—Iré yo solo a Dawson —masculló el irlandés.

—Está bien, está bien —cedió Cooper, deseoso de hacer algo para alejar los recuerdos.

—Ya era hora, pero ponte algo encima, empiezo a sentirme incómodo. Recuerda que soy un buen católico irlandés.

Cooper soltó una carcajada poco usual en él mientras se ponía unos pantalones de gamuza.

—Querrás decir que eres un demonio irlandés.

4

Lilianne entró en la casa de su tía en Nob Hill. Era mucho más humilde que la imponente mansión de Gideon Parker, que se encontraba a pocas calles, pero se respiraba paz. Los muebles eran cómodos, las estancias luminosas, decoradas con primor, y Violette cuidaba de que hubiese flores en abundancia en cada estancia. Siempre olía a los dulces que la señora Potts horneaba para el té de la tarde y a las rosas del jardín que su tía cuidaba con esmero con la ayuda de un jardinero.

—Willoby, deja la caja en el suelo. Mañana se la llevaremos a la señora Godwin.

—¿Para qué sirve todo esto? —resopló Willoby, dejando una caja donde le había señalado.

—Son rollos de lino e hilos para bordar, quizá se pueda ganar algún dinero extra si borda unos pañuelos.

El hombretón asintió, satisfecho. Él también haría una pequeña aportación al bienestar de la familia Godwin. Se quitó la gorra, la enrolló y se la metió en un bolsillo de su chaqueta de paño.

—He encontrado trabajo para el pequeño. En la panadería de la calle Fremont necesitaban un recadero. La señora Buchanam no le pagará mucho, pero le tendrá ocupado. Si el chico se porta bien, seguramente se llevará a casa parte de los dulces y del pan que no se haya vendido en el día.

Lilianne, que estaba dejando la sombrilla en un paragüero, se dio la vuelta y le dedicó una sonrisa.

—Es maravilloso, te lo agradezco.

Llevada por el agradecimiento, se puso de puntillas y le dio un fugaz beso en la mejilla.

El rostro de Willoby enrojeció. Un beso de la señorita Lilianne, aunque hubiese sido un simple roce, era lo más parecido a tocar el cielo. Algunas personas apenas lograban ocultar la aversión que les provocaba su aspecto. Lilianne era diferente, le miraba a los ojos y nunca le había mostrado el más mínimo atisbo de rechazo.

—Buenos días, Willoby.

Violette irrumpió en la entrada mientras se quitaba los guantes de jardinería. Sus mejillas mostraban un ligero sonrojo por haber estado al sol, su moño alto del color de la miel salpicado de canas se había ladeado un poco y su falda estaba manchada de tierra en la orilla. Cualquier otra mujer habría parecido ridícula con su aspecto, pero la señora Larke desprendía seguridad incluso en las condiciones más inusuales. En su juventud había sido una debutante esbelta y de belleza serena. El tiempo había sido benévolo con ella y le había suavizado los rasgos, redondeado la silueta sin robarle una pizca de su distinción.

—La señora Potts ha preparado una exquisita limonada, creo que un vaso te sentará bien. Y dile que te sirva pastel de crema.

Willoby no tardó en desaparecer por el pasillo que conducía a la cocina, arrancando una carcajada a Lilianne.

—Menudo pillo, haría cualquier cosa por atiborrarse con los bizcochos de la señora Potts. —Se quitó el sombrerito y los guantes para dejarlos sobre una mesita bajo un espejo—. Perdona que no te esperara esta mañana para el desayuno, pero tenía pendiente muchos recados. He pensado en lo que hablamos anoche y le he comprado a la señora Godwin lino e hilos para que borde lo que crea oportuno.

—Cuéntamelo, pero pongámonos cómodas. Estoy agotada después de pasar casi toda la mañana en el jardín.

Violette se dirigió al saloncito, donde tomó asiento en un sofá. Palmeó a su lado. Lilianne obedeció y esbozó una mueca.

—Todavía no sé cómo voy a convencer a la señora Godwin

que acepte todo lo que le he comprado. Amalia no acepta lo que ella considera caridad. Cada vez que viene a la consulta del doctor Donner, siempre nos trae un detalle cuando sabe que no debe pagarnos nada.

—Encontrarás la forma de convencerla; confío en ti.

Una doncella las interrumpió; dejó con cierta torpeza sobre la mesita delante de las dos mujeres una bandeja con una jarra de limonada, dos vasos y unas pastitas recién hechas en un plato. En las mejillas carnosas de Melissa aparecieron dos hoyuelos cuando esbozó una sonrisa tímida dirigida a Violette.

—La señora Potts *m'ha mandao* traer un piscolabis después de tanto trabajar en el jardín.

—Es muy amable de su parte. Puedes retirarte, nos serviremos nosotras. Y si puedes, Melissa, procura esforzarte al hablar. La señora Potts «te ha mandado» que nos traigas «un tentempié».

—Sí, señora...

La joven se alejó apresuradamente. En cuanto se quedaron solas, Lilianne propinó un suave apretón a una mano de su tía.

—¿Cómo se está adaptando?

Violette miró la puerta por donde había desaparecido la doncella. La había sacado de la calle, antes de que acabara en algún tugurio. A Melissa le había costado acostumbrarse a un horario y unas normas, aun así aprendía rápido.

—Muy bien, todavía tengo que corregirle ese habla tan peculiar, pero confío en que lo lograré. Ojalá pudiera ayudar a más jóvenes como ella, pero la herencia de tu tío no me da para muchos milagros. Le he propuesto a Adele crear un hogar donde recoger a las mujeres como Melissa, un lugar donde puedan recibir una formación que les permita encontrar un trabajo digno. Para ello, precisamos del apoyo de alguien con influencia que nos proporcione financiación para ese hogar. He pensado que el gobernador podría ser de utilidad, pero primero tengo que convencer a su mujer. Quizá vaya a verla la semana que viene.

Lilianne reprimió el deseo de abrazarla, si bien Violette era una mujer generosa y alegre, siempre dispuesta a ayudar a los más vulnerables, fingía impacientarse ante las demostraciones de afecto.

—Espero que tu idea funcione. En cuanto a Amalia, ya encontraré la forma que acepte mi ayuda. Le hablaré del mercadillo que el reverendo Wesley quiere organizar para recaudar dinero para el orfanato.

Violette cogió una pastita que se llevó a la boca. En cuanto se la comió, soltó un suspiro de satisfacción.

—Las pastas de Milicent son mi perdición. —Se recompuso luciendo una sonrisa—. Dile a la señora Godwin que si tiene listas algunas prendas para dentro de un mes, puede llevarse un porcentaje de las ventas en el mercadillo del reverendo Wesley. Eso dará a conocer su talento, y te aseguro que haré que todas mis amigas compren alguna de sus labores. Es una pena que se eche a perder su habilidad, el pañuelo que te regaló es precioso. —Tomó otra galletita y se la tendió a su sobrina—. ¿Recuerdas que esta noche asistiremos a la velada de Adele?

Lilianne fingió un repentino interés por la galletita que le había dado su tía. No le importaba acompañar a Violette, lo hacía de vez en cuando, pero lo que no quería era verse cara a cara con sus padres y su hermana. Sus encuentros eran ocasionales y siempre en lugares públicos. Algunas veces Lilianne los echaba de menos de manera incomprensible dado lo mal que se habían portado con ella. Al igual que no se arrepentía de haber creído en un sueño, aunque se convirtiera en una pesadilla.

—¿Lilianne?

Violette estaba acostumbrada a sus silencios, pero años atrás había sido una joven alegre. La vida y sus desengaños la habían convertido en una mujer meditabunda.

—Perdóname, estaba distraída. ¿Mis padres también acudirán a la velada?

—Así es. —Violette le puso un dedo en la barbilla, obligándola a que la mirara a los ojos—. Un día entenderán que se equivocaron.

—Mi padre sigue culpándome de no haber ganado esas elecciones por el escándalo que provocó la ruptura de mi compromiso.

—Gideon no quiere reconocer que jamás habría ganado esas elecciones. George Sanderson fue el favorito desde el principio. En realidad creo que te teme; hiciste lo que pocas jóvenes se atreven: no acataste la voluntad de tu padre cuando quiso que te casaras con su socio Fletcher. Fue tan arriesgado como valiente por tu parte.

¿De qué le había servido? Se había rebelado y lo había perdido todo. Y si no hubiese sido por la decisión de Violette de llevársela a su casa, el precio habría sido aún más alto.

—Tu compromiso con Aidan puede que le apacigüe. Es un hombre honorable, muy bien situado y respetado, y su familia procede de la nobleza más rancia de Inglaterra. Además de ser el hijo menor de un conde, Aidan es un hombre rico hasta decir basta. Tu padre siempre relaciona todo lo que sucede a su alrededor con sus negocios. ¿Crees que no verá el beneficio económico de vuestra unión, además de tener a un noble en la familia?

Por supuesto que lo había pensado y era lo que la había llevado a dudar cuando Aidan Farlan le había pedido matrimonio. Sentía un profundo afecto por él y sabía que a su lado iba a conseguir la estabilidad emocional que tanto anhelaba. Con todo, no lo amaba como sabía que podía hacerlo ni volvería a entregarse con tanta intensidad que casi había acabado con su cordura.

—Sí, seguramente dejaré de ser la oveja negra de la familia, pero... No sé si lo que siento es suficiente para casarme con él. Me parece injusto para Aidan. No me juzgues, lo aprecio, pero sé... sé que puedo amar de forma mucho más profunda...

—Lilianne, conozco a Farlan desde hace años, asistí a su boda con Isabelle. Estaban muy unidos. —Violette esperó a que su sobrina la mirara y le colocó un mechón de cabello detrás de la oreja—. La muerte de su esposa le afectó de tal manera que muchos pensamos que acabaría cometiendo una locura. Dejó atrás a su país, a su familia y se casó con ella en contra de la voluntad de todos. Poco después Isabelle enfermó y ya sabes cómo acabó. Cada uno, a vuestra manera, arrastráis un pasado que os ha vuelto muy precavidos. Vuestro matrimonio quizá no se base en un amor apasionado, pero dime, ¿quién goza de semejante dicha? En nuestro círculo la mayoría de las uniones son un negocio, una alianza entre familias y una suma de intereses. Al menos Aidan y tú sentís un profundo afecto; es mucho más de lo que algunos de mis amigos pueden decir de sus matrimonios.

Lilianne agradeció las palabras de su tía. El amor casi había acabado con ella, posiblemente una relación menos apasionada, pero cimentada en el afecto y la confianza, le brindara la felicidad y la paz que tanto anhelaba.

—Tienes razón. Me apena que Aidan se marche mañana, los días se me harán eternos mientras esté en Londres.

Violette jugueteó con una galleta que se desmenuzó entre sus dedos.

—¿Le has hablado de tu pasado? Sabe que...

—Sí, y fue muy comprensivo.

5

Una nube de mosquitos sobrevolaba la cabeza de Paddy, que se daba manotazos por todo el cuerpo. Sus maldiciones se propagaban por el bosque entre los trinos de oropéndolas, petirrojos y zorzales. El aire olía a la resina de los abetos y el musgo del suelo amortiguaba el ruido de los cascos de los caballos. Cooper inhaló con fuerza, en breve abandonarían la paz del bosque y se adentrarían en las entrañas de Dawson y todas las concesiones que se habían registrado entre la ciudad y la montaña Dome. Detrás, su burro *Trotter* arrastraba el trineo al que le habían añadido ruedas. *Linux* y *Brutus* se habían adelantado en busca de algún conejo. Regresarían en cuanto se hubieran cansado de correr por el bosque. No temía por ellos, sabían defenderse.

—¿Por qué narices los mosquitos me están comiendo vivo mientras que a ti apenas te pican? —se quejó Paddy.

—Te di un ungüento —le contestó Cooper, aburrido de las quejas de su compañero.

—No sé qué es mejor; si me embadurno con tu mejunje, apesto como un castor.

—Entonces no te quejes.

El irlandés siguió rezongando por lo bajo con un manotazo ocasional en el cogote o una mejilla. No tardaría en volver a la carga. Estaba de mal humor, y todo porque Cooper había ido a pescar antes de salir hacia Dawson. Aun así Paddy se había zampado dos truchas y un buen trozo de queso, sin dejar de protestar.

—¿Y se puede saber por qué te has vestido así? —volvió a la carga. Echó un vistazo al atuendo de Mackenna: pantalones y túnica de gamuza y botas de ante—. Ya empiezan a susurrar; dentro de nada te dirán que eres un *siwash*, como le ocurrió a Carmack.

—Desde que se ha hecho rico, ya no le importa mucho parecerse a un indio —soltó Cooper, no sin cierto desprecio.

Paddy chasqueó la lengua en señal de desaprobación.

—Ya, el oro cambia algunas personas. Compadezco a esa pobre india, con la que está casado. Y esa niña que han tenido... —Meneó la cabeza—. Una mestiza nunca encontrará su lugar, por muy rico que sea su padre. En cuanto a ti, deberías dejar de tontear con Lashka. Te sigue como un cachorro y eso te traerá problemas.

—Es muy joven.

—Tiene diecisiete años, edad suficiente para saber lo que quiere de un hombre —le rebatió el irlandés—. Acabarás metiéndote en un lío. Subienkow no ve con buenos ojos que su hermana le haga ojitos a un blanco. Recuerda que en esa tribu un joven se convierte en jefe a través de las mujeres de la familia. ¿Lo entiendes? —insistió alzando la voz.

—¿Y qué cambiaría? Ni siquiera pueden seguir con sus tradiciones. Se los han llevado lejos de los yacimientos supuestamente para protegerlos, pero todos sabemos que los han alejado para que no puedan crear problemas.

—Es una cuestión de honor. Lashka es hija del jefe y el hombre que se case con ella se convertirá en el sucesor de Klokutz.

—Entonces su hermano nunca se convertirá en jefe.

—Exacto, por eso prefiere que quien se case con su hermana sea de su confianza.

—Puede dormir tranquilo, no pienso casarme con nadie porque ya estoy casado —explicó Cooper sin inmutarse.

La montura de Paddy se encabritó por el sobresalto que este dio. Le costó tranquilizarla sin perder de vista el rostro inalterable de su compañero.

—¡Por San Patricio, esas cosas no se dicen así!

Cooper esbozó una sonrisa socarrona.

—¿Por qué? ¿Pensabas pedirme en matrimonio?

Paddy farfulló varias imprecaciones que Cooper ignoró, prefirió silbar con fuerza para que sus perros volvieran a su lado.

—¿Y puedo preguntar por qué me lo cuentas ahora? —inquirió Paddy con aire ofendido—. Durante todo el maldito invierno te has mantenido callado y ahora sueltas de sopetón que estás casado.

Cooper permaneció en silencio, disfrutando de la frustración de Paddy, que apenas se mantenía sobre su montura. Cuando creyó que su amigo iba a explotar, le contestó:

—Puede que esté cansado de oír tus historias sobre tus siete hermanos. Me sé de memoria todas tus anécdotas, hasta con quién te diste tu primer beso. Hablas más que un *cheechako* asustado.

—No soy un *cheechako*, maldita sea. Cuando tu madre te limpiaba los mocos, yo ya buscaba oro en las Black Hills...

—Apenas eres dos años mayor que yo —le recordó.

Una mirada de soslayo de Cooper le hizo encogerse de hombros.

—Bueno, puede que haya exagerado, pero tengo tanta experiencia como tú. —Se tironeó de la barba arrugando el ceño—. ¿Y puedo saber dónde está la pobre desgraciada de tu esposa? ¿Te echó de casa porque estaba cansada de tu animosa conversación?

Soltó una carcajada, que se convirtió en un carraspeo al percibir la tensión en Cooper.

—Lo siento, no sé lo que digo.

Los perros regresaron con la lengua colgando, enseguida adoptaron el paso de los caballos.

—Hace años que no sé nada de Lily —murmuró Cooper por lo bajo, sorprendido por haberla mencionado después de tanto tiempo.

Con un meneo de cabeza Paddy dejó claro lo que pensaba de Cooper. Escupió en el suelo y casi le dio a uno de los perros. Encogió las piernas por si al chucho se le ocurría darle un bocado, luego enseñó los dientes a *Linux*, que le devolvió el gesto con un gruñido.

—Eso no está bien, chico —decía mientras tanto—. No se puede abandonar a una mujer a su suerte.

Cooper alzó una mano dando por zanjado el tema y prestó atención al borboteo del arroyo que seguían, al trino de las aves, al viento que agitaba las hojas en las copas de los árboles... y a un chasquido seguido de un derrumbamiento de piedrecitas. Fue un ruido casi imperceptible. Los estaban siguiendo.

—¿Qué? —susurró Paddy, que se fiaba más del instinto de Cooper que del suyo. Se llevó una mano a su arma—. ¿Es un oso?

—No, es mucho más sigiloso.

—Los lobos tampoco me gustan.

—No son varios, en todo caso uno. Tú sigue al mismo paso, yo fingiré que miro los cascos de mi caballo y...

—¿Estás loco? Si es un lobo, se te echará encima. Están hambrientos.

—Los lobos suelen huir de los hombres.

Cooper ignoró las advertencias de su amigo. Fingió limpiar los cascos de su caballo mientras echaba miradas discretas a su alrededor. Lo que fuera se movió con agilidad y se ocultó entre los matorrales. No era un qué, era un quién. Se enderezó lentamente.

—Voy a... ya sabes... —Señaló su entrepierna, después los árboles.

Paddy abrió los ojos como platos. Ignoraba si el cuajo de Cooper se debía a la temeridad o a la estupidez.

—¿Tú estás mal de la cabeza? —murmuró apresuradamente—. ¡Puede que haya un lobo cerca y tú vas a vaciar la vejiga como si nada!

Cooper se acercó unos metros a su objetivo caminando entre los árboles. Distinguió una figura agazapada tras unos matorrales a pocos metros. Se estiró emitiendo un gruñido y, cuando se relajó, echó a correr. En un instante estuvo cara a cara con Lashka, que lo miraba desafiante con sus ojos rasgados y oscuros como el carbón. Era tan bajita que precisó alzar su nariz pequeña y chata hacia el cielo, y para reafirmar su pose orgullosa, echó adelante la barbilla.

—¿Por qué nos sigues? —espetó Cooper.

Ella se recompuso el traje de una mujer blanca. Le iba estrecho y era demasiado largo, la falda era un impedimento y los zapatos, que asomaban más abajo, le estaban grandes. Cooper apenas entendía cómo los había seguido con semejante atuendo sin que la oyera antes.

—Contesta, y dime por qué vas disfrazada como una ramera.

Lashka se acarició con lentitud el atrevido escote.

—A mí me parece bonito. Quiero ir a Dawson y comprarme cintas para el pelo. Tengo polvo de oro. —Del bolsillo de la falda se sacó una lata plana y abollada. La sacudió bajo la nariz de Cooper sonriendo con satisfacción—. Y tengo un cuchillo en el otro bolsillo. Además, soy la hija de Klokutz, jefe del pueblo tlingit.

Cooper soltó un bufido de cansancio y puso los brazos en jarras.

—¿Crees que eso frenará a los hombres de los yacimientos? Para ellos no importa de quién seas hija, verán a una india y no se comportarán contigo como hacen los hombres de tu tribu por respeto a tu padre. Vuelve a tu poblado ahora mismo.

Ella se guardó la lata en el bolsillo y echó atrás sus dos gruesas trenzas sacando pecho. Su rostro joven de mejillas carnosas reflejaba rebeldía y tozudez.

—Si voy contigo, nadie se atreverá a hacerme nada. Eres el Gran Oso Blanco y todos te temen.

—No seas necia, no quiero estar pendiente de ti. Vuelve con tu gente y nunca te acerques a los campamentos de los blancos. ¿Me oyes? —La tomó de un brazo y sacudió sin ceremonia—. Y por tu bien, espero que tu padre no se entere de esta locura.

Lashka dio un paso atrás; en su rostro, el orgullo había dado paso a la rabia.

—No quieres que vaya contigo porque te avergüenzas de mí, pero cuando acudes a mi gente en busca de nuestras medicinas para tu amigo, no te importa el color de nuestra piel. Iré donde quiera, contigo o sin ti.

Paddy los observaba desde el camino con el ceño fruncido; seguramente le soltaría un sermón en cuanto se reuniera con él. Volvió a prestar atención a Lashka, que sonreía como si hubiese conseguido una victoria sobre la voluntad del Gran Oso Blanco. La giró en redondo sin previo aviso.

—Por ahí está tu camino, pequeña. —Le propinó un empujón en el trasero con el pie que la obligó a moverse—. No quiero volver a verte tan cerca de Dawson.

Fue hasta su caballo con los puños apretados. Había sido brusco con la joven, pero si no lo hubiese hecho, ella se lo habría tomado como una invitación a que los acompañara. Era caprichosa y terca, y Cooper no necesitaba lidiar con otra molestia.

—¿Qué te dije? —espetó Paddy—. Esa joven te traerá problemas.

Mientras se subía al caballo, Cooper oyó la retahíla de maldiciones de Lashka y el sermón de Paddy. Miró al cielo despejado y echó de menos la soledad del invierno.

6

La mansión de Adele Ashford era conocida como el Pequeño Trianon de San Francisco. La intención del arquitecto había sido recrear el fasto de la corte de Luis XIV adornando el edificio de arenisca blanca con altísimas columnas que flanqueaban alargadas ventanas afrancesadas. Los jardines con sus terrazas a distintas alturas, salpicadas de parterres de flores y arbustos simétricos, eran otro motivo de orgullo para la anfitriona. En cuanto el tiempo lo permitía, celebraba al aire libre cenas informales amenizadas por un cuarteto de cuerda oculto en el laberinto de setos.

En cuanto Lilianne dejó su capa en manos de una doncella, sintió el peso de la mirada de algunos invitados. Sus padres charlaban en la terraza exterior con un pequeño grupo de amigos. Su madre, como era habitual en ella, vestía un traje procedente del taller de Doucet en París. Su elegancia era elogiada y envidiada en toda la ciudad, seguía siendo una mujer de belleza fascinante a pesar de rondar los cincuenta años.

A su lado, su padre lucía un impecable traje de confección inglesa y la camisa blanca le realzaba la tez morena por su afición a navegar en su yate por la bahía. Un bigote canoso le delineaba los labios que, como era habitual en cuanto estaba en presencia de su primogénita, se convertían en una fina línea. Era un hombre apuesto de cabello entrecano, dolorosamente parecido a su hija. Cada vez que Lilianne le miraba a la cara se reconocía, aun siendo para ella su mayor tormento. Gideon era ambicioso y manipulador. Nada le frenaba, ni siquiera una hija.

—Venga —le susurró su tía—, que nadie diga que no eres la digna sobrina de Violette Larke.

Lilianne esbozó una sonrisa, pero, mientras su tía salía a la terraza para saludar a Adele, buscó a su hermana con la mirada; Becky estaba sentada en una butaca de mimbre junto a una mesita sobre el césped. Una miríada de admiradores la rodeaba como moscas y ella prodigaba a todos sus atenciones con una coquetería que rozaba el descaro. Nadie se lo echaba en cara, Becky había cumplido con lo que se esperaba de ella: se había casado con un hombre aún más rico que los Parker, para mayor alegría de Gideon, y había tenido dos niños sanos, que una *nanny* inglesa cuidaba lejos de su madre. Becky apenas soportaba a sus vástagos. Era una característica de las mujeres de la familia, su madre tampoco había mostrado el más mínimo instinto maternal.

Lilianne recordaba con una pena que nunca menguaba cómo apenas había visto a sus padres durante los primeros quince años de su vida. Habían sido unos extraños y seguían siéndolo. No había sido así para su hermana, no la habían mandado a un internado a los seis años. Becky había permanecido junto a sus padres bajo la tutela de institutrices atormentadas por las travesuras, algunas veces crueles, de una niña consentida en demasía. Su padre había perdonado todos los errores de su benjamina mientras que a Lilianne no le había tolerado ni un traspié.

Junto a Becky, Reginal escuchaba la conversación sin participar. Miraba a su esposa con una devoción que ella ignoraba. Hijo del despiadado James Henry Fulton, propietario de uno de los bancos más importante del Estado de California, tenía su futuro trazado como sucesor de su padre. Lilianne sospechaba que Gideon se aprovechaba de la unión de su hija con un Fulton para enriquecerse un poco más. Violette estaba en lo cierto, su padre siempre sacaba partido de cuanto le rodeaba.

Pobre Reginal, de aspecto anodino, reservado y totalmente carente de ingenio, acorralado entre dos hombres de ambición desmedida. Su cuñado carecía del instinto y el talante implacable necesario para moverse entre lobos hambrientos.

Sus miradas se cruzaron durante unos segundos, Lilianne le dedicó una sonrisa tímida que le fue devuelta. Apenas se conocían, pero Reginal era amable y la trataba con más consideración que el resto de su propia familia.

—Lilianne —exclamó Adele, que se acercaba a ella envuelta en seda y tul—. Siempre tan preciosa, con ese pelo que parece fuego y esa tez tan pálida.

Una pluma de avestruz se balanceaba en torno a su moño alto de rigor entre las damas elegantes. Las perlas que colgaban de su cuello tintineaban con cada paso atrayendo la mirada a su generoso pecho. Había superado los cuarenta años y destilaba una sensualidad que atraía a jóvenes y mayores sin ser una belleza. Su posición en la alta sociedad de San Francisco le permitía vivir sin que nadie se atreviera a juzgarla. Era excéntrica, tenía amantes, una lengua afilada así como contactos que la convertían en una mujer peligrosa si alguien se atrevía a enfrentarse a ella. Lilianne gozaba de su protección por la íntima amistad que unía a Violette y Adele.

Esta la cogió del brazo y la acompañó hasta la terraza.

—Hoy gozaremos de una velada maravillosa, cenaremos en el jardín.

Le señaló con un abanico de plumas de avestruz las mesas diseminadas sobre el césped. El sol del atardecer derramaba una luz dorada que otorgaba al lugar un aspecto espectacular. En cuanto anocheciera, se encenderían los farolillos colgados de cordones que iban de un árbol a otro. Ni siquiera el tiempo se atrevía a contravenir los planes de Adele.

Se acercó un poco más a ella.

—Querida, estás radiante —le susurró en tono conspirador—. ¿Debo achacar esa sonrisa a tu compromiso con el señor Farlan?

Lilianne asintió sin perder de vista a sus padres. A pesar de participar en la conversación, la observaban sin disimulo. Tal atención la ponía nerviosa; habitualmente solían ignorarla después de saludarla con frialdad. Desvió la mirada hacia la anfitriona con una media sonrisa.

—Te lo ruego, Adele, no lo digas muy alto. No creemos oportuno hacerlo público ahora que la salud del conde de Annandale es tan delicada. Preferimos esperar a su regreso de Londres.

Adele le palmeó el brazo con cariño.

—Por supuesto, pero me alegro por los dos. Hacéis una pareja adorable. Y no te enfades con tu tía, sabes que Violette es como un libro abierto para mí. Se presentó en mi casa con la sonrisa de una gata que se ha comido un exquisito tazón de leche y enseguida supe que me ocultaba algo.

Durante unos segundos Lilianne se olvidó de sus padres.

—Entonces sabrás que Violette asegura que eres un poco bruja.

Adele rompió a reír; a su alrededor, las cabezas se giraron para mirarla.

—Por supuesto que lo sé. Vamos, cuanto antes saludes a tus padres, antes podrás disfrutar de la velada.

Se acercaron a los Parker, que se habían alejado del grupo. Esbozaron una sonrisa forzada dirigida a su hija.

—Lilianne... —masculló Gideon como si mordiera las sílabas.

Su madre la repasó de arriba abajo con una mirada gélida.

—Algunas veces un exceso de discreción es una muestra de falta de carácter, querida.

Lilianne se estudió la sencilla falda recta que se abría atrás en una discreta cola y el corpiño de color melocotón. Comparado con el de su madre, el traje de Lilianne era austero, pero aun así prefería la discreción a la ostentación de la que hacía gala Ellen.

—Madre, no puedo vestirme con modelos exclusivos de *Monsieur* Doucet, pero mi modista es una mujer con recursos y me siento muy satisfecha con lo que llevo puesto.

Ellen no se inmutó; la única señal de contrariedad fue una fina línea en el entrecejo.

—No sé muy bien cómo tomarme la noticia que me ha comunicado Violette —empezó Gideon en tono apaciguador—. Habría agradecido que me lo dijeras en persona.

—Lo lamento, padre —replicó con una calma fingida.

Era inusual que su padre hablara con ella.

—Aun así, debo reconocer que ha sido una excelente noticia —añadió Gideon—. Estaremos encantados de celebrarlo como corresponde. Tu madre arde en deseos de organizar una fiesta para hacerlo público. Es una lástima que el conde de Annandale haya sufrido esa recaída, pero estamos convencidos de que se repondrá.

—Por supuesto —convino Ellen—. En cuanto Aidan regrese de Inglaterra, celebraremos vuestro compromiso como debe ser.

Lilianne inhaló despacio para serenarse. No quería que se inmiscuyeran en su vida, llevaban nueve años ignorándola y de repente se comportaban como los padres que nunca habían sido.

—Aidan y yo preferimos llevar nuestro compromiso con discreción. Al fin y al cabo es la segunda boda de Aidan y yo no soy una debutante.

—Pero... —intervino Ellen.

Adele, que había fingido estar pendiente de los invitados, se acercó a Lilianne al percibir su tensión.

—Si me lo permiten, me gustaría presentar a Lilianne a dos amigas muy especiales.

Lilianne se dejó llevar, no sin antes lanzar una mirada por encima del hombro a sus padres. Un mal presentimiento se le coló en el pecho y de repente le costó respirar. No los deseaba en su boda, la convertirían en un espectáculo, ni los deseaba en su vida, aunque se avergonzaba de ello.

Mientras caminaba entre los invitados, Lilianne saludaba con breves movimientos de cabeza a los que reconocía. Muchos la evitaban al intuir en ella algo diferente. Como los animales que sacrifican a los débiles o a los que destacan por alguna tara, las distinguidas señoras de la ciudad hacían lo mismo con los que consideraban díscolos o no acataban las normas de las destacadas familias de la ciudad.

A pesar de sus veintinueve años, su belleza y buena posición, no se había casado; vivía al margen de la vida social y cuando se dignaba a aparecer ponía en evidencia a todos al dejar clara su posición en cuanto a los derechos de los más débiles. Lilianne los incomodaba, de modo que preferían ignorarla. Si no hubiese sido por el respeto que inspiraba Violette por ser la viuda de un reconocido héroe de guerra durante la campaña de Atlanta en 1864, o por el temor que inspiraba Adele, le habrían cerrado las puertas y negado la palabra.

Pasearon hasta un coro de señoras sentadas en butacas sobre el césped. Dos de ellas hablaban y las demás las escuchaban fascinadas. Enmudecieron en cuanto vieron a la anfitriona, quien señaló un asiento libre para Lilianne e hizo un gesto con la mano; al instante, una butaca apareció de manos de un joven, que dedicó a Adele una mirada amorosa.

—Gracias, querido —gorjeó Adele con una caída de párpados.

Lilianne sospechó que aquel joven de buena presencia era el nuevo amante de la señora Ashford. La doble moral con la que se juzgaba a las mujeres la asombraba. Las solteras no se podían permitir un paso en falso. Sin embargo, las mujeres casadas que hubiesen cumplido con su deber y las viudas de mediana edad gozaban de cierta libertad, siempre y cuando fueran discretas.

—Lilianne, quiero que conozcas a Mary Hitchcock y Edith Van Buren.

Se concentró en las dos amigas de Adele, cuya edad oscilaba entre los cuarenta y los cincuenta, vestían de negro riguroso y sus rostros circunspectos resultaban intimidatorios. En cuanto hablaban se convertían en dos mujeres fascinantes.

Viuda de un comandante de navío, Mary Hitchcock había acompañado a su marido en sus innumerables viajes, y siguió con su periplo por el mundo cuando enviudó. Edith Van Buren era nieta del fallecido presidente Martin Van Buren, también viuda y tan inquieta como su amiga. Eran dos torbellinos de energía que habían aunado su anhelo por viajar a los destinos más exóticos. Dos enormes dogos negros como la tinta permanecían tumbados a sus pies, y, según entendió Lilianne, los dos canes habían sido sus acompañantes en sus innumerables viajes y en contadas ocasiones se separaban de ellos.

Adele se las arregló para que la conversación girara en torno al viaje que sus dos amigas pretendían realizar al territorio del Yukón. Un año atrás la prensa había relatado las sorprendentes historias de los que habían regresado cargados de oro de aquella lejana región de Canadá.

—No entiendo su afán por viajar hasta el Yukón —exclamó Alberta Gismore. Se abanicó con energía como si pretendiera alejar su consternación—. Es una región horrible, según me han contado. La gente se ha vuelto loca desde que el buque *Portland* atracó en Seattle el verano pasado con una carga de casi dos toneladas de oro.

Todos recordaban los sucesos acontecidos un año antes; después de la llegada del buque *Portland* a Seattle, el telégrafo propagó la noticia por todo el país y la prensa se encargó de avivar la imaginación de los lectores con titulares tan efectivos como: «¡Oro, oro, oro en el Klondike!»

Unos días después arribó a San Francisco el *Excelsior* con una tonelada y media de oro. La ciudad ya lo esperaba en el puerto, enfervorizada por la noticia y deseosa de ser testigo de cómo desembarcaban los afortunados. El tumulto fue tal que el capitán temió que asaltaran su barco y solicitó que la policía custodiara a los hombres y su cargamento de oro.

Desde entonces muchos se habían dejado llevar por un nuevo ideal romántico: «La última gran aventura desde la Conquista del Oeste», aseguraban los titulares. Gente anónima, oficinistas, profesores, vendedores, políticos, empresarios en busca de nuevos negocios —gente que jamás había usado una pala ni sabía lo que era una batea, como William Wood, el alcalde de Seattle—, se habían dejado arrastrar por la vorágine de la *Estampida*. La crisis económica también había incitado a miles de hombres sin empleo y obreros, que apenas malvivían con un sueldo mísero, a viajar en pésimas condiciones hasta aquel territorio remoto con la esperanza de hallar una vida digna.

William Hearst y Joseph Pulitzer, los dos hombres más influyentes de la prensa del país, se habían adueñado de la noticia y, rayando la chabacanería más escandalosa, habían convertido el asunto en el deber de todo buen ciudadano norteamericano en lugar de contar el auténtico destino de los miles que se arriesgaban a viajar hasta el Yukón. El país necesitaba el oro del río Klondike, se consideraba una necesidad nacional, al igual que luchar contra España era una obligación desde el hundimiento del buque *Maine*. Todo buen ciudadano debía aportar oro para sacar el país de la crisis económica que lo sacudía hasta los cimientos desde el Pánico Financiero de 1893.

La locura colectiva había encendido las alarmas de los que realmente conocían el Gran Norte, quienes habían pedido prudencia ante la avalancha de personas inexpertas que decidían probar suerte como si el oro cayera del cielo. La propia Compañía Comercial de Alaska, que comerciaba con los habitantes de Alaska y del Yukón desde hacía décadas, había pedido contención a Estados Unidos y a las autoridades de Canadá ante el riesgo que suponía viajar a una región tan aislada sin un conocimiento previo de la zona, pero sus recomendaciones habían caído en saco roto. Los gobiernos, los periódicos y todo aquel que había visto en la *Estampida* una manera de enriquecerse rápidamente se habían negado a prestar atención a la voz de la razón.

La *Estampida* había originado cientos de muertos en los pasos de montaña y en los naufragios de buques herrumbrosos que deberían haber sido desguazados. La prensa apenas hablaba de los que no alcanzaban su destino o regresaban aún más pobres y con lesiones producidas por las durísimas condiciones de vida.

Un año después el Yukón seguía avivando la imaginación de todo el país, hasta tal punto que se había convertido en un lugar de interés para personas como las dos viudas, a las que solo las movía la curiosidad.

—No creo que sea más peligroso que viajar por África —contestó Edith con mucha calma—. Tomaremos la ruta más segura. Iremos hasta el puerto de Saint Michael en un vapor de la Compañía Comercial de Alaska y seguiremos por el río Yukón hasta la ciudad de Dawson en uno de sus nuevos vapores fluviales. Somos intrépidas pero no insensatas.

—Muchas mujeres están viajando hasta el Yukón —intervino Mary—, algunas en condiciones que hombres más avezados no aguantarían. Si ellas lo consiguen, no veo razón para que nosotras no podamos alcanzar nuestro destino. He oído decir que el Times ha mandado como corresponsal a Flora Shaw para que escriba una crónica de la *Estampida*. Señoras, estamos viviendo nuevos tiempos para las féminas, no vamos a esperar a que nos lo cuenten. Queremos conocer las maravillas del Yukón en persona.

Lilianne las escuchaba, fascinada por el aplomo de las dos viajeras.

—Pero allí solo hay bestias y salvajes —insistió Alberta.

—Las mujeres que viajan hasta la ciudad de Dawson están desesperadas —alegó Mathilda Harrington, quien dilapidaba la fortuna familiar procedente de la lana de Nueva Zelanda que su marido había heredado—. No entiendo ese nuevo afán por conseguir lo que todos sabemos que es imposible para una mujer. El caso de Flora Shaw es una excepción y un ejemplo deplorable para nuestras hijas. Y no hablemos de las pobres infelices. Una de mis doncellas se ha marchado en busca de fortuna, como si el oro estuviese al alcance de todos. —Alzó la barbilla, asegurándose de que todas la miraran—. Solo encontrará desgracias, además de echar a perder su reputación y una buena posición como doncella en una casa respetable.

—Es inadmisible que las mujeres decidan dejar atrás sus obligaciones —arguyó Gilberta con cierta inquina—. Nuestra cocinera también nos ha dejado sin importarle el trastorno que me supone. Toda la vida trabajando para nuestra familia y ahora nos abandona. Hoy en día no podemos fiarnos de nadie...

—Sé de una que ha dejado en casa a su marido tullido con tres hijos mientras ella busca fortuna en el Yukón —intervino Elisa James, que recordó a Lilianne un avestruz por el cuello largo, la cabeza pequeña a pesar de su abultado moño y su prominente nariz. Negó con teatralidad—. ¿No os parece un sinsentido?

La indignación de Lilianne iba aflorando con cada intervención de esas mujeres ociosas y egoístas. Su única obligación era gastar dinero en una ridícula carrera para aparentar ser más ricas que las demás y dar un vástago que perpetuara el apellido de sus maridos. Hablaban de mujeres que trabajaban de sol a sol con una total ausencia de compasión.

—¿Me puede decir cómo ha averiguado la historia de esa mujer? —inquirió Lilianne a Elisa.

Esta le dedicó una sonrisa tensa.

—Su marido era nuestro cochero. Tuvimos que despedirlo hace algo más de un año cuando uno de nuestros caballos le coceó una pierna... —Carraspeó, revelando su incomodidad—. Tuvieron que amputársela y le despedimos. No podemos quedarnos con todos los que no cumplen con sus funciones como es de esperar —añadió a la defensiva ante la mirada fija de Lilianne.

El grupo estaba pendiente de las dos mujeres; algunas mostraban su desaprobación hacia la joven Parker, otras esperaban un altercado para contárselo más adelante a sus amistades. Pocas mostraban empatía con Lilianne.

—¿Le ofrecisteis otro empleo que pudiera ejercer en su estado? Ese hombre era el que mantenía a su familia —insistió Lilianne—. Echarle a la calle ha condenado a toda la familia a una pobreza extrema.

—¡No somos la beneficencia! —exclamó Gilberta, que se abanicaba con más energía—. En ese caso, todo nuestro servicio sería capaz de lisiarse. Está demostrado que cuanto más benévolo eres con esa gente, menos quieren trabajar. Mi marido ha visto como quince de sus hombres han dejado sus puestos para marcharse a ese lugar, ¿acaso ellos pensaron en nosotros?

—¿Su familia no es propietaria de la fábrica de cerillas en Oakland? —preguntó Lilianne con un tono falsamente inocente—. Si no recuerdo mal, su marido se negó a atender las peticiones de la Federación Americana del Trabajo para incrementar la seguridad de los obreros. Únicamente pedían unas mascarillas. Quién sabe si los que se han marchado pensaron que nunca podrán vivir dignamente a sabiendas que están condenados a una muerte prematura por inhalar los vapores del fósforo blanco. En pocos años los vapores destruyen los huesos de la mandíbula y de la nariz entre dolores insoportables. Sin hablar de las frecuentes quemaduras. ¿No le parece una razón suficiente para viajar hasta el fin del mundo en busca de una vida mejor a cambio de una muerte segura por un sueldo mísero?

Algunas damas desviaron la mirada con un deje de vergüenza, mientras que la mayoría se mostraban ofendidas. Las únicas que la estudiaban con interés eran las señoras Van Buren y Hitchcock.

—Habla como ese sinvergüenza de Samuel Gompers —soltó Elisa con los ojos muy abiertos, lo que incrementó su parecido con un avestruz—. No es más que un vago maleante que pretende que los obreros cobren un sueldo sin trabajar.

Lilianne esbozó una sonrisa ante la mención del presidente de la Federación Americana del Trabajo. Para esas mujeres y sus esposos, Gompers era lo más parecido a un demonio con rabo y cuernos por el simple hecho de luchar por una mejora de los sueldos y de las condiciones laborales de los obreros. Para Lilianne era un hombre digno de respeto.

—Carezco de la elocuencia del señor Gompers, pero admito compartir algunas de sus teorías. Me parecen muy interesantes. Aunque prefiero las del economista Henry George. Dígame, señora James, ¿qué opina usted de lo que George llama la teoría de la esclavitud del salario? ¿Ha leído su libro?

La tensión crepitaba en el círculo. Como anfitriona era el deber de Adele reconducir la conversación hacia un tema más inocente. Ocultó una sonrisa de diversión tras su abanico; con sus opiniones siempre controvertidas, Lilianne incomodaba a esas damas respetables, al menos a las que se molestaban en mantenerse informadas o escuchaban las quejas de sus maridos. Las matronas allí presente rechazaban desde la opulencia de sus casas la realidad que Lilianne describía; nunca se dirigían al puerto a menos que fuera con las cortinas echadas de sus berlinas; ignoraban lo que ocurría en el barrio chino —irónicamente tan cerca de sus casas—; y menos aún pisaban las calles al sur de Market Street. Aquellas damas vivían, con el beneplácito de sus maridos, en un mundo tan constreñido como sus corsés y temían a las jóvenes como Lilianne, inquietas e instruidas, que rompían las estrictas normas que mantenían ciegas e ignorantes a mujeres como Mathilda o Eloisa.

—Señoras, no olvidemos que estábamos hablando de la intención de Mary y Edith de viajar al Yukón. Nuestras amigas han demostrado que ningún destino las asusta —añadió con una inclinación de cabeza en señal de respeto—. Queridas, admiro tal valentía.

—No hay destino que nos resulte imposible de alcanzar —convino Mary con un asentimiento, seguido de una sonrisa traviesa—. Pero, señoras, viajar a los confines de la tierra no significa renunciar a las comodidades de una sociedad civilizada. No voy a ninguna parte sin mi bañera.

Las mujeres rompieron a reír, pero algunas seguían fulminando con miradas condenatorias a Lilianne, quien prefería escuchar a las dos amigas que seguían hablando de su proyecto de viajar al Yukón.

—¿Y pensáis buscar oro? —inquirió Adele con ironía.

Edith hizo un gesto vago con una mano.

—Ya veremos, pero no descartamos intentarlo. ¿Quién no ha leído las hazañas de Ethel Berry? Consiguió una fortuna.

El grupo se echó a reír de nuevo, menos Lilianne, que sintió la mirada de sus padres como una quemazón. ¿Cuándo se habían acercado al grupo y qué habían oído? Por los labios apretados de Gideon y la palidez de Ellen, lo habían oído todo. Lilianne irguió los hombros y entrelazó los dedos sobre su regazo, adoptando una pose intachable. No obstante, el corazón le latía con fuerza y le sudaban las manos.

Las palabras de su tía regresaron a su mente, su padre haría lo posible por congraciarse con Aidan y sacar provecho de la posición privilegiada de la familia Farlan. En cuanto a su madre, haría lo posible por acercarse a ella en busca de prestigio. Los Parker eran insaciables en cuanto a poder. Se llevó una mano al vientre en un gesto que solo tenía significado para los que conocían su historia. Desde hacía nueve años sentía un vacío que amenazaba con tragársela. Durante semanas había deseado la muerte, convencida de que había sido castigada por su osadía, por atreverse a romper las reglas. Estaba cansada de caminar de puntillas por sentirse culpable, abandonada e ignorada.

—¿Lilianne?

Aidan la miraba justo a su lado con una sonrisa en los labios. Hijo del sexto conde de Annandale y emparentado con el octavo duque de Marlborough, gozaba del prestigio que otorgaba pertenecer a la nobleza del Viejo Continente. Era un hombre de belleza clásica, ojos bondadosos de un cálido tono ámbar. Sus mejillas ligeramente redondeadas le otorgaban un aspecto algo aniñado en contraste con su cabello oscuro salpicado de canas, que revelaba su madurez. Tenía una sonrisa fácil, que siempre afloraba cuando hablaba con Lilianne. Era unos centímetros más alto que ella, y su incipiente sobrepeso desaparecía bajo unos trajes hechos a medida en las mejores sastrerías de la ciudad. Dirigía los negocios de su suegro, que poseía el monopolio de las minas de cobre de Butte en Montana. Era conocido por su integridad, los demás empresarios respetaban su opinión, le consultaban y valoraban sus consejos.

Se conocían desde hacía dos años; durante una de sus veladas, Adele los había convertido en compañeros de mesa sin apenas ocultar su faceta de casamentera. Desde entonces mantenían una discreta relación que pocos conocían.

El malestar de Lilianne se desvaneció; Aidan poseía ese don, la sosegaba con su simple presencia. La entendía como nadie lo había hecho en años, respetaba sus silencios y compartía con ella su anhelo por ayudar a los más desfavorecidos.

Aidan saludó a las damas del grupo, cuyas miradas se colmaron de arrobo. Pocas eran las que se resistían a su encanto y las matronas más ilustres ambicionaban echar el guante al viudo más codiciado para sus hijas.

—Señoras, lamento llegar tarde, pero tengo un buen motivo. —Se hizo a un lado para dar paso a su acompañante—. Adele, disculpa mi atrevimiento. Me he permitido traer al audaz Melvin Shaw. No quería venir al no haber sido invitado formalmente, pero le convencí que sería bienvenido.

—¡Dios mío, Melvin! —exclamó Adele mientras se ponía en pie—. ¿Desde cuando estás en San Francisco? No sabes cuánto nos hemos preocupado por ti; irte casi un año por esas tierras salvajes ha sido una locura. Estás delgadísimo. Vamos a cuidar de ti hasta que tengas algo de carne sobre los huesos.

Palmeó con cariño una mejilla de Melvin, que ya empezaba a sonrojarse, antes de dirigirse a Mary y Edith:

—Queridas, os presento a Melvin Shaw, hijo de una de mis más queridas amigas, que por desgracia no ha podido venir esta noche. Es un intrépido fotógrafo que ha viajado durante un año por la región del Yukón para inmortalizar la locura de la fiebre del oro. Si necesitáis información de primera mano, tenéis delante a la persona que mejor conoce la región a la que pretendéis viajar.

Lilianne hizo un gesto de saludo a Melvin, que apenas tuvo tiempo de devolvérselo. Las damas ya le rodeaban acosándole a preguntas.

—Lo lamento por Melvin —le susurró Aidan a Lilianne—, pero este es el momento de raptarte.

Ella se puso en pie, sintiéndose de repente liviana.

—Querida, estás radiante como siempre —le dijo a media voz mientras se alejaban.

—Eres demasiado amable conmigo —contestó en el mismo tono, sintiendo como las demás mujeres le lanzaban miradas airadas—. Si sigues halagándome con tanta benevolencia, me convertiré en una criatura insoportable.

—Eso es imposible.

Se alejaron hacia una zona más tranquila del jardín. En un recodo Becky les cortó el paso.

—Querida hermana, veo que sigues vistiendo como esas mujeres del Ejército de Salvación.

Lilianne apretó el brazo de Aidan para que se mantuviera al margen. Estaba acostumbrada a la ojeriza de su hermana.

—Lo siento, prefiero brillar por mi agudeza o mi conversación que por mi aspecto.

Los ojos de Becky se estrecharon. Era una réplica exacta de su madre, una belleza rubia, fría y altanera, preciosa por fuera, egoísta y mezquina por dentro. No hacía nada si no le reportaba un beneficio personal, no entendía de lealtad ni de generosidad. La única persona que Becky amaba era ella misma. Se recompuso de inmediato y esbozó una sonrisa ladina.

—Ya sé que es un secreto, pero quiero daros mi enhorabuena por vuestro compromiso. —Se miró las manos enguantadas cargadas de anillos, después dedicó una sonrisa falsamente inocente—. Querido Aidan, cuídate de dar rienda suelta a mi hermana o llenará de pobretones tu maravillosa mansión.

—La sensibilidad de Lilianne es la cualidad que más admiro. Pocas mujeres son tan generosas, y desde luego es un ejemplo a seguir.

Becky apretó los labios. Lilianne temió uno de sus arranques de ira, pero su hermana se relajó, aunque sus ojos delataban una rabia apenas contenida.

—Cuidado con poner en un altar a la dulce Lilianne —dijo en un tono sibilino—, podrías llevarte una desilusión.

Lilianne sintió como la piel se le erizaba, la conocía, sabía que su hermana había estado a punto de decir otra cosa. Se retaron con la mirada hasta que Becky dio un paso atrás. Después echó a andar hacia un grupo de jóvenes, que la recibió con empalagosa admiración.

Aidan cogió una mano enguantada de Lilianne entre las suyas y se la apretó suavemente.

—No pienses en tu hermana, tu única preocupación debe ser que en unos meses te convertirás en mi esposa.

A ella se le encogió el estómago al pensar que por fin tenía una oportunidad de ser feliz. Sabía a ciencia cierta que Aidan era su última oportunidad.

Caminaron sin prisas hasta una esquina que los aisló de los demás invitados. Se deslizaron con discreción por uno de los pasillos del laberinto; una vez a solas, la besó en la sien mientras le sujetaba la barbilla.

—Deja de pensar en tu hermana —le susurró al oído—. Ahora solo importas tú.

La besó en una comisura. Lilianne le devolvió el beso, espoleada por el atrevimiento de Aidan, pero también aterrada por si los descubrían. Su reputación pendía de un hilo a pesar de su actitud intachable de los últimos años; cualquier desliz, aunque fuera un inocente beso, haría las delicias de la oronda señora Gismore, entre otras.

Aidan se atrevió a darle otro beso, fugaz pero tan tierno que Lilianne quiso pedirle que se marcharan de la velada para vivir una noche de pasión. La prudencia, y otro sentimiento más difícil de identificar, la obligaron a dar un paso atrás. Mientras Aidan le regalaba ternura, en su interior brotaba el anhelo de algo que había perdido. Añoraba la pasión, la sensación de derretirse de deseo. En otro tiempo, otro hombre la había modelado con sus manos entre gemidos de placer. Se sintió deshonesta por pensar en otro hombre. Ese hombre era el pasado; Aidan era el presente y el futuro.

—Deberíamos volver o las malas lenguas se inventarán cualquier disparate —le dijo ella con pesar.

Él asintió y se dejó conducir de nuevo hacia los demás invitados. El grupo de señoras había rodeado a Melvin y este contestaba a todas las preguntas con exaltadas descripciones de lo que había visto.

—¿Crees que deberíamos rescatarle? —preguntó Aidan, mirando a su amigo.

—Se le ve muy entregado a su auditorio. ¿Cuándo ha regresado de su viaje? —preguntó ella, distraída.

—Ayer. Admito que, como muchos, me dejé llevar por la curiosidad y fui al puerto. Tuve que abrirme paso a codazos, pero logré hacerme un hueco en primera fila. Vi cómo desembarcaban todos esos hombres de aspecto demacrado, pero felices. De repente, uno de ellos se me acercó. Era Melvin, tenía una barba que le cubría media cara y el pelo le llegaba a los hombros. Solo cuando habló supe quién era.

Aidan soltó un suspiro. Lilianne ladeó la cabeza para mirarlo a los ojos.

—¿Qué ocurre?

—Melvin es tan intrépido. Algunas veces me pregunto si sería capaz de emprender un viaje tan azaroso. Tienes que ver las fotos que ha hecho en el Yukón, son fascinantes.

—¿Pretendes lanzarte a la aventura?

—Podríamos ir en nuestra luna de miel —le propuso con un tono burlón.

Lilianne deseó lanzarse a su cuello y besarlo delante de todos. Quería que supieran que ese hombre maravilloso era suyo, que nunca la abandonaría. Se conformó con apoyar una mano en su brazo ignorando las miradas de unas mujeres que pasaron a su lado.

—Si estoy contigo, seré feliz en cualquier lugar.

—No, te llevaré a París, Londres, Roma... donde tú quieras. Te regalaré un viaje que nunca olvidaremos.

Lilianne le propinó un suave apretón en la mano para ahogar la congoja que la invadía al pensar que se marchaba a Inglaterra al día siguiente. Y por otro sentimiento, más sutil, más inquietante. Era miedo a que la abandonara como había hecho otro hombre antaño.

—Ojalá no llegue nunca mañana —susurró ella—. No quiero despedirme...

—Sé que serán unos meses difíciles, pero en cuanto mi padre se fortalezca, volveré a tu lado.

7

Como Cooper había temido, habían llegado demasiado pronto a Dawson. Se habían dirigido al almacén de la calle King, donde George Schuster le había avisado que tardaría en prepararle un pedido tan cuantioso. Paddy no se había desanimado, en cuestión de segundos se había dirigido a un bar en busca de conversación y un buen trago. Por su parte, Cooper se había dedicado a deambular de un lado a otro.

Dawson era una ciudad ruidosa y caótica, surgida de la nada dos años atrás. Los edificios de madera se alternaban con tiendas de lona sobre el suelo embarrado. En la orilla siempre húmeda del río Yukón los campamentos improvisados daban cobijo a los *cheechakos* que llegaban a diario. El río vomitaba a todos los ilusos que, una vez alcanzaban su meta, ya no sabían cómo seguir adelante, conscientes de su inexperiencia y asolados por la nostalgia de la familia que habían dejado atrás tan alegremente. Era sencillo reconocerlos, deambulaban sin rumbo con la mirada ausente, agotados y desorientados. Se acercaban a los veteranos, intentaban averiguar por dónde empezar su búsqueda. Algunos llegaban con derechos de concesión que no existían; los timadores se aprovechaban del entusiasmo generado por la prensa, pero al llegar al río Klondike, los *cheechakos* se topaban con una realidad que los aturdía: el oro no caía en sus manos como lluvia bendita.

Cooper los compadecía, sabía lo que era desembarcar en una

región hostil, donde no se conocía a nadie. Años atrás se había quedado por la promesa de encontrar oro en el río Fortymile, después había probado suerte en el Circle. Tras innumerables penurias, su anhelo de enriquecerse se había desvanecido y sus aspiraciones se habían reducido a un enorme vacío en su interior. Un año antes por fin había encontrado su lugar. Disfrutaba de su vida en la cabaña y, por mucho que a Paddy le costara entenderlo, amaba aquella tierra indomable, exigente, algunas veces despiadada, pero también generosa. Se sentía identificado con su naturaleza indomable, sincera en su crudeza. No había engaños ni falsedad.

Entre los hombres y mujeres que caminaban por la calle, divisó a Skookum Jim. Era un hombre corpulento que no pasaba desapercibido. Su rostro ancho y curtido de piel morena lucía los rasgos propios de los indios tagish. Un fino bigote negro perfilaba una sonrisa fácil. Vestía un traje oscuro que realzaba su figura alta y fornida, que le había permitido en el pasado ser uno de los mejores guías y portadores de los pasos White y Chilkoot.

Justo detrás caminaba su cuñado, George Carmack, y su hermana Kate, que sujetaba de la mano a la pequeña Graphie Grace, tan parecida a su madre tagish a pesar de los tirabuzones y el vestido, una caricatura en miniatura de una dama blanca.

La historia aseguraba que el 17 de agosto de 1896 George Carmack había encontrado oro en el río Klondike, pero algunos veteranos aseguraban que había sido su cuñado Skookum quien había encontrado oro en Rabbit Creek, rebautizado Bonanza Creek poco después. El temor a que no se permitiera a un indio registrar una concesión había impelido a Carmack a viajar hasta Circle City para registrar el nuevo yacimiento a su nombre.

Desde entonces, el escocés, cuyo mayor anhelo había sido en el pasado convertirse en un auténtico tagish, disfrutaba de las riquezas de sus concesiones como un hombre blanco. Lo mismo les sucedía a sus cuñados, Skookum Jim, Charlie Tagish, y esposa, pero en el caso de Kate el oro empezaba a convertirse en una maldición; vivían como blancos ricos, pero nadie olvidaba sus rasgos característicos. Se encontraban entre dos mundos sin pertenecer a ninguno y solían ahogar sus penas en alcohol hasta caer rendidos. Lo único bueno que les había aportado el oro era poder comprarse todo el whisky que quisieran.

Mackenna pasó junto a ellos y los saludó con un escueto gesto de la cabeza, no estaba de humor para conversaciones banales ni quería oír por enésima vez su historia. Estaba cansado de ver cómo los que habían tenido suerte se regodeaban ante los que no habían conseguido oro. Como si no se supiera que la suerte era la que marcaba la diferencia entre los mineros. De la noche a la mañana algunos se convertían en millonarios y otros perdían la vida en las orillas del río Klondike o sus afluentes. La búsqueda era una lotería, nadie podía asegurar que una concesión fuera a dar oro; unos pocos metros marcaban la diferencia. Pero nadie quería hablar de la mala suerte, la euforia de los afortunados prevalecía sobre todo lo demás. Dawson era el fiel reflejo de aquella carrera hacia la riqueza. Lo extraño era que no hubiese más robos o muertes entre tanto desenfreno y despilfarro. Se podía decir que era un lugar seguro dentro de su caos.

Una llamativa chaqueta roja destacó entre el gentío; el nuevo jefe de la Policía Montada, que sustituía a Charles Constantina desde hacía relativamente poco, caminaba con aire marcial por la estrecha acera. Todos le cedían el paso, hasta los más ebrios se enderezaban al cruzarse con aquel hombre severo de fuertes convicciones religiosas y, sin embargo, tolerante con las peculiaridades de una ciudad como Dawson.

Cooper le interpeló al tiempo que cruzaba en unas cuantas zancadas sorteando los charcos.

—Superintendente...

—Mackenna, no es habitual verle por aquí —le replicó Steel.

—Los que vivimos en el bosque también necesitamos víveres. —Se pasó una mano por la nuca, dudó si indagar acerca de la muerte de su amigo. Se lo debía—. ¿Qué le ocurrió a Dominique Danton?

Steele apretó los labios, que desaparecieron tras un generoso bigote cuyos extremos apuntaban hacia arriba. Echó un vistazo a su alrededor meditando sus palabras. El asunto de la muerte de Danton le incomodaba.

—Cuando me presenté en la cabaña, todo indicaba que, desgraciadamente, se había pegado un tiro en la cabeza…

—Pero, ¿cómo se hizo Rudger Grass con la concesión tan rápido?

—Creo que acompañaba a Jed Conrad cuando este fue a reclamar el alquiler que el señor Danton no había pagado. —Los ojos oscuros del superintendente escrutaron el rostro de Mackenna con detenimiento—. Los vecinos del señor Danton aseguran que sufría del mal de la cabaña. Todos sabemos que cuando esa locura se apodera de un hombre, casi siempre acaba en desgracia, sobre todo si está solo. Me temo que no hay razón para pensar lo contrario. Comparto su desagrado hacia al señor Grass, no apruebo sus maneras ni su arrogancia, pero hasta que no tenga en mis manos las pruebas que le inculpen o que alguien testifique en su contra, no me queda más remedio que considerarlo un ciudadano fuera de toda sospecha.

Mackenna asintió, no tenía pruebas ni sabía de nadie que se atreviera a testificar en contra de Grass, aunque hubiese visto algo que le inculpara. Había sido una pérdida de tiempo.

—Mire, Mackenna, no quiero problemas en esta ciudad. Acabo de llegar y ando aún poniendo orden en este caos, pero ya sé que no es conocido por su temperamento sosegado. No consentiré una guerra entre Grass y usted. Estaré pendiente de cualquier rumor y realizaré unas cuantas indagaciones. Soy el primero en querer que Grass desaparezca de Dawson. Es un hombre peligroso, pero hasta ahora no he conseguido que nadie me diga nada que me permita acusarle de cualquier delito.

—Está bien —masculló a desgana.

Steele siguió su camino por la acera. Cooper echó un vistazo a la calle, luego en dirección a los campamentos del Klondike. No lo dudó, Steele llevaba pocas semanas en la ciudad y, aunque los mineros le respetaban, seguía siendo un representante de la ley y el orden. Si algo caracterizaba a los veteranos era su abierto rechazo a toda señal de autoridad.

Se encaminó hacia el puente que cruzaba el río Klondike; de repente, el paisaje cambió. Dawson no era un ejemplo de acomodo pero, comparada con los campamentos que flanqueaban los arroyos, ofrecía un cierto sentido del orden, sus calles seguían una lógica. Su fundador, Joseph Ladue, se había encargado de ello.

Por lo contrario, los campamentos serpenteaban a lo largo de las orillas sinuosas de los arroyos que morían en el río. Ante Cooper se extendía un laberinto de canalones por donde corría el agua y la grava de los arroyos hasta los bancos de lavado, que se mecían como una cuna gracias a un mecanismo activado por una palanca. En el fondo de los canalones y de los bancos de lavados se colocaba una alfombra, malla o cualquier tela irregular donde el oro se pudiera cobijar al ser más pesado que la tierra. Después se retiraban y se examinaban con detenimiento. La riqueza podía presentarse en forma de polvo de oro y era posible pasarlo por alto si uno no iba con buen ojo. Algunos mineros realizaban una última criba con mercurio para amalgamar el oro en polvo que pudiese quedar aprisionado entre la arena, aunque muchos ya se resistían a usarlo. Los veteranos sabían que el mercurio envenenaba el cuerpo y enloquecía la mente.

Todavía había quien buscaba oro con una sencilla batea, una especie de palancana metálica con forma de cono truncado. Cuanto más vieja y abollada estuviese, mejor era para la prospección. El minero tomaba una muestra de grava de la orilla junto con un poco de agua y agitaba la batea con diestros giros de muñeca sin perder de vista las ondulaciones que la batea tenía a un lado. El oro siempre buscaba los lugares más irregulares para aposentarse. Esa sencilla minería de placer apenas requería inversión, había sido la más corriente en el territorio del Yukón, pero el Klondike estaba siendo un conjunto de yacimientos tan ricos que no se daba abasto con las bateas.

De la orilla a la ladera de la montaña serpenteaban más campamentos, donde el mayor reto de los mineros era vencer la pendiente y la inestabilidad del terreno. Los corrimientos de tierra eran frecuentes, los mineros caminaban con las botas hundidas hasta los tobillos en el fango entre nubes de tábanos y mosquitos hambrientos. Durante todo el verano manaban a la superficie hilillos de agua y convertían el suelo en una masa resbaladiza. A poco más de un metro de profundidad el terreno seguía congelado, incluso en el zenit del estío. Los mineros recurrían a las calderas modificadas que, una vez retirado el lecho de tierra blando y estéril, reblandecían el permafrost hasta dar con la veta de oro. Todo el barro y la grava removidos dificultaban la instalación de cualquier estructura, ya fueran cabañas, bancos de lavado o una letrina.

El ruido era ensordecedor, las hachas y las sierras no cesaban, se talaba y desbrozaba a todas horas. No había tiempo para el descanso mientras hubiese luz. Los hombres se interpelaban a gritos, se lanzaban órdenes, se gastaban bromas o se insultaban. Para cualquier novato, toda esa algarabía era apabullante, pero Cooper se movía con soltura entre carretillas y bancos de lavados aunque le desagradara estar allí. Cuando, un año antes, había cedido al deseo de Paddy de probar suerte en el Klondike, se había encargado de elegir una concesión alejada de aquel lugar ruidoso e insalubre siguiendo las instrucciones del jefe Klokutz.

—¡Mackenna! ¡Qué extraño verte por aquí!

Un hombre bajito de aspecto robusto como un carnero le sonreía a escasos dos metros. John Rendell era un veterano de la minería, había alcanzado el Klondike un año antes como Cooper y desde entonces explotaba una concesión en Flag Creek. El hombre sonreía dejando a la vista unos dientes torcidos y ennegrecidos por el tabaco de mascar mientras sus manazas grandes como palas sujetaban dos pesados listones de madera sobre los hombros sin aparente esfuerzo.

—Estoy esperando a que descarguen los víveres del barco que acaba de llegar a Dawson.

Echó un vistazo a una cabaña un tanto apartada en la ladera de la montaña. John adivinó hacia donde miraba.

—Una lástima lo de ese joven francés —masculló—. Cada vez que pasa algo así, me entran ganas de salir corriendo de aquí. —Rendell hizo un ruido desagradable con la garganta y escupió un esputo negro que se perdió en el barro, después sorbió por la nariz—. Pobre diablo.

Cooper volvió a prestar atención a John y a la madera que cargaba.

—¿Se ha venido abajo otra vez tu banco de lavado?

—Sí, pero esta vez logramos salvarlo. Vamos a reforzar la base con estas maderas y piedras. Espero que sea la última vez —refunfuñó.

—Puedo echarte una mano.

—No me vendría mal, Matt anda con una cagalera que le tiene todo el día pegado a la letrina...

A unos cien metros les llegó un estruendo acompañado de gritos. John tiró al suelo las maderas y salió corriendo tras Cooper, que zigzagueaba entre los mineros que se habían detenido y curioseaban. Se detuvo bruscamente para evaluar la situación: las vigas de un largo y pesado canalón se habían deslizado derribando toda la estructura. Un hombre gemía tirado en el suelo, sus piernas desaparecían bajo un enorme banco de lavado volcado. Una parte del canalón yacía un poco más arriba y el lodo amenazaba con arrastrarlo todo ladera abajo.

John se acercó jadeando.

—Está complicado —murmuró al tiempo que echaba miradas preocupadas al herido.

—Si somos rápidos, podemos sacar al chico —expuso Cooper—. Yo levanto el banco y tú le sacas.

—El chisme pesa demasiado. Demonios, ¿en qué estaban pensando al hacer un banco de lavado tan grande? ¡Hey! —gritó John mirando a los curiosos, que se habían detenido a cierta distancia—. ¿No pensáis echar una mano?

Todos dieron un paso atrás como una masa compacta. John escupió de nuevo al suelo.

—Malditos *cheechakos* —gruñó entre dientes—. Me avergüenzo de ellos.

Cooper dejó en el suelo su zurrón y buscó a su alrededor hasta que dio con una rama, larga y recta, de aproximadamente un metro y medio. La sopesó entre las manos; aunque estaba algo húmeda, era sólida. Ignoró a los curiosos y tanteó el mejor lugar para colar la rama bajo el lavadero.

—John, mientras yo hago palanca, tú sácale en cuanto puedas. —Se arrodilló junto al herido—. ¿Sientes las piernas?

El joven asintió con la boca crispada.

—Sí, pero no puedo moverlas... Están pilladas.

Con una mirada se puso de acuerdo con John y colocó una piedra que le sirviera de punto de apoyo. Después coló la rama entre el barro y el banco de lavado. Descargó todo su peso sobre la rama. Esta empezó a crujir, el banco se movió unos centímetros. No los suficientes para que John sacara al herido. Cooper incrementó la presión al tiempo que apretaba los dientes y gruñía por el esfuerzo.

—Venga, Mackenna —le animaba John, que ya se había colocado para sacar al herido—. ¡Malditos cobardes! Muévanse y ayúdennos.

Un hombre se acercó vacilante, estrujaba un sombrero entre las manos. Echó una mirada desconfiada al canalón, que se había deslizado hacia abajo unos centímetros.

—En cuanto muevas el banco de lavado —señaló—, el canalón rodará cuesta abajo.

Cooper soltó la rama y tiró del hombre hasta colocarlo donde estaba la rama.

—Haz palanca con todas tus fuerzas. Si sales corriendo, yo mismo te partiré las piernas. Empuja con fuerza.

—¿Y tú qué harás?

Cooper se colocó entre el herido y la rama de espalda al banco de lavado. Deslizó los dedos en el barro bajo la madera.

—¡Empuja! —ordenó. Mientras el minero ejercía presión con todo su peso contra la rama, Cooper tiraba hacia arriba. Sintió como se movía y dio el último tirón soltando un grito—: ¡Ahora, John!

Este, preparado, sacó al herido sujetándole por las axilas. Apenas aparecieron los pies de debajo del banco, la rama se partió. Cooper se vio solo para sujetar todo el peso.

—¡Largaos! —gritó a John.

Clavó los talones en el barro para no resbalar. John y el minero arrastraron al herido hasta el abrigo de una roca de gran tamaño.

—¡Suéltalo ya! —chilló John—. ¡Cooper, suelta el maldito cacharro!

Cooper tomó el aire que pudo y se liberó de su carga. Al instante sintió como el banco se deslizaba empujado por el canalón. Echó a correr hacia la roca justo cuando el banco de lavado y el canalón ganaban velocidad por la pendiente hasta estrellarse contra unos pocos árboles entre rocas. El choque sacudió el suelo con estruendo y después se hizo el silencio. Cooper se recostó contra la roca.

—¿Estáis bien? —preguntó con la voz entrecortada por el esfuerzo.

El minero que los había ayudado se puso en pie y le miró con el ceño fruncido.

—No sé quién eres, pero estás loco.

Cooper le dedicó una mueca y rompió a reír. Al momento, John le acompañó. El minero se alejó echando miradas por encima del hombro. John masculló algo y se rascó la coronilla calva con la risa vibrándole aún en el pecho.

—¿Cómo estás, chico?

El joven soltó una exhalación entrecortada y sonrió.

—Creo que bien...

—¿Puedes mover las piernas? —quiso saber Cooper.

El joven asintió llevando a cabo la prueba. Le ayudaron a ponerse en pie y le soltaron cuando se aseguraron de que no se caería. Lo miraron en silencio mientras se alejaba renqueando. John se sacó una bolsita de tabaco de mascar y se metió un buen trozo en la boca. Mascó, pendiente de Cooper. Ambos estaban recostados contra la roca, todos los demás curiosos se habían alejado.

—Dime, Mackenna. ¿Has venido hasta aquí por algo concreto? La última vez viniste a ver a Danton.

—Quiero saber qué pasó la noche que murió. —Negó cuando John le ofreció tabaco, luego se limpió una mano embarrada en los pantalones—. Tal vez me esté obsesionando, pero que Grass apareciera de repente no me inspira confianza. Este invierno ha ocurrido otras cuatro veces y el alemán andaba siempre cerca.

John rumió en silencio, escupió y se pasó la manga por la boca.

—Mira, no pienso repetir lo que te voy a decir, pero un hombre de Grass estuvo rondando por aquí unos días antes de la muerte de Danton. También vi a Cora March. Esa mujer no viene nunca, por eso me llamó tanto la atención. Y añadiré algo, Danton era un tipo debilucho, pero no me creo que se volviera loco.

—No estaba muy bien. Casi me saltó la tapa de los sesos la última vez que vine a verlo.

John chasqueó la lengua y escupió.

—Puede que estuviese un poco nervioso, pero a lo mejor tenía motivos. Una vez se quejó de que alguien había entrado en su cabaña y otra vez que había pillado a un tipo sacando una muestra de grava de su concesión. Desde entonces apenas salía de su cabaña, trabajaba renegando en voz baja y no permitía que nadie se le acercara. Muchos pensaron que se había vuelto loco... —Se encogió de hombros—. Puede que a alguien le viniera bien que todos lo creyéramos. La concesión no era de las más ricas, pero el tipo había trabajado mucho.

John se incorporó dispuesto a marcharse pero, antes de dar la espalda a Cooper, le echó una mirada seria.

—Ándate con cuidado. Ese Grass es un tipo asqueroso y si se entera de que vas haciendo preguntas, se revolverá como una serpiente.

Cansado y sucio, Cooper volvió a la cuadra donde habían dejado los caballos meditando las palabras de John. Se lavó como pudo la cara y las manos en un abrevadero, después se sacó del zurrón unas manzanas. Entregó una a su burro, *Trotter*, otra a su caballo, *Roby*, y la última al de Paddy. Tardaron un instante en zampárselas.

—Despacio. Las manzanas me han costado un dólar cada una.

Un precio escandaloso, pero la escasez convertía algo tan trivial como una manzana en un lujo. Cada negocio tenía su propia balanza y los buscadores pagaban con pepitas o polvo de oro. Los billetes de curso legal apenas tenían cabida en Dawson, todos querían oro, desde los tenderos hasta las prostitutas.

Cooper se agachó y acarició el cuello de sus perros.

—Tranquilos, pronto volveremos a la cabaña.

Restregaron sus cabezones contra el pecho de Cooper. Él se rio suavemente ante las muestras de afecto.

—Buenos chicos —susurró.

—Si quieres, yo los vigilo —propuso un joven, que salió de un rincón oscuro. Cooper reconoció a Fred, el hijo del tendero Schuster—. Mi padre también lleva este negocio y soy el encargado de mantenerlo en orden.

—Si mis perros sufren algún daño, te haré responsable.

Los perros eran muy codiciados, sobre todo los malamutes como *Linux* y *Brutus*. Eran fuertes y resistentes, perfectos para tirar de un trineo cargado hasta reventarlos. Un perro de trineo bien entrenado podía venderse por mil quinientos dólares. Cooper había rechazado numerosas ofertas. No habían dudado en protegerlo de un oso grizzly de dos metros y medio. Algunas veces le daba la sensación que sus perros le habían elegido, no Cooper a ellos. A pesar de su aspecto fiero y de su carácter independiente, le proporcionaban calor durante las largas noches de invierno y le escuchaban, atentos y silenciosos, cuando les hablaba del pasado, de su soledad, de la traición.

—Nadie los tocará —le prometió el joven, aun así dio un paso atrás, intimidado por el tono áspero de Cooper.

—Está bien —convino poniéndose en pie. Sacó del zurrón una pepita del tamaño de un garbanzo y se la enseñó al joven—. A mi regreso, será tuya. Da de comer y agua a los caballos y a mi burro.

—¿Y los chuchos?

—Ponles un cubo de agua y procura no acercarte a ellos.

Fred ya no le escuchaba, admiraba la pepita que Cooper sostenía en la mano.

—¿Entonces hay oro en Mackenna Creek?

Cooper salió dejando que el chico sacara sus propias conclusiones. Se dirigió a Front Street y caminó sin rumbo echando una mirada al cielo. Eran las ocho de la tarde y el sol brillaba como si fuera mediodía. En invierno las noches eran eternas y en verano las horas de sol no tenían fin. En aquella tierra no había término medio.

Deambuló en busca de Paddy, al menos con él tenía garantizada la conversación aunque el irlandés fuera el único que hablara. Tanta gente a su alrededor empezaba a crisparle los nervios.

Al pasar por un callejón, oyó una voz angustiada que le sacó de sus cavilaciones. Lashka no había seguido su consejo. El problema no era la joven india, sino los dos hombres que la habían acorralado. Masculló unas cuantas palabrotas en silencio por la estupidez de la hija del jefe Klokutz. Evaluó la situación, eran dos contra uno, podía con ellos, pero si iban armados, el asunto podía complicarse.

Desde que la Real Policía Montada de Canadá había aparecido en Dawson, las armas estaban prohibidas. Los *mounties*, como se los llamaba, patrullaban por las calles ataviados con llamativas chaquetas rojas y sombreros de ala ancha que los hacían bien visibles. Eran respetados por sus maneras educadas y su temperamento apaciguador. Pocas veces recurrían a la violencia para poner fin a un altercado, pero los dos tipos del callejón no parecían de los que acataban las reglas y en ese momento no había ningún *mountie* a la vista.

—¿Qué ocurre, pequeña? —preguntó uno de los dos hombres con un fuerte acento alemán—. ¿No quieres un poco de diversión?

Cooper reconoció a Rudger Grass, el malnacido que se había quedado con la concesión de Danton, así como la de otros cuatro mineros. No las explotaba él mismo, contrataba novatos desesperados por volver a sus hogares a cambio de un sueldo ridículo. También se dedicaba a otros menesteres, como partidas amañadas, que nadie denunciaba por temor a las consecuencias. Extorsionaba a comerciantes y mineros con amenazas veladas; unas pocas palabras eran suficientes para que temieran ver un día sus negocios o cabañas incendiados. El enfrentamiento más nimio con Grass solía tener consecuencias nefastas. Todos desconfiaban de él, pero nadie se atrevía a contradecirle cuando exigía algo. En ese momento tenía a Lashka arrinconada mientras uno de sus hombres contemplaba la escena sin intención de impedir lo que se proponía.

Se palpó la afilada navaja que llevaba oculta en una funda en el interior de su bota derecha y rezó para no tener que hacer uso de ella. Se recogió el cabello en una coleta con un cordón de cuero y luego se acercó tranquilamente a los dos hombres. Lashka le lanzó una mirada suplicante, que él ignoró.

—Grass, esta india es mía —señaló con un tono aburrido; después se dirigió a la joven—: te dije que no me siguieras.

Ella parpadeó y unas lágrimas se le escaparon.

—Yo... yo... —balbuceó.

Grass no se dejó intimidar por la presencia de Mackenna; agarró un brazo de Lashka y la atrajo hacia él. Apenas era unos centímetros más alto que la joven india y el doble de ancho. El terno hecho a medida no lograba disimular su abultada barriga. En su rostro rubicundo se alojaban dos ojos claros y pequeños, una nariz chata, un bigote semejante a la paja reseca y unos labios carnosos justo encima de una barbilla que se perdía en una papada voluminosa. De su ridículo bombín salían mechones ralos.

—Lo siento, pero tendrás que compartirla —señaló con una sonrisa ladina.

—No me gusta compartir, Grass. Suéltala ahora mismo.

Cooper reparó en cómo el otro hombre se sacaba del bolsillo del pantalón una navaja que fue derecha a su espalda. Esquivó la puñalada y atizó en el pecho de su agresor un codazo, acto seguido le asestó un puñetazo en el estómago. El hombre cayó al suelo hecho un ovillo, jadeando en busca de aire. Grass aprovechó la distracción y desenfundó un pequeño revólver Apache, que salió volando cuando Cooper le asestó una patada en la mano. Después golpeó a Rudger en pleno rostro derribándolo. Lashka aprovechó para pegarse a la espalda de Mackenna.

—Has cometido un grave error —le amenazó Grass tras escupir sangre—, nadie me quita nada.

Cooper se encogió de hombros y se acomodó el zurrón con calma.

—Dile a tu hombre que no se mueva. —Propinó una patada a la navaja del primer tipo que había pegado, lanzándola a una distancia prudente—. En cuanto a lo que consideras tuyo, lamento decirte que estás equivocado. Creo que tienes un serio problema con ese asunto.

—Nadie me la juega, Mackenna. Cuando decido que algo o alguien es mío, no hay malentendidos. Aquí todos lo entienden. —Grass soltó una risita enseñando los dientes ensangrentados—. Al igual que todos sabemos que vives en un lugar muy aislado donde puede suceder cualquier cosa. Como lo que le ha sucedido a tu amigo Danton. Dicen que ese desgraciado se pegó un tiro.

Mackenna le cogió de la solapa de la chaqueta.

—Si descubro que su muerte no fue un suicidio, como se dice, quien tendrá que cuidar de sus espaldas serás tú. No te acerques a mi arroyo, está fuera de los límites, puedo llevar armas y estoy dispuesto a usarlas.

—Maldito *siwash*, un día te encontrarán muerto. Tenlo por seguro.

Cooper dio por zanjada la conversación con una bofetada, que hizo que Grass se golpeara la cabeza contra el suelo, y agarró del brazo a Lashka. Si no se alejaba cuanto antes, iba a cometer una locura. Una vez en Front Street la soltó de inmediato. No le dijo nada, ni siquiera la miró; echó a andar sin preocuparse de si la joven le seguía.

La india vio por encima del hombro cómo Grass se ponía en pie tambaleándose. Se apresuró a seguir a Cooper. El Gran Oso Blanco irradiaba cólera, la sentía como una tormenta a punto de estallar, pero prefería su ira a volver a caer en manos de Grass. No era tonta, sabía lo que les ocurría a las indias que iban solas a Dawson: eran presas de cualquier desalmado y nadie movía un dedo por ellas. Su intención había sido buscar a Cooper nada más llegar a la ciudad, pero se había perdido en el meandro de tiendas y cabañas, hasta que se había topado con ese alemán.

—Espérame —le pidió.

No obtuvo ninguna respuesta.

—Espérame... —insistió.

Cooper se detuvo tan rápido que Lashka se golpeó contra su espalda. Se giró aún más rápido, la cogió de los hombros y la sacudió sin miramiento, ajeno a las miradas curiosas que los observaban.

—¡Eres una insensata! Sabes lo que te habría hecho Grass, no eres tan ingenua. La próxima vez que cometas semejante estupidez, me mantendré al margen.

Ella sonrió a pesar del tono amenazante de Mackenna. Sus ojos, del color de la tormenta, la hipnotizaban. Desde que le había visto en el bosque un año atrás, se había propuesto domar al Gran Oso Blanco.

—Me has salvado, eso significa que te importo. No me dejarás sola aquí... —añadió con coquetería.

Mackenna puso los ojos en blanco, cansado de la testarudez de la india. Lashka interpretaba todo lo que le sucedía a su conveniencia y, por mucho que él tratara de sacarla de su error, no cambiaba de opinión. De repente se sintió cansado de deambular, de perder el tiempo en aquel lugar demasiado abarrotado para su gusto. Necesitaba dejar a Lashka a salvo porque la india estaba en lo cierto: no la abandonaría a su suerte. La tomó del brazo y se la llevó casi a rastras por Front Street.

A su izquierda las tiendas de campaña se alzaban a lo largo de la orilla del río Yukón entre mercancías y maderos apilados listos para ser cargados en los vapores. En aquel lugar todo lo que se compraba y vendía era usado, procedente del equipaje de los que no habían sobrevivido o de los que habían tenido suerte y se habían marchado dejando atrás sus miserables equipajes. Daba igual su procedencia, siempre había quien necesitaba una pala o unas botas a un precio razonable.

A su derecha los edificios se alineaban tras una estrecha acera de madera irregular. Pasaron por delante del restaurante Arcade —que no era más que una gran tienda de lona grisácea—, una barbería, la oficina de la Compañía Comercial de Alaska con su bandera de barras y estrellas ondeando suavemente y varios hoteles como el Dominion. En ninguno de ellos aceptarían a una india. Solo se le ocurrió un lugar, muy a pesar suyo, donde la aceptarían pagando oro suficiente: el hotel Palladium de Cora March. Quizá la dueña hiciera una excepción por los viejos tiempos, aunque no le apetecía verla. No, después de averiguar que había estado rondando a Danton.

En la esquina entre Princess Street y First Avenue se elevaba un edificio de madera de tres plantas. El Palladium ofrecía todos los lujos que el oro podía comprar. El mobiliario había sido traído de Seattle, así como la vajilla Royal Worcester, la cristalería Waterford y la cubertería de plata. Algo inimaginable en ese rincón perdido, pero nada se le resistía a Cora si se lo proponía. Todo aquel que se hacía rico se precipitaba a su hotel a gastarse una fortuna en champán y mujeres ansiosas de quedarse con unas migas de la generosidad del afortunado. El lema de Cora era que el cliente podía pedir la luna, siempre y cuando pagara.

Cooper se paró delante de la entrada con la vista fija en el interior. Lo que menos quería era ver a la señorita March. Con las mujeres como ella, al igual que con las serpientes venenosas, la única consigna sensata era mantenerse lejos. Inhaló y entró con Lashka pegada a él.

8

El joven que atendía la recepción le dedicó una sonrisa educada, pero Cooper reconoció el rechazo que le inspiraba la india. Cualquier prostituta con algo de oro podía hacer cualquier cosa en una *suite* del Palladium sin que nadie reprobara su actitud, pero se negaba la entrada a los nativos. En Dawson no importaba el pasado de sus habitantes, pero los prejuicios seguían marginando a los indios.

—Quiero hablar con la señorita March —exigió Cooper sin preámbulo mientras soltaba a Lashka.

Los ojos indecisos del joven fueron de Mackenna a la india. Su jefa no toleraba que la molestaran por asuntos menores, y que un minero tratara de llevarse a la cama a una india era uno de ellos. Sus órdenes eran claras: ningún nativo podía hospedarse en el hotel Palladium a menos que fuera la señora Carmack o sus hermanos. Sin embargo, el hombre que le taladraba con la mirada no admitiría una negativa.

—¿Me has oído? —insistió Cooper.

El joven se inclinó ligeramente hacia atrás.

—La señora March...

—Cooper Mackenna —intervino una voz melodiosa. Cora apareció desde el pasillo que conducía a su despacho—. Me preguntaba cuándo vendrías a hacerme una visita.

Lashka entornó los ojos ante la mujer que acababa de surgir

de la nada. Era alta, esbelta y llevaba el cabello rubio pálido peinado en un moño elaborado. Su tez era como la porcelana, sus ojos se asemejaban a dos gemas de un azul grisáceo y sus rasgos delicados no podían ser más exquisitos. Cora se había convertido en una leyenda, la mujer más rica y más influyente del Yukón. Y Lashka la odiaba por ser todo lo que ella no era y porque rumores llegados de Circle City aseguraban que había sido la amante de Mackenna.

—Cora —soltó Cooper con hastío.

Los ojos claros de la aludida pasaron de Mackenna a la india. Lashka advirtió su desprecio; conocía demasiado bien el rechazo o la condescendencia insultante de los blancos. Se irguió consciente de su aspecto ajado frente al precioso vestido de la señorita March.

—Había oído que tus gustos habían cambiado mucho, pero esperaba que fuera un rumor infundado —espetó esta con frialdad.

Cooper se encogió de hombros y señaló a Lashka con la barbilla.

—Necesito dejarla en un lugar seguro. Se ha metido en un lío con Grass y prefiero tenerla vigilada hasta que nos vayamos de Dawson.

El rostro de Cora se relajó al tiempo que Lashka fulminaba a Mackenna con los ojos.

—Ya veo —musitó la primera. Esbozó una sonrisa que, para quien no la conocía tan bien como Cooper, habría parecido sincera—. Lamento no poder ayudarte. Mis huéspedes no desean tener a una india cerca.

—Sé que Kate Carmack es una de tus clientas —le recordó Cooper—. Si no recuerdo mal, es una tagish.

Cora asintió con seriedad.

—Es cierto, pero la señora Carmack es una mujer casada con un hombre respetable.

—Pagaré el doble del precio de una habitación —soltó con impaciencia, cansado del juego de Cora.

Ella registró el vestido demasiado ajustado de la joven, los zapatos manchados de barro y el pelo recogido en dos trenzas negras como la tinta.

—Como mucho puedo permitir que duerma en la cocina —cedió finalmente—. Le pediré a un empleado que le deje unas mantas.

Lashka se proponía a rechazar semejante insulto, pero Cooper se anticipó.

—Está bien.

La india se negó a moverse, alzó la barbilla en un triste intento de imprimir orgullo a su rechazo. Por mucho que Cooper deseara perderla de vista, sintió lástima por ella; lo que Cora le proponía era una ofensa. Se la llevó hasta las puertas y le señaló la calle.

—¿Crees que vamos a encontrar un lugar donde puedas dormir bajo techo? —le susurró. Meneó la cabeza y trató de sonreír para calmarla. Aunque hubiese seguido atajos, había hecho todo el camino andando y debía estar cansada—. No tenemos otra opción, ve y trata de descansar. En cuanto podamos, volveremos al bosque.

Lashka regresó a desgana junto al mostrador, donde la esperaba el joven recepcionista. Cooper estaba en lo cierto, nadie daría cobijo a una india y empezaba a entender cuan estúpida había sido. Agachó la cabeza para no ver como los ojos de Cora resplandecían de satisfacción.

—¿Y tú necesitas una habitación? —inquirió Cora con suavidad, dirigiéndose a Cooper.

A él no le habría importado, pero intuía que su problema sería una mujer mucho más peligrosa que una joven india testaruda.

—No, regresaré a Mackenna Creek hoy mismo, pero cenaré aquí y di a quien sea que también dé algo de cenar a Lashka.

La expresión de Cora no reflejó su decepción. No le habría importado que Cooper pasara la noche en su hotel, incluso en su propia cama. Habían sido amantes durante meses, hasta que Cooper había descubierto que no había sido el único.

—Por supuesto, pero si estás dispuesto a pagar el doble por una habitación para esta joven, te cobraré lo mismo que si durmiera en una de mis *suites*. No es nada personal, ya sabes que lo más importante para mí son los negocios.

Cooper sabía de sobra que no había nada más importante para Cora que acumular riquezas. Recordaba lo que ella misma le había contado y lo que él había entendido entre líneas. Cora se había escapado de su hogar en Boise, Oregón, y había viajado hasta los campamentos auríferos en busca de oro con la firme intención de no tocar ni una pala ni una batea. Empezó como camarera en un bar donde los buscadores de oro se reunían. Enseguida entendió que barriendo lo que los mineros dejaban caer de sus bolsillos se ganaba un sobresueldo nada desdeñable. Y cuando alguien aparecía con oro suficiente para resultarle atractivo, no dudaba en compartir algo más que unas copas a cambio de una generosa retribución. En pocos meses sedujo a su jefe y logró hacerse con el bar donde trabajaba. Cora convirtió el destartalado bar en un restaurante y lo amplió con el fin de alquilar habitaciones a un precio exorbitante. Desde entonces su fortuna no había hecho más que crecer. El hotel Palladium era su mayor logro, donde reinaba sin un ápice de piedad.

—Lo recuerdo muy bien —señaló Cooper con un encogimiento de hombros. Indicó a Lashka con un gesto que siguiera al empleado de la recepción—. Escúchame, chico —añadió dirigiéndose al joven—, si alguien le pone una mano encima, se las verá conmigo.

El recepcionista asintió con vehemencia y mostró un nuevo respeto hacia Lashka, que sonreía por el simple hecho de que Cooper velara por ella.

En cuanto se quedaron solos, Cora hizo un gesto con una mano señalando el comedor.

—Sígueme, te llevaré a tu mesa. No suelo atender personalmente a mis clientes, pero haré una excepción por un viejo amigo.

—Por supuesto... —musitó Cooper.

Sin proponérselo estudió el balanceo de las caderas de Cora al caminar. Se movía con elegancia, pero también con una sensualidad que volvía locos a los hombres. Sabía mostrarse altiva y a la vez prometía delicias prohibidas con una caída de párpados. Manejaba ese arte con naturalidad, lo que la hacía aún más peligrosa. Él mismo había caído en sus redes sin oponer resistencia en Circle City, hasta que había descubierto que Cora era lo más parecido a un veneno letal.

Ignorando las miradas de los otros clientes, Cooper tomó asiento en una delicada silla Chippendale, que gimió bajo su peso. Su aspecto difería mucho de los demás, incluso de los *sourdoughs* presentes. No había nada civilizado en él, su indumentaria manchada de barro, su cabello largo y su poblada barba le otorgaban un aspecto indómito. Aun así, no era su aspecto lo que mantenía a raya a la mayoría de la gente; su actitud siempre alerta alejaba a los bravucones, temían sus puños, su fuerza y su temperamento imprevisible.

Echó un vistazo al menú y soltó un bufido de desprecio.

—¿Ochenta dólares por un poco de hígado de pato?

—Es *foie*, querido...

—Ya —masculló al tiempo que dejaba a un lado el menú—. Quiero un buen filete, con puré de patatas y unos guisantes. ¿Tenéis algo tan vulgar? —preguntó con ironía.

—Por supuesto, lo que el cliente desee. —Antes de que tuviese tiempo de alzar una mano, ya tenía un camarero a su lado—. Has oído al señor Mackenna.

—Sí, señora.

—Bien, y trae una botella de champán y dos copas.

Cooper soltó un segundo bufido, se retrepó y colocó los pies sobre la otra silla a su lado, a sabiendas que algunos clientes ya se habían puesto a cuchichear. No le importó manchar de barro la delicada tapicería de brocado.

—No me gusta el champán, parece meado de gato, prefiero algo más fuerte.

Echó un vistazo a las paredes empapeladas, los candelabros de plata, el cristal y la cubertería relucientes. Cora había conseguido un imposible en muy poco tiempo. Casi sintió respeto por ella.

—¿No tenéis algo de *hootchinoo*?

Sonrió a Cora; sabía que pedir el repugnante brebaje que los mineros elaboraban con melaza, azúcar, fruta deshidratada y masa fermentada de pan era un insulto para los gustos delicados de la dueña del Palladium.

—John, trae whisky escocés al señor Mackenna —ordenó con voz gélida. Una vez se marchó el camarero, entornó sus ojos gatunos y se sentó sin haber sido invitada—. ¿Por qué intentas irritarme?

Cooper se sentó erguido y se colocó la servilleta de inmaculado lino sobre el regazo.

—Mis disculpas, señora. No era mi intención.

La inesperada cortesía de Cooper arrancó una carcajada a Cora.

—Eres tan peculiar, tan rudo como todos esos mineros y al mismo tiempo puedes ser un perfecto caballero. ¿Quién te enseñó modales?

«Una mujer de la que no quiero hablar.»

—¿Y a ti quién te enseñó ser tan ambiciosa? —contraatacó obviando la pregunta.

Cora se rio por lo bajo y alisó una inexistente arruga en el mantel.

—Soy la hija de un predicador que me educó con la amenaza de la furia del infierno. A su lado todo era pecado. Un día me anunció mi matrimonio con un viudo desdentado treinta años mayor que yo. Acababa de cumplir diecisiete años, era joven y tenía sueños. Me atreví a oponerme, como castigo me mantuvo encerrada un mes en mi habitación a pan y agua. Cada día entraba en mi cuarto y me preguntaba si había cambiado de opinión. Cuando le contestaba que no, me soltaba una bofetada maldiciendo mi testarudez. Durante ese tiempo me propuse conseguir cuanto pudiera sin que nadie me dijera lo que debía hacer. Me escapé con los pocos ahorros de mi padre y en cuanto oí que se había encontrado oro en el río Circle, no me lo pensé. Y mira. —Hizo un gesto que abarcaba el comedor—. Soy propietaria del hotel más grande del Yukón, soy rica, nadie me dice lo que debo hacer con mi persona. He encontrado el lugar que me da todo lo que quiero. ¿No crees que me haya ido bien? —preguntó en un susurro echándose hacia delante.

—Desde luego, si no se tiene en cuenta cómo has conseguido todo esto.

Permanecieron en silencio, pendiente el uno del otro, hasta que Cooper se cansó del duelo y desvió la mirada mientras se soltaba la coleta. El pelo se le derramó por los hombros y Cora sintió un estremecimiento de deseo. Recordaba el tacto sobre su piel. Recordaba demasiadas cosas de Cooper Mackenna y, por mucho que se hubiese convencido que solo había sido uno más en su larga lista de amantes, poseía algo inalcanzable que la atraía tanto como el oro.

Cooper había sido un amante atento a la par que apasionado, pero un muro de silencio siempre se había interpuesto entre ellos. Conocía su cuerpo, pero lo ignoraba todo de su pasado a pesar de sus indagaciones. Mackenna no compartía recuerdos. Con él había roto la regla de nunca acostarse con un hombre que no le reportara algún beneficio económico y habría seguido así si él no se hubiese ofendido al enterarse de que ella tenía otros amantes. No quiso entender que esos hombres no habían sido más que una meta para conseguir poder y fortuna.

—¿Sigues buscando oro en Mackenna Creek? —Cora le estudiaba sin pestañear, pendiente de cualquier cambio en él—. Algunos aseguran que te has convertido en un *siwash*, que ya no te importa el oro y que prefieres los indios a los blancos. ¿Es cierto que viviste con los kashkas? Dicen que son aún más extraños que los tlingits y los tagishs. ¿De dónde has sacado a esa india?

—¿No son muchas preguntas?

—Se llama conversación.

Él se retrepó en la silla, que volvió a crujir, y ladeó la cabeza. La observó, aún sensible a su belleza. También sabía que era lista y manipuladora. Cora nunca conversaba sin sacar provecho de todo lo que le decían.

—Si saco oro o no, es asunto mío y de nadie más —replicó, aburrido de las artimañas de Cora por averiguar si era una posible presa o no—. En cuanto a lo demás, solo te diré que voy con quien me apetece. Si quieres noticias, cómprate un periódico. Y si te interesan los kashkas, ve tú a por ellos.

—¿Y la india? —insistió ella.

Cooper se rio ante la obstinación de Cora. Si quería jugar, él estaba dispuesto a hacerlo, por los viejos tiempos, como ella aseguraba.

—Tengo mis debilidades —susurró, imprimiendo a sus palabras un tono sugerente, que la irritó como una caricia a contrapelo.

Se encogió de hombros ante la mirada iracunda de Cora. Oteó el comedor, varios mineros cenaban a cuerpo de rey, seguramente celebrando un hallazgo. Entre ellos estaba Jasper Lebon, que, desde que había dado con una buena veta de oro, pedía de dos en dos todo lo que ingería, ya fuera comida o bebida. Aseguraba que desde que había encontrado oro se había convertido en un hombre nuevo y era su deber pedir para el antiguo Jasper muerto de hambre y para el Jasper rico. Cooper meneó la cabeza ante el diálogo que Lebon mantenía consigo mismo; lo que nadie le dijo a Lebon era que hacerse rico le llevaría a perder la cabeza. Durante su escrutinio, se percató que los camareros rellenaban más de lo debido las dos copas del hombre y este se lo bebía todo. Hombres como Lebon solían perderlo todo en una vorágine de *joie de vivre* por carecer de un propósito real en sus vidas. Una vez alcanzaban el oro, este se convertía en una maldición hasta que se desvanecía de sus bolsillos como si no hubiese sido más que una quimera. Los veteranos conocían esas trampas, aun así, tampoco eran inmunes a ellas.

—Veo que tienes bien aleccionados a tus camareros.

Ella esbozó una mueca de desagrado, pero al instante su rostro se relajó y adoptó una expresión cándida.

—No sé si sentirme ofendida por lo que acabas de decir...

Cooper hizo un gesto de impaciencia y reprimió una réplica cuando el camarero dejó dos vasos y una botella de whisky. Cora lo despachó y sirvió ella misma.

—¿Puedo hacer algo por ti? —preguntó pensando en si sería beneficioso darle respuestas. Al instante supo que sí, quería ganarse su confianza.

—¿Qué dicen de la muerte de Danton?

Ella soltó un suspiro dramático. Jugó con el vaso hasta que por fin bebió un trago con cuidado; estaba disfrutando viendo como Mackenna aguantaba su jueguecito.

—Dicen que se disparó un tiro en su cabaña. Pobre hombre.

Cooper apartó el vaso y se inclinó hacia delante. Cualquier otra mujer se habría amilanado ante su actitud, pero Cora permanecía tranquila.

—¿Y? Si alguien sabe algo, esa eres tú. Deja de jugar al gato y al ratón, porque no me apetece.

Los ojos de Cora se estrecharon y adoptó la misma postura.

—Ahora me vas a contar algo tú, y luego veré si te cuento lo que quieres oír. Dijiste que esa india se había metido en problemas con Grass. Dime si interviniste.

Cooper esbozó una sonrisa lobuna.

—¿Acaso te importa?

—Ahora el que juega conmigo eres tú, Mackenna. Si te has enfrentado a Grass por esa india, te vaticino muchos problemas. Es peligroso enemistarse con ese hombre, debes elegir con cuidado a tus enemigos. ¿Crees que vale la pena por una salvaje?

—No soy como tú, prefiero enfrentarme a la mala hierba en lugar de meterla en mi cama, que es lo que tú haces —espetó Cooper—. ¿No es así, Cora? Negocios y algo más, como hacías en Circle City.

Cora no se inmutó por las insinuaciones. Alzó las cejas y adoptó un aire indiferente.

—No es asunto tuyo, pero te diré que me cuido de desafiar a los hombres como Rudger.

—No, prefieres asociarte con ellos. ¿Hay algo que frene tu ambición? Un día te quemarás de tanto jugar con fuego. La buena suerte que te ha acompañado todo este tiempo se te acabará.

—¿Es una amenaza? —contestó ella en tono socarrón.

—No; es un aviso.

—Pues permíteme otro aviso: aléjate de esa india, te traerá problemas. Grass no suele renunciar a sus caprichos. Y ten por seguro que no moveré un dedo por ti...

Cooper soltó una carcajada seca y meneó la cabeza con incredulidad.

—Creo que sabré cuidar de mí.

Ella sonrió antes de echarse hacia delante. Cuando habló, sus ojos echaban chispas.

—Uno siempre necesita aliados y tú has elegido a los equivocados. Piensa en lo que podríamos conseguir tú y yo.

—¿Abandonarías a Grass por mí? Tu lealtad siempre ha sido muy dudosa, pero creo que te estás superando a ti misma, Cora. Olvídalo, prefiero aliarme con un oso a hacerlo contigo. Sería agotador vigilar todo el rato mis espaldas.

Unos pasos apresurados se acercaron y Paddy apareció. Sus ojos pardos ligeramente saltones iban de su amigo a Cora, que se enderezaba lentamente.

—Llevo un buen rato buscándote —espetó contrariado—. Schuster me ha dicho que no podrá tener todo nuestro pedido hasta mañana. —Como nadie le contestaba, se sentó, intrigado—. ¿Ocurre algo?

Cora se puso en pie despacio, su rostro volvía a reflejar indiferencia.

—Tu amigo debería ser más prudente a la hora de enfrentarse a un hombre por una india. Y ahora, caballeros, creo haber entendido que pasarán la noche en Dawson. Con vuestro permiso, pediré que preparen dos habitaciones.

Cora se alejó dos pasos y se volvió.

—Recuerda, Mackenna, un buen aliado puede sacarte de un apuro... o salvarte la vida. Piénsalo esta noche. Y si quieres que lo hablemos, ya sabes donde puedes encontrarme —concluyó. Lo miró fijamente durante unos segundos antes de desaparecer por una de las puertas del comedor.

Paddy buscó una respuesta en el rostro hermético de su amigo. Como no obtuvo ninguna, soltó una maldición.

—Lashka nos ha seguido y se ha metido en problemas. ¿No es así? ¿Y qué es eso de los aliados, Mackenna? ¿Qué andas tramando? No puedo dejarte solo un momento.

Cooper suspiró con fastidio y bebió todo el contenido de su vaso.

—No vayas tan rápido, chico, o acabarás como una cuba —le recomendó Paddy.

Se llenó de nuevo el vaso y lo vació en un momento. Después echó una última mirada hacia donde Cora había desaparecido y repitió la faena, decidido a alejar la repentina tensión que le había sacudido en cuanto Cora había insinuado su invitación. Llevaba meses sin tocar una mujer y su cuerpo se había despertado repentinamente, ajeno a las alarmas que se habían disparado: Cora era peligrosa y cuanto más lejos estuviese de ella, más seguro estaría.

—Esta noche vas a tener que llevarme a rastras a mi habitación —le avisó después de dejar el vaso sobre la mesa—, y te vas a pegar a mí como un sello. ¿Entendido?

Señaló la puerta por donde había desaparecido Cora y bebió directamente de la botella.

Paddy parpadeó varias veces. Cooper solía beber algún que otro trago, pero era inusual que lo hiciera con la firme intención de emborracharse. No le había pasado desapercibida la última mirada de Cora, abiertamente hambrienta, sin melindros ni aleteos de pestañas, solo deseo. «Mujeres, no hay quien las entienda», pensó el irlandés. Cooper tenía que quitárselas de encima mientras que él corría detrás de ellas.

—Soy más feo que un demonio, pero todavía puedo encontrar a una mujer que me haga feliz, Mackenna. No eres mi tipo.

—¿Estás seguro? Hay quien asegura que soy un buen partido.

Paddy se acercó y le susurró:

—Créeme, te he visto el trasero...

Los dos hombres estallaron en carcajadas ante el desconcierto de los otros comensales del comedor.

9

La cocina de Amalia Godwin era oscura y pequeña, en el aire flotaba el olor penetrante del jabón de lejía y herrumbre. Las paredes estaban recubiertas de hollín y manchas de humedad. Apenas disponía de una pila, una alacena sin puertas, una estufa de carbón donde cocinaba, una mesa y unas pocas sillas cojas. Un ventanuco, que daba a un patio, apenas dejaba entrar luz. Todo lo que Lilianne veía le encogía el corazón.

Sentada frente a ella, Amalia miraba fijamente el rollo de lino y los satinados hilos de colores vibrantes que Willoby había dejado media hora antes sobre la mesa que las separaba. Sus cinco hijos se habían reunido en la puerta a pesar de que su madre les había ordenado que los dejaran solos; espiaban con los ojos muy abiertos a la mujer elegante de cabello como el fuego. El único que parecía entender lo que estaba sucediendo era Tommy, que se retorcía las manos deseoso de dar su opinión, pero una mirada de su madre le había silenciado.

Como había sospechado Lilianne, la señora Godwin no quería aceptar lo que se le ofrecía. Estiró una mano y tocó con suavidad la de Amalia.

—No es caridad, le propongo una asociación. ¿Sabe lo que es un socio capitalista?

—Claro, no soy tonta. Mi marido tenía un negocio en Pine Street, una respetable sastrería... —Su voz se rompió—. No trate de engañarme, lo ha hecho porque le damos lástima.

Lilianne ya no sabía cómo convencerla. Amalia se resistía; había disfrutado de una vida acomodada antes de perder a su marido, pero tras fallecer el señor Godwin, la familia se había visto obligada a abandonar su hogar en un barrio respetable para refugiarse en la zona más pobre, donde Amalia trabajaba en una lavandería. Le costaba aceptar ayuda, lo poco que le quedaba de su anterior vida era su orgullo y Lilianne ignoraba como sortearlo.

Willoby, que se había mantenido en silencio junto a la ventana, apretaba los labios. Entendía a la mujer, pero con una sola mirada a sus hijos era sencillo entender que apenas se llenaban la panza una vez al día. Dio un paso adelante y, tras consultar a la señorita Lilianne que asintió, se plantó delante de Amalia. Su aspecto no podía ser más intimidante, la cocina era tan pequeña que Willoby parecía más que nunca un gigante.

El hombre admiró el aplomo de la mujer, que le dedicó una mirada desafiante.

—Escúchame, no voy a andarme con rodeos como la señorita Parker. Trabajas de sol a sol y aun así apenas consigues ganar lo suficiente para que tus hijos se lleven algo a la boca. Mira la choza donde vives y mira tus manos. Creo que no has entendido todavía que en este barrio no hay lugar para el orgullo. Cuando te tienden una mano, hay que aferrarse a ella como si te estuvieses ahogando. Yo lo hice hace años, la tía de la señorita Parker me encontró borracho y desfigurado por la paliza que me habían dado. Como tú, no había querido que me ayudaran anteriormente. Pensaba que podía salir adelante solo, pero ahora sé que había caído tan bajo que jamás habría podido salir solo de mi infierno. No hagas como yo, no llegues a ese extremo. Toma esa tela tan bonita y borda como sabes hacer antes de que tus manos se agarroten. Esfuérzate por hacer un buen trabajo, tal vez alguna señora elegante se fije en tus pañuelos y te haga más encargos. Entonces podrás dejar la lavandería, y con el dinero que hayas ahorrado, pon un bonito taller, o como se llame, y vende tus bordados a la flor y nata de la ciudad.

Willoby habló de un tirón sin tomar aire. Cuando acabó su

discurso estaba colorado y sin aliento, pero mantuvo la mirada fija en el rostro pálido de Amalia.

Lilianne se estaba arrepintiendo de haber permitido que Willoby interviniera; el silencio en la cocina era tan tenso que amenazaba con romperse como una fina lámina de cristal. Temía que la señora Godwin los echara; se la veía afectada por las palabras que habían dejado al desnudo la fea realidad que la rodeaba a diario.

—Amalia... —empezó con suavidad para apaciguar el ambiente.

Se vio interrumpida por una taza de hojalata que salió volando y dio de lleno en la cabeza de Willoby.

—¡No le hables así a mi madre, maldito bastardo! —gritó Tommy—. Somos pobres, pero mi madre es una señora.

El niño echaba chispas por los ojos; a pesar de su escaso metro de estatura, desafiaba al gigante con los puños apretados como un pequeño púgil. Willoby reprimió una maldición y clavó una mirada torva al pequeño.

—¡No le he faltado el respeto, pequeña alimaña! —le replicó en el mismo tono de indignación.

Lilianne se llevó las manos a las sienes, todo aquello se estaba escapando de su control. Su intención había sido ayudar, pero por su torpeza e incapacidad de convencer a Amalia, lo había complicado todo.

—Tommy, ven aquí —ordenó la señora Godwin.

Se mantenía muy tiesa sentada sobre una silla coja; era la imagen de la dignidad a punto de resquebrajarse.

—¿Por qué? —inquirió el pequeño, desconfiando de las intenciones de su madre.

—No cuestiones lo que se te ordena —le sermoneó Willoby—. Obedece sin chistar a tu madre.

—Qué sabrás tú lo que es una madre —masculló el niño, que no perdía de vista al gigante.

A pesar de su bravuconería, se acercó con la cabeza gacha. Sintió como Amalia le agarraba de la oreja; acabó de puntillas preguntándose si una oreja podía desprenderse de la cabeza.

—¿Acaso te he educado para que seas tan grosero con las visitas? —preguntó Amalia sin alzar la voz.

Tommy prefería cuando su madre le gritaba, al menos se desahogaba, pero cuando hablaba en ese tono tan controlado, se mostraba más severa de lo habitual.

—No, madre —contestó con voz ahogada.

De repente le soltó y le palmeó la mejilla. El gesto afectuoso le desconcertó; su madre le miraba con los ojos húmedos por las lágrimas reprimidas.

—El señor Willoby tiene razón, no puedo dejarme llevar por el orgullo. —Señaló la puerta a su hijo para que se reuniera con sus hermanos, que no podían abrir más los ojos por el asombro—. Lleva a los pequeños al patio, tengo que hablar con la señorita Parker.

Tommy sabía que se había librado de una colleja ejemplar. Alzó la barbilla al pasar junto a Willoby y se permitió una última mirada desafiante, pero cuando el hombre le gruñó, salió corriendo hacia el patio con todos sus hermanos a la zaga.

—Lo siento —se disculpó Lilianne—. No era mi intención mortificarla. Es verdad, quería ayudarla porque no se merece vivir en tan penosas condiciones, pero he sido muy torpe. He querido engañarla haciéndole creer que era una asociación.

Amalia se miró las manos ajadas por el duro trabajo en la lavandería; tenía los nudillos agrietados y doloridos, la piel enrojecida y áspera. En otros tiempos habían sido suaves y blancas. Soltó un suspiro de derrota.

—No ha hecho nada malo y el señor Willoby no ha dicho ninguna mentira. No puedo seguir con esta soberbia, pero... pero no estoy acostumbrada a pedir ayuda ni sé cómo aceptar la que me brindan.

—Lo lamento —intervino Willoby, compungido—. No pretendía ser tan brusco, pero sé por experiencia lo que significa no tener nada. Algunas veces hay que saber aceptar lo que te ofrecen. La señorita Parker lo ha hecho de buena fe.

La cocina era tan pequeña que, pasado el acaloramiento del

altercado, Lilianne sintió claustrofobia. La cabeza de Willoby casi rozaba el techo. En un rincón divisó por primera vez una pequeña tina donde Amalia había dejado en remojo la ropa de sus hijos. La pobreza saltaba a la vista, pero la señora Godwin mantenía su exiguo hogar tan limpio como las circunstancias le permitían. No precisó girar la cabeza para ver la caja de madera cargada de vituallas que Willoby había dejado en la entrada. Con cinco bocas que alimentar, no daría ni para una semana.

—Ojalá pudiera hacer más —dijo Lilianne—. En unas pocas semanas se celebrará un mercadillo de beneficencia. Es poco tiempo, pero podría vender sus pañuelos, cuellos, puños; piense en bonitos faldones para un recién nacido o enaguas para niñas. Irán las damas de la ciudad y comprarán muchas cosas. Estoy convencida de que se maravillarán al ver sus bordados, se los quitarán de las manos.

—Está bien —cedió Amalia—. Entiendo sus intenciones y no voy a rechazarlas, pero en cuanto pueda, le pagaré el material que ha comprado.

Lilianne sacó de un bolsillo de su falda un tarrito de vidrio relleno de un ungüento verde pálido, que dejó sobre la mesa. Estiró los brazos para coger entre sus manos las de la señora Godwin y le acarició con los pulgares los nudillos castigados. Fue un gesto tierno que casi arrancó un sollozo a la mujer.

—Tiene que cuidar estas manos; serán su futuro, estoy convencida de ello. Échese esta crema por las noches, le aliviara la quemazón y ayudará a que las grietas cicatricen. Si sangran, mancharán el lino...

—Ha pensado en todo —señaló Amalia con voz temblorosa.

—Junto a la caja que ha dejado Willoby en la entrada, hay una lámpara de queroseno. Le dará más luz que su quinqué.

—Que Dios la bendiga, señorita Parker —le susurró Amalia—, y a usted también —añadió a Willoby, que enrojeció hasta las orejas.

Para salir del edificio casi ruinoso donde vivía la familia Godwin tuvieron que pasar por el patio adoquinado donde los niños estaban jugando. En cuanto los vio, Tommy se acercó a Lilianne, pero ignoró a Willoby. Echó a andar cojeando a su lado.

—Gracias por ayudarnos, señorita Parker.

Lilianne sabía de sobra que el pequeño era tan orgulloso como su madre y no quería mortificarlo con una palabra o un gesto equivocado.

—Como me dijiste hace poco: algunas veces hay que hacer lo que hay que hacer. —Le puso una mano sobre el delgado hombro—. Cuida de tu madre, Tommy, te necesita.

—Así lo haré.

En cuanto salieron a la calle, Lilianne soltó un suspiro de alivio; lo que había amenazado con convertirse en un problema se había solucionado sin grandes males, a excepción de la oreja enrojecida de Tommy. Se subió al cabriolé; cuando Willoby le cerró la puertezuela, puso una mano sobre la del hombre.

—Gracias, has sido de gran ayuda.

—Pensé que lo había estropeado todo —respondió contrito.

—No, aunque la intervención de Tommy ayudó a romper el hielo. ¿No te parece?

El gigantón se echó a reír y Lilianne sonrió. Había sido una buena mañana, sin embargo, la felicidad le duró poco, en breve, Aidan se marchaba a Londres.

—Démonos prisa —le pidió—, se me ha hecho tarde.

Se había puesto su mejor traje de calle y esmerado en domar su cabello rebelde. Odiaba su color tan llamativo, aunque en el pasado había sido un motivo de orgullo. Frenó en seco sus pensamientos, no servía de nada rememorar el ayer. Bajó las escaleras todo lo deprisa que le permitió la falda; en breve, Aidan se presentaría y su intención era acompañarlo a la estación.

—Dime qué te parece —preguntó sin aliento mientras daba una vuelta sobre sí misma.

Violette admiró la silueta alta y esbelta de su sobrina. La falda de chintz blanco con un discreto estampado de ramilletes de violetas le delineaba con suavidad las caderas. Por fin la moda había dejado atrás los polisones y las mujeres se movían con más soltura. Estudió la sencilla blusa lila, de mangas abullonadas y cuello alto de encaje, y el chaleco a juego con la falda.

—Estás preciosa. Aidan se irá a regañadientes, estoy convencida de ello. Ya verás, estos meses pasarán muy rápido.

—Ojalá sea cierto —musitó manoseando uno de los botones del chaleco.

La separación le producía un desasosiego que la irritaba. Al fin y al cabo serían unos pocos meses, un tiempo razonable, pero el miedo le susurraba que Aidan podía arrepentirse, conocer a otra persona, entender que no deseaba un matrimonio basado en el afecto después de haber vivido una unión tan profunda con Isabelle.

¿Y ella? ¿Se conformaría con ello? Por supuesto que sí.

En cuanto la campanilla de la puerta repiqueteó, Melissa apareció en la entrada correteando desde el pasillo de la cocina. Nada más ver a las dos mujeres, adoptó un paso más digno. Lilianne y su tía intercambiaron una sonrisa; la doncella se esforzaba en aplicar todas las consignas que Violette le repetía día tras día.

Aidan entregó sus guantes y sombrero a la doncella, que desapareció con discreción.

—Estamos listas para acompañarte —le señaló Lilianne mientras se acercaba a él—, pero te has adelantado.

—Sí, un poco, lo admito. En realidad he venido para despedirme aquí. Prefiero el salón de Violette a una estación atestada de gente y ruido.

Violette disimuló una sonrisa.

—Por supuesto, querido. Ya que has venido, voy a pedirle a la señora Potts que nos prepare un tentempié.

Se adentró en el pasillo que conducía a la cocina; no era inusual en ella, lo que irritaba sobremanera a la señora Potts, que aseguraba que el lugar de una dama no era una cocina atestada de trastos. Unos segundos después oyeron un ruido de cacerolas que se estrellaban en el suelo.

—Por todos los santos, señora Larke. Menudo susto me ha dado —exclamó a lo lejos la señora Potts.

—Milicent, perdona que irrumpa en tu reino...

La voz de Violette se convirtió en un murmullo mientras que, en la entrada, Aidan se reía por lo bajo.

—Tu tía es una mujer peculiar.

—Le divierte sacar de quicio a la señora Potts, que no se calla una reprimenda. —Apretó los labios, dividida entre la alegría de tener a Aidan para ella a solas y la decepción de no poder ir a la estación—. ¿Por qué no quieres que vaya a despedirme? No me agrada que te vayas sin que nadie te diga adiós en el andén, me parece triste. No tienes familia aquí...

—Pues claro que tengo una familia, te tengo a ti.

Aidan la llevó hasta el salón donde la besó con dulzura demorándose en sus labios. Lilianne sintió como su cuerpo se pegaba al suyo al tiempo que le devolvía las caricias. Aidan la trataba siempre con exquisita consideración, incluso en los momentos más íntimos, que no habían sido muy frecuentes. Había una cierta reserva en ambas partes, temían entregarse con demasiada intensidad, quizá porque los dos habían sufrido una pérdida que había dejado una huella difícil de eliminar.

—En la estación no podría haber hecho algo así... —susurró él tras un último beso—. Esperaba que tu tía nos diera un momento de intimidad. En cuanto a estar solo en la estación, no será así; Melvin me llevará en su nuevo vehículo. Me estoy planteando comprarme uno.

Ante el desconcierto de Lilianne, la llevó hasta la ventana, desde donde vio a Melvin junto a un automóvil. El orgulloso propietario esperaba recostado contra la carrocería pintada de un azul llamativo. Había bajado la capota, dejando a la vista un asiento capitoneado para dos del mismo tono que el exterior. Las ruedas de atrás eran mucho más altas que las de delante. A Lilianne le parecieron demasiado finas, casi frágiles, para soportar el peso del vehículo eléctrico. Dos farolillos a ambos lado en la parte frontal le recordaron los ojos de un búho espabilado.

—Melvin ha preferido esperar fuera para vigilar su Panhard. Le llegó ayer de Francia. ¿No te parece una maravilla? —inquirió con entusiasmo.

Lilianne entornó ligeramente los ojos mientras observaba el ufano Melvin que hinchaba pecho como un padre orgulloso de su vástago. Entendía la euforia de Aidan. Conducir un vehículo de esas características debía proporcionar una embriagadora sensación de libertad. Apenas se veían, pero los pocos que circulaban por las calles captaban la atención de adultos y niños. Algunos vaticinaban que representaban el progreso, otros aseguraban que no eran más que una excentricidad pasajera.

—Entonces has decidido cambiarme por un chisme muy grande con ruedas... —dijo con ironía.

El rostro de Aidan enrojeció.

—Dios mío —musitó él, contrito—, debes pensar que soy un zoquete. No era mi intención que te sintieras desplazada. Es solo que...

Ella se echó a reír y le acarició una mejilla.

—No te estoy recriminando; al contrario, te entiendo. Yo también te dejaría a cambio de dar un paseo en ese automóvil.

Aidan se echó a reír por lo bajo y se la llevó al sofá, donde se sentaron. Lilianne sintió una profunda ternura por ese hombre tan honesto, tan carente de malicia.

—Hay otro motivo por el que quería estar a solas contigo —admitió él. Se sacó del bolsillo de la chaqueta una cajita plana de terciopelo granate. Se la dejó con cuidado en una mano—. Cuando te pedí en matrimonio, no te hice ningún presente y ahora me doy cuenta de lo torpe que he sido; cualquier mujer me habría tachado de insensible por no sellar nuestro futuro con un regalo.

—No es necesario —aseguró ella. Miró fijamente la cajita con una extraña sensación de desapego—. Sabes que no me interesan las joyas.

Él le acarició el antebrazo con el índice.

—Lo sé. Quizá sea una cuestión de orgullo, pero necesito que tengas algo mío mientras esté lejos. Habría provocado murmuraciones si hubiese comprado un anillo en una joyería, así que busqué en un anticuario y he encontrado algo que seguro te gustará. —Le dedicó un gesto tímido—. Ábrelo...

Lilianne le obedeció con reticencia, pero soltó una exclamación en cuanto vio las dos peinetas para el pelo adornadas con dos mariposas a punto de echar a volar. Las alas salpicadas de diminutos brillantes eran un delicado enrejado de filigranas de oro cobrizo.

—En cuanto las vi supe que serían perfectas en tu cabello. —Ladeó la cabeza—. ¿Te he decepcionado?

¿Decepcionarla? Estaba a punto de romper a llorar por la delicadeza de Aidan, su regalo era perfecto. Cualquier otra joya habría supuesto un motivo de murmuraciones.

—No, claro que no —se apresuró en replicar—. Las peinetas son preciosas, Aidan, pero sabes que no necesito un regalo para sellar nuestro compromiso.

—Estoy deseando hablar de ti a mis padres. Aunque el motivo de mi viaje sea la delicada salud de mi padre, sé que voy a darles una alegría cuando les comunique nuestro deseo de casarnos. Se alegrarán por los dos, estoy convencido de ello.

—¿Y si no les gusto?

—No lo dudes, estarán encantados. Tienes mucho en común con mi madre; ella también se preocupa por los más desfavorecidos, y, aunque no está en primera línea, lucha para que las mujeres consigan más reconocimiento.

Aquejada de repente de un temor repentino, no se le ocurrió ninguna réplica coherente.

—Lilianne, sé que te pedí discreción en cuanto a nuestro compromiso, pero ahora tengo la oportunidad de comunicárselo en persona... y me gustaría hacerlo con una fecha concreta.

Una fecha. No habían hablado de fechas ni del lugar, hasta entonces su compromiso había sido algo abstracto, muy lejano. De repente le sudaban las manos. ¿Era realmente lo que deseaba? Se ordenó serenarse, Aidan y ella se querían a su manera, sentían las mismas inquietudes, entendían las reservas del otro. Era más de lo que tenían otras parejas. Eso le había dicho Violette. Respiró hondo y le tendió las peinetas a Aidan.

—¿Te importaría ponérmelas?

—Por supuesto.

Aidan se apresuró en hacer lo que le había pedido. Las entrelazó con cuidado a cada lado del moño y la estudió con una ternura tan sincera en la mirada que Lilianne le besó en la mejilla.

—Pon tú la fecha, la que elijas será perfecta para mí.

—Anunciaremos a toda la ciudad nuestro compromiso a mi regreso.

Justo lo que Lilianne no quería. No deseaba que todo San Francisco estuviese pendiente de ella.

—Dime, Aidan, ¿has pensado que podríamos celebrar la boda en Londres? Tus padres son mayores y no creo que a tu padre le haga ningún bien un viaje tan largo.

La abrazó con euforia.

—No me atrevía a proponértelo, pero eso haría aún más felices a mis padres.

La besó una última vez y Lilianne recibió las caricias deseando que esos meses pasaran cuanto antes.

—Me tengo que marchar... —murmuró Aidan contra su cabello.

—Al menos déjame acompañarte hasta la acera, así saludaré a Melvin. Tal vez me fugue con él en su automóvil.

—Cuidado, ya me siento celoso.

Violette apareció en el momento oportuno, justo cuando Aidan y Lilianne se disponían a salir. Los estudió con discreción y pasó por alto el moño algo desaliñado y el sonrojo de las mejillas de su sobrina. Estaban hechos el uno para el otro, quizá su historia no hubiese nacido de la pasión más arrebatadora, pero se compenetraban y nadie podía obviar la complicidad que los unía.

—La señora Potts lamentará que no pruebes su delicioso pastel de cerezas... —La mujer esbozó una sonrisa traviesa y guiñó un ojo con discreción a su sobrina—. Pero tenemos a Willoby, que agradecerá la ración doble.

Lilianne propinó un abrazo a su tía por ser tan especial. Los había dejado solos intencionadamente, proporcionándoles un momento de intimidad para despedirse. Violette se lo devolvió unos segundos, después se desembarazó de su sobrina con aspavientos.

—Venga, Aidan perderá su tren si no se marcha.

Acompañó a la pareja hasta la puerta. En cuanto vio el automóvil de Melvin, soltó una exclamación de admiración.

—¡Es magnífico! Qué lástima que solo quepan dos personas.

Melvin se irguió en cuanto los tres se reunieron con él.

—Señora Larke, será para mí un placer llevarla donde usted me diga, y mi ofrecimiento se extiende a Lilianne.

—En ese caso —se adelantó Violette, radiante de felicidad por la promesa de cumplir su sueño—, si no tienes nada que hacer esta tarde, ven a recoger a Lilianne y llévala hasta tu estudio. Yo iré en el cabriolé con Willoby. Así podrás enseñarnos esas fotografías tan espectaculares que comentaste en la velada de Adele. Y a la vuelta, podré averiguar la sensación tan embriagadora que me han descrito al ir en un automóvil.

—Señora, sus deseos son órdenes —contestó Melvin y acompañó sus palabras con una profunda reverencia—. Y ahora, caballero, su tren le espera.

Aidan se despidió con una última mirada, era cuanto podía hacer en público. Lilianne permaneció en la acera hasta que el automóvil desapareció de su vista. El corazón le latía con fuerza y le escocían los ojos. Su tía la tomó por la cintura y la condujo hacia la casa con delicadeza.

—Lilianne, no todos los hombres son iguales. No temas que Aidan te abandone, él no lo hará nunca.

Ella trató de sonreír.

—Sí, tienes razón.

10

El Panhard de Melvin se detuvo en el 109 de la concurrida Montgomery Street, justo delante de un edificio de dos plantas. Lilianne aún sentía el traqueteo que la había sacudido durante todo el camino. El cabriolé era más lento, más sosegado; aun así, había disfrutado del viento en el rostro y de la sensación de libertad. Le habría gustado alargar el paseo, salir de la ciudad, seguir hasta donde ya no hubiese nada más que ella y el camino. Se deshizo del pañuelo con el que se había protegido el cabello y se recolocó como pudo el sombrero.

—Dios mío —exclamó nada más poner un pie en suelo firme—, es como volar.

Melvin se reunió con ella, se quitó las aparatosas gafas para protegerse los ojos y le señaló a Lilianne las suyas, que llevaba todavía puestas. Ella se rio al entregárselas. A su alrededor los transeúntes se paraban para admirar el vehículo estacionado mientras su propietario sonreía con orgullo.

—Si tu tía lo permite, podríamos pasear un día por California Street, después por Central Avenue y seguir hasta los Baños de Sutro. Allí podríamos tomarnos un refresco y admirar las vistas.

—Cuando Aidan regrese de Inglaterra. Estos meses se me harán eternos —añadió con un suspiro.

—Yo también lo echaré de menos. Habitualmente soy yo quien se va y es Aidan quien se queda. Se me hace extraño. Apenas me ha dado tiempo ponerme al día, pero sí que me ha dicho que estáis comprometidos. Permíteme darte mi enhorabuena, ambos estáis hechos el uno para el otro.

—Gracias, Melvin, pero queremos ser discretos. De momento es un compromiso entre los dos.

—Lo entiendo, Aidan me explicó que quería hablar antes con sus padres, pero conozco a los Farlan, te acogerán con los brazos abiertos.

Entraron en el pequeño local donde las nuevas cámaras de fotografía de la marca Kodak ocupaban las estanterías cerradas con puertas de cristal. Antiguos modelos de fuelle y trípodes abarrotaban los rincones e innumerables retratos y paisajes colgaban de las paredes.

—Ya estoy aquí, Arthur —gritó Melvin al tiempo que colgaba su sombrero de una percha.

La puerta de la calle se abrió dando paso a Violette, seguida de Willoby; este fulminó con su mirada torva al fotógrafo, que no parecía muy intimidado.

—Ha sido una locura ir tan rápido.

—Por Dios, Willoby —le dijo Violette con ironía—, no seas cascarrabias, apenas hemos tardado unos minutos más que Melvin, de modo que no recrimines a nuestro amigo. Reconoce que te habría encantado ir en el automóvil. Admito que yo también.

Willoby agachó la cabeza y esbozó una sonrisa traviesa.

—Lo admito, señora Larke. La envidia es mala consejera...

—Ahí está el quid de la cuestión, *mon ami*.

Lilianne ocultó una sonrisa, Violette trataba a Willoby con respeto y afecto, lo que irritaba sobremanera a su hermano Gideon, que veía en esa familiaridad un signo de debilidad y de falta de decoro.

—Cuando gusten, estoy siempre buscando una excusa para ir y venir con mi Panhard —se ofreció Melvin—. Y ahora, venid por aquí. —Les señaló la puerta detrás del mostrador. Un hombre de rostro aburrido de unos cuarenta años apareció por esa misma puerta—. Lo lamento, señoras, pero no dispongo de nada para ofrecerles. Arthur, voy a enseñar las fotografías de mi viaje al Yukón. ¿Puedes encargarte de que nos traigan del salón de té algo para beber y picar?

El hombre asintió y dejó paso a los visitantes de su patrón. Desde que Melvin había regresado de su largo viaje, sus amigos se presentaban a todas horas para ver esas imágenes que generaban muchas exclamaciones de admiración.

El estudio donde Melvin fotografiaba a sus clientes se componía de varios decorados divididos por pesados cortinajes: un rinconcito que se asemejaba a un jardín con un banco y una fuente, un exquisito saloncito con una *chaiselongue*, y un regio despacho con una mesa, un sillón de cuero y una librería detrás.

—Nunca se me ha ocurrido hacerme un retrato fotográfico —reconoció Violette observando todo con atención.

—Son rápidos y uno se ahorra las tediosas horas posando para un cuadro —explicó Melvin. Abrió un armario de madera de doble puerta y extrajo varios archivos que colocó sobre la mesa del despacho—. En cuanto se cansen de ver imágenes del Yukón, díganmelo. Me entusiasmo tanto que suelo perder el sentido del tiempo. Por favor, tomen asiento.

Se reunieron en torno a la mesa. Melvin pasaba fotografías mientras explicaba todo cuanto aparecía. Gesticulaba y hablaba atropelladamente de lo que había visto y de la gente que había conocido, gente de todas las condiciones que aspiraba a vivir el sueño de la quimera del oro.

—¿Y la gente tiene que subir esa pendiente cargando su equipaje? —quiso saber Lilianne.

—Sí, es el paso Chilkoot. Tuvimos que hacer ese recorrido varias veces para subir con la ayuda de los trineos el equipaje que pesaba casi seiscientos kilos. No olviden que en octubre los pasos se cierran por la nieve hasta el mes de mayo. Tampoco se puede navegar cuando el río Yukón se hiela hasta el mar de Bering. La gente ignora cuan difíciles son las condiciones de vida, por eso mismo las autoridades canadienses exigen que los viajeros lleven todo lo necesario para sobrevivir durante casi un año. Aun así, pasamos hambre y frío. No es sencillo racionar la comida para que dure un año ni adivinar el frío que puede llegar a hacer.

—¿Y subían muchas mujeres? —intervino Violette, tan impresionada como su sobrina.

—Muchas más de las que yo habría imaginado. Entre la ciudad de Dyea, en Alaska y el lago Bennett, pasando por el paso Chilkoot, hay unos cincuenta y tres kilómetros; no parecen muchos, pero son un verdadero infierno. ¿Ve esa hilera?

Señaló una hilera de personas, que subían la ladera de una montaña nevada. La imagen tenía fascinada a Lilianne. Parecía una fila de hormigas sobre un manto blanco. El esfuerzo debía ser inhumano.

—La gente sube por las ya famosas *Escaleras Doradas* esculpidas por los hombres en el hielo —proseguía Melvin—, y las mujeres, muchas de ellas esposas de los *stampiders*, cargan tanto peso como los hombres.

Lilianne observaba los rostros de los hombres y mujeres de las fotografías. De alguna manera se sentía identificada con esos desconocidos, entendía la ilusión, el temor, la incertidumbre. Ella había intentado alcanzar una ilusión, pero su desafío había sido un fracaso. Y después vino todo lo demás...

—Este día fue muy curioso —estaba diciendo Melvin—, nos habían hablado de un grupo de hombres que vivían alejados de los arroyos más explotados, en una zona aislada del río Klondike. Un sueco nos aseguró que si alguien conocía la región eran Paddy y su amigo, quienes llevaban años buscando oro. De camino recogimos a un francés, que no tenía muy buen aspecto, pero parecía deseoso de estar en compañía de quien fuera, aunque no hablaba mucho.

Lilianne ladeó la cabeza al contemplar una foto que representaba una cabaña con un espeso bosque de fondo. El color blanco predominaba en el paisaje, por lo demás la pequeña edificación parecía perdida en medio de la nada. ¿Quién podía vivir en un lugar tan solitario?

—Aquí están, Gustaf, el sueco del que os he hablado, y Dominique. Ese chico me daba lástima.

Lilianne cogió la imagen que le ofrecía Melvin. Se fijó en el rostro demacrado del joven; su gesto reflejaba una profunda tristeza. A su lado, un hombre alto y fornido sonreía a la cámara con aspecto relajado.

—¿Y sabe si tuvieron suerte? —quiso saber mientras entregaba la imagen a Willoby.

Este apenas prestó atención a la fotografía que Lilianne le estaba entregando, subyugado por la imagen de una mujer ataviada con unos pocos velos que posaba de forma muy sugerente.

—Oh, Willoby —exclamó Melvin, cuando reconoció la imagen de la mujer y sin percatarse del sofoco del hombre—, esa señorita es Kate Klondike. Como ves, es muy... —Carraspeó—. En fin, es muy simpática —concluyó tras echar una mirada de reojo a las dos mujeres que lo escuchaban atentamente. Prefirió volver a un tema más seguro y cogió la fotografía de la mujer para guardarla en una carpeta—. Gustaf, el sueco, encontró una buena veta, pero no sé qué le ocurrió al otro.

Melvin ya tenía otra imagen en la mano y se la tendía a la señora Larke.

—Willoby, toma un poco de té —le aconsejó Violette, aprovechando que Arthur había aparecido con una bandeja—. Te sentará bien —añadió reprimiendo una sonrisa.

Lilianne se rio por lo bajo, agradecía esa distracción cuando Aidan se estaba alejando de ella. Le había pedido una fecha concreta para su boda. Ya no era un compromiso vago y sin planes. Pensó en los rumores que resurgirían en cuanto se hiciera pública la noticia de su futuro matrimonio. Siempre habría alguien que recordara a quien lo había olvidado que Lilianne estuvo a punto de casarse con otro hombre, y que lo que había sucedido a continuación seguía siendo un misterio para todos.

Se sacudió esos pensamientos y se centró en lo que tenía entre las manos. Durante unos minutos había perdido el hilo de lo que Melvin estaba relatando; hablaba de un hombre que los nativos llamaban Gran Oso Blanco, un hombre huraño del que nadie sabía nada de su pasado.

—Es un hombre muy alto y de aspecto bastante inquietante —estaba diciendo el fotógrafo—. Lo conocimos en su cabaña, donde coincidimos con Paddy O'Neil, que es todo lo opuesto a su amigo. Son vecinos y socios, tienen varias concesiones en un arroyo que ni siquiera tenía nombre cuando se instalaron allí. Ahora lo llaman el arroyo Mackenna.

Hacía años que no oía ese apellido. El corazón de Lilianne se aceleró de manera irracional, a la misma velocidad que su mente repetía Mackenna, Mackenna, Mackenna, Mackenna... Cooper Mackenna.

—Aquí tiene una foto de los dos hombres en cuestión.

Lilianne se ordenó dejar de pensar en el pasado, ya no había cabida para recuerdos que no conducían a ninguna parte. Cogió la fotografía y la estudió: dos hombres posaban delante de la cabaña. Primero se fijó en los dos enormes perros de aspecto fiero que flanqueaban a los mineros. Después se concentró en los hombres, iban muy abrigados con pieles y gorros. Era casi imposible distinguir sus rostros por las barbas y las capuchas; aun así, Lilianne sintió una extraña sensación de familiaridad con respecto a uno de ellos, una extraña agitación, un presentimiento descabellado por algo imposible. ¿Por qué de repente se estaba poniendo nerviosa? Nada en aquella foto resultaba alarmante.

—Este es un excelente retrato —declaró Melvin con orgullo—, aunque esté mal que lo diga yo, pero ese hombre me tenía intrigado. Me costó captar su esencia, el aura de peligro que le rodeaba. Sus ojos eran extraños, inexpresivos, pero cuando me miraba los sentía como dardos que me traspasaban.

Lilianne parpadeó en cuanto tuvo la foto en sus manos. La sensación de inquietud se convirtió en un miedo irracional. Como decía Melvin, el retrato era soberbio: un primer plano de un rostro severo, anguloso, con una espesa barba y un bigote que ocultaban los labios. La nariz era recta, y los ojos claros miraban hacia el objetivo de la cámara con determinación y desafío. De repente supo que eran grises, lo sabía porque ella se había perdido miles de veces en ellos, pero la sensatez le recordaba que era imposible que fuera la misma persona. Buscó más indicios, un detalle que pusiera fin a su alocada imaginación. No tardó en reconocer una pequeña cicatriz junto a la ceja derecha con forma de siete. El vahído se intensificó, pero aun así se ordenó controlar sus emociones, sin éxito.

—¿Lilianne?

La voz de su tía le llegó muy lejana. Apenas oía lo que decían los demás; la sangre fluía con rapidez y le producía un rugido en la cabeza que la aislaba de cuanto la rodeaba. Empezó a temblar, incapaz de apartar la vista de esos ojos, por los que había desafiado al mundo.

Apenas recordaba detalles de lo sucedido aquella noche. Un detective privado los había encontrado una semana después de su huida. Había irrumpido de madrugada con otros dos hombres en la pequeña habitación de la modesta pensión donde se habían ocultado, a la espera de embarcar. Tan solo dos días después habrían zarpado en el *Matamua* rumbo a las antípodas. Inexplicablemente habían dado con ellos, a pesar de todas las precauciones que habían tomado. A ella la amordazaron y Cooper fue golpeado hasta perder el conocimiento. De regreso a la casa de sus padres, la encerraron en una habitación donde solo entraban Gideon y la doncella de su madre. Durante días lloró y suplicó que la dejaran ver a Cooper. Nunca volvió a verlo...

Lilianne se presionó el puente de la nariz. A duras penas consiguió apartar la mirada de la fotografía y preguntó con un hilo de voz:

—¿Cómo se llama este hombre?

—Cooper Mackenna. Lleva años en aquella zona, es un veterano, un *sourdough* como los llaman los indios...

Melvin hablaba mientras rebuscaba en una carpeta otra fotografía. Lilianne miró a su tía; también estaba lívida, tan asombrada como ella.

—Me dijeron que había muerto —murmuró Lilianne, a punto de desfallecer. Se recompuso con dificultad e hizo lo imposible por hablar con normalidad—. Háblame de este hombre, de Cooper Mackenna.

—Vive en una cabaña a unos kilómetros de Dawson City...
—replicó Melvin, ajeno al malestar de las dos mujeres—. Un tipo
curioso, poco hablador, bastante solitario, según tengo entendido.

La mente de Lilianne se quedó en blanco, por mucho que tratara de serenarse, la noticia no podía ser más perturbadora. Su
padre le había asegurado que había fallecido, lo había corroborado
el capitán del mercante en el que Cooper había embarcado. Pero
la cruda realidad era que estaba vivo y había seguido adelante sin
ella durante nueve años. No había hecho nada por ir a por ella,
sencillamente la había dejado atrás como un pesado lastre.

Violette distrajo a Melvin, que seguía hablando de Cooper sin
percatarse de la palidez de Lilianne.

—Querido, acabo de recordar un compromiso y llegaremos
tarde si no nos vamos ahora mismo.

Willoby frunció el ceño, sin entender las prisas de la señora
Larke.

—Oh... Yo... —Melvin sonrió—. Lo lamento, una vez más he
perdido el sentido del tiempo hablando de mi viaje. Cuando quieran saber más, estaré a su disposición.

—Por supuesto. ¿Puedo comprarle este retrato? —pidió Violette, refiriéndose a la fotografía que había trastornado tanto a su
sobrina—. Como bien dice, es soberbio.

—Permítame regalárselo, señora Larke.

Lilianne se puso en pie ignorando si sus piernas la sostendrían.
Le costó entregar el retrato a su tía, que lo guardó en su bolso de
mano. No quería perderlo de vista, era la única prueba de que no
había sufrido una alucinación.

—Ha sido un placer, Melvin —musitó Violette.

—Señora Larke, ¿no quería que la llevara en mi Panhard al
regresar a su casa?

Violette esbozó una sonrisa que trató de ocultar su zozobra.

—Si no le importa, dejaremos el paseo para otro día.

11

Cooper estaba de un humor irascible, esa mañana se había levantado con un dolor de cabeza que amenazaba con taladrarle el cráneo. Ni siquiera la paz del bosque le sosegaba; habían dejado atrás el bullicio caótico de los campamentos mineros, lo único que se oía en ese momento era el reclamo de las aves en el follaje de los árboles. En el ambiente flotaba el olor a tierra húmeda y a resina de los abetos. Nada de todo eso le apaciguaba el malhumor. Para colmo, había cedido *Trotter* a Lashka para que no fuera andando. No había sido un gesto de consideración sino de pura lógica, de lo contrario ella los habría retrasado al ir caminando. *Linux* y *Brutus* tiraban del trineo, lo que le irritaba sobremanera, tanto como los tábanos que los acosaban incansablemente.

La resaca con la que se había despertado, con Paddy echándole el aliento a la cara, no había ayudado mucho a mejorar su estado de ánimo. El irlandés había seguido al pie de la letra su recomendación de no dejarlo solo y le había acompañado en su borrachera. Ni siquiera recordaba cómo habían subido a su habitación ni cómo habían caído desmadejados en la cama. La mirada socarrona de Cora esa misma mañana le había irritado aún más, se había reído de él en sus narices. Su único consuelo era que no había caído en sus brazos, lo que suponía un reto. Cora era preciosa y Cooper sabía de sobra que era una amante muy solícita. Su apatía sexual empezaba a preocuparle, quizás era debida a los recuerdos que le acosaban, muy a pesar suyo. Tal vez su desgana se debía a que *ella* aparecía en sus sueños de manera continua desde hacía meses y sin razón alguna. Menudo idiota estaba hecho.

—¡Mackenna!

La voz áspera de Paddy le sacudió como una bofetada. Le echó una mirada airada que no achicó al irlandés.

—¡¿Qué?!

Paddy señaló a la india, que se adelantaba hacia un grupo de hombres de su tribu. Cinco tipos habían aparecido de repente de entre los árboles, entre los cuales estaba Subienkow. El joven indio era alto y corpulento, de rostro ancho con marcados pómulos y una mirada perspicaz. La joven se bajó torpemente de *Trotter* y se presentó frente a su hermano con la cabeza gacha.

—Ya te lo dije, esta cabeza de chorlito nos traerá problemas —masculló Paddy.

Los hombres de la tribu tlingit se mantenían en silencio mientras miraban fijamente a los dos mineros. Cooper hizo una mueca al bajarse de su caballo y se acercó con calma; lo que menos le apetecía era apaciguar a un hermano iracundo.

—Subienkow...

El puñetazo le tiró al suelo; durante un instante Cooper pensó que le iba a estallar la cabeza. Resolló hasta que logró arrodillarse en el suelo. Subienkow tenía una buena derecha, casi tan buena como la suya. Se sacudió el embotamiento y se lanzó sobre el indio; salieron rodando entre los hombres que animaban a su compañero.

Paddy se llevó una mano al revólver preocupado por Cooper, que asestaba tantos puñetazos como los recibía. Justo detrás *Linux* y *Brutus* tironeaban entre gruñidos de las correas del trineo. Si uno de los dos conseguía soltarse, iría directo al cuello de Subienkow y entonces sí que tendrían un problema. Echó una mirada furibunda a Lashka, que se mantenía al margen retorciéndose las manos. Aquello se estaba alargando inútilmente, disparó al aire para poner fin.

—¡Ya está bien! ¿Por qué no le dices a tu hermano lo que ha hecho Mackenna por ti en lugar de quedarte ahí plantada? —increpó a la joven.

En el suelo, los dos hombres se separaron estudiándose con desconfianza.

—¡Te has llevado a mi hermana, maldito bastardo! —gritó el indio.

—Ella nos siguió hasta Dawson —contestó Cooper con calma y acto seguido escupió sangre—. Deberías vigilarla mejor.

—No es tan estúpida, mi padre le ha prohibido ir hasta ese lugar —porfió el indio, pero en cuanto vio el rostro contrito de su hermana, soltó una maldición en su lengua—. Llevadla al poblado —ordenó a sus hombres—. En cuanto a ti, no te acerques a ella. Si me entero de que la has deshonrado, romperé cada hueso de tu cuerpo.

Los indios se alejaron en silencio; la única que miró atrás fue Lashka, con unos ojos tan implorantes que Cooper supo que sus problemas no habían acabado.

—Mackenna —empezó Paddy mientras bajaba de su montura—, tienes una extraña manera de hacer amigos. En un día te has granjeado la enemistad de Rudger y de Subienkow, sin hablar de Cora. Chico, no sé cómo no te han matado antes.

Cooper se puso en pie tambaleándose, le palpitaban las costillas y la mandíbula y la cabeza le iba a explotar.

—Ya lo intentaron —reconoció—, pero soy duro de roer.

Paddy le pasó un brazo por la cintura para ayudarle a sostenerse en pie.

—Seguro que cabreaste a alguien —farfulló mientras hacía lo imposible por mantenerse en pie—. ¡Por todos los Santos, Mackenna! Pesas más que una burra preñada...

De repente los caballos se inquietaron, empezaron a piafar y a golpear el suelo con los cascos. Salieron corriendo, seguidos del burro antes de que los dos hombres pudieran hacerse con las riendas. Los perros empezaron a gemir y gruñir con la atención puesta en unos arbustos. Al momento apareció un oso grizzly. Husmeó el aire a cuatro patas y dio unos pasos tranquilos antes de girar lentamente la cabeza hacia ellos. Un rayo de sol se coló entre las ramas y le iluminó realzando el tono pardo de su pelaje y el enjambre de mosquitos que revoloteaba a su alrededor. Durante unos segundos todo quedó en silencio, como si el bosque aguantara la respiración. El oso se puso frente a ellos, los evaluó con sus ojillos oscuros, que parecían demasiado pequeños en su enorme cabezón. El hocico se removió y los belfos se le arrugaron dejando a la vista unos colmillos afilados.

—Tranquilo —murmuró Cooper sin apenas mover los labios.

Muy despacio llevó una mano a su arma, pero se dio cuenta tarde de que su revólver se había caído durante la pelea. El movimiento fue apenas perceptible, pero el grizzly se irguió sobre las patas traseras, alzándose sobre sus más de dos metros y medio de estatura. Soltó un rugido que estremeció todo el bosque. Los osos eran rápidos; en cuanto el animal echara a correr hacia ellos, se convertirían en su almuerzo si no actuaban de inmediato. Se hizo con el arma de Paddy, que se había quedado petrificado, y mientras le gritaba que huyera, disparó al oso, que ya corría hacia ellos. El disparo se propagó, las aves echaron a volar, sin embargo, el grizzly siguió su carrera, lo tenían casi encima. Disparó una segunda vez casi a bocajarro apuntando a la cabeza; el plantígrado se desplomó con tanta fuerza que el suelo tembló bajo los pies de Cooper. En el aire se dispersó el olor a pólvora y a sangre.

—Por Jesús —musitó Paddy mientras se acercaba con cautela—. Es enorme. Mira esas garras... Mackenna, me has salvado otra vez la vida...

—Deja de decir estupideces, te habría echado a sus garras si no hubiese estado seguro de matarlo —gruñó Cooper, que todavía sentía el miedo palpitar en sus entrañas.

—Ya, por eso me has dejado sordo al gritarme que corriera. Menudo zopenco estás hecho. No me extraña que tu esposa te diera una patada en el trasero y se largara.

Cooper se encogió de hombros sin dejar de mirar al oso.

—No lo dudes, si un día Lily apareciera, me daría un buen puntapié.

Lily. ¿Cuándo había sido la última vez que había pronunciado en voz alta ese nombre? Necesitaba una mujer o acabaría volviéndose loco pensando en ella.

—Ahora hay que ir en busca de los caballos y del idiota de *Trotter* —se quejó Paddy—. Vivir a tu lado es apasionante, Mackenna, pero me temo que mi corazón no aguantará muchos más sobresaltos. Eres más peligroso que el tifus.

Cooper estalló en carcajadas; de alguna manera la tensión remitió, el rugido en sus oídos desapareció y su pulso se sosegó. Se dejó caer junto a los perros, que se apresuraron a lamerle la cara entre gemidos y ladridos.

—Y ahora se ha vuelto loco —soltó Paddy meneando la cabeza—. Me he buscado el socio más idiota de todo el Yukón.

—Un socio que te hará rico —le recordó Cooper entre carcajadas.

El ceño fruncido del irlandés se relajó y rompió a reír a su vez.

—Y en septiembre nos largaremos con los bolsillos llenos de oro.

Paddy se puso a bailar una jiga irlandesa en torno al cuerpo del oso; agitaba los brazos mientras desafinaba con su voz áspera como la corteza de un árbol. Los perros lo acompañaban aullando al ritmo que marcaba el hombre. Cooper le observó sonriendo; si alguien había tenido suerte era él por haber conocido a Paddy, el irlandés le mantenía cuerdo y alejaba las pesadillas con su buen humor.

—Dime, irlandés, ¿te has meado en los pantalones? —preguntó al fijarse en la mancha oscura que ensombrecía la entrepierna de Paddy.

—Pues claro que sí —replicó el otro sin dejar de bailar—. Me he meado encima en cuanto he visto al oso correr hacia nosotros. ¿Tú no?

Cooper se miró los suyos; estaban secos, pero el miedo le había dejado un sabor metálico en la boca y tardaría en desaparecer.

—Pues no.

Y al oír el bufido de Paddy, rompió a reír de nuevo.

La diversión duró poco; unos gritos los pusieron en alerta. Cooper, que seguía con el arma en la mano, apuntó hacia donde provenía la voz. Apareció un hombre de unos treinta años, de pelo negro y rostro moreno. Una nube de mosquitos revoloteaba en torno a su cabeza, pero el recién llegado no parecía percatarse. Sostenía con firmeza un rifle entre las manos.

—He visto vuestros caballos, después he oído los disparos —dijo sin aliento, con un fuerte acento italiano— y he venido enseguida.

Los ojos del recién llegado fueron del oso tirado en el suelo a los dos hombres. Chasqueó la lengua y se acercó para evaluar un poco mejor la presa.

—Es una buena pieza.

Paddy colocó un pie encima del grizzly e hinchó su exiguo pecho con un aire fanfarrón.

—Pues sí, nos hemos cargado a esta bestia.

Cooper agachó la cabeza para ocultar su sonrisa, no quitaría el protagonismo al irlandés. Se puso en pie y se reunió con ellos.

—Gracias por venir, Giuseppe. Ayúdanos a despiezarlo y te llevarás tu parte de carne.

—¿Sabes hacia dónde han ido nuestros caballos? —inquirió Paddy.

—Mi pequeño y Sofia los han tranquilizado. El burro también está con ellos.

—Pues ración doble para tu familia —exclamó el irlandés, que de repente había recuperado el buen humor.

Se pusieron manos a la obra sin importarles mancharse de sangre. El oso les proporcionaría carne para alimentarse durante días.

Cooper estudió al italiano, que trabajaba en silencio, mientras Paddy parloteaba sin cesar dando su versión del ataque del plantígrado. Giuseppe y su familia habían aparecido el verano anterior y se habían hecho con una concesión en Mackenna Creek. Apenas habían sacado oro para sobrevivir de mala manera, y, para más agravio, Sofia se había quedado embarazada.

—¿Ha habido suerte en tu concesión? —preguntó al italiano.

El hombre negó con los labios apretados.

—No sé cómo vamos a volver a San Diego —admitió con pesar—. No hemos sacado oro suficiente para comprar tres pasajes para marcharnos de aquí. Y no creo que Sofia aguante otro invierno ni el pequeño que está a punto de nacer.

Giuseppe soltó un suspiro que resumió toda su angustia. Cooper y Paddy intercambiaron una mirada; el italiano no iba desencaminado al decir que su mujer no aguantaría otro invierno en la pequeña cabaña que había sido su hogar durante el largo invierno, y menos aún un recién nacido.

—La suerte siempre puede llamar a tu puerta —aseguró Paddy—. No te desanimes, hombre, que todavía queda verano para trabajar.

12

En el despacho de Gideon se respiraba un aire viciado cargado de emociones a punto de estallar. Sentadas en un pequeño sofá, Ellen y Becky permanecían calladas con la vista fija en Lilianne. Apenas si reconocían a la mujer serena que había sido en los últimos años. Junto a una ventana, Gideon estudiaba la fotografía que Lilianne se había llevado del estudio de Melvin; por primera vez, su habitual altivez había dado paso al más absoluto estupor.

En el lado opuesto, Violette seguía los pasos de su sobrina con preocupación. Esta caminaba de un lado a otro de la estancia abrazada a sí misma sin alzar la mirada del suelo. Esa mañana no se había esforzado en domar su cabello, que apenas se sostenía en un moño precario. Otra señal de su agitación eran las ojeras que delataban una noche de insomnio.

Nada más salir del estudio de Melvin, la había convencido de esperar a que se calmara antes de hablar con su padre, pero no había servido de nada. Lilianne había pasado la noche caminando de una punta a otra de su alcoba sin descansar un momento. Y esa misma mañana había irrumpido en el despacho de su padre ante la mirada asombrada del mayordomo. Como saludo, le había puesto bajo las narices de su padre el retrato de Cooper.

—Esta foto es de este invierno, ¿cómo puede ser si murió hace nueve años? ¡Me dijiste que había muerto!

Ellen, Becky y Reginal, que estaban de visita, se habían reunido con ellos al oír el tono airado de Lilianne. Desde entonces Gideon miraba la foto, lívido, tan sorprendido como Lilianne. Resultaba imposible no saber de quién eran esos ojos claros que parecían penetrar hasta lo más hondo. La última vez que le había visto había sido en esa misma estancia. Por aquel entonces no había sido más que un joven asustado; el hombre del retrato destilaba fuerza y decisión. De repente Gideon se puso a sudar, apenas si lograba respirar con normalidad.

—No puede ser —susurró para sí mismo. Estudió una vez más la imagen—. El capitán del mercante en el que embarcó Mackenna me dijo lo mismo que te dijo después. Te lo llevé para que te convencieras, para que dejaras de llorar su ausencia cuando estaba claro que te había abandonado.

Desde el sofá se oyó la risita socarrona de Becky, que no ocultaba su regocijo. Lilianne la ignoró, en ese momento necesitaba respuestas en lugar de un enfrentamiento con su hermana. La revelación de esa fotografía era como un estallido en su pecho, una insólita y ridícula alegría se solapaba con un desgarrador llanto.

—No tuve oportunidad de averiguar algo más de lo que me dijiste, pero, ¿cómo supiste que el *Diana* había regresado a San Francisco después de tantos meses? —quiso saber con un tono monótono, que nada tenía que ver con el vendaval de emociones que la sacudía.

Gideon dejó la foto sobre la mesa y se sentó, su entereza se estaba fortaleciendo de nuevo. Lanzó una mirada airada a su primogénita.

—Porque pagué a las autoridades del puerto para que me avisaran si el *Diana* regresaba a San Francisco. Quería asegurarme de que Mackenna no volvía a nuestras vidas, de modo que fui a ver al capitán en cuanto me avisaron. No sé más que tú; el capitán dio parte a las autoridades de una pelea en su barco cuando alcanzaron las costas de Japón y denunció la muerte de Mackenna. Dos miembros de la tripulación corroboraron la versión del capitán: hubo una pelea en la cubierta, en la refriega Mackenna cayó al mar. Hicieron cuanto pudieron por rescatarlo pero él desapareció. Según dijeron, en ese lugar las corrientes son muy peligrosas. No me explico cómo puede estar vivo.

—¿Y si solo es un hombre que se parece a Mackenna? —se aventuró a decir Ellen, cuyo ceño mostraba una profunda arruga de preocupación.

Lilianne se giró hacia su madre y la estudió con desapego, sorprendida de no sentir nada por ella. Ellen era una extraña, sin el más mínimo vínculo emocional que las uniera, solo vagos recuerdos que apenas habían significado algo para ella, menos aún para su madre.

—¿Un hombre que se parece a Cooper y que se llama igual que él? Mira el retrato, madre, tiene la misma pequeña cicatriz junto a la ceja derecha. ¿No crees que son muchas coincidencias?

Becky se puso en pie y se alisó la falda con gestos bruscos.

—¿Y cuál es el problema? Lo más seguro es que siga en su agujero, como ha hecho durante todos estos años. ¿Dónde has conseguido ese retrato?

—Esa información es irrelevante —replicó Lilianne—. Lo que sí importa es que Aidan y yo nos comprometimos y deseamos casarnos. No entiendo que no seas capaz de ver las implicaciones.

Becky esbozó una sonrisa inocente, pero Lilianne la conocía demasiado bien; la situación no podía ser más divertida para su hermana.

—Sigo sin ver dónde está el problema; si no puedes casarte con Aidan, pues no habrá boda. Una pena, pobre señor Farlan. Se llevará un desengaño, te tiene en tan alta estima...

—Becky... —El tono de Reginal transmitía una sorprendente advertencia que captó la atención de su esposa.

—¿Qué ocurre, querido? —quiso saber con una docilidad que no engañaba a ninguno de los presentes.

—Lilianne debe casarse con Aidan —espetó Gideon, cansado de mantenerse en silencio. Se puso en pie y golpeó la mesa con un puño—. Hace nueve años arruinaste mi carrera política por fugarte y casarte con Mackenna. Ahora no consentiré que arruines mis planes una vez más. Te casarás con Aidan Farlan cuanto antes.

La aludida parpadeó por las palabras de su padre. Que le echara en cara que había perdido las elecciones era algo habitual, pero que su boda con Aidan tuviese que ver con los negocios de Gideon no tenía sentido.

—Explícate —pidió entornando los ojos.

—No entiendo un detalle —intervino Ellen, cuyo semblante estaba aún más pálido—. ¿No se pidió en su momento la anulación del matrimonio de Lilianne con ese hombre?

El rostro de Gideon se congestionó; no necesitó contestar, su mujer lo entendió.

—¿Por qué? —insistió Ellen con un hilo de voz.

—Porque no quería que el escándalo salpicara la familia. Si hubiese solicitado la anulación del matrimonio de Lilianne, a pocas semanas de unas elecciones, ¿no crees que mi oponente se habría beneficiado propagando la noticia de la fuga y el matrimonio secreto de una de mis hijas? Y después... después... en fin... —Echó una mirada de reojo a Lilianne—. Cuando el capitán del *Diana* nos comunicó la muerte de Mackenna, ya no tenía sentido remover todo el asunto.

Becky los miró de uno a uno con regocijo.

—Tantos años pensando que Lilianne era una viuda afligida y resulta que no es así. Mackenna ha regresado de entre los muertos. —Se echó a reír por lo bajo, luego abrió de par en par los ojos al constatar que solo a ella le divertía la situación. Habló despacio, como si se dirigiera a unos niños torpes—. Por favor, qué caras son esas, el problema tiene fácil solución: Lilianne debe pedir el divorcio. Provocará un escándalo, pero cuando vuelva a ser una mujer libre, podrá desposarse con el adorable señor Farlan. Por una vez esta ciudad no hablará de mí... —concluyó con una risita.

Lilianne la estudió con suspicacia, Becky estaba disfrutando, pero también había sido la única en mantener la calma.

—Un divorcio en nuestra familia —repitió Ellen—. Es inconcebible. ¿Qué dirán nuestros amigos?

Violette puso los ojos en blanco ante la única preocupación de su cuñada. No pensaba en su hija, en la delicada situación a la que Lilianne debía enfrentarse, sino en ella misma. Una vez más se preguntó cómo su sobrina podía ser tan diferente al resto de su familia. Reconoció en la mirada de Lilianne el temor a venirse abajo, estaba al límite de su resistencia. Se acercó a ella y la tomó de la cintura.

—Lamento decirte, Ellen, que en este caso lo que dirán tus amistades no importa. Por una vez piensa en tu hija.

Un carraspeo provino del rincón donde Reginal seguía sentado en un segundo plano. Se puso en pie tironeando de las mangas de su chaqueta. Era la primera vez que Lilianne le veía tomar parte en una conversación donde estuviese Becky; habitualmente se mantenía al margen y se conformaba con escuchar.

—Lamento intervenir en un asunto tan delicado, pero Lilianne debe solicitar el divorcio cuanto antes. Un abandono del hogar que ha durado nueve años es motivo suficiente para que un juez lo apruebe.

—Pero los divorcios son procesos largos... —contratacó Gideon.

—Será un divorcio rápido y discreto si el juez debe algunos favores a unos buenos amigos de confianza. Lilianne puede conseguirlo en un plazo relativamente razonable.

Becky soltó un bufido de exasperación dirigido a su marido.

—¿Y quién te ha pedido tu opinión? Es un asunto de familia.

—No te pareció un asunto de familia cuando tu padre acudió a mí para que le ayudara —replicó Reginal con calma.

Todos se centraron en él; el giro que estaba tomando la conversación inquietaba a Lilianne. Al ver como su padre desviaba la mirada, sospechó que una vez más le habían ocultado algo.

—¿Qué significa esto?

Su cuñado se acercó a ella.

—Lo lamento, veo que te han mantenido al margen...

—¡Ella se marchó de nuestro lado! —exclamó Gideon—. Fue Lilianne la que no quiso formar parte de esta familia, de modo que no tiene ningún derecho a enterarse de lo que ocurre.

—¡Cállate, por lo que más quiera! —ordenó Violette secamente—. Y ahora, Reginal, explícate.

Este agachó la cabeza un instante y volvió a mirar a Lilianne.

—Gideon lleva meses intentando acercarse a Farlan. Tu compromiso ha sido como un regalo de la providencia.

—¿Por qué? —insistió Lilianne; empezaba a sentir una opresión en el pecho que se sumaba a las emociones que la zarandeaban por dentro.

—Tu padre quiere fusionar el Fulton Bank con el suyo. Eso nos convertirá en el banco más importante del estado, pero Farlan es propietario del veintiséis por cien de las acciones del banco de mi padre y se opone a la unificación. Siempre ha dejado claro que se opone a los monopolios. Sabemos que otros dos accionistas votarán lo que vote Farlan. Si sumamos sus activos, superan el treinta y nueve por cien de las acciones del Fulton Bank. Y me temo que otros accionistas se sumarán a las filas de Aidan. Con tu boda, tu padre espera apaciguar sus reservas y convencerle de votar a favor de la asociación de las dos entidades.

Las mejillas de Reginal se habían sonrojado de repente. Lilianne estudió primero a su cuñado, después a su padre; ambos evitaban mirarla a los ojos. Pretendían usarla como una moneda de cambio. La relación de lo que acababa de averiguar y la necesidad de que se casara con Aidan la asaltaron de repente. Se puso frente a su padre.

—No permitiré que uses a Aidan como haces con todos los que te rodean ni consentiré que te inmiscuyas en nuestras vidas.

Gideon se enderezó adoptando una pose orgullosa impostada; le delataba el gesto nervioso de tironear del cuello rígido de su camisa. Echó una rápida mirada a los demás; solo cuando posó sus ojos en Becky recobró su valentía. Rodeó la mesa hasta plantarse frente a Lilianne.

—Harás lo que debes sin chistar —espetó—. No voy a consentir otro de tus desmanes, como hace nueve años.

—Intuyo que hay algo más —señaló Violette, desconfiando de su hermano.

—No puedo hacer más de lo que he hecho, al menos de momento —explicó Reginal, que miraba fijamente a Becky—. He encubierto el déficit del Parker Bank.

—¿Qué déficit? —inquirió Lilianne.

—¡No le expliques nada! —ordenó Gideon.

Ellen no reaccionaba, se conformaba con mirar el jardín a través de la ventana. Todo lo que se estaba diciendo parecía resbalar por ella. Una profunda tristeza envolvió a Lilianne por la insalvable distancia que siempre las había separado. Prefirió enfrentarse a su padre.

—Hace nueve años perdiste el derecho a mandar en mi vida y te ordeno que no te acerques a Aidan.

El gesto de Gideon sorprendió a todos, hasta a Ellen, que sofocó un grito cuando abofeteó a Lilianne. Esta trastabilló hacia atrás con una mano en la mejilla, pero su padre no parecía haber tenido suficiente, dio un paso hacia ella con la mano de nuevo en alto. El cuerpo de Violette se interpuso entre los dos con una mano contra el pecho de su hermano.

—Por el amor de Dios, controla tu genio.

Le empujó sin miramientos hasta que lo tuvo al otro lado de la mesa de su despacho.

—Dios mío, Gideon... cálmate... Piensa en lo que haces... —susurró entonces con la intención de apaciguarlo.

Se aseguró con una mirada de que Lilianne estuviese bien, luego volvió a prestar atención a su hermano. Cuando este perdía los estribos, apenas lograba controlar su genio. Violette quería ante todo que Lilianne saliera ilesa de aquella casa. Hizo acopio de fuerzas y se obligó a hablar con calma.

—¿Es que nunca tienes suficiente? Déjala, su intención es casarse con Aidan. Es lo que tú también quieres. No la provoques. Lo que ocurrió hace nueve año la hirió en lo más profundo, si la presionas echará a correr en dirección contraria.

—Me lo debe —insistió él tercamente—. Me lo debe por todo lo que he hecho por ella.

Una sensación de irrealidad se adueñó de Lilianne; una vez más su padre interfería en su vida y decidía por ella. Había esperado que la boda apaciguara a su familia, pero se negaba a que Aidan se convirtiera en el títere de Gideon, como lo era Reginal.

—No te debo nada —empezó Lilianne—. Jamás permitiré que involucres a Aidan en tus negocios disparatados y jamás permitiré que te inmiscuyas en nuestro matrimonio.

El semblante de Gideon se tornó colorado; tanto, que Lilianne pensó que le daría una apoplejía.

—¡Me lo debes! —rugió, apartó a Violette de un empellón y apoyó las manos sobre la mesa en actitud amenazante—. Se lo debes a todos los miembros de esta familia. Hace nueve años no pensaste en mi carrera política, ni en tu madre o tu hermana. Todos los acuerdos que tenía con Vernon se vinieron abajo y tuve que indemnizarle tras la ruptura de vuestro compromiso. ¿Sabes lo que supuso para mí? Me dejó al filo de la quiebra. ¿Crees que Becky se podría haber casado con Reginal si tu fuga y el consiguiente matrimonio con ese malnacido hubiesen transcendido? Fuiste egoísta, como siempre. Ahora tienes una oportunidad de devolver cuanto he hecho por ti, de modo que harás todo lo que se te diga sin chistar.

El poco autocontrol de Lilianne estalló de repente; se colocó frente a su padre al otro lado de la mesa. Nunca se había sentido arropada por el afecto de Gideon, le había temido, pero en ese momento a duras penas lograba reprimir el deseo de abofetearlo. En lugar de dar rienda suelta a la rabia en su padre, pasó el brazo por la mesa tirando al suelo cuanto había encima. El estruendo dejó a todos atónitos.

—¡No has hecho nada por mí! —le gritó a la cara. Toda su contención se derrumbó. Ya no le escocía la mejilla, ya no le importaba lo que pudiera suceder después, solo atinaba a gritar toda su frustración—. Hace más de nueve años que me echas en cara lo que hice, pero nunca has reconocido que me vendiste a un hombre veinte años mayor que yo a cambio de la financiación de tu campaña electoral y algunos favores que beneficiaban tus negocios con Vernon. ¿Crees que no lo sabía? —inquirió al ver como su padre parpadeaba por la sorpresa—. No tienes ningún derecho sobre mi persona ni sobre mi vida; no después de lo que ocurrió en el Imola.

Nadie se atrevió a abrir la boca. Todos, menos Reginal, sabían lo que había ocurrido en aquel lugar inmundo. Sin una palabra de despedida, Lilianne abandonó la biblioteca. Necesitaba alejarse de su familia. Cuando estaba a punto de alcanzar la puerta principal, una mano la sujetó del hombro con suavidad.

—Pásate por mi despacho mañana por la mañana —le pidió Reginal—. Mi abogado estará presente, él te asesorará respecto a tu divorcio.

—¿Qué interés tienes tú en esto? —quiso saber con desconfianza.

Los hombros de su cuñado se encorvaron por el peso de lo que le iba a confesar. Quizás al enterarse de la gravedad del asunto, Lilianne entendiera que debía casarse con Aidan cuanto antes.

—Hace un año Gideon intentó monopolizar las acciones de la United Copper Company con los fondos de los pequeños inversores. Eran muchos y con pocas posibilidades de formar un frente común si las cosas le salían mal. Compró las acciones a treinta dólares, y en poco tiempo subieron a sesenta. En ese momento debería haber vendido, pero apuró demasiado y de un día para otro las acciones bajaron a diez dólares y así se mantuvieron. Fue una ruina. El rumor empezó a despertar la desconfianza de los clientes. Comenzaron a amenazar con dirigirse a otros bancos. Para acallar los rumores y tranquilizarlos, Gideon echó mano del fondo de reserva para que los clientes que quisiesen cerrar sus cuentas tuviesen sus ahorros al instante. Eso ha colocado el Parker Bank en una posición muy vulnerable; si sigue perdiendo clientes, quebrará. Hace unos pocos días me pidió ayuda e ideamos un plan a espaldas de mi padre: Gideon necesitaba una inyección de liquidez, de modo que, a través de una empresa ficticia, abrimos una cuenta con crédito en el Fulton Bank. Ahora el riesgo es que mi padre se entere de lo que he hecho, ya que siguen faltando quinientos mil dólares. Dentro de poco mi padre me cederá la presidencia, para entonces necesito que la fusión se realice sin incidencias con el apoyo de Aidan. De esa manera el Fulton Bank absorberá el déficit del banco de Gideon sin que nadie lo averigüe.

—¿Por qué te arriesgas tanto por mi padre?

Los ojos pardos de Reginal fueron a Becky, que se había sentado de nuevo y bebía a pequeños sorbos el té. Sintió un pellizco en el corazón, amaba demasiado a esa mujer fría y mezquina, pero era incapaz de renunciar a ella.

—Para proteger a tu hermana. He falsificado ciertos documentos. —Soltó un profundo suspiro—. Necesito a Farlan para que los dos bancos se conviertan en uno. Estoy seguro de que Aidan votará a favor de la fusión con tal de protegerte y los demás harán lo que haga él.

Lilianne sintió lástima por su cuñado, dispuesto a todo por satisfacer a su esposa frívola y a su ambicioso suegro, que no dudaría en arruinarlo si se beneficiaba con ello.

—¿Confías en Gideon? ¿Crees que se mantendrá al margen de la dirección del Fulton Bank cuando lo dirijas tú? Aléjate de los negocios de mi padre, no dudará en pisotearte para ocupar tu lugar.

Reginal meneó la cabeza en una negativa desalentadora.

—No puedo.

Las dos mujeres abandonaron la mansión de los Parker seguidas de Willoby, que las había esperado sentado en una silla junto a la puerta principal. Una vez en el cabriolé, Violette entregó el retrato a su sobrina. Ninguna de las dos prestaba atención al magnífico día soleado ni al ir y venir de los peatones o las carretas que las adelantaban. Pasaron junto a otros coches de tiro, ajenas a sus ocupantes. Un tranvía lleno de gente las adelantó traqueteando.

Lilianne estaba a años luz de cuanto la rodeaba, su mente se había escapado hacia un lugar oculto en sus recuerdos. Cooper estaba vivo; se lo repetía una y otra vez para convencerse mientras miraba la fotografía. Había seguido adelante sin ella, la había abandonado a su suerte mientras ella lloraba su muerte.

—Lilianne...

La voz titubeante de Violette tiró de ella hasta devolverla al presente.

—¿Qué piensas hacer? —quiso saber su tía.

Ahí estaba la cuestión, debía enfrentarse a una decisión crucial para poner fin a una etapa de su vida. A pesar de su deseo de mirar hacia el futuro, el pasado se colaba en sus recuerdos: retales de conversaciones, risas sofocadas, susurros robados, caricias furtivas y besos apresurados, pero también lágrimas, miedo y una desesperación que casi acabó con ella. Hasta que no viera con sus propios ojos a Cooper y le pidiera el divorcio, no conseguiría pasar página.

—Iré hasta el territorio del Yukón y me enfrentaré cara a cara con Cooper. Quiero mirarlo a los ojos cuando le pida el divorcio.

Habló en un tono desapasionado, interponiendo una barrera entre sus emociones, que amenazaban con dominarla, y la necesidad de seguir adelante. Ignoró el sobresalto de su tía.

—¡Jamás! No te dejaré viajar hasta ese lugar...

Lilianne le propinó un apretón de mano que resumía su desazón.

—No puedo dejar que mi padre se haga cargo de esto. No debí fiarme de él hace nueve años, ahora más que nunca debo solucionar esto yo sola. —El rostro descompuesto de Violette le ablandó el corazón. Trató de sonreír, aunque le salió una mueca—. No me lo impidas, te lo ruego, porque en ese caso tendré que desobedecerte. Necesito que me ayudes a irme cuanto antes, pero no sé por dónde empezar los preparativos.

Violette apenas lograba contener la angustia que le producían las palabras de su sobrina. Lilianne era todo cuanto tenía, la razón por la que se levantaba a diario desde el fallecimiento de su marido. La había visto al filo de la muerte por el egoísmo de sus padres; no podía dejarla emprender esa locura después de haber batallado como una loba con su hermano para ponerla a salvo.

La estudió de reojo tratando de alejar sus temores; su aspecto era engañosamente tranquilo, pero por debajo de ese frágil control percibía su turbación. Le dolía verla de nuevo enfrentarse a una injusticia, cuando por fin se le presentaba una oportunidad de ser feliz. Si bien la asustaba pensar en ese viaje tan arriesgado, entendía que esa vez quisiera zanjar personalmente ese retal del pasado.

Al cabo de unos minutos, Lilianne exclamó:

—¡Willoby, necesito ver a Adele Ashford!

El hombre, que había estado escuchando sin entender lo que estaba sucediendo, echó una mirada por encima del hombro.

—¿Ahora mismo, señorita?

—Sí, Adele nunca sale antes de las tres de la tarde. A esta hora estará aún en casa.

—¿Qué pretendes? —quiso saber Violette, sorprendida por la vehemencia de su sobrina.

—Tengo que ser precavida y salir de la ciudad sin que Gideon siga mis pasos.

—¿Qué tiene que ver Adele en eso? —Violette negó con la cabeza, cada vez más asombrada—. ¿Y a qué viene eso de salir de la ciudad sin que tu padre se entere?

Lilianne, que había recuperado su sentido práctico, le palmeó la mano y abrió su sombrilla protegiéndose del sol.

—Si no quieres que te salgan más pecas, deberías abrir la tuya.

—Lilianne, no me has contestado...

Esta esbozó una sonrisa ladeada sin dejar de mirar al frente.

—Necesito la ayuda de Adele, o más exactamente de sus amigas, las señoras Hitchcock y Van Buren.

A Violette le costaba seguir el razonamiento de su sobrina, hasta que entendió las conexiones.

—No puedo permitir que te sometas a un viaje tan difícil. Además, tu padre se enterará si viajas con Mary y Edith.

—Nadie se preocupará de la identidad de una doncella.

—No te entiendo.

—Adele me comentó que Edith y Mary no se llevarán a sus doncellas, no quieren exponerlas a un viaje tan incierto hasta un lugar donde la proporción es de una mujer por cada veinte o treinta hombres. —Hizo un gesto vago con una mano—. Mis padres no averiguarán que su hija es la doncella de las señoras Van Buren y Hitchcock. No forman parte del círculo de amistades de los Parker, las consideran demasiado aventureras y opinan que son un penoso ejemplo para las más jóvenes. Es un plan perfecto, pero necesito la ayuda de Adele para convencer a sus amigas.

Violette ocultó las lágrimas cerrando los ojos. Lilianne estaba en lo cierto, era su vida. Tenía veintinueve años, edad suficiente para tomar las decisiones que creía oportunas, pero aceptarlo era una dura prueba. Siempre había sospechado que tarde o temprano Lilianne saldría de su letargo.

—Está bien —suspiró a desgana—. Es una locura, pero no puedo negarme.

A Lilianne no le importó estar en público o que las demostraciones de afecto aturullaran a su tía, la envolvió en un abrazo y le besó la mejilla.

—Eres única —le susurró al oído— y te agradezco todo lo que has hecho por mí, pero tengo que librar esta batalla yo sola.

13

Para ser hijo de un carnicero sin ambición y de una apocada modista de Düsseldorf, no le había ido mal desde que había abandonado su tierra en busca de una vida que no fuera partirse el lomo trabajando en una apestosa carnicería o dando paladas de carbón en una central eléctrica, que era donde su padre le había colocado con apenas doce años como castigo. Su único delito había sido confesar que le daba asco tocar la carne cruda. Aguantó unos meses en la central eléctrica y regresó a la carnicería con la cabeza agachada, jurándose a sí mismo que no sería para siempre.

Unos años después se le presentó una oportunidad y robó los pocos ahorros que sus padres escondían bajo el colchón. Fue tan sencillo que sintió auténtico desprecio por sus progenitores, pero no se podía esperar nada de unos seres tan sumisos. No le había importado dejarlos atrás, ni a sus seis hermanos; ellos estaban hechos para esa vida de sacrificio. Rudger era ambicioso. En cuanto puso un pie en Estados Unidos, supo que había encontrado su lugar. Desde entonces había acumulado una pequeña fortuna y pensar en cómo la había conseguido no le impedía dormir a pierna suelta.

Echó una mirada cargada de frustración a Jared —un tipo con pocas luces, pero que obedecía sus órdenes sin hacer preguntas—; daba vueltas a desgana a la manivela de su reluciente fonógrafo. El dichoso aparato había sido su último capricho; le habían asegurado que era como si alguien cantara en la misma habitación, pero en realidad apenas se apreciaba una voz temblorosa y lejana.

Volvió a prestar atención a su libro de cuentas, repasó las ganancias de sus concesiones. El oro nunca defraudaba, cuando aparecía no había engaños. Anotó una cifra en una columna después de pesar el contenido de un saquito. La concesión del francés había dado ya todo lo que se podía esperar, pero el beneficio había sido satisfactorio.

No le había costado nada reducir a Danton con la ayuda de Jared y colocarle su propio revólver en la sien. Pensándolo bien, le había hecho un favor; Danton no habría aguantado mucho más, estaba casi cadavérico. Después había sido sencillo abandonar la cabaña sin que nadie los viera. Al día siguiente todo había ido como lo había planeado, bastaba con encontrarse en el lugar señalado en el momento oportuno. Cuando el superintendente Steele se personó, le hizo saber que, si nadie reclamaba la concesión de Danton, él se quedaba con el derecho de prospección tras el plazo establecido por ley.

Unos golpes en la puerta le hicieron cerrar el libro de cuentas y señaló a Jared que fuera a abrir. Este obedeció, feliz de abandonar el dichoso fonógrafo.

Fred apareció retorciendo el sombrero entre las manos. El chico larguirucho de mirada huidiza había sido un buen recluta para reunir información, ya fuera en la tienda de su padre o en la cuadra. A Rudger le gustaban las personas sin lealtades como el joven Schuster, el miedo era lo único que entendía y el alemán sabía cómo infundirlo.

—¿Y bien? —espetó ante el silencio de Fred.

El joven se metió la mano en el bolsillo para sacar un saquito de cuero atado con un cordel. Sacó una pepita del tamaño de un garbanzo que dejó sobre la superficie de la mesa. Su pureza era poco habitual, sin apenas sedimentos.

—¿De dónde has sacado esto?

Fred se balanceó nervioso sobre los pies. Jared estaba demasiado cerca y sentía su mirada torva fija en la nuca.

—Me la dio Mackenna por cuidar de sus chuchos y sus caballos.

Las cejas del alemán se alzaron por la sorpresa. Volvió a estudiar la pepita haciéndola girar, el tono dorado brillaba sobre la superficie satinada del cartapacio.

—Entonces hay oro en Mackenna Creek —musitó—. ¿Te ha dicho algo?

—Se lo pregunté, señor, pero no soltó nada.

Rudger asintió devolviendo la pepita al joven.

—Largo de aquí y mantén las orejas bien abiertas. Si me traes más información sobre Mackenna Creek, tendrás tu recompensa.

Fred se metió su botín en el bolsillo de los pantalones al tiempo que asentía con vehemencia.

Una vez solo, meditó la información mirando al vacío. Lo que Mackenna le había hecho se merecía un escarmiento, pero si encima conseguía más oro, se convertiría en una venganza perfecta.

Jared echó una mirada a la puerta cerrada e inquirió:

—¿Te fías del chico?

—Es una pequeña rata; mientras consiga algo, seguirá siéndonos de ayuda. Si se conforma con lo que le doy, no habrá problemas.

Guardó su libro de cuentas en un cajón que cerró con llave, después metió las bolsitas, que contenían el oro que había estado pesando, en una caja fuerte. Una vez a buen recaudo, se puso la chaqueta de su terno y salió de la oficina, que se encontraba en el hotel Palladium. Le gustaba el lujo que le rodeaba y, al estar en la última planta, le aseguraba que los que subían habían pasado por el filtro de sus hombres. Tenía enemigos, no era tan necio como para arriesgarse a que le pillaran a solas. En una pelea cuerpo a cuerpo no daba la talla, por eso mismo se cuidaba de ir siempre acompañado. Malditos *mounties*, que habían prohibido las armas de fuego en las calles de Dawson, aun así él siempre llevaba encima un pequeño revólver Apache oculto en el chaleco. No había conseguido todo lo que tenía jugando limpio, eso se lo dejaba a los ilusos; pillar desprevenido a quien tuviese una cuenta pendiente con él era su mejor baza.

Dudó si bajar al comedor o llamar a la puerta en la otra punta del pasillo. Ella estaría allí, seguramente ataviada con uno de esos camisones que tanto le gustaban, importados de Paris y tan transparentes que no dejaban nada para la imaginación. Una sonrisa le estiró los labios carnosos; Cora era una mujer de armas tomar, peligrosa, sin ninguna lealtad hacia nadie, y tan ambiciosa como Rudger. Era la perfecta socia que siempre había soñado tener: guapa y letal.

Se decidió y llamó a la puerta capitoneada en cuero verde oscuro; no le llegó ningún ruido del interior. Se disponía a bajar las escaleras cuando la puerta se abrió; Cora apareció vestida con un llamativo traje de noche de raso azul que realzaba sus ojos celestes.

—Si me lo permites —empezó Rudger—, estaría encantado de invitarte a cenar.

Cora se hizo a un lado para que pudiera ver la mesa repleta de delicias, que arrancaron un gruñido famélico a las tripas del alemán.

—Permíteme invitarte esta noche —ronroneó Cora— y hablaremos de negocios.

Grass entró como un pavo ufano, decidido a disfrutar de la velada que se le ofrecía. Cora tenía clase, no como la mayoría de las fulanas de Dawson.

—¿Algo nuevo? —inquirió ella al tiempo que le ofrecía una copa de champán.

Rudger la cogió, aunque habría preferido un buen trago de *schnapps*. Era de las pocas cosas que echaba de menos de su país. Tomó asiento y disfrutó de su copa mientras se recreaba en la silueta esbelta de Cora.

—He echado el ojo a una nueva concesión...

Estudió la reacción de la mujer, en busca de una vacilación. Ella alzó una ceja mientras se servía una copa. Luego se sentó frente a Grass y le dedicó una sonrisa.

—¿Y bien? —Cora bebió mirando al alemán por encima de su copa—. ¿En qué puedo ayudarte?

—Tiene que ver con Mackenna Creek, ese malnacido me la debe por meterse donde no le llaman...

—¿Te refieres a cuando se llevó bajo tus narices a esa india? —Se rio suavemente, después dejó con cuidado la copa sobre una mesita a su lado—. No entiendo por qué te interesa esa salvaje, hay mujeres mucho más guapas en Dawson y seguramente mucho más dispuestas.

Habló con un tono que reavivó el interés de Grass; con todo, el recuerdo de la humillación a la que le había sometido Mackenna seguía escociéndole. Y cuando algo le escocía, ponía remedio al asunto.

—Mis gustos en cuanto a mujeres son asunto mío —espetó, pero al momento suavizó su tono—, aunque sé de sobra que nadie está a tu altura. Sin embargo, no voy a olvidarme de lo que me hizo Mackenna.

—Y si además tiene oro... —musitó Cora—, tu venganza será redonda.

Grass dio otro trago y negó con la cabeza.

—Tengo que pensar con calma este asunto. Mackenna es peligroso. ¿Puedo contar contigo?

No era una consulta, Grass la estaba avisando que, lo quisiera o no, Cora era su cómplice en todo lo que sucediera. Ella no pareció inmutarse, rodeó la butaca donde estaba sentado Rudger y le posó las manos sobre los hombros. Se los masajeó con suavidad mientras él soltaba un suspiro de satisfacción.

—Por supuesto que puedes contar conmigo, pero Mackenna no se fía de mí. Piensa en lo que tienes a tu alcance —murmuró Cora a su oído—. Antes de hacer nada, averigua cuanto puedas...

—¿Cómo? Mackenna es muy desconfiado.

Ella se las arregló para que sus labios rozaran la oreja de Grass al hablar.

—No se te ocurra mandar a los hermanos Cullen, tienen la sutileza de una manada de bisontes.

El rostro de Grass se iluminó con una sonrisa.

—Ya sé a quien voy a mandar de avanzadilla...

SEGUNDA PARTE

14

Después de dos semanas navegando en el *St Paul*, Lilianne contemplaba la anodina costa de Alaska bañada por las aguas gélidas del mar de Bering. La llegada al puerto de Saint Michael habría pasado desapercibida si no hubiese sido por las tres campanadas que habían despertado a los pasajeros a las cinco de la mañana. A lo lejos se divisaba un paisaje parduzco, llano, salpicado de unas pocas casas, unas cuantas tiendas de campaña, las naves de la Compañía Comercial de Alaska, varios barcos de vapor y unas barcazas en mayor o menor grado de deterioro.

La noticia de que el río Yukón era navegable desde hacía solo dos semanas había colmado de alegría a los pasajeros; sin embargo, un sobrecargo les enfrió el ánimo al añadir que los nuevos vapores fluviales de ruedas de la Compañía Comercial de Alaska seguían en los astilleros de la isla de Unalaska. Solo esos barcos de fondo plano podían realizar el largo recorrido hasta Dawson. Todos los contratiempos dejaban indiferente a Lilianne, lo único que deseaba, de una manera u otra, era llegar al final de su viaje. No iba a por el oro del río Klondike, no aspiraba a llegar la primera, solo quería zanjar una dolorosa etapa de su vida.

—Un poco decepcionante, ¿no le parece?

La voz de Edith Van Buren la sacó de sus pensamientos; reprimió su angustia y le dedicó una sonrisa. Las dos viudas la habían ayudado sin hacer preguntas y se habían avenido a los planes de Lilianne con el entusiasmo de dos colegialas antes de una travesura. Agradecía su presencia; eran viajeras consumadas que no se alteraban ante los imprevistos y se avenían a los contratiempos con tan buen humor y elegancia que habían despertado la simpatía de los pasajeros.

—Si comparamos esta costa yerma con las maravillas que hemos visto, sí, es un poco decepcionante —admitió—. Tengo que contar a tía Violette todas las maravillas que he visto durante el viaje, pero ignoro cuándo podré mandarle una carta.

Jamás olvidaría el asombro tras ver una ballena surcar el mar; el enorme cetáceo había emergido del agua envuelto en un millón de gotas resplandecientes, ejecutando un giro fuera del agua que le recordó la elegancia de una bailarina. Después el gigante se había sumergido en el mar levantando una cortina de agua y dejando tras de sí a todos los pasajeros boquiabiertos. Temía no encontrar las palabras para describir a Violette el silencio sobrecogedor de los glaciares, los atardeceres refulgentes reflejados en inmensos bloques de hielo, la infinidad abrumadora del mar siempre en movimiento y el latido del buque como única señal de vida. Tanta belleza la había sumergido en una profunda meditación, quizá por las largas horas de soledad.

—En Saint Michael hay una oficina de correo —informó Edith—. Si se apresura, tal vez un sobrecargo que baje a tierra pueda mandar la carta.

—Así lo haré.

Edith le palmeó con cariño una mano sin mirarla. Ambas mujeres parecían pendientes del paisaje, pero Lilianne intuía que su compañera se disponía a decirle algo que nada tenía que ver con Alaska.

—Aquí no hay pasado ni futuro, señorita Parker. No pretendo averiguar qué la trae hasta esta tierra perdida, pero estaremos encantadas que siga con nosotras hasta Dawson. Espero que entienda que tendrá en Mary y en mí a dos amigas para lo que precise.

Las mujeres estamos en desventaja cuando viajamos solas, por eso mismo debemos ayudarnos.

Lilianne asintió, conmovida por la confianza que le brindaban las dos viudas. Su aspecto adusto escondía un temperamento tolerante y un agudo sentido del humor. Sus consejos habían sido muy valiosos a la hora de decidirse por el equipaje. Dado que su viaje debía ser de lo más discreto, ellas se habían encargado de comprarle todo lo necesario con una diligencia casi castrense.

—No sé cómo agradecerles todo lo que han hecho por mí.

El rostro redondo de Edith se iluminó con una sonrisa.

—Quizás un día nos cuente el motivo de semejante aventura. Una vez embarquemos en el vapor que nos llevará a Dawson, no habrá vuelta atrás, sobre todo cuando crucemos la frontera con Canadá. Todavía está a tiempo de volver a San Francisco. El *St Paul* iniciará el viaje de vuelta en unas pocas semanas...

La joven negó con obstinación.

—No, no hay vuelta atrás, señora Van Buren —musitó con la vista fija en el anodino puerto de Saint Michael—. No hay vuelta atrás.

Ajena al viento helado de esa mañana, Lilianne permaneció en cubierta contemplando la costa después de que Edith regresara a su camarote. A pesar de viajar con las señoras Van Buren y Hitchcock, su condición de doncella la había obligado a compartir con otras cinco pasajeras un camarote donde deberían haber dormido dos personas. La falta de intimidad y espacio la había llevado a refugiarse en la cubierta en busca de soledad.

Durante la travesía había hecho lo posible por no pensar en las personas que había dejado atrás: en Amalia y todos sus hijos; al doctor Donner, que la había sorprendido con un regalo inesperado: un maletín con instrumental médico y otro con todo tipo de ungüentos y medicinas; a Willoby, que se había resistido a dejarla sola. A duras penas Lilianne había conseguido convencerlo de que debía quedarse en San Francisco para ayudar a Amalia y proteger a Violette.

—Te necesito aquí —le había dicho—, debes cuidar de Amalia

y los niños, y tendrás que ayudar en lo que puedas al doctor Donner. Además no me fío de mi padre, en cuanto sepa de mi desaparición, hará lo posible por intimidar a Violette. Debes estar a su lado. Prométemelo.

El gigantón había asentido, dividido entre la devoción que profesaba a Lilianne y el profundo respeto que sentía por la señora Larke.

Lo peor había sido despedirse de Violette, que por prudencia no la había acompañado al puerto. Se habían presentado en casa de Adele, que se prestó a la farsa con gran alborozo. Disfrazada con el uniforme de la doncella de la señora Ashford, y oculta su vistosa cabellera con una peluca, Lilianne había abrazado a su tía sin reprimir las lágrimas.

—No puedo creer que te deje cometer esta locura —susurró Violette entre sollozos.

—Durante años he aceptado lo que me dijeron, ahora quiero el divorcio. El abogado de Reginal me ha redactado el documento, Cooper solo tendrá que firmarlo. Es sencillo: una firma a cambio de nueve años de abandono.

Violette se sacó un pañuelo de una manga para secarse las lágrimas.

—¿Y si se niega? —preguntó entre hipidos—. Puede ser otra persona, que nada tenga que ver con el joven que conociste.

—No podrá negarse, me lo debe —fue su respuesta obstinada.

Después de la despedida, Lilianne se marchó con Adele haciéndose pasar por su doncella hasta el hotel donde las señoras Van Buren y Hitchcock las recibieron con la misma excitación por todo el secretismo de la situación.

Aquel viaje se había convertido en el inicio de una nueva vida y estaba decidida a seguir adelante, fueran cuales fuesen las consecuencias. Por primera vez en muchos años había tomado una decisión pensando en ella. Viajaba hasta el Yukón para conseguir paz. Necesitaba esa ruptura definitiva con su pasado.

Sin embargo, frente al puerto de Saint Michael, las dudas empezaban a acosarla. A lo mejor Violette estaba en lo cierto; el hombre con el que pretendía reunirse seguramente no tendría mucho en común con el que se había casado.

Además, estaban todos esos momentos de flaqueza que la habían acompañado durante las largas horas de soledad en la cubierta; de alguna manera el pasado había aflorado con una nitidez asombrosa. Lo más doloroso no había sido evocar su aspecto, sino rememorar las emociones. Le había amado sin condición, sin reservas, con tal intensidad que una parte de ella se apagó cuando la abandonó. ¿Cómo un amor tan intenso podía convertirse en odio? Porque en ese momento era lo que palpitaba con fuerza en su interior. Ella había significado tan poco que la había apartado de su vida como a una pesada carga indeseada. Precisaba verlo estampar su firma en la confesión de abandono, solo entonces se sentiría libre.

Se aferró con más fuerza a la barandilla hasta que los nudillos palidecieron. Todavía le faltaba entre una semana y diez días de viaje por el río Yukón hasta llegar a la ciudad de Dawson en Canadá; a partir de ahí su viaje se convertía en una incógnita. Ignoraba cómo iniciar la búsqueda. Su mayor temor era que Cooper se hubiese marchado. En tal caso, todo su esfuerzo habría sido inútil.

Un silbido procedente de un remolcador que se acercaba al *St Paul* desde el puerto de Saint Michael la sobresaltó. Al cabo de unos minutos subieron a bordo hombres y mujeres que habían conseguido navegar en penosas condiciones por el río Yukón desde la ciudad de Dawson.

Lilianne estudió los rostros demacrados en busca de un rasgo familiar. En cuanto los más enfermos o débiles se acomodaron como pudieron en el gran comedor del buque, Lilianne se ofreció a ayudar al médico de la tripulación, que aceptó de buen grado la proposición inesperada, abrumado por la súbita carga de trabajo. Un hombre había perdido los dedos de los pies por congelación unas pocas semanas antes, otro se había quedado ciego por el reflejo del sol en la nieve, una mujer sufría de escorbuto y apenas podía hablar por la inflamación de sus encías sangrantes, otra sufría de disentería. El goteo fue en aumento en cuanto se enteraron de que había un médico a bordo.

Los enfermos fueron contando sus experiencias y Lilianne les hizo preguntas discretas sobre Dawson, recabando información, mientras limpiaba y vendaba heridas, hasta que el nombre de Cooper Mackenna surgió de repente. Provino de un anciano de aspecto encogido y arrugado, como si le sobrara pellejo para su pequeña persona. En su mano derecha le faltaban dos dedos. El hombrecillo se miró la mano vendada y esbozó una sonrisa desdentada.

—Perdí los dedos trabajando en el aserradero de Ladue. Podría haber sido más grave, pero en cuanto Mackenna se dio cuenta de que me estaba desangrando, me echó al hombro y me llevó corriendo al hospital de las Hermanas de Santa Ana. —El anciano se rio por lo bajo con la mano aún en alto—. Es un gigante ese Mackenna, y tiene muy malas pulgas. Mientras me llevaba en volandas al hospital, me gritaba que no quería tener a mi fantasma rondándole cada noche por cuatro maderas mal cortadas.

Los movimientos de Lilianne se ralentizaron hasta permanecer petrificada. Miraba lívida y sin aliento al anciano como si fuera el propio Cooper.

—Joven, no ha sido para tanto. Vuelvo a casa con siete mil dólares en oro en el bolsillo. No es una fortuna como la del sueco que ha sacado casi cien mil del Klondike, pero me dará para vivir con mi hija sin ser una carga. ¿Lo entiende? —insistió el viejo, cada vez más preocupado por la lividez de la mujer.

Ella asintió, pero antes de dejar que se marchara, sacó de su maletín el retrato de Cooper.

—Dígame, buen hombre, ¿este es el señor a quien usted llama Cooper Mackenna? —preguntó con un hilo de voz.

Las cejas blancas del hombre se alzaron de golpe y asintió con vehemencia.

—Seguro que sí. Es él, Cooper Mackenna. —El hombre se acercó un poco y adoptó un tono confidencial—. No sé cómo ha llegado esa fotografía a sus manos ni si lo conoce personalmente, pero manténgase alejada de Mackenna. Dicen que es un *siwash*, que prefiere a los indios... o, mejor dicho, que prefiere a las indias. Dicen que está un poco loco —añadió bajando aún más el tono—, y los indios le llaman Gran Oso Blanco. Y los osos son las criaturas más peligrosas de esta tierra maldita. Nadie sabe si se ha hecho rico o no, y solo Paddy, el irlandés, le aguanta.

—Pero le salvó la vida —le recordó Lilianne.

—Ya, por lo que le he dicho: no quería tener a mi fantasma rondándole de noche. Señorita, si me lo permite, le daré un consejo. —Esperó a que Lilianne asintiera para proseguir—: No vaya a Dawson, no es lugar para una señorita tan bonita como usted, y menos si piensa reunirse por el motivo que sea con Mackenna. Es un tipo muy raro, yo mismo le he visto bañándose desnudo en su arroyo sin soltar ni un gemido por la temperatura del agua. ¿Quién en su sano juicio se metería en ese arroyo casi helado? Nadie, solo un loco.

Por el olor rancio que desprendía el anciano, Lilianne sospechó que no se bañaba ni con agua caliente. Asintió poniendo fin a la conversación.

—Cuide de no manchar su venda. Si seguimos aquí pasado mañana, le echaré un vistazo.

—Ojalá llegue cuanto antes nuestro vapor y podamos volver a Seattle... —rezongó el anciano mientras se alejaba.

Durante tres días más los pasajeros del *St Paul* dieron cobijo a hombres y mujeres procedentes de Dawson. Estos esperaban a que su buque fuera a recogerlos, mientras tanto compartían las zonas comunes y dormían como buenamente podían en los salones.

Lilianne siguió ayudando al médico y recopilando información: había averiguado que Mackenna Creek estaba alejado de las demás concesiones de los arroyos Eldorado y Bonanza, que el mejor hotel era el Palladium de la señorita Cora March, que una concesión inexplotada hasta entonces podía costar entre diez y quince dólares, pero el precio de una que hubiese dado un puñado de oro podía ascender a miles de dólares. Le hablaron de las noches blancas, del lodo de Front Street, de la llegada de las hermanas de Santa Ana y de las enfermeras de la Orden de Victoria que cuidaban de los enfermos en el recién estrenado hospital El Buen Samaritano. Le aseguraron que la ciudad de Dawson nunca dormía y que las tiendas estaban abiertas las veinticuatro horas. La información fue almacenada, pero, a excepción del anciano, nadie conocía a Mackenna personalmente, solo de oídas. La conclusión que sacó fue que Cooper era una especie de ermitaño que vivía en una zona aislada con un irlandés que hablaba por los dos.

La última noche que pasó en el *St Paul*, Lilianne trató de poner nombre a los sentimientos que la alteraban. Debía imponerse una actitud de absoluta serenidad cuando diera con él; jamás de los jamases se permitiría una muestra de debilidad, aunque sus emociones la traicionaran cuando pensaba en él. Ni siquiera quería odiarlo, prefería la indiferencia, era lo que más hería. Ella lo sabía mejor que nadie.

15

El ruido de la caldera alteraba la habitual paz del arroyo Mackenna; de un cilindro, del que humeaba un vapor blanquecino,
salían unas mangueras de caucho que se clavaban en el suelo con
el fin de infiltrar vapor al subsuelo que permanecía siempre congelado. Cooper controlaba el nivel del agua sin perder de vista la
zanja donde Paddy cavaba a unos escasos dos metros. Trabajaban
incansablemente alternándose con el pico y la pala desde hacía una
semana.

Todo había empezado con una sorprendente lluvia torrencial
que había arrastrado lodo y rocas del monte que se elevaba justo
detrás de la cabaña de Paddy. Los peñascos habían rodado ladera
abajo hasta el arroyo partiendo el tronco de los árboles más jóvenes. Tal fue la fuerza del diluvio que los dos hombres refugiados
en la cabaña temieron que el agua se llevara también la pequeña
edificación.

Una vez se aplacó el temporal, evaluaron los daños: la letrina
había desaparecido, así como la caseta donde guardaban las herramientas. Entre el panorama sombrío de tierra removida, raíces
arrancadas y listones de las dos pequeñas casetas destrozadas,
unos destellos entre la tierra negra captaron la atención de Cooper: una pepita del tamaño de un puño aplastado y otras dos algo
más pequeñas. Acababan de dar con el antiguo cauce del arroyo
Mackenna. El yacimiento superaba todo lo que habían soñado.

Los diez mil dólares en polvo y lasca de oro extraídos del arroyo no eran más que calderilla comparado con lo que estaban sacando desde entonces.

—¡Paddy, sal de ahí! —le gritó Cooper por encima de la ruidosa caldera.

El riesgo de un derrumbamiento era considerable a pesar de haber apuntalado con gruesos maderos toda la zanja. El terreno arcilloso carecía de consistencia y se desmenuzaba entre las tablas como un bizcocho bañado en leche en cuanto se descongelaba.

Cooper tiró de la cuerda que sobresalía de la zanja hasta sacar un cubo lleno de tierra, luego lo vació en el banco de lavado. Sujetó la palanca a un lateral para iniciar el balanceo con el fin de que los terrones de tierra se desmenuzaran en el agua.

Al oír un grito de su amigo, corrió a la zanja a tiempo para ver a Paddy arrastrarse fuera del hoyo.

—¿Qué ocurre?

El irlandés le señaló la cavidad con un dedo tembloroso.

—Métete ahí dentro y dime que no me he vuelto loco —susurró entrecortadamente.

En la zanja, Cooper se hizo con la mecha encendida de Paddy. El olor a tierra mojada se le coló por las fosas nasales con tal intensidad que fue lo más parecido a masticarla. Palpó con cuidado las irregularidades entre los maderos, pendiente de cada anomalía en la superficie y el fondo. No se habría fijado en la singularidad de una mancha alargada de aproximadamente un metro de longitud si sus dedos no hubiesen percibido el cambio de textura; no se desmoronaba, no era tierra reblandecida por el vapor. Acercó la escasa luz y frotó con vigor con la otra mano hasta que un esperanzador resplandor dorado apareció. No era deslumbrante ni llamativo, pero parecía lo que Paddy había sospechado. Cooper sonrió, había oído hablar de algunas rocas de oro, pero hasta entonces se habían encontrado en California medio siglo antes y en Australia, unas pocas décadas atrás. Recordaba un artículo ilustrado con la fotografía de una roca de oro de metro y medio de altura junto a un minero de sonrisa ufana apenas disimulada por una tupida barba. El nombre de ese buscador de oro surgió de su memoria y soltó una carcajada.

—¡Bernhardt Holtermann! ¡Ya no eres el único malnacido con suerte!

El semblante de Paddy apareció desde lo alto con las greñas colgando a ambos lados.

—¿Qué dices?

Cooper dedicó a su amigo una sonrisa deslumbrante.

—Que somos unos malnacidos con suerte. Es una roca de oro, puede que tenga muchos sedimentos pegados, pero esto significa que somos ricos, maldito irlandés.

Una sonrisa resplandeciente casi partió en dos el rostro de Paddy. De inmediato sacó la cabeza del hoyo y oteó el paisaje solitario con una extraña sensación en el cogote. De nuevo miró en el interior de la zanja con el ceño fruncido.

—¡Calla! No vayas gritándolo a los cuatro vientos. No sé si me estoy volviendo loco como Danton, pero desde hace un tiempo me da que nos observan.

Cooper cubrió la roca de oro con tierra y salió de la zanja sin apenas dificultad. Una vez fuera buscó el indicio de que un merodeador los estuviese espiando. Él también había percibido esa sensación; al principio había pensado que Lashka rondaba de nuevo por el arroyo Mackenna. El único que la mantenía lejos de Cooper era Subienkow, pero este había sido contratado por un grupo de mineros como guía para cruzar el paso Chilkoot de regreso a sus hogares. Durante la ausencia de su hermano, Lashka había vuelto a merodear cerca de su cabaña. Había visto sus huellas junto a la orilla. Pero Subienkow había regresado y seguramente vigilaba a su hermana. Con todo, sospechaba que la terquedad de Lashka podía superar la vigilancia de toda su familia.

Agudizó el oído y a lo lejos percibió el golpeteo de las astas de dos alces luchando. El sonido le era tan familiar que lo pasó por alto y siguió escrutando a su alrededor, hasta que divisó un destello entre los árboles del bosquecillo al otro lado del arroyo.

Emitió un silbido; los dos perros aparecieron de entre los arbustos. Tras una orden, que se asemejó a un latigazo en el aire, *Linux* y *Brutus* salieron corriendo. Cruzaron el arroyo saltando de roca en roca y empezaron a husmear la otra orilla mientras emitían gemidos. Unos segundos después corrían hacia la maleza que se extendía hasta el bosquecillo de abetos blancos y álamos temblones. No tardaron en oír los ladridos de los perros y un disparo que se propagó en el aire.

—Quédate aquí —ordenó Cooper a Paddy.

Rifle en mano, siguió la senda que los canes habían trazado en la maleza hasta el bosquecillo y los llamó a gritos. No tardaron en regresar a su lado. *Linux* presentaba una mancha en un flanco, pero en cuanto vio a su amo, empezó a agitar el pesado rabo con energía. Cooper se tranquilizó al constatar que la herida era superficial.

Corrió bosque adentro, los perros le adelantaron y le guiaron hasta otro arroyo donde perdieron el rastro junto a unos prismáticos. Cooper se agachó con cuidado de no pisar las huellas en el barro de la orilla; eran de un hombre, un hombre que había dejado un pequeño rastro de sangre. Oteó al otro lado sin percibir ninguna presencia. Quien fuera los había espiado, alguien que debía sentir mucha curiosidad por lo que hacían Paddy y él. Alguien que iba armado y había recibido un buen mordisco de uno de sus perros.

—Vamos —susurró a *Linux* y *Brutus*.

Regresó hasta su cabaña, donde Paddy le esperaba con el ceño fruncido y asiendo con fuerza su rifle.

—¿Qué has visto?

—Alguien nos estaba espiando y no era Lashka. *Linux* tiene una herida superficial en el flanco, apenas un arañazo. Quien fuera iba armado...

—¿Y ahora qué hacemos? Esta noche es la fiesta de despedida de Gustaf en Dawson y le prometimos que iríamos. Si no nos presentamos, llamaremos la atención.

Cooper miró de nuevo hacia el bosque, después a la zanja.

—Vamos a cerrarla con tablones y cubrirla con tierra. Tienes razón, llamaremos la atención si no vamos a Dawson. Todos saben que no te pierdes nunca una copa gratis —señaló Cooper con una media sonrisa, que relajó su semblante.

—Estoy asustado, Mackenna. Con lo que hay ahí dentro —siguió señalando la zanja—, ni todos los *mounties* del Yukón impedirán que alguien nos pegue un tiro.

—Tomaremos precauciones —murmuró Cooper—. Nadie nos va a robar lo que nos ha costado tanto conseguir. Venga, empecemos a cerrar la zanja y a apagar la caldera.

—¿Eso es todo cuanto vamos a hacer?

Mackenna se encogió de hombros mientras se dirigía hacia su cabaña.

—Quien intente meterse en esa zanja se encontrará con una trampa para osos. No creo que se quede para averiguar si hay algo más. Llevaremos a *Trotter* y cargaremos víveres para nosotros y los demás, tenemos que comportarnos como siempre.

Esa misma tarde Cooper y Paddy aparecían en Dawson ataviados con lo mejor que tenían, que no era mucho. Mackenna había recurrido a los pantalones y la túnica de gamuza, mientras que Paddy se había puesto un traje y una camisa que parecían flotar alrededor de su cuerpo flaco y larguirucho.

La ciudad bullía de vida, las calles estaban abarrotadas de personas de todo tipo. De una acera a otra de las calles colgaban de cordones letreros que se ataban a los balcones; anunciaban espectáculos, dentistas, abogados o menús de restaurantes. Los trineos arrastrados por perros, caballos, incluso ovejas lanudas, competían para hacerse un hueco con las carretas tiradas por mulas o bueyes que se hundían en el lodo que habían dejado las últimas lluvias. Los recién llegados eran los que más destacaban. Algunos parecían asustados y aturdidos por las estridencias de la ciudad.

A esas alturas de la fiebre del oro esos *cheechakos* solo buscaban la manera de regresar a sus casas sin haber visto una pepita de oro. Bien pensado, era el mejor destino al que podían aspirar: vender un equipamiento que no sabían ni siquiera manejar y volver al redil de sus familias.

Los que conservaban algo de dinero se acercaban a los embarcaderos con la esperanza de conseguir un pasaje económico. Los que ni siquiera tenían esa opción se ofrecían como peones para trabajar en lo que fuera a cambio de un sueldo ridículo con la intención de regresar cuanto antes a sus hogares.

Otros deambulaban deslumbrados como niños en una feria. Esos se dejaban engatusar por el oropel de una ciudad minera, donde todo se ceñía a un vulgar escenario, donde lo chabacano brillaba más que el oro. Al cabo de unos meses se veían atrapados por el frío del invierno sin estar preparados y sufrían las consecuencias de su credulidad.

Pasaron por delante de las tiendas de campaña de Bowery Street y se dirigieron al establo de Fred Schuster, donde dejaron sus monturas. El joven se acercó, solícito, dispuesto a congraciarse con los dos hombres.

—Buenas tardes, señores. ¿Vienen a despedirse de Gustaf? Llevan toda la tarde bebiendo champán y bailando con las chicas de *Madame* Laurie. Ojalá pueda asomarme más tarde...

—Alto ahí, lechuguino. Eres demasiado joven —soltó Paddy al tiempo que se palmeaba la chaqueta de su terno—. Ya llegará tu momento.

Fred se encogió de hombros, pero al instante sonrió a Cooper.

—Puede que cuando vengáis a Dawson a celebrar que habéis encontrado una buena veta de oro en Mackenna Creek...

Cooper le clavó una mirada entornada, que hizo retroceder al joven.

—Vigila mis perros y cuida de los caballos —ordenó con voz pausada.

Fred asintió, deseoso de perder de vista a Mackenna. Ese hombre no alzaba la voz, pero en su tono siempre se adivinaba una amenaza velada.

Cooper palmeó el cabezón de *Brutus* y se aseguró de que la herida de *Linux* no hubiese empeorado. Los perros le devolvieron las atenciones con lametones en las manos.

—Ya sabes lo que tienes que hacer —le recordó a Fred—, y ya sabes lo que te espera si alguien les hace algo.

El joven volvió a asentir con vehemencia sin abrir la boca; si Grass quería más información, que se lo preguntara directamente a Mackenna. Aunque, bien pensado, el oro le venía bien si quería salir de Dawson cuanto antes.

—Estoy pensando en comprarme una concesión —tanteó el joven—, pero en Eldorado y Bonanza Creek es imposible comprar ni un terruño. Cualquier concesión de esa zona supera los cien mil dólares.

—¿Y? —inquirió Paddy.

Cooper observaba al chico; Fred nunca había mostrado interés por trabajar en una concesión y de repente preguntaba lo que todos ya sabían. Cualquier trozo de tierra en los dos arroyos más ricos en oro del mundo valía una fortuna, solo los que habían llegado durante el verano del 96 habían podido hacerse con una explotación aurífera a buen precio. Después de hallazgos tan espectaculares como el de los Berry o el de Thomas Lippy, un antiguo instructor físico de la Young Men's Christian Association de Seattle reconvertido en minero tras una lesión en una rodilla, nadie podía aspirar a batear en Eldorado o Bonanza Creek. Thomas había sacado más de un millón y medio en oro de la concesión número dieciséis. Todos soñaban con esa posibilidad, pero no en esos yacimientos. Y todos los mineros, y los que no lo eran, lo sabían.

—Puedes intentarlo en Hunker Creek, dicen que se ha encontrado algo —le replicó Paddy con el ceño fruncido—. O Bear Creek...

—¿Y en Mackenna Creek? —tanteó Fred con un brillo especulativo en los ojos que puso en guardia a Cooper.

—Si te gusta la carne de oso, es el lugar perfecto —le contestó este.

Salió seguido de Paddy, que había perdido su buen humor. Una vez en la calle, echaron a andar sorteando dos hombres que discutían.

—No sé qué me ocurre, pero me da la sensación de que todos lo saben —susurró Paddy.

—No te fíes de ese chico, no me gusta que se ponga a husmear de repente. Y no lo olvides, compórtate como siempre. —Cooper le dio una palmada en la espalda—. Relájate, que pareces un muelle a punto de saltar. Vamos a celebrar la despedida de Gustaf, y volveremos al campamento en cuanto podamos escabullirnos sin llamar la atención.

El rostro arrugado del irlandés se relajó en cuanto llegaron a las puertas del Palladium; risas y parloteo procedían del interior, así como gritos de júbilo y un piano que alguien aporreaba sin compasión. Los dos amigos entraron directamente al comedor cuyas mesas y sillas habían sido retiradas a lo largo de las paredes. La estancia refulgía por los centenares de velas encendidas. Apenas pusieron un pie en el comedor, la euforia tan característica de los afortunados de Dawson los engulló; Gustaf, irreconocible en su impecable traje hecho a medida, una camisa de un blanco reluciente y un cuello almidonado tan tieso como la cofia de una monja, se acercó a ellos abrazado a dos mujeres ataviadas con vestidos tan llamativos como escotados. Cooper reconoció a Colette Martin, una supuesta actriz de vodevil de una compañía de teatro francesa, y Eleonor Witt, una conocida prostituta, que aseguraba ser la hija ilegítima de un conde inglés. El maquillaje que se habían aplicado con primor unas horas antes se había corrido dando a sus rostros un aspecto cómico. Estaban tan ebrias como el sueco. Este se tambaleó y se abrazó a Cooper.

—¡Aquí están mis buenos amigos! —exclamó con su vozarrón—. Ya pensé que no vendríais. Os presento a *mademoiselle* Colette, que viene del mismísimo París de Francia, y Eleonor, una honorable súbdita británica dispuesta a reconvertirnos en caballeros. —Soltó una carcajada estruendosa al tiempo que palmeaba la espalda de Cooper—. Señoras, os presento a Paddy O'Neil y Cooper Mackenna.

Las dos mujeres tiraron entre risitas de la túnica de Cooper para sembrar de besos su rostro. Como salidas de la nada, otras dos mujeres con el mismo aspecto se colgaron del irlandés.

Gustaf gritó:

—¿Dónde están los camareros? ¡Que alguien dé algo de beber a mis amigos! Que corra el champán y siga la fiesta...

Cooper se rio por las atenciones de las dos mujeres, que se habían pegado a él como dos sellos. Agradeció el contacto de sus cuerpos suaves y blandos contra el suyo, y por primera vez en mucho tiempo experimentó el tirón del deseo. Alguien le propinó un delicado golpecito en el hombro, tan suave que creyó haberlo soñado.

—¿Es usted Cooper Mackenna? —preguntó una voz femenina.

Su sonrisa se hizo más amplia, se dio la vuelta con las dos mujeres colgadas de sus brazos.

—Sí, el mismo...

Las palabras se le atragantaron: unos ojos almendrados de un verde intenso le miraban fijamente sin pestañear mientras una nariz recta apuntaba al techo. La boca, que le había enloquecido en el pasado, apenas era una fina línea en su rostro ovalado de piel salpicada de pecas. El cabello sedoso, que tantas veces había deslizado entre sus dedos, seguía siendo de un vibrante tono cobrizo. Quiso decir su nombre, vencer el espacio que los separaba, tocarla para cerciorarse de que no sufría una ilusión. Quiso abrazarla, pero se quedó petrificado. Ni siquiera reaccionó cuando le abofeteó dejándole una desagradable quemazón en la mejilla, ni cuando una segunda bofetada siguió la primera. Solo atinó a oír lo que ella le estaba gritando:

—¡Te creía muerto! ¡Maldito seas, Cooper Mackenna! ¡Nueve malditos años creyéndote muerto!

Con cada exclamación caía otro golpe, en la cara, en el pecho, en los brazos. Cooper no reaccionó ni cuando Paddy trató de alejarla. Ella seguía gritándole maldiciones mientras lanzaba puñetazos y patadas al aire.

—Lilianne, Lilianne... —decían las dos viudas, que miraban de hito en hito primero a Cooper, después a Lilianne.

—Por lo que más quiera, querida —rogó Mary Hitchcock—, debe serenarse.

—¿El caballero podría decirnos qué ha hecho para provocar a nuestra amiga? —inquirió Edith con el ceño fruncido.

Cooper se llevó una mano a una mejilla. A pesar de su espesa barba, Lilianne le había lacerado el rostro. Volvió a mirarla, ella seguía entre los brazos de Paddy. Lo miraba con tanto odio que estuvo tentado de dar un paso atrás.

—¿Que qué he hecho? —inquirió sin apartar la mirada de la mujer por la que lo habría dado todo, hasta la vida—. ¡Nada, señoras! Acaban de agredirme sin la más mínima provocación por mi parte.

—¡Suélteme ahora mismo! —exigió Lilianne. Sin piedad, propinó un pisotón al irlandés—. ¡No me toque!

Paddy ahogó una obscenidad al sentir como el tacón de la loca se le clavaba en el pie derecho.

—Suéltela, señor O'Neil —ordenó una voz femenina, que silenció a todos.

En el salón el jolgorio había enmudecido, todos estaban pendientes de la escena. Los rostros iban del asombro a la diversión socarrona.

—Suéltela, señor O'Neil —repitió Cora—. Que no se diga que Cooper Mackenna no sabe defenderse de una mujer.

Casi toda la sala rompió a reír, menos Edith y Mary, que vigilaban con preocupación a Lilianne. Después del arrebato de rabia tan inesperado, la joven había palidecido hasta parecer a punto de desfallecer. El otro era Paddy, que no podía creer lo que estaban viendo sus ojos; su amigo, tan hermético como una ostra, miraba a esa mujer con horror y algo que se le escapaba, algo parecido a la desesperación o quizá fuera dolor.

Ajenos a los demás, Cooper y Lilianne permanecían mudos, se evaluaban como dos animales salvajes a la espera de saltar sobre el otro en una lucha sin cuartel. El odio flotaba entre ellos como una nube de vapor que lo enturbiaba todo. Los demás intuían que tras esas miradas se escondía una historia inacabada.

—Creo que la señorita Parker y el señor Mackenna necesitan un lugar tranquilo donde hablar de sus asuntos —exigió Edith.

—Por supuesto —convino Mary, que de nuevo dominaba la situación—. Señora March, ¿podría poner a disposición de la señorita Parker y del señor Mackenna una estancia donde nadie les moleste?

Cora estudiaba el rostro demudado de Lilianne con un interés que no pasó desapercibido a la aludida. Esta se enderezó esgrimiendo toda la dignidad que pudo reunir a sabiendas de que su moño se había venido abajo y su traje de viaje estaba arrugado y manchado de barro.

—Solo será cuestión de minutos —aseguró Lilianne, con una serenidad que sorprendió a todos.

La mujer, que unos instantes antes se había convertido en una gata salvaje, se comportaba con mesura. Una pregunta muda flotó en el ambiente: ¿qué tenía que ver un tipo medio salvaje como Mackenna con una dama como aquella?

Cora se hacía esa misma pregunta. Ella había recibido a las tres mujeres oliendo el dinero que su aspecto desprendía. A pesar de sus trajes de viaje arrugados y de las manchas de barro, eran prendas delicadas y sus maneras apuntaban hacia la clase de mujeres que disponían de bienes y fortuna. Pero la más joven, que se había dado la vuelta hacia el comedor para observar la fiesta en pleno apogeo, se había quedado petrificada en cuanto había oído a Gustaf gritar los nombres de Paddy y Cooper. Lo siguiente había sido un estallido que correría como la pólvora por todo Dawson en unas pocas horas. Mackenna, siempre tan hermético en todo lo referente a su pasado, estaba siendo el centro de atención de media ciudad. Cora se repuso enseguida de los celos que habían empezado a despuntar y sonrió.

—Por supuesto. Creo que mi despacho es el lugar más indicado, si Cooper y la señorita Parker me prometen que no echarán las paredes abajo.

Las risas volvieron a estallar. Lilianne siguió a Cora sin una mirada a Cooper y este se pasó una mano por la cara. Estudió con expresión sorprendida la sangre en la yema de sus dedos.

—¿Estás seguro? —preguntó Paddy en voz baja. Le tendió un pañuelo dudosamente limpio—. Esa joven te ha dejado la cara como un campo recién arado. Si quieres, puedo acompañarte.

—No hace falta —le aseguró y acompañó sus palabras con una sonrisa que no le llegó a los ojos—. Puedo con ella.

Paddy echó un vistazo a la mujer que ya desaparecía por el pasillo. Con que esa era la esposa de Mackenna. Lo intuía aunque nadie se lo hubiese confirmado. ¿Quién en su sano juicio se habría tirado a la cara de Mackenna sin conocerlo íntimamente? Sin lugar a dudas una mujer lo suficientemente insensata y cabreada como para jugársela de esa manera tan descontrolada. Se rascó con saña el cogote; los problemas se iban sumando, le inquietaba la presencia de esa mujer. Era tan imprevisible como su marido, había surgido de la nada y en cuestión de minutos había pasado de la furia más arrolladora a ser un bloque de hielo. Que san Patricio los protegiera, o quizá debiera encomendarse a san Jorge para matar al dragón.

—En mi tierra, esa mujer sería adorada como una valquiria —farfulló Gustaf con voz pastosa y rompió a reír—. Mackenna es un tipo raro, pero es imposible aburrirse con él.

—Si tú supieras —musitó Paddy.

16

Los minutos se alargaban en un ambiente ominoso mientras Cooper y Lilianne se estudiaban de reojo. Cada uno se había colocado en un extremo del despacho de Cora, donde las emociones fluían como nubarrones amenazantes. Fuera, la fiesta había recrudecido en intensidad y las risas estallaban traspasando las paredes. Ninguno de los dos quería dar el primer paso. Estaban asombrados de encontrarse en la misma estancia después de nueve años, asustados por romper la quietud superficial que se respiraba entre las cuatro paredes, aterrados por los sentimientos que afloraban, dejando tras de sí un poso de desconfianza y resentimiento.

La primera en moverse fue Lilianne, caminó hasta la ventana con pasos comedidos y se abrazó en busca de serenidad para enfrentarse a la conversación que no terminaba de empezar. En la calle, las personas iban y venían en un trasiego sin fin. A pesar de ser las nueve de la noche, en el cielo brillaba un sol deslumbrante.

«Qué tierra tan extraña», pensó distraída. La ciudad le parecía un disparatado circo ambulante con sus calles abigarradas y su gentío pintoresco. Sin embargo, antes de alcanzar la ciudad, había admirado las colinas recubiertas de epilobios rosáceos que competían con el morado de los lupinos o el amarillo de las margaritas mientras navegaba por el río Yukón. Había inhalado el aroma de la vegetación hasta embriagarse, atenta al canto de los zorzales o al golpeteo rítmico de los pájaros carpinteros contra los troncos de los abedules. El paisaje indómito la había asombrado ya que había esperado encontrarse con una región yerma parecida a la del puerto de Saint Michael. En su lugar se había topado con un paisaje palpitante de vida. Después del despliegue de belleza y paz, la visión de la ciudad de Dawson le parecía desoladora.

Había desembarcado con una extraña sensación de irrealidad, reparando en todo lo que la rodeaba con una mezcla de desconfianza y curiosidad. Tras asegurarse de que el equipaje de Mary y Edith era almacenado en una nave de la Compañía Comercial de Alaska durante unos días a cambio de un desmedido alquiler, se dirigieron al hotel Palladium, donde pensaban hospedarse hasta hallar el lugar adecuado para montar su tienda. A duras penas consiguieron abrirse paso sobre las tablas que hacían las veces de acera. Al final la actitud hosca de algunos hombres las obligó a caminar por el lodo. El batiburrillo de establecimientos, donde se exhibían las mercancías más extrañas, y los bares ruidosos, de donde entraban y salían hombres en mayor o menor grado de embriaguez, habían arrancado exclamaciones de asombro a las dos viudas.

Durante todo ese tiempo, Lilianne había sido incapaz de fijarse en nada que no fuera el rostro de los hombres; le había buscado con el corazón encogido. Para cuando habían alcanzado el hotel, el desánimo la había dominado. Averiguar el paradero de Cooper se le había antojado descomunal en aquel caos.

Una vez frente al mostrador de recepción del Palladium, Lilianne se había mantenido al margen, dejando que sus amigas consiguieran un lugar donde dormir. Toda su atención se había centrado en una fiesta en un comedor. Las mujeres, ataviadas con trajes de noche ramplones, se movían con una actitud descarada. Los hombres las abrazaban, las sentaban sobre su regazo y les susurraban palabras que les arrancaban carcajadas desvergonzadas. Los camareros apenas si lograban atender todas las peticiones; el champán fluía de copa en copa mientras algunas parejas bailaban entre empujones, o al menos lo intentaban.

La atención de Lilianne se había detenido en una mujer subida a una mesa. Unos pocos velos cubrían su cuerpo curvilíneo; con una lentitud agónica para su auditorio, se iba desprendiendo de los que le quedaban. Hipnotizada y a la vez turbada por el espectáculo, Lilianne no había reparado en los dos hombres que se presentaron tarde a la fiesta. Un nombre gritado por un vozarrón la sacudió, la sensación fue como una bofetada en plena cara: en su campo de visión apareció un hombre alto y dos mujeres que le besaban entre risas. Su mente dejó de razonar, pero su cuerpo reaccionó como una máquina: un paso, luego otro y otro mientras una furia desmedida se desataba en ella. Una vez junto al hombre de cabello largo, apenas si osó tocarlo, temerosa de equivocarse y al mismo tiempo deseando que no fuera él. Primero le llamó con un hilo de voz. Al no recibir una respuesta, le palmeó el hombro con mano temblorosa, mientras repetía su nombre con temor.

La duda se esfumó al reconocer la sonrisa que en otro tiempo le había robado el aliento. Ni el cabello largo ni la tupida barba lograron ocultar el semblante que había dado por muerto. En lugar de acurrucarse entre sus brazos, como había hecho miles de veces, Lilianne solo tuvo ojos para las huellas de los besos de las dos mujeres, que seguían pegadas a él; avivaron en ella una rabia devastadora, la necesidad de borrar las manchas de carmín y la estúpida sonrisa de Cooper. Su propósito de mostrar indiferencia y altivez saltó por los aires. Lo siguiente era un recuerdo difuso que la avergonzaba; lo único cierto era que había sido incapaz de controlar a la mujer herida que había reprimido durante años.

Junto a la ventana, era consciente de la mirada hosca de Cooper mientras cada fibra de su cuerpo palpitaba. No se atrevía a darse la vuelta y perder los estribos de nuevo. Tomó aire y lo soltó despacio. Cooper no debía percibir su zozobra.

—¿Cómo has dado conmigo?

Su voz grave la sobresaltó, se giró en redondo y le estudió detenidament. Era el mismo hombre, pero las diferencias eran evidentes: el rostro de Cooper se había afilado, unas finísimas arrugas le rodeaban los ojos y su cuerpo se había fortalecido. A pesar de todas las similitudes que seguían presentes, como esa cicatriz junto a la ceja, que se había hecho durante una pelea cuando tenía dieciséis años, apenas reconocía al joven que le había prometido una vida juntos. El hombre que la miraba era frío y su semblante no transmitía ninguna emoción. Se había convertido en un desconocido. Lilianne reprimió una mueca al reconocer los arañazos que ella misma le había propinado; surcaban lo poco que se le veía de las mejillas y la frente despejada, hasta las manos habían sufrido su arranque de ira.

Con Cooper nunca había logrado ser la mujer que todos habían esperado de ella; la había desafiado a vencer los límites que nunca rebasaba una joven de buena familia, como bañarse desnuda de noche en el lago artificial en el jardín de sus padres. Había sido arriesgado y excitante, y jamás se había sentido tan viva. Descartó esos recuerdos mientras abría su bolso de mano, de donde sacó el retrato que la había acompañado durante las últimas semanas. Estaba arrugado y las esquinas se habían doblado, pero seguía siendo un fiel reflejo del Cooper que tenía delante.

—Por esta fotografía que te hizo Melvin Shaw hace unos meses.

Cooper no miró la foto, sus ojos siguieron fijos en ella. Su moño se había deshecho y el cabello se había derramado como seda hasta la cintura. Le costaba no tocárselo. Le hormigueaban las manos hasta tal punto que mantenía los puños cerrados con tanta fuerza que se clavaba las uñas.

—Aja... —musitó y fue lo más parecido a un gruñido—. ¿Para qué has viajado hasta aquí?

Lilianne volvió a buscar en su bolso, después le entregó un documento doblado.

—¿Qué es? —inquirió él con desconfianza.

—Una declaración jurada donde consta que me abandonaste hace nueve años. Quiero el divorcio.

Cooper venció la poca distancia que los separaba y le arrebató el documento. Lo leyó dos veces, tras lo cual soltó un bufido de desprecio.

—No hay quien entienda esta jerigonza —espetó él.

Lilianne se ordenó no retroceder ni un milímetro.

—Si no lo entiendes, pide a un abogado que te lo explique, pero no hay engaño alguno. No te pido nada, solo el divorcio. —Desvió la mirada, cansada de adoptar una actitud desafiante—. Es lo mejor que podemos hacer, poner fin a lo que fue un error.

Un error, eso había sido para ella. Para Cooper había representado la mayor ilusión, la felicidad más absoluta mientras habían estado juntos. Durante una semana se había considerado el hombre más afortunado del mundo. ¡Qué ingenuo!

Se tomó un instante para poner orden en su mente y sus emociones. Odiaba que ella tuviese aún el poder de descolocarlo y solo por eso la aborrecía más, si era posible.

—Un error... —murmuró mirando al vacío. Para asombro de Lilianne, soltó una carcajada carente de alegría. Transmitía tanto desprecio que ella le fulminó con la mirada—. Y ahora pretendes borrarlo con una firma. Podrías haber mandado a alguien, no era necesario que viajaras hasta aquí.

Su tono desdeñoso la picó como el aguijón de una avispa.

—He aprendido que no me puedo fiar de nadie, tú me lo enseñaste, y me niego a dejar en manos de un extraño algo que atañe a mi vida. Quería verte firmar el documento con mis propios ojos.

Estaba tan cerca de ella que podía distinguir la constelaciones de pecas que le habían parecido adorables en otro tiempo. Recordaba perfectamente cómo se las había besado entre risas, acariciado... De repente le faltó el aire.

—Antes te han llamado señorita Parker —dijo al cabo de unos instantes—. ¿Has ocultado tu matrimonio?

—Nos dijeron que habías muerto ahogado en las costas de Japón después de tu desaparición. No había motivo para usar un apellido que nunca fue realmente mío.

Para sorpresa de Lilianne, Cooper volvió a reírse. Sus carcajadas resultaban insultantes dado el asunto que estaban tratando.

—Es casi cierto, estuve a punto de morir ahogado. Eso os habría quitado un problema de encima, ¿no es así, señorita Parker?

Lilianne se alejó de Cooper, apenas soportaba tenerlo cerca. Una vez más el pasado la traicionaba; al oír su risa, aunque despectiva, la había llevado a ese lugar cerrado a cal y canto en su memoria.

—No quiero discutir.

—¿No? Es una lástima porque sigues siendo la señora Mackenna. Y dime, señora Mackenna —prosiguió poniendo especial énfasis en el apellido—, ¿puedo saber para qué quieres repentinamente el divorcio?

—No es asunto tuyo y no es algo repentino. Lo más sensato es que tú sigas con tu vida y yo con la mía. No sirve de nada seguir con esta farsa.

¿Por qué le dolía tanto decir esas palabras? La duda se inmiscuía de manera traicionera, ya no estaba tan segura de querer averiguar los motivos que le habían llevado a abandonarla. Podía entender el miedo a enfrentarse a su padre; al fin y al cabo Cooper solo había sido un joven sin familia ni dinero frente a un hombre poderoso y mezquino como Gideon. Pero si reconocía que la había dejado atrás porque nunca la había amado, se vendría abajo. Necesitaba aferrarse a la ilusión de que al menos la había amado lo suficiente para intentar vencer todos los obstáculos.

Cooper se acercó a ella, cerniéndose como una tormenta a punto de estallar.

—¿Una farsa?

Lilianne dio un paso atrás, asustada por la rabia que emanaba el cuerpo de Cooper. Tomó consciencia de que estaba en una tierra lejana y a merced de un hombre que la desconcertaba. Trató de pensar en Aidan, en su compromiso, en cómo se sentía segura y querida a su lado. Posiblemente Cooper también tenía a alguien en su vida. Ese mero pensamiento la irritó, pero al instante sofocó el sentimiento que intentaba aflorar. Ya no sentía nada por ese hombre, entre ellos solo había habido castillos en el aire.

—Te propongo un divorcio que te dé la libertad de forjar una familia.

—¡No necesito ninguna familia! —estalló.

La única familia que había querido había sido ella. Durante nueve años había tratado de convencerse de que ya no la amaba, pero lo cierto era que tenerla de nuevo tan cerca estaba derribando todas las paredes que había erigido a su alrededor para protegerse de sus sentimientos. De repente quiso castigarla por todo lo que había ocurrido, ella había sido tan responsable como sus padres. Alejó el dolor que súbitamente le ahogaba, no pensaría en lo que ella había hecho.

—Está bien —dijo, de nuevo dueño de sus emociones.

Se sentó tras la mesa de Cora y garabateó su firma en el documento. Cuando Lilianne tendió la mano para cogerlo, Cooper lo mantuvo lejos de su alcance.

—Si quieres este papel firmado, debes saber que tiene un precio.

Lilianne parpadeó, sorprendida; ver cómo firmaba sin más oposición la había dejado confundida y decepcionada.

—¿Qué precio?

—El de tu libertad.

—¿Cómo? ¿De qué hablas?

—Te costará diez mil dólares.

—No dispongo de esa suma y, aunque la tuviese, no pienso ceder a tu chantaje —exclamó, horrorizada.

—Bien, seré magnánimo —accedió con un tono burlón—. Si no dispones de esa suma, durante un mes harás lo que toda mujer casada hace: cuidar de su esposo y velar por su bienestar.

El desconcierto de Lilianne fue tal que se sentó a tientas. Lo que le pedía no tenía sentido.

—No lo hagas —murmuró. Una mirada a sus ojos y entendió lo que se proponía hacer. El sinsentido fue en aumento—. No me puedes pedir semejante despropósito. No puedo vivir bajo el mismo techo que tú, eso invalidaría el documento...

—Nadie tiene por qué saberlo.

—Mis amigas Mary y Edith lo sabrán.

—No es asunto mío.

Cooper se recostó contra el respaldo y se llevó las manos a la nuca en una pose arrogante, que la sacó de quicio. El desconcierto estaba dejando paso a la ira. Ese hombre no tenía ningún derecho a ponerla en ese aprieto. Apoyó las manos sobre la superficie de madera y se inclinó hacia delante con los ojos echando chispas.

—Eres aún más despreciable de lo que pensaba —siseó con los dientes apretados—. ¿Tan mal te ha ido buscando oro que tratas de chantajearme? O quizás eres demasiado vago para trabajar.

—Piensa lo que más te guste —convino él y su sonrisa se hizo más amplia.

La idea de mantenerla cerca empezaba a resultarle divertida, al fin y al cabo solo le pedía un mes de su vida. Se la imaginó viviendo en su pequeña cabaña, cocinando para él y Paddy, lavando su ropa, limpiando el establo. Durante la semana que vivieron juntos, Lily había sido una pésima cocinera y apenas había sabido encender la estufa con la que se habían calentado en la modesta pensión de Oakland sin que esta se llenara de humo. Por aquel entonces todos sus esfuerzos por aprender le habían parecido enternecedores y había pasado por alto todas sus carencias con un abrazo sin importarle la comida medio cruda o quemada, la ropa mal lavada o el humo de la estufa; lo único imprescindible había sido tenerla en su vida día y noche. Un pensamiento se coló subrepticiamente: dormir en su cama. Su sonrisa de satisfacción se esfumó; eso no ocurriría, jamás volvería a tocarla. Solo pretendía humillarla.

Lilianne, que le había observado con el ceño fruncido, soltó una risa discordante, dominada por la incredulidad.

—¿No pretenderás que me acueste contigo? Jamás, aunque me fuera la vida en ello —espetó con odio—. Conseguiré ese documento, sea como sea. No eres más que un patético patán que se aprovecha de la situación. Dios mío, mi padre estaba en lo cierto.

Cooper encajó esas últimas palabras como un puñetazo en el estómago. Se puso en pie de golpe y la apuntó con el índice.

—Jamás nombres a tu padre.

Ella se enderezó también y le dedicó una sonrisa educada.

—¿Le tienes miedo?

—No. Jamás le he tenido miedo.

Lilianne dio un paso atrás, Cooper acababa de dar respuesta a la duda que tanto había temido. No se había marchado por temor al poder de Gideon, sencillamente la había abandonado porque no la había amado. Por primera vez se preguntó si su padre no había estado en lo cierto al asegurarle que Cooper solo había ambicionado su dinero y posición. ¿Tan ciega había sido que no había reconocido su codicia?

—Si quieres tu documento, ya sabes lo que tienes que hacer. Invéntate la excusa que quieras con tus amigas, pero no las quiero merodeando por mi cabaña. Saldremos mañana por la mañana a primera hora. Cómprate un caballo o irás andando, te aviso que son unos cuantos kilómetros hasta Mackenna Creek. Y ahora, si me disculpas, mis amigos me esperan.

Puso a buen recaudo el documento en el zurrón, y salió dando un portazo.

En cuanto se quedó sola Lilianne se llevó una mano al pecho, el corazón le latía tan fuerte que le faltaba el aliento como si hubiese corrido una carrera. ¿Cómo había llegado a ese punto?

Fuera, Cooper se apoyó en la puerta cerrada. Se sentía mareado por todos los sentimientos que había reprimido. Lily estaba de nuevo a su lado, pero ya no había risas entre ellos, ni muestras de afecto, ni miradas ilusionadas. Solo quedaba amargura, resentimiento y desprecio.

—¿Te encuentras bien?

Paddy le tendió una copa. Cooper se bebió el whisky de un trago.

—No puedo volver a Mackenna Creek esta noche, tengo que solucionar algunas cosas.

Paddy echó un vistazo a la puerta.

—Ya lo entiendo. Tómate tu tiempo, yo vuelvo esta noche. No estoy de humor para festejos.

—Ve con cuidado —le pidió con el gesto tenso.

17

A la mañana siguiente, y sin haber pegado ojo a pesar del cansancio, Lilianne bajó al comedor donde la noche anterior se había celebrado la ruidosa fiesta. Aunque Cora March le suscitaba una desconfianza visceral, debía admitir que sabía llevar un hotel. No quedaba rastro del desenfreno que había presenciado la noche anterior; en su lugar, el comedor presentaba un aspecto pulcro y acogedor.

Se reunió con sus amigas, que la recibieron con una sonrisa alentadora.

—¿Ha podido descansar a pesar del ruido, querida? —inquirió Mary mientras se servía una taza de té.

—No tanto como habría deseado —replicó con un suspiro.

—Yo apenas he podido dormir —reconoció Edith.

Pese a las miradas que intercambiaban las dos viudas, ninguna hizo preguntas acerca del altercado entre Cooper y Lilianne. Desayunaron e intercambiaron impresiones sobre la ciudad de Dawson.

La paz duró poco: Mackenna apareció desgreñado y con aspecto huraño; sus ojos enrojecidos y su alarmante palidez delataban una resaca terrible. Se sentó en una mesa, la más alejada de las tres mujeres, y gruñó algo al camarero que se le acercó. Este se alejó tan rápido como había llegado, echando miradas por encima del hombro.

Para pesar de Lilianne, Cora hizo acto de presencia en el comedor. Su aspecto no podía ser más exquisito con un traje de mañana verde pálido que realzaba su silueta. Se movía con elegancia entre sus clientes. Habló con unos y otros tomándose su tiempo hasta que llegó a la mesa de Cooper. Se sentó sin dejar de sonreír. Lilianne sintió un aguijonazo de irritación al ser testigo de cómo ella hablaba con él. Su actitud era confiada, como si los uniera una estrecha amistad. Se negó a poner otro nombre a la relación, y esa cobardía la irritó todavía más.

Tras unos largos diez minutos, Cora por fin se reunió con ellas. Lilianne recompuso su rostro y adoptó una expresión amable, ocultando lo que realmente sentía hacia esa mujer.

—Señoras, señorita —empezó Cora—, espero que la pequeña celebración de mis amigos no les haya impedido descansar.

—Señora March, si lo de anoche fue una pequeña celebración, no quiero ni imaginar lo que usted considera una fiesta por todo lo alto —contestó Mary al tiempo que dejaba su taza de té.

La risa gutural de Cora arañó el poco autocontrol de Lilianne.

—Es «señorita» —puntualizó con una media sonrisa—. Y admito que los habitantes de Dawson saben divertirse.

Mientras hablaba, Cora miraba fijamente a Lilianne. Por primera vez se sentía en desventaja. Se sabía hermosa, pero la señorita Parker poseía algo que ella anhelaba para dejar de sentirse la triste hija del predicador. Envidiaba su elegancia innata, una distinción que destacaba incluso cuando Lilianne trataba de pasar desapercibida.

La víspera Cora había animado a Cooper a beber y le había hecho preguntas que, muy a pesar suyo, él no había contestado. Se había mantenido taciturno. Finalmente se lo había llevado a su habitación y le había desnudado disfrutando de su cuerpo. Después de unas torpes caricias y un encuentro decepcionante por su estado de embriaguez, Cooper se había dormido sin aclarar quién era esa desconocida que parecía conocerle demasiado bien. Frustrada e insatisfecha, se había levantado al alba dejando que él se despertara en su cama.

Instantes antes la actitud de Cooper no había apaciguado su sensación de fracaso. Él no parecía recordar gran cosa de lo sucedido la noche anterior, para mayor humillación de Cora. Había conseguido llevárselo a la cama, pero no había obtenido respuestas ni una rendición. Frente a la señorita Parker, las dudas la asaltaban de nuevo; intuía que entre Cooper y Lilianne se alzaba un pasado sin resolver. La reacción de la muy digna señorita Parker lo había dejado patente. Lo que Cora quería saber era si esa mujer pretendía entrar o salir de la vida de Cooper.

—Necesitamos que nos recomiende a alguien para montar nuestra tienda —solicitó Edith.

Cora emergió de sus meditaciones con un parpadeo.

—Les recomendaré a un amigo, él podrá alquilarles un terreno, así como hombres para que monten su tienda. Si me permiten la indiscreción, ¿cuánto tiempo piensan quedarse en Dawson?

Lilianne echó una mirada entornada a Cooper, que apenas alzaba la nariz de su taza de café, y se adelantó a sus compañeras de viaje.

—Yo me marcharé esta misma mañana...

El silencio cayó sobre la mesa como una piedra en un charco. Lilianne contó en silencio a la espera de oír las protestas de sus amigas.

—¿Y dónde pretende marcharse? —inquirió Edith tres segundos después, estupefacta.

—A Mackenna Creek con el señor Mackenna —expuso sin mirar a nadie en concreto.

Las dos viudas empezaron a parlotear mientras Cora dedicaba una mirada hosca a Lilianne. Esta, cansada de las arengas de sus amigas, las interrumpió:

—Ignoro aún dónde viviré, pero el señor Mackenna me ha ofrecido su ayuda.

—Allí no hay nada —señaló Cora, incidiendo en la última palabra—. Y Mackenna no es un hombre conocido por ser servicial.

A pesar de su tono afable, Lilianne reconoció en las palabras de la señorita March un filo acerado. La miró a los ojos y sus sospechas se confirmaron. Cora era muy hábil velando sus emociones tras una máscara aparentemente imperturbable, pero Lilianne era experta en ocultar sus sentimientos. Su madre había sido una excelente maestra y Cora no era ni de lejos tan buena como Ellen.

—Allí viven el señor Mackenna y su amigo, y seguramente habrá alguien más.

—No sabe dónde piensa meterse —insistió Cora—. Allí solo hay osos y mosquitos.

—Es donde debo ir. —Esbozó una sonrisa que no le llegó a los ojos—. Le agradezco su interés, pero ya he tomado mi decisión.

Cora supo que no debía insistir y aprovechó ese momento para despedirse:

—Entonces le deseo un buen viaje, señorita Parker.

Las miradas de las dos viudas iban de Cooper, que se parecía más que nunca a un salvaje, a Lilianne, que trataba de aparentar normalidad, como si a diario se fuera a vivir a un lugar aislado con un hombre de aspecto tan incivilizado.

—Querida —empezó Edith en tono vacilante—, no creo conveniente dejarla marcharse con ese hombre.

—Sobre todo después de lo ocurrido anoche —agregó Mary en un susurro.

—Les aseguro que mi integridad física no correrá peligro con el señor Mackenna. Le conozco y sé que jamás me hará daño.

Lilianne habló imprimiendo firmeza a su aseveración, aunque por dentro le bailara el corazón de manera errática. Entendía el dilema de sus amigas, ella misma habría albergado las mismas dudas si una conocida se hubiese propuesto la locura que se disponía a cometer. El aspecto de Cooper provocaba murmuraciones entre los presentes y él no hacía nada por tranquilizarlos. Su actitud huraña dejaba entender a las claras que no quería conversación ni compañía, aunque fuera silenciosa, y ella pretendía marcharse con él hacia un lugar aislado, sola y sin nadie que la ayudara si fuera necesario.

Se permitió observarlo sin reservas. ¿Cómo le había llamado

el viejo que había atendido en el *St Paul*? Gran Oso Blanco. El único oso que había visto en su vida había sido en una jaula; el animal, viejo y aburrido, no le había causado una gran impresión, pero los testimonios de los que se habían enfrentado a uno en los bosques de Yosemite hablaban de criaturas agresivas e imprevisibles. En ese momento sospechaba que Cooper era agresivo e imprevisible. Aun así, aunque se hubiese convertido en un desconocido, en su fuero interno brotó la convicción que jamás usaría la violencia con ella.

—Lilianne —insistió Edith, su gesto preocupado resaltaba con más nitidez sus arrugas—. No entiendo lo que está sucediendo, pero por la amistad que me une a Adele, me siento responsable de su persona. Cuando nos pidió que la ayudáramos a sacarla de San Francisco con tanta premura, dudamos si aceptar. Adele nos aseguró que era una joven de confianza. Aceptamos seguir el juego, nos pareció muy excitante aunque ignorábamos quién era usted realmente, pero nos avenimos a seguir todas las recomendaciones que nos dieron sin hacer preguntas.

—Al principio no sabíamos muy bien qué pensar de todo el asunto —habló Mary en voz baja sin perder de vista a Cooper—. Tuvimos nuestras reservas en cuanto a su descabellado plan. Sin embargo, durante el viaje le hemos tomado cariño, Lilianne. Nos ha demostrado que es una joven cabal y de confianza. Si le sucediera algo, nos sentiríamos culpables por no haber puesto fin a este desvarío.

—Le aseguro que Mackenna no nos asusta —siguió Edith—. Hemos plantado cara a hombres más inquietantes durante nuestros viajes. Sea lo que sea lo que ese hombre le exige, no se deje intimidar por semejante energúmeno. Aquí nos tiene, para lo que sea necesario.

Lilianne consiguió esbozar una sonrisa tranquilizadora. Aquellas dos mujeres adorables pretendían protegerla de Cooper. La imagen de Mary y Edith ejerciendo de guardianas de su persona frente a un Mackenna tan intimidante casi le arrancó una risita.

—Les aseguro que mi integridad no corre peligro y, si bien es cierto que el señor Mackenna parece un salvaje, sé que puede comportarse como un ser civilizado. Necesito pasar un tiempo en Mackenna Creek, después podré volver a mi vida.

El rostro de Mary esbozó una mueca que reflejaba todas sus dudas.

—¿Es consciente de que si llega a saberse en San Francisco su buena reputación se echará a perder?

Lilianne asintió con seriedad.

—Por eso mismo mi partida precisó de tanto secretismo, nadie debía saber a dónde me dirigía. Les aseguro que mi intención es solucionar un asunto de vital importancia y luego volver a San Francisco. Por desgracia tendré que permanecer un mes aquí, no entraba en mis planes, pero en cuanto consiga cierto documento, el señor Mackenna habrá salido de mi vida para siempre. Es cuanto puedo contar.

Las dos viudas se miraron, dubitativas. Estaban acostumbradas a enfrentarse a situaciones que se salían de lo que se consideraba correcto durante sus viajes, pero lo que Lilianne pretendía hacer les parecía una locura. Durante semanas había sido una compañera de viaje perfecta, se había avenido a todo lo que le habían pedido mostrando siempre una actitud intachable. ¿Qué podían hacer para convencerla de no lanzarse a semejante desatino? La determinación de Lilianne era evidente y las dos mujeres sospechaban que no la harían cambiar de parecer.

Mary fue la primera en asentir en aquel diálogo mudo entre las dos amigas. Edith soltó un suspiro de rendición.

—Bien, por nuestra parte le aseguro que no saldrá una palabra de nuestros labios —aseveró con solemnidad—. Lo que ocurra en esta región se quedará aquí, pero prométanos que, si necesita ayuda, acudirá a nosotras.

Lilianne asintió con vehemencia, conmovida por esas dos mujeres de aspecto severo que le habían brindado su amistad sin condiciones. Por el rabillo del ojo vio como Cooper se ponía en pie; se estiró emitiendo un gruñido que sobresaltó a todos los comensales. Lo hacía para incordiar; todavía podía reconocer esa vena provocadora en él que tanto había envidiado. En la solitaria pero acomodada vida de Lilianne, Cooper siempre había representado la libertad a pesar de ser más pobre que las ratas. Había sido dueño de su destino y solo había permanecido en las caballerizas de los Parker por ella. Por ella, no por el dinero de Gideon.

En unas cuantas zancadas, Cooper cruzó el comedor y se plantó junto a la mesa.

—Tienes unos minutos para reunir tu equipaje. —Su tono era cortante y su mirada furibunda—. Te espero fuera.

Se alejó golpeando con fuerza el suelo con cada paso. En el comedor todos permanecieron en silencio, pendientes de la alta figura de Mackenna que desaparecía por la puerta. Lilianne soltó un suspiro.

—Me temo que mi aventura acaba de empezar —musitó por lo bajo. Se puso en pie a desgana. Abrazó primero a Edith, luego a Mary—. Gracias por todo.

Un mozo cargaba su equipaje. Justo detrás, Lilianne bajaba las escaleras decidida a que no se reflejara en su semblante o su porte el temor que le inspiraba someterse a la voluntad de Cooper. Si por dentro las dudas la acosaban sin piedad, por fuera su aspecto debía ser frío y controlado. Sin embargo, en cuanto pisó el último peldaño, estuvo a punto de tropezar con el bajo de la falda. Se detuvo unos segundos para recobrar la compostura sin perder de vista la escena que Cooper y Cora estaban protagonizando en la recepción del hotel.

En un rincón, Cora hablaba con Cooper en voz baja. Le había arrinconado y se proponía azuzarlo hasta que su paciencia estuviese a punto de estallar. Si la señorita Parker pretendía viajar hasta Mackenna Creek, no lo haría con el mejor de los compañeros. Tendría que enfrentarse a un hombre irascible. Era un triste consuelo, pero le proporcionaba cierta satisfacción.

—Es una lástima que te tengas que marchar tan pronto —ronroneó muy cerca—. No me habría importado repetir lo de anoche.

Cooper frunció el ceño; se arrepintió al instante por el pinchazo agudo que le laceró la cabeza.

—No empieces otra vez —replicó, esperando con ello desanimar a Cora—. No recuerdo nada...

Pero ella soltó una carcajada ronca y le puso una mano en el pecho en un gesto inequívocamente íntimo.

—No le digas eso a una mujer o acabarás teniendo muchos problemas. —La mano subió hasta la barba, que le recordó el suave pelaje de un animal. Fue más allá cuando reconoció la presencia de Lilianne por el rabillo del ojo: se puso de puntillas para besarlo en una mejilla—. Yo no he olvidado nada —le susurró al oído—. Es una pena que no puedas quedarte unos días, pero ven a verme cuando te aburras de esa damisela tan estirada.

Sabía que Cooper se estrujaría el cerebro intentando recordar lo que había ocurrido aquella noche. Quizá lo recordara, quizá no, pero le mantendría ocupado y mientras tanto no prestaría atención a la señorita Parker. Al pasar junto a Lilianne, Cora le dedicó una sonrisa triunfal antes de desaparecer. Había sembrado la duda en Cooper y había plantado una estaca que anunciaba que ese hombre era suyo, aunque por desgracia no lo fuera.

Cooper siguió con los ojos a Cora y después miró a Lilianne, que lo contemplaba con una mueca socarrona en los labios.

—¡Vamos a comprar tu caballo! —soltó con irritación—. Ya he perdido demasiado tiempo contigo.

Lilianne no replicó ni dejó salir la desoladora sensación de traición que la avergonzaba. No tenía ningún derecho en Cooper, así como Cooper no lo tenía en ella.

18

Desde que habían cruzado el puente sobre el río Klondike, el paisaje era desolador; todo rastro de vegetación había sido desbrozado a lo largo de la orilla y la tierra mostraba agujeros como bocas hambrientas donde antes había habido árboles. En aquel lugar ya no quedaba ni rastro de la belleza del paisaje que Lilianne había admirado desde el barco. Lo único que parecía crecer en aquel suelo yermo eran las estacas numeradas que identificaban los campamentos.

En el agua turbia y maloliente, vio flotando un perro muerto. Junto a una cabaña destartalada, una mujer y un niño de unos siete años miraban a lo lejos. Demacrados, sucios y despeinados, desprendían un aire de desamparo que conmovió a Lilianne. Todo lo que veía le parecía peor incluso que los barrios más pobres de San Francisco. Al menos las calles de Dawson ofrecían un cierto aire de festejo disparatado, pero los campamentos junto al río Klondike representaban, en la mayoría de los casos, la desesperación de los sueños rotos de muchos hombres y mujeres que habían dejado atrás cuanto poseían en busca de una quimera. Quizás esa tierra fuera la más rica en oro de todo el mundo, pero en dos años había originado más desgracias que alegrías.

El escuálido jamelgo que Lilianne se había comprado hizo un alto en su lento caminar. Era un pobre animal llamado irónicamente *Bravo*, por el que había pagado la escalofriante suma de setecientos dólares, sin hablar de lo que le había costado la silla de montar y los arreos. Si seguía gastando dinero a ese ritmo, no le quedaría ni un centavo antes de que acabara el mes. Alejó sus preocupaciones e intentó que su montura no se demorara más; cada cien metros *Bravo* se paraba y agitaba la cabeza de arriba abajo como si preguntara si habían llegado. Cooper ni siquiera se molestaba en asegurarse de si le seguía, solo mostraba interés por su burro cargado de sacos y una jaula con dos gallinas y por los dos perros, que flanqueaban el trineo del que tiraba el caballo de Cooper.

Lilianne agitó las riendas y el jamelgo se movió a regañadientes. Lo azuzó hasta que consiguió alcanzar a Cooper.

—¿Falta mucho?

Cooper le echó una mirada huraña por debajo de su sombrero. Le dolía la cabeza y la luz le molestaba como agujas que se le clavaran en los ojos, pero lo que más le irritaba era que se había despertado desnudo en la cama de Cora. No recordaba cómo había llegado hasta la *suite* ni quien le había quitado la ropa. Nada más volver a la fiesta de Gustaf, había agarrado una botella de whisky y se la había ventilado él solo. La única certeza que recordaba era que habían subido al sueco, más borracho que ninguno, al vapor que lo llevaría al puerto de Saint Michael entre cantos y risas. Después... Cora le había ofrecido una copa y otra y todo lo demás era un recuerdo confuso. Había soñado con Lilianne, la había abrazado, besado, amado. El sueño había sido corto pero muy vívido. Al despertar desnudo en la cama de Cora, temía que no hubiese sido un sueño, al menos buena parte de él, y que en realidad había amado a la mujer equivocada. Se rascó la nuca con frustración, la responsable de todo era Lilianne.

—Ya lo verás —masculló a desgana—. Y no te pares cada diez pasos.

Fue lo único que dijo en todo el camino. De repente dejaron atrás los ruidosos campamentos de mineros y se adentraron en un bosque de abetos, arces y álamos. El ruido de las concesiones fue menguando hasta que solo se oyó el fluir del agua y el trino de los pájaros. Lilianne había estado tan absorta en sus pensamientos que no se dio cuenta del cambio de paisaje hasta que *Bravo* hizo otra de sus pausas. Buscó a su alrededor alguna señal de vida, pero parecían haber cruzado la frontera invisible de un reino de silencio y soledad.

El calor fue en aumento, incluso bajo la sombra de las coníferas. Lilianne se deshizo del sombrero de paja, de los guantes manchados de barro y finalmente de la chaquetilla de su traje de montar. No fue suficiente para mitigar el bochorno, el sudor le pegaba la camisola a la espalda mientras que las varillas del corsé se le clavaban en la cintura con cada paso del caballo. Se desabotonó el cuello de encaje de la blusa y los puños para remangarse hasta los codos, ya no podía hacer más por aliviar el sofoco. Cooper seguía adelante, ajeno a sus tribulaciones. Su impasibilidad la irritó tanto como los mosquitos que la acribillaban a picotazos.

—Cooper...

Solo los perros se dignaron a mirarla un instante sin detenerse.

—¡Cooper!

Seguía sin mirarla. La desesperación se adueñó de Lilianne: estaba agotada tras un viaje de cuatro semanas durante el cual apenas había dormido, los mosquitos no le daban tregua y le costaba respirar por el dichoso corsé. Se apeó de *Bravo* aprovechando uno de sus muchos descansos y cogió una piedra del suelo del tamaño de un huevo. No pensó en las consecuencias, dejó que la rabia la guiara sin perder de vista la espalda de Cooper. La piedra trazó un arco perfecto y cayó como un plomo justo delante del caballo de Cooper. Solo entonces él se detuvo para echarle una mirada por encima del hombro sin soltar las riendas.

—¿Has perdido la cabeza?

Ella alzó los brazos abarcando todo lo que la rodeaba.

—Quiero saber dónde estamos y hacia dónde vamos —gritó, exasperada; en ese mismo momento estaba dispuesta a cometer una locura—. No daré un paso más sin un descanso y una explicación.

Cooper la estudió; Lilianne estaba de pie en un pequeño claro del bosque con la ropa arrugada como si hubiese dormido con ella y un mono loco la hubiese peinado. Ya no quedaba rastro de la mujer elegante con la que se había reunido esa misma mañana en Dawson.

¿Cómo demonios había conseguido viajar hasta el Yukón? Las preguntas se sucedían incansablemente, pero se negaba a formularlas en voz alta. Tenía un mes para pensar en lo que haría con ella. De momento el viaje hasta su cabaña estaba siendo muy revelador; había dado un rodeo para que viera lo peor de aquella locura llamada fiebre del oro esperando quejas y más quejas al abandonar la relativa seguridad de la ciudad, pero Lilianne había aguantado más de lo esperado. No permitió que la compasión le dominara. Chasqueó la lengua e hizo un gesto a los perros, que se sentaron de inmediato.

—Como desees; ya nos veremos cuando des con mi cabaña. Sigue el sendero hasta que veas una bifurcación donde hay una roca puntiaguda. Toma el camino de la izquierda y en el primer cruce, gira a la derecha. Después sigue la orilla del arroyo. Cuidado con los alces, suelen acercarse al riachuelo para beber y no les gustan los desconocidos. Los osos tampoco son muy amistosos. Los lobos suelen huir de las personas, pero si están hambrientos, pueden atacar... Buena suerte, señora Mackenna.

Y prosiguió sin asegurarse de si ella había captado el mensaje. Cooper asentaba las bases de lo que iba a ser el mes que le había pedido: ella era la que debía adaptarse a Cooper, no él a Lilianne.

—¡Eres un maldito estúpido! ¡Te odio, Cooper Mackenna!

El gorjeo de un pájaro fue la única respuesta que recibió. Cooper se alejaba, seguido de su burro. Los dos perros gimotearon y miraron de un lado a otro, dudaron de si dejarla sola o permanecer junto a su amo.

—¿Y vosotros qué miráis? ¡Fuera!

Los perros ladearon la cabeza y un segundo después se alejaban dejándola aún más desolada. Había sido una pataleta absurda, poco propia de ella y que apenas le había proporcionado satisfacción. Cooper se había convertido en un hombre insensible y grosero y ella estaba a su merced. Aquel viaje hasta Mackenna Creek solo estaba siendo un anticipo de lo que iba a ser el resto del mes que debía pasar junto a Cooper. Una pesadilla en toda regla.

No tuvo más remedio que seguir el rastro que había dejado el trineo. Alcanzaron una cabaña; el corazón de Lilianne dio un brinco de alegría. Ya habían llegado. De la cabaña salió un hombre calvo de una edad difícil de adivinar por la poblada barba que le ocultaba medio rostro. Sus ojos desaparecían bajo dos pobladas cejas y una miríada de arrugas.

—¡Hey! —dijo a modo de saludo.

—Hey —respondió Cooper.

Este se apeó de su montura y fue al trineo, que destapó echando atrás la lona que lo protegía. Se hizo con dos sacos pesados que entregó al calvo. Este emitió un gruñido, se sacó del bolsillo de los pantalones harapientos un saquito que tiró a Cooper y se alejó. Ni un «adiós» o «me alegro de verte», nada que no fueran unos pocos gruñidos. Un instante después la pareja se alejaba de la cabaña.

Lilianne acercó su montura a la de Cooper.

—¿Me puedes decir si en esta tierra hay una ley que obliga a las personas a permanecer en silencio?

—Ojalá fuera así, de ese modo tendrías que cerrar el pico.

—Qué encantador...

La misma escena que con el calvo se repitió otras cuatro veces; solo entonces Lilianne entendió el motivo por el que Cooper había cargado con tantos sacos. Cada vez que entregaba un encargo, le pagaban con un saquito que, intuía ella, contenía oro. Cada uno vivía su personal fiebre del oro y Cooper lo estaba consiguiendo haciendo de recadero.

Se convenció de que por fin habían llegado cuando los perros se adelantaron, hasta el burro aceleró y fue directamente a una pequeña caseta que debía ser un establo.

Lilianne dio un repaso al lugar: la cabaña era algo más grande que las que había visto anteriormente, construida con troncos. Del tejado inclinado sobresalía el tiro de una chimenea entre hierbajos y flores, como si un iluso hubiese plantado un jardín sobre la techumbre. En la fachada principal un pequeño porche cubierto daba acceso a una puerta flanqueada por dos ventanucos cuadrados, cerrados con contraventanas de madera. A la derecha estaba el establo donde el burro esperaba a que se lo abrieran y en el otro extremo los perros bebían en un abrevadero.

El terreno frente a la casa descendía hasta un arroyo donde una canoa se mecía suavemente. De un lado a otro solo se veía monte bajo, abetos larguiruchos, álamos temblones y abedules que susurraban al viento. Si aquello era la concesión de Cooper, no se parecía en nada a lo que había visto nada más abandonar Dawson. El aire era diferente, más ligero, más cálido. No se oían los martillazos, el rasgueo constante de las sierras, los gritos de los hombres, solo el fluir del agua, el gorjeo de las aves y el rebuznar del burro que empezaba a impacientarse. La soledad del lugar la sobrecogió; por más que buscara señales de vida, no veía a ningún vecino. El amigo de Cooper vivía en algún lugar, de eso estaba segura, pero eso tampoco la tranquilizaba. ¿Qué iba a hacer durante un mes en aquel lugar? Morirse de aburrimiento.

Cooper atendió a sus animales en silencio, ni siquiera abrió la cabaña para que ella entrara. Descargó el trineo y soltó los arreos que lo habían sujetado al caballo. El burro fue el siguiente en ser liberado de su carga. Cooper se mostró cuidadoso con ellos; los cepilló, les dio de comer y agua limpia. Los perros se tumbaron en el porche hasta que recibieron su ración de lo que parecía pescado seco. Las gallinas fueron las últimas en disfrutar de las atenciones de Cooper.

Lilianne permaneció junto a su jamelgo, sin saber qué hacer. Cooper la estaba ignorando de manera insultante. Se sentía rechazada por el hombre que le había impuesto un mes bajo el mismo techo en aquel lugar olvidado de todos.

—Te recuerdo que tienes un caballo que atender. No le vendría mal que lo cepillaras, lo alimentaras y le dieras agua. Está que se cae. Dentro del establo tienes heno y forraje, prepárale un rincón donde pueda descansar.

Aquel discurso había sido el más largo que había hecho Cooper en todo el día.

—¿Y yo no me merezco ni siquiera un vaso de agua?

Cooper le señaló el arroyo.

—Ahí tienes toda la que quieras.

—Espero que te ahogues en ese mismo arroyo... —musitó entre dientes.

Llevó el jamelgo hasta la cuadra y se dedicó a cuidar del pobre animal, que se dejó hacer sin ni siquiera mover las orejas. Estaba tan agotado como ella.

—Lo siento, debería haberme bajado mucho antes. Te prometo que cuidaré de ti —susurró apoyando la cabeza contra el cuello del animal.

Cerró los ojos y se permitió un momento de debilidad. Dejó que saliera el sollozo que había estado en todo momento a punto de delatar su miedo. Había sido una locura ir hasta allí, estaba a merced de un hombre que odiaba y quien parecía albergar hacia ella el mismo sentimiento.

Cooper se alejó en silencio de la cuadra. La había visto acariciar al caballo y después llorar en silencio. ¿Qué se imaginaba que se iba encontrar en su cabaña? ¿Una mansión con cortinas de encaje y doncella? Ya iba siendo hora de que la delicada Lilianne aprendiera a vivir como los demás, los que no pertenecían a su distinguido mundo de privilegios.

Se metió en la cabaña cuyo interior era espartano: una mesa, dos sillas, una alacena, una estufa que hacía las veces de cocina, una cama y un baúl. Había sido suficiente para sentirse cómodo. Hasta tenía una chimenea que le proporcionaba calor, ¿qué más se podía pedir? Pero en ese momento le pareció lúgubre.

Guardó las provisiones, colgó el rifle cerca de la puerta y se hizo con una caña de pescar. En la orilla del río se sentó sobre una roca plana y lanzó el sedal. Necesitaba pensar; con la aparición inesperada de Lilianne, el pasado había resurgido con tanta fuerza que imágenes inoportunas le asaltaban de manera traicionera.

A pesar del tiempo transcurrido, aún recordaba cómo la había conocido. Su padre y él habían sido contratados para cuidar de los purasangres del señor Parker. A su padre le gustaba inclinar el codo, pero era soberbio con los caballos. El viejo borrachín le había inculcado el respeto hacia los animales. «Cuídalos bien y jamás te abandonarán», le había dicho con su voz ronca. Lo que el viejo Mackenna parecía haber olvidado era que a los hijos también se les debía tratar con respeto y no volcar en ellos las frustraciones cotidianas.

La mansión Parker había sido un lugar más donde vivir, Cooper no había conocido un hogar propio desde la muerte de su madre. Llevaba años solo con su padre en un eterno peregrinaje por el país; siempre había trabajo para un hombre que supiera domar caballos. Y el viejo Mackenna había sido el mejor, pero nunca aguantaba mucho tiempo en el mismo lugar; en cuanto Cooper se acostumbraba a su nueva vida o entablaba amistad con alguien, su padre volvía a empacar sus cosas y regresaban a la carretera.

La primera vez que vio a Lilianne fue en el establo, donde la había sorprendido dando a escondidas una zanahoria a una yegua. Ignoraba quién era, no la había visto anteriormente. Enseguida sospechó que era la otra hija de la familia Parker. Conocía a la otra hija, una joven consentida y arrogante, y dio por hecho que esa también era tan caprichosa como la otra, pero Lilianne resultó ser diferente. Ella le dedicó una mirada precavida y, tras una ligera vacilación, se presentó acompañando sus palabras con una sonrisa tímida. El gesto le desarmó, fue suficiente para que Cooper olvidara su intención de echarla de los establos.

Después de ese día ella regresó casi todas las mañanas con trozos de zanahoria ocultos en los bolsillos para los caballos. Su singular belleza le atrajo desde el primer instante, pero la soledad que siempre parecía acompañarla le intrigaba aún más. La espiaba cada vez que le era posible, encandilado por su frescura, su vena traviesa, que ponía al límite la paciencia de su institutriz. Sin embargo, el viejo Mackenna no pasó por alto la actitud de su hijo; una noche le cogió del cuello y le habló por primera vez de hombre a hombre:

—No te encapriches de esa joven, no está a tu alcance. Te hará desear cosas que jamás tendrás. Olvídala, mañana mismo nos vamos de aquí. Ya encontraremos trabajo en otra parte.

Cooper se negó a abandonar la mansión de los Parker por Lilianne, porque ya no concebía un día sin verla, aunque fuera de lejos. De repente sus caminos se cruzaban con frecuencia; ella acudía a las caballerizas todas las mañanas, siempre se las arreglaba para que Cooper fuera quien la ayudara a montar y la acompañara en sus breves paseos. Como un necio, se creyó importante, imprescindible, y rozaba el cielo cada vez que la ayudaba a subirse a su yegua a pesar del abismo que los separaba irremediablemente.

Tras la muerte del viejo Mackenna, la sensación de soledad le asustó después del entierro, hasta el punto que se derrumbó en uno de los compartimentos vacíos de las caballerizas. Se sentó sobre el heno, abrazado a sus piernas larguiruchas y se dejó llevar por la zozobra, hasta que una voz suave invadió su burbuja de infelicidad. Lilianne apareció como un ángel para darle consuelo, fue todo lo que precisó para dejar de sentirse solo. Ese día se dieron su primer beso a escondidas de las miradas indiscretas, el primero de muchos.

Sin ser conscientes de ello, se enamoraron aun sabiendo que los Parker jamás iban a consentir una relación entre ellos. A pesar de todos los obstáculos, lograron vivir su amor a espaldas de todos y eso les dio fuerzas para esperar el momento en el que por fin podrían ser libres.

—¿Me amarás siempre? ¿Incluso cuando sea una vieja sin dientes? —le preguntó ella, colgada de su cuello, tras un efusivo beso bajo las ramas de un sauce llorón.

—Siempre. Hasta el final de los tiempos. ¿Y tú?

Ella se rio y le besó la barbilla.

—Pues claro que te amaré siempre. Nada ni nadie hará que deje de amarte.

En su inocencia no habían sospechado que nada dependía de ellos. Nunca fueron dueños de sus vidas, incluso cuando decidieron romper todas las reglas, cuando se enfrentaron al mundo y se fugaron. Para desgracia de Cooper, ese sentimiento seguía latiendo en su interior, pero la inocencia había sido sustituida por la amargura.

La vio entrar en la cabaña cargando sus dos bolsas. Decidió que bien podía apañárselas sola. No tardó en pescar tres truchas, regresó al interior y tiró los peces sobre la mesa.

—Ahí tienes la comida. Ráspalos hasta quitar todas las escamas y sácales las tripas. En la alacena encontrarás un tarro de manteca. Después los fríes en la sartén. Voy a ver a Paddy. Cuando vuelva, quiero la comida lista.

Lilianne entornó los ojos y apretó los puños.

—¿Crees que voy a ser tu criada?

—Mientras estés aquí, cocinarás, lavarás la ropa, barrerás y zurcirás mis calcetines.

—Estás loco si crees que voy a dejarme humillar...

—Eres mi mujer, al menos durante un mes. Si quieres ese maldito documento, tendrás que cumplir con tus obligaciones como esposa.

Lilianne dio un paso atrás y, sin proponérselo, echó un vistazo a la única cama.

—¿Y dónde voy a dormir?

Él se encogió de hombros. Esa cuestión le había obsesionado durante todo el viaje. ¿Debía cederle el camastro? No, por supuesto que no. Al menos él no dormiría en el suelo, al fin y al cabo estaba en su cabaña.

—Puedes dormir conmigo en la cama.

—Prefiero dormir con los perros.

—Por mi parte, no tengo ningún inconveniente. Arréglatelas con ellos.

Estaba abrumada por la situación, irascible por el cansancio y por los cientos de picotazos de mosquitos que surcaban sus brazos, cuello y rostro, y desesperada por irse de allí cuanto antes. Dudaba de ser capaz de aguantar la grosería de Cooper un mes entero. Cerró los ojos para darse unos segundos, pensó en Aidan, en su sonrisa, en sus promesas. Los abrió más tranquila.

—Ojalá te devore un oso, así mi vida sería mucho más sencilla —le deseó sonriendo.

—Eres una harpía encantadora, pero me temo que no podré cumplir tu sueño. Ahí tienes el pescado.

Salió y cerró la puerta de un portazo. Desde fuera Cooper oyó que algo se estrellaba contra la madera. Volvió a abrir justo a tiempo para ver como Lilianne le apuntaba con el segundo pescado. La cerró de inmediato, tras lo cual se echó a reír por lo bajo. Quizá resultara divertido tener a Lilianne un mes en aquel lugar.

Cuando volvió dos horas más tarde, Lilianne dormía sobre un montón de pieles arropada con una manta. Los perros se habían acostado a su lado, negándose a ceder a la desconocida el lugar donde solían dormir habitualmente. Alzaron la cabeza cuando le vieron, gimotearon y volvieron a apoyarla contra el suelo de madera. En el interior de la cabaña olía raro. Se acercó a la estufa; en una sartén había tres trozos de algo que se parecía a las truchas, pero tan negras como el carbón. Ignoraba si lo había hecho a propósito o si la habilidad de Lilianne como cocinera había empeorado. Hizo una mueca, aquello no pintaba bien y estaba hambriento. Se conformó con unas galletas saladas y un trozo de cecina de venado. Se sentó sobre la cama para estudiarla mientras masticaba el trozo de carne reseca. Casi parecía angelical cuando dormía, pero en cuanto abría la boca se convertía en una bruja. Desde luego había echado carácter en los últimos nueve años, y no del bueno.

¿Por qué esa necesidad de librarse de él con tanta urgencia? Nadie recorría miles de kilómetros sin un motivo y el único que se le ocurría era que había otro hombre en su vida.

19

Entre los matorrales una sombra observaba las idas y venidas de Cooper y la inesperada llegada de la mujer. A pesar de no haber presenciado una actitud promiscua, Lashka había sentido esa presencia como una amenaza. Si su hermano no la hubiese mantenido bajo vigilancia, habría visitado más a menudo a Cooper y este no habría sentido la necesidad de llevarse a una mujer a su cabaña. Desde que el Gran Oso Blanco vivía en Mackenna Creek, Lashka había sido la única mujer en pisar su cabaña. De repente se sentía desplazada y una profunda sensación de traición la ofuscaba.

Permaneció oculta mientras Cooper estuvo pescando y se alegró de no haberse marchado, porque fue testigo de cómo discutían y, si bien no podía oír lo que se decían, el lenguaje corporal estaba siendo revelador. Con todo, no quería a esa extraña en Mackenna Creek.

Esperó a que Cooper desapareciera camino de la cabaña de Paddy y se alejó mascullando maldiciones a su hermano y a la desconocida. Iba tan enfrascada en sus pensamientos que no se dio cuenta de la presencia que la seguía a poca distancia. Se sobresaltó cuando una silueta se interpuso en su camino. Entornó los ojos al reconocerlo, lo recordaba a la perfección a pesar de haberlo visto solo una vez en su vida, pero todavía se estremecía al recordar ese día.

—¿Qué quieres? —preguntó con más seguridad de la que sentía en ese momento.

El hombre esbozó una media sonrisa y luego se metió las manos en los bolsillos de los pantalones.

—¿Te acuerdas de mí?

Ella dudó si seguir adelante tranquilamente o echar a correr, pero prefirió tenerlo de frente y vigilarlo. Su instinto le gritaba que no se fiara de él aunque su actitud no fuera amenazante. Asintió a regañadientes.

—Claro, no empezamos con buen pie... —reconoció el hombre y, para asombro de Lashka, mostró algo parecido a la vergüenza—. Yo... No soy muy bueno pidiendo disculpas, pero quería que supieras que me avergüenzo de cómo me porté contigo aquella vez en Dawson. Entiéndelo, estaba con mi jefe y Grass no se anda con tonterías cuando no se le obedece, pero yo no soy como él. No maltrato a las mujeres.

Jared agachó la cabeza para darle tiempo de asimilar sus palabras y, tras unos segundos, la miró a los ojos.

Lashka le observaba con suspicacia, lista para echar a correr ante el más mínimo gesto brusco. El hombre era joven, de piel dorada por el sol y cabello oscuro. Estudió con más detenimiento su cuerpo alto y delgado, después volvió a su rostro bien parecido. Contrariamente a las jóvenes de su poblado, se sentía atraída por los hombres blancos y, si no le habían dado motivos para sentirse aceptada por ellos, la curiosidad la impulsaba a espiarlos.

—Toma... —Jared se sacó de uno de los bolsillos del pantalón dos cintas de colores vivos para el pelo—. Me he dado cuenta que te gustan estas cosas.

—¿Y cómo lo sabes? —inquirió dando un paso atrás.

Jared ladeó la cabeza y esbozó su mejor sonrisa.

—Porque llevo tiempo merodeando por aquí, pero hasta hoy no me he atrevido a hablar contigo. Ignoraba si te asustaría.

A pesar de querer las cintas que captaban la luz del sol, Lashka se mantuvo alejada del hombre. Incómoda, echó un vistazo rápido hacia la ya lejana cabaña de Cooper y la sensación de traición regresó; por mucho que intentara convencerse de que un día dejaría de tratarla como a una niña caprichosa, la presencia de la desconocida le producía una sensación descorazonadora.

—¿Has visto a la mujer que Mackenna ha llevado a su cabaña?

No era una pregunta, Jared la había formulado como una afirmación. Él también miraba hacia la cabaña. Ella asintió sin perder de vista el tejado que se vislumbraba a lo lejos.

—¿Quién es ella? —quiso saber en voz baja.

—No lo sé, llegó ayer a Dawson y esta mañana se la ha traído a Mackenna Creek. La he visto de cerca y es muy guapa. Se llama Lilianne.

La india repitió el nombre en voz baja. Las sílabas se deslizaron por sus labios como una caricia melodiosa, lo que acentuó la antipatía que ya sentía por ella.

—No se quedará —afirmó tercamente y sin fundamento.

Jared hizo una mueca antes de rascarse la nuca. Las cintas revolotearon a su alrededor captando así la atención de Lashka.

—Yo diría que viene para quedarse.

Lashka deseaba gritarle que era un mentiroso, pero ella misma había visto los dos abultados bolsos de viaje que la mujer había metido en la cabaña. La rabia se agitó en su interior como un remolino que alejó la desconfianza que le había inspirado en un principio el hombre de Grass.

—¿Cómo te llamas? —preguntó de manera casi agresiva.

—Jared Wilson.

La india tendió una mano, desafiante, mientras le miraba a los ojos, de igual a igual.

—Quiero las cintas.

Jared esbozó una sonrisa y le entregó su presente.

—¿Y tú no me vas a decir cómo te llamas?

—Soy Lashka, hija del jefe Klokutz, del clan del águila del poblado tlingit.

—Entonces eres algo así como una princesa.

La voz de Jared se hizo zalamera. Fue suficiente para que Lashka olvidara su suspicacia. Sonrió por primera vez.

—Sí, algo así.

Paddy se rascaba la cabellera con demasiado ímpetu; precisaba hacer algo con las manos o estrangularía a su amigo. La noticia no le había tomado por sorpresa al principio, pero después, cuando había sopesado las consecuencias, se había puesto a mascullar imprecaciones que su madre jamás habría consentido en boca de cualquiera de sus ocho hijos.

—¿Pero cómo has hecho algo tan absurdo? Si quiere el divorcio, firma lo que sea y que se vaya de aquí cuanto antes. Me huelo que ha venido a por el oro. Es tu mujer, piensa en ello.

Cooper, sentado en el primer escalón de la cabaña de Paddy, afilaba una rama para ensartar una liebre que había cazado para la cena una hora antes. Lilianne seguía dormida, custodiada por los dos perros, en el suelo de su propia cabaña. No se había movido ni un milímetro, solo la leve elevación de su pecho había revelado que seguía viva. Debía estar agotada si había caído en un sueño tan profundo. Cooper sabía que apenas se podía dormir en los estrechos camarotes de los vapores que navegaban por el Yukón. El constante ruido de la caldera, que ponía en funcionamiento las palas del barco, así como el persistente ladrido de los perros que viajaban en la bodega impedían a los pasajeros descansar.

La había estudiado a consciencia intentando entender por qué se había empeñado en ir ella misma hasta el Yukón. Era un viaje agotador y peligroso. Algunos barcos de vapor que habían salido de Seattle o San Francisco no habían llegado a buen puerto. Los naufragios habían sido frecuentes por el exceso de carga, cuando no habían explotado por transportar explosivos aunque estuviesen prohibidos en barcos de pasajeros. Después de lo que le había parecido una eternidad, había ido de caza y regresado a la cabaña de Paddy. Desde entonces el irlandés le sermoneaba sin compasión.

—Te aseguro que no ha venido a por el oro; piénsalo bien, es imposible que lo sepa. Además, te aseguro que no lo necesita. Su padre es el dueño del Parker Bank.

Paddy dejó de caminar de un lado a otro, mudo por el asombro.

—¿Es cierto?

—Al menos lo era cuando me casé con Lilianne.

—No me digas que tú también eres el rico heredero de una inmensa fortuna.

Cooper se rio, pero su mirada insondable siguió fija en la rama que estaba afilando. Un movimiento brusco la partió por la mitad y la tiró al suelo a desgana.

—No, yo era un muerto de hambre que cuidaba de los purasangres de la familia de Lilianne. Me enamoré como un idiota y durante años me conformé con mirarla de lejos.

—¿Y? —Azuzado por la curiosidad, Paddy se sentó a su lado, dispuesto a sonsacar toda la información que pudiera. Que Cooper hablara de su pasado era tan inusual como un oso sonriendo—. Tuvo que haber algo más para que esa joven de buena familia se casara contigo. Seguro que no fue por tu sentido del humor...

Soltó una carcajada que se convirtió en un carraspeo al percibir el malestar en su amigo, estaba traspasando una barrera que hasta entonces Cooper jamás le había permitido cruzar. Este permanecía en silencio, absorto en sus pensamientos. Paddy se disponía, dispuesto a seguir con su cometido, que era encender una hoguera para asar la liebre que Cooper había cazado.

—Cuando se enteró que su padre iba a casarla con un tipo veinte años mayor que ella y tan gordo que apenas podía caminar, me pidió que nos fugáramos y nos casáramos. Me temo que al principio solo fui algo así como un juguete nuevo, que después le sirvió para huir del matrimonio que sus padres le habían impuesto. Solo eso. Fui un idiota, todo salió mal y... —Soltó un hondo suspiro—. Qué más da ahora...

Paddy meditó las palabras de su amigo.

—Puedo entender que quisiera fugarse, pero no que quisiera casarse contigo para evitar su matrimonio con el tipo ese.

Cooper se puso en pie y caminó hacia el arroyo que fluía incansable. En su superficie se reflejaba la luz del sol y destellos plateados rielaban como escamas de peces. Inhaló el aire fresco, esa noche haría frío, lo sentía en los huesos. Entendía esa tierra como si él se hubiese convertido en un elemento más.

—Ya no sé qué fue verdad o mentira. Lo único cierto es que nos fugamos, nos casamos, vivimos una semana juntos hasta que nos encontraron. Después mi vida se convirtió en un infierno hasta que llegué aquí.

Paddy percibió la rabia de Cooper como una onda que se expandía más allá de su persona. No se atrevió a preguntar cuál había sido su infierno, bastante había averiguado ese día sin proponérselo.

—En ese caso, entrégale ese papel y que se vaya cuanto antes.

—No le pondré las cosas fáciles. Tendrá que ganárselo y esta vez será bajo mis condiciones.

—Quieres venganza, pero eso no borrará lo que te ocurrió, chico. Estás dolido, y puede que tengas motivos para ello, pero no caigas tan bajo como para hacer algo por lo que acabarás arrepintiéndote.

—No la lastimaré, si es lo que crees, pero no pienso renunciar a este mes.

Paddy meneó la cabeza; por la actitud de Cooper, el irlandés auguraba problemas, como una ventisca en el horizonte. ¿Qué narices le ocurría a ese hombre que no podía mantener a las mujeres alejadas de él? Si al menos se comportara como una persona y no como un oso malhumorado, lo habría entendido, pero cuanto peor actuaba, más se le pegaban como moscas. Aunque, pensándolo bien, la noche anterior la señora Mackenna había mostrado estar más dispuesta a sacarle los ojos que a meterse en su cama.

—Chico, vamos por mal camino con tu mujer cerca.

—Piénsalo bien, ella cocinará para nosotros, lavará la ropa, recogerá la leña... Tendremos una criada muy educada y elegante.

El rostro del irlandés adoptó una expresión circunspecta; por mucho que Cooper tratara de convencerlo, no veía nada bueno en tener a una entrometida cerca.

—Si tú lo dices, pero mientras estamos preparando la cena, ella duerme a pierna suelta. ¿Y qué hacemos con el oro? —preguntó, temiendo la respuesta.

—Seguiremos trabajando como hasta ahora, pero no avanzamos mucho los dos solos. Apenas hemos sacado unos mil dólares al día cuando sabemos que podríamos sacar mucho más.

—¿Quieres meter a más gente aquí?

—No me fío de nadie, Paddy.

—Lo sé. Lo cierto es que vamos a tener que poner más bancos de lavado, nuevos canalones para drenar agua del arroyo... —El irlandés carraspeó mientras echaba miradas de reojo a Cooper—. Podríamos poner a trabajar a la dama en la zanja...

Cooper meneó la cabeza, imaginar a Lilianne con una pala en mano le resultaba demasiado ridículo.

—Eso sería como meter al diablo en casa —replicó tras soltar un suspiro que resumía su cansancio.

—El diablo ya está aquí y duerme plácidamente en este momento. ¡Entrégale ese dichoso documento y largo de aquí!

Cooper no le había oído. Miraba en dirección a su cabaña.

—Menudo zopenco —farfulló Paddy—. Dios me libre de las mujeres guapas.

20

Lilianne se despertó de repente sacudida por un fuerte dolor de cuello, que se fue extendiendo por todo el cuerpo como si la hubiese pisoteado un rebaño de vacas. Emergió de un sueño inquieto y abrió los ojos de golpe; estaba totalmente desorientada, no sabía qué hora era ni dónde se encontraba. Todo lo que veía le era extraño, como el techo de madera, la pequeña ventana por donde entraba una luz tamizada a través de un cristal sucio, la chimenea apagada. Tomó consciencia del frío que la calaba hasta los huesos; se arrebujó en la manta y los recuerdos de su llegada a Dawson y de su pelea con Cooper afloraron de golpe. Un rubor sofocante le tiñó el rostro: ¿cómo había podido perder el control delante de tanta gente? Se tapó la cabeza con la manta y soltó un quejido lastimero.

—Por fin te has despertado.

La voz de Cooper le llegó amortiguada por la manta. Soltó un nuevo gemido; no quería verlo, no quería enfrentarse a él, a su mirada hosca y su actitud déspota. De repente la manta salió volando, dejándola al descubierto.

—¡Arriba! Son las siete de la mañana, llevas casi un día durmiendo. Ya has descansado lo suficiente, queremos nuestro desayuno.

En ese momento se sentía demasiado vulnerable. Cerró los párpados con fuerza, necesitaba recobrar el control sobre su persona.

—Tienes avena en la alacena —prosiguió él sin un ápice de compasión— y te he dejado unos filetes de venado sobre la mesa. Haz también café.

La voz de Cooper le traspasaba los tímpanos como chirridos. Se sentó lentamente llevándose las manos a las sienes. Seguía sin mirarlo, pero supo que se dirigía a la puerta de la cabaña; dos segundos después él salía dando un portazo que la sobresaltó.

—Dios mío... —susurró mientras se atrevía a abrir los ojos.

Estudió la estancia y le pareció tan deprimente como el día anterior, sin embargo, no pasó por alto lo limpia que estaba. Ese detalle fue el acicate necesario para espabilarla. Precisaba asearse, quitarse de encima el olor de las pieles sobre las que había dormido. Se puso en pie tambaleándose y dio los primeros pasos como si sus piernas fueran de cartón. Se echó el pelo atrás, lo sintió áspero y enredado; no disponía de un espejo, pero su aspecto debía ser lamentable. No le daría esa satisfacción a Cooper, no la vería convertida en un espantapájaros desaliñado.

Extrajo de sus bolsos de viaje los dos maletines que el doctor Donner le había regalado y los guardó en un rincón de la alacena, después eligió la ropa. Estaba todo arrugado, pero limpio. Encontró un aguamanil desportillado donde se lavó la cara, que le ardía por los picotazos de mosquitos, se cepilló los dientes y se enjuagó la boca haciendo gárgaras. Esa simple rutina la fortaleció. Le habría gustado darse un baño, pero no había nada a su alrededor que le sirviera. Sospechó que si quería lavarse en condiciones, no le quedaría más remedio que tirarse al arroyo, suponiendo que tuviese profundidad suficiente.

El siguiente desafío fue desnudarse; lo hizo con la vista fija en la puerta. Cuando llegó el momento de desatarse el corsé, sus dedos aún agarrotados se resistieron a deshacer el nudo apretado del cordón que le rodeaba la cintura. Tironeó, exasperada, de un lado a otro. Ella mejor que nadie sabía cuan perjudiciales eran los corsés; algunos médicos, entre ellos Eric Donner, habían emprendido una batalla perdida contra dicha prenda. Creaba malformaciones en la columna vertebral, en las costillas y provocaba innumerables abortos, sin hablar de los problemas digestivos o los desmayos que originaban por la falta de aire, pero la moda de la chica Gibson imperaba entre las mujeres, todas querían esa figura con forma de ocho que dominaba las revistas femeninas. En ese momento maldijo su estupidez por haberse puesto la víspera ese corsé en concreto.

En esos menesteres estaba y sumergida en dichos pensamientos cuando la puerta se abrió de golpe con tanta fuerza que rebotó contra la pared. Por instinto, Lilianne se giró de espalda a la puerta; era un triste consuelo, pero no tenía donde ocultarse.

—¿Todavía andas así? —espetó Cooper.

—No consigo deshacer el nudo de mi corsé. El cordón se ha enredado. —Alzó la barbilla y le echó una mirada gélida por encima del hombro—. Necesito un lugar donde pueda desnudarme sin que nadie me moleste.

Cooper se había quedado mudo y quieto mientras contemplaba la imagen que le ofrecía Lilianne ataviada únicamente con unos pololos hasta medio muslo, unas medias de un rosa pálido, una camisola cuyos tirantes se habían deslizado por los hombros y el corsé. El cabello suelto le caía en una cascada de rizos hasta la cintura. Una imagen le asaltó de repente: Lilianne tumbada sobre una cama estrecha, desnuda y con el cabello esparcido sobre la almohada. Fue lo más parecido a un latigazo que le dejó sin aliento.

—Por supuesto —logró decir—. En cuanto tenga un momento libre, construiré un *boudoir* para la señora.

—Me conformo con un biombo —replicó con magnanimidad—, no soy una persona exigente.

La respuesta de Cooper fue una ristra de palabras malsonantes que Lilianne no entendió ni quiso entenderlas. Por mucho que la irritara, necesitaba la ayuda de Cooper, al menos para esa vez. De ahí en adelante no volvería a ponerse ese corsé y optaría por los que se abotonaban delante, aunque no fueran tan efectivos para ceñir la cintura. El día anterior había querido presentar un aspecto impecable, como si su envoltura le hubiese servido de escudo, pero había pagado caro su arrebato de vanidad.

—¿Me harías el favor de soltar el nudo?

Cooper entornó los ojos, no se fiaba del repentino tono manso de Lilianne, hasta que cayó en la cuenta de que ella no estaba en condiciones de hacerle nada. Una sonrisa estiró sus labios y se mesó la barba lentamente.

—Por supuesto, no será la primera vez que lo hago. ¿Lo recuerdas?

El rostro de Lilianne se congestionó, las imágenes regresaron de repente como fogonazos: Cooper soltándole el corsé con cuidado mientras la besaba de la mandíbula al hombro. Un escalofrío la sacudió, pero aun así se repuso al instante; no se dejaría llevar por los recuerdos que afloraban de manera inoportuna.

—El final no será el mismo, tenlo por seguro.

Se puso frente a Cooper con el rostro girado hacia un lado, negándose a mirar cómo revivían una escena tan íntima. Él tironeó del cordón sin miramientos, después la giró en redondo poniéndola de espaldas. Lilianne agradeció la brusquedad, al menos la devolvía al presente. Sin embargo, las manos se le cerraron en puños apretados cuando las de Cooper le apartaron el cabello dejándoselo sobre un hombro. El aliento se le hizo superficial al percibir el roce de sus dedos sobre la piel erizada. El corazón se le aceleró ante la espera de algo que no quería, pero su mente se había nublado y la razón, traicionera y voluble, parecía haber olvidado el llanto del pasado. Durante unos segundos nadie se movió, el ambiente se hizo denso, espeso como niebla de invierno. Detrás de ella solo oía de manera muy leve la respiración profunda de Cooper. Repentinamente la presión desapareció y sus pulmones tomaron aire sin restricciones. Fue tal el alivio que soltó un gemido. Se masajeó las costillas castigadas, tomó aire y lo expulsó con un nuevo quejido.

Los ruiditos de Lilianne le dejaron alelado; tenerla de nuevo tan cerca le sacudía las entrañas y le aceleraba el pulso. Todo el cuerpo se le tensó, en alerta por la urgencia de tocarla, de hundir los dedos en la espesura de su cabello, oler su fragancia, besar su piel pálida. «Dame fuerzas», rogó en silencio sin saber a quién, al filo de un abismo. Desesperado, buscó algo a lo que aferrarse, el recuerdo del pasado, su particular infierno, pero lo único a lo que aspiraba era a asirse a ella como un náufrago a una tabla. La satisfacción por cómo había solucionado el problema del corsé quedó relegada al olvido.

—Ya está —avisó con voz ronca.

El cuerpo de Cooper seguía demasiado cerca, Lilianne echó una mirada por encima del hombro. Se arrepintió. El rostro de aquel hombre le era familiar y a la vez era el de un extraño. Los arañazos seguían surcándole las mejillas, pero no fue ese detalle lo que la inquietó, sino el deseo que reconoció en sus ojos claros. Ella misma lo sentía, le nacía en las entrañas y se colaba hasta las yemas de los dedos. Se giró lentamente, una de sus manos tomó la iniciativa, se alzó sin saber dónde se posaría para finalmente acabar suspendida en el aire.

—Muchas gracias —susurró; se aclaró la garganta maldiciéndose por no haber sabido imprimir mayor frialdad a sus palabras.

—Dámelas cuando veas tu corsé —le aconsejó Cooper. Sonrió y le enseñó una estilizada navaja de aspecto afilado.

Lilianne lo había olvidado: la prenda estaba en el suelo, desmadejada y con el cordón seccionado. Boqueó de indignación mientras lo cogía. Era una delicada pieza de brocado de seda. Se lo había puesto para infundirse seguridad y Cooper lo había convertido en algo inservible. Apretó los labios, no le daría el gusto de verla perder los estribos por un corsé, aunque le doliera.

—Muchas gracias. Y ahora, si me lo permites, te pido que me concedas unos minutos a solas para vestirme.

La decepción se reflejó en el semblante de Cooper: había esperado un estallido de indignación, gritos e insultos; por lo contrario, Lilianne se comportaba como si no le importara que le hubiese echado a perder su precioso corsé. Se dio la vuelta sin abrir la boca, pero cuando estaba a punto de salir, soltó por encima del hombro:

—Date prisa, tenemos hambre. Y otra cosa, cuando acabes con el desayuno, tienes que hacer la colada. Te la he dejado en el porche, tienes todo lo que necesitas en el hueco que hay debajo de las escaleras.

En respuesta Lilianne le tiró el corsé a la cabeza.

—¡Eres un bruto, un animal, un salvaje!

En dos zancadas Cooper estuvo a su lado. Le sujetó la barbilla con firmeza, apenas lograba contener su rabia.

—Hace años no pensabas lo mismo —le susurró al oído con voz áspera—. Al menos no lo decías. Eras muy sensible a mis caricias, te derretías, te retorcías bajo mi cuerpo, gemías...

Apenas entendió las primeras palabras, la cercanía la dejó aturdida: el roce desconocido de la barba, la caricia de los labios tan cerca de su oreja, el soplo de su aliento. Se quedó suspendida en un limbo irreal, luego su mente captó sus palabras ofensivas y fue lo más parecido a caer por un precipicio. Le propinó un empujón.

—¡Largo de aquí! —le ordenó—. No vuelvas a tocarme.

Él dio un paso atrás después de devolverle el dichoso corsé con un golpe seco en el pecho. Salió dando un portazo tan fuerte que la puerta rebotó y se quedó entreabierta.

Lilianne cogió lo primero que sus manos encontraron y un cazo de hojalata se estrelló contra la madera.

—¡Maldito seas, Mackenna!

Uno de los perros de Cooper asomó la cabeza, después entró con mucha calma y se sentó. Al momento, el otro hizo lo mismo, como dos centinelas custodiándola o vigilándola. No se detuvo en averiguarlo, hizo un aspaviento para echarlos.

—Fuera de aquí, chuchos. ¿No tenéis nada que hacer? ¡Fuera!

Estos apenas se molestaron en mover las orejas. Lilianne masculló cosas que habrían avergonzado a su tía y a todo San Francisco. A su espalda oyó como los perros salían como si el espectáculo hubiese llegado a su fin.

—Maldito Mackenna, malditos perros y maldito Yukón —farfulló enfadada con ella misma y con el mundo entero.

Decidió que Cooper no tendría la última palabra esa mañana. En cuanto tuvo el desayuno listo, se dispuso a poner la mesa con los cuatro utensilios que Cooper poseía. Hizo cuanto pudo, hasta salió de la cabaña y cogió unos yerbajos que crecían junto a la cuadra. Los colocó en una lata de conserva vacía. Echó un vistazo satisfecho al conjunto desparejado; nadie, ni siquiera Cora March, conseguiría mejorarlo.

Salió con una cuchara en una mano y se puso a aporrear el cazo que sujetaba con la otra. No era lo más elegante, pero era efectivo. Los primeros en aparecer fueron los perros saltando por encima de los matorrales. Se metió de nuevo dentro y sonrió; ella había desayunado dos manzanas que había encontrado en un cesto en la alacena, así como un buen trozo de queso. Le habría gustado tomar un té y unas tostadas, pero hacer pan estaba fuera de sus habilidades y no había encontrado nada parecido al té.

Los dos hombres aparecieron olisqueando el interior de la cabaña con desconfianza. En cuanto vieron la mesa puesta, se quedaron plantados sin saber qué hacer.

—Bien, señores. Los sombreros, por favor. Espero que se hayan lavado las manos.

Los dos hombres asintieron. Paddy no apartaba la mirada de la mesa y Cooper observaba a Lilianne con suspicacia. Se había puesto un sencillo vestido de mañana, se había recogido el cabello en una trenza y un paño le colgaba de un hombro. Representaba la perfecta mujer de su casa. Demasiado mansa.

—Por favor, tomen asiento. Por cierto —añadió dirigiéndose al irlandés, que enrojeció en cuanto se convirtió en el centro de atención de Lilianne—. No hemos sido presentados como es debido: soy Lilianne Parker. ¿Y usted es...?

—Patrick O'Neil, pero me llaman Paddy —contestó precipitadamente después de quitarse el mugriento sombrero.

—Encantada. Espero que su pie no le moleste, me temo que no nos conocimos en las mejores circunstancias.

Paddy empezó a balbucear palabras incoherentes. La primera vez que la había visto, no había reparado de su aspecto, pero no la recordaba con ese aire tan inocente. Esa mañana no parecía la misma; de hecho, parecía una señora educada y preciosa, toda acicalada como un pimpollo. Le costaba reconocer a la fierecilla que había lacerado el rostro de su amigo.

—Mi pie se encuentra muy bien, señora... —logró concluir con voz ahogada.

—«Señorita», si no le importa.

Paddy buscó una explicación en su amigo, pero Cooper apretaba tanto los dientes que desde donde estaba el irlandés podía oír como crujían.

—Ya está bien de tonterías —soltó Mackenna—. Tengo hambre.

Se sentaron con más decoro del habitual y se colocaron sobre el regazo unos trapos dudosamente limpios a falta de servilletas. Lilianne se colocó entre los dos hombres con un cazo y un cucharón en las manos. Dejó caer en el plato de Cooper un emplaste grumoso tan espeso que se quedó colgando del cucharón y se estiró lentamente hasta caer en el plato de hojalata como una babosa. Repitió la operación con Paddy sin dejar de sonreír.

Los dos hombres no se movieron, mantenían los ojos clavados en las gachas grumosas.

—Aquí os dejo un poco de azúcar. Cooper, cuando vayas a Dawson, mira si puedes comprar canela, mejorará su sabor. O miel, lo que prefieras...

Lilianne se dio la vuelta reprimiendo una sonrisa. Caminó hasta la estufa y destapó una sartén enorme para servir en un plato desportillado los dos filetes de venado. Uno estaba chamuscado, el otro medio crudo e hilillos de sangre se deslizaban por la superficie. Lo colocó todo sobre la mesa con un ademán.

—Aquí os dejo la carne. Ah... olvidaba el café. —Revoloteó hasta una jarra que dejó con cuidado sobre la mesa—. Ya está todo... Y ahora, señores, si me disculpan, voy a hacer la colada.

Una vez solos, Paddy resopló, desanimado por lo que estaba viendo. Su estómago rugía de hambre y, aunque había tenido sus dudas, había esperado un buen desayuno, como los de antaño en casa de su madre. Se habría conformado con las gachas, pero su aspecto era parecido a la cola que se usaba para empapelar las paredes y olía igual de raro.

—Ni siquiera ha hecho panecillos; tampoco hay tocino, ni sal-chicha, ni huevos...

—Calla...

—Tú dijiste que si se quedaba tendríamos una criada gratis —soltó en tono acusador—, pero si comemos esto, nos matará y se quedará con todo. Mackenna, dale ese maldito papel y que se largue de aquí.

Cooper se metió una cucharada de gachas en la boca, trató de tragarla pero se le pegó al paladar. Se sirvió café, que no era más que agua templada con unos cuantos granos flotando en la super-ficie. Fue la gota que colmó su paciencia, escupió en el plato y se limpió con el paño.

—Vámonos.

—¿Y dónde vamos? Mackenna, necesito comer —gimió Paddy.

Cooper sacó una tabla del suelo en una esquina y se hizo con una bolsita que contenía polvo de oro.

—Y vamos a comer, pero no le daremos el gusto de reírse de nosotros. Tira esa comida en la letrina, y procura que no te vea. No daría esto ni a mis perros. Después iremos hasta la cabaña de los Vitale; estoy dispuesto a pagar a Sofia lo que ella me pida para que nos cocine todos los días que Lilianne pase aquí.

—No tiene sentido...

—Para mí sí lo tiene. Esa bruja espera sacarme de mis casillas y que le entregue el dichoso papel cuanto antes. Pues se equivoca, se quedará un mes entero.

21

Lilianne no los vio salir, se había acercado al arroyo con la ropa metida en un barreño y un trozo de jabón que se asemejaba al tocino añejo. Se movía con buen ánimo; lo del desayuno había sido mezquino, pero su pequeña venganza por lo que había hecho Cooper a su corsé le había proporcionado un enorme placer. Ella también quería asentar las bases de su convivencia.

Después de llenar el barreño de agua, mezcló la ropa con el jabón y fue hasta la pequeña cuadra. No tenía ni idea de cómo se hacía la colada, pero sabía atender unos caballos. Llevó al burro y los dos caballos hasta un pequeño corral al aire libre y se dedicó a limpiar de paja sucia la cuadra preguntándose dónde habían ido a parar las gallinas que Cooper había traído desde Dawson. Las había buscado deseosa de tomarse algo tan sencillo como un huevo hervido, pero habían desaparecido.

La actividad le proporcionó un placer inesperado. Por primera vez desde que había abandonado San Francisco se sentía útil. Una vez esparció la paja limpia y rellenó los comederos y bebederos, volvió a meter a los animales en el interior sin darse cuenta de que el burro se estaba comiendo el lazo de su vestido. Tuvo que tironear de la cinta con fuerza para que el animal la soltara.

—No voy a consentir que me dejes sin ropa —protestó.

Ganó el tira y afloja, pero *Trotter* había dejado su huella en la cinta mordisqueada.

—Menudo zopenco estás hecho. Cuidado porque yo soy la que va a darte de comer de aquí en adelante.

Acarició el cuello de su caballo. El aspecto de *Bravo* había mejorado, aun así se le notaban las costillas.

—A ti te daré una ración doble, tienes que ganar fuerza... —le susurró echando miradas desafiantes a *Trotter*. El burro se puso a rebuznar como si hubiese intuido una injusticia. Lilianne rompió a reír—. Está bien, os daré una ración doble a los tres.

Se disponía a seguir con la colada cuando distinguió una joven que miraba el barreño de donde sobresalía una enagua de Lilianne. La vio coger una rama corta y nudosa, un segundo después la joven sacó del agua la prenda y la tiró al arroyo. Para espanto de Lilianne, la corriente, que era mucho más fuerte de lo que ella había presupuesto, se llevó su enagua con rapidez.

—¿Por qué has hecho eso? —gritó.

Echó a correr al entender que la joven se disponía a hacer lo mismo con otra prenda. Se paró en seco a menos de un metro al distinguir con claridad el rostro ancho y chato y los ojos rasgados. Lilianne se mostró mucho más cauta, nunca había tratado con ningún indio, solo había oído hablar de las guerras cruentas que se habían librado entre colonos e indios. Esas historias los describían como salvajes sin piedad que no dudaban en matar a mujeres y niños. En el puerto de Saint Michael unos inuits, como los habían llamado Mary y Edith, habían ayudado a trasladar el equipaje de los pasajeros del *St Paul* al vapor que las había llevado a la desembocadura del río Yukón, pero Lilianne no había tenido ningún contacto directo con ellos.

—Soy Lilianne Parker —empezó con prudencia.

Ignoraba si la india, que le pareció muy joven, la entendía. Lo poco que había leído aseguraba que la mayor parte de las tribus nativas de la región se habían convertido al cristianismo y se mostraban sumisas, pero la mirada oscura de la joven despertaba en ella recelo.

—Te agradecería que dejaras mi ropa...

Lashka estudiaba a Lilianne con odio; esa mujer tenía todo lo que ella anhelaba: su pelo era de aspecto suave y su color captaba los rayos de sol como bronce pulido, su piel clara parecía de porcelana y sus rasgos eran delicados. A pesar de llevar un vestido sencillo, la prenda desprendía un aire que le pareció elegante, contrariamente a la falda y la blusa holgada de tosco algodón de Lashka.

—¿Qué haces aquí? —espetó la joven, que seguía sosteniendo la rama.

—Eso no es de tu incumbencia —aseguró Lilianne mientras retrocedía un paso.

Lashka blandió la rama con aire amenazante.

—Yo soy la única mujer que viene aquí. Cooper no quiere a ninguna otra.

Lilianne estuvo tentada de decirle que en Dawson había otra mujer que no opinaba lo mismo, pero se lo guardó.

—Solo me quedaré un mes —informó con la intención de apaciguarla.

—No, te marcharás de aquí ahora mismo o...

Lashka dio otro paso y Lilianne retrocedió. En los ojos de la joven reconoció un odio que no tenía sentido. El miedo se adueñó de ella. No disponía de nada para defenderse. Al viajar hasta allí, había esperado otro tipo de peligros, como las enfermedades, los naufragios, el ataque de un depredador, pero no se había preparado para la agresión de una mujer celosa.

—¡Lashka, deja esa rama!

La voz de Cooper sorprendió a la india, que no dudó en obedecer. Para asombro de Lilianne, su rostro adoptó una expresión de cándida adoración mientras se giraba.

—Esta mujer me ha insultado...

Lilianne jadeó una protesta de indignación y también se colocó frente a Cooper con los brazos en jarras.

—¡Yo no he insultado a nadie! ¡Ha sido ella quien ha empezado! Ha tirado mi enagua al arroyo sin ninguna provocación por mi parte.

—¡Mentira! —rebatió Lashka—. Ella me ha llamado sucia india.

—¡Oh...! —Lilianne abrió los ojos como platos, asombrada

por la desfachatez de la joven—. ¿Cómo puedes decir una mentira tan grande sin avergonzarte?

—Es cierto e intentó pegarme —prosiguió Lashka ignorando
a Lilianne—, por eso cogí la rama. Para defenderme.

—¡Embustera!

Cooper las miraba de hito en hito, superado por la situación.
A su lado Paddy se meneaba de un pie a otro sin abrir la boca, lo
que no representaba ninguna ayuda. Soltó un suspiro de exasperación, lo que menos quería era una guerra entre esas dos mujeres.

—¡Ya está bien! Lashka, vuelve con tu gente. En cuanto a ti
—siguió señalando a Lilianne con el índice—, espero que la colada
esté perfecta.

La aludida esbozó una sonrisa angelical.

—¿Te ha gustado el desayuno? Lo he hecho con mis mejores
intenciones.

Lashka, que se había dado cuenta de que nadie le prestaba
atención, se colocó entre Cooper y Lilianne.

—Si necesitas a alguien que te cocine y te lave la ropa, yo lo haré.
Que esta mujer se vaya por donde ha venido, no es buena para ti.

Picada en su amor propio, Lilianne soltó con indignación:

—¿Qué sabrás tú de lo que es bueno para Cooper? Te aseguro
que sé mejor que una pequeña descarada lo que necesita mi marido.

Todos la miraron con diferentes expresiones en el rostro: Cooper con sorpresa, Lashka con horror y Paddy con resignación.
Lilianne tomó consciencia de lo que había dicho y trató de restar
importancia a su revelación.

—Bueno, no es que sea mi marido... es... lo fue... yo... En fin,
que lo conozco mejor que tú —señaló a la india en tono acusador.

Lashka se encogió de repente y miró con los ojos brillantes de
lágrimas a Cooper.

—No es verdad. Dime que esta mujer miente —rogó con voz
temblorosa—. Dime que vas a echarla de aquí...

Cooper se pasó una mano por el rostro y los arañazos le escocieron. Había disfrutado del desayuno en casa de los Vitale,

pero esa escena le estaba agriando todo lo que había devorado con fruición.

—Vuelve con tu padre, Lashka, te estará buscando —ordenó a desgana—. Lilianne se quedará, lo quieras o no.

—Solo un mes —puntualizó ella, conmovida por la tristeza que reflejaba la joven india.

Pero Lashka ya se alejaba corriendo. En cuanto desapareció entre los árboles, Lilianne lanzó una mirada censuradora a Cooper.

—¿No te da vergüenza jugar con los sentimientos de una joven de su edad? Eres... eres... ¡Eres un pervertido! ¿Esta pobre sabe algo de la señorita Cora March en Dawson? No, claro que no. Qué bien vives, una mujer aquí y otra allí. ¿Hay alguna más?

Paddy retrocedió un paso sin abrir la boca, ya sabía lo que iba a suceder a continuación. Sus sospechas se estaban confirmando con cada palabra: la presencia de la señorita Parker iba a poner patas arriba sus vidas. Solo llevaba un día con ellos y ya se había granjeado la enemistad de Lashka y la rivalidad de Cora. No quería ni pensar en lo que ocurriría al cabo de una semana.

—¡Eso no es asunto tuyo! —gritó Mackenna cerniéndose sobre Lilianne, que no se achantó—. No te he preguntado si hay un hombre en tu vida. Ya no tienes ningún derecho sobre mi persona y te ordeno que no vuelvas a decir a nadie más que eres mi mujer. Dentro de un mes te daré el dichoso papel y te largarás.

—¡Pues entrégamelo ya! —le contestó ella en el mismo tono—. No entiendo por qué quieres prolongar esta farsa. Ni tú me quieres realmente aquí ni yo quiero estar cerca de ti, así que explícame por qué estás haciendo tan difícil algo que debería tomar solo unos minutos.

Cooper acercó su rostro al de Lilianne y se lo señaló con un dedo.

—¿Has visto cómo me has dejado la cara? Creo que es un precio justo. Y ahora ve a hacer la colada.

La giró en redondo sin darle tiempo a replicar y la empujó con una fuerte palmada en el trasero. Lilianne gritó de indignación, pero se apresuró a alejarse de Cooper. Le temblaba todo el cuerpo por haber estado tan cerca de él; los rescoldos de un viejo fuego se habían avivado tomándola por sorpresa y precisaba poner distancia entre los dos. Con todo, la rebeldía se agitaba en su interior, la trataba como a una criada y se atrevía a gritarle, a ella, cuando había sido la víctima de una india loca de remate y mentirosa para más agravio. Dio una patada al barreño y volcó la ropa en el arroyo, que se encargó de llevársela corriente abajo. A lo lejos una camisa de Cooper se quedó enganchada a una rama baja de un matorral, ondeaba como una bandera, pero no era la de la paz, de eso estaba segura Lilianne. Un poco más allá unos pololos se habían arremolinado en la orilla.

—Espero que tengas algo más que ponerte —soltó Lilianne, y acompañó sus palabras con un gesto desafiante.

Satisfecha con su rabieta, retó con una pose arrogante a Cooper a que le dijera algo; estaba dispuesta a entablar una guerra si era necesario, pero, para su sorpresa, Mackenna guardaba silencio. Mantenía la cabeza ligeramente ladeada con una ceja alzada, sin perderla de vista; ese gesto resultó tan familiar a Lilianne que se le encogió el corazón. ¿Cuántas veces la había contemplado con esa mezcla de sorpresa y concentración, como si tratara de memorizar cuanto veía?

Al cabo de un instante, Cooper miró lo que quedaba de la ropa, es decir, una camisa suya y unos pololos de Lilianne; después estudió el rostro de esa mujer que le descolocaba: le brillaban los ojos, sus mejillas se habían teñido de un sonrojo adorable y sus labios mostraban todo el desprecio imaginable con solo una mueca apenas perceptible. Durante un segundo la reconoció: era Lily, tan apasionada, tan valiente, tan impulsiva.

—Esto no me gusta —murmuró Paddy—. Creo que deberíamos...

Pero Cooper ya se alejaba en dirección contraria a Lilianne dando largas zancadas al tiempo que ella salía corriendo hacia la cabaña. El irlandés los estudió preguntándose a qué venían tantos gritos y por qué la tormenta, que había amenazado con estallar, se había quedado en nada en unos pocos segundos.

22

Lilianne llevaba siete días en Mackenna Creek y ya sentía el peso de la soledad. Apenas cruzaba unas pocas palabras con los dos hombres y se negaba a comer con ellos. Cooper pretendía tenerla de criada y ella se comportaba como tal, a su manera. Hacía lo que se le ordenaba sin esmerarse, con la simple intención de irritar, y, por desgracia, sin conseguir su propósito. La despertaba sin miramientos de madrugada, después desaparecía hasta que el desayuno estaba listo, y así se repetía al mediodía y durante la cena. Seguía cocinando como el primer día, pero ninguno de los dos hombres se quejaba, lo que la dejaba con una profunda sensación de decepción. Prefería discutir a aquel silencio.

Hasta los perros guardaban las distancias; desde el incidente con Lashka se quedaban con ella, pero no le permitían que se acercara. Solo de noche se pegaban a las pieles y le proporcionaban calor. Sospechaba que lo hacían porque ella ocupaba el lugar donde habitualmente ellos dormían. Había intentado ganárselos ofreciéndoles trozos de venado, pero ni *Brutus* ni *Linux* se los habían comido. El único que se tomaba confianzas con ella era el burro; cada vez que Lilianne entraba en la cuadra se las arreglaba para mordisquear algo de su ropa. Ya había remendado alguna prenda, lo que la inquietaba porque no se había traído mucha ropa.

No había contado con permanecer un mes en aquel lugar en esas condiciones. Cada mañana se colaba tras la lona que había conseguido colgar en un rincón de la cabaña y se lavaba como buenamente podía; anhelaba un baño, pero no se atrevía a meterse en el arroyo. Las noches eran lo peor, ella se ponía el camisón detrás de la lona consciente de la presencia silenciosa de Cooper. La tensión entre ellos era palpable, tan densa que el aire en el interior de la cabaña se hacía irrespirable. Se comportaban como dos desconocidos en exceso precavidos, se movían con excesiva cautela, procuraban no tocarse, ni siquiera un roce casual. Cada uno se acostaba en su rincón envuelto en esa quietud artificial, pero la cabaña se llenaba de palabras silenciadas por el orgullo, flotaban entre las cuatro paredes y dejaban un viciado aroma a resentimiento. La extraña situación propiciada por la cabezonería de Cooper era llevadera de día, pero a oscuras emergían los recuerdos en forma de suspiros. Algunas veces Lilianne le oía dar vueltas en la cama mientras ella fingía estar dormida, aunque sospechaba que Cooper no se dejaba engañar.

Una mañana había oído un ruido discordante en la calma del paraje, se había acercado llevada por la curiosidad, pero las miradas de los dos hombres la habían impelido a salir de allí corriendo. Lo único que había distinguido era un cilindro de chapa del que emanaba vapor y unas mangueras que se perdían en el suelo. Muy cerca había divisado una zanja y montículos de tierra removida, así como un canalón que iba del arroyo a una estructura de madera rectangular con un mango en un lateral. Ignoraba si estaban buscando oro o cualquier otra cosa, pero sospechaba que las pesquisas de Cooper y Paddy no estaban siendo muy fructíferas, de lo contrario no se habrían vestido con esos harapos que ella lavaba día tras día.

Lashka no había reaparecido, pero en cuanto salía de la cabaña la buscaba entre los matorrales con la misma sensación de ser observada. En esos momentos se sentía vulnerable, no disponía de nada para defenderse. Su único consuelo eran los perros que parecían ser capaces de hacer frente a cualquier amenaza.

Cuando la soledad se hacía acuciante, pensaba en su tía Violette, de quien no sabía nada, en Willoby, en la señora Godwin, preguntándose cómo le iría con sus bordados, en el doctor Donner y su consulta, y en Aidan. Se recreaba en su recuerdo, en su serena presencia que la hacía sentirse segura. Con él todo era sencillo; Aidan y ella nunca habían discutido, siempre estaban de acuerdo. Su relación era una balsa de aceite sin ninguna alteración.

Con Cooper nada había sido sencillo; se habían visto obligados a esconderse por miedo a que los descubrieran, pero también se habían mostrado temerarios en su afán por desafiar al mundo cuando ya no soportaban más engaños a su alrededor. Y a pesar de todo, habían sido felices cada vez que habían conseguido burlar las barreras. Entonces habían vivido cada minuto con una intensidad dolorosa reflejada en los besos apresurados, las caricias apasionadas con un deje de desesperación en algunos casos. Su amor por Cooper había sido extenuante, como nadar a contracorriente, siempre alerta. La recompensa había sido una felicidad embriagadora, estimulante, que jamás había vuelto a sentir.

Alejó esos pensamientos con un resoplido, exasperada por la debilidad que siempre le inspiraba el pasado. Era la soledad y no la añoranza lo que la inducía a pensar en aquellos años. Frotó con más ahínco los mugrientos pantalones de Cooper, como si tuviese en sus manos a su dueño.

—¡Cooper!

Una voz angustiada la sobresaltó. Reconoció el tono de un niño.

—¡Cooper!

Sorprendida, se secó las manos en la falda y se puso en pie mientras se apartaba de la frente un mechón de cabello que se había soltado de su trenza. Un niño de unos nueve años apareció de entre los álamos temblones; era bajito y muy delgado, bajo sus pantalones cortos asomaban unas rodillas huesudas. Su estrecho pecho subía y bajaba con rapidez y su rostro moreno delataba una profunda angustia. Se paró nada más ver a Lilianne, sus ojos negros la estudiaron con desconfianza. Un ancho cinto de cuero le circundaba dos veces las caderas y del cinturón colgaba una ajada cartuchera que contenía un viejo revólver. Aquello la horrorizó, ¿quién en su sano juicio dejaba en manos de un niño un arma tan peligrosa?

—¿Dónde está Cooper? —inquirió el pequeño con recelo.

Las cejas de Lilianne se elevaron, se sentía dividida entre la irritación por la suspicacia del niño y la lástima por su aire desamparado.

—No lo sé, desaparece cada mañana y nunca me dice cuando vuelve.

—Necesito a Cooper —insistió el niño al tiempo que miraba a su alrededor, como si Lilianne le hubiese mentido.

Ella puso los ojos en blanco y señaló todo lo que la rodeaba.

—Te aseguro que no lo tengo prisionero en un agujero, es demasiado grande. Además, no aguantaría oír todo el día sus gruñidos. Ese bruto estará seguramente cazando un oso o cualquier fiera lo bastante insensata como para cruzarse por su camino.

La cabeza del niño se ladeó por la sorpresa, pero al momento la angustia regresó a sus ojos.

—¡Necesito a Cooper! ¡Dime dónde está!

Lilianne hizo un gesto de renuncia; si el niño era obtuso, no era asunto suyo.

—Ya te he dicho que no lo sé —contestó al tiempo que se arrodillaba junto a la tabla de lavar.

—No lo entiendes, a mi madre le duele mucho la barriga —explicó el niño atropelladamente—. Mi padre se ha ido esta mañana con el viejo Perkin para arreglarle el techado de su cabaña y no sé cuándo volverá. Siempre me dice que, si necesito ayuda, debo venir a por Cooper. Y ahora mi madre está muy mal, no para de gemir y se agarra la barriga. ¡No sé qué hacer! —gritó al final, dejando salir toda su frustración.

Lilianne se puso en pie de un salto.

—¿Dónde está tu madre?

El pequeño señaló una dirección que se perdía entre los árboles. No era mucha información.

—¿Está lejos?

La negativa del niño la tranquilizó. Salió corriendo hacia la cabaña mientras gritaba:

—Espérame aquí.

El pequeño se quedó quieto con los ojos muy abiertos. Habría preferido que Cooper acudiera en su ayuda, pero dado que no estaba, esa mujer serviría. Al menos ya no se sentiría responsable de su madre. Soltó un suspiro de alivio cuando Lilianne reapareció con un maletín que se parecía al que llevaban los médicos; ese detalle calmó un poco más al pequeño.

—Venga, enséñame el camino.

Lilianne emitió un silbido largo y agudo como había visto hacer a Cooper y los dos perros echaron a correr delante de ellos como una avanzadilla. El niño saltaba entre los matorrales con tal rapidez que algunas veces Lilianne lo perdía de vista. Le costaba seguirle el ritmo. Su falda se enganchaba en las ramas de los arbustos, tenía que abrirse camino a tirones a pesar de los desgarrones que estaba dejando en su ropa. No pensó en cómo quedaría su vestido, lo que la preocupaba era la gravedad de lo que tuviese la madre de aquel niño.

—¡Espérame! —gritó al pequeño.

Este paró unos segundos, pero reemprendió su correr entre los arbustos. A lo lejos oyó el aullido de los perros. Subió por un terraplén; una vez arriba divisó una cabaña de madera, parecida a la de Cooper, en una hondonada que bajaba hasta la orilla del arroyo. Un hilillo de humo salía de la chimenea que sobresalía del tejado, y sobre este Lilianne vio con asombro que habían plantado repollos. Reconoció el canalón que llevaba agua a una pila rectangular. En el suelo había palas, picos, bateas y cedazos tirados por doquier. Para sorpresa de Lilianne, también había dos cabras que comían en un pequeño cercado y dos gallinas.

En la semana que llevaba en Mackenna Creek había llegado a pensar que vivía en una isla entre un mar de monte bajo y árboles. Nadie había asomado la nariz excepto Lashka, y un caribú que se había acercado al arroyo a beber y se había marchado sin ni tan siquiera mirarla un segundo.

—Venga —exclamó el niño con apremio.

El pequeño bajó la cuesta como un gamo entre saltos ágiles y rápidos. Lilianne hizo una mueca, pero lo siguió con torpeza. Se preguntó si unos pantalones le harían la vida más sencilla en esa tierra de locos, donde el sol brillaba a medianoche, donde de noche hacía un frío de invierno y de día el sol calentaba como en verano, sin hablar de los mosquitos, siempre presentes, del paisaje inmenso y misterioso salpicado de montañas, llanuras con una extraña vegetación y bosques donde el viento susurraba continuamente entre las ramas.

—Entra —le ordenó el niño.

Señaló la puerta de la cabaña con impaciencia.

—¿Cómo te llamas? —quiso saber con voz ahogada por el esfuerzo.

—Milo Vitale, mi madre se llama Sofia Vitale, y mi padre Giuseppe Vitale.

—Bien, Milo, ¿puedes avisar a tu padre de alguna manera?

—No, señora, la cabaña del viejo Perkin está muy alejada y mi padre se ha llevado nuestro caballo. Puede regresar esta misma mañana o esta noche.

Un quejido procedente del interior de la cabaña le hizo dar un brinco para salvar los cuatro escalones del porche. Entró sin llamar y se encontró con una cabaña tan desoladora como la de Cooper, con pocos muebles desvencijados, unos cuantos cachivaches, un pequeño catre cerca de la estufa y una cama en un rincón, donde una mujer tendida de espalda a la puerta soltaba gemidos entrecortados. De repente dijo algo en una lengua que Lilianne no entendió. Al no recibir respuesta, la mujer miró por encima del hombro. En cuanto vio la inesperada visita, trató de sentarse.

—No, no se mueva —le pidió Lilianne—. ¿Habla mi idioma? Lo siento, no he entendido lo que ha dicho antes.

—Sí, hablo su idioma.

La mujer era joven, tal vez de la misma edad que Lilianne, morena como el pequeño, con el mismo pelo rizado y abundante.

Sus ojos castaños reflejaban dolor; la razón era una prominente barriga que estiraba la tela de su vestido.

—¿Es su momento de parir, señora Vitale?

—Sí, y no me llame señora, soy Sofia.

—En ese caso llámeme Lilianne.

La mujer la estudió con curiosidad, pero un dolor repentino la encogió y volvió a gemir. Lilianne se preparó para atender a la paciente. Lo primero era ponerla cómoda, quitarle ese vestido que no representaba más que un estorbo, pero se enfrentó a la oposición de Sofia. Tardó unos minutos en convencerla y consiguió que le dijera dónde podía encontrar un camisón amplio. Mientras la parturienta se cambiaba, Lilianne colocó sobre el colchón acartonado y finísimo una lona limpia y encima otra sábana. Se movía con celeridad consciente de la mirada fija de Sofia. Sacó de su maletín todo lo necesario tratando de controlar sus temblores. Ayudó a Sofia a echarse en la cama y le palpó con cuidado la barriga.

—Está muy bajo —musitó para ella misma—. ¿Desde cuándo tiene dolores? —quiso saber mientras escuchaba con un estetoscopio los latidos del corazón de la criatura. Con cuidado lo colocaba sobre la abultada barriga y cerraba los ojos, como le había explicado el doctor Donner numerosas veces.

—Desde esta madrugada, pero no se lo dije a Giuseppe, no quería que se quedara. Se pone muy nervioso, ya hemos perdido dos hijos al nacer y... —Una contracción la obligó a enmudecer y Lilianne aprovechó para palpar de nuevo su vientre—. Dios mío —susurró Sofia cuando pasó—, estoy agotada...

Después de lavarse las manos con agua bien caliente y jabón, Lilianne se colocó entre las piernas de su paciente y se las separó con delicadeza. Algunas mujeres sentían un pudor fuera de lugar en esas circunstancias, pero Sofia colaboró. Introdujo con cuidado los dedos en la vagina calculando cuanto había dilatado.

—No creo que falte mucho —murmuró y volvió a moverse por la cabaña como una abeja afanosa.

Preguntó dónde podía encontrar toallas o una manta para envolver al niño en cuanto naciera. Rebuscó hasta que encontró un barreño y lo tuvo listo para lavar a la madre y al niño en su momento; añadió agua al caldero que colgaba de la chimenea. Su mente iba de un detalle a otro sin pensar en las consecuencias si ocurría algo a Sofia. Los partos eran peligrosos, incluso cuando todo iba bien; por desgracia había visto a más de una mujer fallecer desangrándose por una infección después del parto o por un descuido. Además, nunca había atendido sola un alumbramiento, el doctor Donner siempre había estado presente. Pero había visto nacer a decenas de niños, se recordó a sí misma, y si no había complicaciones, podía controlar la situación. Se negó a pensar en lo contrario. No se imaginaba cómo se las habría ingeniado Cooper si ella no hubiese estado. Ese pensamiento le estiró los labios, le habría gustado verlo.

La cabeza de Milo asomó un momento y preguntó algo a su madre. Esta contestó con un hilo de voz:

—*Va tutto bene, caro.*

Milo asintió, pero el temor no abandonó su mirada. Lilianne pensó que dejar al niño fuera era un error. Aunque habitualmente sacaban a todos los familiares de las habitaciones donde una mujer estaba dando a luz, el nacimiento de un bebé era una alegría. No veía nada vergonzoso en ser testigo de cómo nacía una criatura. Consultó en voz baja a Sofia y esta asintió levemente.

—Milo, ven, quédate con nosotras. Siéntate junto a la chimenea y avísame cuando el agua rompa a hervir.

El niño entró, aliviado de no tener que permanecer solo. Hizo lo que le ordenaron con el gesto serio.

—*Linux* y *Brutus* se han quedado en el porche, les he dado un poco de pescado seco...

Sofia dedicó a su hijo una sonrisa desdibujada.

—Eres un buen *bambino*...

Milo enrojeció de satisfacción y devolvió a su madre una sonrisa resplandeciente que iluminó la estancia.

Lilianne parpadeó, de repente emocionada por la complicidad y el amor que madre e hijo compartían. No quiso indagar en esa emoción que la inundaba, prefirió tapar a Sofia con la sábana limitando así la visión del pequeño.

Los minutos se alargaron y en la cabaña solo se oyeron los gemidos mucho más comedidos de Sofia. Lilianne le sostenía una mano y se la acariciaba en un gesto apaciguador. De momento lo único que se podía hacer era esperar.

—Eres diferente a lo que me había imaginado —musitó Sofia—. Eres buena.

Lilianne permaneció callada; se preguntaba quién había hablado de ella a Sofia. ¿Cooper? ¿Paddy? Daba lo mismo uno que otro, seguramente no habían contado nada halagador de ella. Unos pasos precipitados la distrajeron. La puerta se abrió y apareció un hombre de aspecto cansado; por el parecido con Milo, debía ser Giuseppe Vitale.

—¡Padre! —exclamó el niño mientras se ponía en pie de un salto y corría a su lado.

El hombre acarició el pelo de su pequeño, pero sus ojos buscaron los de su esposa; se fijó en los mechones de cabello que se le habían pegado a la frente sudorosa y en las mejillas arreboladas.

—¿Estás bien? —preguntó con voz ronca.

—Sí, *caro*. Nuestro pequeño Milo me ha buscado ayuda. Lilianne, le presentó a mi marido, Giuseppe Vitale.

Este la saludó con un gesto de la cabeza sin molestarse en disimular su curiosidad, la estudió, en especial el rostro y la cabellera cobriza, después volvió a mirar con las cejas arqueadas a su mujer y esta asintió. Los dos se sonrieron. El diálogo mudo que se estaba desarrollando entre los Vitale turbó a Lilianne. No quiso darle importancia, ni siquiera cuando se pusieron a hablar entre ellos en un idioma que seguía sin entender. Apenas reconoció el apellido Mackenna y para su sorpresa Milo salió disparado de la cabaña.

—¿Dónde va? —quiso saber.

—Ha ido a por Cooper —la informó Giuseppe—. Si vuelve a la cabaña y no la encuentra, se pondrá como loco.

—Lo dudo —masculló en respuesta—, creo que se pondrá a bailar de alegría.

Sofia soltó una risita que se convirtió en un gemido, seguido de otro. De repente todo se precipitó. Mientras Lilianne daba órdenes a Giuseppe, Sofia empujaba y resoplaba. Si bien no era el primer parto que atendía, se emocionó en cuanto vio asomar la cabecita morena del bebé.

—Dios mío —gritó con alborozo—, ya está aquí, Sofia. Empuje, empuje, empuje...

Así lo hizo Sofia, con fuerza y aferrada a la mano de Giuseppe, que palidecía por segundos. Le asustaba el rostro congestionado de su esposa. Su semblante habitualmente sereno le era apenas reconocible.

—Venga, Sofia —exclamó Lilianne—, ya falta muy poco. Giuseppe, colóquese detrás de Sofia y, cuando yo le diga, incorpórela.

La miraron sorprendidos por la petición de Lilianne. Sin embargo, Giuseppe se colocó de rodillas detrás de Sofia y en cuanto Lilianne se lo dijo ayudó a que Sofia se enderezara un poco envolviéndola en sus brazos. Al instante una contracción hizo que todo se acelerara y en pocos minutos estalló el llanto de un bebé, seguido de los sollozos de Sofia y la risa de Lilianne. Giuseppe estaba blanco como la cal, miraba fijamente la pequeña criatura que Lilianne sostenía entre sus manos como si fuera un tesoro.

—Es una niña, Sofia, una preciosa niña.

La puerta se abrió en ese instante; Cooper se quedó pasmado en el umbral con los ojos fijos en el bebé que Lilianne estaba envolviendo en una toalla. Mientras el bebé gimoteaba y se chupaba los puños, el rostro de Lilianne reflejaba una sonrisa resplandeciente. Aturdido por la estampa, la siguió con los ojos cuando entregó a Sofia el pequeño fardo.

—Os dejo unos segundos solos, pero esto no ha acabado aún —anunció con voz áspera por la emoción.

Salió de la cabaña sin una palabra ni una mirada a Cooper y cerró la puerta tras de sí. Se sentó en un banco bajo el diminuto porche. Soltó una exhalación temblorosa que resumía todas las emociones que la habían sacudido y las que seguían presentes en su mente. Se abrazó el vientre con un brazo mientras se echaba un poco hacia delante; cada vez que asistía un parto se sentía exultante, pero también al filo de un precipicio que amenazaba con engullirla. Nunca hablaba de esa sensación de pérdida que no la abandonaba. De esa criatura que jamás tuvo una oportunidad.

Trató de serenarse, se centró en lo banal de todo lo que la rodeaba, como la gallina que se había escapado del diminuto corral. Milo corría detrás de la prófuga, daba bandazos de un lado a otro según el derrotero que tomaba la gallina. La otra, que se había quedado en el corral, cacareaba con vigor, como si alentara a su compañera. *Linux* y *Brutus* contemplaban la escena sentados a poca distancia con una dignidad que habría arrancado una risa a Lilianne en otro momento, pero no podía dejar de pensar en lo que tanto había anhelado y perdido. Tomó aire despacio para calmar sus emociones; no fue suficiente, todavía sentía el peso del bebé de los Vitale en sus brazos.

—No vuelvas a desaparecer sin decirme nada antes.

La voz de Cooper arañó su débil control, se puso en pie y le fulminó con una mirada aún húmeda por las emociones que se negaba a dejar salir.

—¿Cómo puedo avisarte si desapareces y nunca me dices a dónde vas? Además, no eres mi amo, puedo ir y venir a mi antojo.

Cooper venció la distancia que los separaba y la tomó por los hombros.

—No eres consciente de los peligros.

—¿Y por eso me tienes como una prisionera en tu cabaña?

—Ya sabías a lo que te exponías al venir hasta aquí.

—¿Y qué querías que hiciera? ¿Que me quedara de brazos cruzados mientras Sofia daba a luz sola? ¿Habrías preferido asistirla tú?

Cooper dio un paso atrás, no sabía qué replicar, no cuando ella estaba en lo cierto. Todavía sentía los fuertes aguijonazos de pánico al no encontrarla en la cabaña. La tabla de lavar abandonada junto al barreño con la ropa sucia le había producido una aterradora sensación de alarma; enseguida imágenes de Lilianne a merced de un animal salvaje le habían atormentado. La había llamado a gritos, había registrado cada palmo en torno a la cabaña en busca del más mínimo indicio de sangre o huellas de una lucha. Mientras la había buscado, se había recriminado haberla llevado hasta Mackenna Creek. Lilianne no estaba acostumbrada a vivir en un lugar tan aislado y, si bien parecía arreglárselas mucho mejor de lo que él mismo había esperado, seguía siendo una presa fácil para los peligros que siempre merodeaban en el bosque. Le echó una mirada de soslayo, Lilianne tenía las mejillas pálidas y sus ojos lucían un brillo que le desconcertaba. Verla con ese diminuto bebé en brazos le había golpeado como un puño, evocando imágenes que solo habían existido en su mente.

Se apartó el pelo del rostro y se lo sujetó con un cordón. Precisaba de esos gestos sencillos para serenarse. No lo consiguió.

—¿Desde cuándo sabes lo que hay que hacer en un parto? —quiso saber con una calma que no sentía en absoluto.

Ella se encogió de hombros y se dirigió al interior de la cabaña.

—¿Desde cuándo eres un experto minero? —le preguntó antes de entrar.

Cerró la puerta con suavidad dejando a Cooper con una respuesta que se tragó. Agradeció la presencia de los dos perros, que se habían acercado a él, y los acarició con aire distraído.

—¿Va todo bien? —preguntó Milo.

Sus ojos reflejaban una incertidumbre que enterneció a Cooper.

—Todo va bien, tienes una hermana.

El rostro del pequeño se relajó y echó una mirada anhelante a la puerta.

—¿Puedo entrar?

—Claro, pero antes, ven aquí. —Cooper se acuclilló y empezó a quitarle el cinturón con el arma—. No deberías llevar esto... —musitó en voz baja—. Y menos ahora, que vas a conocer a tu hermana.

—Cuando mi padre nos deja solos, siempre lo llevo puesto —explicó el niño—. Me ha enseñado a disparar, por si aparece un lobo o un lince. Vienen a por las gallinas y las cabras y tenemos que cuidarlas porque sin ellas nos moriríamos de hambre.

Una vez se vio libre del cinturón, el niño salió disparado hacia la puerta. Cooper se sentó en un escalón con la vista fija en la orilla del arroyo que discurría tranquilo, pero la calma no le alcanzaba. A lo lejos oyó el golpeteo de un pájaro carpintero, el graznido de un cuervo y el viento que se colaba entre las ramas de los abedules.

Se sentía ajeno a todo lo que le rodeaba, sus pensamientos convergían una y otra vez hacia la imagen de Lilianne con el bebé de los Vitale en brazos. La joven que él había conocido jamás habría sabido qué hacer en esa circunstancia. Lo que le llevó a preguntarse qué había sido de ella durante esos nueve años. Desde que vivía en la cabaña se sorprendía al verla decidida a demostrarle que sabía valerse por sí sola. Esa faceta le asombraba y a la vez le irritaba; su intención había sido castigarla, pero cuanto más frío se mostraba con ella, más se esforzaba Lilianne, aunque fuera de mala gana, como esas comidas que ni un perro famélico se habría comido.

Dejó el arma sobre un barril para que Giuseppe lo encontrara y se mesó el pelo. Con Lilianne nada había sido sencillo, no entendía cómo había sido tan necio como para pensar que podía doblegar su temperamento. Desde hacía días sombras del pasado le impedían dormir, saber que ella estaba tan cerca le producía un vértigo que removía viejas heridas.

Lilianne volvió a aparecer con un pequeño maletín colgando de una mano. Cooper entornó los ojos al fijarse en los desgarrones de la falda y los arañazos en los antebrazos. No eran los únicos indicios de que vivir en Mackenna Creek no estaba siendo sencillo para ella: sus manos se veían enrojecidas, su cutis tan pálido había adoptado un tono más oscuro y una miríada de pecas salpicaban su nariz y sus mejillas. Ya no presentaba el pulcro aspecto de dama que había tenido nada más llegar a Dawson. Por fin su mirada se detuvo en la cesta que sostenía con la otra mano.

—¿Qué llevas ahí? —quiso saber él con más brusquedad de la que había deseado.

—Son unos huevos y algo que parece queso. Ya podemos volver —anunció ella—. ¿No te habrás traído mi caballo?

—Me temo que no, iba con un poco de prisa —replicó él con ironía.

Lilianne soltó un suspiro de fastidio.

—Era esperar demasiado —murmuró para sí misma, pero lo suficientemente alto para que Cooper la oyera.

Le entregó la cesta y echó a andar hacia el terraplén. Actuaba como si se dirigiera a un criado especialmente torpe, lo que exasperó a Cooper. Odiaba cuando Lilianne se expresaba en ese tono que rozaba el desprecio y la condescendencia.

—Iremos por la orilla del arroyo —señaló mordiendo las palabras—. Si no le importa a su alteza.

Ella le siguió en silencio después de echar una última mirada a la puerta de los Vitale; los había dejado absortos en la contemplación del rostro fruncido y aún enrojecido de la pequeña Bianca. Había prometido a Sofia que volvería a verla esa misma tarde, pero había insistido en que acudiera a un médico en Dawson si sentía la más mínima anomalía. La señora Vitale se había echado a reír como si le hubiese propuesto un disparate. La actitud de Sofia no la sorprendía, muchas de las mujeres que habían dado a luz gracias a la ayuda del doctor Donner consideraban el parto como una mera interrupción en sus tareas cotidianas. La gran mayoría regresaban a sus obligaciones unas horas después. Su hermana Becky se había desentendido de sus hijos dejándolos a cargo de una nodriza. Lilianne habría criado a sus hijos, los habría abrazado, besado. Habría dado su vida por ellos. Se mordió el labio inferior, de nada servía pensar en esos sueños. Ahogó un sollozo que achacó al cansancio, a la tensión que siempre la agarrotaba cuando Cooper andaba cerca.

Se distrajo prestando atención a los perros, que iban y venían, correteaban por el agua y lo salpicaban todo a su alrededor. Se metieron entre los matorrales y una bandada de perdices asustadas salió revoloteando. Si se hubiese concentrado en esa imagen, el regreso a la cabaña habría sido agradable, pero cuando echaba miradas a la ancha espalda de Cooper, a las largas piernas, a la coleta que se balanceaba con cada paso y al rifle colgado de un hombro, cualquier índice de paz se evaporaba como la bruma que algunas veces envolvía la orilla del arroyo por las mañanas.

Le costaba creer que ese hombre era el mismo que había conocido. Y, sin embargo, así era. Ya no quedaba nada del pasado, solo posos amargos que sofocaban todo pensamiento indulgente. Lilianne se sentía diferente, y sospechaba que Cooper también veía en ella a una desconocida. Las experiencias de los últimos nueve años los habían marcado hasta convertirlos en extraños.

Quizá fue porque se sentía especialmente débil por todo lo sucedido esa mañana, pero de repente echó de menos al joven del que se había enamorado. Al instante aborreció su cobardía. El anhelo del pasado chocó con los sentimientos del presente y en la mente de Lilianne se creó una extraña estampa turbadora, dos imágenes que se fundían, una del joven, dulce y considerado Cooper, que la había abandonado a cambio de quinientos dólares, y otra del hombre que caminaba delante de ella, ese ser arisco y silencioso, que la irritaba y al mismo tiempo despertaba en ella una curiosidad peligrosa.

¿Qué caminos había recorrido y cómo había acabado en Mackenna Creek? ¿Qué le había sucedido para que se convirtiera en ese desconocido que la desconcertaba? A pesar de la desconfianza que nunca la abandonaba, algo en Cooper la intrigaba.

Se había enterado en la cabaña de los Vitale que las gallinas y las cabras eran de Cooper. Había dejado allí a los animales con la peregrina excusa de que no disponía de tiempo para cuidarlos. Tampoco quería nada de lo que pudieran dar, ni los huevos ni la leche. No tenía sentido, no cuando en Dawson todos esos artículos eran un lujo.

Estaba tan sumida en sus pensamientos que cuando alcanzaron la cabaña de Cooper se sorprendió de lo poco que habían tardado. Esperaba que la dejara sola, pero él dejó la cesta en los escalones del porche, fue hasta el tocón que usaban para cortar la leña y cogió el hacha. Era una de las tareas de Lilianne y no estaba dispuesta a que, por un misterioso acto de bondad, Cooper lo hiciera por ella. No quería agradecerle nada.

—¿Qué pretendes hacer? —inquirió bruscamente.

—Necesitamos leña para la estufa.

Lilianne parecía cansada y por primera vez se avergonzaba de la soledad que le había impuesto para castigarla.

—Esa es una de mis tareas, me lo has dejado claro.

El desánimo le invadió, solo pretendía ayudarla, pero ella lo despachaba con resentimiento. Cooper se tomó sus palabras como un rechazo, tomó impulso y clavó el hacha con saña en el tronco.

—Adelante. Date prisa, tengo hambre y procura no envenenar esos huevos...

Estaba demasiado cansada para seguir fingiendo; lo que más anhelaba en ese momento era quedarse sola y descargar su frustración por toda esa locura partiendo ramas.

—¿Alguna queja? —Lilianne acompañó sus palabras con una sonrisa que se desdibujó en las comisuras.

—Por supuesto que no.

En cuanto desapareció, fue al interior de la cabaña. No se dio cuenta hasta que no abrió el baúl donde había metido su equipaje, pero alguien había entrado y había hecho trizas su ropa. No se había salvado nada, ni siquiera las enaguas o las camisolas. De rodillas, sacó del baúl lo que un día había sido un bonito vestido, una coqueta chaquetilla o una preciosa blusa. Cogió el sombrerito de paja que había llevado puesto el día que se reencontró con Cooper; alguien lo había agujereado varias veces hasta convertirlo en algo grotesco. Rompió a llorar tapándose el rostro con las manos.

Entre sollozos, un miedo frío y aterrador se le coló en el pecho y rebuscó hasta el fondo del baúl. Sacó un pequeño bolso de mano, donde había guardado el dinero que había llevado con ella oculto en el forro; no había podido arriesgarse a recurrir a un banco, de lo contrario su padre habría dado con su paradero. Ese dinero era su única garantía para salir del Yukón. Palpó con manos temblorosas y un nuevo sollozo, esa vez de alivio, se le escapó al sentir los billetes doblados.

23

Lashka caminaba con brío por el estrecho sendero entre los matorrales, no prestaba atención a las bayas de arándanos casi negras que tanto le gustaban. Su padre había vuelto a tener fiebre, fruto de la malaria que le estaba consumiendo poco a poco, y la joven pretendía ir hasta Dawson para comprarle la quinina que precisaba. No quería convertirse en la responsabilidad de su hermano si su padre fallecía.

Había oído a Subienkow hablar con uno de los ancianos de su matrimonio con un joven tlingit que ella apenas conocía. Solo sabía que trabajaba con su hermano como guía en los pasos de montaña. Simon, así se llamaba. Se había convertido al cristianismo para vergüenza de Lashka. Ella no sería como los demás de su tribu, no se conformaría con agachar la cabeza. Sabía lo que quería y lo conseguiría.

Se acarició la blusa de fina batista y se rio por lo bajo. Había sido divertido entrar en la cabaña de Cooper después de ver como la pelirroja salía corriendo con el niño. Había dispuesto de tiempo suficiente para disfrutar de su pequeña venganza. Era una lástima que no hubiese podido quedarse para ser testigo de la reacción de Lilianne al ver su preciosa ropa hecha jirones. Se había adueñado de algunas prendas para lucirlas cuando fuera a ver a Cooper, para que se diera cuenta que ella podía ser tan guapa como las mujeres blancas.

El chasquido de una rama la sobresaltó, se hizo con su pequeña navaja y buscó a su alrededor. El rostro sonriente de Jared la tranquilizó.

—¿Qué haces por aquí? —preguntó él—. Estás un poco lejos de tu poblado.

—Tengo que ir a Dawson, necesito quinina para mi padre. Nuestra medicina no consigue aliviarle la fiebre.

—Lo siento. —Al instante, esbozó una sonrisa zalamera—. Bonita blusa...

Jared intuía que no era de Lashka; le estaba estrecha, los botones a la altura del pecho apenas resistían la tirantez. Además, sabía diferenciar una prenda delicada del tosco ropaje con el que solían vestirse las indias de la zona.

Ambos echaron a caminar entre los arbustos de gaultheria. Jared se hizo con uno de los ramilletes y se lo tendió a la joven.

—Para una bonita princesa.

Poco acostumbrada a esos detalles galantes, Lashka cogió la rama cohibida. Acarició con cuidado las florecillas sin atreverse a mirar a Jared. Ese blanco le producía impresiones contradictorias; su primer encuentro la había aterrado, pero desde entonces se mostraba atento, tanto, que Lashka ignoraba cómo interpretar sus gestos.

—Tengo mi caballo un poco más abajo, si quieres te llevo hasta Dawson y así no tienes que caminar tanto.

Al ver que la joven dudaba, adoptó una actitud arrepentida. Se metió las manos en los bolsillos de los pantalones y se encogió de hombros con la cabeza gacha.

—Lo siento, no quería ser atrevido, pero hay una buena caminata hasta Dawson. —Le dedicó una sonrisa conciliadora—. A caballo, llegaríamos en la mitad de tiempo. Sería una pena que se estropeara tu blusa nueva.

Lashka trató de ver en Jared algún rastro de engaño, pero la miraba intensamente sin pestañear, como si lo deseara de veras. Echó un vistazo a su alrededor por si alguien de su poblado la había seguido; el único testigo de la escena era una curruca amarilla que se afilaba el pico en una rama, lista para darse un festín de bayas.

—Claro, será mucho más rápido.

Trató de imprimir a sus palabras desenfado, cuando en realidad se sentía intimidada. Se relajó cuando Jared habló:

—En ese caso —soltó él, alegremente—, vamos por aquí, he dejado mi caballo en un claro. Espero que no haya salido corriendo asustado por un oso.

Se rieron, compartiendo una confianza inusual entre ellos.

—¿Se sabe algo nuevo en Mackenna Creek?

El rostro resplandeciente de Lashka se ensombreció al instante; el mero hecho de pensar en esa mujer la irritaba como si una miríada de mosquitos la picaran a la vez.

—Nada importante.

Jared apartó una rama para que la joven pasara.

—Vaya, no entiendo lo que hacen allí, tan alejados de las demás concesiones. Mackenna no parece haber encontrado mucho oro y ahora, con esa mujer a su lado, no dispondrá de tiempo para batear el arroyo. ¿Sabes lo que hace todo el día esa Lilianne?

Lashka apretó los labios, no quería hablar de ella, no quería contar que la había espiado durante horas, que la había visto cortar leña con mucho esfuerzo, lavar la ropa en el arroyo, limpiar la cuadra o barrer la cabaña. No parecía acostumbrada a esas faenas, pero las realizaba sin quejarse. Su único consuelo era que esa intrusa pasaba la mayor parte del tiempo sola mientras Mackenna y Paddy trabajaban con la nueva caldera. A excepción de la llegada de Lilianne, nada había cambiado en Mackenna Creek.

—He oído que esa mujer ha viajado hasta el Klondike para casarse con Mackenna...

Las palabras de Jared traspasaron el ensimismamiento de la joven.

—Parece ser que la dejó plantada —improvisó él, tanteando el ánimo de la india— y ella se ha presentado para que cumpla con su palabra...

—¡Es mentira! —exclamó con tanto ímpetu que Jared dio un paso atrás.

—Yo solo cuento lo que he oído en Dawson.

Echó una mirada de reojo a la india, que mostraba una expresión enfurruñada, como la de una niña a la que le hubiesen quitado su juguete favorito.

—No deberías poner tus esperanzas en Mackenna. Sé que lo que voy a decir te va a molestar, pero la última vez que estuvo en Dawson pasó la noche con Cora March. Los camareros lo dijeron al día siguiente. Mackenna no es un buen hombre...

De repente desanimada, Lashka se sentó en un tronco derribado e hizo girar la rama de la gaultheria de un lado a otro. Las palabras de Jared se le habían clavado en el pecho y tuvo que hacer un esfuerzo por reprimir las lágrimas.

—¿No deberías fijarte en un hombre que al menos haya encontrado oro? —insistió Jared—. Hasta ahora Mackenna solo ha sacado unas pocas pepitas para subsistir. Al menos deberías aspirar a ser como Kate Carmack.

Jared evocó a Kate, la mujer tagish de uno de los hombres más ricos del Klondike. A pesar de los trajes elegantes que se había hecho confeccionar, seguía siendo una india pequeña y regordeta. Nadie olvidaba su cabello demasiado negro, sus ojos rasgados y su rostro redondo como una luna llena. Fingían aceptarla, pero solo querían su dinero y Kate era consciente de ello. Ahogaba su soledad en alcohol cada vez que podía, infeliz en un mundo de lujo que no entendía entre gente que la menospreciaba en silencio. Ya no pertenecía a su pueblo ni era aceptada por los blancos y sabía lo que decían los murmullos, no sin malicia: que Carmack no tardaría en abandonarla.

Apretó los labios, cansado de ese juego. Lashka no parecía ser consciente de ello, no aceptaba que ya había perdido en aquel juego; era joven, testaruda y seguramente pensaba que una vida junto a Mackenna le brindaría el respeto del que carecían las mujeres de su tribu. Su rostro reflejaba el anhelo de convertirse en otra persona, y para ello había fijado su atención en un hombre que apenas sabía que existía. Se puso en pie e hizo un gesto para que echaran a andar, cansado de darle tantas vueltas al asunto. No veía el momento de acabar con aquella farsa.

—Pues has elegido al hombre equivocado —concluyó Jared al cabo de unos segundos—. Mackenna es un muerto de hambre y siempre lo será.

Las palabras todavía reverberaban en su cabeza cuando Lashka se puso en pie

—Cuando esa mujer se marche, Cooper se fijará en mí —replicó ella tercamente. Se encogió de hombros—. Yo no soy como Kate, no pretendo convertirme en una de esas mujeres blancas ricas y Cooper no es como Carmack. Él nos entiende de verdad.

24

Aquella noche Sofia no podía dormir, caminaba descalza por su cabaña con la pequeña Bianca acurrucada contra su pecho. Se sentía exultante, feliz de que su pequeña hubiese nacido sana y fuerte. Después de parir dos hijos muertos, casi había perdido la fe en poder tener otro hijo, pero la presencia de Lilianne le había dado suerte, estaba segura de ello. Qué mujer tan extraña, qué valiente le había parecido, tan decidida, pero también cuanta tristeza había vislumbrado en sus ojos. Sofia intuía que Lilianne ocultaba un pasado doloroso, una pérdida que ella misma entendía. Lo que ignoraba era qué ocurría entre ella y Mackenna. Sospechaba que el silencio de Cooper era mucho más elocuente y revelador que el parloteo del irlandés.

Se habían presentado en su cabaña con una extraña oferta: que Sofia cocinara para ellos a cambio de oro. El irlandés le había hablado de Lilianne como si se tratase del mismísimo diablo mientras Cooper se había mantenido en silencio con los labios muy apretados, como si hablar de esa mujer le contaminara el aliento. Si no hubiese estado a punto de dar a luz, Sofia se habría acercado a la cabaña de Cooper para averiguar algo más de esa mujer. La versión de Paddy le había parecido demasiado rocambolesca y el silencio de Cooper no había hecho más que azuzar su curiosidad.

Un ruido apenas perceptible en el exterior la hizo ir hasta la pequeña ventana; el miedo a que un lobo atacara a las cabras o a las gallinas los obligaba a encerrarlas en una caseta, pero era una edificación tan endeble que podía venirse abajo con un pequeño empujón.

Escudriñó el exterior en busca de una presencia amenazante. Al cabo de unos segundos algo se movió cerca del arroyo. Una silueta grande caminaba con sigilo, se agachaba y volvía a caminar por el filo del agua.

La primera vez que los Vitale habían recibido esa visita nocturna, oculta en la oscuridad de las cortas noches de los veranos del Yukón, Sofia había creído que era un oso, pero fuera lo que fuera se había presentado de manera muy precavida, lo que le había confirmado que se había equivocado. Los osos eran escandalosos cuando buscaban comida, pero esa silueta se desplazaba con la cautela de un felino y su actitud resultaba desconcertante. No se lo había dicho a Giuseppe la primera noche por temor a que este se enfrentara a un animal peligroso, ni las siguientes, porque esa visita siempre les traía suerte; por la mañana su marido siempre encontraba pepitas de oro donde antes solo había habido piedras.

Sofia abrazó a su niña cuando la silueta se alejó sin prisas adentrándose entre los abedules y los abetos. Besó la cabeza de Bianca; sabía que, cuando Giuseppe hundiera la batea en el arroyo, encontraría oro. Ojalá pudieran abandonar Mackenna Creek a finales de agosto. Volverían a San Diego, donde el sol brillaba, donde los niños iban a la escuela, donde no se caminaba con el miedo a tropezarse con una fiera o, en el peor de los casos, con un hombre sin escrúpulos.

Lilianne ya estaba acostada cuando Cooper regresó a la cabaña. Ella permanecía inmóvil, tapada con una manta hasta la coronilla. Ignoraba si estaba dormida o si fingía, y no pretendía averiguarlo, estaba demasiado cansado de lidiar con sus cambios de humor.

A pesar de haber ordenado esa mañana que tuviese la comida lista cuanto antes, ni Paddy ni él se había acercado a la cabaña para comer, se habían arreglado con unas perdices que el irlandés había cazado. Tenerla esperando había sido una venganza mezquina, pero le había fastidiado que le rechazara cuando su intención había sido apaciguar los ánimos. Ella le había despachado sin miramientos. Después su socio y él se habían metido en la zanja. Por fin estaban teniendo suerte, sin embargo el oro no llenaba el vacío que sentía en su interior. Estaba harto de esa farsa, tal vez Paddy tuviese razón y lo mejor era que Lilianne se marchara. Tenerla cerca y no poder tocarla le estaba matando lentamente.

Dejó su ropa en un rincón y se secó con una manta; se había bañado en el arroyo y su piel seguía erizada por el frío. A esa hora de la madrugada la luz tenía una tonalidad fantasmal, apagada. Encendió una vela que dejó con cuidado sobre la mesa. Se vistió con ropa limpia y fue hasta donde esperaba un plato cubierto con un paño. Al alzarlo, vio unas patatas cocidas acartonadas y dos huevos fritos de aspecto viscoso que no invitaban a darse un festín. Aun así se lo comió todo de pie, tan rápido que soltó un eructo nada más terminar. Se giró hacia Lilianne esperando una réplica sarcástica y se sintió como un niño a punto de recibir una azotaina por sus maneras reprobables. Meneó la cabeza, exasperado; no le importaba lo que Lilianne pensara de él, ya no. En el pasado ella le había enseñado a comportarse, Cooper había seguido sus indicaciones al pie de la letra, deseoso que ella se sintiera orgullosa de él. Lo había hecho todo, desde leer los libros que Lilianne sustraía de la biblioteca de su padre a sentarse erguido o esmerarse en lucir un aspecto pulcro. Soltó un bufido al recordarlo.

Se disponía a apagar la vela para meterse en la cama cuando vio en el suelo un montón de ropa cerca de la chimenea. Era de Lilianne, lo sabía por sus colores suaves, porque había visto aquellas prendas en el baúl, pero estaban hechas jirones.

Se arrodilló junto a las pieles y apartó la manta lo justo para verle el rostro. Lilianne dormía de lado con una mano bajo la mejilla y la otra descansaba junto a su cabeza, la palma hacia abajo. Parecía tan tierna que sintió la tentación de acariciarle el pelo, la curva de la mandíbula, el perfil de la oreja. ¿Cuántas veces la había observado mientras dormía, asombrado de que hubiese renunciado a todo por él?

Le sacudió un hombro para despertarla al tiempo que se sacudía los recuerdos, pretendía averiguar lo que había ocurrido con su ropa.

—Lilianne...

Volvió a sacudirle el hombro. Esa vez ella le echó una mirada velada por el sueño. Cooper registró enseguida los párpados hinchados y enrojecidos. Le puso bajo la nariz lo que quedaba de una blusa.

—¿Qué ha ocurrido?

Lilianne cerró los ojos sin contestar.

—Dime qué ha ocurrido con tu ropa —insistió—. No te dejaré dormir hasta que sepa la verdad. Si pretendes que me sienta mal por exigir un mes de tu vida a cambio de ese documento firmado, no lo conseguirás.

Su voz sonó más áspera de lo que se había propuesto. No era por ningún enfado reprimido sino por una ternura que le asustaba.

—No lo sé —musitó ella y se sentó llevándose la manta hasta la barbilla—. Cuando volvimos de la cabaña de los Vitale, me encontré toda mi ropa como la ves ahora, al menos la que queda, porque quien lo ha hecho se ha llevado cosas...

Su voz se apagó y respiró hondo; solo entonces lo miró. La vela arrojaba una tenue luz amarillenta, pero suficiente para que se viera de nuevo atrapada por esos ojos que tanto la habían atormentado durante años.

—No tiene sentido —le señaló él.

—Quizá debas preguntar a tu amiga Lashka, esa joven parece tener una gran habilidad con su navaja. O a la señorita Cora March... o a cualquier otra mujer con quien te hayas acostado. No he destrozado mi ropa, tenlo por seguro.

La ternura que le había inspirado Lilianne un instante antes se estaba convirtiendo en ira hacia quien hubiese entrado en su cabaña.

—¿Y por qué no me has dicho nada?

—¿Cuándo? Pensé que vendrías a comer, pero... —Su voz fue debilitándose hasta convertirse en un susurro—. No ha sido nada —aseguró con más firmeza—, cuando vayamos a Dawson me compraré ropa y todo se habrá arreglado.

Cooper apretó los labios; de repente, el asunto de la ropa era insignificante. El recuerdo de Lilianne sosteniendo el bebé de los Vitale regresó con nitidez. Le había atormentado todo el día al tiempo que se había recreado en ella.

—¿Cómo es que sabes lo que hay que hacer en un parto?

Lilianne parpadeó, sorprendida por el giro que estaba tomando la conversación. Se acomodó sobre las pieles, tapada hasta la barbilla, y habló con voz comedida:

—Desde hace años ayudo en la consulta de un amigo de mi tía, el doctor Donner. A su lado he aprendido cuanto sé, y aunque no soy médico, tengo conocimientos suficientes para atender determinadas emergencias.

Cooper dejó la vela en el suelo y se sentó, asombrado por la revelación de Lilianne. La estudió como si la viera por primera vez: sus mejillas ya no lucían la dulce redondez de antaño; su mirada era más serena, aunque con un trasfondo de tristeza que jamás le había visto, incluso en los momentos más difíciles; y sus labios, otrora siempre sonrientes, se crispaban en una mueca apretada, como si reprimiera las palabras. Solo su pelo no había cambiado, seguía siendo vibrante.

—¿Tu familia lo consiente?

Ella se encogió de hombros y se puso a quitar pelusas de la manta sin mirarlo.

—Ya no vivo con mis padres. Hace años me fui a casa de mi tía Violette; desde que perdió a su marido no lleva bien vivir sola.

Las preguntas se alinearon en su mente: ¿qué había ocurrido para que Lilianne no viviera con sus padres? No se tragaba la historia de la tía; recordaba a Violette Larke, no era una mujer a la que le asustara vivir sola. Lo que le llevó a preguntarse qué había sido de ella después de que él desapareciera. Una duda empezaba a formarse como un nubarrón sobre su cabeza. La alejó sin profundizar, sin preguntar.

—Es una pena que no aprendieras a cocinar.

Lilianne le lanzó una mirada irritada; la tristeza y la soledad que Cooper había vislumbrado segundos antes habían desaparecido. Prefería esa mujer, que se revolvía como una gata, a la que ocultaba su mirada por temor a desvelar algún secreto.

—Creí que no tenías ninguna queja.

Él se rio muy a pesar suyo. Se echó atrás el pelo que se le pegaba a las mejillas y se lo recogió aún mojado en una coleta. Se tomó su tiempo, sin dejar de estudiarla. Ella seguía tapada con la manta hasta la barbilla, no parecía fiarse de él.

—¿Qué nos ha ocurrido, Lily? —dijo sin venir a cuento, incapaz de sofocar la nostalgia que le sacudía—. Eres tú, y a la vez eres una extraña. Nueve años no son mucho y, sin embargo, parece que hayan pasado cien...

—Me siento como si hubiese pasado un siglo —reconoció ella con un deje de amargura—. Te lo ruego, devuélveme el documento del abogado. Yo seguiré con mi vida y tú con la tuya. Ya no somos los que fuimos, apenas nos reconocemos. Si seguimos con esta farsa, acabaremos haciéndonos daño, mucho más del que ya nos hicimos en el pasado.

En cuanto dijo las últimas palabras, el silencio se hizo presente como un tercero en la discordia. Cada uno centraba su atención en un punto, incapaz de mirarse. Cooper fue el primero en reaccionar, se puso en pie llevándose la vela con él.

—Estás equivocada, nada de lo que hagas ahora puede superar lo que ocurrió en el pasado. Hay heridas que nunca se cierran, solo aprendes a vivir con ellas. Te hacen más fuerte, más consciente de lo que quieres. Y yo quiero este mes.

Lilianne se puso en pie de un salto dejando caer la manta; llevaba puesta la túnica de gamuza de Cooper, que apenas le cubría los muslos. Él parpadeó por la sorpresa.

—¿Qué haces con eso puesto?

—¡Quien hizo eso se encargó de dejarme sin ropa! ¿Qué te

ocurrió que sea tan grave como para que me castigues de esta manera? Al fin y al cabo yo fui la que se quedó, la que tuvo que dar la cara, la que... la que... —Se le atascaron las palabras en la garganta por el nudo que se le había formado. Jamás había hablado de ello y no lo haría con él, sobre todo cuando ni siquiera se había molestado en preguntar—. La que fue señalada con el dedo porque un cobarde sin escrúpulos desapareció.

Mientras Lilianne gritaba sus acusaciones, Cooper se había quitado la camisa, pero al oír las últimas acusaciones, la tiró al suelo y regresó junto a ella. La estaba acorralando entre la pared y su cuerpo, tentado de vencer la distancia que los separaba y a la vez temiendo acercarse demasiado, aunque fueran unos pocos centímetros. La deseaba como estaba, vestida con su túnica, y a la vez quería zarandearla para que se callara. La ofuscación fue tal que emitió un gruñido, apretó los puños.

—Pobre niña, que tuvo que aguantar las murmuraciones. Tuviste que sufrir mucho. Pero dime si esto no te parece algo más doloroso que un orgullo herido.

Se giró y le enseñó la espalda, donde una cicatriz bajaba del costado derecho en diagonal y se perdía más allá de la cinturilla de los pantalones. La piel morena contrastaba con la línea irregular que se arrugaba en algunas zonas. Lilianne siguió el trazado accidentado hasta la cintura con una mano temblorosa. Cooper exhaló una bocanada de aire al sentir su tacto, tan superficial y, aun así, tan íntimo. Su mente la rechazaba, pero su cuerpo la recordaba y quería más. Se apartó, negándose a dejarse llevar por la familiaridad de su tacto.

—Yo no fui responsable de lo que te ocurrió —susurró ella.

La miró por encima del hombro, sus ojos eran fríos, cargados de resentimiento.

—¿De verdad lo crees? Todo fue culpa tuya, todo, desde el día en que te conocí... —Cogió la camisa del suelo y se la tiró—. Ponte esto, no quiero que lleves esa túnica.

Ella dejó que la camisa cayera al suelo, herida por la reacción de Cooper y por sus acusaciones. Le palpitaban las sienes y le escocían los ojos, pero no se vendría abajo; no, delante de él. Lo miró desafiante.

—Ya lo entiendo, seguramente te la hizo tu amante india. Yo tampoco quiero llevar puesto algo que ella ha tocado.

Se quitó la túnica y se la lanzó a la cara. Estaba desnuda, bañada por la escasa luz de la vela, que dibujaba el contorno de sus pechos, la curva de las nalgas y el perfil de sus largas piernas. Cooper recordaba a la perfección el aspecto de los detalles que no podía ver. El deseo se le coló como veneno bajo la piel y todo su cuerpo se crispó.

Con una dignidad que no sentía, Lilianne se puso la vieja camisa, se acostó y se tapó con la manta hasta la cabeza. Cooper se quedó petrificado, la sangre le latía demasiado deprisa, el corazón parecía a punto de salírsele del pecho y su mente se había quedado embotada. Se puso la túnica, que olía a ella, y se calzó las botas haciendo más ruido del necesario. En unas pocas zancadas fue hasta la puerta y la abrió.

—¿A dónde vas? —preguntó ella, asomando solo la cabeza.

—¡A ti no te importa! Pero como soy una persona educada, te diré que pienso emborracharme. ¿Satisfecha?

—Cuidado, podrías acabar como tu padre. Por favor, cierra la puerta sin hacer ruido.

Cooper dio tal portazo que toda la cabaña tembló. Los dos perros, que se habían mantenido en un rincón sin emitir gemido alguno, se acercaron a Lilianne. Husmearon bajo la manta y se tumbaron pegados a ella. Lilianne rompió a llorar, cansada de esa batalla estéril cuyo final incierto la asustaba. *Linux* acercó el hocico hasta el rostro de Lilianne y le propinó unos lametones. Ella se puso rígida, esos perros la intimidaban, pero al cabo de unos segundos se abrazó al cuerpo de *Linux* y le acarició el grueso pelaje buscando consuelo. Su último pensamiento antes de dormirse fue la imagen de la cicatriz de Cooper.

25

Esa mañana Lilianne se levantó pensando que sería un día más, como todos los que había vivido en Mackenna Creek. La noche anterior Cooper no había regresado, seguramente había estado con Lashka. Su sueño había sido inquieto, plagado de imágenes que la habían inquietado; la más recurrente había sido verse sola en un bosque en penumbra rodeada de ruidos amenazantes y fuegos fatuos. Todo su afán había sido perseguir una difusa y lejana silueta que se alejaba por más que la llamara. La pesadilla le había dejado una sofocante sensación de soledad y vulnerabilidad. Al despertarse sola en la cabaña, se había apresurado a ponerse en movimiento, deseosa de alejar los recuerdos de la noche, sin conseguirlo.

La sensación de irrealidad le parecía más acuciante esa mañana, tal vez por el recuerdo de lo ocurrido con Cooper en la cabaña, por una intimidad que no había sido más que un engaño. Ignoraba el motivo que la había impulsado a desnudarse. Había recurrido a la provocación, aun así Cooper había tenido la última palabra, como casi siempre desde que había puesto un pie en aquella tierra maldita. Llevaba una semana en la cabaña y no sabía más de la vida de Cooper que el primer día.

Salió con una taza de café en una mano, ataviada únicamente con los calzones, la camisola y el corsé que le quedaban. El aire era fresco y el paisaje circundante a la cabaña se había teñido de un blanco opaco; en breve la temperatura subiría hasta resultar sofocante y la niebla desaparecería en jirones caprichosos. Se sentó gozando del susurro de las hojas de los árboles y el canto irregular de un zorzal en lo alto de una rama. El arroyo, apenas visible bajo la calina, se deslizaba perezoso con un borboteo apaciguador. Agradecía ese momento de calma para enfrentarse a la cruda realidad; no entendía esa tierra extrema cuyos peligros solo había intuido. Tampoco entendía a sus habitantes, Cooper y Paddy se comunicaban algunas veces con gruñidos incomprensibles y, de manera sorprendente, efectivos. Otras veces, una sola mirada entre ellos decía más que un discurso, y ella siempre se sentía fuera de lugar.

Dio unos cuantos tragos a su café preguntándose dónde estarían Cooper y Paddy. *Linux* y *Brutus*, que la habían seguido hasta el porche, se estaban convirtiendo en su mejor compañía. Al menos ellos no la miraban con desconfianza o rencor. Sin pensarlo echó un brazo por encima del robusto cuello de *Linux* y se lo acarició enredando los dedos en el abundante pelaje del animal. Para su sorpresa, el perro le dio unos cuantos lametones en la mejilla que le arrancaron una sonrisa.

Divisó junto a la orilla un montoncito de ropa de hombre. La calma se esfumó de repente. Se acercó con cuidado de no hacer ruido; junto a la ropa había un cuchillo de caza de aspecto amenazante. Buscó a su alrededor, su mayor temor era encontrarse con desconocidos.

Tras un chapoteo en el agua, la cabeza de Cooper apareció de repente, después sus hombros, su ancho pecho, la estrecha cintura y, al cabo de unos segundos, estaba de pie sobre una roca, desnudo y rodeado de lenguas de niebla. Era la viva imagen de un dios pagano: bello, inalcanzable, iracundo y vengativo. Se quedó plantada, hipnotizada por la estampa. Se le fue formando un nudo en el pecho cuando un recuerdo emergió de algún lugar profundo de su memoria.

—*Adoro tus pecas...* —*le susurró Cooper al oído.*
Ambos estaban tumbados, desnudos, felices y saciados después de haber hecho el amor.

—*Son horribles. Madre dice que serán mi perdición, que ningún hombre querrá casarse conmigo* —respondió ella compungida.

—*Yo seré tu perdición y amaré cada peca de tu cuerpo* —le prometió entre beso y beso.

—*¿Me lo prometes?*

—*Que me parta un rayo si estoy mintiendo.*

Aquel recuerdo le aceleró el pulso. Ya no eran aquellos jóvenes enamorados, cegados por el descubrimiento de sus cuerpos, por la fuerza de una caricia. Habían sido unos ignorantes ingenuos; el destino les había arrancado de cuajo sus sueños, todas sus ilusiones. El tiempo y los desengaños los había convertido en personas precavidas, escépticas y solitarias.

Lilianne parpadeó para alejar las lágrimas que se le habían escapado. Se concentró en estudiar a Cooper. No lo recordaba tan fornido, el hombre que se exhibía ante ella inspiraba admiración y respeto. Sus extremidades eran recias, sus hombros anchos, así como su torso salpicado de vello, que se estrechaba en la cintura y las caderas. Una curiosidad morbosa la llevó a escudriñar el pene flácido anidado entre rizos de un tono más oscuro que el cabello. Recordaba su tacto, como ella había conseguido que cobrara vida hasta convertirlo en deseo y pasión. Lo había acariciado, besado, había suspirado y gemido al sentirlo en su interior. Un estremecimiento tan traicionero como vergonzoso la recorrió. A pesar de los años, todo parecía muy familiar: las emociones, los sentimientos, la respuesta de su cuerpo. No debía olvidar que tanta felicidad había acabado en un mar de lágrimas cuando él la abandonó.

—¿Debo pensar que lo que ves te agrada? —dijo Cooper desde la roca—. Llevas un buen rato repasándome como si fuera una mercancía valiosa.

Lilianne se tomó unos segundos para recobrar la compostura. Cogió unas piedrecitas y las tiró al agua, una a una.

—¿No te has subido a esa roca para que te mire? Te estás pavoneando, estirándote como un gato. Ya he saciado mi curiosidad, quería comparar el joven que conocí con el hombre que tengo delante, y debo decirte que estoy decepcionada.

Cooper se echó una mirada; acto seguido le dedicó una sonrisa burlona.

—Yo diría que he mejorado. Era un alambre sin fuerzas. Una vida dando tumbos me ha fortalecido. En tu caso debo confesar que te había imaginado algo más rellenita. Ya sabes, las mujeres suelen coger peso con el paso de los años, pero estás seca como una rama.

Lilianne se irguió sacando pecho.

—¿Pretendes ridiculizarme? Pobre de ti, soy inmune a tus palabras. No eres más que un necio arrogante que se cree irresistible. Lamento decirte que un gallo desplumado me parece más interesante que tú.

La risa de Cooper inundó el claro, provocando que algunas aves alzaran el vuelo.

—Creo que no te sienta bien dormir en el suelo.

—¿Y puedo saber en qué cama has pasado la noche? Me dejas sola casi todo el día y ahora desapareces de noche.

Cooper se metió en el agua, en unas pocas brazadas alcanzó la orilla donde Lily le esperaba con los brazos en jarra. Salió chorreando, se sacudió como un perro mojando el fino lino de la camisola, que se pegó al cuerpo de Lilianne dejando a la vista unos pechos pequeños y los pezones que apuntaban hacia él. Cooper sofocó el inicio de una ola de deseo.

—No es asunto tuyo.

Lilianne alzó la barbilla. Sin inmutarse por su aspecto poco favorecedor, dio un paso adelante.

—Has estado con esa india... —siseó entre dientes; un momento después se arrepintió de su falta de control.

—¿Te molesta? Si no quieres que busque consuelo en brazos de otra mujer, ya sabes lo que tienes que hacer.

La mano de Lilianne se alzó con la intención de abofetearlo, pero no llegó a su destino. Cooper se la cogió y tiró de ella hasta que estuvo pegada a él. El calor se propagó por todo el cuerpo de ella y pudo sentir como el de Cooper se espabilaba con la misma rapidez. Siempre habían sido muy sensibles a la cercanía del otro, un simple roce de las manos había despertado un deseo sofocante, y eso no parecía haber cambiado entre ellos. Pero mientras que sus cuerpos se reconocían, sus mentes se rebelaban con recuerdos aciagos, cada uno en su soledad.

—Eres un vulgar minero —dijo ella, imprimiendo todo su odio en esas palabras—, y jamás, ¿me oyes?, jamás consentiré que me pongas una mano encima. Me repugnas.

Cooper agachó la cabeza unos centímetros, solo los suficientes para que ella sintiera su aliento en el rostro.

—No siempre fue así, recuerdo perfectamente cómo te desnudabas en cuanto te tocaba.

Las palabras de Cooper fueron tan efectivas como una bofetada. Boqueó varias veces, buscó una réplica que le cerrara la boca de una vez por todas, pero la respuesta de Cooper la dejó indefensa. Quería atisbar en algún lugar al joven que había amado; Cooper la asustaba, no era por su aspecto amenazante ni por la fuerza de la que hacía gala en cuanto se le presentaba una oportunidad, sino porque despertaba en ella sentimientos mucho más turbadores que el anhelo y el amor inocente que había sentido por él en el pasado.

—¡Suéltame!

—Todavía soy tu marido. Todavía tengo derechos sobre tu persona. Ningún juez me condenaría por exigir lo que es mío.

¿Por qué la estaba provocando de esa manera? Cooper no deseaba tocarla, aunque su cuerpo no compartiera el rechazo que le inspiraba esa mujer estirada y remilgada. La miró a los ojos y de repente vio a la joven Lily, la que le había mirado como si fuera el rey del mundo. Había sido una estupidez exigirle que se quedara un mes con él. Su intención había sido castigarla, pero desde que ella vivía en su cabaña, él huía de ella, hacía lo imposible por mantenerse lejos de la cabaña. Y, sin embargo, la espiaba oculto entre los abedules. La protegía por si se presentaba algún peligro. Se mentía a sí mismo y se sentía como un idiota, sabedor de que en realidad solo mendigaba estar a su lado. De noche la estudiaba a la luz de ese maldito sol de medianoche, buscaba en sus rasgos el mapa que habían trazado sus besos en el pasado, recordaba su aroma tan femenino, tan dulce, anhelaba abrazar a la joven que había amado.

—No te atreverás... —le amenazó ella a media voz.

Cooper se sacudió la nostalgia y se la echó al hombro.

—¡Suéltame! —gritó ella—. ¡Suéltame ahora mismo!

Los perros, atraídos por el alboroto repentino, se acercaron ladrando. Daban saltos alrededor de la pareja como si aquello fuera un juego. Ella seguía gritando y soltaba amenazas que Cooper ignoraba.

—Te mataré, te haré trocitos y los tiraré a los perros. Voy a convertir tu vida en un infierno, ¡rufián!

La respuesta fue una palmada en el trasero de Lilianne, que soltó un grito de indignación más que de dolor. La mano siguió sobre las nalgas y la tensión fue en aumento en Lilianne. Ya no era un roce casual, sino una caricia en toda regla, que resucitó un resquicio de deseo que la enfureció todavía más.

—¡Suéltame, bastardo!

—Vaya lengua tiene la dama —musitó él—. Creo que alguien debe enseñarte buenos modales, señora Mackenna.

—¡No soy la señora Mackenna! Entérate de una vez por todas, prefiero estar muerta.

Le golpeó la espalda con los puños apretados, pero Cooper parecía inmune a cuanto ella decía o hacía. Llevada por la frustración, soltó un grito que espantó todas las aves del claro.

Cooper rompió a reír y los dos se zambulleron en el agua. El frío arrancó un grito a Lilianne en cuanto pudo sacar la cabeza del agua. Dio manotazos para deshacerse de las manos de Cooper que seguían sujetándola. Una vez libre, se despejó el rostro del pelo que se le había pegado a las mejillas.

—¡Eres un salvaje! ¡Una bestia! —Sus dientes castañeaban de indignación y por la baja temperatura del agua—. ¡Un asesino! Has estado a punto de matarme de un susto. Dios mío, no pensé que el agua fuera tan profunda en este arroyo.

—Es una poza de unos cinco metros por seis de ancho y llega a los dos metros de profundidad en el centro. No intentes tirarte de cabeza más allá porque te romperías el cuello.

—Gracias por informarme —replicó Lilianne, incómoda por el escrutinio de Cooper.

Este se había alejado un metro. Su cabello flotaba en torno a la cabeza y su mirada, tan gris como el acero, la estudiaba sin pestañear.

—¿Cooper? ¿Por qué no dices nada? ¿Te ocurre algo?

Le miró mientras sus pies buscaban en el lecho del río un punto de apoyo seguro. Trastabilló y a duras penas consiguió mantenerse en pie. Dio otro paso inestable, y otro sin dejar de vigilarlo, hasta que se metió bajo los hilillos de agua, que caían de una pobre y triste cascada. Él permanecía en silencio, no hablaba ni pestañeaba. Le recordó un depredador, sospechaba que debían vigilar a su presa con igual intensidad. Esa mirada fija la inquietó aún más.

—¡Cooper, di algo! —exigió, cada vez más alterada al tiempo que se apartaba el cabello que se empeñaba en pegársele a las mejillas.

Cuando Cooper no abría la boca, le parecía más accesible y ella se negaba a dejarse engañar. Quiso alejarse de él, poner distancia. Cuanto más lejos, menos sensible sería a su persona.

Él se deslizó hacia donde Lilianne tropezaba una y otra vez. Aunque el agua le llegaba a los hombros en ese lugar, se estaba poniendo tan nerviosa que era capaz de ahogarse.

—Tranquila...

La sujetó por la cintura y, llevado por una vena traviesa, la sumergió. Lilianne se encontró con el rostro sonriente de Cooper bajo el agua, su pelo flotaba como algas doradas a su alrededor. La rabia de Lilianne regresó por haberla manipulado; le asestó una patada, que no surtió ningún efecto, Cooper era esquivo y rápido incluso bajo el agua. Ella salió a la superficie. Su intención era alcanzar la orilla antes de que se congelara o que Cooper la ahogara con sus juegos, pero él la detuvo sujetándole un tobillo. Presa de la indignación, se encaró con él.

—¿Te has propuesto matarme? —farfulló escupiendo agua.

—No, quiero que disfrutes como antes, has olvidado lo que es divertirte. Venga, pequeña Lily, aquí no tienes que ser una dama perfecta, puedes ser tú misma. En algún lugar tiene que quedar algo de aquella joven que sabía disfrutar de la vida.

Pequeña Lily, pequeña Lily... Nadie la había llamado Lily excepto Cooper. Su voz no delataba burla ni acusación, solo le pedía algo que no era tan descabellado. ¿Quién iba a averiguar en San Francisco que la prometida del muy respetado Aidan Farlan se estaba bañando casi desnuda en un río en medio de la nada? Una vena rebelde se reavivó en su interior y quiso hacer las cosas hasta las últimas consecuencias. Durante un instante dejaría de ser la mujer que se había aferrado a una actitud intachable, temerosa de despertar la suspicacia de los demás, de avivar los rumores insidiosos.

Sin apartar la mirada, se deshizo del corsé, de los calzones y de la camisola, uno a uno se los tiró a la cara. No pretendía provocarle. Lo hacía porque anhelaba ese arrebato de locura y rebeldía. Durante años había dominado cualquier deseo de volver a ser la mujer que un día había sido junto a Cooper. Dicha decisión había sido su castigo por haberse comportado de manera tan ingenua. Pero frente a Cooper aspiraba a sentirse tan libre como había creído que lo sería a su lado. También pretendía que él entendiera que seguía siendo tan atrevida como en el pasado. Aun así, para evitar cualquier malentendido, prefirió alejarse. Nadó con torpeza, disfrutando de cada brazada, del deslizar del agua sobre su cuerpo desnudo y soltó una risita comedida que acabó en una tos ahogada por el agua que le había entrado en la boca. A sus espaldas oyó un grito; en otro momento le habría arrancado un escalofrío de pánico, sin embargo, el alarido de Cooper era de regocijo, de victoria.

¿Qué había conseguido Cooper? Echó una mirada atrás justo a tiempo para ver como él estaba a punto de alcanzarla. Para esquivarlo, Lilianne se zambulló cambiando de rumbo; cuando le faltó el aire, salió a la superficie. Y le ocurrió algo extraño en cuanto sacó la cabeza del agua: rompió a reír. Dejó que las carcajadas fluyeran libremente en la quietud del arroyo. Por primera vez en muchos años se sentía libre.

Cooper la observaba embelesado. Durante unos segundos, Lilianne se había convertido en Lily. Soltó un suspiro trémulo, sacudido por el recuerdo, por todo lo que significaba tenerla de nuevo cerca, aunque fuera por un mes. Desde la orilla los perros ladraban y gimoteaban husmeando el lodo. Cooper emitió un silbido. Fue el pistoletazo de salida, *Brutus* y *Linux* se echaron al agua. Una nueva carcajada de Lilianne estalló en el aire.

—Perritos, venid a mí —gritaba ella, alentándolos entre risas y brazadas torpes en el agua, olvidando que esos mismos perros la habían aterrorizado la primera vez que los había visto.

—Te recuerdo que esos perritos pueden matar a un oso.

—Pero yo no soy un oso —rebatió ella al tiempo que daba torpes palmaditas en el agua para que los perros la alcanzaran.

No, no era un oso, Lilianne era como una ingenua hada en un bosque encantado. No quería renunciar a ese mes con ella. Prefería engañarse, aunque ella volviera a romperle el alma en mil pedazos cuando se marchara.

La contempló mientras ella jugaba con los perros metida en el agua hasta la barbilla. El sol le daba de lleno en el cabello y le arrancaba destellos cobrizos. Cada vez que se zambullía, Cooper atisbaba fugazmente su pequeño trasero, dejándole con un extraño sabor agridulce en la boca del estómago. Lilianne era la Lily de su pasado, pero también un enigma. Se moría por saber más de ella, de lo que había ocurrido, de si le había echado de menos, de si se había arrepentido. El rencor le impedía dar ese paso, ella había decidido seguir sin él y sin el hijo que tanto habían deseado en los primeros días de su matrimonio. Eso le produjo un hondo pesar. Su hijo. Lilianne no lo nombraba, nunca hablaba de esa criatura que se había desvanecido sin que él hubiese podido salvarla.

De repente perdió interés por el baño. Fue hasta la cabaña de donde salió envuelto en una manta mientras le colgaba otra de un brazo. Se secó, sentado sobre la roca donde había dejado el montón de ropa antes de meterse en el agua y se centró en los perros. No quería mirarla, no quería caer bajo su embrujo.

Pasados unos minutos, ella salió del agua temblando de frío. Apenas sentía las extremidades. Buscó su ropa en la orilla.

—¿Dónde están mis calzones y mi camisola? —balbuceó.

—Me imagino que río abajo.

Señaló con la barbilla una prenda de color blanco que se había quedado atrapada entre las ramas. Era cuanto quedaba de la ropa interior de Lilianne. Un animal muy parecido a un castor empezó a tironear hasta que se la llevó arroyo abajo.

—¡Cooper! Me he quedado sin ropa...

Por fin él se decidió a mirarla; sus ojos se detuvieron en los pechos que asomaban entre los brazos cruzados.

—Podrías ir desnuda, aquí nadie te vería —le propuso y su sonrisa se hizo más amplia.

La estaba provocando, pretendía humillarla un poco más. Reunió todo su valor y dejó caer los brazos. Se irguió desafiante.

—¿Quieres jugar a ese juego? Bien, pero, ¿no crees que Paddy se sentirá un poco molesto?

Una manta que olía a humedad y a chuchos le dio en la cara. En cuanto logró abrigarse, Cooper ya había desaparecido junto con su ropa y los perros. Una vez más la dejaba sola.

Regresó a la cabaña, donde buscó algo que ponerse en el baúl de Cooper. Dio con unos pantalones y una camisa. Fue toda una hazaña encontrar un trozo de cuerda que le sirviera de cinturón. Al final se peinó con los dedos, no fue una tarea sencilla.

Una vez lista, se echó una mirada crítica y sin saber por qué rompió a reír. Su aspecto era ridículo, ataviada con la ropa de Cooper que le estaba enorme. ¿Y quién iba a verla? Entendió cuan liberador sería vivir sin pensar en las normas, en los prejuicios y en las ataduras impuestas por uno mismo y por los demás. En Mackenna Creek no se sentía presionada, juzgada, ni siquiera por Cooper. Era ella misma y si bien era cierto que su estancia le había sido impuesta, se quedaba porque quería. La revelación la sorprendió.

Ni siquiera se había molestado en buscar la confesión firmada por Cooper entre sus cosas.

Limpió la cuadra ensimismada en esos nuevos pensamientos. Cuando volvió a la cabaña se encontró cinco truchas sobre la mesa. Volvían al juego del escondite. Arrugó la nariz al contemplar el pescado; odiaba limpiarlo, arrancarle las tripas y raspar hasta dejarlo sin escamas. Y Cooper lo sabía, por eso mismo todos los días le llevaba el dichoso pescado. Cogió uno con cara de asco y lo contempló un instante. De cerca, y bajo la luz de un rayo de sol, el pez desprendía colores iridiscentes que por primera vez le parecieron bonitos.

Con más entusiasmo del esperado, dado la tarea que la aguardaba, empezó a limpiar el pescado. Ignoraba si había sido por el baño, pero una insólita nostalgia la invadió. Qué felices habían sido y qué poco había durado. La dicha apenas había durado una semana. Se habían negado a pensar que jamás saldrían victoriosos. Lo extraño era que Lilianne nunca se había parado a pensar en cómo habría sido su vida en común si no los hubiesen encontrado.

Unos golpes en el marco de la puerta abierta la distrajeron justo cuando estaba metiendo el pescado limpio en la alacena. Un hombre la contemplaba desde el umbral, apenas se le veía el rostro entre tanto pelo. Una espesa barba que le llegaba hasta medio pecho le cubría medio semblante, mientras que unas greñas entrecanas le ocultaban parcialmente los ojos. Era imposible determinar una edad, podía tener treinta años o cincuenta. La poca piel a la vista le recordó el cuero viejo sin curtir, del color de una castaña, y los ojillos casi ocultos eran pequeños y flanqueaban una nariz grande y ancha. Su envergadura era tal que ocupaba casi todo el hueco de la puerta. Lilianne empezó a sentir el primer aguijonazo de miedo.

—¿Qué desea?

—¿Es usted la sanadora?

Lilianne dio un paso atrás aferrándose al cuchillo con el que había limpiado el pescado.

—No soy médico, solo tengo conocimientos médicos.

—¿Usted ha atendido a Sofia Vitale? —insistió el hombre con su vozarrón.

Ella asintió despacio mientras medía sus posibilidades de huir. No tenía ni una. Un escalofrío la sacudió, ni siquiera el cuchillo la tranquilizaba.

—Mi hermano Tadeo está ahí fuera, la necesita.

El desconocido se dio la vuelta dando por hecho que ella le seguiría. Lilianne barajó la posibilidad de cerrar la puerta. Ese gigante era seguramente capaz de echarla abajo de un solo empujón. Se asomó con cuidado; sentado sobre un escalón del porche esperaba el gigante y otro hombre mucho más pequeño y enjuto como una rama seca. Salió sin soltar el cuchillo, consciente de la mirada de los dos hombres.

—Este es Tadeo Jenkins —dijo el gigante—, y yo soy su hermano Samuel.

—Lilianne Parker —contestó ella con cautela—. ¿En qué puedo ayudarles?

Tadeo alzó una mano vendada con un trapo tan sucio como la ropa que llevaba puesta. Lilianne percibió un olor acre que le recordó el anciano que había atendido en el *St Paul*. Se acercó dando pasos cortos, pendiente de la mano vendada.

—Me clavé una astilla hace días —empezó Tadeo—. Samuel intentó sacármela, pero no ha podido. Se me ha hinchado la palma de la mano y me duele a rabiar.

—¡Hey! Pero si son los hermanos Jenkins... —Paddy caminaba hacia ellos con buen ánimo y esbozaba una sonrisa que Lilianne jamás le había visto. Con ella se solía comportar como si no la viera. Una vez más se las arregló para ignorarla—. ¿Qué os trae por aquí?

Samuel le puso al tanto del motivo de la visita y el rostro de Paddy se demudó por la sorpresa.

—¿Y confías en ella?

Lilianne entornó los ojos y puso los brazos en jarra.

—Soy mejor enfermera que cocinera —espetó y se metió dentro de la cabaña para salir a los pocos segundos con los dos maletines. Los dejó en el suelo—. Necesito agua limpia y una silla —ordenó al irlandés.

Paddy se irguió como un resorte y se apresuró a obedecer preguntándose por qué lo hacía, ya que esa mujer no le inspiraba confianza. Seguía convencido de que un día los envenenaría con sus comidas.

Samuel fue a por agua al arroyo mientras Paddy sacaba una silla para Tadeo. Lilianne tomó asiento sobre un escalón y estudió la palma de la mano áspera como la corteza de un árbol. Apenas rozó la zona enrojecida, una sustancia amarillenta y nauseabunda salió por donde se había clavado la astilla. Trabajó en silencio consciente de la presencia de los dos observadores y del olor viciado que desprendían los hermanos Jenkins.

Para su sorpresa, Tadeo no se quejó ni una sola vez, ni siquiera cuando no le quedó más remedio que abrir la palma de la mano para extraer la astilla que medía al menos tres centímetros de longitud. Limpió a conciencia y cosió cuidadosamente el corte, después le embadurnó la herida con nitrato de plata y le vendó la mano. En cuanto acabó, los tres hombres siguieron mirándola fijamente y en silencio.

Lilianne les devolvió la mirada con las cejas arqueadas. Le resultaba cómico verlos como tres pasmarotes plantados delante de ella, incapaces de abrir la boca.

—¿Y bien?

—Yo tengo una herida que no cicatriza —informó Samuel de repente.

Lilianne sospechó que acababa de ganarse la confianza del gigante. Le dedicó una sonrisa conciliadora y asintió para que prosiguiera.

—La tengo en la pantorrilla. Mi caballo me tiró y me di con una roca justo ahí —añadió señalando el lugar—. Se me hizo una brecha que no se cierra.

Tadeo cedió el asiento a su hermano y este le enseñó otro vendaje igual de mugriento que el que había llevado la mano de Tadeo. Lilianne soltó un suspiro.

—Las heridas deben permanecer limpias. El vendaje que lleva puesto ya es suficiente para que una herida le dé problemas.

El rostro de Samuel se sonrojó como una amapola, lo que arrancó una carcajada a Paddy. Lilianne le dedicó una mirada gélida.

—¿No tiene nada que hacer, señor O'Neil?

—Siempre hay algo que hacer, pero prefiero ver esto —le aseguró el irlandés; aun así, dio un paso atrás.

Una vez más Lilianne se concentró en la herida de Samuel. No era una tarea agradable, no obstante estaba disfrutando de lo que hacía. Se dio cuenta de que había echado de menos cuidar de los demás, como había hecho en la consulta del doctor Donner o en el *St Paul*. Los tres hombres se pusieron a hablar de caza, de vecinos que Lilianne ni siquiera había sospechado que vivían por aquella zona, y del último cargamento de oro que había sido embarcado en un vapor de la Compañía Comercial de Alaska. Lilianne se enteró de que Tadeo y Samuel eran tramperos, que llevaban tres años viviendo en el Yukón y que nunca ponían un pie en Dawson. Cooper era quien se encargaba de llevarles las provisiones que precisaban. ¿Qué era Cooper? ¿Un cazador, un minero, un recadero?

Un parloteo se hizo presente en el claro, tan fuera de lugar que los cuatro interrumpieron lo que estaban haciendo. Lilianne dio un brinco en cuanto reconoció a Edith y Mary, cada una subida a lomos de un burro. Un hombre pequeño y de aspecto jovial las acompañaba. Lilianne se apresuró a fijar la venda en la pantorrilla de Samuel.

—No se quiten las vendas ni hagan esfuerzos. —Los Jenkins asintieron y le entregaron un saquito de tela que la sorprendió por su peso, pero su atención estaba puesta en las dos mujeres que alzaban una mano a modo de saludo y emitían risas más propias de dos jovencitas—. Y si me permiten un consejo —siguió Lilianne reuniendo su instrumental para meterlo en una pequeña jofaina—, un baño es beneficioso para la salud. Al menos tres veces a la semana. Es una prescripción médica, señores Jenkins.

Corrió hacia sus amigas, que la recibieron con miradas de incredulidad en cuanto la tuvieron lo suficientemente cerca para estudiar su atuendo.

—¡Por todos los santos! —exclamó Edith después de bajarse del burro.

—¿De qué va disfrazada, Lilianne? —inquirió Mary.

Lilianne se echó a reír, se sentía tan feliz que se había olvidado de su atuendo, no obstante sus miradas asombradas empañaron la alegría del momento. Se alisó la camisa con una mano mientras que con la otra trataba de peinarse el pelo que se le había soltado de la trenza. De repente se sentía ridícula y avergonzada.

—Mi equipaje sufrió un accidente y me quedé sin apenas nada —mintió—. El señor Mackenna me ha dejado algunas de sus cosas.

Las dos mujeres asintieron sin estar del todo convencidas. Estudiaron a Lilianne con más detenimiento, buscando un detalle que delatara algún agravio. Un discreto codazo de Edith a Mary cambió la actitud de las dos mujeres; su deseo no era mortificar a Lilianne.

—Hemos traído algo que sin duda le encantará, querida —exclamó Mary.

Hizo una señal al hombre que las había llevado hasta Mackenna Creek. En cuanto Billy Tompkin entregó las dos latas planas de dos palmos de ancho y de largo, Mary abrió una al tiempo que Edith hacía lo propio con la otra. Lilianne reconoció en la primera varias latitas de té, las que su tía Violette compraba en San Francisco; en la otra había unas exquisitas delicias turcas protegidas con papel encerrado. Soltó una exclamación de alegría.

—¡No puedo creer lo que ven mis ojos! ¿Cómo habéis conseguido estas exquisiteces?

—Querida, como se ha retirado a este lugar tan aislado —empezó Mary—, no ha gozado de las contradicciones de Dawson: huele fatal, es ruidosa, caótica, resulta casi imposible recibir o mandar una carta y el buen gusto brilla por su ausencia, pero no hay capricho que no se pueda conseguir si uno está dispuesto a pagar por ello.

—Pensamos que echaría de menos algunas cosas —añadió

Edith. Sus ojillos perspicaces se fijaron en los tres hombres que se habían quedado petrificados—. ¿Hemos llegado en mal momento?

Lilianne, aún aturdida por la presencia de sus amigas y por el celestial aroma de las delicias turcas, negó lentamente.

—No, solo estaba atendiendo dos heridas. Por favor, entren. Prepararé té. No veo el momento de probar esas delicias...

Mientras Lilianne se lavaba las manos, las señoras Van Buren y Hitchcock se acomodaron en las dos únicas sillas de la cabaña. Los hombres se habían quedado en el vano de la puerta con sus sombreros entre las manos. A pesar de ser las que más destacaban en aquel entorno, las dos viudas parecían dominar la situación como si fuera su entorno habitual y parloteaban de su tienda, que había llamado la atención de media ciudad por su descomunal tamaño —unos veinte metros de largo por doce de ancho—. Nada parecía desanimarlas a pesar de todos los contratiempos, como quedarse sin los colchones inflables, las goteras en la tienda o haberse separado de sus adorados perros, *Ivan* y *Reina*, por temor a que se convirtieran en el almuerzo de una manada de lobos, de un oso hambriento o de los mismos perros de trineo, cada cual más salvaje y agresivo, según las dos viudas.

—Nos partió el alma mandarlos de nuevo a San Francisco, pero *Ivan* y *Reina* son demasiado mansos a pesar de su aspecto fiero, no sabrían defenderse de las bestias de por aquí... —explicaba Mary.

—Al menos sabemos que estarán a salvo, no podemos decir lo mismo de nosotras. Nos ofrecieron montar nuestra tienda en un prado lleno de flores y nos pareció tan bucólico que pedimos que no desbrozaran el terreno, tampoco pusimos las alfombras que habíamos traído. Se nos ocurrió que sería encantador tener un jardín silvestre en nuestra tienda. —Edith meneó la cabeza en señal de disgusto, pero sus ojillos revelaban diversión. Consultó a su amiga y, cuando esta asintió, prosiguió—: Insectos de todo tipo también pensaron que nuestro nuevo hogar les gustaba y lo invadieron. La primera noche tuvimos que salir despavoridas...

Las dos mujeres se echaron a reír al recordar lo sucedido.

—Querida —barbotó Mary—, para colmo nuestra tienda casi se desplomó durante la primera lluvia. Los hombres que la montaron tensaron tan mal la lona que se hicieron bolsas de agua en el techo y los postes, que estaban medio podridos, cedieron. Se rompió la jaula de las palomas y se escapó nuestro loro. Ahora campan a sus anchas en el interior de la tienda. Dejamos todo abierto para que se marchen y dejen de mancharlo todo, pero creo que se sienten muy cómodas...

Una vez más las dos viudas se echaron a reír, contagiando a los demás.

Los hombres las escuchaban sin perder detalle, ni siquiera prestaban atención a los dulces que ocupaban el centro de la mesa ni al humeante té servido en tazas de hojalata. Lilianne se movía de un lado a otro buscando cubiertos, platos y algo que sirviera de servilletas. Al oír las risas de sus amigas y al constatar que a ellas no parecían importarles esos detalles, se relajó.

En cuanto todos tomaron asiento en cajas de madera, probaron las delicias en un silencio reverencial. La cabaña se llenó de suspiros de satisfacción y murmullos de aprobación. Paddy, con la barba manchada de azúcar, se relamió los dedos.

—Por san Patricio, qué buenas están...

Fue suficiente para que todos rompieran a hablar. La conversación fluyó con soltura gracias a la curiosidad inagotable de Mary y Edith. Preguntaban a los cuatro hombres y ellos contaban sus experiencias en el Gran Norte. El señor Tompkin había dejado atrás un hogar y una familia en busca de fortuna, pero al llegar al Klondike había entendido que no tenía madera de minero. Invirtió su dinero en una tienda de apenas tres metros de ancho en Princess Street, donde vendía de todo: calzones, cigarrillos, palas, barreños incluso unos enormes cráneos con largos colmillos de animales que habían aparecido en un yacimiento. Tadeo y Samuel eran tramperos y vendían las pieles a la Compañía Comercial de Alaska, que las revendían a los talleres de peletería de Seattle y San Francisco. Paddy se acomodó, relajado por el ambiente, y habló de su hogar en Irlanda y de sus siete hermanos.

Lilianne mordisqueaba una delicia turca sin intervenir en la conversación. No podía desvelar el motivo que la había llevado hasta allí. De hecho, empezaba a dudar de sus motivos, su intención había sido arrancar la verdad a Cooper, pero ya no quería averiguar nada ni reabrir viejas heridas. Se conformaba con sobrellevar el día a día tratando de entender a Cooper, o entenderse ella misma. Todo se había vuelto confuso, sus prioridades ya no le parecían tan primordiales. Había querido respuestas, quizás una disculpa, pero ¿qué cambiaría si así sucedía? En cuanto le devolviera la confesión de abandono, volvería a San Francisco. Soltó un suspiro. No entendía que el mero pensamiento de abandonar el Yukón la dejara en un mar de dudas.

Cooper caminaba cabizbajo de regreso a la cabaña; en una mano sostenía el rifle, en la otra una lata llena de frambuesas. En lugar de cazar, se había entretenido cogiendo bayas. Su intención era tender una mano a Lilianne. Verla tan feliz y desinhibida esa misma mañana había despertado en él la nostalgia del pasado. Y estaba ese deseo que afloraba en cuanto bajaba la guardia y que le hacía sentirse como un necio.

Lo primero que vio fueron los burros de Tompkin, después oyó las voces. Las risas en su cabaña le pillaron desprevenido. ¿En qué demonio estaba pensando esa mujer? Si algo valoraba Cooper era su soledad. Tenía más que suficiente con el parloteo de Paddy, quien agasajaba en ese momento a su auditorio con las anécdotas de su familia, las que Cooper había oído mil veces.

—Una fiesta en mi cabaña y nadie se ha molestado en avisarme —soltó a modo de saludo, sobresaltando a todos los presentes.

El silencio se adueñó de la cabaña. Los primeros en reaccionar fueron Tadeo y Samuel, se deshicieron en escusas para marcharse cuanto antes. El señor Tompkin los imitó con la excusa de ir a ver sus animales. Paddy se rascó la nuca.

—Creo que he olvidado... —hizo una mueca—. Creo que tengo algo que hacer.

Mary y Edith fueron las únicas que permanecieron tranquilas

bebiendo su tercera taza de té. Estudiaron a Cooper, que se había apartado de la puerta para dejar pasar a los hombres.

—Señor Mackenna —empezó Edith—. ¿Le apetece una delicia turca?

—¿Una taza de té? —prosiguió Mary.

Lilianne le lanzó una mirada de aviso, no pensaba consentir que se propasara con sus amigas. En respuesta Cooper se sentó sobre una de las cajas de madera y estiró sus largas piernas.

—No me gusta el té, pero tomaré una delicia turca a cambio de unas bayas.

Dejó la lata con suavidad sobre la mesa sin mirar a Lilianne. Cooper se mostraba sorprendentemente amable, como si pretendiera engatusar a las dos viudas. Y lo estaba consiguiendo solo con esbozar una sonrisa canalla y hablar con voz aterciopelada.

Las dos mujeres se apresuraron a atender su petición mientras Lilianne le servía una taza de café. Mary y Edith retomaron el hilo de la conversación y Cooper contestó a sus preguntas. Cuando tocaban un asunto más personal, Mackenna desviaba la respuesta hacia otro tema con sutileza, de manera que Lilianne no averiguó nada nuevo de la vida de Cooper.

Menudo caradura, con ella siempre se mostraba irascible, esa misma mañana casi la había matado de un susto, pero se mostraba encantador con sus amigas. En unos minutos había desarmado todas las dudas de Mary y Edith, en ningún momento se comportó como un burdo minero. ¿Qué pretendía? ¿Acaso no podía resistirse a engatusar a todas las mujeres que se le acercaban? ¿No le parecía vergonzoso que sus víctimas fueran dos viudas respetables con edad de ser su madre? Mientras Cooper enredaba a Mary y Edith en su telaraña contando las peculiaridades de la región, Lilianne perdió interés por las delicias turcas y el té. Todo le sabía a paja y el único responsable era Cooper. Su voz zalamera la crispaba, lo hacía a propósito, solo para molestarla. Sus pensamientos tomaron derroteros tan disparatados que se avergonzó en cuanto se dio cuenta de que, sencillamente, la irritaba que Cooper la ignorara, que no le dirigiera la palabra, ni siquiera una mirada.

Cooper acompañó a Mary y Edith hasta sus monturas, seguido de Lilianne, que arrastraba los pies. Se despidió de las dos mujeres con la misma amabilidad y se alejó.

Antes de subirse a su burro, Mary palmeó una mejilla a Lilianne.

—Querida, tenga cuidado con ese hombre.

—Es peligroso —convino Edith—. Muy peligroso.

Lilianne parpadeó por la sorpresa. Cooper había mostrado su lado más encantador con ellas, pero las dos mujeres parecían haber detectado en él algo discordante. Al percibir su desconcierto, Mary se explicó:

—Ha sido muy revelador ver cómo se deshacía en amabilidad con nosotras...

—Pero en ningún momento ha hablado con usted ni la ha mirado —puntualizó Edith.

—No niego que casi me ha convencido, puede ser muy convincente, pero el señor Mackenna ha tratado de engatusarnos como a dos damiselas atolondradas.

—Somos dos viudas aburridas, Lilianne —retomó el hilo Edith—, pero hemos viajado mucho y sabemos cuándo alguien se esfuerza en agradarnos a cambio de algo.

Mary le propinó un suave apretón en una mano.

—Ignoramos a cambio de qué, quizá el mensaje vaya dirigido a usted.

Lilianne esbozó una sonrisa temblorosa.

—Les agradezco que hayan venido a pesar de la desconfianza que les inspira Cooper.

—Por eso mismo hemos venido, querida —exclamó Mary.

—Teníamos que averiguar si se encontraba bien. Recuerde que la acogeremos con mucho gusto en nuestra tienda si decide marcharse de aquí.

En cuanto las dos viudas se marcharon, acompañadas del señor Tompkin, Lilianne se sentó en un escalón del pequeño porche con una taza de té entre las manos. Distraída, evocó recuerdos de San Francisco: las meriendas con su tía Violette, las charlas con el doctor Donner y la constante protección de Willoby... Y Aidan. Por muy optimista que quisiera mostrarse, un divorcio podía tardar años. ¿Y qué pensaría su familia? ¿Cómo influiría en su relación con Aidan? Su duda más acuciante era si entendería ese viaje al Yukón, sola, en busca de su pasado. Le había escrito una carta exponiéndole sus motivos, había puesto todo su empeño en explicarle que había sido necesario que fuera en persona, pero las dudas empezaban a hacer mella en ella. ¿Y si se estaba engañando?

Acorralada por sus propios pensamientos, se puso de pie y tiró el resto de té al suelo. Un paseo la calmaría. Dejó la taza en el escalón donde había estado sentada y echó a andar por la orilla del arroyo. Al menos sabía llegar hasta la cabaña de los Vitale. Tomaría en sus brazos a Bianca y hablaría con Sofia de su bebé.

26

En lo alto del terraplén Cooper vio con preocupación como Lilianne se alejaba de la cabaña.

—Es una insensata —renegó por lo bajo el irlandés a su lado—. Se va como si esto fuera su jardín.

—Quiere estar sola.

—Esta mañana he visto huellas de oso junto al arroyo. Iban hacia la cabaña de los Vitale. El oso puede haber cruzado el arroyo o puede que ande por ahí cerca. Esta mañana avisé a los Vitale. Deberías ir tras ella, no quiero tener una muerte en la consciencia.

Cooper echó a correr a por su rifle y siguió el rastro de Lilianne al tiempo que constataba él también que un oso había pasado por ahí. Las huellas eran difusas para alguien que no supiera identificarlas, Lilianne no pensaría en el peligro.

No tardó en avistarla, caminaba con la cabeza gacha. De vez en cuando miraba hacia arriba y solo entonces sonreía. Le habría gustado que al menos una de esas sonrisas fuera para él. Se mantuvo a distancia sin hacer ruido. Le daría el tiempo que ella parecía necesitar.

Durante la visita de las viudas, se había esmerado en mostrarse amable con las dos mujeres entrometidas. Su intención había sido demostrar a Lilianne que podía ser un hombre cordial cuando se lo proponía. El problema era que ignoraba qué le había impulsado a demostrar que no era un salvaje. Pero a Lilianne le importaba bien poco lo amable que pudiera llegar a ser. Su afán por marcharse cuanto antes le crispaba hasta el punto que se revolvía como un lobo herido.

Se distrajo y pisó una rama. El chasquido hizo que Lilianne se diera la vuelta. Sus miradas se entrelazaron en un abrazo en la lejanía. Durante un instante todo quedó en un segundo plano: el resentimiento, las dudas, el deseo de derribar las barreras que se empeñaban en mantener bien altas.

Cooper dio un paso. Solo uno que le pareció un grano de arena en el desierto que se interponía entre ellos. Se detuvo, le faltaba valor para vencer la distancia que los separaba.

Lilianne esperaba sin saber lo que quería. La paz del lugar había aplacado su inquietud, pero el temor a un nuevo estallido de Cooper la frenaba. Cuando estaban juntos, ignoraban cómo hablaban dos personas educadas; en cuanto abrían la boca se lanzaban insultos y acusaciones llevados por el orgullo.

Dio un paso adelante, luego otro. A pesar de su aspecto, en ese momento volvía a ver al Cooper del pasado: más vulnerable, más accesible. Trató de sonreír, pero le salió una mueca temblorosa. Estaba asustada, no quería que el anhelo del ayer resurgiera, pero tiraba de ella con insistencia. Le vio dejar el rifle contra el tronco de un árbol. Lo interpretó como una señal, una pausa en su peculiar guerra.

Un joven alce apareció en la otra orilla, se detuvo para estudiarlos con desconfianza. Ellos se quedaron quietos, esperando una nueva señal del otro para dar el siguiente paso. El alce perdió interés y mordisqueó las ramas bajas de un arbusto. Ambos se sonrieron. El alce alzó la cabeza de repente, husmeó el aire, los miró uno a uno y se marchó con su trote desgarbado. Lilianne dio otro paso, los separaban unos quince metros, que se le antojaron una eternidad. Cooper hizo lo propio con un esbozo de sonrisa, y otro más.

A su derecha los arbustos se sacudieron con fuerza. Un enorme cuerpo que caminaba a cuatro patas se detuvo entre los dos, más cerca de Lilianne que de Cooper. La magia se rompió como un fino cristal y fue sustituida por el miedo. Era un oso joven, robusto y desconfiado. Su enorme cabeza se giró lentamente hacia ella tras evaluar a Cooper.

Este sintió como se le helaba la sangre. Echó un vistazo desesperado al rifle apoyado en el tronco. En unas pocas zancadas podía hacerse con él, pero ignoraba si lo haría con tiempo de disparar al oso si atacaba. El primero que se moviera se convertiría en el blanco de sus garras. O quizá no y el oso atacara al que tuviese más cerca. Inhaló con rapidez y agitó los brazos al tiempo que le gritaba:

—¡Huye, Lily!

El oso se dio la vuelta hasta encararse con Cooper. Ella negó, aterrada por el plantígrado que se había puesto en pie y soltaba rugidos atronadores. Por fin salió de su estado de parálisis y retrocedió varios pasos. El oso le echó una mirada por encima del hombro y Cooper volvió a gritar. El animal, cada vez más inquieto, se echó hacia delante golpeando con fuerza el suelo con las patas delanteras.

Lilianne no sabía mucho de osos, solo recordaba que eran rápidos y mortíferos. Los que se dejaban engañar por su aparente lentitud y aspecto torpe solían convertirse en su almuerzo. Buscó a su alrededor, lo único que había en aquel lugar eran piedras de diferentes tamaños y alguna rama inconsistente. Se hizo con una piedra tan grande como su puño y la lanzó al oso. La piedra cayó al agua. El oso volvió a rugir tras el chapoteo, listo para echar a correr. Lilianne desoyó las órdenes de Cooper de huir. Cogió otra piedra y la lanzó. Le dio en la espalda. El oso se revolvió y echó a correr hacia ella.

—¡Corre!

Fue lo único que Lilianne oyó entre el rugido del oso y el zumbido fruto del pánico que reverberaba en su cabeza. Esa vez obedeció. Zigzagueaba entre los árboles sin mirar atrás. A pesar de correr tan rápido como le permitían sus fuerzas, sentía cada zancada del oso tras ella. La tierra temblaba bajo sus pies, tan fuerte como los latidos de su corazón. El miedo la azuzó a ir más rápido, pero el oso lo era más. Lo sentía cada vez más cerca. Tropezó con una rama, cayó sobre la hojarasca con el aliento convertido en un gemido de terror. Se hizo un ovillo. Si iba a morir, no quería ver las fauces o las garras de la bestia. Sintió el aliento del oso cuando este emitió un rugido y a continuación un disparo estalló en el aire, seguido de otro. El suelo tembló con mayor fuerza. A continuación se hizo una calma irreal, el bosque había enmudecido, no se oía ni el viento susurrar entre las ramas, ni las aves, ni el borboteo del arroyo. Lilianne solo era consciente de su respiración rápida y superficial y de los latidos del corazón que parecía haberse alojado en su cabeza.

—¡Lily! —Cooper corría hacia ella con el rifle aún en una mano—. ¡Lily!

Se detuvo junto al cuerpo del oso, se aseguró de que estuviese muerto y pasó por encima para arrodillarse cerca de Lilianne. La tomó en brazos farfullando palabras que ella no entendía. Solo atinó a aferrarse a su camisa entre sollozos. El miedo seguía corriendo por sus venas como fuego.

—Lily, Lily, Lily —susurraba mientras la besaba en la coronilla, la frente, las mejillas. ¿Qué estaba haciendo ella allí? No era su lugar—. Ese oso podría haberte matado. Dios mío...

Paddy apareció con un rifle en una mano. Oteó los alrededores aun jadeando hasta que los divisó entre los árboles. Soltó un suspiro tembloroso de alivio y se acercó sin perder de vista al oso y a la pareja. Se rascó la frente y solo en ese momento echó de menos su sombrero. Maldita sea, había salido como un loco al oír el primer disparo, temiendo no alcanzarlos a tiempo. Sus ojos se detuvieron en Lilianne, le pareció muy frágil, a punto de quebrarse. Se arrodilló a su lado y escrutó el semblante de Cooper, pálido y con el miedo aún presente en la mirada.

—¿Está bien? —preguntó.

Cooper asintió sin soltarla. El llanto de Lilianne era apenas un leve quejido y él se resistía a dejarla ir aunque supiese que ella estaría mejor en cualquier otro lugar.

—Llévala a tu cabaña —le aconsejó Paddy—. Yo me haré cargo del oso.

Ella ocultó el rostro contra el hombro de Cooper cuando este la alzó entre sus brazos.

Paddy los miró hasta que desaparecieron y se sentó para calmarse. Los mosquitos revoloteaban a su alrededor en su eterna danza, pero no hizo nada para alejarlos. No era un necio, esos dos se habían amado mucho, aunque Cooper dudara de ello. Lo que ignoraba era si se seguían amando. Lo cierto era que cada vez que estaban cerca el uno del otro saltaban chispas. ¿De amor, de odio? Meneó la cabeza con desaliento.

27

Lilianne se despertó en la cama de Cooper tapada con una manta. Los perros la custodiaban tumbados muy cerca; alzaron la cabeza en cuanto ella se movió. Su presencia la tranquilizó, pero el recuerdo del ataque del oso regresó muy vívido; tanto, que todavía oía sus rugidos, el golpeteo de sus patas contra el suelo, el impacto de su propia caída. Apenas recordaba nada después, solo imágenes confusas. Apartó la manta con lentitud, su mente se estaba despejando despacio, como emergiendo de una noche larga y angustiosa. La puerta estaba abierta, fuera se oía el fluir del arroyo y algún que otro trino. Soltó un suspiro, temía poner un pie en el exterior, pero se negaba a permanecer encerrada. Saldría y vencería el miedo que seguía presente.

Cooper estaba sentado en un escalón. No dejaba entrever ninguna emoción, miraba al frente, aparentemente tranquilo, sin embargo ella recordaba que su intención había sido sacrificarse frente al oso para que Lilianne pudiera escapar. Y ella se había resistido a abandonarlo. Se sentó a su lado mirando también al frente.

—Mañana iremos a Dawson, saldremos a primera hora de la mañana.

Lilianne parpadeó para salir de su aturdimiento.

—Estaré lista.

Cooper se resistía a dejarla sola, permaneció sentado a su lado mirando la canoa que se mecía suavemente en el arroyo.

—Lo siento —dijo de repente, tomando desprevenida a Lilianne—. Siento haberme comportado como un necio desde que llegaste. Hablaré con Lashka...

El conato de calma se esfumó, Lilianne se puso en pie de un salto.

—Te lo agradecería. Dile a tu amante que no soy ninguna rival.

Antes de que pudiera alejarse, Cooper la obligó a sentarse de nuevo. Ella se dejó caer a desgana, turbada por la mano que la sujetaba, sin querer admitirlo.

—Quiero dejar algo muy claro —empezó Cooper—: Lashka no es mi amante. ¿Lo has entendido?

Asintió lentamente, dividida entre una sorprendente alegría y la confusión.

—¿No es tu amante?

Cooper negó, y acompañó su gesto con una expresión solemne.

—Ni lo es ni lo ha sido.

Ella le creyó.

—¿Y Cora March?

Él hizo una mueca y agachó la cabeza un instante, meditó si decirle la verdad o no. Se decantó por la verdad, ya no quería jugar a ese estúpido juego que no le reportaba ninguna diversión.

—Fuimos amantes hace un tiempo —reconoció pensando en la última noche que había pasado en Dawson.

Ella agradeció su sinceridad, pero no pudo evitar sentirse herida. Sopesó indagar un poco más, pero desistió. De nada servía remover viejos sentimientos, Cooper ya no le pertenecía y ella tenía a Aidan en su vida.

Permanecieron callados. El paisaje sosegaba a Lilianne, ya no sentía la soledad de los primeros días. Empezaba a entender lo que Cooper veía en aquella tierra indómita, a pesar de lo peligrosa que era. Al otro lado del arroyo se acercó un zorro. El animal bebió y se alejó sin dedicarles una mirada. En lo alto de las ramas, las aves emitían su alegre gorjeo y el sempiterno golpeteo de los pájaros carpinteros marcaban el tiempo como un reloj.

—Dime qué ocurrió...

La voz de Cooper apenas había sido un susurro, pero tan real para ella como el viento que le acariciaba las mejillas. De repente un sudor frío le pegaba la camisa a la espalda. Se le escapó un suspiro tembloroso; ¿no había viajado para saber? Ahí tenía su oportunidad, pero el miedo la frenaba.

—¿Hablas de cuando nos llevaron de vuelta a San Francisco? —preguntó aun sabiendo que era lo que Cooper quería saber.

Estaban sentados a medio metro el uno del otro, Lilianne era consciente de su presencia, de lo grande que era a su lado, de la fuerza que irradiaba, de la calma controlada que percibía en él. Los dos habían estado a punto de morir ese día, tal vez hubiese llegado el momento de acabar con las dudas. No tenía muy claro si lo quería, pero al menos se lo merecían. Le echó un vistazo cauteloso.

—Te lo contaré si tú me cuentas tu parte de la historia...

Cooper estuvo de acuerdo. Lilianne agachó la cabeza y tomó aire, rememorar el pasado le suponía revivir un calvario. Cerró los párpados unos instantes para poner orden a sus recuerdos; algunos eran nítidos, otros se habían convertido en una nebulosa.

—En cuanto regresamos a San Francisco, me encerraron en mi habitación. Solo entraba mi padre y la doncella de mi madre. No recuerdo el tiempo que estuve incomunicada. Preguntaba por ti, quería saber qué te habían hecho, dónde estabas, pero no me decían nada.

A su lado Cooper se tensó.

—¿Te... te castigaron de alguna otra manera?

No la miraba, prefería estar pendiente del paisaje, aunque conociera cada detalle de memoria, pero se sentía a punto de saltar, de romper algo, de descargar la rabia que le había acompañado todo ese tiempo.

—Si te refieres a si me pegaron, no. Pero su silencio, su desprecio, su condena fueron casi tan dolorosos como una paliza... Creí que la soledad acabaría conmigo...

La voz de Lilianne se desvaneció, se pasó una mano por el pelo. Qué extraño era estar sentada a su lado y revivir aquellos momentos.

—¿Te sentiste sola? —inquirió él, no sin cierta incredulidad—. ¿Eso es todo?

—Sí, ¿esperabas un drama? —Lilianne se encogió de hombros e hizo un gesto vago con una mano—. ¿Y tú dónde estuviste? —preguntó en voz baja, temiendo la respuesta.

Cooper se rebulló en su sitio y Lilianne temió que no contestara.

—Me encerraron en la caseta de la caldera. El ruido ahogaba mis gritos. No lo veía, pero sabía que el tipo ese, el detective que tu padre había contratado, vigilaba al viejo Macmahon, el que se encargaba de echar el carbón a la caldera. Estuve sin comer ni beber dos días, llegué a pensar que la intención de tu padre era matarme de hambre y sed. El detective entraba de vez en cuando y me daba una paliza. Después se largaba.

Lilianne se estremeció, avergonzada por haber pensado que ella había vivido una tortura durante esos días. Mientras él había sido apaleado y encerrado, sin nada que comer o beber, ella había estado en su acogedor dormitorio. Al fin y al cabo no había sido privada de nada, excepto de su libertad. Al menos al principio.

—Sigue...

—Macmahon aprovechó un despiste del detective y aflojó desde fuera las bisagras de una de las ventanas del cuarto de la caldera. Me dijo que dentro de la casa se rumoreaban cosas extrañas, que estabas muy enferma.

—¿Conseguiste escapar?

La versión que Cooper le estaba contando aclaraba algunas cosas; con la templanza que otorgaban los años, podía entender que Cooper hubiese huido, aunque le doliera pensar que la había borrado de su vida.

—Me fui hasta el puerto y me oculté en casa de Rona. ¿La recuerdas? Fue la última novia de mi padre, aunque creo que lo único que hacían juntos era emborracharse.

Lilianne recordaba una mujer avejentada por el alcoholismo y una vida de duro trabajo en una fábrica de conserva. Mientras tanto Cooper seguía con una voz sin inflexiones, como si reprimiera todas sus emociones.

—Ella me atendió todo lo bien que pudo, dado su propio estado de embriaguez casi permanente. Una semana después me sentí lo suficientemente fuerte para regresar a la mansión Parker. Estaba dispuesto a todo... —Soltó un bufido—. Menudo imbécil estaba hecho, como si mi presencia hubiera podido asustar a tu padre. Para mi sorpresa, me recibió el detective. No vi al mayordomo ni a nadie del servicio. La casa parecía desierta.

Ella también recordaba el silencio, una calma inquietante que la había asustado como una amenaza velada.

—Tu padre me recibió en su despacho —seguía Cooper con la voz tensa—, sentado detrás de su mesa como un juez ante un acusado. Me aseguró que estabas arrepentida de lo que habíamos hecho. Insistí en verte, le recordé que eras mi mujer y esperabas un hijo mío. Él se rio de mí, de mis palabras, de mis amenazas. Me aseguró que jamás aguantarías una vida de penurias. Me ofreció quinientos dólares si me marchaba sin armar ningún escándalo.

Lilianne agachó la cabeza. Podía imaginar a su padre arrojar con desprecio el dinero sobre la mesa, tentar a Cooper mientras le mentía acerca de las supuestas dudas de su hija. Sabía de sobra cuan convincente podía ser Gideon cuando se lo proponía.

—Me negué a coger el dinero.

Ella tragó despacio sin abrir la boca. No era la misma historia que le habían contado.

—No me creía que no me quisieras —proseguía Cooper—. Quería verte, hablar contigo. Solo entonces me habría creído que te habías arrepentido de nuestro matrimonio. Salí de su despacho con la intención de registrar la casa si era necesario, pero el detective me esperaba fuera. Solo alcancé a gritar tu nombre una vez, me golpeó por detrás y me dejó inconsciente. Después me desperté maniatado en la bodega de un barco, rumbo hacia lo desconocido. El capitán tenía orden de deshacerse de mí lejos de las costas de San Francisco, de manera que mi muerte no se pudiera relacionar con la familia Parker: un accidente en alta mar y nadie habría hecho preguntas. Al alcanzar las costas de Japón, durante una noche de guardia, el capitán del *Diana* mandó que me tiraran por la borda. Unos pescadores me recogieron, agotado, sin un centavo en el bolsillo y sin entender una palabra de lo que me decían.

Cuantas dudas se estaban despejando tras sus revelaciones, como que no se había vuelto loca. Él había estado en la mansión, la había llamado a gritos, y se lo habían ocultado, convenciéndola de que la había abandonado a cambio de quinientos dólares. Le miró de reojo, avergonzada por todos esos pensamientos que la habían sacudido hasta el punto de dudar de lo que Cooper había sentido por ella. Los habían manipulado como meros juguetes, sin tener en cuenta sus sentimientos ni las consecuencias de sus actos.

—¿Cuándo te hicieron esa herida en la espalda?

Esa vez miró su perfil severo, la mandíbula apretada, el ceño fruncido. Estaba tan tenso que Lilianne no se atrevió a tocarlo.

—La noche en la que se supone que morí, la intención del capitán era tirar un cadáver al agua, pero sobreviví...

—¿Y qué has hecho todos estos años?

Incapaz de mantenerse quieto, Cooper se puso en pie y caminó de un lado al otro delante de Lilianne.

—Vagar de aquí para allá, temiendo, al menos los primeros años, que tu padre me echara el lazo. En Japón me enrolé en un ballenero. ¿Has estado alguna vez en uno? —La pregunta fue retórica porque no esperó una respuesta—. Apestan. Al principio crees que nunca te acostumbrarás al hedor, echas por la borda todo lo que consigues ingerir, piensas que te vas a morir, pero un día ya todo te da igual.

Le dio la espalda, como si no soportara mirarla, no cuando recordaba a un sujeto ruso que le había convertido en el blanco de todas las humillaciones imaginables. Con ese bruto sin alma había aprendido a usar los puños; de lo contrario, no habría sobrevivido a aquel viaje.

Ella se abrazó las piernas. Sentía ganas de llorar, de gritar, de romper algo. ¿Qué les habían hecho? Adivinaba mucha soledad y privaciones entre las palabras de Cooper y en sus silencios. La vida de los marineros no era un sencillo viaje de placer, en la consulta de Eric había visto a muchos, agotados, enfermos, desconfiados. ¿Cómo volvería a mirar a su padre sin sentir desprecio y odio?

—Seguí navegando en otro buque hasta las costas de Alaska. Después estuve en otros buques, el último recorría las banquisas cazando crías de foca... ¿Sabes cómo las matan? —preguntó él con voz ausente.

Lilianne cerró los párpados temiendo lo que iba a oír.

—Las apalean y las despellejan, incluso estando aún vivas. Son preciosas, blancas, de mirada inocente, como todas las crías. Te entran ganas de abrazarlas, pero yo estaba ahí para matarlas de la manera más brutal. —Soltó el aire que había retenido—. Deserté y me vine a Canadá. Ya sabes lo que fue de mí...

—¿Durante cuántos años estuviste navegando?

—Algo más de dos años. Estaba asustado, creía que Gideon estaría buscándome. No podía saber que el capitán del *Diana* y tu padre me daban por muerto.

—Me dijeron que habías abandonado el país después de aceptar los quinientos dólares de mi padre —murmuró.

Cooper puso fin a su deambular.

—¿Y qué pensaste tú?

Encontró el valor de mirarlo a los ojos.

—Que me habías abandonado, que no me habías amado lo suficiente para luchar por nuestro matrimonio. Creí que todos nuestros sueños habían sido más importantes para mí que para ti.

—¿Y nada más?

Lilianne se esforzó por alzar las manos con las palmas hacia arriba fingiendo una indiferencia que la estaba hiriendo, pero prefería que la odiara a que entendiera lo que había supuesto para ella vivir sin él durante años. No quería volver a creer, no debía pensar en el pasado. Tenía por delante un futuro y había viajado hasta allí para luchar por una nueva vida. Lo que habían compartido un día se había desvanecido, estaba muerto y enterrado bajo capas y capas de lágrimas, engaños y resentimiento.

—El capitán del *Diana* nos dijo que habías muerto. Después

de eso, ¿qué querías que hiciera? ¿Rasgarme las vestiduras? De todos modos, yo creía que me habías abandonado a cambio de una buena retribución...

—No tuviste mucha fe en mí —la acusó, pero en su voz había un deje de derrota, de un cansancio largo tiempo acumulado.

—Cada uno de nosotros sobrellevó su propio calvario...

—Permíteme decirte que el tuyo fue algo más llevadero. ¿Cuántos vestidos, joyas y demás fruslerías necesitaste para olvidarlo todo?

Lilianne apartó la mirada, no quería que viera en sus ojos todo lo que ella le había ocultado. Ya no tenía sentido contar lo que le había sucedido. Aquello no debía convertirse en un duelo con el fin de averiguar quién había sufrido más.

Permanecieron en silencio a poca distancia el uno del otro, jamás había habido un desamor tan insalvable entre ellos, se estaba convirtiendo en un abismo.

Lilianne reconoció la voz de Milo, que se acercaba al claro de la cabaña; inquieta por si Sofia o Bianca habían sufrido un percance, salió corriendo. Sofia apareció a los pocos segundos, sujetaba a su bebé pegado a su pecho. Giuseppe la seguía de cerca, sostenía en una mano un rifle y en la otra una cesta. Lilianne revolvió el pelo de Milo cuando pasó por su lado. Precisaba alejarse cuanto antes de Cooper, acallar las emociones que la sacudían. El niño se zafó entre risas y siguió corriendo hasta Cooper.

La sonrisa de Sofia se desvaneció en cuanto se fijó en el atuendo de Lilianne, después su ceño se frunció al reconocer el desconsuelo de su amiga. Echó una mirada a su marido señalando a Cooper, le susurró algo que recibió como respuesta un asentimiento. Sofia se esforzó por sonreír mientras entregaba su hija a Lilianne para después coger la cesta de la mano de su marido.

—¿Va todo bien, Sofia? —indagó Lilianne sin perder de vista el rostro dormido de Bianca.

—Sí, claro. Mi pequeña no hace más que comer y dormir, y yo me siento muy fuerte. Hemos venido a traeros unas cositas. —Alzó unos centímetros la cesta—. Y queríamos asegurarnos de que estáis bien. Paddy nos ha contado lo del ataque del oso. Vamos dentro —propuso tomándola por la cintura—. Los mosquitos se van a comer a mi niña.

Lilianne ocultó el rostro contra la pelusa que recubría la cabeza de Bianca. Las revelaciones de Cooper seguían resonando en su cabeza, cada palabra la hería como un zarpazo. Antes de salir corriendo hacia el claro, huyendo de él, le había echado una última mirada. Lo que había visto la había dejado helada. ¿Acaso le había contado todas sus penurias con la intención de castigarla? Si esa había sido su intención, lo había conseguido.

Para alivio de Lilianne, Sofia no hizo ninguna pregunta. Una vez en la cabaña, su amiga se hizo dueña de la situación, apartó una silla para que Lilianne se sentara, no sin antes tomar a su hija y acostarla en la cama con cuidado. Después se movió de un lado a otro sin perderla de vista, parloteaba de una cosa y otra mientras guardaba una hogaza de pan recién hecho, un tarro de mermelada de arándanos, una olla que contenía un guiso de carne de venado. Lilianne no prestaba atención. Mantenía la vista fija en la mesa de madera, ajena a todo lo que sucedía a su alrededor.

Sofia rebuscó con impaciencia hasta que dio con una botella de *hootchinoo*; la destapó, la olió y asintió. Fue generosa al llenar la taza que dejó con firmeza delante de Lilianne.

—Bebe —le ordenó—, lo necesitas.

Lilianne obedeció de manera automática, sin averiguar lo que le estaban ofreciendo. Sintió el líquido recorrerle la garganta como fuego.

—Bebe otro poco —insistió Sofia.

La mujer que tenía delante no se parecía en nada a la que había conocido solo dos días antes. No era únicamente por la ropa de hombre que llevaba puesta, lo que la había impresionado había sido la expresión de desamparo de Lilianne. Era la viva imagen de una mujer a punto de desmoronarse por una pena que la sobrepasaba. En cuanto Lilianne dejó el vaso casi vacío sobre la mesa, Sofia se sentó a su lado cogiéndole una mano.

—¿Cooper te ha hecho daño? ¿No se porta bien contigo?

Lilianne negó lentamente, solo después se atrevió a mirar a Sofia.

— No hay nada que Cooper pueda hacer o decir que me lastime —mintió, aun así le temblaba la voz. Apretó los labios unos segundos para serenarse—. Gruñe mucho, pero no me asusta...

No la asustaba, era cierto, pero temía las emociones que despertaba en ella, esa lenta agonía que la estaba enloqueciendo.

—¿Es cierto lo que he oído? ¿Estáis casados? —quiso saber Sofia, cada vez más desconcertada.

—Sí, hace años Cooper trabajaba en las caballerizas de mi padre. Nos fugamos y nos casamos en secreto. Nada más vernos el dueño de la pensión adivinó que nos estábamos ocultando y nos recomendó un juez de paz que por unos cincuenta dólares mantendría la boca cerrada. Fue una boda triste: Cooper y yo, los dos tan jóvenes y asustados, pero inmensamente felices como dos inconscientes, un juez de aspecto desaliñado y el dueño de la pensión con su mujer como testigos. Creíamos que la vida no podía ser más hermosa, nos sentíamos afortunados. Nuestra felicidad duró una semana y el infierno se abatió sobre nosotros —susurró, sorprendida de haber hablado tanto.

Quizás el *hootchinoo* le hubiese desatado la lengua. Cogió de nuevo la taza y bebió lo que quedaba, ya no tenía nada que perder.

—Esa es la triste historia de nuestro matrimonio.

Sofia asentía con la boca ligeramente abierta. Por lo que había entendido, había sido un amor condenado desde el principio por pertenecer cada uno a mundos tan diferentes. Le habría gustado indagar más, pero se conformó con abrazarla.

—Santa Madre de Dios —musitó por lo bajo—. ¿Has venido hasta aquí para reconquistar a Cooper?

—No. He venido hasta aquí para conseguir el divorcio. —Soltó una risita con un ligero deje de histeria—. Por segunda vez me he escapado de San Francisco y mi padre estará poniendo patas arriba la ciudad en busca de mi paradero.

—¿Quién es tu padre?

—Mi padre es el distinguido Gideon Parker, dueño del Parker

Bank y de negocios más o menos turbios, íntimo amigo del ex gobernador por el estado de California, Henry Markham, enemigo reconocido del actual alcalde de San Francisco, el honorable James Phelan. Es despiadado, cruel y egoísta, pero nadie puede negar que sea listo como un viejo zorro. —Se le escapó un ligero hipido—. Y está casado con un témpano de hielo, que es mi madre, la muy bella Ellen...

Las cejas de Sofia se alzaban más y más según se iba enterando de los detalles.

—¿Eres muy rica?

—No, mi padre me desheredó, pero vivo con mi tía Violette, una mujer maravillosa. Al menos no he acabado en la calle. Además, trabajo en una clínica junto a un médico que me ha enseñado todo lo que sé.

Sofia la miraba como si Lilianne fuera un bicho raro.

—¿Y ahora quieres el divorcio? El matrimonio es sagrado...

—Quiero el divorcio porque me he comprometido con otro hombre. Hace unas pocas semanas creía que Cooper estaba muerto...

—¡Santa Madre de Dios! —exclamó horrorizada—. ¿Y Cooper lo sabe?

Lilianne negó en silencio. ¿Qué más daba que lo supiera Cooper?

28

Giuseppe caminaba junto a Cooper mientras le echaba miradas de soslayo. Rellenó la cazoleta de su pipa con calma, la encendió con un fósforo, luego expulsó una bocanada de humo por la boca. Cooper estaba tan tenso que parecía a punto de explotar. Caminaba con la cabeza ligeramente agachada, como si se dispusiera a salir corriendo tras una presa o a arrancarle la cabeza a alguien. Giuseppe dio otra calada a su pipa con calma.

Delante de ellos Milo correteaba con los perros y a unos diez metros Paddy salía de una diminuta cabaña con un hacha en una mano. Al verlos, el irlandés achicó los ojos, después echó una mirada a Giuseppe, quien se encogió de hombros. La respuesta de Paddy fue un largo suspiro visible incluso a esa distancia.

—Milo, no te alejes —ordenó Giuseppe a su hijo—. Quédate donde te vea.

La voz del italiano pareció sacar de su mutismo a Cooper. Inhaló con fuerza y soltó el aire lentamente. Se había desnudado ante Lilianne, había dejado salir las palabras que no había pronunciado durante años. Tiempo atrás se propuso guardarse todo lo sucedido, decidido a que el dolor no volviera a lastimarle. Desde que Lilianne había aparecido de la nada, el pasado resurgía, no solo los buenos momentos sino también los malos, los que le habían cambiado para siempre.

Se mesó el pelo rememorando las palabras de Lilianne; mientras que a él le habían tratado como a un animal de carga, ella se había sentido sola. Meneó la cabeza para alejar el zumbido que le producía la cólera. Nunca había deseado que sufriera, pero Lilianne no parecía haber padecido mucho su ausencia. Por suerte no había sido del todo sincero, no le había contado que había regresado cuando el ballenero hizo una escala en San Francisco. No le habló de la vez que se coló en el jardín de los Parker ni de su encuentro con Becky. Al menos se había ahorrado esa humillación.

Paddy le dejó en una mano un hacha. La sostuvo mientras miraba sorprendido a su amigo.

—Dale a lo que quieras —le explicó el irlandés— y descarga lo que llevas dentro o explotarás y alguien saldrá perjudicado.

Le señaló lo que quedaba del tronco de un árbol que habían derribado un día antes. Todavía quedaban las raíces que se aferraban a la tierra removida.

—Si te sientes con ánimo, puedes intentar hacer astillas ese tocho —le propuso Paddy, y acompañó sus palabras con una sonrisa—. ¿O prefieres estrangular a esa pelirroja que te deja lelo cada vez que te quedas a solas con ella?

A escasos dos metros Giuseppe soltó una risotada, que se convirtió en un carraspeo entremezclado con humo. Paddy se reunió con él y le palmeó la espalda con aire distraído.

—Debo admitir que al principio esa pelirroja no me gustaba. ¡Por San Patricio, cocina de pena! Pero hoy la he visto curar a los hermanos Jenkins sin arrugar la nariz ni una sola vez. Y todos sabemos que apestan como mofetas. Se ha mostrado paciente y muy eficiente. Y está lo del oso... No sé...

Cooper escuchaba a su amigo con el ceño fruncido, todavía sostenía el hacha en una mano, sin saber qué hacer con ello.

—Mi Sofia dice que es una buena mujer —intervino Giuseppe, sacándose la pipa de la boca.

—Tu mujer es demasiado buena —espetó Mackenna—, es incapaz de ver maldad en nadie.

Giuseppe negó con la cabeza en señal de desaprobación.

—Sofia sabe distinguir a las buenas personas. De lo contrario jamás te habría dejado entrar en nuestra cabaña —añadió con un brillo divertido en la mirada.

Paddy se echó a reír, y esa vez le dio igual la mirada airada de Cooper. Al cabo de unos segundos, Giuseppe y el irlandés se carcajeaban en la cara de Mackenna. Este soltó un gruñido y se fue al tocón de madera que sobresalía del suelo. Descargó toda su impotencia en el tronco, golpeó con tanta fuerza que el impacto reverberó por todo su cuerpo. No se amilanó, siguió hundiendo el hacha cada vez más. Paddy estaba en lo cierto, necesitaba descargar todo lo que bullía en su interior, desde el desasosiego al odio.

A pocos metros Paddy y Giuseppe se habían sentado sobre una roca plana sin dejar de mirar a Cooper, que estaba convirtiendo en astillas lo que quedaba del tronco.

—Si se hacen hendiduras en el tocón y si vierte petróleo, arde muy rápido —comentó el italiano entre chupada y chupada de su pipa.

—Lo sé, pero necesita descargar su rabia en algo. ¿Cómo te va en tu concesión? —preguntó Paddy cambiando de tema pero sin dejar de observar a Cooper.

El italiano soltó una bocanada de humo con la vista clavada en Cooper. Su expresión se tornó meditabunda.

—Es curioso, puedo estar días sin sacar una lasca de oro, y de repente saco unos quinientos dólares en diminutas pepitas.

—Ajá... es curioso... Puede ser la corriente —se aventuró a decir Paddy sin mucha convicción.

—Por supuesto, como el oro no pesa nada, va y viene a su antojo —replicó con ironía—. ¿Quién de los dos es?

—¿De qué hablas?

—Mi orgullo debería sentirse herido, pero debo pensar en mi familia. Sin ese oro nos habríamos muerto de hambre. Incluso me ha dado para arreglar las goteras de nuestra cabaña. Pero me niego a que me tomen por idiota, por eso te pregunto: ¿quién de los dos echa oro en mi concesión?

Paddy arrugó la nariz.

—No soy tan buena persona... —musitó al cabo de un instante.

Dos pares de ojos se dirigieron a Cooper, que se había quitado la camisa y mostraba un torso sudoroso. Se había recogido el pelo en una coleta y seguía machacando lo poco que quedaba del tronco.

—Mackenna es un hombre curioso —musitó Giuseppe.

Paddy permaneció en silencio mientras contemplaba a Mackenna. El mutismo del irlandés contrastaba con los gruñidos de Cooper, que seguía hundiendo el hacha con determinación.

—El ánimo de Cooper ha empeorado desde que la pelirroja ha llegado —dijo Paddy rascándose la barba—. No me sorprendería que hiciera cosas raras, ya me entiendes...

—El oro empezó a aparecer antes de la llegada de Lilianne.

Paddy hizo una mueca y agitó su sombrero para alejar unos mosquitos.

—Lo que sí te puedo decir es que necesitamos a alguien que nos ayude en la concesión. No damos abasto los dos solos pero queremos a alguien de confianza. Y no se me ocurre a nadie mejor que tú.

Giuseppe asintió lentamente. Esos dos hombres eran extraños, pero cada uno a su manera revelaba el lado más honesto de aquella fiebre del oro. Llevaba semanas sospechando de uno de ellos cada vez que hallaba oro en su concesión, pero se había guardado de dejar salir su orgullo. Gracias a ese oro había podido sacar adelante a su familia con dignidad.

Cooper se sentía agotado tras haber hecho añicos el tocón de madera. Dejó el hacha en el suelo, apenas si sentía los brazos y le ardían las palmas de las manos. Se acercó al arroyo a la altura de la poza, donde se desnudó y se tiró al agua.

—Ya estamos otra vez —exclamó por lo bajo Paddy—. Estoy harto de verle el trasero. Necesito irme de aquí cuanto antes o empezaré a mirarle con lujuria...

Giuseppe rompió a reír mientras tendía una mano al irlandés, que también se había echado a reír.

—Aquí tienes a un amigo para ponerte en tu sitio si eso llega a ocurrir. En cuanto a Cooper, creo que Lilianne será buena para él. Es fuerte, sabrá cómo lidiar con un hombre como Mackenna.

—Me temo que no —soltó Paddy, que había perdido su buen humor—. Ella quiere el divorcio y desde que Cooper lo sabe, está rabioso. No tengo muy claro que sea consciente de ello, pero la presencia de esa mujer le ha dejado atontado.

—¡El divorcio! —exclamó Giuseppe para sí mismo.

Echó una mirada preocupada a Cooper, que ya salía del arroyo, y después hacia la cabaña donde estaban las dos mujeres.

29

El brillante sol de la mañana presagiaba que sería un día caluroso. Lilianne se arremangó y se soltó el cuello de la única blusa que le quedaba, la que había llevado puesta el día que nació Bianca. Aun remendado con torpeza, el único conjunto que le quedaba le había proporcionado dignidad.

Sentada bajo el alero de la cabaña, esperó a que él apareciera. Ignoraba dónde había pasado la noche, lo había esperado con una mezcla de miedo y preocupación. Cooper había desnudado su dolor al contarle lo que le había ocurrido, quizá por eso no quería verla.

Soltó un hondo suspiro y meditó acerca de lo que le había ocultado. Se sentía tentada de contarle la verdad, pero reavivar más sufrimiento no cambiaría para mejor su ya de por sí deteriorada relación con Cooper. ¿Y con qué fin? La sensatez le aseguraba que todo rastro de afecto había sido sofocado para sobrevivir. Sin embargo, la zozobra que la acompañaba desde el día anterior le decía lo contrario. Lo que ella había creído un poso de resentimiento se estaba avivando hasta despertar viejos sentimientos ignorados. Estaba asustada, sabedora de que no tenía sentido desear algo imposible. Él la despreciaba por lo que su familia le había hecho, y seguramente la culpaba de todo. Al fin y al cabo ella había sido la responsable de todos sus tormentos.

Unos pasos rompieron la quietud y de entre la bruma apareció

Cooper, vestido con la túnica y los pantalones de gamuza. Llevaba el pelo suelto, le llegaba casi hasta la cintura. Representaba una estampa soberbia, tan acorde con aquella tierra que el corazón de Lilianne se encogió. Se puso en pie en cuanto él pisó el primer escalón de la cabaña.

—¿Estás lista?

Ella asintió, incapaz de preguntarle dónde había pasado la noche.

Él la repasó de arriba abajo, Lilianne volvía a ser una dama, un poco desangelada con los remiendos de la falda y la blusa, pero presentaba mejor aspecto que con sus pantalones y su camisa. Estudió su rostro ojeroso, salpicado de pecas; su mirada cansada, que le estudiaba con desconfianza; y la boca crispada. Repasó cada detalle de su semblante una vez más, deseoso de quedarse con el más nimio. Ya había tomado una decisión irreversible si no quería volverse loco.

—Coge tus cosas, me refiero a todo, te marchas de Mackenna Creek. Aquí tienes tu documento firmado. Eres libre, Lilianne.

Ella boqueó, asombrada por lo que Cooper acababa de decirle a bocajarro. Miró con horror el pliego por el que tanto había batallado, hasta realizar un viaje de miles de kilómetros por mar y tierra. Y cuando por fin lo tenía al alcance de la mano, ya no lo deseaba, al menos no de esa manera tan abrupta. Quería cumplir con su parte, quedarse un mes entero, aunque fuera una locura aún mayor que su viaje al Klondike.

—¿Por qué? —quiso saber, sin moverse.

—Porque mi intención era divertirme un poco, pero ya estoy cansado. Ahora quiero que te vayas.

Cooper intentó inhalar, pero su pecho se había contraído. Cada palabra le robaba el aliento. La estaba alejando de él aunque su deseo era que se quedara, pero prolongar su estancia en Mackenna Creek era garantía segura de enloquecer. La había perdido nueve años atrás y volvía a perderla, aquella vez era él quien tomaba la decisión. No era un consuelo, pero nadie le estaba obligando a nada. Excepto él mismo.

—Ya veo —susurró Lilianne—. Ya te has cansado... Como si fuera un juguete roto que se tira...

Se hizo con el documento y se metió en la cabaña dispuesta a recoger sus cosas. No se molestó en rebuscar mucho, lo único que le interesaba eran los dos maletines de Eric y el dinero. Salió en tromba de la cabaña cargando con una bolsa de viaje, había llegado con poco equipaje y se iba aún más ligera. Sabía que lo que abandonaba eran los resquicios de un amor condenado desde el momento en que se miraron siendo aún tan jóvenes. Fue al establo donde esperaba *Bravo* ya ensillado, le acarició con suavidad el cuello escondiendo el rostro contra su pelaje. Se permitió un momento de debilidad a través de un sollozo que no entendía. Al final había conseguido lo que quería pero... No quería irse, no de esa manera, se repetía de manera obstinada. Una vez más se sentía rechazada.

El regreso fue lento a la par que demasiado rápido. Diez días antes habían tardado el doble cuando habían hecho el camino a la inversa. «Otro juego de Cooper», pensó Lilianne. El primer día la había conducido por un laberinto entre los campamentos y el bosque. Lo que ignoraba era si lo había hecho para desquiciarla —y lo había conseguido— o si su intención había sido despistarla para que no encontrara el camino de regreso a la ciudad.

En cuanto alcanzaron los campamentos el aire cambió, el denso aroma de la resina y el musgo húmedo dio paso al olor acre de la madera quemada, el trino de los petirrojos desapareció y en su lugar el griterío de cientos de hombres rivalizó con el golpeteo de los martillazos y el rasgueo de las sierras. Hasta la luz parecía haber perdido intensidad por la humareda de las fogatas que se elevaba hacia el cielo.

Al alcanzar las afueras de Dawson, Lilianne tuvo la sensación de que alguien había abierto un telón sobre un escenario. La ciudad le parecía más abigarrada de lo que recordaba. Hombres y mujeres de todas las condiciones iban y venían ajetreados, otros holgazaneaban frente a las puertas de los numerosos negocios.

A Cooper el alboroto que le rodeaba le resultaba tan irritante como unas uñas arañando una pizarra. Apretó los dientes y se dirigió hacia Front Street.

—¿A dónde vamos?

La voz le salió ronca por la emoción.

—Primero vamos a comer algo, no he desayunado. Después te llevaré a la tienda de *Madame* Rousseau para que te compres algo de ropa...

—No necesito tu ayuda; ya me has traído hasta aquí, ahora puedo seguir yo sola.

La mirada airada de Cooper le reveló que no estaba de humor para soportar ningún capricho. Lilianne echó hacia delante la barbilla en un gesto desafiante, retándole a que la contradijera. Él se conformó con encogerse de hombros, un instante después volvía a mirar al frente como si se hubiese olvidado de ella. Dejaron los caballos en el establo de Schuster, donde Fred los observó en silencio, y Cooper agradeció el mutismo del chico.

Caminaron por la estrecha acera sin mirarse ni dirigirse la palabra. Lilianne llevaba su bolso de viaje, se había negado a que Cooper se hiciera con él. Había sido un gesto de rebeldía infantil, pero necesario para su orgullo malherido. Ignoraba hacia dónde iban y le daba igual, ya no le quedaban fuerzas para discutir.

Una mujer se acercó a ellos, su aspecto recatado no ocultaba unos andares provocativos ni atemperaba sus miradas atrevidas. Cooper fue el blanco de esa mirada y de una sonrisa incitadora.

—Mackenna —gorjeó la mujer al tiempo que se colgaba de un brazo de Cooper—. ¿Cuándo vendrás a verme al teatro?

La maniobra de la mujer dejó al margen a Lilianne. Esta dio un paso atrás fulminando a Cooper, pero él solo atinó a soltar un suspiro de cansancio.

—Lo siento, Kate, pero apenas saco tiempo para comprar víveres cuando vengo a Dawson.

Se le veía incómodo, pero eso no detuvo los arrullos de Kate.

—Realizo un baile nuevo, ¿recuerdas la despedida de Gustaf? Esa noche, decidí añadir la danza de los velos al espectáculo y está siendo un éxito. La sala se llena todas las noches, y, cuando acabo, casi se cae el techo por los atronadores aplausos de mis admiradores.

—Lo lamento, pero no recuerdo gran cosa de la despedida de Gustaf —se disculpó mientras echaba miradas de reojo a Lilianne—. Puede que un día vaya a verte —dejó caer sin comprometerse a nada.

Lilianne estudió a la desconocida, que ya no lo era tanto. No recordaba su rostro, pero sí que tenía gravado en la memoria el baile de los velos. Por suerte para todos los varones de la ciudad, en ese momento iba ataviada con un traje de mañana que ocultaba sus encantos. Aun así, Kate atraía las miradas de hombres y mujeres; no por su belleza, de la que carecía, ni por su gracia, sino por el extravagante cinturón que circundaba su estrecha cintura. Estaba hecho de pepitas de oro del tamaño de una avellana cada una.

La mujer se dio cuenta del interés de Lilianne por su peculiar cinturón y se echó a reír de manera exagerada. Lilianne arqueó una ceja mientras echaba una mirada a Cooper. Este se encogió de hombros.

—¿Le gusta mi cinturón?

—Es... original —admitió Lilianne a desgana.

—Está hecho con las pepitas que mis admiradores tiran al escenario cuando termino mi función. He elegido las que más me gustaban.

Lilianne asintió y miró hacia otro lado. Era una grosería, pero estaba cansada, de humor irascible y le daba igual lo que llevara esa mujer encima. Por suerte Cooper logró despedirse de Kate sin mucha demora y echaron a andar.

—Una mujer muy peculiar. Hasta ahora todas las que se te han acercado han resultado ser... —Dudó y le echó una mirada—. Todas son muy especiales... ¿Qué puede valer el cinturón de esa Kate No Sé Qué?

—Rockwell, se llama Kate Rockwell, pero es conocida como Kate Klondike. Y su cinturón vale aproximadamente veinte mil dólares. ¿Te impresiona? —preguntó él con sarcasmo.

—No, mi madre lleva joyas más valiosas y mucho más elegantes que ese ridículo cinturón, que no es más que un alarde de ostentación.

—¿Y lo de tu madre no es un alarde de ostentación?

—Seguramente, pero al menos tiene buen gusto.

—Y es tan fría como sus diamantes —masculló Cooper.

Se detuvieron delante de un edificio en cuya fachada de madera tosca colgaba de manera precaria un cartel que anunciaba: Bill McPhee's New Pioneer. El interior de madera en bruto, sin una mano de barniz o pintura, olía a whisky, sudor y a algo que parecía un guiso que daba al lugar un toque casi hogareño. El suelo estaba recubierto de serrín que amortiguaba los pasos y disimulaba las manchas que salpicaban la superficie. Dos ventanas y la puerta proporcionaban luz natural, aun así no era suficiente y de las vigas colgaban lámparas de petróleo encendidas. Frente a la entrada se ubicaba la barra, tan tosca como el resto de la estancia, con estanterías repletas de vasos y botellas justo detrás. A un lateral de la barra colgaba una campana. Dos cabezas disecadas de alce adornaban otra de las paredes; los ojos de vidrio de los animales arrancaron un escalofrío a Lilianne, ni siquiera las imponentes astas otorgaban dignidad a la macabra estampa.

Un hombre de estatura pequeña y complexión enjuta limpiaba vasos al otro lado de la barra. Una prominente barriga estiraba la tela de la camisa hasta abrir los huecos entre los botones, dejando a la vista una camiseta de ropa interior de un color indefinido.

Cooper la acompañó hasta una mesa libre. Con una docilidad que distaba mucho de sentir, Lilianne se sentó donde le señaló y, de manera recatada, entrelazó las manos sobre su regazo mientras miraba a su alrededor. Cualquier distracción era mejor que acribillar con los ojos a Cooper, que parecía presuroso de deshacerse de ella. El local estaba lleno de hombres y mujeres, que rendían buena cuenta del guiso que humeaba en sus platos. El Bill McPhee's New Pioneer reunía una variopinta clientela que ofrecía una mezcolanza de acentos y atavíos sorprendente, aunque lo que prevalecía era el inglés de toda índole, desde el más perezoso acento sureño al más cortante del norte. Dawson era una torre de Babel que, en lugar de pretender alcanzar el cielo, se extendía por la ladera de la montaña Dome hasta las aguas engañosamente mansas del río Yukón.

En la mesa más cercana una joven, que apenas aparentaba veinte años, trataba de encandilar a un hombre taciturno que rondaría los cuarenta. Ella vestía de manera llamativa, él con sobriedad. Ella hablaba sin parar, él barajaba en silencio un taco de cartas con aspecto aburrido. Un camarero se acercó a la pareja y la joven, con gesto coqueto, pidió dos huevos fritos, como si hubiese pedido un manjar. Lilianne reprimió una sonrisa ante la solicitud tan humilde de la joven, pero su gesto pasó a la consternación cuando su acompañante la reprendió por semejante capricho. La joven hizo unos cuantos pucheros, que su acompañante ignoró, y pidió dos raciones de guisos sin consultarla.

—Menudo bruto —masculló por lo bajo, sin perder de vista a la pareja.

Cooper, que había estado observando a Lilianne, sonrió. Fue una mueca teñida de cansancio, por la mala noche que había pasado acostado en el suelo de la cabaña de Paddy, y por la sensación de derrota que le embargaba desde que había tomado la decisión de devolverla a su vida en San Francisco.

Lilianne iba a pedir a Cooper que le aclarara lo que estaba ocurriendo cuando entró un hombrecillo de poco más de metro y medio. Una chistera de piel de castor, fuera de lugar en aquel lugar y a esa hora, le otorgaba unos centímetros más de estatura. Lo que la distrajo no fue su poblado bigote que resultaba ridículo o su escasa estatura, sino su atuendo. A pesar del calor, el hombre se abrigaba con un impecable abrigo ajustado, sobrio, de un rico paño negro, pegado al cuerpo y abotonado por una doble hilera de botones, también negros. El recién llegado miró a su alrededor con satisfacción al tiempo que se quitaba la prenda para dejar a la vista un traje no menos suntuoso y una camisa de un blanco resplandeciente rematada con un cuello rígido. El diamante del alfiler de la corbata arrancaba destellos a la poca luz del local.

Lilianne estaba tan absorta en la contemplación del recién llegado, que se sobresaltó en cuanto el hombre de detrás de la barra empezó a agitar el badajo de la campana, provocando un griterío por todo el Bill McPhee's New Pioneer.

—¡Señores y señoras, el honorable Swiftwater nos honra con su presencia! —vociferó el camarero—. ¡Lo que viene a decir que estáis todos invitados a una ronda!

Swiftwater sonrió, complacido. Como un monarca benevolente, saludó a todos con un gesto de la cabeza. Con poco disimulo, hizo lo posible por sentarse a una mesa cerca de la pareja que había llamado la atención de Lilianne. Un camarero se acercó con presteza a Swiftwater, que preguntó en un murmullo que ella oyó a la perfección:

—¿Qué le ocurre a la señorita Lamore? —Hizo un gesto hacia la joven que seguía con su puchero.

—Gussie ha pedido hace un momento dos huevos fritos —explicó el camarero con seriedad—, pero su acompañante le ha hecho saber que es un manjar demasiado caro.

Swiftwater asintió, como si estuviese debatiendo un asunto de extrema delicadeza.

—Bien, quiero que se frían todos los huevos que tengáis en la cocina...

El camarero carraspeó, interrumpiendo a Swiftwater.

—Si me lo permite, le recuerdo que cobramos un dólar por cada huevo.

El hombrecillo sonrió, provocando así que su poblado bigote se abriera como un abanico.

—Sí, lo sé. Y una vez los tengáis fritos, serviréis dos a la señorita Lamore y echaréis el resto a los perros de la calle —ordenó con magnanimidad.

El camarero volvió a carraspear.

—Señor Swiftwater, acabamos de recibir tres docenas de huevos.

—Pues que sean tres docenas de huevos.

Lilianne registró la escena con los ojos muy abiertos, tan asombrada como cuando había visto a la bailarina subida a una mesa la noche que llegó a Dawson. Perdió la compostura y dejó que su mandíbula se descolgara unos centímetros por esos treinta y seis dólares tirados a los perros. Aquello superaba su entendimiento, en San Francisco una comida en un restaurante familiar costaba veinticinco centavos. En Dawson un huevo costaba un dólar.

—¿Quién es ese hombre? —preguntó a Cooper.

—William Gates. Hace dos años fregaba suelos por unos tragos en Circle City. Ahora es uno de los hombres más ricos del Klondike.

—Nada tiene sentido en esta ciudad —masculló por lo bajo, de mal humor.

Lilianne no conseguía apartar la mirada de la pareja y de Swiftwater, que no ocultaba su admiración por la señorita Gussie Lamore. La joven lanzaba miradas especulativas al señor Swiftwater después de haber oído lo que pretendía hacer con los huevos mientras su taciturno y tacaño compañero daba buena cuenta de su guiso. La escena era lo más parecido a un vodevil sin escenario y con Lilianne como único público porque todos los demás se habían olvidado de ellos tras conseguir el trago gratuito.

—Por eso mismo debes volver a San Francisco —le recordó Cooper en tono áspero—. Nunca te integrarás en un lugar como Dawson. Tu sitio no está entre esta gente.

—Sobre todo cerca de ti... —farfulló ella por lo bajo.

No supo si la había oído, pero no hubo respuesta por parte de Cooper. Ni siquiera la miraba, tamborileaba con los dedos la mesa al tiempo que estudiaba todo lo que le rodeaba con impaciencia.

Durante unos minutos Lilianne había olvidado la razón por la que habían regresado a Dawson y todo su asombro por lo que acababa de presenciar se diluyó. Ni siquiera dedicó unos segundos de su tiempo a los dos camareros que salieron de la cocina cargados de bandejas colmadas de huevos fritos y que tiraron a los perros de la calle. No prestó atención a lo que Cooper pedía al camarero, que por fin se había acercado a ellos. Estaba perdida en sus pensamientos, en sus divagaciones acerca de aquel viaje y sus desconcertantes sentimientos. En efecto, nada tenía sentido en aquel lugar, ni siquiera el odio con el que había llegado al Yukón; ya no quedaba nada, excepto una sensación de fracaso que enturbiaba cuanto sucedía a su alrededor.

—Entonces todo acaba aquí —dijo ella sin pensar. De repente le escocían los ojos—. Ayer me acusaste de no haber tenido mucha fe en ti, pero tú nunca creíste en mí, desde el principio. Para ti siempre fui frágil, la parte débil; me tratabas como una figura de cristal a punto de romperse. —Se echó hacia delante con las manos apoyadas en la mesa—. ¿Acaso creías que no me daba cuenta de cómo me mirabas en aquella pensión de Oakland? ¿Qué pensabas, Cooper? ¿Que me vendría abajo en cualquier momento? ¿Que jamás sería lo suficientemente fuerte para vivir lejos del lujo de mi hogar?

Cooper se mantuvo en silencio mientras el camarero les servía a cada uno un plato de guiso humeante y una taza desportillada llena de leche.

—Señor Mackenna, le recuerdo que cada taza de leche cuesta cinco dólares —le señaló el camarero en un tono de displicencia acompañado de una mirada suspicaz.

—Lárgate de aquí —gruñó Cooper.

Después imitó la postura de Lilianne. Se enfrentaban como dos gallos de pelea con la mesa como única barrera entre ellos. Mientras los demás comensales comían y hablaban, ellos mantenían un pulso en el que estaba en juego lo poco que les quedaba de su pasado en común: los recuerdos.

—Sí, Lily, estaba asustado. Se me helaba la sangre cuando pensaba en lo que sería de ti si me ocurría algo. Nunca has velado por ti misma ni has pasado hambre o frío, siempre has tenido a alguien a tu lado para cuidarte. No me acuses ahora de no haber creído en ti. Creíste que nuestra huida era una aventura, no eras consciente de los peligros a los que nos íbamos a enfrentar y después... después te cansaste. ¿No es así, Lilianne?

Cooper agachó la cabeza, arrepentido por su arrebato; no era lo que había esperado en su última comida con ella. Apretó los labios, se negaba a que la última acusación se le escapara. Eso mataría lo único que había sido realmente sagrado entre ellos.

Ante aquella nueva revelación, Lilianne tomó aire lentamente, sintiendo como se le contraía el pecho en lugar de expandirse. Cooper estaba decidido a culparla de todo, de su fracasado matrimonio, de su huida sin final feliz.

—Mírame —le pidió ella. Al entender que él no le haría caso, soltó el aire que estaba reteniendo—. Dado que me culpas de todos tus males, solo me queda pedirte disculpas por lo que te hizo mi familia. Ahora entiendo que nunca fuimos dueños de nuestras vidas, que ni siquiera tú creíste en nosotros, al menos no creíste en mí. Gracias por aclarármelo, al menos ya sé a qué atenerme. Dejaré de pensar que durante una semana fuimos lo que quisimos. Lamento haber sido una carga para ti.

Lilianne barrió el local con una mirada borrosa por las lágrimas. Las revelaciones de Cooper la habían dejado desarmada porque hasta cierto punto estaba en lo cierto: jamás había luchado sus propias batallas sin el respaldo de alguien. Había desafiado la voluntad de su padre apoyándose en Cooper. Después se había aferrado a su tía Violette, al doctor Donner, pero jamás había sido dueña de sus decisiones sin la seguridad de que alguien estuviese a su lado para rescatarla. Había sido cobarde y seguía siéndolo, aquel viaje al Klondike solo había sido una rabieta.

Cooper tragó con dificultad el guiso, la carne no le supo a nada. Le agitaban emociones encontradas, la sangre le fluía demasiado rápido en los oídos, como el aullido de un viento del pasado. Nunca fueron dueños de sus destinos, en eso Lilianne tenía razón, y jamás habían tenido la más mínima oportunidad, ni siquiera ahora que Cooper era un hombre rico. El pasado los separaba irremediablemente. Al menos esa vez habría una despedida y la decisión la tomaba él.

—No quieres saber nada de nuestro...

—¡No! No quiero saber nada —exclamó Cooper con frialdad. Soltó la cuchara con un golpe seco sobre la mesa y se inclinó un poco hacia delante—. No quiero saber nada más.

Las palabras escupidas con tanta rabia escocieron a Lilianne como sal en una herida abierta. Agachó la cabeza para que no viera las lágrimas que anegaban sus ojos.

—Come —le ordenó Cooper.

—No tengo hambre —replicó en un susurro, consciente de que había sonado infantil.

—Pues trae...

Sin más contemplaciones, Cooper se hizo con el plato de Lilianne y se lo comió en silencio al tiempo que ella era testigo de cómo la señorita Lamore había abandonado a su malhumorado acompañante y degustaba champán y ostras junto a un encandilado Swiftwater. Echó una última mirada a Cooper, que comía con la cabeza agachada; la pena, el dolor, la humillación estaban dando paso a una ira que apenas controlaba. Apretó los puños sobre su regazo, temerosa de dejarse llevar por el impulso de asestarle un buen manotazo para que se enderezara, para que la mirara a los ojos, que le dijera sin dudar ni pestañear que todo lo que habían vivido juntos no había sido más que una dura carga para él.

—Deja de comer como un cerdo —espetó de manera dura y cruel—. ¿Acaso has olvidado comer como una persona?

Había hablado en voz baja, solo él la había oído, pero Swiftwater y Gussie tuvieron que intuir algo porque dejaron de engullir ostras y reír tontamente para mirarlos con curiosidad.

Cooper alzó la cabeza lentamente y esbozó una sonrisa lobuna.

—Quiero que te lleves lo mejor de mí. Tu padre decía que yo no era mejor que una alimaña...

—No te esfuerces mucho, no te echaré de menos ni pensaré en ti. Cuando abandone esta maldita ciudad, ya te habré borrado de mi vida.

—Lo sé, ya lo hiciste en el pasado.

30

Lilianne esperaba junto a las oficinas de la Compañía Comercial de Alaska sentada sobre una caja de madera mientras Cooper le compraba el pasaje que la llevaría de vuelta a Saint Michael y después a San Francisco. Anteriormente la había llevado a un colmado donde vendían de todo y todo costaba una fortuna, desde las verduras al colmillo de un mamut prehistórico desenterrado en alguna prospección. Lilianne había elegido dos faldas y dos blusas sin prestar atención, aturdida por los reproches de Cooper, y cuando se había propuesto pagar, el propietario había preferido el polvo de oro de Cooper a los billetes de Lilianne. No había discutido, si Cooper pensaba que era una inútil, pues que se gastara el oro que no le sobraba.

Una y otra vez había rememorado las semanas posteriores a la desaparición de Cooper. Él no sabía nada, ignoraba lo que le habían hecho, lo que ella había consentido por carecer de las fuerzas para seguir luchando. Tal vez Cooper debía saberlo, pero ya nada tenía sentido. Lo sensato era regresar e iniciar su divorcio para después casarse con Aidan.

Aidan. Apenas había pensado en él desde que había puesto un pie en el Yukón. Lo mejor era regresar y contentar a todos. Hasta sus padres estarían por fin satisfechos. Entonces, ¿por qué se sentía tan resentida y enfadada consigo misma?

Cooper salió de las oficinas, sostenía unos documentos que le tendió nada más verla. Ella ni siquiera se puso en pie, cansada de no hacer nada, de decepcionarse a sí misma. Le estudió intentando gravar en su mente los detalles del hombre en el que se había convertido, de repente conmovida por un recuerdo.

—Nada ni nadie nos separará —le susurró él con el rostro enterrado contra su cuello—. Dime que jamás dejarás de amarme...

Ella le envolvió en sus brazos e imprimió en su respuesta todo lo que sentía por él, ese amor tan grande y apasionado que algunas veces la asustaba.

—Jamás dejaré que nos separen. Y jamás dejaré de amarte.

Se resistía a creer que nada de todo aquello había sido cierto, que ella había sufrido tanto por nada. Parpadeó para alejar las lágrimas y desvió la mirada hacia el *Hannah*, el vapor que la alejaría de su pasado para siempre. Esa despedida sería la definitiva y con ello Cooper y ella enterraban lo que un día había sido perfecto, aunque durara tan poco.

—¿Qué te ocurre? —inquirió él con brusquedad.

—El polvo me molesta, no es nada. —Se acercó a él y cogió los pasajes, que guardó en su bolso de viaje—. Solo te pido una cosa: cuida de *Bravo*, no dejes que caiga en manos de un bruto que lo maltrate.

Cooper asintió lentamente; Lilianne se mostraba extrañamente dócil, casi apática, ajena a todo lo que la rodeaba. No soportaba que no lo mirara, se había aislado en un rincón de su mente donde él no podía acceder, donde solo Lilianne tenía cabida. Se sintió absurdamente rechazado, como si ella ya le hubiese eliminado de su vida. Quería un último recuerdo, uno más que se sumaría a los muchos que atesoraba aunque ella creyera lo contrario.

Llevado por un impulso, le colocó una mano en la nuca y la acercó hasta que su cuerpo chocó contra el suyo, tan cerca que se perdió en sus ojos verdes como si se zambullera en una laguna templada. Fue más de lo que Cooper pudo soportar, la besó como había deseado hacerlo desde que ella había reaparecido en su vida, precisaba una última tregua con Lilianne. En cuanto el barco zarpara, la perdería. Era lo que había decidido, pero nadie le privaría de esa última caricia.

La envolvió en un abrazo posesivo; aunque se empeñara en engañarse, siempre la consideraría suya, en sus recuerdos, en las falsas ilusiones que su mente creaba cuando bajaba la guardia. La lacerante familiaridad regresó, las emociones se reavivaron y desbancaron la sensación de vacío que ya intuía que le acompañaría en cuanto ella desapareciera. Después él seguiría adelante solo, como había hecho durante esos últimos años, viviendo a medias, anhelándola como se anhela tocar una estrella lejana.

Lilianne intentó mantenerse pasiva ante el beso, pero su voluntad se rasgó en mil pedazos. Se aferró a él, le devolvió cada caricia con la misma exigencia, la misma impaciencia. Y todo fue perfecto, como lo había sido en el pasado. Con un solo beso, que les robaba el alma, volvían a encontrarse: resentidos, cautos, alarmados por sus emociones, atormentados por lo que pudo ser y nunca fue. Era como antes y a la vez el beso cobraba un cariz desesperado; se reconocían y se descubrían a través de esa tregua, que se hacía más angustiosa por la inminente despedida.

Cooper deslizó los labios hasta una de sus comisuras, donde depositó un beso en ese exquisito rincón que escondía tan bien las sonrisas de la Lily del ayer. Siguió su caricia por la mejilla, trazó de memoria el recorrido que había descubierto años atrás. Subió hasta una sien, donde dejó la huella de otro beso, y por fin llegó a su frente. Cerró los ojos e inhaló el aroma de su cabello de fuego y seda. Se sentía las manos agarrotadas, rehusaban soltarla, dejarla ir, pero la razón se imponía: Lily solo existía en su recuerdo. Inhaló una segunda vez, deseoso de imprimir ese último recuerdo en lo más hondo de su mente, allí donde brillaría como una llama incandescente mientras ella volaba hacia otros horizontes, hacia un mundo de fiestas y respetabilidad, donde él jamás tendría cabida.

La soltó con tanta brusquedad que ella trastabilló. Su mirada, todavía aturdida por el beso, reflejó desconcierto. Cooper supo que la había herido. Cuanto antes lo entendiera, antes aprenderían a vivir sin el otro, como había sido en los últimos nueve años.

—El vapor zarpa dentro de una hora. He hablado con el capitán, ya puedes subir.

Lilianne ahogó un jadeo; su corazón seguía palpitando con fuerza, todavía sentía la huella de Cooper; sin embargo, él la alejaba de un zarpazo certero.

—Te odio —susurró, escupiendo toda su rabia en cada sílaba por haber sido manipulada.

Él dibujó una sonrisa y arqueó una ceja.

—Prefiero que me odies a que me tengas lástima. Adiós Lily, siempre serás un bonito recuerdo, pero no nos engañemos, lo nuestro solo fue una ilusión.

Lilianne permaneció inmóvil; era mentira, precisaba creer que así era. Tenía que ser otra argucia de Cooper, otro de sus juegos crueles para castigarla.

—Mientes —susurró, sin aliento.

—Eres libre de pensar lo que quieras. En realidad nuestro matrimonio jamás habría salido bien, incluso si no hubiesen dado con nosotros.

Cooper se encogió de hombros fingiendo una despreocupación que le asqueaba. La estaba alejando de él no solo en el plano físico, la apartaba de manera cruel pisoteando todo lo que habían sido el uno para el otro.

—Solo fue un juego, Lily, no le des más importancia. Podría haber sido peor, te lo aseguro.

La rabia estalló en forma de bofetada de Lilianne a Cooper. Él no se inmutó.

—¡Vete! —le ordenó ella, con la respiración agitada y los puños apretados—. Vete y ojalá te pudras en tu maldito arroyo.

Le dio la espalda para que no viera cuan cerca estaba de estallar en lágrimas. Oyó sus pasos alejarse sobre la acera de madera. Se permitió una última debilidad, se dio la vuelta y le miró hasta que desapareció al girar en la primera esquina.

—Ojalá pudiera borrarte de mi recuerdo para siempre —murmuró con voz temblorosa.

A pesar de la revelación de Cooper y de su actitud, Lilianne estaba a punto de cometer una locura. Una voz susurrante le ordenaba que corriera tras él para exigirle que le dijera a la cara que jamás la había amado. Porque ella seguía amándolo. ¿Cómo no se había dado cuenta antes? Había disfrazado tan bien sus sentimientos, que se había engañado creyéndose curada de lo que había sentido por Cooper.

Se dejó caer sobre una caja de madera ignorando las miradas de los que habían sido testigos de su extraña despedida. Delante de ella el *Hannah* esperaba con el ruido de fondo de las bocinas de los barcos. La tripulación cargaba los víveres necesarios para el viaje y las cajas de madera que contenían el oro de los afortunados. A lo lejos se oía un hombre pregonar los titulares del *Nugget*, uno de los periódicos de la ciudad. No muy lejos se inmiscuía entre el rumor de las conversaciones un piano acompañado del chirrido de un violín desafinado. Los ladridos de los perros, que abundaban por cualquier rincón, le parecieron atronadores, así como el golpeteo de los martillos, que armaban una nueva edificación. Le recordaron los pájaros carpinteros junto al arroyo Mackenna. Poco a poco las voces, los ruidos se convirtieron en un zumbido, la ciudad se había convertido en una gigantesca colmena cuya abeja reina era el oro del Klondike.

Su mirada aturdida vagó por la multitud, reconoció a los *cheechakos*, como había oído a Paddy llamar a los novatos. Se distinguían enseguida de los veteranos por su atuendo algo más cuidado, aún preocupados por su aspecto, deseosos de preservar la esencia de lo que un día habían sido, aunque fuera con lo poco que les quedaba de su equipamiento. Caminaban cabizbajos, como si buscaran en el barro las respuestas a sus dudas; analizaban seguramente las razones que los habían llevado a aquel lugar tan extraño. Como le había sucedido a Lilianne, todas sus convicciones se habían desvanecido nada más poner un pie en Dawson.

En sus miradas vacuas Lilianne reconocía la misma incertidumbre que la embargaba; había aspirado zanjar de una vez por todas las dudas de su pasado, pero se sentía perdida una vez alcanzada su meta. En su caso, regresar no era lo que más anhelaba. Su nueva meta era algo que se le escapaba, algo etéreo pero insistente, que iba y venía, que la envolvía, la dejaba en un estado meditativo que la turbaba.

Siguió con su escrutinio, deseosa de encontrar las respuestas que escapaban a su extraño aturdimiento.

Se fijó en los *sourdoughs* que caminaban con brío mascando tabaco, con la cabeza muy alta a pesar de ir ataviados con harapos. Habían sobrevivido a demasiadas penurias durante años como para pararse a pensar en futilidades. Poco les importaba su aspecto, sus botas remendadas con cuerdas o sus manos sucias y callosas; tenían otros menesteres en mente por lo que preocuparse. Sus rostros barbudos, curtidos por el sol y el viento del norte, contaban una larga historia. Sus ojos agudos, acostumbrados a sortear el peligro, lo abarcaban todo como un rey que contemplaba su reino, siempre con una tarea pendiente, pensando en su oro tan duramente conseguido tras años de vagabundeo por una tierra hostil que los había hecho más fuertes, más libres, más audaces. Lanzaban miradas condescendientes a los novatos atontados que vagaban como moscas mareadas, se negaban a reconocer en ellos al novato que un día habían sido.

«El Yukón es tierra de hombres duros, no de ingenuos», decían los ojos de los *sourdoughs*.

Tanta actividad a su alrededor la asombraba y a la vez le producía una sensación de indignación. Todos seguían adelante, todos parecían tener un propósito, ya fuera quedarse o marcharse, buscaban su camino mientras que ella se había quedado estancada en el pasado, en su zozobra, en la sensación de haber fracasado en cuanto le había importado: su vida junto a Cooper, su derecho a ser madre, el deseo de ser ella misma y no lo que los demás habían esperado de ella.

Alzó la vista al cielo un buen rato, reparó en el recorrido de un solitario ganso salvaje que sobrevolaba el río, después pensó en lo que Cooper le había dicho en el Bill McPhee's New Pioneer. Meditó sobre lo que realmente deseaba, no sobre lo que su padre, Aidan y Cooper esperaban de ella.

En ese momento quería una vida propia aunque fuera durante unas semanas. Quizá fuese por estar en aquel lugar extraño, donde todos iban y venían sin seguir ninguna norma. Ricos y pobres, trabajadores y timadores, gente de cualquier nacionalidad, todos se codeaban sin barreras en busca de una nueva vida. Necesitaba probar su valor, salir adelante como lo había hecho Amalia Godwin.

Sacó del bolso los documentos que Cooper le había entregado. Como había sospechado, la despachaba como un paquete; se había encargado de sacarle pasajes hasta San Francisco. Volvió a estudiar el *Hannah* que desprendía seguridad y lujo, decorado con maderas nobles, latón y bronce relucientes, acto seguido barrió la orilla donde decenas de embarcaciones, mucho más pequeñas y humildes, se balanceaban al ritmo de la corriente del río Yukón como una prolongación de la ciudad. Muchas de ellas eran el hogar de hombres y mujeres que se habían arriesgado a desafiar el frío y el hambre a cambio de convertir un sueño en una realidad.

Un hombre, que la había observado durante unos minutos, se acercó a ella. Su atuendo arrancó una sonrisa desdibujada a Lilianne: llevaba puesto un gorro raído de piel de castor a pesar del calor y un chubasquero de lona encerada, que había conocido tiempos mejores a juzgar por los puños deshilachados, las numerosas manchas y los remiendos. Calzaba gruesas botas para la nieve que se caían a trozos. Y aunque la luz empezaba a menguar por las nubes que amenazaban lluvia, el desconocido llevaba unas extrañas gafas de montura metálica y cristales muy oscuros para la nieve, que le otorgaban el aspecto de una gigantesca mosca de mirada asombrada. Resultaba imposible determinar qué edad tenía.

El hombre se sentó a su lado en la acera con gesto cansado. Encogió las piernas y descansó los antebrazos sobre las rodillas. Pasado un instante señaló con la cabeza el *Hannah*, cuyos pasajeros esperaban a que la tripulación acabara de cargar la bodega.

—Mírelos —dijo casi para sí mismo—, algunos lo han perdido todo y en ese barco está su última oportunidad de volver junto a los suyos. Otros se van de aquí ricos como jamás lo habían soñado. ¿No le parece extraño? Todos llegaron al mismo lugar con las mismas oportunidades y qué diferentes serán sus futuros.

Por su aspecto, no había sido de los afortunados; su voz delataba resignación y derrota. Lilianne asintió sin saber qué decir. Permanecieron callados, rodeados del bullicio del embarcadero y de Front Street. Unos perros pasaron tirando de un trineo con ruedas que un hombre guiaba con pericia entre las carretas y los caballos. Dawson palpitaba de vida, se respiraba la euforia de algunos y la decepción de otros.

—Hace tan solo dos años —retomó el hilo el hombre— aquí no se oía más que el croar de los cuervos y solo se veían caribúes y alces pastando. Esa montaña de ahí atrás ni siquiera tenía nombre, así como muchos de los arroyos de por aquí.

Lilianne lo escuchaba, agradecida por la cháchara del desconocido; al menos mientras le escuchaba no pensaba en ella misma ni se compadecía por sus errores.

—Estuve aquí con Robert Henderson cuando subió a la cima de esa montaña en el verano del 96 y vio todos esos arroyos que nacían de la montaña como los rayos de un sol hecho de tierra y roca. Lo llamó Gold Botton porque intuyó que había oro, era un buen minero. Estuve con él cuando bateó en Rabbit Creek y encontramos oro, pero nos quedamos sin provisiones y cometimos el error de no registrar el descubrimiento primero.

Lilianne desconocía esa versión; para la prensa, que se había hecho eco del hallazgo del Klondike, había sido un tal Carmack quien había dado con el yacimiento aurífero. Se lo comentó al hombre.

—Ese maldito *siwash* traidor. Nos encontramos con él y Henderson siguió el antiguo código de honor entre mineros: le informó que había oro en los arroyos del Klondike, después nos dirigimos al colmado de Ladue, pero Henderson y yo enfermamos. Se nos echó encima el invierno y no pudimos volver al río Klondike hasta el deshielo. Cuando llegamos aquí, nos enteramos que Carmack se jactaba de haber sido el primero en encontrar oro. —Soltó un bufido de desprecio—. Menudo descaro cuando ni siquiera fue él sino su cuñado, ese indio grandullón: Skookum Jim, pero temieron que no se permitiera a un indio registrar una concesión, así que lo hizo Carmack en su lugar.

—Creí que todos tenían las mismas oportunidades en el río Klondike —intervino Lilianne, atrapada por el relato del hombre.

—Skookum Jim y su hermano Charlie Tagish son la excepción. Los indios no tienen ningún derecho —musitó al tiempo que se subía las gafas a la frente dejando a la vista unos ojos oscuros cuyos párpados pesados le conferían un aire somnoliento.

—¿Y qué hizo usted cuando volvió aquí? —preguntó ella conmovida por el aspecto vencido por la mala suerte del hombre, porque intuía que había perseguido un sueño que siempre había estado a su alcance pero sin llegar a tocarlo.

Como ella.

—Volví a intentarlo; cuando me recuperé, me hice con una concesión, pero apenas me dio para no morirme de hambre.

La voz del hombre fue perdiendo fuerza. Su mirada cansada buscó algo, más allá de los barcos, del río Yukón, hasta las colinas en la otra orilla, donde la naturaleza permanecía intacta. Era desconcertante ver tanta actividad a un lado del río y tanta paz en el otro. El hombre desvió su atención de las colinas ondulantes para detenerse en Lilianne.

—Me imagino que mi familia y mis amigos en Chicago me dan por muerto, y prefiero que sea así o que piensen que me he convertido en un hombre importante que vive en una mansión.

—¿No quiere regresar?

—Quizá... no lo sé. No quiero mucho, una casita, una mecedora junto a un buen fuego y un trabajo en el que pueda desenvolverme.

El rostro del hombre se relajó y esbozó una sonrisa que reveló los huecos que habían dejado los dientes que había perdido.

—No me mire con lástima, señorita, no me arrepiento de nada.

—Sus ojos volvieron a la colina en la otra orilla, y musitó al cabo de unos segundos—: He vivido como he querido. Y usted, señorita, ¿qué busca aquí?

Clavó sus ojos cansados y sabios en los de Lilianne, ella dio un respingo.

—¿Cree que busco algo?

El hombre se rio por lo bajo.

—Aquí todos buscan algo o a alguien. Un buen yacimiento, una aventura, la libertad, una nueva vida... hay quien busca a un hermano, un padre, un marido...

Lilianne meditó la respuesta al tiempo que miraba fijamente los pasajes que sostenía en una mano. Había viajado al Yukón en busca de Cooper, de la llave que le abriera la puerta de un futuro prometedor junto a Aidan pero allí sentada sobre una robusta caja de madera, en una tierra extraña junto a un desconocido, se preguntó si las razones que la habían llevado hasta allí no eran otras. Ya tenía lo que había ido a buscar, pero ya no era suficiente. Lo sabía en lo más hondo, ahí donde una débil llama intentaba indicarle el camino a seguir.

—No sé lo que busco, pero presiento que está aquí. ¿Tiene sentido? —preguntó indecisa.

El hombre se rio con ganas y Lilianne le acompañó sin entender la razón por la que ese hombre le inspiraba tanta confianza.

—No lo sé, señorita... —Le tendió una mano—. Me llamó Phill Jones. A su servicio.

—Lilianne Parker. ¿Hay una oficina de telégrafo en esta ciudad?

—La Yukon Telegraph Company se ha instalado en el hotel Dominion, al menos de momento. Se comunican a diario con su oficina principal en Lousetown y de ahí al resto del país y Estados Unidos.

Ella sonrió con sinceridad y le tendió una mano.

— Gracias por todo.

—No he hecho nada.

—Yo creo que sí.

31

Tras dejar a Lilianne en el embarcadero del *Hannah* con los pasajes que la llevarían de nuevo hacia una vida segura y tranquila, Cooper había visitado al superintendente Steele por si se sabía algo nuevo sobre la muerte de Danton.

Steele se atusó el bigote e hizo una mueca.

—Lo siento, no tengo nada más...

Estaban de pie, frente a frente. Los dos hombres eran de la misma estatura y si alguien inspiraba respeto era el superintendente, pero la frustración impulsaba a Cooper a hablarle con rudeza.

—Grass es un crápula, usted y yo lo sabemos. Sus *mounties* no han hecho nada por Danton, se conforman con pasearse como damiselas luciendo sus bonitas chaquetas rojas.

Steele le escuchaba con calma, sin alterarse.

—Era su amigo y entiendo que quiera averiguar la verdad —empezó en tono apaciguador—, pero nadie habla del asunto, temen a Grass. Y eso me molesta sobremanera. No quiero a ningún maleante que se crea el amo de esta ciudad como ha pasado en Skagway con la banda de Soapy. He interrogado a Grass, estoy investigando sus negocios, pero ni mis impresiones ni las suyas son suficientes para acusarlo de asesinato. Si consigue las pruebas necesarias, Mackenna, tomaré cartas en el asunto...

—¿Entonces todo acaba aquí? ¿No habrá más investigación?

Steele soltó un suspiro que transmitió un profundo cansancio.

—Estoy haciendo cuanto puedo, solo dispongo de un puñado de hombres para vigilar un vasto territorio en su mayoría aún salvaje y una ciudad que crece a una velocidad alarmante. En un año Dawson ha pasado de tener unos tres o cuatro mil habitantes el verano pasado a superar los treinta mil este año y el goteo de personas que llegan a diario no cesa. Lamento la muerte de Danton, pero no dispongo de medios para vigilar día y noche a Grass.

—¿Entonces le dejamos hacer lo que quiera?

—Deme tiempo —le pidió, conciliador—. Llevo poco tiempo, la gente aún no me conoce. Sé que Grass chantajea a algunos comerciantes, que se niegan a denunciarlo. Aunque dispongo de pocos hombres, tarde o temprano cometerá un error y le echaremos el guante.

—¿Y cuántos hombres deberán morir antes de eso?

Mackenna salió de la austera cabaña que era el cuartel de los *mounties*. No sabía qué hacer con la muerte de Danton, pero al menos había hecho lo correcto con Lilianne. Entonces, ¿por qué no experimentaba satisfacción alguna? Todavía sentía su cuerpo temblando pegado al suyo, su boca entregándose a él, su lengua devolviendo las caricias. Todavía podía saborearla como un aroma pertinaz que no desaparecía por mucho que lo deseara. Quizás unos cuantos tragos le impidieran regresar al embarcadero y llevársela de nuevo a la cabaña.

Por eso bebía desde hacía un rato, y porque se sentía como un idiota por haberla dejado ir cuando no había transcurrido el mes que le había pedido. Y porque la amaba y jamás se lo diría, aunque le fuera la vida en ello.

Había pensado que el alcohol le nublaría la mente lo suficiente como para darle una tregua ese día, pero no lo estaba consiguiendo. Tan solo unos minutos antes le había parecido verla pasar por la acera de enfrente; la visión había sido fugaz. Había seguido la cabellera cobriza, dividido entre la esperanza y la cólera, pero a la altura del hotel Dominion la silueta había desaparecido. Había sido una ilusión.

Por el rabillo del ojo reconoció la silueta de Cora junto a la puerta del bar de su hotel. No debería haber ido allí, pero a esa hora el Palladium estaba tranquilo y se servía un buen whisky. Repasó el suave ondular de sus caderas mientras se acercaba a él, la curva de sus pechos y pudo percibir su perfume antes de tenerla delante. Después la vio esbozando esa media sonrisa que le sacaba de quicio, aun así habría sido un mentiroso negar lo guapa que era. Ella se sentó sin haber sido invitada.

—¿No es un poco temprano para empezar a beber?

La voz de Cora transmitía una burla apenas reprimida, que irritó a Cooper.

—Déjame en paz.

—¿Dónde has dejado a esa mujercita? —Alzó una ceja para imprimir más sorna a su pregunta—. ¿Sigue por aquí o la has tirado a las zarpas de un oso?

Mientras hablaba, Cora le acariciaba con la punta de los dedos el dorso de la mano. El gesto habría sido inocente si no hubiese ido acompañado de una mirada sugerente. Cooper observó las dos manos: la suya grande, áspera y morena; la de Cora, blanca, pequeña y delicada. Sin proponérselo recordó las manos de Lilianne, aferradas a él esa misma mañana, como un náufrago que se negaba a soltar su tabla de salvación. Y él la había apartado sin miramiento, consciente de que debía hacerlo, aunque le doliera como si le amputaran una parte de sí mismo.

Cerró los párpados un instante; necesitaba alejarla, eliminar para siempre su recuerdo.

—No pareces muy contento —dijo Cora, malinterpretando el gesto de Cooper—. Me da la sensación de que esa jovencita no ha sabido hacerte feliz. ¿Por eso has regresado a mí?

—No empieces... —replicó él—. Ella se ha marchado —añadió más para convencerse que para informar a Cora—. Ahora quiero beber en paz.

Ella se echó hacia delante al tiempo que agarraba con más fuerza la mano de Cooper.

—Pobre Cooper, desafortunado en el amor... Quizá yo pueda ayudarte...

Cora había acertado en lo concerniente a Lilianne. En ese momento Cooper estaba pensando en el dicho que afirmaba que un clavo sacaba a otro. Estudió el rostro perfecto de Cora, la delicadeza de la boca ligeramente entreabierta, de aspecto tierno, inocente. Intuía que Cora sabría arrancarle a Lilianne de la cabeza durante una hora. El tiempo suficiente para no cometer una locura y regresar a Mackenna Creek con ella.

Se puso en pie de repente. Salió del bar tirando de ella para dirigirse a las escaleras que subían a las habitaciones. Se arrancaría el recuerdo de Lilianne como fuese, aunque fuera cometiendo una locura de la que se arrepentiría después.

Cora sonrió mientras Cooper la llevaba hasta su *suite*. Una vez frente a la puerta se sacó la llave del bolsillo con gesto lento. Ya lo tenía donde quería, por fin había vencido las barreras de Cooper. Todo su cuerpo se estremeció de deseo.

En el interior la besó sin un preludio ni contemplaciones, deseoso de olvidar aunque fuera en brazos de la mujer equivocada. Sus manos la recorrieron con premura, desatando lazos y soltando botones. Su cuerpo reaccionó a la cercanía de Cora, a sus caricias. Sin embargo, algo no encajaba, quizá fuera el denso perfume de Cora, sus manos en exceso vehementes, su cuerpo demasiado lánguido contra el suyo, su boca en demasía sedienta. Su mente se resistía a aceptar lo que estaba haciendo, muy a su pesar evocaba la noche en la que Lilianne se había quedado desnuda en su cabaña: preciosa, altiva e inalcanzable. La mujer que estaba besando no sabía a Lilianne, no la sentía igual, no le hervía la sangre ni le nublaba la mente.

Recobró la sensatez, soltó a Cora y dio un paso atrás como si ella le quemara.

—No puedo...

Cora estaba a medio desvestir, sus mejillas mostraban un ligero sonrojo y sus ojos brillaban con avidez.

—¿Cómo que no puedes...? —inquirió, boquiabierta—. No me digas que no puedes por esa mosquita muerta.

Hizo el ademán de acercarse a Cooper, decidida a conseguir lo que quería, pero él volvió a retroceder y se pasó una mano por el pelo enmarañado. Soltó una maldición entre dientes por haber sido un redomado estúpido.

—No puedo y punto.

Cora soltó una carcajada, que sonó a Cooper como un latigazo.

—Esa mujer te ha castrado como a un idiota. El gran Cooper Mackenna ha caído rendido a los pies de una mujer insignificante. Yo sé cómo hacerte feliz —espetó con vehemencia.

—Lo siento, Cora. Me he portado como un imbécil, pero tú y yo sabemos que jamás podré confiar en ti. No cuando sé que estuviste rondando a Danton antes de su muerte y que tu socio es Grass. No, Cora —añadió negando con la cabeza—. Jamás volveré a cometer el error de caer en tus redes.

Los ojos de Cora echaban chispas, apretó la mandíbula y entornó los ojos.

—No me rechaces, Mackenna. Si sales ahora de esta habitación, me tendrás de enemiga.

Salió haciendo oídos sordos a sus amenazas y se topó con uno de los hermanos Cullen, que vigilaba la puerta del despacho de Grass. Necesitaba hacer algo, descargar las emociones que bullían en su interior y nadie mejor que el maldito alemán para dar rienda suelta a su ofuscación. Era otra insensatez, pero dado que aquel iba a ser uno de los peores días de su vida, decidió rematarlo con otro disparate solo para darse el gusto.

—Quiero ver a Grass. ¿Crees que la comadreja podría salir de su agujero?

Cullen se interpuso en su camino esbozando una sonrisa maliciosa y adoptó una pose chulesca que casi divirtió a Cooper. Por su aspecto y por la mirada torva le recordó un toro.

—Lárgate, el señor Grass no quiere ser molestado. —Le asestó un empujón que no disuadió a Cooper—. Conque vas de duro...

Cullen hizo el ademán de golpearlo, pero Cooper fue más rápido y derribó al hombre de un golpe en la mandíbula que lo dejó aturdido en el suelo. Entró en la oficina llevándoselo a rastras y tiró el cuerpo flácido frente a la mesa de Grass. Este, sobresaltado, levantó la vista del libro de contabilidad abierto delante de él, se echó hacia delante para mirar a Cullen en el suelo, después evaluó sus oportunidades de salir indemne de su despacho.

Cooper estudió la estancia en busca de otro matón. No había nadie más. Sus ojos se concentraron en una delicada cadena que colgaba de una pequeña talla de madera. La reconoció, sabía que en el interior del pequeño dije había un mechón de cabello rubio de Giselle, la novia del desafortunado francés. Se movió con rapidez sorteando la mesa para agarrar a Grass del cuello. Lo alzó de la silla mientras el otro trataba de soltarse torpemente.

—Sé que mataste a Danton y tarde o temprano pagarás por ello —le amenazó.

Estaba poniendo sobre aviso a Grass, que no era un necio. Si el alemán había llegado tan lejos no había sido gracias a su imprudencia. La prueba era que ni siquiera el superintendente había encontrado pruebas en su contra. Lo soltó, asqueado.

Grass cayó como un muñeco desmadejado sobre su silla cuando Cooper lo soltó. Tosió tratando de recuperar el aliento.

—Ve con cuidado, Mackenna —le advirtió con un hilo de voz—, porque nunca sabrás lo que te esperará en cuanto bajes la guardia. Estás muy aislado. Recuérdalo cuando trates de dormir. —Grass esbozó una sonrisa confiada al tiempo que se pasaba una mano por el cuello dolorido, luego echó una mirada al pequeño colgante que se balanceaba al final de la cadena—. Me lo encontré en la puerta... Me han dicho que lo único que quería ese estúpido francés era regresar con su novia. Pobre Diablo, tan cerca de su meta. Ya tenía pasajes para abandonar Dawson. Qué injusta es la vida, ¿no crees?

Cooper le asestó un puñetazo. Le habría gustado hacer más, pero sin pruebas estaba atado de manos y pies y sabía que el superintendente no admitiría que tomara la justicia por su cuenta. Y Grass no había admitido nada, aunque sus palabras hubiesen sido una confesión.

—Un día, tú también suplicarás y recibirás la misma compasión que recibió Danton.

El hombre de Grass, todavía aturdido, hizo el gesto de levantarse, pero se quedó a medias cuando Cooper le agarró de la camisa.

—Si te veo cerca de Mackenna Creek, te mataré. A ti y a cualquiera que se atreva a meterse en mis tierras.

Por segunda vez salió de una estancia enfurecido consigo mismo y con el mundo, no sin antes hacerse con la cadena de Danton. Se cruzó con Cora, que le había seguido hasta el despacho de Grass. Ella no dijo nada, pero sus ojos fríos le dejaron claro que acababa de cometer demasiados errores. No era aún mediodía y ya se había granjeado dos enemigos imprevisibles, juntos podían ser letales.

Fue directamente hasta la cuadra con la intención de recoger su caballo y a *Bravo*. ¿Qué narices haría con ese caballo escuálido, sin fuerzas y que comía como dos? Pero se lo había prometido a Lilianne y al menos eso podía cumplirlo sin sentirse como un idiota. Al pasar por Front Street echó un vistazo al embarcadero del *Hannah*, estaba vacío y otro vapor se disponía a atracar. Ella había emprendido el vuelo.

El regreso a Mackenna Creek fue lento, Cooper estuvo pendiente de cada recodo del camino, consciente de que era un blanco fácil para una emboscada. Al menos ella estaba lejos, no tenía que preocuparse por la seguridad de Lilianne. Era el único consuelo que se podía permitir, un triste consuelo al que aferrarse. Soltó un suspiro de alivio al reconocer la techumbre de su cabaña, pero frunció el ceño al ver salir humo de la chimenea. Quizá Paddy se había preparado algo de comer, pero, ¿por qué no lo había hecho en su cabaña?

Dejó su montura y *Bravo* junto a la linde del bosque y se acercó a la pequeña edificación con sigilo, pendiente de cuanto lo rodeaba. Según se acercaba a la ventana, oyó una voz suave, femenina, que entonaba una cancioncilla. El corazón le dio otro vuelco. No podía ser ella, no podía estar allí, la había dejado en el embarcadero con los pasajes que la devolvían a San Francisco. Era lo que Lilianne había querido desde que había puesto un pie en el Yukón, aun así... Subió los escalones del pequeño porche de un salto y abrió la puerta sin llamar. Se sentía eufórico, absurdamente feliz: ella no se había marchado, había regresado a su lado.

—Buenos días, Cooper —le dijo Lashka—. Te he preparado un guiso de carne de alce. Ayer mi tío cazó uno y te he traído un buen trozo.

La decepción fue tal que Cooper se recostó contra el marco de la puerta. Miraba a Lashka sin verla, en su mente era Lilianne quien le recibía con una sonrisa, la que convertía aquel lugar austero en un hogar. Menudo imbécil por creer que ella volvería a él.

—¿Qué haces aquí? —preguntó, agotado y a punto de perder la calma una vez más.

La india le dedicó una sonrisa y siguió moviéndose por la cabaña como si fuera una perfecta anfitriona. Apartó una silla, invitándole a sentarse, luego cogió una escudilla que llenó con un guiso oloroso y la dejó sobre la mesa donde ya había un vaso hasta arriba de *hootchinoo*.

Cooper reconoció la falda y la blusa que Lashka vestía, Lilianne las había llevado puesta la primera vez que la había visto en Dawson. No podría olvidarlo, jamás. De nuevo la rabia se apoderó de él, la misma que le había llevado a intentar olvidar a Lilianne en brazos de Cora y luego a descargar su puño en el rostro de Grass. En unas pocas zancadas, se plantó junto a Lashka, la cogió del brazo y la sacudió.

—Lo que llevas puesto es de Lilianne. Tú la dejaste sin ropa, ¿no es así? —Su voz fue cobrando fuerza según su paciencia se iba desmoronando—. ¿Qué haces aquí ahora? No te quiero cerca, ¿acaso no lo entiendes? No te quiero ni jamás te querré a mi lado. Búscate a otro y mantente lejos de mi vida. ¿Puedes entender que jamás te tomaré como compañera?

El rostro resplandeciente de Lashka se demudó; ni siquiera sentía como él la sacudía de los hombros. Esa mañana había visto desde su punto de observación habitual cómo Cooper y esa mujer se habían alejado de la cabaña rumbo a Dawson. El equipaje de la pelirroja había sido revelador: por fin la intrusa se marchaba. Se había sentido tan feliz que había vuelto a su poblado para cambiarse de ropa; había elegido uno de los trajes que se había llevado de la cabaña con la certeza de que Cooper apreciaría que se hubiese preocupado de su aspecto. Después, acicalada y peinada, se había colado en la tienda de su tío con la intención de hacerse con un buen pedazo de carne de alce, unas verduras y unas bayas. Con su botín en un hatillo, y evitando cruzarse con su hermano, había emprendido el camino hacía Mackenna Creek, decidida a ganarse a Cooper de una vez por todas.

Su propósito había sido demostrarse a sí misma, y de paso a Jared, que Cooper sentía algo por ella. La había protegido cuando había estado en peligro, eso significaba algo. El Gran Oso Blanco acabaría por entender que esa mujer pelirroja no era digna de él. Lashka era la única que podía darle lo que él necesitaba: una mujer valiente. El Yukón era peligroso, una mujer como esa pelirroja solo sería un lastre.

Una vez en la cabaña, se había adueñado del hogar de Cooper borrando cualquier huella de Lilianne. Luego se había dedicado al guiso. Cooper volvería hambriento. Con el estómago lleno, hablarían y...

Se había imaginado algo diferente a la ira que reconocía en los ojos claros de Cooper. Apenas oía lo que le decía, pero el tono bastaba para entender que la estaba echando sin contemplaciones. No logró hablar, estaba demasiado asustada por la actitud de Cooper. Le gritaba cosas, como que no la quería cerca de su cabaña ni de su vida. Las palabras rebotaban entre las paredes hasta golpearlas. Si la hubiese abofeteado, no le habría dolido tanto. Después del estallido de cólera, se vio fuera y la puerta se cerró en sus narices. Solo entonces reaccionó, aporreó la puerta, lloró y suplicó. Ella era la que le haría feliz, no esa Lilianne, tan débil, tan pálida, tan altiva, pero la puerta permaneció cerrada. Ni su llanto ni sus ruegos conmovieron a Cooper. La había despachado de manera denigrante. Entonces el orgullo y la rabia borraron todas sus anteriores intenciones y sentimientos. Era Lashka, la hija del jefe Klokutz. Golpeó la puerta, pero esa vez sin súplicas.

—¡Te odio, Mackenna! No te perdonaré que me hayas humillado. Me lo pagarás, porque yo no perdono y sé cómo hacerte daño. Te arrepentirás —gritó una última vez a la puerta.

Se dio la vuelta como una gata iracunda al oír unos pasos que se acercaban. En cuanto reconoció a Paddy, le escupió a los pies.

—Os maldigo a los dos —aulló mientras se alejaba corriendo.

Asombrado, Paddy la siguió con los ojos abiertos como platos. En cuanto la india desapareció, llamó a la puerta. Cooper apareció, su expresión era tan salvaje, que el irlandés dio un paso atrás.

—¿Qué demonios ha ocurrido? ¿Y por qué los dos caballos están pastando a sus anchas junto a la linde del bosque? ¿Dónde está Lilianne? —añadió echando una mirada al interior.

—La he mandado a su casa —contestó Cooper—. Estamos solos de nuevo.

Paddy ladeó la cabeza un instante mientras estudiaba el rostro de su amigo, que se había apagado. Ya no había rabia, solo derrota, cansancio y una profunda soledad en la mirada.

—¿Qué ha pasado con Lashka? —quiso saber, preocupado por las últimas palabras de la india.

—He hecho lo que siempre me has dicho, la he echado y espero que no vuelva nunca.

Paddy guardó silencio. Era cierto que había deseado que Lilianne desapareciera, pero ahora que ella no estaba, se arrepentía de haber desconfiado de ella. En cuanto a Lashka, intuía muchos más problemas de los que había temido unas semanas antes.

—Mejor solo que mal acompañado —exclamó, tratando de imprimir alegría a su voz sin conseguirlo—. ¿Quién quiere una mujer a su lado?

Pero Cooper se metió en la cabaña y preguntó sobre su hombro:

—¿Dónde están *Linux* y *Brutus*?

—Duermen como angelitos en mi cabaña. ¿Has traído lo que te dije? Me he quedado sin clavos para reforzar el banco de lavado.

No precisó oír la respuesta, estaba claro que Cooper no había hecho nada de lo que le había pedido. Un momento después Cooper salía armado con su rifle.

—¿Dónde vas?

—No lo sé, pero no me esperes para la cena.

TERCERA PARTE

32

El doctor Sullivan bebió un trago de su petaca sin perder de vista a las tres mujeres que charlaban en su consulta como si fuera un elegante salón de té. Estudió a las dos mayores vestidas de negro. Las señoras Hitchcock y Van Buren. Meneó la cabeza, había oído hablar de ellas, jamás se las habría imaginado en su consulta. Nada más poner un pie en Dawson, las dos mujeres habían revolucionado la ciudad con todas esas palomas, el loro, sus alfombras y el gramófono. La tienda se había convertido en el centro de encuentro social y se celebraban oficios por su considerable tamaño. Durante ese verano no eran pocos los que empezaban a aparecer por la ciudad llevados por la curiosidad y no por el oro, pero ninguno había captado tanto la atención de los habitantes de Dawson como las dos viudas.

Los ojos cansados del doctor Sullivan se detuvieron en la tercera mujer, demasiado guapa, elegante a pesar de su atuendo sencillo, y cuyas maneras delataban una educación procedente de una selecta escuela para señoritas. Se había presentado cinco días antes acompañada de la señorita Powell, la enfermera jefe del hospital El Buen Samaritano, inaugurado por los médicos Grant y Hall en Front Street bajo la tutela de Lady Aberdeen, fundadora de las Enfermeras de la Orden de Victoria y esposa del gobernador.

La joven, según le había contado la señorita Powell, quien supervisaba a las enfermeras voluntarias, tenía conocimientos que superaban los de una enfermera bien cualificada, pero incumplía varias normas impuestas por Lady Aberdeen; se exigía a las enfermeras que habían viajado hasta Dawson City que demostraran una titulación y debían ser anodinas, discretas en cuanto a atuendo y aspecto, para así garantizar la calma de espíritus que precisaban los enfermos. A pesar del atuendo sobrio de la joven, distaba de pasar desapercibida con ese cabello llamativo y esos ojos soñadores y tristes, que se perdían en la lejanía cuando creía que nadie la miraba. Sin embargo, dado los amplios conocimientos de la joven, la señorita Powell había creído oportuno aprovechar su experiencia llevándola a su consulta, a sabiendas que estaría segura con él. De todos era sabido que Sullivan tenía una amante tan exigente como irresistible: una buena botella de whisky, o, a falta de ello, una de *hootchinoo*.

Bebió otro trago a escondidas mientras observaba a su nueva ayudante. La había visto cuidar los pies hediondos de los mineros, cuyos callos se habían endurecido hasta convertirse en un caparazón tan duro como una piedra. La había observado mientras limpiaba con agilidad ayudada de un bisturí bien afilado que metía en agua hirviendo una vez acababa la desagradable tarea. Después embadurnaba los pies, suaves como el trasero de un recién nacido, con una crema grasienta. Algunos mineros lloraban de deleite y pagaban gustosos un precio escandaloso por estar en manos de una mujer tan hábil como guapa.

La desagradable tarea había sido la prueba para averiguar si tenía estómago para aguantar las vicisitudes de una enfermera en esa tierra. No había sido lo único que le había visto hacer; no se había acobardado ante un caso de disentería, una herida abierta y purulenta o unas encías sangrantes por el escorbuto. En cualquier caso esgrimía una expresión afable, sin invitar a familiaridades, pero inspirando confianza a sus pacientes.

Lily Dawson.

Así se había presentado; Sullivan dudaba que fuera su verdadera identidad, pero en aquella ciudad cada cual se reinventaba a su conveniencia. No pocos dejaban atrás secretos, errores, incluso delitos; él mismo era uno de ellos, su carrera como cirujano se había venido abajo tras la muerte de tres de sus pacientes debido a su estado de embriaguez. Alejó ese pensamiento que le dejaba siempre un regusto amargo en la boca, lo que le dio un motivo para dar otro trago. Hizo una mueca al darse cuenta de que ya no le quedaba ni una gota.

Ignoraba de dónde había salido la señorita Dawson ni de dónde era, no contaba nada de ella, solo sabía que todo su conocimiento provenía de un tal doctor Donner. Su mentor, ¿quizá su padre, un marido, un amante? No le concernía averiguarlo, lo único que le importaba era que la vida se le había simplificado mucho y podía permitirse algún que otro trago mientras dejaba a sus pacientes en manos de la señorita Dawson. Y estos estaban satisfechos con el cambio porque regresaban acompañados de otros. Sullivan sospechaba que algunos de esos nuevos pacientes se presentaban impulsados más por la curiosidad que por algún malestar, y eso le convenía porque pagaban religiosamente.

No eran los únicos pacientes que habían aparecido de repente. Se había corrido la voz entre las mujeres y cada vez tenía más pacientes femeninas que preferían contar sus males a una mujer. Hablaban con su ayudante abiertamente, enmudeciendo en cuanto él entraba en la consulta. No le importaba, todo lo contrario. Eso significaba que disponía de más ingresos y más tiempo libre.

Las dos señoras se pusieron en pie y se despidieron con efusivas muestras de afecto y... algo que se parecía mucho a la preocupación. ¿De qué conocía la señorita Dawson a esas dos ilustres viudas? Otro secreto más de su joven ayudante.

La había instalado en un cuarto diminuto al final de la consulta, que en realidad era un almacén donde se amontonaban las pocas mantas a su haber, las medicinas y demás instrumentos quirúrgicos, que Sullivan no se había molestado en sacar de sus cajas desde hacía años. Sus manos temblorosas no se lo permitían. No más errores. Cuando la situación precisaba de una intervención de ese calibre, mandaba los pacientes al hospital El Buen Samaritano.

En el diminuto cuarto ella se había pertrechado de un camastro, cuyo colchón eran unas cuantas mantas estiradas; un baúl donde guardaba sus exiguas posesiones; un lavamanos y un quinqué, que se había comprado nada más instalarse. Sullivan dormía en la primera planta, donde disponía de un dormitorio que se situaba justo encima del diminuto almacén; de noche, a pesar del constante jolgorio en la calle, la oía llorar. A la mañana siguiente aparecía con el rostro ligeramente congestionado y los párpados hinchados, pero Sullivan se guardaba de preguntar. Cada cual con sus miserias.

Cuando las mujeres se marcharon, el silencio cayó como una losa en la consulta, que constaba de dos estancias separadas con una cortina que colgaba de una cuerda que iba de pared a pared. En el frente, disponían de unas pocas sillas donde los clientes esperaban a que les tocara su turno, una alacena donde guardaban las medicinas que más usaban y una pila con el lujo añadido de disponer de agua, que provenía de un bidón.

Otro punto a favor de la señorita Dawson; cada vez que necesitaba agua, la hervía. Seguía la doctrina del doctor Semmelweis, que había revolucionado y dividido a los cirujanos con su teoría que afirmaba que las infecciones se transmitían por el contacto y se precisaba de una higiene exhaustiva para evitar tales contagios.

En la otra estancia, una mesa alargada, donde realizaban los reconocimientos que requerían que el paciente se tumbara, ocupaba buena parte del espacio, dejando a un rincón una mesa y un sillón orejero.

No era gran cosa, apenas un pasillo, nada que ver con la consulta que había dejado en Filadelfia en una calle flanqueada de árboles, donde la gente mantenía una vida acomodada. Alejó de su mente el recuerdo. Dadas las circunstancias tenía suerte, un benefactor —Justin Willis, un minero que había dado con un buen yacimiento en Bonanza Creek y al que Sullivan había salvado milagrosamente— pagaba el escandaloso alquiler que superaba los cuatrocientos dólares al mes. Una preocupación menos.

Sullivan se puso en pie en cuanto la señora Cabott entró en la consulta. Regentaba una pequeña panadería donde también servía comida. Era altísima, fuerte como un roble, aunque ese día presentaba un aspecto sofocado. Todos sabían en la ciudad que era arisca y en ese momento lo que menos quería Sullivan era lidiar con ella. Dedicó a la paciente una sonrisa, que dejó a la vista unos dientes ennegrecidos.

—La dejo en buenas manos, señora Cabott, yo tengo que atender una emergencia.

Su ayudante arqueó una ceja, pero tuvo el buen tino de mantener la boca cerrada. Sullivan salió convencido de haber hecho lo correcto, confiaba en la señorita Dawson. Además, le esperaba un buen trago.

—A buen seguro que la emergencia es una botella —masculló la señora Cabott en cuanto el médico desapareció—. Es un milagro que ese borracho no haya matado a nadie.

33

Lilianne reprimió un suspiro, Sullivan distaba mucho de ser tan responsable como el doctor Donner. Después de trabajar con él un día, había barajado la posibilidad de ofrecer sus servicios a otro médico de la ciudad, pero sospechaba que, sin una recomendación ni titulación, nadie la aceptaría. Si no hubiese sido por la señorita Powell, que la había recomendado después de ponerla a prueba, Sullivan no la habría contratado. Dudaba que Powell volviera a dar la cara por ella. Y pensándolo bien, la desidia de Sullivan le permitía ejercer la medicina sin que nadie la menoscabara. Se estaba poniendo a prueba como jamás lo había hecho y se sorprendía de lo mucho que estaba disfrutando. Si no hubiese sido porque en cuanto dejaba vagar sus pensamientos, estos volvían a Mackenna Creek y a Cooper, casi habría asegurado que era feliz a pesar de las pésimas condiciones en las que vivía.

Sonrió a la señora Cabott y le ofreció sentarse.

—¿Quiere un vaso de agua? La veo un poco acalorada. No es sorprendente con este bochorno.

Sirvió un vaso de agua a la señora Cabott, que se lo bebió de un tirón. Esta chasqueó la lengua y le devolvió el vaso.

—Gracias. Me siento como un sapo a punto de estallar —expuso de sopetón con voz de soprano—. Tengo los pies tan hinchados que no he podido cerrar mis botines.

Alzó una bota abotonada a medias que la falda —dos palmos más corta de lo habitual— dejaba a la vista.

—Y no he podido ponerme el corsé —añadió en un susurro, alegrándose de que la atendiera una mujer—. No lo soporto. Mire, tampoco he podido abotonarme la falda. Y mire mis manos, parecen a punto de explotar. Me canso enseguida, apenas puedo con mi cuerpo...

Le enseñó unas manos pequeñas e hinchadas; Lilianne apretó suavemente pero con firmeza el dorso de una de ellas dejando una hendidura blanquecina que desapareció al cabo de unos segundos. Se fijó en las uñas que presentaban una ligera coloración azulada. Siguió su reconocimiento detrás de la lona, fuera de la vista de los que podían entrar en la consulta. La señora Cabott resoplaba con dificultad. Lilianne comprobó que su pulso era lento y débil. La respiración se hizo más dificultosa cuando le pidió que se tumbara. La piel del abdomen estaba tan tensa como un tambor. Siguió buscando más síntomas y acribilló a preguntas a su paciente, que contestaba dócilmente. Tomó nota de los dolores de cabeza, de los vértigos y sudores fríos de noche. Lilianne diagnosticó hidropesía.

—Evite ponerse corsé o, en todo caso, no se lo ciña demasiado.

—¿Esa es su cura? —exclamó la paciente entre resoplidos mientras se acomodaba la ropa—. Pues menudo tratamiento.

—¿No pretenderá convertirse en la perfecta chica Gibson?

Acompañó sus palabras con una sonrisa. La señora Cabott rompió a reír con ganas.

—Señorita, no dispongo de tiempo, pero me gustaría ver a una de esas lánguidas señoritas trabajar doce horas al día. En esta ciudad nadie duerme y mi panadería se debe a sus clientes. Si no les doy lo que necesitan, será otra la que se lo proporcione. Y para ellos, debo estar fuerte.

Lilianne asintió, contagiada del buen humor de su paciente. Le dio las instrucciones que debía seguir: unas gotas de esencia de *digitalis*, tres veces al día, y pomada yodada en la planta de los pies así como en el hueco de las axilas. La mujer asintió con vigor, pendiente de cada palabra de Lilianne y se marchó con paso más vigoroso, decidida a seguir las indicaciones. Lilianne soltó un suspiro, siempre temía equivocarse, pero los años que había pasado junto a Eric la habían preparado, aunque ella no hubiese sido consciente de ello.

Miró por la puerta a la gente que caminaba. Le costaba creer que hubiese tomado la decisión de quedarse. Había entregado sus pasajes a Phill Jones deseándole buena suerte. Lo siguiente había sido como un sueño; se había dirigido al hotel Dominion donde había mandado un telegrama a su tía. Después se había personado en el hospital El Buen Samaritano. Lo demás había ido tan rápido que cuando entendió lo que había sucedido, dormía en el pequeño almacén del doctor Sullivan.

Buscó entre la multitud una silueta alta, siempre lo hacía; ignoraba qué haría si Cooper apareciera. Tampoco sabía qué haría si él la veía y se acercaba. Por primera vez vivía sola sin la supervisión de nadie, pero la duda de haberse quedado por Cooper la inquietaba.

Lily Dawson había sido la identidad que se había inventado. En aquella ciudad quería ser otra persona. Cuando se marchara, volvería a ser Lilianne, pero de momento se había convertido en Lily, mucho más valiente que la del pasado, mucho más madura, conocedora de sus debilidades, pero también de su fuerza.

Volvió al interior y lavó las tazas de Edith y Mary. Las había visitado, haciéndoles saber que vivía en Dawson. Las dos mujeres no le habían hecho las preguntas que había temido; simplemente le habían ofrecido su tienda para que viviera con ellas, pero Lilianne había declinado tan generosa oferta. La visitaban a diario; sospechaba que a su manera la vigilaban y eso no le importaba. Al fin y al cabo lo hacían con la mejor de las intenciones.

Apareció en la puerta un joven flaco como un alambre de apenas quince años.

—¿Dónde está el doctor Sullivan?

—Ha salido a atender una emergencia. ¿Puedo ayudarte en algo?

El chico entornó la mirada.

—Necesito al doctor Sullivan. ¿Dónde está ese borracho? *Madame* Laurie le necesita. Stella ha pisado un vaso roto cuando iba descalza y se ha hecho una buena brecha. No para de llorar y gritar que la atienda un médico. Así que, ¿dónde está el doctor Sullivan? —insistió con un deje de pánico en la voz—. Si no vuelvo con él, *Madame* Laurie me destripará. No le gusta que no se haga lo que pide.

Lilianne se quitó el delantal, cogió su maletín del interior de la alacena y señaló la calle con la barbilla.

—Si no quieres que *Madame* Laurie te destripe, enséñame el camino.

El joven meneó la cabeza con obstinación.

—Si conoces al señor Sullivan —replicó ella, impacientándose—, sabes que a estas horas estará en algún bar de la ciudad. Si quieres llevártelo a rastras para que finalmente no te sirva de nada, allá tú.

Se sentó en el sillón orejero tras la mesa y empezó a leer el periódico, no sin echar miradas al joven, que empezaba a dudar.

—¿Pero es médico? ¿Las mujeres pueden ser médicos?

La respuesta de Lilianne fue un profundo suspiro. De esa manera se ahorraba mentir. El gesto pareció convencer al chico.

—Está bien, pero si hace algo malo, yo no la he llevado.

Siguió al joven abrigada con un chaquetón encerado del doctor Sullivan. El largo de la falda seguía incomodándola, pero había seguido el consejo de la señora Plum, una de las pacientes de la consulta, después de llevar sus faldas y enaguas a su lavandería tres veces en menos de una semana. La buena mujer, que le recordaba a Amalia, la invitó a mirar la calle, donde Lilianne se fijó en que casi todas las féminas vestían faldas que dejaban a la vista los tobillos para no arrastrar el lodo de las calles. A su llegada a la ciudad lo había achacado al temperamento excéntrico y algo provocador de sus habitantes, pero tenía su lógica. Incluso algunas llevaban pantalones enfundados en botas. Se lo había planteado, pero si bien no le había importado ponerse los de Cooper en Mackenna Creek, lo había descartado en la ciudad. El sentido común de la señora

Plum y la lógica implacable de la señora Cabott hicieron el resto para convencerla, además del elevado coste que suponía lavar y planchar una prenda. De modo que Lilianne había dejado de lado el recato y desde entonces caminaba por las calles de Dawson enseñando los tobillos y algo más.

Mientras cruzaba miró a ambos lados de la calle, siempre en busca de esa silueta alta que caminaba como si el mundo le perteneciera. Lo anhelaba y lo temía ¿Qué estaría ocurriendo en Mackenna Creek? Ella recordaba cada dia que había pasado allí con una nitidez hiriente, insultante: los desplantes, las discusiones, las provocaciones, la mirada de Cooper recorriendo su cuerpo desnudo bajo la luz mortecina del sol de medianoche. En los momentos de flaqueza, la invadía la urgencia de ir hasta Mackenna Creek y gritarle toda su frustración, dejarle sin palabra al entender que ella, la Lily inútil, se había quedado y se valía por sí sola. Por suerte la sensatez regresaba de inmediato. No quería volver a Mackenna Creek ni quería volver a ver a Cooper. Y nada más pensarlo, la vergüenza regresaba porque sabía que se estaba mintiendo a ella misma. Quería volver a verlo. Cuando le había creído muerto, el dolor había sido lacerante, pero saberle tan cerca y no poder estar con él le suponía una agonía, aunque así lo prefería.

Sus pensamientos empezaron a tomar un derrotero que la abochornó. Pensaba en Cooper, pero apenas si evocaba a Aidan. ¿En qué lugar la dejaba eso? ¿Qué futuro tendría a su lado si pensaba en otro hombre? La incertidumbre le impedía dormir. Solo las lágrimas vencían su resistencia; cuando el llanto la dejaba agotada y frustrada, entonces caía en un sueño inquieto, poblado de sombras angustiosas del pasado que se entrelazaban con imágenes más recientes, más turbadoras. Por suerte, de día tenía la consulta, los pacientes, y mil detalles más que la distraían.

Se pararon delante de una fachada amplia de aspecto ostentoso que cobijaba una puerta y dos ventanales en la planta baja y cuatro ventanas estrechas en la primera planta, justo debajo de un cartel que anunciaba: *Salón de Madame Laurie, el mejor salón de fumadores de todo Dawson*. Un estremecimiento la sacudió y reprimió una mueca. Era un burdel en toda regla a pesar de su rimbombante nombre. Inhaló con fuerza y entró.

Lo primero que percibió fue un fuerte olor a humo de puros y madera, al que se sumaron el aroma penetrante a whisky y un rastro de perfume de mujer. Echó un vistazo a la barra, al escenario y a la escalera ancha y alfombrada que subía a la primera planta. En el centro había mesas y sillas vacías. El rojo y el dorado predominaban en la estancia, lo que daba un tono estridente a todo lo que la rodeaba. Detrás de la barra tres camareros secaban vasos y recolocaban botellas en las estanterías mientras echaban miradas de reojo a dos mujeres que ensayaban un baile en el escenario. De fondo se oía un piano que Lilianne no veía; reconoció la canción *Daisy Bell*. Cuando las mujeres entonaron el estribillo, los camareros las acompañaron a coro. Lilianne sonrió, la canción le devolvió un recuerdo amable, inocente, colmado de ilusiones.

La nostalgia se apoderó de ella y murmuró la letra sintiendo el aire fresco de una tarde de finales de marzo en el parque Golden Gate. Durante un paseo con su tía, Cooper las había seguido. Habían pasado delante de un señor con un organillo del que salían los acordes de la popular canción *Daisy Bell*. Qué ingenuos habían sido.

—¿A qué debo el placer de tener a tan bella joven en mi distinguido establecimiento?

El joven que la había llevado hasta el salón de *Madame* Laurie había desaparecido; en su lugar se hallaba una mujer bajita enfundada en un ostentoso vestido de brocado negro. Sus ojos muy redondos, negros como la tinta, y delineados por pestañas morenas, creaban un sorprendente contraste con el pelo de un rubio tan claro que parecía blanco. Las cejas no eran más que un escueto trazo finísimo sobre una tez artificialmente pálida gracias a una generosa capa de polvos de arroz. La boca le recordó un diminuto capullito de rosa rojo, demasiado brillante. La frente era ancha y la barbilla estrecha, lo que otorgaba a su semblante el aspecto de un corazón.

La mujer repasó el cuerpo de Lilianne con un interés que la incomodó.

—El doctor Sullivan me manda —mintió, e ignoró el deseo de abandonar el lugar—. Creo que una joven se ha cortado con un vaso roto.

La mirada de la mujer cambió de cariz.

—¿Eres esa mujer médico de la que hablan los mineros?

—No soy médico, pero...

—Pero el doctor Sullivan confía en ti —atajó la mujer. Se encogió de hombros—. Para mi es suficiente. Te prefiero, no me gustaría que ese hombre estropeara la mercancía. Si no fuera porque es el único médico de la ciudad que no pone reparos en tratar con mis chicas, hace tiempo que le habría echado sin contemplaciones.

En el escenario la música había cambiado y las mujeres bailaban al ritmo desenfrenado de un cancán al más puro estilo parisino. Las piernas trazaban círculos en el aire mientras las bailarinas agitaban sus faldas y enseñaban los calzones cortos hasta medio muslo.

—¿Dónde se encuentra la paciente? —atajó, arrepintiéndose de haber ido a aquel lugar.

—Arriba, sígueme.

Subieron por las escaleras hasta llegar a un pasillo flanqueado de puertas. Según iba avanzando Lilianne echaba un vistazo al interior de las habitaciones abiertas: las mujeres en mayor o menor grado de desnudez se peinaban, charlaban con compañeras, fumaban puros, se reían. De repente se sintió acalorada, molesta por el aroma almizclado que flotaba en el pasillo y que ni el penetrante perfume de *Madame* Laurie lograba sofocar. No era la primera vez que atendía a una prostituta, en la consulta del doctor Donner acudían algunas que ejercían su oficio en el puerto, pero jamás lo había hecho sola.

Entraron en una habitación donde una joven sollozaba bajito mientras otra mujer le sujetaba un trapo contra la planta del pie.

—Colette, deja que esta joven atienda a Stella —ordenó *Madame* Laurie con voz enérgica.

La aludida se apartó dejando a la vista un feo corte en la

planta del pie de la que seguía sentada. Lilianne ignoró la mirada bravucona de Colette y se arrodilló a los pies de Stella, que apenas tenía veinte años. Iba vestida con una bata cerrada hasta el cuello y sujetaba un pañuelo en un puño que apretaba contra su pecho.

—Intentaré no hacerte daño —le dijo Lilianne antes de dedicarle una sonrisa tranquilizadora. A continuación, pidió—: Necesito agua que haya sido hervida y paños limpios.

Madame Laurie hizo un gesto con la cabeza a Colette, quien salió contoneando las caderas de manera provocadora.

—¿De dónde has salido? —quiso saber sentada sobre la cama revuelta—. No te he visto nunca por Dawson.

—No llevo mucho tiempo aquí —musitó Lilianne, que ya sacaba de su maletín unas pinzas y un tarrito que contenía gasas.

La tarea se le hizo eterna por ser el centro de atención de *Madame* Laurie y Colette, que había regresado con lo solicitado. Sospechaba que no admiraban sus dotes de sanadora.

—Tu cara me suena —aseveró Colette—. Sé que te he visto en algún lugar. Nunca olvido un rostro, aunque vaya borracha. ¿No habrás trabajado en algún salón?

Soltó una carcajada y se pavoneó por la habitación, insensible a los gemidos de su compañera. Lilianne quería que se fuera, la estaba poniendo nerviosa e inquietaba a su paciente toqueteando todo lo que su mano alcanzaba.

—Lo siento —le dijo a Stella—, ahora voy a coser la herida. Puede que te duela.

Colette se rio de nuevo al oír como Stella soltaba un gemido. Lilianne le lanzó una mirada gélida.

—Ya no la necesito, cierre la puerta antes de salir.

Colette enmudeció de golpe y consultó a *Madame* Laurie, quien dijo:

—Ya has oído a la señorita... No me ha dicho como se llama...

—Lily Dawson —contestó a desgana, feliz de su nueva identidad.

Si no se cruzaba con algunas personas, como Cora March,

nadie tenía manera de averiguar quién era. Mary y Edith habían aprobado su intención de ocultar su identidad.

—Bien, Colette, ya has oído a la señorita Lily. Ve a hacer algo de provecho.

Al cabo de un rato, Lilianne vendó el pie de Stella, que se había tranquilizado por fin, aunque el pie seguía doliéndole.

—Te voy a dejar morfina para el dolor. No podrás caminar durante unos días, el corte es considerable y si apoyas el pie la herida se abrirá.

—No necesita ponerse en pie para trabajar —espetó *Madame* Laurie.

Stella hizo un puchero.

—Pero nadie vendrá a buscarme aquí arriba. Y si no trabajo, no cobro.

Madame Laurie se puso en pie sacudiéndose la falda de brocado de su traje.

—Puedes pedir a un camarero que te baje. Si te colocas en una mesa, seguramente alguien se te acercará. Y si quiere más, que te suba en brazos. Haz lo que creas oportuno, pero tienes que pagarme la habitación.

Lilianne recogió sus utensilios con la cabeza gacha, incómoda por el giro que estaba dando la conversación. Le sorprendió que Stella soltara una risita absurda dada su situación.

—Bueno, no creo que eso sea un problema. Tengo a mis habituales, no me preocupa, siempre y cuando me vean, de lo contrario irán a otra chica.

Sin que Lilianne dijera nada, Stella se sacó del bolsillo de la bata un saquito, que le entregó. Supo que había oro en su interior.

—El precio de siempre, ni una pizca más.

—Y ahora —intervino *Madame* Laurie—, me gustaría que le echara un vistazo a otra de mis chicas. No para de toser y eso no gusta a los clientes.

Lilianne la acompañó a desgana.

Media hora después salía a la calle con dos bolsitas que le pesaban en el bolsillo de la falda. No echó una mirada atrás, le había desagradado estar en presencia de *Madame* Laurie y Colette y solo aspiraba a perderlas de vista cuanto antes. Fuera caía una llovizna casi invisible si no hubiese sido por las ondas que dejaba en los charcos. Lilianne se protegió la cabeza con la capucha del chaquetón y se apresuró a regresar a la consulta del doctor Sullivan. Estuvo a punto de toparse con dos hombres sin fijarse en ellos, pero uno de ellos la siguió con la mirada hasta que desapareció.

—¿Qué narices te ocurre? —inquirió su compañero, unos pasos más adelante—. Date prisa, quiero volver a Mackenna Creek y todavía no hemos comprado lo que necesitamos. Estoy harto de esta lluvia.

Giuseppe parpadeó al tiempo que echaba un vistazo a la fachada del edificio de donde la mujer había salido, después volvió a mirar por donde había desaparecido. Habría jurado que era Lilianne, pero era imposible. Cooper se había encargado de que regresara a su hogar. Desde entonces trabajaba sin descanso, comía solo, dormía unas pocas horas y volvía a trabajar. Aquello no pintaba nada bien. Sofia estaba muy preocupada por él. Nunca había sido muy hablador, pero no había que ser muy perspicaz para entender que Lilianne tenía mucho que ver en el asunto.

—Pero ¿qué demonios haces mirando el salón de *Madame* Laurie? —espetó Paddy—. ¿Acaso te has vuelto loco? Si Sofia se entera que has echado una sola miradita a sus chicas, te arrancará los ojos. Como si no la conocieras. —Paddy ladeó la cabeza estudiando el rostro del italiano—. Pareces haber visto a un fantasma.

Giuseppe se pasó la manga por el rostro; dudaba de lo que había visto, aunque ese color de cabello era inusual. Solo habían sido unos segundos, después la mujer se lo había tapado con la capucha del chaquetón.

—Pues yo diría que es un fantasma muy real —replicó en tono dubitativo.

—Chico, es este tiempo. Cuando llueve no hay mosquitos, pero no sé qué es peor. Estoy calado hasta los huesos. No puedo creer que Cooper haya roto tres sierras en cinco días. Está desquiciado desde que Lilianne se fue. No hay quien entienda a ese hombre —añadió caminando de nuevo entre los trineos y las carretas tirados por caballos y perros de aspecto agotado por el esfuerzo que suponía moverse por el barro—. Cuando ella estaba, gruñía todo el día. Ahora que se ha ido, gruñe aún más.

—¿Y eso no te aclara nada? —preguntó Giuseppe, que le seguía un paso atrás—. El *amore* es complicado cuando dos tontos se enamoran.

Paddy le echó una mirada por encima del hombro.

—¿De qué hablas? Cooper odia a esa mujer. Ella tuvo que hacerle mucho daño en el pasado.

Giuseppe meneó la cabeza.

—Si te hubieses molestado en mirarla a los ojos, habrías visto muchas lágrimas y un dolor muy antiguo. No sabemos quién ha hecho daño a quien.

El irlandés soltó un resoplido.

—No sabes de lo que hablas...

34

Cora miraba la calle enlodada desde la ventana de su habitación; distraída, pensó que los clientes echarían a perder el bonito suelo del Palladium con sus botas llenas de barro. Anotó en su interminable lista mental que una fregona debía limpiar más a menudo el suelo y que las doncellas tuviesen listos más juegos de sábanas y toallas. Esos brutos pagaban un dineral por dormir en su hotel solo para demostrar a todos que eran hombres de éxito, pero en realidad seguían siendo los mismos pordioseros mugrientos, sin modales, que se acostaban borrachos como cubas con las botas puestas. Al menos en ese barro había oro que se quedaba en las sábanas manchadas. Belinda conseguía más de ciento cincuenta dólares a la semana solo con el polvo de oro que aparecía en las cubas después de las coladas. No descuidaba ningún detalle.

Arrugó la nariz; la peculiar ciudad de Dawson le había brindado la libertad deseada, pero no podía obviar que era un lugar sucio, olía mal y distaba de ser elegante. A pesar de que el oro brotaba de los arroyos a diario y que ella se empeñaba en asegurar que su hotel era el mejor de todo Canadá, no dejaba de ser una triste y anárquica ciudad minera.

Hizo una mueca que acentuó la crispación de sus labios, la lluvia siempre le arrancaba pensamientos sombríos, pero ese día tenía motivos de sobra. Esa mañana había repasado los libros de cuentas con creciente preocupación: ganaba mucho oro, pero debía mucho más. Conseguir que el Palladium estuviese listo en tan poco tiempo había supuesto desembolsar una fortuna en sueldos escandalosamente altos para que los trabajadores fueran más rápidos. También había pagado sobornos desorbitados para impedir que su principal rival abriera su hotel antes que ella.

Belinda Mulhrooney y su hotel Fairview en construcción, tan cerca del suyo, le robaban el sueño. Había conseguido que todo el mobiliario del Fairview permaneciera en los muelles de la ciudad fronteriza de Skagway gracias a un sustancioso soborno pagado al aguacil. Pero Belinda se había desplazado personalmente y había conseguido nuevos porteadores. Ni los sabotajes durante la construcción del edificio ni el personal que desaparecía habían mermado el afán de Mulhrooney por seguir adelante. Lo que más preocupaba a Cora era que todos respetaban a esa insignificante mujer, la admiraban y tenía muy buenos amigos que daban la cara por ella.

Faltaba poco para que el Fairview abriera sus puertas y Dawson no podía tener dos hoteles de lujo. No, para los planes de Cora. No se podía permitir perder clientes. Había invertido todo su oro en el Palladium y, si era cierto lo que había oído, su hotel se convertiría en uno de segunda en cuanto Belinda consiguiera instalar lámparas incandescentes en el Fairview. La primera vez que había oído la información, se había reído por parecerle un disparate, pero ahora que sabía de lo que era capaz Mulhrooney, ya no dudaba que lo conseguiría en pocos meses. Por eso mismo y por mil detalles más, Cora necesitaba oro, más del que ganaba en su hotel y con los negocios que compartía con su socio. No había llegado tan lejos para perderlo todo.

Le había costado llegar hasta allí, había recorrido un largo camino. No se avergonzaba ni se arrepentía de lo que había hecho. Nadie podía tirar la primera piedra, ni siquiera aquellas mujeres que preferían matarse a trabajar como lavanderas o modistas con el único fin de sobrevivir. Ella había aspirado a una vida de privilegios y la había alcanzado en Dawson. Allí tenía cuanto necesitaba. Cuando decidiera dar el siguiente paso, sería con la certeza de que la suerte seguía a su lado.

A su espalda oyó como su acompañante se vestía entre gruñidos. No se dio la vuelta, se imaginó a Rudger resoplando al intentar atarse las botas. Si no hubiese sido por el poder y el oro de Grass, le habría echado con cajas destempladas de su *suite*, pero le necesitaba como socio en aquella ciudad. A su lado los beneficios eran cuantiosos y rápidos.

Se colocó la bata con cuidado y se anudó el cinturón con decisión —no fuera que Rudger pidiera un segundo asalto a su cama al ver su cuerpo desnudo bajo la bata—. Era ambiciosa, pero no estaba loca. Se dibujó una sonrisa en el rostro y se dio la vuelta.

—Deja que te ayude —se ofreció con una solicitud que arrancó una sonrisa a Grass.

Se arrodilló y embutió los pies gordezuelos en los botines.

—Gracias, el sastre se ha equivocado al medirme la cintura y ahora los pantalones me aprietan. Y no sé por qué pago una fortuna por estas cosas —gruñó estirando el cuello para que sus dedos achaparrados sujetaran el cuello rígido a la camisa—. Son incómodas y me irritan el cuello.

Cora apretó los labios, se ahorró decirle que, si no comiera tanto, sus pantalones no le apretarían. En cuanto al cuello rígido, no le cabía por la papada que se le estaba formando a simple vista. Reprimió una mueca de asco y alisó las perneras de los pantalones de Grass.

—Todos deben pensar que eres un hombre distinguido, el aspecto es importante. Mírame, nadie diría que soy la hija de un predicador, solo ven a una mujer elegante y poderosa.

—Tienes razón.

Grass le palmeó la coronilla, como si fuera un cachorrillo. Cora contuvo el impulso de golpearle, pero en su lugar se conformó con ponerse en pie. Se acomodó en una *chaiselongue* con premeditado descuido, a sabiendas que la pose favorecía su figura estilizada.

—Dime, Cora... —empezó Rudger sirviéndose una copa—, hace unos días te vieron abandonar tu bar de manera muy precipitada en compañía de Mackenna. Espero que tu lealtad no se vea influenciada por la sorprendente debilidad que sientes por ese hombre.

Si algo irritaba a Cora sobremanera era que la vigilaran. No había batallado tanto para que, alcanzada la libertad, un hombre le pidiera cuentas. Dawson no era la ciudad más distinguida; la gran mayoría de sus habitantes apestaban y ni siquiera sabían usar unos cubiertos, pero había encontrado un lugar donde una mujer era libre de hacer lo que quisiera sin rendir cuentas a nadie. No consentiría que Grass lo olvidara.

—Lo que haga con Mackenna, o cualquier otro hombre, es asunto mío, pero estate tranquilo, cuando me acuesto con un hombre dejo mi lealtad al otro lado de la puerta —espetó con frialdad. No iba a reconocer lo que había sucedido con Cooper, la vergüenza seguía mortificándola.

Grass se rio por lo bajo y se sentó frente a ella.

—Me importa bien poco a quien metes en tu cama, pero no me gustaría que cometieras un error de juicio a la hora de tomar determinadas decisiones. —Bebió un trago y esbozó una sonrisa conciliadora—. Sé que la carne es débil, yo también tengo mis flaquezas, pero no pierdas de vista lo que te conviene. Si me permites un consejo, no te encariñes con tus juguetes.

—¿Y tú eres lo que me conviene? —replicó ella con una suavidad engañosa—. Cuando te conocí no eras más que un *cheechako* más. No conocías a nadie excepto esos cuatro matones que te acompañaban. Sin mí no habrías durado ni una semana. Yo te enseñé la manera de ganar dinero sin llamar la atención...

—Y yo te ayudé a ganar mucho más dinero, querida. Sin mi ayuda, jamás habrías conseguido todas las fruslerías que este hotel ofrece a sus clientes. Aunque... deberías controlar en qué gastas tu oro. Sabes cómo son estas ciudades, brotan de repente y desaparecen en pocos años. ¿Qué harás cuando el oro se acabe? Hay que viajar ligero de equipaje y el Palladium te ata a este lugar. —La estudió un instante, tan pálida, tan hermosa, tan peligrosa y ambiciosa—. Y desde luego, Mackenna es otra de tus debilidades; hay quien ya hace apuestas y eso no es bueno, la gente podría empezar a perderte el respeto...

Cora abrió la boca para replicarle con contundencia, pero unos golpes en la puerta la interrumpieron. Grass la miró con desconfianza, el recuerdo de cómo Mackenna había irrumpido en su despacho todavía le humillaba.

—Tranquilo... —dijo ella, divertida por la reacción de Rudger—. Solo es alguien llamando a una puerta.

Este le dedicó una mirada furibunda y gritó:

—¡Adelante!

Jared asomó la cabeza y dejó pasar a una joven. Lashka entró con la cabeza gacha, dividida entre el deseo de clamar venganza por la humillación que le había infligido Cooper y la desconfianza que le inspiraban los allí presentes. Sintió sus miradas como dardos en el rostro.

—¿Qué me has traído? —inquirió Rudger, acomodándose en su sillón.

Lo dijo con regocijo, la presencia de Lashka le pareció muy oportuna. Echó un vistazo a Cora, que no perdía de vista a la india.

—Lashka tiene algo que contarle, jefe —anunció Jared, y propinó un suave empujón a la joven.

—¿Y bien? —insistió Rudger—. ¿Qué tienes que decirme?

Lashka se mordió la lengua, incapaz de soltar lo que se había propuesto revelar. Llevaba días rumiando su venganza, pero lo que la había decidido a dar ese paso había sido su hermano, que iba siempre acompañado de Simon. Los había sorprendido hablando con Klokutz de su futuro matrimonio como si fuera ya un hecho, y su padre, debilitado por la fiebre, apenas había abierto la boca. Lashka intuía que accedería a las peticiones de Subienkow y en breve se celebraría la unión. La joven había huido de su poblado, deseosa de encontrar una salida a lo que la esperaba, y se había dirigido a Jared. Era su único amigo, la entendía, la escuchaba sin interrumpirla y le había asegurado que podía ayudarla. Su orgullo clamaba una venganza, pero después de hablar con Jared y dejarse convencer de reunirse con Grass, las dudas la carcomían.

—¡Habla de una vez! —espetó Cora. La presencia de la india le resultaba una ofensa y Grass se comportaba como si estuviese en su despacho.

Repasó la figura de Lashka; por primera vez la veía ataviada con el atuendo tradicional de las nativas tlingits: llevaba unos pantalones y una larga túnica de ante adornada con bordados de vistosos colores. Se había cubierto los hombros con un manto oscuro con el símbolo de un águila en pleno vuelo, calzaba unas botas planas ribeteadas de flecos en el lateral y su cabello negro se dividía en dos gruesas trenzas a cada lado de su rostro. Una fina cinta de cuero le cruzaba la frente de sien a sien. Cuando Lashka trataba de emular a las mujeres blancas, su aspecto era ridículo, pero con aquella vestimenta cobraba dignidad, lo que ofendió a Cora aún más.

Jared acercó una silla a Lashka y la invitó a sentarse, temía que saliera corriendo. Le había costado convencerla y ya estaba cansado de seguirle la corriente cuando apenas la soportaba.

—Venga, repite al señor Grass la información que me comentaste.

Ella encontró el valor de mirar a los ojos al alemán y reprimió un escalofrío.

—¿Tiene que ver con Mackenna? —preguntó Rudger, suavizando la voz.

Por el rabillo del ojo Lashka vio como Cora se echaba hacia delante para escucharla. Ambos le recordaron dos cuervos acechando una presa moribunda.

—Cooper ha encontrado mucho oro en Mackenna Creek —susurró. Se aclaró la garganta antes de repetir—: Mucho oro.

Rudger buscó confirmación en su hombre, pero este se encogió de hombros.

—¿Estás segura? —insistió el alemán—. Cualquiera sabe que los perros de Mackenna andan siempre vigilando el arroyo. ¿Cómo has podido acercarte tanto como para averiguarlo?

—Yo puedo acercarme, los perros están acostumbrados a mi olor y no me prestan atención. Sé que trabajan sin descanso.

Rudger se rascó la barbilla con aire pensativo sin perder de vista a la india cabizbaja. ¿Podía confiar en esa chica?

—¿Y por qué vienes a traicionar a Cooper? —preguntó Cora con sequedad—. Creí que erais amigos, que él te protegía —añadió negándose a pensar que habían sido amantes.

Lashka alzó el rostro con brusquedad; al verla tan bella y elegante, los celos la aguijonearon.

—Y era mi amigo, pero desde que esa mujer puso un pie en Mackenna Creek, Cooper ha cambiado. Y...

—¿Y...? —insistió Rudger, que ocultaba su regocijo al reconocer los celos que se interponían entre las dos mujeres—. ¿Quién es esa mujer y a qué ha venido? ¿Lo has averiguado?

Lashka asintió y dedicó una mirada desafiante a Cora. Al menos le borraría del rostro esa expresión de superioridad, como si el mundo le perteneciera.

—Es su mujer, ella misma me lo dijo.

—¡Es mentira! —Cora se puso en pie y se encaró a Lashka—. Estás mintiendo, conozco mejor que tú a Cooper y jamás ha estado casado. Yo lo sabría.

Grass intercambió una mirada divertida con Jared, que había alzado las cejas ante el arrebato de Cora. Jamás la había visto perder los estribos, ni siquiera cuando Brandon Lewis, un *cheechako* recién llegado de Saint Louis, había estado a punto de derribarle el bar a hachazos cuando se enteró que Cora le había vendido por cinco mil dólares una concesión esquilmada.

—Es cierto —profirió la india, poniéndose en pie. Las dos mujeres se desafiaron con la mirada—. Ella lo dijo delante de mí y Cooper no lo negó. Están casados. También he oído a Paddy hablar de ello con Cooper.

Cora reprimió el deseo de abofetearla, de descargar el sentimiento de traición que la embargaba. Cooper la había acusado de serle infiel y la había abandonado dejando claro su desprecio cuando él había sido un hombre atado al juramento de fidelidad y compromiso con otra mujer.

Grass se puso en pie a desgana y cogió del brazo a Cora. Lo

último que quería era que agrediera a la india y esta se replegara sin contar lo que realmente le interesaba. La información que la joven le había proporcionado le dividía: por fin se confirmaba que Cooper tenía oro. En Dawson solo había dos bancos: el British Bank of North America y el Canadian Bank of Commerce. Si, como sospechaba, Cooper desconfiaba de los bancos que custodiaban el oro de los mineros a cambio de una jugosa comisión hasta que lo embarcaban rumbo a Seattle o San Francisco, no lo habría registrado en ninguno de los dos. Eso significaba que estaría almacenado en algún lugar de su concesión.

Pero sus planes se veían amenazados por esa mujer. Una esposa podía reclamar lo que por ley le correspondía si sucedía algo a Mackenna. En este caso sería el derecho de explotación de la concesión y la propiedad de todo el oro. ¿Dónde se había marchado esa mujer? La incertidumbre le inquietaba.

Grass escrutó el rostro de la india, que seguía en pie en el centro de la estancia.

—¿Sabes de dónde es esa mujer o dónde se ha marchado? —preguntó mientras invitaba a Cora a sentarse.

—No sé dónde se ha marchado, pero no volverá a Mackenna Creek.

Grass no estaba tan seguro, esa incógnita le irritaba y cambiaba sus planes.

—¿Y sabes si el oro sigue en Mackenna Creek?

La india asintió despacio con la cabeza, confirmando las sospechas de Grass.

—¿Dónde lo guarda?

—Eso no lo sé.

Grass se sacó del bolsillo del pantalón una bolsita y se la tendió.

—Toma, por tu información. Si averiguas algo más de esa mujer, no dudes en venir a verme.

Ella dio un paso atrás; eso no era lo que había pretendido. No quería el oro de Grass.

—¡No quiero su oro! ¿Qué piensa hacer en Mackenna Creek?

Grass la estudió con desconfianza, esa joven era otro cabo

suelto. Ignoraba qué le había hecho Mackenna para que ella le traicionara, pero una mujer enamorada, como sospechaba, era volátil. Podía odiarlo un día y al siguiente tirarse a sus pies confesando que había hablado con su mayor enemigo.

—¿Y tú qué esperas que haga con lo que me has dicho? —quiso saber sin contestar a lo que ella le había preguntado.

—¡No quiero que Cooper se lleve el oro de Mackenna Creek! Quiero que vuelva a ser el que era cuando llegó aquí —insistió con un aire infantil que impacientó a Grass—, cuando cazaba, pescaba con la gente de mi poblado. El oro le está cambiando y esa mujer le ha convertido en un hombre amargado...

Los otros tres la escucharon viendo en ella a la joven que era, los sueños que había tejido en torno a un hombre que, como todos intuían, nunca la amaría.

«Es peligrosa», pensó Grass.

—No quiero que le hagan daño —siguió Lashka, envalentonada por el mutismo de los demás—. Cooper es mío y cuando entienda que el oro le hace desgraciado, se quedará a mi lado.

La risa de Cora rompió el silencio que dejaron tras de sí las aseveraciones de la india. Si ella no había sido capaz de echar el lazo a Cooper, una india tan insignificante como Lashka jamás lo conseguiría. La ignorante había recurrido al mayor enemigo de Cooper convencida de que Grass se conformaría con llevarse el oro de Mackenna Creek, como si Cooper fuera a mantenerse de brazos cruzados viendo como todo su trabajo era usurpado por otro. Sin saberlo, la india había firmado la sentencia de muerte del hombre que parecía ser su razón de vivir.

—Eres tan tonta que no sé si lo haces a propósito —exclamó entre risas—. Cooper peleará hasta la muerte por su oro, esa es la prueba de que jamás le has conocido tan bien como yo. Te aseguro que cuando cree que algo le pertenece, lucha por ello. Jamás te elegirá, jamás renunciará a su oro por ti, pequeña necia. Has confundido el instinto de Cooper de cuidar de los más débiles con otro sentimiento. Solo le inspiras lástima, solo eso. Y cuando sepa que le has traicionado, te odiará.

Las palabras de Cora restallaban como latigazos en la estancia, transmitían tanto desprecio que Lashka dio un paso atrás con los ojos muy abiertos. Ya no había reserva en Cora, ni la fría condescendencia que le dedicaba habitualmente, solo una rabia que casi le deformaba su bonito rostro. Lashka reconocía a una mujer herida, y fue el único consuelo que tuvo, porque todo lo que Cora le escupía a la cara se le clavaba en el pecho como esquirlas.

Grass, que había estudiado la escena con sumo cuidado, entendió que debía poner fin a la ira desatada de Cora. Hizo un gesto a Jared, que miraba a Cora con asombro, y le indicó que sacara a la india de la estancia. Este obedeció y la joven se dejó guiar dócilmente con la cabeza gacha. La dejó sentada en el pasillo y regresó al interior justo a tiempo para ver como Cora caminaba como una loba de un lado a otro apretando los puños. Grass se acercó a él y le susurró:

—Convéncela de que no regrese a su poblado. No la dejes escapar, llévatela a tu cabaña. No quiero arriesgarme a que vea a Cooper y le confiese todo lo que nos ha dicho.

—¿Y si se resiste?

Grass echó un vistazo al pasillo por la rendija que se había quedado abierta.

—Haz lo que quieras con ella, pero intenta sonsacarle todo lo que sepa. No me creo que no sepa donde Mackenna esconde el oro.

Jared asintió.

—¿Algo más? —inquirió echando una última mirada a Cora.

—No, yo me encargo de ella.

Cerró la puerta en cuanto Jared salió y se apoyó en la pared contigua. Necesitaba pensar en un plan que arrebatara legalmente el oro de Mackenna. Si bien habían sido las palabras de una mujer rechazada, Cora había puesto el dedo en la llaga: Cooper jamás dejaría de luchar por su oro. Era desconfiado y no sería sencillo pillarle desprevenido. Y estaba el asunto de esa mujer que podía regresar en cualquier momento. Pensó en sus armas, ¿qué podía ser más gratificante que arrebatar el oro de Cooper sin que él pudiera hacer nada? Sonrió en cuanto tuvo la respuesta.

—Cora, querida...

Esta se revolvió.

—¿Cómo has consentido que esa india entre en mi *suite*? Esto no es tu despacho, ¡aquí recibo a quien quiero! Esa india me repugna, ¿lo oyes? ¡Jamás vuelvas a hacerlo!

Grass tuvo el buen tino de no replicar. Se hizo con una estatuilla de una mesa a su lado. Acarició la frágil figura de una pastorcilla que sostenía un cordero entre sus brazos, esperando a que Cora se serenara. No tardó mucho, la señorita March se tomó una generosa copa de whisky y el cambio fue espectacular: su rostro se relajó, los hombros se distendieron y su mirada, unos segundos antes iracunda, se vació de toda emoción. Rudger la admiraba por su asombrosa capacidad de superar los obstáculos sin falsos escrúpulos. Se parecían mucho y por eso mismo depositaba en ella toda la confianza de la que era capaz. Aun así había una duda flotando en el aire. Cora apenas había ocultado su interés por Mackenna y esa duda le carcomía con insistencia. Esperaba que la noticia del matrimonio de Mackenna fuera suficiente para que Cora dejara de lado su debilidad por ese hombre.

Se sentó en cuanto ella tomó asiento, dejó la estatuilla y esperó a que fuera Cora la que rompiera el silencio. No tuvo que esperar mucho.

—Dime qué necesitas —susurró ella con la voz ronca.

Grass se sacó un puro del bolsillo interior de su chaqueta y lo deslizó entre el índice y el pulgar.

—Cooper es conocido por ser un tipo raro... muy raro...

Cora le miró con interés.

—¿En qué piensas?

—No sería sorprendente que un tipo raro como él acabe perdiendo la cabeza... tanta soledad no es buena... —prosiguió meditabundo—. ¿Recuerdas a Peter Grant? Ese grandullón que mató a su hermano y salió huyendo al bosque. Nadie volvió a saber nada de él.

Cora reprimió un escalofrío, una cosa era pensar en arrebatar el oro a Cooper y otra pensar en su muerte, pero su sentido práctico tomó el mando: si no podía tener al hombre, tendría su oro, fuera cual fuera el precio. Lo necesitaba, lo que ganaba con los negocios ya no era suficiente. Tenía grandes planes para su hotel y precisaba más oro, mucho más.

—Tenemos que ser prudentes, Steele no aceptará otra versión como la de Danton. Cooper no es débil...

—Pero no es la primera vez que desaparece. Tú misma me dijiste que estuvo viviendo con unos indios durante casi un año. Tú misma le diste por muerto.

Cora asintió lentamente, recordaba cómo Cooper se había quedado en Circle City cuando todos se habían abalanzado como ratas hambrientas sobre los arroyos del Klondike. Después nadie había sabido de él hasta que había reaparecido el verano anterior en Dawson acompañado de ese irlandés que no se separaba de él.

—Esta vez iremos despacio —proseguía Grass—. Sin prisas... Dime si conoces a Olgivie.

Las cejas de Cora se alzaron, sorprendida.

—¿El comisionado para el control de las concesiones? Por supuesto, viene a comer muy a menudo.

—¿Qué debilidad tiene? ¿Oro, mujeres, alcohol?

Cora soltó un bufido.

—Él llegó antes que tú y no le viste medir palmo a palmo las concesiones asegurándose de que ningún minero se adueñara de más metros de los que le correspondía por ley. Algunos hombres perdieron auténticas fortunas, y fueron muchos los que intentaron comprar su silencio, pero rechazó todo lo que le ofrecieron. Es austero y con fuertes convicciones religiosas, además de leal a su cargo. Nunca le he visto con mujeres y bebe lo justo.

Grass emitió un gruñido de contrariedad, pero no se echó atrás. El derecho de explotación de las concesiones se renovaba cada doce meses y si por alguna razón el titular no realizaba el trámite administrativo, que conllevaba pagar una nueva cuota, cualquier otra persona podía reclamarla. El primer titular o sus herederos —en el caso de que los hubiese— perdían todos los derechos. Era un buen plan.

—¿Y sus empleados? Tiene que haber un eslabón suelto entre los funcionarios de la oficina de registro de las concesiones.

Cora meditó las palabras de Rudger mordiéndose el labio inferior.

—Hay uno, Jamie Commons. Es el más joven y no rechaza unos cuantos tragos.

—Eso no me ayuda mucho —protestó Grass, descontento al no encontrar lo que buscaba.

—Puedo sonsacarle información.

—Me dijiste lo mismo de Danton, me aseguraste que lo camelarías y no lo conseguiste.

Ella hizo un mohín mientras se alisaba una manga.

—Ese desgraciado solo pensaba en su querida Giselle, pero este Jamie es un polvorín, le gustan las faldas más que comer. Déjame, puedo conseguir lo que me proponga. Ese joven no recordará ni lo que me habrá dicho.

—Necesito averiguar cuándo debe renovar Cooper el derecho de explotación de sus concesiones. Haremos feliz a esa india, Cooper no se llevará el oro de Mackenna Creek.

—No es mi intención hacer feliz a esa salvaje. Quiero el oro de Mackenna Creek, pero no voy a regalar en bandeja a Cooper a esa india.

—Tranquila, tú y yo tendremos lo que queremos.

—Quiero la mitad de lo que haya en Mackenna Creek.

—Eso lo veremos...

—La mitad —insistió con fría determinación.

Grass volvió a emitir un gruñido. Un hombre sabio debía saber cuándo ceder y en ese momento lo que primaba era sosegar a Cora.

—Está bien, está bien. Ahora piensa que tenemos que ser más listos que Mackenna. Lo más urgente es asegurarnos de si ha llevado su oro a uno de los dos bancos. Aunque esa india diga que no, no quiero ningún error.

—Si Cooper hubiese metido su oro en cualquiera banco de la ciudad, el rumor habría corrido como la pólvora. Nadie sabe con seguridad si hay oro en Mackenna Creek, los que lo intentaron el verano pasado no tuvieron suerte. Parece que Cooper es el único.

—Eso nos viene muy bien. Cuanta menos gente haya en Mackenna Creek, mejor nos irá a nosotros. —Grass estudió a Cora unos instantes con aire meditabundo—. No admitiré ningún doble juego por tu parte. Mantente alejada de Mackenna, ¿me oyes? Lo quiero lejos del Palladium y de ti.

35

Sofia empezaba a odiar el ruido de la dichosa caldera que Cooper, Paddy y Giuseppe mantenían día y noche en marcha con el fin de ablandar el subsuelo. Desde hacía días su marido trabajaba en la concesión de Cooper, ganaba un buen jornal que los llevaría lejos de allí. Por fin Sofia veía cada vez más cerca el momento de abandonar esa tierra maldita.

La odiaba con todas sus fuerzas: los días sin fin, los mosquitos, las fieras, el calor sofocante y húmedo que pegaba la ropa al cuerpo. En invierno no era mejor, prefería olvidar la inmensidad blanca y aplastante, el silencio y el frío que se colaban hasta el alma. Solo echaría de menos una cosa de aquella tierra: esas extrañas luces que iluminaban las noches invernales. Muy pocas veces se veían en verano, las noches apenas duraban dos horas y el cielo nunca se oscurecía del todo.

Las llamaban auroras boreales. La primera vez que las había visto, le habían parecido peligrosas llamaradas, pero Cooper le había asegurado que solo eran luces. La había invitado a mirarlas sin temor, disfrutando de su belleza. Solo en ese momento había entendido que Cooper no era el hombre que pretendía ser ni que las luces de las noches del Yukón eran peligrosas. Después había convencido a Giuseppe de contemplar sus formas caprichosas, el tono verdoso que podía derivar al rosa intenso o al amarillo más vibrante. Algunas veces eran como latigazos de luz, otras se asemejaban a velos ondulantes que cruzaban el cielo. Para Sofia eran la prueba de que Dios velaba por todos ellos incluso en aquel infierno.

Pensó en Lilianne y su rostro se contrajo al tiempo que echaba una mirada a su hija dormida sobre la cama de Cooper. Todos los días se desplazaba hasta la cabaña de Mackenna y cocinaba y lavaba para todos ellos. Giuseppe le había contado que había visto a Lilianne, pero le había prohibido decírselo a Cooper. Si era cierto, él debía saberlo e ir a por ella. No quería ni imaginar los peligros que corría en esa ciudad tan depravada. ¿De qué vivía? Su marido la había visto salir del Salón de *Madame* Laurie. Por el sonrojo de Giuseppe, el lugar no era respetable.

Chasqueó la lengua mientras removía el guiso de alce. Ignoraba qué había precipitado la marcha de Lilianne, pero desde que ella no estaba, Cooper se mostraba cada vez más taciturno. Algo en él se había apagado, su mirada siempre la había sobrecogido pero en esos días estaba más vacía que nunca. Trabajaba de sol a sol en su concesión, lo que en aquella tierra venía a ser demasiadas horas. Cuando le convencía de que debía descansar, se perdía en el bosque y regresaba cargado de caza.

Se sobresaltó cuando la puerta se abrió de repente. Cooper apareció con el pelo y la ropa mojados.

—Te has bañado otra vez en esa poza —dijo Sofia, disgustada—. No puede ser bueno, el agua está helada.

—Me gusta —contestó Cooper con un encogimiento de hombros.

—Sí, te gustan cosas raras...

Cooper, que se disponía a coger del gancho de sobre la chimenea el pesado caldero lleno de agua caliente, le echó una mirada desconfiada.

—¿Qué quieres decir con eso?

—Sé que también te gusta dar paseos nocturnos cerca de nuestra concesión. —Le echó una mirada que dejaba a las claras que no admitiría ninguna mentira—. Lleva el caldero a los otros dos, que se laven cuanto antes, el guiso está listo. Y dile a Milo que venga a ayudar.

Cooper ladeó la cabeza ante el tono autoritario de Sofia y, cuando ella no le vio, esbozó una sonrisa socarrona. Ya no le temía, como cuando se habían conocido, y así lo prefería. La respetaba y admiraba tanto como apreciaba a su marido. Sin embargo, no le agradaba que sacara a colación sus paseos nocturnos, eso era asunto suyo y se negaba a hablar de ello. Salió cargado con el caldero de agua caliente y lo dejó junto a un barreño. Paddy y Giuseppe le esperaban, sudorosos y sucios de tierra. En cuanto le vieron, empezaron a quitarse las camisas.

—Aquí viene el aguador. En mi pueblo era un tipo cojo con muy mala sombra; aquí es casi lo mismo, pero no eres cojo. —Paddy hizo una mueca, en un intento de arrancar una sonrisa a Cooper—. Desde que Sofia se encarga de cocinar para nosotros, nos acicalamos como querubines. En mi vida me he lavado tanto.

Giuseppe empezó a enjabonarse.

—Te aseguro que Sofia no acepta a un hombre sucio en la mesa.

El irlandés replicó con un bufido, pero en cuanto Cooper regresó a la cabaña tras avisar a Milo, que jugaba con los perros, dio un codazo a su compañero.

—Ya no sé qué hacer para que este hombre diga más de cuatro palabras juntas.

El italiano siguió los pasos de Cooper hasta que este se metió en la cabaña.

—¿Qué hará cuando nos vayamos tú y yo de Mackenna Creek?

—Dice que se quedará aquí —Paddy soltó un suspiro—. Me temo que se convertirá en uno de esos locos que nunca salen del bosque.

—¿Entonces para qué quiere el oro?

Paddy reflexionó un instante y dijo, desalentado:

—Creo que es lo único que tiene ahora; es su meta, pero no le hace feliz.

—Entonces hay que decirle que Lilianne está en Dawson.

Los movimientos de Paddy se detuvieron al instante. Se le escapó el trozo de jabón con el que se estaba enjabonando el pecho.

—¡No puede ser ella! —cuchicheó apresuradamente—. Él mismo se encargó de llevarla al barco.

Giuseppe se agachó para coger el jabón, lo observó lleno de tierra y lo tiró por encima del hombro. Mientras tanto había evocado el rostro de la mujer que había visto salir del salón de *Madame* Laurie.

—La mujer que vi en Dawson es Lilianne, estoy seguro. Ahora no sé si decírselo a Cooper. Le he pedido a Sofia que se mantenga al margen, pero no creo que aguante mucho sin contárselo.

—Que Dios nos pille confesados... —murmuró el irlandés. Meditó la situación unos segundos—. Ya no sé qué es mejor, que esté con ella o que no. Pero si es Lilianne, ¿por qué se ha quedado en Dawson?

—¿De verdad que no lo sabes?

El irlandés se rascó la barba con saña. Ya no entendía nada, ni a su amigo ni a la pelirroja.

En el interior, Cooper se había ocultado tras la manta que Lilianne había colgado de una cuerda semanas antes. Con Sofia deambulando casi todo el día en Mackenna Creek, ya no podía ir desnudo a su antojo y lo echaba de menos, como echaba de menos otras cosas. El rostro de Lilianne en el embarcadero le sobrecogió de repente. Cerró los ojos. Se negaba a pensar en ella, pero Lilianne se colaba en su mente al más mínimo descuido. Lo peor eran las noches, cuando sus sueños le traicionaban. Entonces no había barreras ni defensas que ella no superara.

Una vez vestido con ropa limpia, salió del rincón peinándose con los dedos y se acercó a la pequeña Bianca. La niña no hacía más que comer y dormir, era tierna y dulce, olía a leche y talco, y cuando abría sus grandes ojos oscuros y le miraba fijamente, Cooper sentía que le tocaba algo blando, frágil y atormentado que nadie lograba apaciguar. ¿Por qué no había tenido el arrojo de preguntar a Lilianne por su hijo? El miedo había sido más fuerte que sus ansias por saber.

—Cooper...

La voz de Sofia le llegó suave como el terciopelo.

—Siéntate —le pidió ella al tiempo que apartaba una silla de la mesa.

—¿Y los demás?

—Ya llegarán, pero quiero hablar contigo de algo delicado. Por favor.

Él obedeció, intrigado. Ella hizo lo propio al otro lado de la mesa. Para su sorpresa, Sofia le cogió una mano con suavidad, como si temiera hacerle daño.

—Cooper... —titubeó un instante—. ¿Por qué se ha marchado Lilianne?

Al oír ese nombre, que nadie había pronunciado desde que la había echado de Mackenna Creek, Cooper dio un respingo y apartó la mano.

—Qué importa...

Ella desvió la mirada a su hija.

—Te observo cada vez que miras a Bianca y veo mucha pena en tus ojos. Solo en ese momento dejas que una emoción traspase ese muro que pones entre tú y los demás. Y solo en otro momento vi esa misma mirada herida en ti.

Esperó a que Cooper dijera algo, pero él se mantenía en silencio, sin mover un músculo. Se decidió a proseguir:

—Fue cuando vine a Mackenna Creek después del ataque del oso. Te vi mirando a Lilianne mientras ella se reunía conmigo. Había tanta pena en tus ojos, tanta desgracia... y desde que ella se ha marchado, estás más huidizo que nunca. No eres feliz y nunca lo serás sin Lilianne. Al igual que ella jamás lo será sin ti.

—¿Y cómo sabes eso? —soltó él echándose atrás—. ¿Tienes dotes adivinatorias?

Sofia le contempló, pensativa; qué complejo era ese hombre de aspecto intimidante. Solo quien se tomaba la molestia de mirar más allá de su fachada hosca entendía que se ocultaba un hombre bueno, que se preocupaba por los demás. Decidió cambiar el rumbo de la conversación.

—¿Cuándo le dirás a Giuseppe que eres tú quién se pasea por nuestra concesión por las noches y deja oro aquí y allí?

Cooper no contestó, lo que irritó a Sofia.

—¿Por qué te empeñas en poner una barrera entre tú y los demás? No eres el hombre que pretendes ser. Me he enterado de que no somos los únicos a los que has ayudado. Nos topamos con Joseph Ladue el verano pasado, antes de que abandonara la región. Fue él quien nos aseguró que sin ti jamás habría podido conseguir los 160 acres de tierra para empezar a fundar la ciudad. ¿Cómo consiguió el oro suficiente? ¿Cómo nosotros?

La última vez que había hablado con Ladue había sido durante el verano del 96, bajo el sol de medianoche, justo cuando la locura se había desatado y casi todos los mineros de Circle City habían abandonado la ciudad para dirigirse al río Klondike. Ladue había viajado ese invierno a Nueva York y a su regreso se había replanteado seguir en Sixtymile o probar suerte en el Klondike.

Evocó una conversación acerca de una tierra pantanosa en la confluencia de los ríos Klondike y Yukón, pero el *hootchinoo* los había dejado en un lamentable estado semicomatoso. De madrugada Cooper se había marchado del colmado, dispuesto a perderse en las tierras del norte lejos de la vorágine que había suscitado el descubrimiento de Carmack. Unos días después se había topado con los kashkas y no había regresado hasta bien avanzado el verano siguiente. Ladue ya se había marchado de la ciudad, no sin antes haber hecho realidad su sueño y Cooper se había alegrado por él.

El recuerdo de aquella noche se hizo nítido y las palabras afloraron en su mente:

—*No puedo aceptar, Mackenna.*

—*Claro que sí. Tú mismo me has dicho que necesitas unos cuantos miles de dólares. Bien, yo te dejo una parte. Me salvaste la vida hace años, sin ti no habría sobrevivido al primer invierno de esta región.*

—*Me asustaste, chico; estabas agotado, débil como un recién nacido, pero jurabas y escupías rabia como una víbora. Llegué a preguntarme si estabas loco de remate.*

—Tenía mis motivos para no confiar en nadie. —Soltó un profundo suspiro—. Jamás te he dado las gracias por lo que hiciste por mí. No solo me curaste sino que me demostraste que todavía hay gente en la que se puede confiar.

Rebuscó entre las bolsas apiladas en su trineo y logró sacar un zurrón pesado. De su interior extrajo dos tarros de vidrio llenos hasta arriba de polvo de oro. Era parte del oro que había extraído de sus concesiones en Circle City. Sin asegurarse de si Ladue iba a acertar a cogerlos, se los tiró uno a uno y Joseph los cogió al vuelo riéndose tontamente por el alcohol ingerido.

—Estás loco.

Cooper se dejó caer a su lado y se hizo con la botella. Dio un prolongado trago hasta vaciar lo que quedada de hootchi-noo. Tiró la botella al agua espantando a un enjambre de mosquitos que se esparció en el aire.

—No es la primera vez que me lo dicen —farfulló mientras se pasaba la manga por los labios—. Todavía me quedan otros tarros como esos. Allí donde voy no necesitaré más. Tómatelo como un préstamo. Un apretón de manos será suficiente, como siempre ha sido entre los veteranos de esta tierra.

Ladue sopesó los tarros, acostumbrado a que los mineros le pagaran con oro.

—Debe haber algo más de diez mil entre los dos.

—Si tú lo dices...

Estaban sentados en el pequeño embarcaderos sobre el río Sixtymile y una nube voraz de mosquitos revoloteaba sobre sus cabezas. Cooper se dio un manotazo en la frente.

—¿Y si no volvemos a vernos? —planteó Ladue.

En el Yukón toda despedida podía ser por unos días o definitiva. Nadie, hasta los más avezados en los peligros de la región, era inmune a las trampas del invierno o al ataque traicionero de las enfermedades o de una fiera.

—Haz lo que creas conveniente. Si tienes suerte y nuestros caminos se cruzan de nuevo, ya me lo devolverás entonces y en paz. Si no... pues también estaremos en paz.

Ladue sopesó la respuesta.

—*Si consigo lo que me propongo, me marcharé de aquí en cuanto se me presente la primera oportunidad. Ya te he hablado de Anna Mason, pretendo casarme con ella. No me quedaré aquí.*

Cooper soltó un bufido antes de abrir la segunda botella hootchinoo. La alzó como si brindara.

—*Te deseo suerte* —*exclamó sin un ápice de entusiasmo y dio un trago. Luego añadió con voz ahogada por la quemazón que le había dejado la bebida*—: *Las mujeres son demasiado complicadas. Prefiero vérmelas con un alce en época de celo.*

Ladue se echó a reír entre toses.

—*Pero no les dices que no a las mujeres que se te acercan, como esa Cora. Las noticias vuelan, amigo.*

La respuesta fue un eructo de Cooper que sofocó con una mano.

—*Se acabó, es demasiado peligrosa. Nunca confíes en ella. En realidad, debería decirte que no confíes en ninguna mujer. Jamás te dejes embaucar por sus miradas, sus sonrisas, sus lágrimas...*

Joseph le estudió durante unos segundos en un silencio solo interrumpido por el zumbido sordo de los insectos. A lo lejos se oyó un chapoteo, más allá el grito agudo de una lechuza y de nuevo el desesperante rumor de los mosquitos. El sol de medianoche arrojaba su difusa luz dorada entre nubes teñidas de rosa, púrpura y naranja. A su alrededor, más allá de la orilla, una profusión de flores de un subido tono rosa se extendía como un tapiz hasta los árboles. En esos momentos el Yukón regalaba paz a sus habitantes. Volvió a mirar a su amigo, Cooper era el que más le desconcertaba de todos los mineros que había conocido, nada parecía sacarlo de su apatía, ni siquiera el oro.

—*¿Quién te ha hecho tanto daño como para desconfiar de todas?*

—*Un fantasma del pasado* —*fue su escueta respuesta al tiempo que arrojaba una piedra al río.*

—¿Y de dónde es ese fantasma?

—De San Francisco.

Llevado por la nostalgia y los efectos del hootchinoo, *le contó su propia historia, muy resumida y sin nombres, porque evocarla en voz alta le dejaba un sabor amargo en la boca del estómago.*

—¿No será Lilianne?—*tanteó Ladue.*

Cooper le lanzó una mirada feroz. Ladue fingió una calma que distaba de sentir. Con su amigo tenía que ir con calma, Cooper era como un volcán siempre a punto de explotar.

—*Murmurabas ese nombre cuando te encontré. Y seguiste haciéndolo mientras la fiebre te consumía. Volverás a esa ciudad, te lo aseguro, aunque ahora no seas consciente de ello. No hay que ser muy listo para saber que has dejado algo inacabado con ella.*

—*No lo creo. El último lugar al que volveré será donde viva Lilianne Parker.*

—*Cuando caes en las redes de una mujer, no vuelves a ser el mismo. Te empeñas en negarlo ahora, pero esa mujer te ha marcado al rojo vivo. Mírame a mí, llevo una década tratando de hacerme rico para poder casarme con Anna.*

—¿Y si ella no te ha esperado? —*inquirió Cooper, no sin una punzada de inquina y obviando la parte que concernía a esa mujer de la que no quería saber nada.*

—*Me espera, lo sé* —*aseguró con tal convicción que Cooper se encogió por dentro envidiando la fe de su amigo por esa mujer*—. *Y tú volverás a San Francisco. Si consigo crear una ciudad como Dios manda en aquella ciénaga y me hago rico, te devolveré esto; y si no te veo antes de marcharme, lo dejaré en algún banco de San Francisco. Te daré dos años, Mackenna, dos años para curar tus heridas, para deshacerte de tu constante malhumor, de esa rabia que aflora algunas veces a tus ojos. Si no regresas para entonces, haré que vengan a buscarte. Los que vienen aquí con una meta son los que más posibilidades tienen de sobrevivir. Los que no tienen nada que les motive son los que de repente se pierden una noche y nadie vuelve a saber de ellos. No consentiré que te suceda, Mackenna. Ahora somos socios, recuérdalo...*

La respuesta de Cooper fue un gruñido escéptico.

—Será una pérdida de tiempo. Cumple tu sueño y déjame en paz.

Cooper parpadeó al regresar a su cabaña, se sorprendió de seguir sentado frente a una Sofia que no ocultaba su enfado. Ella había estado hablando y él había regresado a aquella noche con Ladue. ¿Qué le había dicho Sofia? Algo de Lilianne, pero ignoraba el qué. El recuerdo había sido tan nítido que había sentido el cálido sol de medianoche, el zumbido de los mosquitos y la humedad del río. Qué irónico era el destino; la que le había buscado había sido Lilianne, y él la había despachado como un idiota.

Se removió incómodo, entornó los ojos y apretó los labios, deseoso de estar solo de repente. El mutismo de Mackenna indignó a Sofia, que se puso en pie con los brazos en jarra.

—¿Te hablo de Lilianne y esa es tu reacción?

Él soltó un suspiro que avisó a la mujer de que estaba perdiendo la paciencia.

—No quiero hablar de ella ni de cualquier otra cosa.

Un grito de Paddy los alertó, ambos salieron al mismo tiempo. Siete hombres del poblado tlingit se acercaban a la cabaña, uno de ellos era Subienkow y, por su mirada airada, no se presentaba en son de paz. Cooper se preparó para un ataque y apartó a Sofia, que no entendía nada.

Su marido se encontraba en la misma situación, vigilaba el grupo sin saber del antagonismo entre el hijo del jefe tlingit y Mackenna, pero presentía que los dos hombres estaban a punto de enzarzarse a puñetazos. Por el rabillo del ojo vio como Paddy empuñaba su rifle, que había dejado cerca del barreño. Desde hacía unos días habían avistado huellas de un grizzly cerca de la cabaña de Cooper y temían un ataque. Junto al arroyo, Milo contemplaba la escena con los ojos abiertos como platos.

—¿Dónde está mi hermana? —espetó Subienkow en cuanto estuvo a unos dos metros de Cooper.

Este alzó la vista al cielo solo un momento, exasperado por la actitud de Subienkow; una vez más le culpaba de lo que hiciera su hermana. Por suerte Lashka no había regresado; lamentaba haber sido tan brusco con ella, pero ya no quería juegos ni fingimientos. Las mujeres no le habían traído más que problemas y engaños.

—No lo sé —contestó en tono lacónico mientras se apoyaba en el vano de la puerta—. Hace días que no la veo.

De entre los arbustos y árboles apareció una silueta pequeña, encorvada y envuelta en un manto que representaba un águila en pleno vuelo. Su cabello blanco y fino dejaba entrever la piel de la coronilla; los ojos, así como los labios, eran una delgada línea en un rostro surcado por cientos de arrugas. Su piel se asemejaba a la corteza de un árbol, endurecida por el tiempo y la intemperie. Vestía el traje de ceremonia de su pueblo, lo que daba un cariz desconcertante a la presencia del jefe Klokutz. Respiraba con dificultad y su caminar vacilante delataba un profundo cansancio. Cooper se adelantó en cuanto el hombre tropezó con los flecos de su manto. Se hizo con una caja de madera y la colocó boca abajo para que el anciano se sentara.

—Gracias —musitó Klokutz y, tras echar una mirada a Subienkow, soltó un suspiro—. Perdona el ímpetu de mi hijo, pero estamos muy preocupados por la desaparición de Lashka.

Si el jefe Klokutz se había desplazado hasta su cabaña, Lashka debía llevar días sin dar señales de vida. ¿En qué lío se habría metido? Esperó a que el hombre recobrara el aliento arrodillado a su lado.

—La hemos buscado sin encontrar ni rastro —prosiguió con voz cansada—. Creí que había sufrido el ataque de un animal, pero si hubiese sido el caso habríamos encontrado alguna huella.

Agachó la cabeza pasándose una mano nudosa y temblorosa por el cabello canoso. Cooper sintió lástima por la actitud de derrota del jefe tlingit, no quedaba nada del jefe valeroso que había luchado con la fiereza de un guerrero décadas atrás. El tiempo, la llegada de los hombres blancos y la malaria le habían debilitado hasta convertirlo en un anciano preocupado por su hija demasiado rebelde. Como si leyera el pensamiento de Cooper, Klokutz le clavó una mirada sorprendentemente lúcida.

—Sé que mi hija te ha molestado, y te pido disculpas por ello. Puede ser muy testaruda. No he sabido doblegar su espíritu indomable... O quizá no he querido... Cuando la veo tan orgullosa, convencida de que aún soy un gran hombre, no puedo decepcionarla. Tal vez sea la última que me mire con tanta admiración. Me recuerda que hace mucho éramos guerreros y luchábamos por nuestro honor.

Un nuevo suspiro le interrumpió.

Cooper presentía lo que el jefe tlingit se proponía pedirle. Echó un vistazo a Subienkow, que mantenía la boca cerrada por respeto a su padre, pero todo en él delataba su frustración.

—Ayuda a mi hijo a buscar a Lashka —pidió Klokutz—. Está convencido de que puede hacerlo solo, pero tú y yo sabemos que no tendrá ni una sola oportunidad en Dawson.

—Dawson —repitió Cooper.

Creía muy posible que Lashka hubiese ido sola a la ciudad, ya lo había hecho anteriormente y se había topado con Grass. Pero, ¿con qué motivo?

Subienkow dio un paso adelante, ignorando a Paddy que le apuntaba con el rifle.

—¡No le necesito, padre!

Klokutz le silenció en una lengua que solo Cooper entendía. Por la expresión de arrepentimiento de Subienkow, nadie precisó que se tradujeran las palabras del jefe tlingit. Se hizo un silencio embarazoso.

—Mi hijo cree que puede buscarla solo en Dawson, pero no le harán caso, nadie se molestará en darle ninguna pista. Esta mañana han venido a nuestro poblado dos mujeres tagishs que venden cestos a un tendero de Dawson. Me dijeron que la habían visto salir del hotel Palladium junto a un hombre joven que no parecía forzarla a acompañarle, pero mi hija lleva demasiado tiempo ausente. Me temo que le ha sucedido algo.

Subienkow y Cooper intercambiaron una mirada, ambos sabían del peligro que encerraban las palabras de esas mujeres. Aun así el joven tlingit se mostraba resentido.

—Ayuda a mi hijo, es joven e impulsivo... No quiere hablar con el superintendente Steele... Dice que no se molestará en buscar a una joven india, y me temo que está en lo cierto —aseveró Klokutz—. He oído decir que es un hombre honrado, pero no olvidemos la verdad: nadie ayudará a una india excepto tú. La gente te teme y respeta, hablarán contigo.

Sus amigos le miraban preocupados mientras que los jóvenes tlingits se mostraban recelosos. Aquello no pintaba nada bien, ni para él ni para Subienkow, aun así la preocupación por la seguridad de Lashka estaba por encima de todo. Mirando a los ojos al viejo Klokutz, Cooper asintió.

—La buscaremos juntos. —Acto seguido lanzó una advertencia muda al joven indio, que se conformó con apretar los dientes y darle la espalda—. Salimos en media hora.

El anciano se puso en pie con dificultad.

—Sabía que podía contar contigo, Gran Oso Blanco.

Subienkow se acercó a Cooper y le habló en voz baja para que solo ellos dos oyeran sus palabras:

—Si te conviertes en una molestia o si me entero que tienes que ver con la desaparición de mi hermana, ten por seguro que te mataré lentamente, quemaré tu cabaña y quizá tu socio sufra el mismo destino. No olvides que estás en nuestras tierras y aquí solo cuentan nuestras leyes.

Cooper mantuvo la boca cerrada, no sentía miedo, pero sí que creía capaz a Subienkow de llevar a cabo sus amenazas.

Los tlingits desaparecieron en pocos segundos dejando tras de sí un silencio que ni las aves se atrevían a interrumpir. Cooper meditó lo poco que sabía, que no era mucho. ¿Por qué demonio había ido Lashka al Palladium?

—Iremos contigo —soltó Paddy—. Esa cabeza de chorlito puede haberse metido en un buen lío.

—Mejor os quedaréis aquí. No podemos dejar la concesión sin

protección. Grass vive en el Palladium y Cora es su socia. Ignoro qué se trae entre manos Lashka, pero prefiero que vigiléis el oro.

Sofia se reunió con su marido sin atreverse a mirarlo a la cara, este le había prohibido hablar de Lilianne con Cooper, pero ella le había contado lo que Giuseppe había visto en Dawson. Lo que ignoraba era si Cooper la había escuchado porque él se había abstraído durante unos minutos. No estaba segura de que la hubiese oído. Ahora Cooper se marchaba a Dawson, donde estaba Lilianne. Reprimió la necesidad de santiguarse.

36

Desde hacía días Lilianne apenas pisaba Dawson. Un brote de fiebre tifoidea se había propagado por los campamentos en la orilla del Klondike; desde que se levantaba hasta que se acostaba, visitaba a los enfermos en los yacimientos. Los que estaban demasiado débiles eran enviados a los dos hospitales, que no daban abasto.

La epidemia de fiebre tifoidea no había sido lo único que había tratado en esos días; los males eran numerosos. A pesar de todos los sacrificios de esos hombres y de sus miserias, Lilianne admiraba su tesón. Siempre tenían fuerzas y buen ánimo para unas risas y un trago, que ella rechazaba con tacto.

Pero el cansancio empezaba a hacer mella en ella, se sostenía en pie a duras penas, solo su anhelo por ayudar a los mineros le proporcionaba la fuerza necesaria para seguir adelante; al menos no disponía de tiempo para pensar en Cooper. Cuando se metía en su catre, caía rendida sin sueños que la atormentaran. El agotamiento era su único escudo para alejar los recuerdos de Mackenna Creek. Ya ni siquiera le buscaba cuando caminaba por las calles de Dawson, tenía suficiente con no tropezar con sus propios pies por la extenuación.

Esquivó un charco de origen dudoso y siguió entre las tiendas. Al olor nauseabundo del lugar se sumaba el humo de las hogueras en la entrada de las tiendas o las cabañas. Algunos mineros carecían de mosquiteras, en su lugar prendían fuego a una mezcla de musgo y hierbajos, cuya humareda supuestamente alejaba a los mosquitos. Otros preferían fumar con pipa exhalando largas vaharadas de humo al aire con la ingenua esperanza de espantarlos. De una manera u otra el resultado era casi el mismo y nadie se libraba del martirio de los mosquitos. Lilianne jamás los había visto tan grandes ni tan agresivos, y no habría sido la excepción si un minero agradecido por haberse librado de una muela podrida no le hubiese entregado el primer día una gasa para que se protegiera el rostro. Le había explicado cómo sujetársela al sombrero como un velo protector, pero entre la humedad y el calor, algunas veces Lilianne no lo aguantaba, como en ese momento.

Iba ensimismada en sus pensamientos, cuando tropezó con un hombre que se interpuso en su camino. Le llamó la atención que fuera tan limpio, demasiado aseado para ser un minero. Desentonaba en aquel lugar. Trató de esquivarlo, pero él volvió a bloquearle el paso.

—¿Necesita algo?

—La conozco —dijo él.

—Me temo que me confunde con otra persona —aseguró ella, convencida de que no le había visto anteriormente.

—No lo creo —afirmó con tal seguridad que Lilianne miró a su alrededor, inquieta por la desconfianza que le inspiraba el desconocido.

Se encontraba en una zona aislada, con pocos mineros. Todos estaban pendientes de sus bateas o sus bancos de lavados, pero con un grito llamaría su atención. Se tranquilizó.

—Si me disculpa...

Hizo otro intento de pasar, pero esa vez él la agarró de un brazo con fuerza.

—¿Necesita algo, señorita Dawson?

La voz grave de Tom Tremaine apaciguó su inquietud. Unos días antes, Lilianne le había atendido por una infección de oídos. Era un tipo de aspecto inquietante, pero a su lado se sentía mucho más segura que con el joven que la había soltado de inmediato.

—No, gracias, señor Tremaine. ¿Se encuentra mejor de los oídos?

—Apenas me duelen, señorita.

Tremaine lanzó una mirada de advertencia al joven y este se alejó sin dejar de sonreír y sin perder de vista a Lilianne.

—No debería andar sola por aquí —le advirtió.

—Solo me queda ver a su hijo y me voy.

—En ese caso, la esperaré aquí y la llevaré después con el doctor Sullivan.

Ella apartó la mosquitera de la entrada y se metió en la tienda, donde el joven Tremaine de apenas quince años tosía con tanta violencia que se le estremecía todo el cuerpo. Se apartó de la boca un pañuelo y lo miró con desolación. Desde la entrada, Lilianne reconoció el origen de las manchas. Apretó los labios y venció la escasa distancia que los separaba.

—Soy la señorita Lily Dawson —dijo con suavidad—. ¿Me recuerdas? Estuve aquí hace poco. Tu padre me ha dicho que no paras de toser.

El chico asintió y volvió a llevarse el pañuelo a la boca, la tos le sacudió de nuevo como si fuera un muñeco desarticulado. Ella se sentó a su lado. El joven desprendía un fuerte olor acre, incrementado por el calor que hacía en el interior de la tienda, tan pequeña que apenas cabían los dos camastros y una caja que servía de baúl y mesa.

—¿Puedo auscultarte?

Él asintió contra el pañuelo al tiempo que echaba un rápido vistazo a su padre, que esperaba de espaldas a la entrada. Se las arregló para ocultar el trozo de tela manchado.

—¿Cómo te llamas? —quiso saber ella mientras sacaba un estetoscopio.

—Michel, señorita.

—Bien, Michel. Voy a escuchar como respiras. Necesito que te quites la camisa.

El joven obedeció dándole la espalda. Estaba tan delgado que se le notaban todas las vértebras y las costillas. Fue un reconocimiento de rutina, Lilianne apenas tardó unos minutos, pues el diagnóstico era claro y desolador. El calor que desprendía el cuerpo de Michel delataba la fiebre y los signos de debilidad se evidenciaban en las ojeras violáceas bajo los ojos, en las líneas que bajaban de las aletas de la nariz a las comisuras de la boca, así como en las mejillas hundidas y en el tono ceniciento de su piel. Cuando hubo terminado, le dio una palmada en el hombro, que sintió pegajoso por el sudor que le producía la fiebre.

—Ya puedes ponerte la camisa. Voy a hablar con tu padre...

—No se lo diga —le pidió en un susurro—. Si se entera, nos iremos de aquí y... después de un viaje tan largo...

Lilianne se sintió inútil y frustrada. A ese joven de ojos bondadosos, enrojecidos por su estado febril, no le quedaban muchos meses de vida. Solo podía ofrecerle alivio, pero ninguna cura.

—Tiene que saberlo, Michel. Estáis a tiempo de volver a vuestro hogar, junto a tu madre. Antes de que el tiempo empeore tu salud.

Una vez fuera respiró hondo, para darse valor y para alejar el sofocante ambiente del interior de la tienda. Tremaine la miraba sin pestañear, intentando averiguar cuál era el diagnóstico.

—¿Es una bronquitis? —preguntó esperanzado.

—¿Cuánto tiempo lleva tosiendo?

El hombre se pasó una manaza por el pelo enredado y agachó la cabeza un instante.

—No sé, puede que unas tres o cuatro semanas. Este invierno ha estado muy debilucho y ahora apenas puede ponerse en pie.

Lilianne echó un vistazo a su alrededor; a lo lejos podía ver el enorme edificio del hotel Grand Forks. Sobresalía como una fortaleza entre las cabañas y las tiendas. A su alrededor había otros edificios, mucho más pequeños, en su mayoría restaurantes, bares y aserraderos. Los troncos se apilaban a la espera de ser vendidos a precio de oro. Pero todo el oro de aquella tierra no curaría a Michel.

—Señor Tremaine, si quiere otra opinión, puedo pedir al doctor Sullivan que venga a ver a su hijo, pero no creo que su diagnóstico difiera del mío.

—Dígamelo. Si Sullivan confía en usted, me doy por satisfecho. A mí me ha ayudado, apenas me duelen los oídos.

Tremaine la miraba con una mezcla de esperanza y miedo. Esa era la peor parte de tratar con enfermos; cuando no había remedios, no había manera de suavizar una mala noticia.

—Lo lamento, señor Tremaine, pero Michel tiene tisis.

El hombre no reaccionó y Lilianne sospechó que ya lo sabía, pero la esperanza le había puesto una venda en los ojos. Él asintió despacio, con gesto cansado. Sus hombros se vinieron abajo y su semblante envejeció diez años de golpe.

—Me lo imaginaba. El chico hace todo lo posible por ocultarlo, pero por las mañanas su saco de dormir tiene cada vez más manchas de sangre y la tos es cada vez más violenta. —Se le empañaron los ojos, se pasó la manga por la cara y desvió la mirada hacia un lado—. ¿Se le puede ayudar en algo?

—Puede tomar un jarabe para la tos y alguna cosa más, pero lo más efectivo sería llevarlo a un sanatorio. —Se pasó una mano por la nuca, que sentía tensa por el cansancio—. No creo que este sea el mejor sitio para Michel.

Tremaine soltó un suspiro que pareció dejarle vacío.

—Nos marcharemos en cuanto pueda conseguir dos pasajes.

Lilianne carraspeó, incómoda por lo que iba a preguntar, pero se irguió y habló:

—¿Puede permitírselos?

Tremaine esbozó una sonrisa desdibujada y Lilianne reconoció a Michel en los rasgos envejecidos prematuramente de su padre.

—Sí, señorita. No nos hemos hecho ricos, pero puedo llevar a casa a mi hijo.

Lilianne le dio las instrucciones para que Michel tomara la medicación y se marchó con la sensación de haber perdido algo en esa tienda.

De vuelta a Dawson, el doctor Sullivan caminaba a su lado sin alzar la mirada del suelo, se le veía tan agotado como ella. No habían tenido un momento de tregua, apenas habían comido y lo único que anhelaban era descansar. Acababan de dejar el último paciente en el hospital El Buen Samaritano en manos de la eficiente señorita Powell, que había ordenado al conductor de la carreta que la llevara al campamento número dieciocho de Bonanza Creek, donde parecía haber otros tres enfermos que necesitaban atención médica. Antes de subirse al pescante, la enfermera había ordenado a Lilianne y al doctor Sullivan que descansaran o ella misma los metería en una cama, atados de manos y pies. Y eso mismo se proponían hacer.

Giraron por una esquina y se toparon con un espectáculo que estremeció a Lilianne: un hombre azotaba con una fusta un perro joven, escuálido y aterrado. Le faltaba pelo en algunas zonas y los golpes empezaban a dejarle heridas sangrantes en el lomo. El animal aullaba y se encogía con cada golpe, pero no hacía nada por revolverse o atacar.

—Joven, por lo que más quiera, no se meta de por medio —le ordenó Sullivan en cuanto reparó en que Lilianne se había detenido a mirar la escena horrorizada.

Pero ella no lo oía, se estremecía con cada golpe. El perro ni siquiera tenía la opción de huir, estaba atado al arnés de un trineo junto a otros tres de aspecto robusto. Echó a andar ignorando la mano de Sullivan que trataba de sujetarla y los ruegos que le susurraba con apremio. Impulsó hacia atrás el brazo que sujetaba el maletín y golpeó con todas sus fuerzas la espalda del hombre.

Este trastabilló y cayó al suelo. Se revolvió con agilidad y se puso en pie de un saltó blandiendo la fusta. Cuando quiso dar un paso hacia Lilianne, un brazo le asió por el cuello al tiempo que la punta de una navaja se le clavaba en un costado. Ahogó un grito de sorpresa al oír una voz fría ordenarle que soltara la fusta.

Lilianne se quedó petrificada al reconocer a Cooper. Pasado el primer momento de asombro y ante la mirada iracunda que este le había lanzado, dio un paso atrás.

—Suelta la fusta y no te haré nada —repitió Cooper.

El hombre asintió; sin embargo, en cuanto se vio libre, sacó de una funda que le cruzaba el pecho un cuchillo de caza que le pareció enorme a Lilianne. Cooper propinó una patada al brazo del agresor y a continuación le asestó un puñetazo en la cara. El otro no se amedrentó, aun habiendo soltado el cuchillo, y le devolvió el puñetazo. Acabaron rodando por el suelo.

Lilianne apenas distinguía quien era quien, y lo más descorazonador era que los que se habían acercado, atraídos por el altercado, no movían un dedo para poner fin a la pelea. Estaba tan horrorizada que no se había parado a pensar en lo que seguiría, cuando se viera cara a cara con Cooper. A su lado Sullivan bebía tragos de su petaca y se enjugaba la frente con un pañuelo mientras barbotaba palabras ininteligibles.

—Señor Mackenna, suelte a ese hombre —ordenó una voz autoritaria.

Steele apareció abriéndose paso entre el gentío, que se apartó con docilidad. Se detuvo a un metro de donde Cooper sujetaba contra el suelo al hombre que tartamudeaba incoherencias.

—Ha sido una insensatez, señorita Dawson —masculló el médico—. Ahora nos meteremos en un lío por un chucho.

Pero Lilianne no lo escuchaba, estaba demasiado absorta en la figura de Cooper, que se ponía en pie despacio sin dejar de vigilar al tipo en el suelo.

—¿Qué ha ocurrido? —quiso saber Steel.

Solo entonces Lilianne miró al desconocido, del que manaba una autoridad incuestionable; era alto y vestía pantalones de montar, una llamativa chaqueta roja y un sombrero de ala ancha. El oficial contemplaba la escena con el ceño fruncido y los labios apretados bajo un cuidado bigote.

Cooper resumió con el aliento aún agitado lo que Lilianne había hecho y la respuesta del agresor. Steele echó una mirada al perro, que seguía encogido de miedo, y a sus heridas. Lilianne reconoció la compasión en su mirada y sintió un atisbo de esperanza por el animal. Ignoraba lo que iba a hacer con él, pero se negaba a que ese borracho siguiera martirizándolo.

Una vez al tanto de la situación, Steele se giró hacia ella, que se mantenía muda y temblorosa.

—¿Este hombre la ha lastimado, señorita...?

—Lily Dawson —se apresuró a aclarar Sullivan—. Es mi ayudante, una joven de confianza y de corazón tan gentil que no ha podido soportar ver como este sujeto maltrataba al pobre animal. Si la señorita Dawson no hubiese intervenido, el perro estaría muerto ahora mismo.

Sorprendida por la vehemencia de Sullivan, Lilianne se perdió el desconcierto de Cooper al oír cómo se hacía llamar ella.

—Ese pobre animal no puede quedar en manos de este bárbaro —exclamó Lilianne, que prefirió centrarse en su cometido en lugar de enfrentarse a Cooper.

Una esquina de la boca de Steele se alzó en una imperceptible sonrisa. Por fin conocía a la señorita Dawson. No eran pocos los que le habían hablado de la mujer pelirroja que se movía sola en los campamentos y atendía a los mineros sin arrugar la nariz. «Buena y bonita como un ángel», le había dicho uno de ellos. Ignoraba si la joven era temeraria o imprudente, o quizá las dos cosas. Algunos hombres habían olvidado lo que era comportarse como seres humanos al vivir en tan penosas condiciones, sin embargo le habían contado que esa mujer no había mostrado signo de rechazo: los velaba, curaba las heridas, hablaba con ellos y les devolvía algo de la dignidad que habían olvidado. Intrigado por ese inesperado ángel de la guarda de los mineros del Klondike, había barajado la posibilidad de hacerle una visita, pero las circunstancias habían adelantado el encuentro.

La estudió, registró los cercos oscuros bajo los ojos, el pelo recogido en una sencilla trenza enrollada en la nuca y la compasión que reflejaba su semblante cuando echaba miradas al perro. Sullivan, que era un viejo conocido de Steele, permanecía junto a la joven como si pretendiera proteger el honor de la señorita.

No era el único pendiente de la señorita Dawson, Mackenna la miraba fijamente. A pesar de su aparente indiferencia, Steele sospechó que no eran desconocidos y eso explicaba que Cooper hubiese tomado parte en la refriega, lo que avivó su curiosidad.

—Lo he visto todo y ha sido este borracho quien ha empezado la pelea —exclamó una mujer, que salió de entre los curiosos. Lilianne reconoció a la señora Cabott, quien se puso a su lado con los brazos en jarras e inhaló por la nariz con fuerza—. La señorita Dawson no ha hecho más que intentar proteger a un pobre animal.

Cada vez más sorprendido, Steele alzó una mano para acallar a la señora Cabott y se dirigió directamente al borracho, que no había abierto la boca.

—¿Puede demostrar que ese perro es suyo?

Todas las miradas se centraron en el minero, que se masajeaba allí donde le había golpeado Cooper, y volvieron al perro, que se había hecho una pelota en el suelo.

—Claro que es mío —exclamó el hombre sin convicción—. Bueno, me lo encontré...

—¿Puede demostrarlo? —le desafió la señora Cabott.

—¿Desde cuándo uno tiene que demostrar que un chucho es suyo?

—Desde que se han denunciado robos de perros de trineo. Aquí son un bien preciado —intervino Steel, intrigado por la actitud de la señora Cabott. Era conocida por ser arisca, pero se mostraba muy protectora con la señorita Dawson—. En muchas circunstancias la vida de un hombre depende de sus perros, y este se parece mucho a... a... —Carraspeó y miró de reojo a Cooper con diversión—, a uno que le fue robado al señor Mackenna. ¿No es así?

El aludido dio un respingo al verse involucrado sin haber abierto la boca. Sintió la súplica muda de Lilianne y la diversión del superintendente. El único que se mantenía ajeno a su destino era el chucho, que seguía atado al arnés, tembloroso y replegado sobre sí mismo. Se peinó con los dedos y asintió sintiéndose como un imbécil por seguirles el juego a esos dos. Desoyó las quejas del borracho y desató el can con cuidado por si le mordía, pero el animal era tan dócil que se mantuvo quieto. Una vez lo tuvo sujeto del collar, se sacó una bolsita que tiró al borracho.

—Aquí tienes mucho más de lo que te has gastado en alimentar al chucho.

Steele asintió, satisfecho, pero su rostro se tornó de nuevo severo en cuanto se dirigió al minero.

—No quiero volver a saber nada de usted. Si llega a mis oídos que esto se repite, me le llevaré al calabozo y le tendré a pan y agua una semana. Puede que eso le aclare que aquí no admitimos tales actitudes. Y ahora, desaparezca de mi vista.

El minero desapareció subido a su trineo mientras arengaba a los otros perros con gritos furibundos. Lilianne sintió de repente todo el peso de las miradas, incluida la del perro. Todos parecían esperar que hiciera o dijera algo, pero la presencia de Cooper la paralizaba.

—¿Y bien, señorita Dawson? —inquirió Steele—. ¿Qué piensa hacer con ese pobre animal?

—Yo... Yo... —Se encogió de hombros y alzó las manos—. Quizás haya que preguntárselo al señor Mackenna. Al fin y al cabo es suyo, ¿no es así?

Cooper se habría reído ante la desfachatez de Lilianne, pero tenía otras preocupaciones en mente, como averiguar si iba a ser capaz de hablar a solas con ella sin estrangularla.

La presencia de Subienkow, que había sido testigo de toda la escena sin mover un dedo, le recordó la razón de su presencia en Dawson. Barajó la posibilidad de hablar de ello con el superintendente, pero Subienkow le había prohibido decirle nada. Cooper tenía claro que si al cabo de un día no tenían ninguna pista, no quedaría más remedio que recurrir a los *mounties*, pero de momento respetaría la decisión del indio.

—Señorita Dawson, agradezco que haya salvado a mi perro —dijo en un tono burlón mientras miraba fijamente a Lilianne.

Ella sintió como sus mejillas se calentaban. Estaba preocupada, cuanto más tranquilo se mostraba Cooper, mayor iba a ser el estallido de cólera.

Sullivan, que respiraba de nuevo con normalidad, dio un paso adelante.

—En ese caso, señores, si me disculpan, tengo que atender un recado. Señorita Dawson, dejo en sus manos a este pobre animal.

Se alejó dando pasos cortos pero rápidos y desapareció al girar en una esquina.

—Menudo tunante está hecho este Sullivan —masculló la señora Cabott. Resopló con exasperación—. Lo importante es que usted esté bien, señorita Dawson. Puedo quedarme con usted, si así lo desea —añadió antes de echar una mirada de advertencia a Cooper.

—Estoy bien —le aseguró Lilianne—. Gracias por todo. No quiero entretenerla más.

—Estaré en mi panadería, por si me necesita —insistió.

Se alejó con pasos decididos, no sin echar miradas desconfiadas a Mackenna.

La nube de curiosos se disipó al entender que el espectáculo había acabado, el único que se mantuvo en el lugar fue Steele, pendiente de Cooper y Lilianne, que tardaron unos segundos en moverse. El grito de un hombre le obligó a salir corriendo hacia un nuevo altercado entre un tendero y un minero. Sin embargo, no podía dejar de preguntarse qué secreto se traían entre mano Mackenna y la señorita Dawson.

37

Lilianne limpiaba las heridas del perro con cuidado mientras Cooper y, para mayor sorpresa, un indio se lanzaban miradas iracundas.

—¿Os conocéis? —quiso saber Subienkow, a quien no le habían pasado desapercibidas las miradas que la pareja había intercambiado.

—Algo... —fue la evasiva respuesta de Cooper.

—¿Y qué hacemos aquí? —exclamó Subienkow. Se enfrentó a Cooper a escasos centímetros con el cuerpo tenso y los puños a punto de tomar la palabra—. Estamos perdiendo el tiempo. O tal vez no quieres que te vean conmigo —añadió escupiendo las palabras—. Si crees que no me he dado cuenta de que no me has dejado entrar en la cuadra donde has dejado los caballos...

—No digas estupideces —gritó Cooper, tan tenso como el indio—, estoy convencido que Fred es un soplón de Grass. Si te hubiese visto conmigo, seguramente habría ido a contárselo a Rudger...

—¿Y qué tiene que ver Grass con mi hermana?

Lilianne escuchaba sin despegar los ojos de las heridas del perro. Los dos hombres parecían haberse olvidado de ella; no sabía si sentirse ofendida o agradecida de que no sospecharan de su honestidad. Los gritos cobraron intensidad, asustando al perro y a Lilianne, aun así ella se interpuso entre los dos hombres; ignoraba qué hacer si decidían emprenderla a puñetazos, pero no podía dejar que destrozaran lo poco que tenían en la consulta.

—¡Ya está bien! Si no sois capaces de hablar como personas razonables, os pido que os marchéis ahora mismo.

Los dos la miraron sorprendidos. Había tanta decisión en su semblante que Cooper se sentó en una silla mientras Subienkow se alejaba hasta la puerta. Lilianne los vigilaba con desconfianza, dispuesta a echarlos a la calle y asombrada de haberse plantado entre los dos como árbitro cuando podían despacharla como a una mosca.

Cooper se pasó las manos por la cara, de repente agotado. Necesitaba hablar con Lilianne, también debía contar a Subienkow el encuentro que Lashka había tenido con Grass. En lo más hondo sospechaba que su enemistad con Grass y Cora tenía algo que ver con la desaparición de Lashka, así como la promesa que había gritado la india después de echarla de su cabaña. De una manera u otra, Lashka se había metido de cabeza en una trampa para vengarse por el rechazo de Cooper. Así se lo contó ciñéndose a los hechos.

—En Dawson todos saben que nadie se libra de una venganza de Grass —concluyó—. Es mi única pista de momento... —Se rascó la barba mirando la espalda de Lilianne, que había regresado con el perro—. Y no sucede nada en el Palladium sin que Cora lo sepa.

Lilianne se sintió entre dos fuegos. Subienkow se movía por la pequeña consulta, a todas luces a punto de estallar; abría y cerraba los puños dominado por la frustración. Al otro lado de la consulta estaba Cooper, que seguía sentado pero no parecía más inofensivo que el indio. No la perdía de vista como si pretendiera alcanzar sus pensamientos.

Una vez vendado el perro, lo bajó y sacó de un armario unas empanadas de carne que la señora Cabott le había regalado un día antes por la sorprendente mejoría que había experimentado después de seguir las indicaciones de Lilianne. Las desmenuzó en un plato sintiendo el silencio en la consulta como un manto asfixiante. A pesar de aparentar tranquilidad le temblaban las manos. Dejó el plato en el suelo y acarició la cabeza gacha del animal.

—Subienkow, ¿puedes dejarnos solos?

La voz calmada de Cooper la sobresaltó, se dio la vuelta despacio. Sabía que no se libraría de sus gritos y estaba tan cansada que ignoraba si conseguiría mantener la compostura. Todo su cuerpo vibraba y se agitaba por tenerlo tan cerca.

—Ve al Palladium, pero no entres —le pidió Cooper al indio—, busca un sitio desde donde puedas ver quién entra o sale. Necesito saber si Rudger y Cora están en el hotel.

Subienkow asintió a desgana y salió sin abrir la boca. Lilianne aprovechó para echar el cerrojo a la puerta.

—¿Crees que voy a salir huyendo? —preguntó Cooper, que se había puesto en pie.

Lilianne sintió que la rabia de Mackenna regresaba, la reconocía en sus ojos, en como su cuerpo se tensaba y en sus manos enormes que se convertían en puños. Deseosa de no dar un espectáculo a los que pasaban por delante de la consulta, cerró la cortina y se encaró con él.

—No quiero ningún testigo de esta conversación. Y bien pensado, en Mackenna Creek me has dejado tantas veces con la palabra en la boca que de esta manera me aseguro de no verte salir dando un portazo. Ahora bien, no te atrevas a gritarme ni a reprocharme nada. Estoy cansada, llevo días sin apenas dormir, me duelen todos los huesos del cuerpo, me siento agotada y no estoy de humor para soportar tus arranques de grosería —soltó sin tomar aire—. ¡Y no consentiré que me trates como a una estúpida! —acabó gritando apuntándolo con un dedo.

La miraba sin pestañear, sin apenas respirar, dividido entre dejar salir un aullido de alegría, porque Lilianne volvía a aparecer de la nada, y meterla en el primer barco que zarpara de Dawson. Dio un paso al tiempo que ella retrocedía.

—¿Me tienes miedo? —preguntó, incrédulo.

—No te tengo miedo, pero no me has dado muchas razones para sentirme cómoda a tu lado.

Le temblaba la voz, estaba asustada por las emociones que la zarandeaban. Había imaginado ese reencuentro miles de veces desde que había decidido quedarse, barajado cientos de réplicas, pensado en un sinfín de actitudes, pero en ese momento ignoraba qué hacer o qué decir. Cooper tenía ese efecto en ella, la dejaba alelada, sin voluntad. Todo su valor se vino abajo. Se dejó caer sobre una silla y soltó un suspiro tembloroso.

—¿Qué voy a hacer con este pobre animal? —murmuró sin pensar, temiendo las acusaciones.

—Puedo llevármelo a Mackenna Creek —propuso Cooper, pendiente de los signos de cansancio en su rostro.

—No... No quiero que sigas ayudándome, ya has hecho suficiente. Agradezco que evitaras que ese hombre me pegara. Ahora este animal es asunto mío. Puede que me lo quede... o puede que le busque un lugar donde se harán cargo de él. Dudo que sea un buen perro de trineo, es demasiado pequeño...

Enmudeció al darse cuenta que parloteaba sin mirarlo, tratando de aparentar normalidad cuando en realidad se sentía a punto de saltar si Cooper se ponía a gritar.

Él se miró las manos al notar el leve temblor. Las cerró en puños para que Lilianne no percibiera su debilidad. Tampoco se arriesgó a acercarse, solo atinó a mirarla. Allí estaba ella y él no se atrevía a tocarla cuando lo único que quería era abrazarla y no soltarla nunca más.

Nada más verla en la calle, se había quedado pasmado, temiendo sufrir una alucinación. Desde que la había dejado en el embarcadero, Lilianne se había adueñado de todos sus pensamientos. Después había acudido en su ayuda en cuanto Lilianne se había acercado al minero blandiendo un ridículo maletín como única arma. Durante unos segundos solo había sentido una rabia desmedida sin saber hacia quién iba dirigida, si hacia ella por ser tan temeraria o hacia el tipo, que se había atrevido a amenazarla.

—¿Por qué te has quedado? Te dejé en el embarcadero con los pasajes.

—No lo sé —contestó ella, pendiente del perro, que se había hecho un ovillo en una esquina.

¿Qué iba a hacer ahora que Cooper sabía que estaba en Dawson? No tenía una razón lógica para justificar su presencia en la ciudad, o quizá sí, pero no se la confesaría.

—No sé qué hago aquí cuando debería haber vuelto a San Francisco —admitió—. Ya tengo lo que he venido a buscar, pero... No sé por qué razón me he quedado, sentía que debía hacerlo.

Por fin se atrevió a mirarlo y negó en silencio. Su rostro expresaba tal desdicha, que Cooper se arrodilló a su lado, sin tocarla. En su lugar le habló con suavidad, como lo habría hecho en el pasado.

—Dime por qué te has quedado, Lily. Y por qué te haces llamar Dawson. No entiendo nada. ¿Qué hiciste con los pasajes que te compré?

Ella se apartó un mechón de cabello que le había caído sobre la frente.

—Se los di a un hombre que ahora mismo estará viajando rumbo a San Francisco. Él los necesitaba más que yo.

Cooper no podía creer lo que le estaba diciendo, carecía de sentido común.

Ella agachó la cabeza, cansada, derrotada por las emociones.

—Recordé todo lo que me habías dicho esa misma mañana, que nunca había velado por mí. Tenías razón, antes de este viaje nunca me había enfrentado a nada ni a nadie yo sola... Siempre he tenido a alguien a mi lado, me he convertido en lo que los demás esperan de mí. Ya no sé quién soy, Cooper. Tampoco sé lo que quiero. Algunas veces anhelo ser otra mujer, mucho más fuerte y más valiente. Lo único cierto es que no encajo en ninguna parte. Pensé que en una ciudad como Dawson, donde no hay reglas, tal vez encontraría mi lugar, al menos durante unas semanas. Me quedé y me inventé a Lily Dawson.

—¿Y qué has estado haciendo todo este tiempo?

Un nuevo encogimiento de hombros fue la respuesta, hasta que le dijo en un susurro:

—La única cosa que me hace sentirme bien: cuidar de los demás. Trabajo aquí con el doctor Sullivan, un borracho que desaparece cada vez que siente la llamada de una botella. Aun así, he descubierto que es lo único que hago bien. Al menos en eso no defraudo a nadie...

La obligó a mirarlo. Lo hizo con ternura, conmovido por el desamparo que reconocía en ella y que él mismo había sentido durante años. Él tampoco encajaba en ninguna parte, siempre ajeno a todo lo que le había rodeado. De repente se sintió cansado de luchar contra un sentimiento que tironeaba de sus ataduras, las que él mismo se había impuesto. Permitió que las barreras que había erigido se derrumbaran en cuanto se sumergió en su mirada; el pasado se entremezcló con los recuerdos de las últimas semanas en un cuadro extraño, borroso y dolorosamente familiar. Se permitió unos segundos para poner orden en los pensamientos que iban y venían demasiado rápido, tan rápido como su pulso descontrolado. No lo logró ni le importó. Solo le importaba ella.

—La Lily de antes era maravillosa, pero la Lilianne de ahora es una mujer asombrosa. Me equivoqué al decirte todas aquellas cosas en el restaurante. La prueba la tienes en tus manos, has sabido salir adelante por ti misma. Por Dios, Lily, te has enfrentado a un oso para salvarme. —Vaciló un instante y decidió decirle la verdad. El tiempo apremiaba, tenía que buscar a Lashka, pero dejaría de lado su orgullo herido antes de que Lilianne volviera a desaparecer—. La primera vez que te vi en el Palladium, durante un instante volví a ser el joven que te había prometido una vida juntos, pero me dejé llevar por el rencor en cuanto me pediste el divorcio. Fue como perderte otra vez, quise vengarme obligándote a vivir en mi cabaña. Como tú, algunas veces echo de menos al chico que fui, entonces creía que todo era posible...

—Yo también me dejé llevar por el resentimiento. Creerte muerto y averiguar que seguías vivo me dolió tanto que solo atiné a odiarte. ¿Lo entiendes? —Soltó una risita temblorosa—. No sé ni cómo explicar lo que sentía y ahora... ahora tampoco sé qué siento ni qué esperar. Una vida me aguarda en San Francisco, pero ignoro si es la que quiero. Tampoco sé si quiero la que llevo aquí. Es como si me faltara algo.

Cooper sonrió con sinceridad por primera vez desde que se habían reencontrado, no había burla ni provocación, solo un gesto que le rejuvenecía, le devolvía la mirada que la había encandilado.

—¿Por qué sonríes? ¿Crees que es divertido?

—No, sonrío porque acabas de describir exactamente cómo me siento. Nos robaron todo lo que nos importaba, todo cuanto queríamos y ahora somos incapaces de ser felices. Lily, ¿qué nos hicieron?

Lilianne le acarició la barba, no sin precaución. Se sorprendió por la suavidad y sonrió sin pretenderlo.

—Dejamos de creer en nosotros, en lo que sentíamos el uno por el otro —susurró ella.

Cooper se inclinó al tiempo que se entregaba a la mirada de Lilianne, pendiente de cada cambio, de un titubeo o de cualquier señal de rechazo, pero ella le imitó hasta que sus labios se encontraron en un beso indeciso, demasiado precavido por todo lo que no se habían dicho. Ambos sabían que ese momento era único, una frágil tregua que los acercaba. Por una vez preferían ignorar lo que sucedería después.

Mackenna la sujetó por la nuca y profundizó el beso imprimiendo su huella en ella, allí donde antes había sido dueño de los besos de Lily. Ella le envolvió el rostro entre las manos con la misma dolorosa intensidad. Se le erizó el cuerpo entero cuando sintió el leve roce de sus dedos en las mejillas. Arrinconó todo lo que no era ese beso: las dudas, los temores, las acusaciones. Mientras se atrevían a desnudar sus sentimientos en silencio, el tiempo se detuvo solo para ellos. El sabor de Lilianne, el roce de sus labios, el baile de su lengua, el débil y agitado aliento que le acariciaba el rostro le enloquecieron. Estaba perdido, feliz de caer rendido a sus pies.

Tiró de ella hasta ponerla en pie. La abrazó, aprisionándola entre la pared y su cuerpo, dejando caer su peso contra ella, incapaz de separarse ni siquiera un centímetro y azuzado por las manos de Lilianne que se aferraban a él con fuerza. Ella le besaba con la misma impaciencia y desesperación. Ya no quedaba lugar para la prudencia, se entregaban a sus besos, a través de las manos que subían y bajaban por el cuerpo del otro. Lilianne se puso de puntillas para estar más cerca de su boca, él cedió las rodillas para hundir el rostro en su cuello templado. Inhaló su fragancia y regresó a sus labios para otro beso más profundo, más lento, más intenso.

Unos golpes en la puerta los devolvieron a la realidad, se separaron mirándose con asombro, sobrecogidos de haber dado ese paso tan inconcebible tan solo unos minutos antes. Una vez cruzada la barrera que los había separado, se sorprendían de que hubiese sido tan sencillo, tan hermoso como en el pasado. Al otro lado de la puerta se oía el parloteo de dos mujeres. Los golpes se hicieron más apremiantes.

Cooper apoyó la frente contra la de Lilianne. Ambos respiraban agitadamente, se miraban y se sonreían, aturdidos por lo que acababa de suceder. Los golpes en la puerta regresaron y Cooper soltó un suspiro. Tras una última caricia, un roce contra los labios de Lilianne, dio un paso atrás y se peinó con los dedos sin dejar de mirarla con una intensa excitación aún palpitando en su interior.

—Abre o echarán la puerta abajo. —Le acarició una mejilla con los nudillos—. Te aseguro que esta conversación no acaba aquí. En cuanto encuentre a Lashka, regresaré...

Lilianne asintió, agitada, turbada y sintiéndose ligera como una pompa de jabón. El sabor de Cooper persistía en sus labios, así como el temblor de su cuerpo, el hormigueo en sus manos y una media sonrisa que delataba su estado de ensoñación.

—Ve con cuidado.

La respuesta de Cooper fue un último beso fugaz, deseoso de marcharse con el recuerdo de la huella de Lilianne.

—Volveré —murmuró contra sus labios.

Salió como una tromba enmudeciendo a las dos mujeres en la puerta que los miraron de hito en hito.

Stella entró cojeando. Detrás la seguía otra mujer que ocultaba su rostro con un velo. Como le habían enseñado a Lilianne en los campamentos, en Dawson hombres y mujeres también se protegían el semblante de las picaduras de mosquitos con una fina muselina, como apicultores pero sin los beneficios de la miel. Pasado el primer momento de sobresalto, Stella soltó una risita.

—Vaya, vaya, señorita Dawson. Lamento haber interrumpido...

—No ha interrumpido nada. ¿Qué puedo hacer por usted? —preguntó mientras cerraba la puerta.

—¿No me ve nada diferente? —exclamó sonriendo de oreja a oreja, ajena a la pregunta de Lilianne.

Esta la estudió con detenimiento hasta que un detalle insignificante, pero inverosímil, captó su atención: un diminuto destello en uno de los incisivos superiores. Se acercó frunciendo el ceño, convencida de que no era lo que sospechaba.

—¿Qué se ha hecho en el diente, Stella?

La aludida rompió a reír, encantada de provocar desconcierto en Lilianne.

—¡Es un diamante! Esa presumida de Gertie Lovejoy no será la única que luzca uno de estos pedruscos en los dientes. —Estiró los labios para que se viera con más claridad—. Ha sido un regalo de un tipo muy simpático que ha dado con un buen filón. ¿No le parece elegante? Estoy pensando en ponerme otro en el otro incisivo. Así tendré dos —concluyó entre risitas.

Lilianne asintió sin convicción. Sabía lo que dirían en el círculo de amistades de su madre y hermana, Stella sería carnaza para sus despiadados comentarios sibilinos. Era una persona singular, extravagante en su forma de vestir, alocada, casi infantil en sus reacciones, pero en aquella ciudad lo desproporcionado y excéntrico era considerado normal. Las mujeres como Stella eran admiradas y seguramente causaría sensación con su diamante incrustado en el diente.

Sonrió, saliendo de su asombro.

—Desde luego es algo diferente. Los diamantes suelen colgar

del cuello o de las orejas, pero nadie negará que es una mujer con un estilo muy personal. Y ahora, ¿qué puedo hacer por usted?

—Oh, por mí nada, acompaño a Colette. Casi he tenido que traerla a rastras, pero tiene que ver... —le señaló el velo—, lo que le ha hecho ese animal.

Lilianne dejó a un lado la desconfianza que le inspiraba Colette. La primera y única vez que la había visto le había desagradado su descaro.

—¿Y bien, señorita Colette? —dijo a falta de saber su apellido.

—Venga, no seas tonta —la instó Stella—. Tiene que ver ese ojo, da miedo.

Colette tardó unos segundos en decidirse; sin emitir una palabra dejó a la vista medio rostro tumefacto de un inquietante tono purpúreo. El ojo derecho estaba tan hinchado que apenas se vislumbraba por una estrecha rendija. Lo poco que se distinguía presentaba una rojez preocupante.

Lilianne ordenó que se sentara y le examinó el semblante ladeándoselo con cuidado. La boca no presentaba mejor aspecto, un profundo corte con una costra de sangre reseca le cruzaba el labio inferior. Además, le habían partido un incisivo.

—Dios mío, Colette, ¿qué le ha sucedido?

—Ha sido ese animal de Jared —explicó Stella—. Suele tener los puños muy ligeros con las mujeres. Todas le evitamos, pero ayer noche *Madame* Laurie no bajó, tiene aún mucha fiebre y se siente muy débil. Como es la única que se atreve a plantar cara a Jared, nadie le impidió propasarse con el whisky y después... Bueno... Colette decidió que bien valía la pena probar suerte con él ya que tenía los bolsillos repletos de oro. No oímos sus gritos de auxilio por la música; cuando nos dimos cuenta, Jared ya la había dejado así y había escapado.

—¿Tiene problemas de visión con el ojo derecho? —preguntó a Colette—. ¿Le ha sangrado la nariz? ¿Le duele la cabeza? ¿Ha sufrido desmayos?

—Me llora todo el rato, pero eso es lo de menos —expuso Colette en un tono apenas audible; se señaló el ojo tumefacto—.

Lo más molesto es cuando me acuesto, siento un latido justo ahí y me duele la cabeza.

Lilianne separó los párpados; movió el índice delante del ojo tumefacto de Colette y le pidió que siguiera la trayectoria del dedo. Lo alejó y lo acercó enfocándoselo con una vela encendida: la pupila apenas reaccionó.

—Dime la verdad —exigió la mujer—, no trates de engañarme con mentiras. Estoy acostumbrada a las malas noticias, prefiero saber a qué me tengo que atener.

—Lo lamento, Colette, pero podría perder la visión en ese ojo. Me preocupa que la pupila no reaccione a la luz. No duerma tumbada, hágalo con muchas almohadas, casi sentada, y aplíquese compresas frías cada dos horas durante unos minutos y lávese con cuidado el ojo con agua hervida a la que haya añadido sal. Sea cuidadosa. Lamento no poder hacer nada más. Ha sufrido un derrame bajo el párpado y la sangre tardará dos o tres semanas en desaparecer. Después revisaremos la visión del ojo, pero es probable que no vuelva a ver con claridad. Debería hablar con el superintendente de ese hombre...

—Nadie se atreve a ir en contra de Jared —intervino Stella, que no ocultaba el asco que le producía el rostro de Colette—. Es el hombre de confianza de Grass y es intocable. Si alguien lo denunciara, por supuesto que el superintendente lo encarcelaría, pero ese alguien tendría un grave problema. Colette debería haber sido más prudente y no acercarse a él ayer noche. Todas sabemos cómo le gusta a Jared jugar con los puños.

La aludida se tapó de nuevo el rostro sin replicar a su compañera. Dejó caer sobre una silla una bolsita de cuero con oro en su interior y salió sin despedirse. Stella chasqueó la lengua negando con la cabeza.

—Es como una espina clavada en el trasero. No sé por qué me preocupo por ella, jamás he conocido a una persona tan desagradecida. En fin, he hecho lo que creía correcto. —En su rostro apareció un mohín—. Si ha dejado de esa guisa a Colette, no quiero ni imaginar cómo habrá dejado a la pobre india...

—¿Qué india? ¿*Madame* Laurie tiene a una india trabajando para ella? —inquirió Lilianne mientras un repentino escalofrío la recorría de la cabeza a los pies al pensar en Lashka.

—No, por supuesto que no, *Madame* Laurie tiene las mejores mujeres de Dawson, jamás aceptaría que una salvaje pusiera un pie en su salón. Cuando Jared estaba ya muy bebido, gritó que quería a una mujer de verdad, no como esa... esa... —Las mejillas de Stella se tiñeron de un delicado tono sonrojado—. En fin, dijo que quería a una mujer, que estaba harto de esa india y que ya le había exprimido hasta la última gota. ¿Se imagina lo que significa eso? No me gustan los indios, pero no creo que sea necesario ser cruel.

Y dicho eso se marchó de la consulta como si no hubiese dicho algo que había dejado horrorizada a Lilianne. Esta salió de su letargo y echó a correr detrás de Stella.

38

Cooper encontró a Subienkow sentado en una esquina desde donde podía ver quien entraba o salía del Palladium. Se había colocado cerca de las dos mujeres tagish que habían visto a Lashka en la ciudad antes de desaparecer. A su lado se amontonaban cestos a la espera de ser entregados al tendero que se los compraba. Nadie prestaba atención a tres indios sentados en silencio como si fueran invisibles. Sin alzar el rostro, Subienkow le puso al tanto de lo que había visto.

—El chico de la cuadra ha venido y se ha marchado hace un momento...

—Es un soplón de Grass —dijo Cooper—. ¿Has visto a Rudger o a Cora?

—No he visto a nadie más.

—Bien, voy a entrar, hazte un poco más visible. Ahora nos vendría bien que te vieran.

Se dirigió al Palladium sin perder de vista lo que ocurría a su alrededor. Dawson presentaba el mismo aspecto bullicioso que siempre, lo que no le favorecía. Nada más entrar en el bar del Palladium, reconoció a los tres hermanos Cullen apoyados en la barra. El que se dejaba engañar por su aspecto ofuscado por el alcohol solía pagarlo muy caro. No solo eran buenos luchadores, sino que jamás peleaban limpio. Más de uno había probado el filo de sus navajas y no lo había contado.

Un ruido de sillas arrastradas en el comedor captó su atención. El personal estaba despejando las mesas y las sillas. El Palladium se vestía de fiesta para celebrar la buena suerte de otro minero. Allí tampoco se encontraba Cora. Se dio la vuelta para tropezarse con uno de los hermanos Cullen. Los tres tenían los mismos ojos pequeños y muy juntos, un entrecejo parecido a una oronda oruga peluda que iba de sien a sien, y una nariz larga y puntiaguda. Todo lo demás se ocultaba bajo capas de pelo hirsuto castaño. Nadie era capaz de distinguirlos, sencillamente eran los Cullen. La única certeza que tuvo Cooper fue que ese no era al que le había roto la nariz frente a la oficina de Grass.

—¿Qué haces aquí, Mackenna?

Cooper echó un vistazo a los otros dos, que los observaban desde la barra del bar. Uno de ellos tenía la nariz inflamada y los ojos amoratados. Ese debía ser el que había golpeado, pero esa vez no estaba solo. Los tres hermanos juntos eran una barrera insalvable.

—Busco a Cora.

—La señorita March no recibe visitas.

Las cejas de Cooper se arquearon ligeramente.

—¿Ahora decides tú?

—No quiere verte y punto.

—¿Es una orden de Grass o de Cora? ¿Sabes al menos hacer la diferencia entre tu jefe y una mujer?

Los ojillos de Cullen casi desaparecieron bajo las orugas del entrecejo arrugado. Durante unos segundos mostró confusión, hasta que por fin entendió el sentido de las palabras de Cooper. Por desgracia no era tan lento con los puños.

—He dicho que largo.

Los otros dos hermanos se fueron acercando, lo que no pintaba nada bien, sobre todo cuando reconoció el brillo de una navaja en la mano de uno de ellos.

—Cooper, no creí que tendrías la desfachatez de volver a mi hotel.

La voz de Cora se elevó por encima del ruido procedente del

comedor. Cullen se mantuvo a su lado, lo que dejaba claro que no quería que se le acercara.

—He pensado que sería agradable dar un trago con una vieja amiga y charlar. —Sonrió, pero ninguno de los presentes se dejó engañar por el gesto—. Diles a tus perros guardianes que se larguen. Lo que tengo que decirte no les concierne.

—Pero yo no quiero saber nada de ti...

—No empecemos este juego, Cora. Si quieres, lo hacemos por las buenas, de lo contrario vuelvo con el superintendente y hablo claro delante de él.

La mirada y el tono de Cooper alertaron a Cora. Lo último que necesitaban era llamar aún más la atención de Steele, que andaba pendiente de todo lo que hacía Grass. Si algo afectaba a Grass, también podía afectar a Cora. Hizo un gesto a Cullen para que los dejara solos. Este obedeció a regañadientes y se reunió con sus hermanos sin perderlos de vista. Cooper entró en el bar seguido de Cora. Se sentaron a una mesa apartada de las demás. Se mantuvieron en silencio mientras un camarero les servía una copa.

—Creí que jamás volvería a verte por aquí.

—Tengo muchos motivos para no fiarme de ti, pero debo admitir que sirves el mejor whisky de toda la ciudad. —Alzó el vaso y solo se mojó los labios, pendiente de Cora, que no dejaba adivinar sus intenciones.

Ella le estudió con detenimiento y un pellizco de deseo la sobrecogió, como le ocurría cada vez que estaba cerca de Cooper. Jamás sería inmune al aura de peligro que desprendía Mackenna, esa fiereza controlada y, sin embargo, a flor de piel, a su mirada penetrante y a sus escasas sonrisas, pero no menos irresistibles. Sabía que los indios le llamaban Gran Oso Blanco; a ella le parecía un gran felino por su forma de moverse, de observar poniendo siempre distancia entre él y el resto del mundo, por su necesidad de libertad, su sigilo y desconfianza. En una lástima que Cooper la hubiese rechazado, juntos habrían sido invencibles.

—¿Y bien? —inquirió ella—. Dime de una vez por todas qué quieres.

—¿Necesito una razón para beber un trago contigo? Además, te debo una disculpa por como me comporté la última vez que estuve aquí.

—Muy bien. Disculpas aceptadas. Y ahora largo.

—No seas tan rencorosa. Podemos charlar un rato. ¿Qué tal te va desde que Belinda Mulhrooney ha abierto su hotel?

—No me tomes por tonta, habla de una vez —espetó Cora, aguijoneada por la alusión a la competencia—. Tú y yo no nos andamos con estas tonterías; si has venido, es por algo concreto.

—Está bien. Como siempre te jactas de saber todo lo que ocurre aquí —empezó él después de dar otro trago—, necesito que me digas una cosa.

—Ya sabes que mi información tiene un precio y ya te he regalado más que de sobra sin nada a cambio.

Él alzó el vaso fingiendo un brindis.

—Tienes razón, he abusado de nuestra amistad.

Ella alzó ligeramente una ceja.

—¿Ahora somos amigos?

Él bebió otra vez, después chasqueó la lengua y preguntó a bocajarro:

—¿Dónde está Lashka?

Cora entornó los ojos. La cercanía de Cooper la estaba afectando, a pesar de la humillación de su última visita. Necesitaba arrancárselo de la cabeza, anular para siempre el anhelo que sentía en cuanto lo veía. La mejor solución era amputar, como se amputa un miembro necesario pero podrido por la gangrena.

—¿Tan desesperado estás que tienes que ir en busca de esa insignificante india? Deberías mejorar tus gustos en cuanto a mujeres —replicó obviando la pregunta—. Pobre Cooper, qué bajo has caído.

Él se inclinó un poco sobre la mesa.

—Escucha bien, la familia de Lashka está muy preocupada por su desaparición. Klokutz está viejo y enfermo, pero su hijo y unos cuantos indios más de su poblado están en pie de guerra, sin nadie que los detenga. Si Lashka no aparece, tendremos un grave problema.

—¿Tendremos? El que anda siempre tonteando con la india eres tú.

Enmudecieron mientras el camarero servía otra copa. Una duda se inmiscuyó: ¿sabía Cora que Lilianne seguía en Dawson? No, se lo habría dicho, aunque también podía ocultárselo. El comportamiento de Cora era extraño, no había coquetería en ella, nada de frivolidades ni insinuaciones.

—La última vez que se vio a Lashka, salía de tu establecimiento.

—No quiero indios en mi hotel. No me he enterado si ha estado aquí, de lo contrario la habría echado con cajas destempladas.

—¿Por qué vino Lashka a tu hotel? —insistió, haciendo caso omiso a las palabras de Cora—. Te odia tanto como tú la odias.

Ella hizo un gesto vago con una mano.

—Me estoy cansando de esta conversación.

Cooper le cogió la mano y durante unos segundos estudió la palma. En otro tiempo se había dejado seducir por su delicadeza. Ella no se movió, sorprendida por el gesto.

—Si no me crees, mira por el ventanal —le murmuró pendiente de la mano—, cerca de ese montón de cestos delante del colmado.

Aunque se resistía a creerlo, echó un vistazo hacía donde Cooper le indicaba; había un indio sentado en la acera de enfrente. Miraba fijamente la entrada principal del Palladium. Apenas había tenido trato con los indios de la región ni les había prestado atención. La mayoría eran dóciles, no creaban problemas y se mantenían lejos de los blancos, a menos que ejercieran de guías para estos. Si el indio que vigilaba el Palladium era tan rebelde como su hermana, sin duda tenían un problema. No dejó que el miedo saliera a la superficie. Se convenció de que el indio no representaba una amenaza. Reprimió un estremecimiento al sentir la caricia del pulgar de Cooper en la palma de su mano. Su actitud la perturbaba, tanto como la presencia del indio delante de su hotel.

—¿Ese pobre chico te asusta? —exclamó con una indiferencia fingida.

—A él también le dijeron lo mismo que a mí: sabe que Lashka estuvo aquí. Irá a por vosotros, después vendrá a por mí. Me tiene entre ceja y ceja desde hace tiempo. Ya es una cuestión de honor. Si Lashka no aparece hoy, ten por seguro que me marcharé de Mackenna Creek en cuanto oscurezca.

—¿Saldrás huyendo por unos pocos indios? —replicó con sarcasmo.

—No lo dudes. —Le soltó la mano—. La familia de Lashka se ha aferrado a sus tradiciones, se negaron a seguir al jefe Isaac y no se convirtieron al cristianismo. Siguen sus propias reglas.

—¿Y vas a abandonar tus concesiones ahora que dan oro?

—¿Qué te hace estar tan segura de que hay oro en Mackenna Creek? Jamás te lo he confirmado.

—Has comprado maquinaria que te ha delatado, has dado con un buen filón. Todo se sabe.

—No se sabe nada de nada, porque si así fuera Mackenna Creek estaría lleno de *cheechakos* buscando suerte en el arroyo, pero nadie se ha presentado. La única convencida eres tú, quizá porque alguien te ha dado un soplo, alguien que ha estado vigilando mi concesión. Y si no has divulgado la noticia, debe significar algo. ¿Qué te traes entre manos?

—Nada. No sé si alguien ha vigilado tu concesión ni sé dónde está esa india.

—No me mientas. Lashka jamás habría venido hasta aquí si no hubiese tenido una razón y tú sabes todo lo que ocurre en tu hotel. Si no has sido tú, ha sido Grass, y ninguno de los dos me inspiráis confianza. ¿Dónde se esconde la rata de tu socio?

—No lo sé, no soy su niñera.

—¿Como no sabías nada de Danton cuando sé que estuviste en su cabaña poco antes de que muriera? ¿Qué telaraña estás tejiendo?

—Ves conspiraciones donde no las hay. La soledad empieza a afectarte, Mackenna. Ten cuidado, algunos han acabado locos de remate y tú ya tienes fama de ser un tipo raro.

Cora no soltaba prenda, como Cooper había sospechado, sin

embargo algo había cambiado en su mirada; ya no había anhelo sino un matiz inquietante, una frialdad que le llegaba como una ráfaga de viento helado. Se puso en pie llevándose una mano al bolsillo de los pantalones. Dejó sobre la mesa más oro del necesario proponiéndose picar la curiosidad de Cora, sacudir el avispero que representaba el Palladium.

—No te lo tomas en serio, pero si Lashka no aparece esta noche, tu socio y tú no veréis amanecer.

Ella se puso en pie despacio, sus ojos relampagueaban de rabia.

—Tus maniobras para asustarme no funcionan ni me da miedo un indio muerto de hambre —siseó con la boca tensa—. Quizás la india se ha marchado porque ha averiguado que ya estás casado con esa pelirroja que te llevaste a Mackenna Creek...

Las palabras de Cora inquietaron a Cooper, pero se guardó de dejar salir su inquietud. Desvió la mirada a los Cullen, que los observaban sin pestañear. Volvió a mirar a Cora y le dedicó una sonrisa.

—¿Quién te ha dicho que estoy casado? —preguntó con suavidad.

—¿No lo niegas?

—¿Sabes que la curiosidad mató al gato? —Se llevó una mano a la frente como si llevara sombrero e hizo el ademán de inclinar la cabeza—. Como siempre, ha sido un placer charlar contigo. Dentro de unas dos horas estaré de vuelta; si ves a Lashka dile que la estoy buscando —añadió para fastidiarla aún más.

—Te repito que no quiero a ninguna salvaje en mi hotel —le dijo con hartazgo, disimulando su decepción por la falta de reacción de Cooper al hablarle de su matrimonio. Su propósito había sido sorprenderlo, demostrarle que ella lo sabía todo—. No he vuelto a verla desde que la trajiste tú.

—Por supuesto, nada de indias excepto Kate Carmack. Es lo que tiene el oro. Pero también sé qué haces excepciones cuando te viene bien.

Los Cullen seguían pendientes de ellos, no lo suficientemente cerca para oír lo que se decían, pero sí de sus gestos. Por suerte

Cora estaba de espalda a ellos, no podían verle la cara. Se movió con rapidez, la acercó tanto a él que pudo ver las estrías de sus ojos azules. Era bella; tanto, que resultaba hipnótico mirarla. Se acercó aún más sintiendo la calidez de su nuca bajo la palma de su mano. Era un gesto íntimo, como los que habían compartido en Circle City. Se había dejado engañar por su aspecto delicado, cuando en realidad era una criatura peligrosa, dominada por la ambición. Pocos la habían calado tan bien como Cooper y sabía que su codicia podía llevarla a cualquier cosa, incluso a matar.

—No me engañas —le susurró cerca del oído—, sé que Lashka estuvo en tu hotel hace unos días y desde entonces nadie la ha vuelto a ver. Espero por tu bien que ni tú ni tu socio le hayáis hecho daño.

—¡Te repito que no sé de lo que hablas! —exclamó entre dientes. Trató de alejarle colocando las manos contra su pecho, pero él no se movió.

—No te creo. En cuanto a mi matrimonio, solo Lashka ha podido decírtelo. Te estás traicionando tú sola. Ahora mismo voy a registrar cada cabaña de Lousetown, cada tugurio donde Grass tenga negocios y no descarto poner patas arriba tu bonito hotel.

—¡Vete al infierno! —exclamó con voz ahogada por la cólera que la sacudía.

Por el rabillo del ojo vio a los tres hermanos Cullen acercarse. Volvió a prestar atención a Cora, consciente de que la imagen que daban era más la de una pareja haciéndose arrumacos que discutiendo.

—Allí nos veremos —murmuró muy cerca de sus labios.

La besó, un beso de Judas que le asqueó y sentenciaba su suerte. Cora se lo tomaría como un insulto, la última afrenta a su orgullo y se revolvería. Cora no perdonaba, jamás olvidaba.

El beso apenas duró unos segundos, pero fue suficiente para que la rigidez de Cora desapareciera y su cuerpo se apoyara contra el suyo, blando, sensual, ávido. Ninguno de los dos cerró los párpados, ninguno de los dos confiaba en el otro. La soltó lentamente. Pasado medio segundo, la mirada de Cora pasó de la turbación del deseo a un odio que le heló las entrañas. Acababa de encender una mecha, pero ignoraba cuándo explotaría.

No necesitó mirar atrás para saber que los ojos calculadores de Cora le siguieron hasta que abandonó el bar; fue lo más parecido a que le clavara dos estacas en la espalda. Fuera, dio un rodeo para asegurarse de que no le seguían e hizo una señal a Subienkow para que se reuniera con él en el interior de un almacén de madera. Este, un tanto confundido por el comportamiento de Cooper, le puso al tanto de lo que había visto.

—En cuanto te metiste en el hotel, un hombre entró por la puerta de atrás. Las dos mujeres tagish me han dicho que era el que acompañaba a Lashka cuando la vieron salir del hotel. Y yo también lo he reconocido.

La última aseveración de Subienkow le pilló por sorpresa.

—¿De qué lo conoces?

—Un día lo vi alejarse corriendo de Mackenna Creek; iba con prisas y tenía una herida en una pierna, a la altura de la pantorrilla. A lo lejos se oía a tus perros perseguirle.

Cooper asintió, todo empezaba a encajar. Grass había mandado a uno de sus hombres vigilar su concesión. Por eso Cora estaba tan segura de que había oro en Mackenna Creek. Y si ese hombre había merodeado por su arroyo, podía haberse topado con Lashka y manipularla de alguna manera para que fuera a hablar con Grass. También explicaba que Cora supiera que estaba casado. Soltó un profundo suspiro. Debía proteger a Lilianne; si Cora no sabía que seguía en Dawson, no tardaría en averiguarlo.

—¿Qué has hecho? —quiso saber el indio, que empezaba a impacientarse de no hacer nada.

—¿Has cogido miel alguna vez? —preguntó Cooper al tiempo que se acomodaba en la acera.

—Por supuesto...

—Entonces sabes que no hay que sacudir la colmena ni cabrear a las abejas...

—No lo entiendo.

—Vamos a ser temerarios y a ver si la reina se ha cabreado.

Confundido por la actitud del Gran Oso Blanco, Subienkow sacudió la cabeza. Cooper mostraba una parsimonia que le irritaba y le intrigaba a partes iguales. Decidió esperar, como le había recomendado, pero la inquietud le impulsó a susurrar:

—Temo por mi hermana...

Cooper no contestó, pero él también temía lo peor; si Lashka se había relacionado con Cora o Grass, no auguraba nada bueno. La única razón que podía haber motivado a la joven a dar ese paso era perjudicar a Cooper. Como le había dicho el viejo Mackenna en sus momentos de lucidez: «Si hay una mujer despechada cerca, ya puedes cubrirte las espaldas.» Y Cooper había herido los sentimientos de Lashka rechazándola y había cabreado a Cora por el mismo motivo...

—¿Quién es la mujer que rescató al perro? —preguntó Subienkow.

Cooper dudó unos instantes antes de contestar.

—Es mi esposa. Lashka se enteró y se enfadó conmigo. Creo que fue la razón por la que se dirigió a Dawson. Lo que ignoro es qué pretendía.

39

Tenía mil cosas que hacer, mil detalles que coordinar, pero Cooper la había dejado en un mar de dudas. Los hermanos Cullen la vigilaban, no le cabía duda, y no hacían nada que Grass no les ordenara. Sin que ella les hubiese dicho nada, habían pretendido que Cooper se marchara antes de hablar con ella. No había sido su intención recibirlo, pero la actitud de los Cullen la había aguijoneado a aceptar sentarse con él.

Echó un vistazo al comedor, donde sus empleados se apresuraban a tenerlo listo para cuando llegaran los invitados a la fiesta. Por el rabillo del ojo vio a uno de los Cullen subir, los otros dos permanecieron junto a la barra. No habían tardado mucho en poner a su jefe al tanto de la visita de Cooper.

La presencia de Grass y sus hombres empezaba a irritarla. Se comportaban como si el hotel fuera suyo sin contar con ella. No pensaba consentirlo, pero de momento tenía que poner orden a sus pensamientos. No se la podía relacionar con Lashka; aunque Cooper la hubiese amenazado, no tenía nada en su contra. Lo más urgente era asegurarse de que Grass no cometiera una locura.

Se sentó en la silla que había ocupado Cooper y miró por el ventanal; buscó al otro lado de la calle la figura del indio, pero este había desaparecido. Llevaba varias noches sin apenas dormir y la falta de descanso empezaba a pasarle factura. Le palpitaban las sienes; se las masajeó con los dedos bajo la atenta mirada de los dos perros guardianes que le había impuesto Grass. No se fiaba de ella, pero ella tampoco de él.

Dos mineros entraron hablando en voz alta.

—Ese Mackenna es un tipo raro, te lo digo yo —decía el más bajito.

—No te digo que no —replicó el otro—, casi nos atropella. Menudo genio tiene. Dicen que estuvo viviendo con unos indios casi un año. ¿Quién en su sano juicio viviría con esos *siwashs*?

El bajito chasqueó la lengua al tiempo que se sentaba a una mesa, cerca de donde estaba Cora. Esta se había enderezado al entender que hablaban de Cooper.

—Lo que nadie le puede negar es que sabe pelear. Ha dejado atontado en nada de tiempo a ese tipo. Y todo por un chucho famélico y una mujer.

—Yo no habría movido un dedo por el chucho, pero por una mujer como esa, puede que sí.

Los dos hombres rompieron a reír. Apenas había clientes y su conversación se propagaba por todo el local.

—Es demasiado guapa para un tipo tan feo como tú, además ya viste cómo después de la pelea Mackenna se metió en la consulta de Sullivan con ella.

—Sí, y han tardado en salir. Estuvieron solos un buen rato.

—¿Crees que ella le estuvo dando las gracias por ayudarla?

Volvieron a reírse sin saber que Cora los estaba escuchando, menos aún se habían percatado de lo pálida que se había puesto. Se dio la vuelta para mirarlos, solo entonces los mineros callaron.

—Disculpe si la estamos molestando, señorita March —se apresuró a decir el más bajito.

—¿De quién están hablando? —quiso saber y le costó hablar con calma.

—De Cooper Mackenna. Hace un buen rato se ha enzarzado en una pelea con un tipo en la calle.

Cora soltó un suspiro de exasperación.

—No, me refiero a la mujer.

—Ah... Pues es la enfermera del doctor Sullivan.

Los mineros se rieron por lo bajo, echando miradas de reojo a Cora. Ella permanecía callada, mirándolos fijamente.

—Los mineros de los campamentos andan turulatos con esa mujer —prosiguió el bajito, alentado por el silencio de Cora—. La verdad sea dicha, es una buena enfermera, casi siempre parece tener más idea de lo que hay que hacer que el viejo borracho. Apenas sale de los campamentos; con el brote de fiebre tifoidea, no dan abasto.

Un pensamiento perturbador se inmiscuyó lentamente: Cooper tenía a otra mujer en Dawson. Una enfermera. Todos los mineros las adoraban, las tenían en un altar solo porque aliviaban sus miserias. Las prostitutas también aliviaban sus desdichas, pero no se las consideraba criaturas celestiales, como sucedía con las enfermeras. Su pecho empezó a subir y bajar de manera errática. Los celos y la rabia se entremezclaron dejándole un sabor amargo en la boca.

—¿Dónde está la consulta del doctor Sullivan? —acertó a preguntar sin que le temblara la voz.

—En Maine Street, señorita —contestó el bajito, que empezó a inquietarse por la lividez de la mujer—. ¿Le ocurre algo?

—Por supuesto que no.

Se puso en pie con la intención de salir de su establecimiento. Ella misma iría a la consulta y vería con sus propios ojos a esa mujer. Una mano la detuvo antes de que alcanzara la puerta. Se encaró con uno de los Cullen, eran idénticos y resultaba casi imposible diferenciarlos. Aun así, reconoció a Don, el que había subido. No había tardado mucho en contar a Grass que Cooper había estado en el Palladium.

—¿Qué ocurre? —exclamó, furiosa.

—¿A dónde va?

—¿Desde cuándo tengo que decírtelo?

—Desde hace unos minutos. Me lo ha ordenado el jefe.

Ella parpadeó por la sorpresa.

—¿Qué narices le has contado?

Él se encogió de hombros, pero no contestó.

Subió a la segunda planta y entró en el despacho del alemán sin llamar. Se tomó su tiempo al acomodarse en un sillón. Necesitaba calmarse, no debía perder los nervios, no, delante de Grass y Jared.

—¿Puedo saber por qué has ordenado a Cullen que me vigile?

—Me he enterado de tu encuentro con Cooper —musitó Grass—. Cullen me ha dicho que habéis susurrado mucho y que se ha despedido con un beso nada casto. Ya no sé qué pensar de ti, me tienes preocupado. No sabes controlar tus debilidades y Cooper es tu mayor flaqueza.

Jared se echó a reír como un idiota mientras se balanceaba sobre las patas traseras de su silla, lo que irritó aún más a Cora. Se las arregló para dar con el pie a una pata, provocando su caída. Jared se enderezó despacio, sin dejar de lanzarle miradas torvas.

—Ya está bien, Jared. Toma asiento y deja de hacer el tonto —le ordenó Grass. Dedicó una mirada conciliadora a Cora—. No pareces de buen humor. ¿Mackenna no te ha dejado satisfecha?

Ella achicó los ojos, irritada, pero a la vez cautelosa.

—No intentes enredarme. Quiero saber por qué me tienes vigilada.

—¿A qué ha venido Cooper?

Ella necesitó unas cuantas respiraciones lentas y profundas para serenarse.

—Busca a la india. Ha hecho lo posible por asustarme; cree que la familia de Lashka está dispuesta a poner patas arriba la ciudad para dar con ella. Es cierto que hace un rato un indio estaba vigilando la entrada del hotel, pero no creo que uno solo pueda hacer gran cosa. Tenemos que deshacernos de esa estúpida. No podemos arriesgarnos a que te relacionen con su desaparición.

—¿Qué me relacionen? —repitió Grass. Se echó a reír de buena gana. Cuando logró recomponerse, meneó la cabeza al tiempo que sacaba un puro de una caja de madera—. Eres increíble. ¿Crees que no pueden inculparte?

—¿Dónde está la india? —quiso saber ella, ignorando la pregunta de Grass.

—No te importa —le replicó Jared.

—¿Qué le has dicho de Lashka? —insistió el alemán.

—¿Crees que soy tan estúpida para hablarle de esa salvaje? —replicó, colérica por la respuesta de Jared—. Ha sido un error encerrarla, ahora la buscan y si dan con ella, estaremos en un apuro —concluyó haciendo hincapié en incluirse en el apuro que se cernía sobre ellos.

—Lo que les ocurre a los indios no interesa a nadie —le señaló Jared—. Ahora mismo no tenemos que preocuparnos por ese motivo...

—Lo más sensato habría sido deshacernos de ella enseguida en lugar de permitirte convertirla en tu juguete —le interrumpió Cora.

Se recostó en su asiento y sopesó si no se había equivocado al elegir a Rudger como socio. Podría haber escogido a quien fuera, como Alexander Macdonald o Swiftwater, o cualquier otro, pero se había decidido por Grass porque era desmesuradamente ambicioso y tenía tan pocos escrúpulos como ella. Sin embargo, empezaba a entender que no era más que un tosco e ignorante fanfarrón cuya única ambición era ser el gallo más estridente y vistoso del gallinero.

Se había movido en un mundo de hombres en el Yukón y había salido victoriosa. Ella elegía a sus socios como a sus amantes, sus armas y sus batallas como elegía sus vestidos y peinados, y un absurdo sentido de la moral no la detenía. Había usado su cuerpo y su mente con la misma capacidad de supervivencia y su lema era que el fin justificaba los medios hasta obtener lo que deseaba. No había titubeado ni perdido de vista sus objetivos, pero un día se había cruzado con un hombre distante, de mirada intensa, y por primera vez había roto sus reglas. Y Cooper la había apartado de su lado sustituyéndola una y otra vez por una nueva mujer. Pues bien, haría lo que siempre había hecho: pensar en su propio interés y en ese momento quería el oro de Mackenna Creek.

—No debemos perder de vista nuestro plan —empezó ella, más tranquila—. Lo más urgente es zanjar el asunto de la india. Por lo demás, podemos seguir con lo planeado.

—¿Me puedes recordar cuál es tu plan? —preguntó Jared. Esbozó una sonrisa maliciosa—. Don acaba de decir que Cooper se ha mostrado muy cariñoso contigo.

—No digas sandeces —dijo ella, negándose a dar una explicación al extraño comportamiento de Cooper—. En realidad trataba de asustarme. Si no perdemos los nervios, todo puede salir a la perfección —insistió, dirigiéndose directamente a Grass e ignorando adrede a Jared—. Puede ser beneficioso que los indios estén nerviosos por la desaparición de Lashka. Piénsalo, será sencillo que la culpa de las muertes de Paddy y Cooper recaiga en ellos. Jared debe deshacerse de la india, de momento es lo más urgente.

—¿Y Cooper? —preguntó Grass, suavemente.

—¿Qué ocurre con él? —espetó, de nuevo irascible por la insistencia de Grass—. Nada cambia con respecto a nuestro plan. Seguimos adelante como habíamos previsto.

Grass se retrepó en su sillón y se encendió el puro tomándose su tiempo. A su lado Jared se reía tontamente, convencido de que Cora era una necia por el simple hecho de ser mujer. Ella apenas controlaba su genio, se la veía demasiado alterada.

Contrariamente a lo que afirmaba Cora, las últimas noticias lo cambiaban todo. Eran demasiados cabos sueltos y no se podía permitirse error. Ya no se sentía seguro en Dawson.

Una lástima.

Esa vez lo había estudiado todo al dedillo, se había enterado que Cooper y su socio debían renovar su derecho de explotación al cabo de unas semanas, el tiempo suficiente para difundir los rumores acerca de la locura de Mackenna. Era un hombre solitario, que vivía en un lugar aislado con la única compañía del irlandés y sus perros. Matar a Paddy habría sido sencillo, era el eslabón más débil. El siguiente habría sido Cooper; en algún momento habría bajado la guardia, era humano y necesitaba dormir. Los *mounties* se habrían encontrado una escena demasiado frecuente en aquellas latitudes. La fiebre de la cabaña había propiciado que hermanos y amigos sucumbieran a una violencia sin sentido, inducidos por una enajenación ponzoñosa que se colaba en la sangre y los convertía en animales desquiciados. Todos habrían creído que Mackenna había matado a Paddy llevado por la locura y huido con su oro.

Nadie habría vuelto a saber de él, los accidentes eran frecuentes en aquella tierra. Y las desapariciones sin razones aparentes también, como aquel tipo con acento sureño durante el cenit del último invierno: ante los atónitos ojos de los vivían cerca de su tienda se había marchado como un hombre vencido sin rifle ni un abrigo para protegerse del frío ni víveres. Nadie había vuelto a saber de él.

En cuanto se hubiese cumplido el plazo de tres días para reclamar una concesión abandonada cuyo beneficiario no hubiese renovado el derecho de explotación, Grass habría registrado a su nombre las de Mackenna y las de O'Neil y se habría quedado con el oro. Si hubiese dispuesto del tiempo necesario, habría sido sencillo y todo amparado por la ley.

Pero el mayor representante de la ley en la ciudad llevaba días pegado a sus talones. Steele le vigilaba, interrumpía las partidas de faro amañadas, ofrecía protección a los tenderos o a cualquier otra persona que pudiera testificar en su contra. Tarde o temprano alguien se iría de la lengua.

Y estaban las noticias que le habían llegado esa misma mañana, que auguraban el fin de sus negocios. En el paso Chilkoot habían conseguido instalar cuatro tranvías que facilitaban la subida gracias a los motores de vapor que habían llevado desde Seattle; ahorraban mucho tiempo y esfuerzo a los que pretendían cruzar el paso. Después de eso, el ferrocarril y las compañías mineras no tardarían en presentarse con su maquinaria. Se rumoreaba que Treadwell estaba interesado en el oro del Yukón. Le sobraba oro en Juneau, pero era de baja calidad. Sacando menos en el Klondike obtendría más beneficio que en sus minas. Era inmensamente rico y tenía amigos poderosos; en cuanto Treadwell, y otros como él, clavaran sus garras en la región, los mineros independientes recibirían jugosas ofertas por sus derechos de explotación: ya se hablaba de unos cuatrocientos mil dólares por una concesión en Bonanza y unos quinientos mil por las más ricas de Eldorado Creek. Con la llegada de las codiciosas empresas mineras, el valor de las concesiones podía duplicarse. Por desgracia las de Grass no eran de las más valiosas, algunas ya habían dado lo que tenían que dar y nadie se interesaría por ellas. Treadwell y sus acólitos estarían dispuestos a aplastar a los hombres como Grass como mosquitos. Esa nueva situación pondría fin a sus negocios.

Para Cora era una buena noticia; viniera quien viniera, un hotel como el suyo sería bienvenido. También sabía que estaba sin reservas en caso de sufrir un imprevisto, lo había invertido todo en su hotel. Necesitaba el oro de Mackenna Creek para aguantar un año más. Lo que Cullen le había contado de su encuentro con Cooper despertaba su suspicacia: habían hablado en voz baja, cuchicheando mucho y se habían despedido con un abrazo más que amistoso. Cora no conocía el significado de la lealtad, eso le había gustado en el pasado, pero no quería convertirse en el blanco de su traición. ¿Y si estaba jugando a un doble juego? Cora se quedaría con el que más oro le reportara.

Para rematar las últimas noticias poco halagüeñas, Jared le había contado algo que lo cambiaba todo de manera irremediable. Resopló con fuerza, tal vez hubiese llegado la hora de abandonar el Yukón con lo que había conseguido, pero antes se permitiría una última jugada.

—Ha llegado el momento de recogerlo todo y largarnos de aquí. —Dio una calada a su puro y expulsó el humo hacia arriba al tiempo que alzaba una mano para acallar a Cora, que se proponía protestar—. Ya no queda tiempo. Hay que saber cuándo retirarse para minimizar las pérdidas.

—¿De qué hablas? —exclamó ella.

—Jared, repite a Cora lo que acabas de contarme.

El aludido se retrepó en su silla mientras la miraba con sorna. Ninguno de los dos se tenía en gran estima, sin embargo en ese mismo momento ella se sentía en desventaja. Le costó relajarse, demasiado inquieta por su actitud.

—Hoy he estado en la concesión de Faulkner. Es un tipo bastante simpático y siempre tiene tiempo para invitar a un trago a un amigo. Estábamos tomando *hootchinoo* tranquilamente cuando...

Cora entornó los ojos; los rodeos de Jared la estaban desquiciando. Con todo, se mantuvo callada.

—... y apareció esa mujer —proseguía Jared—. Al principio no la reconocí, llevaba puesto uno de esos chaquetones encerados, como los que llevan los mineros. Pero se quitó la capucha antes de entrar en una tienda y me llamó la atención el color de su pelo. Es tan especial que en los campamentos todos la reconocen por su pelo. —Se rio por lo bajo—. Bueno, y porque es guapa...

Grass se acomodó, pendiente del semblante de Cora. Qué temple tenía la mujer, se la veía a punto de saltar al cuello de Jared, pero se mantenía firme. Era una lástima, su asociación tenía los días contados.

—Más de uno anda como loco por ella —seguía Jared, estaba disfrutando manteniéndola en vilo—. Entonces pregunté a Faulkner y me contestó que era la enfermera del viejo Sullivan.

El parloteo de Jared había dejado de irritarla; en su lugar, la preocupación y algo más ambiguo se estaban asentando en su mente. Recordó las palabras de los dos mineros en el bar, habían hablado de la enfermera del viejo borracho... y de Cooper. Él había estado en la consulta del médico esa misma tarde a solas con esa mujer. Los celos regresaron con más fuerza, la carcomían por dentro. Los sofocó concentrando toda su voluntad en el asco que le inspiraba Jared. No caería en la provocación. Ya tenía muy claro que Cooper era su debilidad, pero pondría fin a ello en cuanto su plan hubiese madurado. Entonces ya no habría flaquezas. Las debilidades hacían a la gente vulnerable.

—Ve al grano —ordenó con frialdad—. Parloteas más que una vieja.

Grass se rio, la ceniza de su puro cayó sobre la preciosa alfombra que Cora había comprado tan solo unas semanas antes. Ahogó las ganas de reprenderlo; en su lugar, entrelazó las manos sobre su regazo.

—Ya voy, ya voy. Tranquila. —Jared intercambió una mirada

con Grass y este asintió—. Ahora llega el momento que te va a interesar. ¿Recuerdas la fiesta de Gustaf Janssen? Esa noche apareció una pelirroja que dejó a todos boquiabiertos cuando se tiró como una loba al cuello de Mackenna. La enfermera de Sullivan es idéntica a esa mujer. De hecho, yo diría que son la misma persona. Esta tarde he visto a Mackenna pelearse con un energúmeno en Maine Street para proteger a la pelirroja.

Cora se quedó helada, ya no fingía indiferencia. No reaccionó, no quería aceptar la verdad: la esposa de Cooper seguía en Dawson. Las palabras rebotaban en su cabeza de manera repetitiva y ominosa. Cooper le había asegurado que esa mujer había abandonado el Yukón. Fred Shuster había corroborado el hecho al afirmar que Cooper había regresado a Mackenna Creek solo. La había alejado de él para protegerla. La rabia la sacudió como un latigazo. La había manipulado, engañado, pero, ¿por qué? ¿Para proteger a esa mujer? ¿Protegerla de ella, de Grass, de Lashka?

—¡Mientes! —gritó mientras se ponía en pie—. Mientes como el borracho que eres. No sabes diferenciar una mula de un alce, ¿y pretendes que crea que la mujer de Mackenna sigue en Dawson? ¡Yo lo sabría!

—No sabes nada porque apenas sales de tu precioso hotel y menos aún vas a los campamentos —replicó Jared, ufano por haberla sorprendido hasta el punto de hacerle perder los estribos—. He estado preguntando y esa mujer lleva días moviéndose entre los mineros a orillas del Klondike. Todos la conocen, la llaman Lily Dawson.

Cora buscó confirmación en Grass y este asintió para corroborar la afirmación de Jared.

—Hay que matarla —murmuró ella—. Es un obstáculo que debemos eliminar...

El tono de Cora recordó a Grass el siseo de una serpiente. Apagó su puro en el cenicero despacio, tomándose su tiempo.

—¿Quieres que la matemos?

—Cuanto antes...

—Claro, cuanto antes —repitió el alemán—. ¿Y qué le decimos

al superintendente al respecto? ¿Qué se la comió un oso mientras recogía bayas en los campamentos? —De repente su aspecto jovial desapareció, se puso en pie y dio un puñetazo en la mesa—. ¡Se acabó, maldita sea! Estoy harto de tus tejemanejes. Los negocios no deben mezclarse con los sentimientos y tú pierdes el control con todo lo que tiene que ver con Mackenna. Se hará lo que yo diga y tú te mantendrás quietecita. Uno de los Cullen te vigilará, no saldrás del Palladium. No pienso consentir que eches a perder lo que me propongo por tus celos.

Ella se acercó a la mesa y plantó las manos sobre la superficie mientras echaba hacia delante el cuerpo.

—¿Y qué piensas hacer? —inquirió con rabia—. ¿Esconderte en un agujero?

—Hoy mismo voy a apropiarme de todo el oro que pueda en Mackenna Creek y nos largaremos de aquí.

—¿Nos largaremos? ¿A quién te refieres?

—Mis hombres y yo. Y, si entras en razón, tú también vendrás con nosotros.

Ella se echó a reír, sus carcajadas destilaban todo el desprecio y el odio que le inspiraban esos dos hombres. Ya no había contención y por primera vez Grass vio en ella a una mujer vulgar e histérica.

—Estás loco si piensas que voy a abandonar mi hotel —soltó cuando se recompuso—. Lárgate como un cobarde, pero yo me quedo. No te necesito. Vete cuanto antes, sin ti me irá mucho mejor.

Se dio la vuelta en un revuelo de faldas y los dejó dando un violento portazo. Los dos hombres se miraron un instante: Jared, inquieto, Grass, tranquilo.

—¿Qué hacemos, jefe?

—Tú irás a deshacerte de la india, pero antes ordena a uno de los Cullen que impida que Cora salga del hotel. Díselo a Don, es el más listo. Que se pegue a ella y no se deje engañar por sus artimañas. Que no la pierda de vista, pase lo que pase. Yo iré a Mackenna Creek con los otros dos Cullen para conseguir todo el oro que pueda. Cooper y su socio no lo han registrado en ningún banco. El idiota del irlandés está solo, es el momento oportuno.

—¿Y Mackenna?

—Le esperaremos en su concesión. Le pillaremos desprevenido, un disparo limpio y nos largaremos con los bolsillos llenos. Vive en un lugar tan alejado que no lo echarán de menos en unos días. Para entonces, estaremos muy lejos de Dawson.

—¿Y la enfermera?

Grass se encogió de hombros.

—Me da igual.

—¿Y Cora?

Grass sonrió, fue hasta la puerta y la abrió antes de contestar:

—Nunca dejo cabos sueltos. O se viene conmigo o la despedida será eterna.

40

Stella cojeaba detrás de Lilianne mientras echaba miradas desconfiadas a su alrededor. Todavía ignoraba cómo se había dejado engatusar, pero antes de salir corriendo ya se había comprometido a indicar el camino a esa extraña mujer que se preocupaba por una salvaje.

Hacía al menos quince minutos que habían dejado atrás las últimas tiendas de los campamentos que se amontonaban en la orilla del río Yukón y a su alrededor solo se veía monte bajo. Una suave brisa agitaba las ramas de los árboles que se divisaban a lo lejos, o quizá no tan lejos.

—¿Sabe cuál es el mayor peligro al alejarse de la ciudad? —jadeó a la espalda de Lilianne, que caminaba con brío. Al no recibir respuesta, contestó alzando la voz—: los osos. ¿Ha visto alguno? —El silencio no la desanimó—. Yo sí, pero no en libertad. Hay un tipo, se llama Bertran no sé qué, es un canadiense con muy malas pulgas, que tiene uno en cautividad. Organiza peleas con esos enormes malamutes que se parecen tanto a los lobos. Asistí a una de esas peleas, creí que sería divertido, pero me pareció asqueroso...

Lilianne apenas prestaba atención al parloteo de Stella; caminaba pendiente de avistar la dichosa cabaña de ese Jared. La impulsaba la inquietud, el temor a que Lashka fuera la india que había sido maltratada. Como su acompañante, miraba a su alrededor pendiente de los peligros. Tenía aún muy presente la experiencia con el oso en Mackenna Creek y lo último que quería era volver a experimentar semejante pánico. En los campamentos le habían contado que los ataques no eran infrecuentes. Cualquier rastro de comida al aire libre, como pescado recién pescado, era suficiente para atraer a los enormes plantígrados. Pero no era el único peligro que Lilianne temía; ignoraba qué haría si al alcanzar la cabaña se topaba con ese Jared.

—¡Ahí está! —exclamó Stella, con voz entrecortada—. Ahí, entre los árboles. Esa es la cabaña de Jared.

Lilianne estudió la pequeña edificación; desde donde estaba, solo se veía un ventanuco y una puerta cerrada con una cadena sujeta por un candado. Jared no se encontraba en el interior si la puerta estaba cerrada desde fuera. Se volvió hacia Stella.

—Ya puede irse. Gracias por acompañarme.

La aludida oteó el entorno con una mezcla de aprensión y sorpresa. No entendía a esa mujer; era de ser buena cristiana preocuparse del prójimo, pero poner en peligro su vida por una india iba más allá de lo que Stella podía entender.

—¿Está segura? Creo que lo más sensato es que vuelva conmigo a Dawson...

—No, me quedo.

—Si le ocurre algo, jamás diré que la he traído hasta aquí. No quiero problemas con los *mounties* ni con Grass o Jared.

—Por supuesto.

Lilianne asintió; no tenía muy claro qué pensar de Stella. Si hubiese llevado otra vida, habría sido de otra manera, pero el instinto de supervivencia la llevaba a desentenderse de todo lo que suponía la más mínima amenaza. La había acompañado hasta allí seguramente azuzada por la curiosidad, pero se negaba a mover un dedo por una india. Los prejuicios de Stella eran los de muchos y Lilianne procuró no juzgarla.

Stella echó un último vistazo a la cabaña al tiempo que meneaba con disgusto la cabeza.

—Creo que está loca.

Se alejó con su caminar de oca tambaleante por la cojera. Quizás esa caminata había perjudicado la herida de su pie, pero era un mal menor. A Lilianne le preocupaba el destino de la india, sobre todo si era Lashka. Y no tenía sentido, la joven había sido grosera, una mentirosa descarada, seguramente le había destrozado la ropa, y si hubiese tenido una oportunidad de causarle algún daño físico, lo habría hecho. Tomó aire para darse valor, ni siquiera ella misma se entendía; quizá fuera el aire de Dawson, pero desde que había puesto un pie en aquella región, todo su sentido común había saltado por los aires.

Desde lo alto de las ramas una ardilla la estudiaba con la misma suspicacia y curiosidad que mostraba Lilianne. Se tomó un instante para calmar los temores que se removían en su interior. Se acercó al ventanuco hecho con botellas de vidrio apiladas y selladas unas con otras con argamasa. No se podía ver nada a través.

—¿Hay alguien?

Arremetió contra la puerta sin éxito. Pegó la oreja a la espera de oír una señal, alguna respuesta. No estuvo segura de si había oído un ruido muy débil. ¿Un quejido? ¿Un sollozo? Fue suficiente para que decidiera entrar como fuera. Buscó a su alrededor algo que la ayudara a forzar la cadena o el candado. Hizo palanca con una rama tan gruesa como su muñeca, que se partió por la mitad sin conseguir resultado alguno. Tironeó de la cadena con fuerza apoyando el pie en la puerta. Se arañó las manos, se lastimó el hombro cuando volvió a arremeter.

El fracaso la llevó a dar una patada a un terrón de tierra que se deshizo y oteó la orilla del río, cuyas aguas turbias proseguían su curso indiferente a su zozobra. Se propuso intentarlo una última vez con una piedra del tamaño de su puño. Si fracasaba, pediría ayuda al superintendente, a riesgo de quedar como una loca de remate si en esa cabaña no había nadie.

Golpeó varias veces el candado con la piedra y volvió a arañarse los nudillos que le escocían, pero no cejó. El candado cedió tan de repente, que no consiguió recuperar el equilibrio y acabó tirada en el suelo del interior.

De inmediato un olor nauseabundo la golpeó; se llevó una mano a la boca en un intento de reprimir una arcada. Con tiento estudió lo que la rodeaba; apenas entraba luz por el ventanuco; a excepción del haz de sol que se colaba por el hueco de la puerta abierta, el resto de la estancia estaba en penumbra. Contra una pared reconoció las herramientas de los mineros: bateas, palas, pico, sierras, martillos. La sensación de haberse dejado llevar por un arrebato sin sentido se incrementó. Se disponía a salir cuando oyó un gemido procedente de la zona más oscura, donde apenas se distinguía un bulto en el suelo. Pensó en un animal al recordar lo que Stella le había contado mientras se dirigían a la cabaña: un joven oso al que hubiesen apaleado para adiestrarlo. Eso explicaba el hedor del interior. Dio un paso atrás muy despacio, dispuesta a marcharse de allí cuanto antes.

—No...

El susurro se desvaneció de inmediato, pero fue suficiente para que Lilianne supiera que una persona yacía en el rincón. Sobre una vieja estufa encontró una vela y una caja de cerillas. La débil luz iluminó el contorno del bulto en el suelo, entre un rincón y un poste de madera que apuntalaba la techumbre.

—¿Lashka? —murmuró, aún asustada.

La respuesta fue un nuevo sonido inarticulado, a medio camino entre el gemido y el sollozo. Lilianne recogió su maletín y volvió al interior, decidida a averiguar la razón por la que esa persona, fuera Lashka o no, no contestaba. Se arrodilló sintiendo su pulso desbocado por el temor a lo que se iba a encontrar. A pesar de esperar lo peor, soltó un jadeo en cuanto apartó la lona tiesa por la suciedad.

Reconoció una espalda desnuda cuya piel mostraba tonalidades que iban del morado casi negro al amarillo verdoso. Quien fuera se había ensañado con ganas golpeándola. El cabello largo y negro no era más que una maraña parecida a un estropajo. Lo demás estaba aún cubierto por la lona. Tocó la figura en el hombro, y esta se estremeció al tiempo que se encogía y soltaba un nuevo gemido. La giró con cuidado y de nuevo se le escapó un jadeo de horror; el rostro de la joven estaba tan hinchado y amoratado que resultaba casi imposible distinguir los rasgos.

Mirar el rostro desfigurado por la paliza resultaba doloroso. La respiración dificultosa por la nariz rota era apenas un jadeo que exhalaba por la boca. Los ojos de Lilianne recorrieron el pecho, maltratado con la misma crueldad, y el cuello, donde se reconocían los mismos moratones que en el semblante. Se negaba a pensar que esa pobre mujer fuera Lashka, era demasiado cruel, aunque daba igual quien fuera. Ni siquiera las fieras mostraban semejante violencia de manera gratuita.

—¿Crees que puedes moverte? —le preguntó en voz baja para no asustarla.

No obtuvo respuesta, la joven parecía haber perdido el sentido. Aprovechó para auscultarla, apenas necesitó unos minutos para entender que debía llevarla urgentemente a un hospital; pero estaba atada por la muñeca al poste que apuntalaba la techumbre. La joven había tironeado con fuerza hasta desgarrarse la piel.

Se le escapó un suspiro tembloroso, cuando destapó el resto del cuerpo, y una vez más se quedó sin aliento. La joven se había hecho sus necesidades encima, de ahí el hedor. No fue lo que puso fin a su entereza: la india había sido violada.

Se puso en pie sin saber si las piernas la iban a sostener. Se ordenó serenarse, no era el momento de venirse abajo. Lo primero era volver a Dawson y regresar con un médico y una carreta. Se giró y soltó un grito al toparse con un hombre que le resultó familiar. Lo recordaba, ese mismo día la había asustado cerca de la tienda de Tremaine; esbozaba una sonrisa que le erizó la piel. Supo que era el responsable de lo que acababa de ver.

—Vaya sorpresa... —dijo él con calma.

Ella dio un paso atrás mientras Jared daba uno al frente. El miedo se hizo más agudo.

—Tengo que buscar ayuda —balbuceó Lilianne.

A pesar de que no quería perderlo de vista, midió con una ojeada hacia la puerta sus posibilidades de escapar.

—¿Me vas a dejar ahora que acabo de llegar? —Se rio quedamente, divertido—. Creo que me debes al menos una disculpa por haber forzado mi candado y entrado en mi cabaña sin invitación. Eso es un delito.

Chasqueó la lengua y se apoyó en el poste en una pose indolente, pero Lilianne supo que le estaba impidiendo el paso a propósito. Jared echó un vistazo al cuerpo inerte.

—¿Aún está viva? Es dura como un burro...

—Eres Jared —murmuró Lilianne.

—Para servirla, señora.

— ¿Esa mujer es Lashka?

—Me temo que sí.

Le temblaba todo el cuerpo; tanto, que le castañeaban los dientes. Nadie sabía que estaba allí, excepto Stella, quien no movería un dedo por ella ni diría a nadie que la había llevado hasta esa cabaña aislada. Pensó en Cooper, jamás sabría dónde encontrarla. Su mente hilaba torpemente pensamientos que iban de la desesperación a un temor que la paralizaba.

—Yo sí que la conozco, aunque todos creíamos que se había largado de Dawson.

La repasó con una mirada lasciva sin dejar de sonreír. Lilianne adivinó sus pensamientos y un escalofrío azuzó su instinto de huir. Dio un paso lateral, pero él fue más rápido y la detuvo. Sintió como le clavaba los dedos en el brazo con crueldad al tiempo que buscaba en su rostro una señal de temor y dolor. Recordó las palabras de Stella: Jared disfrutaba pegando a las mujeres, se divertía causando dolor y humillación. Después de ver lo que le había hecho a la joven tirada en el suelo, no dudaba que repetiría la experiencia.

Jared soltó una risotada baja y ronca, que arañó el poco control que le quedaba a Lilianne. Le golpeó con fuerza, pero su arrebato apenas duró unos segundos. Jared la abofeteó con fuerza lanzándola contra una pared. Lilianne soltó un grito de dolor, pero también de absoluto pánico al entender lo que vendría a continuación. Él la sujetó por la garganta presionándola contra la pared. Ella luchó por zafarse, le arañó las manos, las muñecas, los brazos, pero cuanto más se defendía, más sonreía Jared. Le ardía la garganta, el aire empezaba a faltarle y su cuerpo estaba cediendo al agotamiento. Todas sus fuerzas se concentraron en respirar y tratar de aflojar la presión en su garganta. La convicción de que jamás saldría de esa cabaña con vida la sacudió. El paisaje solitario de una tierra extraña y esa desoladora cabaña serían lo último que vería. No podía ser el fin, no después de haberse arriesgado tanto, no después de haber encontrado a Cooper y no haber tenido el valor de sincerarse con él.

De repente creyó ver una alucinación: dos figuras corrían hacia la cabaña. Concentró las pocas fuerzas que le quedaban en una de ellas. La figura era alta y su melena larga ondeaba con cada poderosa zancada. La sensación de irrealidad se acentuó al reconocer a Cooper que corría para salvarla. Su último pensamiento fue que no llegaría a tiempo y se le emborronó la vista.

La presión en la garganta cesó de repente, se desplomó en el suelo mientras soltaba jadeos, desesperada por tomar aire. A su alrededor el rumor de una pelea le llegó amortiguada por el rugido de la presión de la sangre en los oídos. Le pareció oír un lejano grito de horror: la voz de un hombre. Los golpes y gruñidos prosiguieron, desorientándola aún más. Después oyó una voz apremiante:

—Lily, abre los ojos.

Su primera reacción fue apartarlo, que la dejara en paz. Le ardía la garganta al respirar y dudaba poder articular una palabra. Con todo, obedeció, arrastrada hacia la voz que le hablaba con suavidad. Abrió los ojos y apenas reconoció el rostro que la contemplaba de cerca, pero supo que era Cooper. La certeza traspasó su aturdimiento. Alargó una mano y le acarició la barba.

—Eres tú...

No supo si lo había pensado o si había conseguido articular las dos palabras. Un instante después Cooper la abrazaba con fuerza mientras ella rompía a llorar. Cada sollozo le desgarraba la garganta, pero no podía detenerse, por el miedo que había pasado y por la suerte que había sufrido Lashka. Él le acariciaba el pelo y le susurraba palabras que jamás pensó que volvería a oír, palabras que la devolvían a un tiempo lejano, que había añorado, necesitado, y a la vez rechazado por el dolor que le había causado.

41

De algún lugar de la cabaña le llegaba una letanía susurrada en un idioma desconocido. Quizá solo hubiesen pasado unos minutos, pero para ella había sido una eternidad. El calor del cuerpo de Mackenna traspasaba el frío que la había inundado al pensar que no sobreviviría al ataque de Jared. La familiaridad de los brazos que la acunaban sosegaba los temblores, serenaba los latidos de su corazón y el dolor de la garganta se atenuaba lentamente. Le habría gustado quedarse de esa guisa, aislada en una burbuja etérea de paz, pero el recuerdo de Lashka se inmiscuyó en sus pensamientos y muy a pesar suyo se apartó de Cooper. Como si saliera de un sueño, miró a su alrededor, cada detalle seguía siendo sórdido: el cuerpo roto de Lashka, el hedor, la suciedad, y Jared que yacía en el suelo encogido sobre sí mismo con los ojos cerrados.

— ¿Está...?

Cooper, que se resistía a soltarla, negó en silencio. Le pasó una mano por el pelo enmarañado e hizo lo posible por controlar el tono de su voz.

—No, se hace el muerto como todos los cobardes.

Lanzó una mirada iracunda al aludido, apenas lograba reprimir el deseo de matar a Jared, pero su prioridad había sido inmovilizarlo primero para después dedicar toda su atención a Lilianne. Se la veía aún asustada y dolorida. Y él había envejecido al menos diez años en unos segundos.

Decidieron seguir a Jared en cuanto le vieron salir del Palladium. Fueron prudentes, dejando que se adelantara lo suficiente para que no se percatara de su presencia. El grito que rasgó el silencio pocos minutos después de que Jared entrara en la cabaña le había helado la sangre. Su primer pensamiento había sido para Lashka y, de mutuo acuerdo, Subienkow y él habían echado a correr. Después había visto a Lilianne a merced de Jared y de repente su cuerpo se había movido por inercia, impulsado por el temor, concentrado en llegar a tiempo. Y desde entonces no podía apartar la mirada de Lilianne, temeroso de verla venirse abajo.

Lilianne se acercó a Subienkow, que acunaba en sus brazos a su hermana. Seguía salmodiando palabras desconocidas. La cabeza de la joven colgaba del brazo de su hermano mientras una mano pequeña y de aspecto frágil yacía en el suelo. Tocó con sutileza el hombro del indio.

—Déjame que la vea —susurró con una voz ronca que no se reconoció.

El indio negó con la cabeza sin abrir la boca.

—Tenemos que llevarla a Dawson, que un médico la atienda... —insistió ella.

Subienkow la miró y Lilianne se encogió ante el dolor que reflejaban los ojos del indio.

—Ya no respira...

Lilianne se dejó caer a su lado, apabullada por una situación que superaba toda su capacidad de entendimiento. Las lágrimas brotaron y ella no hizo nada por detenerlas.

En el otro lado de la estancia Cooper se había acercado a Jared. Le agarró un puñado de pelo, forzándole así a mirarlo.

—Si crees que nos vamos a olvidar de ti por hacerte el muerto, estás equivocado.

La rabia y la aflicción le otorgaban un tono mucho más grave. Le dolía mirar hacia donde se encontraba Lashka. Se sentía responsable, la había ignorado, ni siquiera se había percatado de su ausencia, entregado como había estado en sacar oro y procurando olvidar a Lilianne. Lo que más le avergonzaba era el alivio de saber a salvo a Lilianne.

—Nadie te librará de la horca.

Los ojos aterrados de Jared fueron del indio a Cooper, luego buscó la mirada de Lilianne, que la desvió al instante.

—Yo... Yo solo obedecía órdenes —balbuceó. Se pasó las manos atadas por los labios ensangrentados—. Grass me dijo que la encerrara aquí... No me dejes con ese indio, me arrancará la piel a tiras... Si me prometes que ese salvaje no me pondrá una mano encima, te contaré qué tiene planeado Grass contigo y tu socio...

Lilianne permanecía con la cabeza gacha, todo lo que la rodeaba le producía horror. El indio había dejado a su hermana sobre la lona y la estaba envolviendo con cuidado.

—Debería salir de aquí, señorita —murmuró Subienkow.

Cooper asintió mientras Lilianne se estremecía.

—¡No! —gritó Jared—. ¡No me deje solo con estos hombres! ¡Me van a matar!

Lilianne se hizo con su maletín y salió de la cabaña. Caminó hasta la orilla del río, donde se sentó sobre el tocón de un árbol derribado. Inhaló con fuerza, deseosa de ahuyentar el hedor del interior de aquel lugar marcado para siempre por la tragedia. Sacó del bolsillo de su falda un pañuelo que mojó en el río. Con cuidado se lo pasó por el cuello tratando de aliviar la quemazón. Se encogió al oír un grito de Jared; en cualquier otro lugar habría exigido que lo entregaran a la policía para que fuera juzgado, pero la víctima había sido una india, en un territorio donde el juez más cercano estaba a cientos de kilómetros. La única autoridad era el superintendente Steele y el comisionado encargado de controlar las concesiones mineras. No había nadie más para impartir justicia.

Se alteró cuando Subienkow sacó a empellones a Jared, que ya no mostraba la petulancia de la que había hecho gala cuando la había sorprendido en la cabaña. Por lo contrario gemía y suplicaba al indio que, cansado de los intentos de Jared de impedir que se lo llevara, le asestó un golpe violento en la nuca dejándolo inconsciente. Con una calma que la asustó más que un grito, Subienkow se lo echó al hombro y se alejó.

—Lily, tenemos que irnos cuanto antes.

Pero Lilianne seguía mirando hacia donde había desaparecido Subienkow y su prisionero.

—¿Dónde se lo lleva? No se va a Dawson por ahí...

Cooper posó las manos sobre sus hombros.

—Tenemos que volver a Dawson, he dejado mi caballo en la cuadra. Tienes que buscar al superintendente y pedirle que vaya a Mackenna Creek...

—¿Qué ocurre?

—Grass ha ido a mi concesión con la intención de matar a Paddy. El plan era deshacerse de mi socio y matarme cuando yo regresara. No podemos perder ni un minuto.

Por cada paso que daba Cooper, Lilianne tenía que dar dos. Al cabo de unos minutos, ella le agarró del brazo obligándole a detenerse.

—Adelántate. Yo iré todo lo rápido que pueda.

Cooper se negó a dejarla sola y se dispuso a seguir, pero ella volvió a cogerlo del brazo.

—No seas testarudo, puedo volver sola. Tienes que llegar cuanto antes a Mackenna Creek, Paddy está en peligro.

Cooper miró a su alrededor con frustración; no quería dejarla sola, pero ella estaba en lo cierto. Paddy estaba en peligro, así como Giuseppe. No quiso angustiarse más al pensar en Milo, su hermana y Sofia. Pero dejar sola a Lilianne le suponía una tortura. Al final el sentido común cobró fuerza.

—Cuando hayas avisado a Steele, enciérrate en la consulta del doctor Sullivan y no salgas. ¿Me oyes? —Dudó antes de volver a hablar—. Y no le cuentes nada de Lashka ni de Jared.

Lilianne le cogió el rostro entre las manos para que la mirara a los ojos. Quería confesarle todo lo que le había ocultado, que supiera que jamás le había olvidado, que había estado a punto de volverse loca al creerle muerto, pero no había tiempo, solo disponía de unos preciados segundos.

—No quiero perderte ahora, Cooper. No quiero un héroe muerto. Ya te perdí una vez, no soportaré perderte una segunda vez.

Cooper inhaló con fuerza al sentir como algo que se había endurecido durante esos últimos años se ablandaba. La abrazó unos segundos y la besó deseando que no fuera el último. Un segundo después Cooper se alejaba de ella. Un estremecimiento la sobrecogió e imploró que esa imagen no fuera la última que viera de Cooper.

El regreso se le hizo lento a pesar de que había echado a correr. Al avistar las primeras tiendas de lona en las afueras de Dawson apenas le quedaba aliento. Las ballenas del corsé se le clavaban en las costillas y cada bocanada de aire le suponía un suplicio, como si inhalara fuego por la garganta. Ignoró las miradas de los curiosos, siguió hasta alcanzar Maine Street y prosiguió azuzada por el temor a que Cooper y Paddy estuviesen en peligro. Cuando alcanzó el cuartel de la policía montada, tropezó con Steele en el vano de la puerta. El hombre la sujetó por los hombros para impedir que ella cayera al suelo.

—Señorita Dawson...

Entre balbuceos le contó lo que Cooper le había dicho omitiendo la muerte de Lashka y la desaparición de Jared a manos de Subienkow. El superintendente la escuchó sin apenas interrumpirla; cuando tuvo clara la situación, empezó a lanzar órdenes a sus hombres. Un momento después Lilianne estaba en la consulta del doctor Sullivan, aún desorientada y jadeante por la carrera. Este estaba retrepado en su sillón mirando fijamente el perro que Lilianne había rescatado.

—¿Qué vamos a hacer con ese chucho? —inquirió nada más oírla entrar. Al no recibir una respuesta, la estudió—. ¿Qué le ocurre? Está desencajada, señorita Dawson. ¿Alguien la ha agredido?

Se plantó delante de ella y la sujetó por la barbilla, obligándola a alzar la mirada.

—¿Qué le ha ocurrido?

—Necesito un caballo... —dijo ella, obviando la pregunta.

Las cejas de Sullivan se dispararon hacia arriba.

—¿Y dónde piensa ir en su estado? —Le ladeó la cabeza para echar un vistazo a las laceraciones en el cuello—. Dios mío, déjeme ver esas marcas.

Ella se deshizo de su agarre para mayor desconcierto del viejo médico y empezó a buscar en los armarios todo lo que podía necesitar en el caso de que alguien resultara herido en Mackenna Creek.

La puerta se abrió y el doctor Sullivan vio con alivio como entraban las señoras Hitchcock y Van Buren. Ellas harían entrar en razón a la señorita Dawson. Apenas si la reconocía; habitualmente tan serena, la joven se movía en un estado febril con gestos bruscos y el rostro contraído en una mueca que oscilaba entre el sollozo y la angustia. ¿Qué demonios le había ocurrido después de dejarla en manos de Steele? Al regresar había dado por hecho que Lily se había ausentado para atender una emergencia.

—Señoras —empezó, acercándose a las viudas—. Hagan entrar en razón a la señorita Dawson. Ha perdido el buen juicio...

Siguió parloteando mientras las dos mujeres miraban de hito en hito al médico y a Lilianne, que seguía metiendo en un maletín instrumental y medicinas. Al cabo de unos minutos caóticos, Mary fue la primera en reaccionar; obligó a Lilianne a darse la vuelta y estudió las marcas del cuello emitiendo repetidos chasquidos de disgusto. Edith revoloteaba a su alrededor, alterada y sin entender lo que estaba ocurriendo. A punto de perder los estribos, Lilianne se deshizo del agarre y, echando una mirada de reojo a Sullivan, declaró que se marchaba a Mackenna Creek.

—¿Sola? No, querida —soltó Mary—. Ignoro qué ocurre en Mackenna Creek, pero lo que no hará es ir sola por ese bosque. Sea lo que sea, tendrá que esperar aquí.

—No lo entiende —replicó Lilianne—, Cooper está en peligro y...

—¿Y piensa salvarle con un bisturí? —inquirió Sullivan, que ya empezaba a sufrir los efectos de tanto ajetreo y buscaba refugio en su petaca.

—No, no, no... —repetía una y otra vez Edith—. No puede ponerse en peligro de esa manera tan imprudente.

Mary, que parecía ser quien controlaba la situación con mayor grado de serenidad, se la llevó a un rincón. Le habló en voz baja, pero de manera perentoria.

—Lilianne, no la reconozco. Nos ha dado más de un motivo para pensar que es impulsiva y en demasía intrépida, pero este último empeño suyo roza la sinrazón. Serénese y piense en lo que pretende hacer: quiere recorrer un bosque que apenas conoce para enfrentarse a un peligro aún mayor. No será de ninguna utilidad si le ocurriera algo. Además, ¿sería capaz de encontrar el camino hasta Mackenna Creek?

Lilianne salió de su estado de irrealidad. Mary estaba en lo cierto, solo había realizado el trayecto en dos ocasiones sin tomar el mismo camino. Se dejó caer sobre una silla, afligida por todos los acontecimientos y asustada por lo que le podía suceder a Cooper. Sin embargo, sabía que no podía permanecer sentada a la espera de recibir noticias. Se llevó las manos a las sienes tratando de poner orden a sus pensamientos erráticos.

—No puedo quedarme de brazos cruzados —susurró—. Me volveré loca...

—¿Qué ha ocurrido? —preguntó Mary sentándose a su lado.

En la otra punta de la estancia, Edith preparaba té y Sullivan ni siquiera se molestaba en disimular que bebía de su petaca.

—Un tal Rudger Grass pretende matar a Paddy y a Cooper. He avisado al superintendente, pero Grass ha ido con varios hombres armados hasta Mackenna Creek. No sé si los *mounties* llegarán a tiempo...

Mary asintió lentamente al tiempo que acariciaba una mano de Lilianne. Recorrió con sus ojos sagaces el traje manchado de polvo, el pelo despeinado y un pequeño corte en la comisura de los labios —tan pequeño que ni siquiera la propia Lilianne parecía haber reparado en él—. La joven seguía siendo un enigma, una persona llena de secretos y contrastes que la fascinaban. Intuía en ella una fuerza que seguramente Lilianne ni siquiera sospechaba que tenía. ¿Cuántas maravillas podrían hacer las jóvenes como ella si los hombres les dieran alas para elegir su camino y las dejaran ser dueñas de sus destinos? La propia Mary gozaba de una libertad que pocas mujeres de su generación disfrutaban, pero también sabía el precio que muchas veces una debía pagar por ser diferente, por aspirar a otra cosa que no fuera un matrimonio impuesto y la maternidad. Soltó un suspiro y dedicó una sonrisa a Lilianne.

—Aunque la admiro y sé que es una mujer con arrojo, no puedo dejarla ir a Mackenna Creek. Y nosotros tampoco somos de gran ayuda —añadió señalando al viejo médico y a Edith, que prodigaba mimos al perro—. Mírenos, somos un triste refuerzo y creo que solo seríamos un estorbo. Piense en hacer algo de más provecho mientras espera...

Lilianne cerró los ojos, la imagen del cuerpo maltrecho de Lashka acudió a su mente y la mortificó hasta el dolor físico. La escena se repitió una y otra vez como una pesadilla que se enlazaba sin principio ni fin. La impotencia se había convertido en una punzada en el pecho, no había podido hacer nada por ella; las lesiones internas habían sido tan graves que la india había fallecido nada más encontrarla. Nadie se merecía una muerte tan desgarradora.

Se puso en pie de golpe.

—Necesito un caballo... —susurró con la voz ronca.

Sullivan se sobresaltó al tiempo que Edith se apartaba del perro apretando las manos.

—Ay, Dios, ya estamos otra vez —masculló el médico enderezándose sobre su silla.

Mary era la única que la miraba con calma sin abrir la boca. Lilianne se dirigió a ella.

—Necesito un caballo. —Buscó a su alrededor con impaciencia hasta que se fijó en las cintas que adornaban el cuello de la blusa de Mary—. Y esas cintas...

Salió disparada hacia el almacén convertido en dormitorio. Los otros tres la contemplaban con diferentes expresiones, desde el horror por parte del doctor Sullivan, a la sorpresa de Mary y el aturdimiento de Edith mientras Lilianne reunía todo lo que necesitaba en un barreño. Sus ojos brillaban por una emoción que conmovió a Mary y supo que debía dejarla ir.

—La acompañaré hasta la tienda del señor Tompkin, seguramente le dejará una de sus mulas. Edith, ¿puedes hacerte cargo del señor Sullivan? Haz que beba un poco de café.

El aludido, que renegaba en voz baja, trató de ponerse en pie, pero sus fuerzas le fallaron y volvió a sentarse sobre su silla.

—Espero que sepa lo que se propone —dijo Mary a Lilianne una vez en la calle—. No quiero tener en mi consciencia una desgracia.

Lilianne, que cargaba con el barreño bajo un brazo, le cogió una mano sin dejar de caminar por la acera.

—Debo hacerlo y no conlleva ningún peligro, se lo aseguro...

En la cabaña todo seguía igual, la sensación de irrealidad se apoderó de nuevo de Lilianne. La escena seguía pareciéndole casi obscena: el cuerpo de Lashka permanecía tumbado en el suelo sucio, envuelto en una lona mugrienta; destacaba como una ofensa a todo lo que representaba la compasión. La joven se merecía un último gesto de humanidad y Lilianne precisaba proporcionarle al menos un amago de dignidad.

Llenó el barreño de agua del río, extendió la sábana limpia sobre el suelo de la cabaña y, con un esfuerzo, dejó encima el cuerpo laxo de la joven. En poco tiempo se pondría rígido y sería imposible manejarla. Una vez lo tuvo todo dispuesto, y con sumo cuidado, se dispuso a lavarla, llevándose con la esponja jabonosa la sangre y la mugre que mancillaban el joven cuerpo. Mientras tanto le hablaba en voz baja de lo único que habían tenido en común y que había supuesto una barrera infranqueable entre las dos: de Cooper.

Le contó cómo le había conocido en San Francisco, cómo se había enamorado de él, le confesó cómo le había espiado, seguido, provocado hasta ese primer beso en las cuadras de su padre después del funeral del viejo Mackenna. Siguió con el pelo desenredándolo cuidadosamente, mechón a mechón, sin dejar de hablar de su fracasado intento de escapar, de lo que Cooper había sufrido por su culpa y de su pérdida. Le trenzó el cabello entre lágrimas, por Lashka, por Cooper y por el hijo que no había tenido una sola oportunidad.

—Si le ves, si ves a mi pequeño —susurró—, dile que le quiero, que lo deseaba... pero estaba tan asustada, tan sola... e ignoraba lo que realmente se proponían hacerme...

Luego se inclinó sobre la frente despejada de Lashka y depositó un beso.

—Cuida de mi pequeño. Yo rezaré por ti y por él...

La estudió arrodillada a su lado mientras le acariciaba una mano. Le había trenzando las cintas de Mary entre su cabello negro y le había puesto uno de sus camisones. Había hecho cuanto estaba en sus manos, deseando que hubiese sido mucho más. Una presencia apareció a su lado; no necesitó alzar la cabeza para saber quién era; esperó a que se arrodillara.

Subienkow había observado el extraño ritual desde la puerta sin emitir un solo sonido por la emoción. Había esperado, sobrecogido por la delicadeza de la mujer blanca, conmovido por sus palabras.

—Espero que no le haya molestado —murmuró Lilianne. Dejó la mano de Lashka sobre la sábana—. Ojalá hubiese llegado antes...

—Gracias, señorita —replicó Subienkow con un nudo de emociones en el pecho.

Por primera vez Lilianne lo miró.

—En realidad soy la señora Mackenna —confesó. La situación requería al menos sinceridad—. La muerte de Lashka me ha abierto los ojos, ya no quiero más mentiras. Cooper y yo ya hemos sufrido lo suficiente... pero hay tantas cosas por resolver, tantas cosas que aclarar.

—Lo sé, me lo dijo Mackenna. Y he oído todo lo que le ha contado a mi hermana, no saldrá una palabra de mi boca...

Lilianne dudó un momento antes de hablar.

—¿Qué ha hecho con Jared?

—El bosque se encargará de él —fue la sucinta respuesta del indio.

No insistió, le daba igual lo que le hubiese ocurrido a Jared. En un silencio reverencial la envolvieron con una manta de pieles de Subienkow. Fuera de la cabaña, el indio colocó el cuerpo de su hermana sobre un trineo y desapareció sin más despedida que el gesto de una mano.

¿Dónde estaba Cooper? Si hubiese regresado a Dawson, Mary le habría dicho donde había ido. La viuda solo sabía que Lilianne había ido a la cabaña de Jared. Oteó el paisaje a su alrededor, le pareció tan bello como solitario, una tierra indómita pero generosa. Los que la hacían cruel eran los que la habitaban.

Regresó agotada, pero con la esperanza de saber de Cooper. Al recibir una negativa a su pregunta, se aseó y se cambió la ropa al límite de su paciencia, después se reunió con Mary, Edith y Sullivan. Sobre la mesa esperaba un guiso humeante y una taza de café. Reprimió las lágrimas ante la preocupación que mostraban sus amigos. Aun así la espera ya empezaba a hacer mella en ella.

—Siéntese —le ordenó Sullivan con autoridad. Su aliento por primera vez no olía a wiski, sino a café.

Aunque se tambaleaba, se mostró tan convincente que Lilianne obedeció sin chistar. Una vez la tuvo donde quería, echó un vistazo a las marcas que le había dejado Jared en el cuello. Meneó la cabeza y fue hasta un armario de donde sacó un pequeño frasco. Con una delicadeza inusitada, le aplicó una fina capa de un ungüento que desprendía un agradable olor dulzón.

—Le aliviara la quemazón.

Se sentía mareada y le dolía la cabeza; lo achacaba a todas las emociones que había experimentado en tan solo un día. La sensación de irrealidad perduraba en ella.

Sullivan se sentó a su lado y se aclaró la garganta.

—Este sitio no es para una joven como usted. A la vista de lo sucedido hoy, esta ciudad no es segura y me sentiría más tranquilo si decidiera emprender el viaje de regreso con las señoras Van Buren e Hitchcock. No quiero ser responsable de su seguridad.

Lilianne se disponía a contestar cuando Cooper apareció con

la mirada desencajada, el pelo enmarañado y la camisa manchada de sangre.

—¡Cooper! Dios mío, estás herido...

Le palmeó el torso en busca de una herida. Estaba aterrada, se le escapó un sollozo apenas reprimido. Sus rodillas estuvieron a punto de ceder cuando Cooper le cogió las manos entre las suyas y negó con la cabeza.

—No es mi sangre, Lily, no estoy herido. Es de Paddy... —la voz se le quebró—. Ayúdame...

Sintió un alivio que le duró poco. Reparó en el alboroto que se había formado fuera. El superintendente trataba de alejar a los curiosos que habían empezado a apelotonarse en torno a un trineo.

—Ha recibido una bala en el pecho. Está muy débil...

—¿Por qué no le has llevado al hospital El Buen Samaritano? Allí hay médicos.

Cooper negó con vehemencia, por primera vez Lilianne percibió el miedo en sus ojos.

—Steele me ha dicho que el hospital está lleno de enfermos de fiebre tifoidea. Si le llevo allí, no saldrá con vida. Confío en ti, Lilianne. Tú le salvarás.

La responsabilidad que depositaba en ella era abrumadora. Paddy era la única familia que había tenido en años y confiaba en ella para salvarle. Se negó a pensar en las consecuencias si cometía un error, en ese instante solo le importaba Paddy. Salió corriendo y se arrodilló junto al trineo, el irlandés yacía inconsciente, extremadamente pálido, su respiración era débil y la mancha que ensombrecía su pecho alarmante.

—Doctor Sullivan, despeje la mesa —gritó; a continuación ordenó a Steele—: Vaya al hospital y pregunte por la señorita Powell. Necesito su ayuda.

Steele desapareció entre el gentío. Dos hombres y Cooper metieron a Paddy en la consulta. Lo dejaron sobre la mesa que había sido despejada.

—¿En qué podemos ayudar? —inquirió Mary.

—Para empezar, alejen a toda esa gente de la puerta —pidió

Lilianne, que ya se estaba remangando—. Edith, ponga a hervir agua. Cooper, no puedes estar cerca de Paddy, tu ropa está sucia. Doctor Sullivan, deje ropa al señor Mackenna. Y llévese al perro a dar una vuelta...

—¿No debería ser yo quien atendiera al herido? —inquirió el médico, ofendido.

—¿Cuánto ha bebido? —preguntó Lilianne sin mirarlo—. La bala está alojada muy cerca del corazón y lo que menos necesita Paddy es una mano temblorosa hurgando en su cuerpo. Lo que necesito urgentemente es su material quirúrgico.

Sullivan farfulló algo entre dientes, pero al estirar los brazos advirtió que sus manos temblaban más que nunca.

Cooper echó una mirada a su amigo, después a Lilianne. Ella ya estaba pendiente de Paddy, había empezado a cortar la tela de la camisa manchada de sangre. La admiró por el aplomo que mostraba, no titubeaba aunque se la veía preocupada. Recordó lo que le había dicho en esa misma consulta: la Lily del pasado había sido adorable, pero la Lilianne en la que se había convertido le fascinaba. Se le hinchó el corazón de amor y respeto y se propuso volver a conquistarla de la manera que fuera. Jamás volvería a dejarla marcharse de su lado.

—Venga, joven, mi habitación está justo aquí arriba —masculló Sullivan mientras le tironeaba de la manga—. La señorita Lily parece arreglárselas muy bien sin mí. Y tú, chucho, ven conmigo.

Cooper abandonó la consulta a regañadientes. Sus dos perros le habían seguido desde Mackenna Creek; se acercó a *Brutus*, le preocupaba su cojera. Le palmeó la pata trasera y el perro se revolvió con un gruñido.

—Está herido —le dijo a Sullivan.

Oyó que el médico soltaba un suspiro de fastidio.

—Pues que suba a mi habitación; si no valgo para atender a un hombre, tal vez sirva para cuidar de un perro.

42

Una calma superficial se había adueñado de la consulta; Lilianne permanecía sentada junto al camastro donde habían instalado a Paddy. Todos los demás se habían marchado a petición suya, deseosa de disponer de un momento de silencio. El único que quería tener a su lado había desaparecido y no daba señales de vida.

Después de un día que se le antojaba una pesadilla, emociones como la rabia y el desconsuelo fluían por su cuerpo como latigazos. Todo había dado un vuelco tan brutal que le costaba discernir qué había sido real.

Paddy emitió un leve quejido y alzó los párpados. Su rostro ceniciento la preocupaba; había perdido mucha sangre y Lilianne había temido por su vida cuando el pulso del irlandés se había debilitado.

—Yo creía que los ángeles eran rubios, pero ahora sé que son pelirrojos —murmuró con voz ronca.

—No te canses hablando y menos si es para decir semejante lisonja. —Le pasó la mano por la frente para asegurarse de que no le hubiese subido la fiebre—. Yo no llevo una aureola como los ángeles.

Paddy resopló sin apenas fuerzas.

—Los que llevan aureola son los santos. Los ángeles tienen alas...

Lilianne se rio por lo bajo al tiempo que negaba con la cabeza.

—Pues no tengo alas.

—No, aunque hasta hace poco pensaba que escondías un rabo y dos cuernos...

—Lo intuía.

Él se rio; al momento su rostro se contrajo en una mueca de dolor. Lilianne le puso una mano en el hombro para que no se incorporara, preocupada por si el esfuerzo le abría la herida.

—Si te duele mucho, puedo darte algo para aliviar el dolor.

—Ahora me doy cuenta de que no aguanto el dolor, pero no se lo digas a Cooper.

Se apresuró a administrarle el calmante que le sumiría en un sueño profundo. Al cabo de unos minutos, Paddy soltó un leve suspiro de alivio.

—Gracias. ¿Ahora me puedes decir dónde está Cooper?

—Se fue nada más traerte aquí y desde entonces no sé nada de él.

—Ese bruto estará buscando a Grass.

La voz de Paddy se volvía más débil por minutos; le costaba mantener los ojos abiertos al tiempo que la crispación producida por el dolor se disipaba. En breve se quedaría dormido. Lilianne se sentía dividida entre averiguar lo que había sucedido en Mackenna Creek y dejar que el irlandés descansara. Le preocupaba que Cooper no hubiese regresado a la consulta.

No tuvo tiempo de meditar la cuestión, Paddy acababa de soltar un ronquido. Desalentada, le tapó con una manta y fue hasta la puerta para acallar el nerviosismo que no le permitía relajarse. Todavía acusaba la tensión que la había sobrecogido mientras extraía la bala y el recuerdo de Lashka la atormentaba, así como el pensamiento de no haber podido hacer nada por ella.

Entre el gentío reconoció una silueta alta que se acercaba dando largas zancadas. Los otros hombres se apartaban de su camino, como si intuyeran en él un peligro. Con semejante estampa, si no le conociera, ella también se alejaría de él. Desde que había puesto un pie en Dawson, jamás le había parecido tan indomable, fuerte y peligroso. Había sido una inconsciente al retarlo, sin embargo, en ningún momento le había temido.

Se recostó contra el marco de la puerta y le estudió bajo la luz apagada del sol de medianoche. A cada paso le ondeaba el pelo como el manto de un soberano. Su rostro tenso apenas se vislumbraba por la barba; con todo, Lilianne reconoció la preocupación que le agitaba. En ese mismo instante supo que le amaba aún más que en el pasado. Ya no quedaba nada del joven Cooper; se había convertido en un hombre solitario, que temía dar rienda suelta a los sentimientos, las emociones y las debilidades. A fuerza de golpes, asestados por hombres sin compasión como su padre, le habían forjado como se fragua el acero. Gideon había pretendido acabar con él, quebrantar su resistencia, pero Cooper se había fortalecido con cada revés de una vida injusta.

Su mayor temor era si el pasado se interpondría entre ellos. Cooper jamás sería bien recibido en San Francisco y sospechaba que era el último lugar donde él querría estar. ¿Qué futuro podían tener? ¿Y en qué lugar dejaba eso a Aidan? La mortificaba no pensar en él, buscaba justificaciones: estaba cansada, no disponía de un momento para tranquilizarse y concentrarse en su prometido. De nada servía mentirse, Cooper ocupaba cada uno de sus pensamientos, hasta en sus sueños. Supo que su vida acababa de dar otro vuelco.

En cuanto lo tuvo a escasos dos metros se echó en sus brazos, ignorando las miradas de los que pasaban por su lado. Necesitaba de su fuerza para ser más valiente. Ese día había puesto al límite su valor y temía venirse abajo en cualquier momento. Se sentía agotada, le dolía cada músculo del cuerpo y su mente se negaba a olvidar.

Cooper la acogió envolviéndola con sus brazos, la presionó contra su pecho y agachó la cabeza hasta que apoyó los labios sobre su coronilla. La meció suavemente como si pretendiera consolar a una criatura frágil, aun sabiendo que Lilianne había demostrado ser fuerte y decidida.

—Dime que Paddy está bien —murmuró contra su pelo.

Ella asintió sin apartarse un milímetro. Temía que Cooper se desvaneciera si lo soltaba, pero no tuvo más remedio que ceder, entendía que Cooper quería ver a su amigo. Alzó la cabeza y se obligó a sonreír.

—Acaba de dormirse. Le duele, pero está bien. Si no hay septicemia, se recuperará enseguida.

—¿Qué es septicemia? —quiso saber él con el ceño fruncido.

—Hay que ser muy cuidadoso, que no le entre suciedad en la herida y que el vendaje esté siempre limpio. Tampoco puede moverse, ha perdido mucha sangre y la herida podría reabrirse. —Negó ante el temor que percibió en los ojos de Cooper—. Saldrá adelante, no dejaré que le ocurra nada.

Lo dijo con tanta certeza que Cooper pensó que si Lilianne se propusiera lo imposible, lo conseguiría con su inquebrantable voluntad.

Apartando el deseo de besarla en medio de la calle, la tomó de una mano y se adentraron en la consulta. Ella le llevó hasta el pequeño almacén donde Paddy había caído en un sueño reparador. Cooper se dejó caer sobre el sillón orejero, que Lilianne había trasladado para estar cómoda mientras velaba el herido, y estudió el rostro de su amigo en busca de una señal que le indicara que saldría adelante. Ella le posó una mano sobre el hombro.

—Sé que no tiene muy buen aspecto, pero saldrá adelante. Ha tenido mucha suerte, la bala estaba alojada muy cerca del corazón, aun así lo peor ha pasado. Dentro de unos días volverá a ser él mismo.

Por primera vez en mucho tiempo se sentía asustado e inútil; no podía hacer nada excepto velar a su amigo. Cogió la mano de Lilianne y la besó. Dejó que sus labios se demoraran, que se impregnaran de su calidez.

—Gracias por todo lo que has hecho por Paddy.

Lilianne devolvió el apretón de manos y acompañó el gesto con una sonrisa, que reflejaba toda la ternura que le inspiraba en ese momento. Resultaba extraño saberle tan fuerte, tan fiero y, al mismo tiempo, tan frustrado por la impotencia, por el temor a perder a su amigo. Cooper estaba acostumbrado a actuar, esperar le suponía la mayor angustia.

—Ojalá hubiese podido hacer más —le contestó ella en voz baja.

Pensó en Lashka y se preguntó si un día dejaría de ver con tanta nitidez su rostro. Se arrodilló junto a Cooper tomando sus dos manos grandes entre las suyas. Se mordisqueó el labio inferior, indecisa.

—Volví a la cabaña—susurró—. Subienkow se ha llevado a Lashka.

Parecía agotada. Cooper le acarició el cabello sin importarle si el moño se deshacía en largos mechones sedosos.

—¿Por qué has vuelto a la cabaña? Podría haber sido peligroso.

—No podía dejarla en aquel lugar inmundo como un viejo trapo olvidado. La lavé y le puse uno de mis camisones; fue cuanto pude hacer por ella. Si hubiese llegado antes... quizás hubiese... Quizá...

Cooper le envolvió el rostro entre las manos para calmarla.

—No lo creo, Lily. La paliza que le dio Jared fue brutal. El daño ya estaba hecho y no habría cambiado nada que hubieras llegado unos minutos antes.

Hablaban en voz baja temiendo despertar a Paddy, que resoplaba suavemente.

—¿Sabes qué le ha hecho Subienkow a Jared? —quiso saber ella—. Dímelo.

Jared había deshonrado a Lashka y la había matado. El castigo iba a ser tan brutal y doloroso como lo había sido la propia muerte de Lashka. Cooper se resistía a contar qué había hecho Subienkow, pero Lilianne esperaba, decidida a saber aunque la asustara.

—Se lo ha llevado al bosque... —admitió a regañadientes.

—¿Y eso es todo? Lo dudo mucho.

Renegando por su testarudez, Cooper apartó la mirada hacia otro punto. Lilianne asió un puñado de pelo de la barba con las dos manos y le obligó a mirarla. Él hizo una mueca de dolor.

—Está bien —graznó al sentir cómo ella tironeaba con más fuerza—. ¿Por qué quieres saberlo? Jared era una bestia. Ya viste lo que le hizo a Lashka y te habría hecho lo mismo si no hubiésemos llegado a tiempo.

—Dime qué ha hecho Subienkow —insistió con voz pausada—. Yo estaba allí, vi a Lashka tan bien como tú o quizá mejor. La lavé, vi cada golpe, cada morado en su cuerpo, la sangre... —La voz se le quebró, aun así se rehízo al instante—. No trates de distraerme ni de asustarme.

Cooper asintió con pesar. Lilianne estaba al límite de su resistencia, lo veía en sus ojos cansados. Barajó la posibilidad de mentir, pero lo descartó al momento. Estaba en su derecho de saber.

—Se lo llevó al bosque, seguramente lo ató a un árbol, le hizo unas cuantas heridas y lo abandonó a su suerte. Dentro de unos días solo quedarán unos pocos huesos roídos por los carroñeros. Ya lo sabes, ¿eso te hace sentir mejor?

—No —reconoció ella, lo soltó y se sentó sobre los talones—, me horroriza.

Permanecieron sumidos en sus pensamientos, repasando en silencio los acontecimientos del día. Lilianne seguía sin entender que un ser humano fuera capaz de semejante violencia; tampoco quería caer en lo más sencillo, en culpar de todo a esa tierra salvaje. Ella conocía la desgracia y la violencia de los barrios más pobres de San Francisco. En la consulta del doctor Donner había visto las carencias inherentes de la pobreza: heridas de todo tipo tras una reyerta; enfermedades por la mala nutrición y las pésimas condiciones de vida en un mísero cuartucho sin ventilación; hombres agotados, envejecidos de manera prematura; mujeres maltratadas de mejillas consumidas y miradas vacuas; madres demasiado jóvenes que apenas habían salido de la infancia; niños plagados de piojos y sarna y ancianos en deplorables condiciones que olían a orina y abandono. San Francisco era una ciudad cosmopolita donde se respiraba el aire del mar, donde las mansiones de las familias adineradas dominaban las colinas lejos de la miseria que se hacinaba en los barrios cercanos al puerto al sur de Market Street. Si lo meditaba fríamente, el Yukón mostraba las mismas contradicciones, la pobreza se daba la mano con la opulencia más disparatada, la alegría de los salones chirriaba como un violín desafinado frente a la desesperación de los campamentos junto a la orilla del Yukón, donde se habían refugiado los que ni siquiera habían podido acercarse al oro del Klondike después de un largo recorrido.

—¿Qué ocurrió en Mackenna Creek?

Cooper se sorprendió de que Lilianne siguiera indagando en los sucesos. Esa vez no cayó en el error de esquivar las respuestas. Se recostó contra el respaldo del sillón mientras se echaba el pelo atrás. A continuación se mesó la barba, pensativo.

—Grass y sus hombres pillaron por sorpresa a Paddy y Giuseppe trabajando. Por suerte ni Sofia ni Milo estaban por ahí, habían regresado a su cabaña. Los perros alertaron de la presencia de Grass y los demás, pero demasiado tarde. Hicieron lo posible por resguardarse en mi cabaña. Paddy recibió el disparo al tratar de meter a los perros y fue Giuseppe quien los mantuvo alejados, hasta que se quedó sin municiones. Cuando llegué, un hombre de Grass se proponía lanzar una rama en llamas para incendiar la cabaña. Por suerte llegaron Steele y sus *mounties*. El superintendente ordenó que soltaran sus armas, pero siguieron disparando hacia donde estábamos nosotros. Durante la trifulca Grass consiguió escapar. Estoy convencido de que ordenó a sus hombres que siguieran disparando. De esa manera él tenía vía libre para huir.

—¿Hay algún prisionero?

Cooper negó lentamente pendiente de su reacción, pero Lilianne solo apretó los labios y asintió.

—Entonces solo queda Grass en libertad —musitó para sí misma—. Estará muy lejos a esta hora.

—No lo creo. Tiene su oro en el Palladium. No abandonará el Yukón sin llenarse antes los bolsillos. Pienso vigilar el hotel de Cora.

Lilianne le asió las manos.

—¿Por qué no se hace cargo el superintendente de esa vigilancia?

—Porque cree que Grass no se atreverá a volver a Dawson.

—Déjale que coja su oro y se marche —pidió Lilianne, aterrada por un posible encuentro entre Rudger y Cooper—. Que se marche de una vez por todas...

—¿Y tener que vigilar mis espaldas cada vez que salga a la calle? No. Grass ya ha matado a varios hombres, entre ellos uno de mis amigos. Además, hay otro asunto que quiero resolver y es tan peligroso como Grass.

Lilianne esperó a que prosiguiera, pero Cooper cerró la boca de manera obstinada.

—Dímelo —le instó ella.

Soltó un resoplido de exasperación y le lanzó una mirada de advertencia. Tras un suspiro, Cooper capituló. Acusaba el cansancio de un día demasiado largo.

—Es Cora. Estoy seguro de que es su cómplice. Es capaz de todo. Si se entera de que estás en Dawson, no dudará en venir a por ti.

Lilianne echó una ojeada a la consulta; en menos de media hora las calles se sumirían en una noche que no lo era, bañada en una pálida luminosidad anaranjada semejante a un atardecer invernal y Cooper se pondría de nuevo en peligro. Ese día se le estaba haciendo eterno.

—Déjame ayudarte —le pidió, y añadió antes de que él se opusiera—: No soy hábil con las armas, pero sé disparar. Podría...

—No, Lily, las armas están prohibidas en Dawson y no hay excepciones —le informó—. Además, me niego a ponerte en peligro. Cuando te vi en la cabaña a merced de Jared, creí volverme loco.

Por primera vez Lilianne se permitió saborear esas palabras. Le dedicó una sonrisa y, en un impulso, se le echó encima a riesgo de derribarlo. Envolvió su cuello con los brazos al tiempo que Cooper, turbado por su arrebato, la izó hasta sentarla sobre su regazo.

—¿Has perdido el juicio? —Soltó una risa grave—. Podríamos habernos caído...

Lilianne apoyó la mejilla contra la de Cooper, el contacto de la barba le agradó. Se cobijó contra su cuerpo; había sido su refugio, le había dado por perdido y de nuevo el destino le brindaba todo lo que necesitaba para sentirse completa. Durante años había vivido con un inmenso vacío, pero en aquel momento extraño renacía una ilusión que creía enterrada entre recuerdos aciagos.

—Después de un día como hoy, no es de sorprender que pierda el juicio. ¿Crees que has sido el único en pasar miedo? Hoy he temido por tu vida, he estado a punto de enloquecer al no saber de ti. Cuando te vi aparecer con la camisa ensangrentada, se me paró el corazón. No quiero que te arriesgues, deja que Steele se haga cargo de Grass...

Los brazos de Cooper la aprisionaron con más intensidad y hundió la nariz en su pelo. Las palabras de Lilianne eran un bálsamo que aliviaba todos sus temores. Con una sonrisa, ella templaba el frío que le había acompañado durante años.

—Hace tiempo me rendí —susurró contra su coronilla—, pero la rabia y el odio me dominaron porque, justamente, no había hecho nada para rebelarme. Si no hubiese sido por mis amigos, como Paddy, creo que me habría convertido en una bestia sin control. Ese maldito irlandés me salvó de mi soledad —murmuró tras echar una mirada al aludido que seguía dormido—. No voy a permitir que el hombre que intentó matarlo salga impune, así como tampoco voy a quedarme de brazos cruzados a la espera de averiguar qué hará Cora. Y estás tú. No consentiré que te ocurra nada malo.

Lilianne se apartó para contemplar sus rasgos afilados, su mirada severa, tan especial para ella. Esos ojos habían sido su único horizonte en el pasado y supo que no podría seguir adelante sin él.

—¿Crees que estoy en peligro?

—Si Cora quiere hacerme daño, serás su primer objetivo.

Lilianne volvió a mirar hacia la ventana de la consulta y se estremeció al pensar en cómo podía terminar esa noche tan corta, que se le antojaba eterna.

—Quédate aquí con Paddy —le pidió Cooper—. Volveré, te lo prometo.

Concluyó sus palabras con un beso lento que pretendía transmitir todo lo que sentía por ella. Tenía mucho que ganar y todavía más que perder, se negaba a rendirse y dejar en manos del azar su futuro. El beso se alargó, se convirtió en una declaración para los dos. Se decían en silencio cuánto se amaban a pesar de todo lo sucedido en el pasado. Lo querían todo; recuperar lo que se les había arrebatado y lo que les prometía el futuro.

—Quédate unos minutos conmigo —le rogó Lilianne cerca de su boca. Con el índice le trazó la línea de los labios—. Solo unos minutos.

Le dedicó una sonrisa pesarosa; era infantil, pero necesitaba robar unos instantes de felicidad a ese funesto día. Soltó una exhalación de alivio cuando Cooper asintió y se acomodó sobre su regazo.

Necesitaba un recuerdo feliz, algo que los uniera aunque fuera unos minutos. Dejó que su mente vagara; sin proponérselo evocó una mañana de primavera, el alba apenas apuntaba en la lejanía. Lilianne se despertó en su cama adoselada, rodeada por los brazos de un Cooper dormido. Se permitió espiar su sueño, embelesada por su apostura. Le acarició el bíceps torneado por las largas horas de trabajo en las caballerizas. Cooper nunca se quejaba, jamás mostraba signos de cansancio. Cuando acababa la jornada y el cielo se oscurecía, trepaba por el árbol en cuanto divisaba el señuelo que le avisaba de que tenía vía libre y entraba a hurtadillas en la alcoba de Lilianne. Después se amaban entre susurros y risas sofocadas, entre gemidos y promesas, siempre temerosos de ser descubiertos.

—¿Recuerdas el día que nos quedamos dormidos en mi habitación? —susurró ella.

Cooper se rio por lo bajo. Ella también se rio, ignoraba la razón por la que le hablaba de ese día en concreto, quizá porque, a pesar de todos los obstáculos, durante esas horas robadas habían encontrado la manera de ser dichosos por el simple hecho de estar juntos.

—Te habías colado en mi alcoba subiendo al árbol que estaba frente a mi ventana —seguía Lilianne— y estuvimos hablando...

La risa de Cooper regresó, queda, relajada, y ese sonido bajo y ronco la devolvió al pasado que quería evocar.

—No recuerdo que habláramos tanto —intervino él—. Éramos muy imprudentes...

Ella asintió contra su pecho y a su mente acudieron imágenes turbadoras. En efecto, no habían hablado mucho, sus manos habían tomado la palabra, así como los labios, que se habían buscado con ansia, sedientos del otro, nunca satisfechos con el poco tiempo del que disponían, frustrados por los impedimentos que debían sortear y al mismo tiempo enardecidos por el deseo y la necesidad de demostrarse que nada ni nadie podía separarlos.

—Sí, éramos muy atrevidos —convino ella suavemente—. Aquella noche nos quedamos dormidos en mi cama. Nunca habíamos dormido juntos y fue... tan hermoso. Pero mi doncella estuvo a punto de sorprendernos.

Cooper estaba disfrutando, sonreía mientras Lilianne rememoraba aquella lejana mañana. Se puso cómodo apoyando los pies sobre el larguero del camastro.

—Sí, me despertaste tirándome al suelo y tuve que ocultarme debajo de la cama. Me entregaste mi ropa, pero olvidaste mis botas...

La risa regresó, esta vez los dos procuraban contener las carcajadas sofocadas.

—Si no hubiese oído sus pasos por el pasillo, nos habría pillado. Dora entró como un vendaval con la bandeja de mi desayuno en mano y sus ojos recorrieron la estancia como los de un sabueso. Creo que había oído el ruido que hiciste al caer al suelo. Yo estaba asustada y a la vez no podía dejar de sonreír como si estuviese alelada. Había salido de la cama y trataba de colar tus botas bajo la cama. ¿Lo recuerdas?

—Claro que sí.

Se relajó y cerró los ojos. Pensó en aquellos años; menudos insensatos habían sido, se habían creído invencibles, audaces, más listos que los demás, cuando en realidad habían sido temerarios e irresponsables, pero eso ya no importaba, no en ese momento.

—Y di una patada a tus botas... —proseguía ella.

—Conseguiste que se colaran debajo de tu cama, pero me dieron en la cara... —recordó él al tiempo que le acariciaba el pelo.

Su voz había cobrado un tono nostálgico. El pasado siempre le había dejado en un mar de dudas, dividido entre el amor que siempre había estado presente y la ira que le había acompañado. Sin embargo, al rememorar ese día, ansiaba sentirse tan alocado como entonces, comportarse de manera tan arrogante, como si el mundo estuviese a su alcance para regalárselo a Lilianne. Por ella habría sido capaz de cualquier locura con tal de verla, tocarla, oír su risa. Sonrió, la vida era caprichosa; los había separado y volvía a reunirlos en el último rincón donde Cooper habría imaginado. La besó en la coronilla justo cuando Lilianne decía:

—Y soltaste un gruñido que Dora oyó y yo fingí un ataque de tos.

Los dos rompieron a reír sujetándose el uno al otro.

—Por suerte tu doncella no era muy avispada y decidió ir a por ese jarabe para calmar tu tos. Tuve que ser rápido y bajar por el árbol vestido únicamente con mis calzones. No me diste tiempo a ponerme nada más.

—Sabía que Dora regresaría enseguida... —Le acarició el pecho por encima de la camisa—. Lograste escapar por la ventana. Corriste por el jardín con las botas en una mano y la ropa en la otra; cuando alcanzaste el desvío para ir a las caballerizas, me hiciste un gesto de despedida y yo creí morir de amor por mi valeroso amante.

Permanecieron callados, entristecidos por el recuerdo que acababan de evocar; definía cuánto habían sido: el mozo de cuadra que se colaba por las noches en la alcoba de la primogénita de una familia influyente y adinerada. Habían desafiado las normas, derribado los obstáculos creyéndose por encima de todos.

—Fuimos felices a pesar de todo...

La voz grave de Cooper vibró en su pecho y Lilianne sintió como su pulso se aceleraba. Habían sido felices; a su manera habían creído en su amor, pero los demás habían conseguido separarlos.

Lo que más la avergonzaba era que habían conseguido que dudaran el uno del otro.

Al cabo de unos minutos, oyó un suave resoplido; miró hacia el camastro donde Paddy dormía tranquilo. Se movió muy despacio y echó un vistazo a Cooper. Este se había quedado traspuesto esbozando una sonrisa.

Lilianne volvió a apoyar la mejilla contra el pecho de Cooper al tiempo que cerraba los ojos.

Durante años había sofocado sus sentimientos; la soledad había sido su mejor compañera, hasta que había conocido a Aidan, pero junto a Cooper todo cobraba otro cariz más vibrante, pero también sombrío, que la arrastraba hacia la incertidumbre. Suspiró, estaba demasiado cansada para pensar, prefería concentrarse en el latido fuerte y regular de Cooper que palpitaba justo debajo de su mejilla. Estaba vivo. «Ahora es mío», pensó mientras se deslizaba hacia un suave sopor.

43

En el salón del Palladium, la música de la banda y el golpeteo de decenas de parejas que bailaban hacían temblar las paredes. Un nuevo afortunado celebraba su buena suerte en su concesión con una fiesta en la que no faltaba de nada, ni champán ni mujeres. En un rincón Cora contemplaba el baile de las parejas. Cualquier otra noche habría disfrutado, bebiendo y riendo, pero esa noche estaba siendo una pesadilla. Se puso en pie. Necesitaba una copa, o, mejor dicho, necesitaba unas cuantas.

En el bar del Palladium el ambiente era más sosegado, casi todos los clientes se habían sumado a la celebración de Ken Oberon. Los solitarios como ella preferían renegar en silencio. Tomó asiento en una mesa. Cullen no se había alejado ni un metro de ella, obligándola así a permanecer en el hotel. Era como un perro guardián, pegado a sus talones, obcecado en su cometido. Era humillante. Llevaba horas sintiendo sus ojos carentes de cualquier chispa de inteligencia pegados a su espalda, lo que había provocado murmuraciones entre sus empleados.

Aceptó la copa de champán que le sirvió un camarero sin un gesto de agradecimiento. El ruido de la fiesta la irritaba. Le llegó la voz cascada de Aaron Bowl, que soltaba entre palmadas la letanía de los pasos del baile con voz discordante. La fiesta palpitaba, bulliciosa e imparable, todos se divertían, menos ella. Su mano tembló ligeramente al coger la copa.

No sabía nada de Grass, pero lo cierto era que algo había salido mal en Mackenna Creek. Ese malnacido se había marchado con dos de los hermanos Cullen, dejando en el Palladium al idiota del tercero. Jared tampoco había reaparecido. Los rumores eran confusos. El exceso de alcohol había distorsionado las diferentes versiones que había oído en el bar y en la fiesta. Nadie se había dirigido a ella directamente, la relacionaban con Grass y nadie quería ser el portador de malas noticias. Se sentía en una barca a punto de zozobrar. ¿En qué podían perjudicarla todas esas noticias? Le había pedido a Cullen que investigara, pero este se había negado a dejarla sola ni un segundo. Esos Cullen eran grandes y fuertes como bueyes, pero también eran unos idiotas que no sabían pensar por sí solos.

Colette se detuvo junto a la mesa de Cora. A través del velo de tul reconoció las señales de tensión: la mano derecha que envolvía con fuerza el puño izquierdo, los labios crispados, la arruga en el entrecejo. Aquello la complació, al menos no era la única que no se estaba divirtiendo esa noche.

—¿Qué quieres, Colette? —inquirió Cora con hastío.

Esta hizo un gesto a un camarero y le pidió una copa de champán.

—¿Piensas pagarla tú? —quiso saber Cora.

Se echó atrás, en un ademán de poner distancia entre ella y su acompañante indeseada.

—No, me vas a invitar tú —replicó la otra con calma. Esperó a que el camarero sirviera el champán y bebió un trago con cuidado, alzando el velo lo justo para que no se le vieran los moratones. Después chasqueó la lengua con placer—. No me canso de beber champán. Es tan chispeante.

Cora la observaba con suspicacia. Colette la incomodaba; habían trabajado en el mismo bar como camareras y ambas sabían cosas de la otra que Cora prefería que se olvidaran. La estudió con detenimiento, el velo tupido no le impidió distinguir las huellas de la paliza que Jared le había propinado durante una de sus borracheras. No sintió un ápice de compasión. Lo único que deseaba era quedarse sola y controlar las emociones que la sacudían.

—Quiero estar sola —espetó—. Suelta lo que tengas que decirme y lárgate.

Colette se tomó su tiempo. Se oía la música del comedor que chocaba contra la calma del bar. Se sacó un pañuelo de una manga y se enjugó con cuidado el ojo amoratado.

—Maldito ojo, no deja de lagrimear. ¿Por dónde íbamos? —preguntó mientras devolvía el pañuelo a la manga.

—No lo sé —replicó Cora con una creciente sensación de temor, aun así mantuvo a raya el miedo y se mostró serena.

—Ah, sí... Esto te va a interesar. —Se rio por lo bajo ignorando los pinchazos en los moratones—. Dime, Cora, ¿sigues haciendo ojitos a Mackenna? Recuerdo cómo suspirabas por él en Circle City, pero he oído decir que él prefiere a cualquier otra mujer antes que dedicarte una mirada.

—Si te refieres a esa india...

Colette negó lentamente y bebió otro sorbito.

—Lo que tengo que decirte tiene que ver con esa india, pero también con otra mujer. Si quieres saber más, quiero un pasaje para el primer barco que zarpe de esta ciudad y mil dólares.

—¿Ya te has cansado de Dawson? —soltó Cora, y acompañó sus palabras con una sonrisa burlona—. Entiendo, con esa cara machacada no encontrarás quien te preste atención. Nada de lo que tengas que decirme vale tanto.

Colette se puso en pie despacio, pero cuando se proponía a dar un paso, Cora le sujetó la muñeca con fuerza. Desde que Cooper la había besado en el bar, no conseguía olvidar el roce de sus labios y el anhelo iba creciendo como una marea que la dejaba frustrada y colérica. Así como tampoco olvidaba que había jugado con ella, le había dicho que esa pelirroja se había marchado. ¿Por quién la tomaba? ¿Tan estúpida la creía? Quería saber, pero le costaba mantener a raya el desdén que sentía por Colette. Se tragó las siguientes palabras despectivas que ya tenía en mente y esbozó una sonrisa rígida que no engañó a la otra mujer.

—Venga, Colette, ¿ya no sabes regatear? Me estás decepcionando. De momento veré si tu información se merece unos pasajes.

Colette se sentó de nuevo, deseando averiguar hasta donde Cora estaba dispuesta a llegar. Esa noche le apetecía jugar al gato y al ratón.

—¿Recuerdas la pelirroja que se presentó en la fiesta de Gustaf? —tanteó con prudencia, midiendo el efecto de sus palabras—. Si no recuerdo mal, la llamaron Lilianne Parker. Ahora se hace llamar Lily Dawson y trabaja en la consulta del viejo borracho, el doctor Sullivan.

Cora rompió a reír. Colette se echó atrás como si la hubiese abofeteado.

—¿Esa es tu información? —exclamó—. Por Dios, sigues siendo tan tonta como en Circle City. Eso ya lo sabía. Hasta sé que están casados.

Colette observó con detenimiento la excesiva despreocupación de Cora; había algo discordante, algo que ocultaba con maestría, pero que Colette percibía como el depredador percibe la flaqueza de su presa.

—¿No te importa? —Sondeó su rostro y añadió con malicia—: Esta tarde fui con Stella a que Sullivan echara un vistazo a mi ojo. Mackenna y esa pelirroja estaban en la consulta y tardaron en abrir cuando llamamos a la puerta, como si hubiésemos interrumpido algo. Si no recuerdo mal, en Circle City mandaste dar una paliza a una camarera porque hacía ojitos a Mackenna. A los demás puedes engañarlos, pero sé que ese hombre te tiene trastornada. Se te ha colado en la sangre como veneno.

La sonrisa de Cora se desdibujó hasta que una mueca tiró de sus comisuras hacia abajo. Le estaba costando mantenerse estoica, fingir que todo lo referente a Cooper la dejaba indiferente. Claro que recordaba a aquella camarera en Circle City, había sido poco después que Cooper rompiera con ella. Cora se había encargado de que no se acercara a lo que ella consideraba suyo. Y llevaba horas imaginando lo que haría si tuviese delante a esa pelirroja.

Paseó la mirada por el bar hasta que se detuvo en Cullen, cuya copa era rellenada después de cada trago. El camarero estaba haciendo lo que ella le había ordenado, pero el maldito Cullen aguantaba ingentes cantidades de alcohol sin mostrar síntomas de embriaguez. Cuando volvió a centrar su atención en Colette, sus ojos eran dos carámbanos de hielo.

—Tendrás tus mil dólares y el pasaje si te llevas a Cullen a la cama. Si tu cara le da asco, siempre puedes dejarte el velo o ponerte de espaldas.

Dio instrucciones a un camarero, que regresó en pocos minutos sosteniendo una caja de madera de donde Cora sacó dos bolsitas de cuero. Las tiró sobre la mesa.

Colette apartó el velo sin contemplaciones, dejando a la vista lo que Jared le había hecho. Ignoró la mueca de asco de Cora e inspeccionó el contenido de los dos saquitos.

—Ahora puedes presumir de ser la fulana más cara de todo Dawson —murmuró Cora.

Colette se tomó su tiempo para cerrar las bolsitas.

—No, querida. La fulana más cara de todo el Yukón sigues siendo tú. —Tomó aire y lo soltó al tiempo que le clavaba una mirada ponzoñosa—: Ahí va, querida, por los viejos tiempos. Stella ha llevado esta tarde a la pelirroja a la cabaña de Jared. Las seguí para averiguar qué se traían entre manos.

Colette ladeó la cabeza, disfrutando de la situación. Volvió a inclinarse hacia delante, pendiente de las manos de Cora. Si su rostro era una máscara de indiferencia, sus manos sujetaban la copa con dedos tensos; tanto, que los nudillos habían palidecido.

—Jared apareció cuando la enfermera estaba dentro —murmuró en un tono confidencial que fue lo más parecido al siseo de una serpiente—. Al instante aparecieron Mackenna y un indio. Se montó un buen lío en el interior. Desde donde yo estaba no podía ver lo que estaba sucediendo, pero al rato la pelirroja salió, después salieron Mackenna, el indio y el imbécil de Jared, que ya no parecía tan ufano. Gimoteaba y suplicaba como un recién nacido. El indio se lo llevó hacia el bosque. Antes de irme, vi a la pelirroja y Mackenna haciéndose arrumacos. —Se abanicó con una mano—. ¡Qué manera de mirarse y de besarse! Bueno, tú sabes mejor que yo cómo es besar a Mackenna.

El pie de la copa de Cora se partió y se derramó su contenido sobre la mesa. Colette soltó una carcajada y se puso en pie para proteger su falda del líquido que se deslizaba hacia ella.

—Vaya, te noto un poco inquieta. En lugar de beber champán, deberías tomar un té con mucho azúcar para atemperar esos nervios.

Cora se puso en pie muy despacio mientras un camarero hacía lo posible por limpiar el desaguisado, pero ella solo tenía ojos para Colette. Sus labios se estiraron lentamente en una sonrisa despectiva.

—Me importa bien poco lo que acabas de decirme. No eres más que una mujer insignificante y amargada. Nada de lo que hagas o digas puede afectarme. Coge tu oro antes de que me arrepienta y llévate a la cama a Cullen.

—Eres una zorra —contratacó Colette entre dientes.

—No más que tú. Mañana tendrás tu pasaje esperándote en recepción.

—¿Crees que puedes comprar y humillar a quien tú quieras? —Colette tiró sobre la mesa las dos pesadas bolsitas, luego dio un paso atrás. Ahora ella tendría la última palabra—. Haz tú misma el trabajo sucio y acuéstate con Cullen; no quiero tu oro ni nada que venga de ti. Buenas noches.

Cora ocultó su rabia y esperó a que Colette desapareciera entre el gentío para entregar las dos bolsitas de oro a un camarero. En cuanto se dirigió a la puerta del bar, Cullen se le acercó.

—¿Dónde va?

Los ojos de Cora se estrecharon y le estudiaron con una calma fría que hacía mucho que no había experimentado.

—Voy al almacén a ver cómo van las reservas de champán. Como no me has dejado en paz toda la tarde, me temo que va a faltar. Ya que andas tan deseoso de complacerme, ayúdame. —Cora se esforzó por sonreír—. Puedes estar tranquilo, después podrás disfrutar de la fiesta. Pienso darme un baño y meterme en la cama. Sola. A menos que quieras acompañarme.

El hombre dio un paso atrás y negó abriendo mucho los ojos. Aun así la siguió hasta que Cora alcanzó una puerta al final de un pasillo. Ella le echó una mirada incitadora mientras adoptaba una pose lánguida contra la pared, pero él se encogió de hombros.

—¿No te gustaría relajarte un poquito? —susurró ella.

Cullen permaneció inmóvil, sin ningún signo que delatara que la había entendido. Ella soltó un suspiro de fastidio. No disponía de tiempo para engatusar a un idiota. Se sacó del bolsillo un juego de llaves y abrió la puerta. El interior estaba oscuro, apenas se distinguía la silueta de cajas, arcones y armarios contra las paredes. Cora entró la primera y se hizo con una cerilla. Poco después el halo de luz de una lámpara de petróleo iluminó la estancia. Fue hasta un arcón y abrió la pesada tapa.

—Ayúdame, tenemos que subir al menos tres cajas de champán.

Cullen dudó un instante. Cora soltó un bufido de exasperación.

—Por lo que más quieras. Saca tres cajas y cárgalas en la carretilla. Como recompensa, tendrás una botella de lo que quieras para ti solo.

Cullen salió de su apatía. Se inclinó sobre el arcón; del interior brotaba el frío del hielo con el que Cora mantenía el champán frío. No vio como ella echaba la mano hacia un lateral del arcón, solo sintió demasiado tarde el gancho para cargar las barras de hielo clavársele en la espalda. Un instante después estaba encerrado en el arcón entre botellas y hielo.

Cora dejó caer el gancho al suelo y se afanó en poner cajas encima del arcón para que ninguno de sus empleados lo abriera. Había otros tres repletos de bebidas, ya se encargaría de deshacerse del cuerpo de Cullen más adelante.

44

Le costó abrir la puerta de su *suite* por el temblor que la sacudía. Una vez dentro se recortó contra la madera permitiéndose unos segundos para aclarar sus pensamientos. Algo muy dentro le gritaba que todo se estaba derrumbando; había perdido los estribos, había matado a Cullen y estaba dispuesta a matar otra vez, matar a esa maldita pelirroja. No recordaba la última vez que había sentido esa sed de sangre, no desde que había matado a su propio padre antes de huir de Oregón. Nadie sabía lo que había hecho para alcanzar la libertad y la razón por la que había abandonado su país y se había refugiado en Canadá. Después de eso, no había temido a nada ni a nadie, prometiéndose que jamás volvería a sentirse tan vulnerable, como después de las palizas que le propinaba su padre en nombre de Dios.

A tientas buscó las cerillas, de repente consciente de que las cortinas estaban echadas y la lámpara, que las doncellas dejaban habitualmente encendida en el saloncito, permanecía apagada. En cuanto dio con las cerillas, la estancia se iluminó con la suave luz dorada de un quinqué. Ajustó la mecha sin dejar de pensar en los siguientes pasos que debía dar.

Lo más urgente era buscar los libros de cuentas de Grass; algo había salido mal en Mackenna Creek y debía protegerse. Si por alguna razón los *mounties* registraban su despacho, no debían encontrar nada que la relacionara con los negocios del alemán.

Cora había tratado de no dejar huellas, pero no se fiaba de Grass.

Un ruido apenas imperceptible procedente de su dormitorio a oscuras la puso en alerta. Se acercó despacio haciéndose con el atizador de la estufa de hierro con una mano, mientras que en la otra mano llevaba la lámpara encendida. Reconoció la silueta sentada en un sillón cerca de la cama apenas asomó la cabeza.

—Deja de caminar como un ratón asustado —espetó Grass. Hizo una mueca de dolor—. Ayúdame, necesito limpiar mi herida.

Cora se acercó lentamente evaluando el aspecto del alemán; estaba demacrado y sucio, con varios desgarrones como si se hubiese arrastrado por entre las zarzas. Una mancha oscura ocupaba todo el antebrazo izquierdo y por debajo de la manga la mano estaba manchada de sangre. Indiferente al malestar del alemán, se mantuvo alejada y ocultó el atizador entre los pliegues de la falda.

—¿Qué ha ocurrido? —preguntó desde el vano de la puerta.

—Mackenna se presentó, seguido de Steele y tres *mounties*. Alguien se fue de la lengua —escupió con rabia—. Si no hubiesen llegado, habríamos acabado con el irlandés y el otro que estaba con él, pero todo se fue al traste. —Le lanzó una mirada ceñuda—. ¿Alguno de mis hombres ha aparecido por aquí?

Cora dejó la lámpara sobre una cómoda, sin desprenderse del atizador oculto.

—No, además se ha descubierto que Jared tenía a la india en su cabaña —le informó ella.

Grass maldijo en alemán; Cora no entendía el idioma pero el tono lo decía todo. Le estudió con cara de asco, sin su poder no era más que un patético hombrecillo; con todo, no bajó la guardia. Conocía de sobra a los hombres como él: cuanto más en peligro se sentían, más traicioneros podían ser.

—No puedes quedarte aquí —señaló ella—. Ha sido una insensatez que volvieras. ¿Por dónde has entrado? —quiso saber, de repente preocupada—. Alguien puede haberte visto.

—¿Eso es lo único que te importa? —Se puso en pie con dificultad—. Me he colado por la puerta de atrás. La fiesta que tienes organizada mantiene tu servicio muy ocupado. Nadie me ha visto.

—Hizo una mueca estudiándose la herida—. Había dejado de sangrar, pero al abrir mi caja fuerte ha vuelto a escupir sangre. —Desvió la mirada a Cora, que permanecía quieta, sin moverse—. ¿Cullen sigue por aquí?

—No, se ha marchado —mintió descaradamente—. En cuanto se enteró de que tu maravilloso plan había salido mal, se largó.

—¡Maldito bastardo! Ayúdame a limpiar mi herida y a vendarla. También debes traerme ropa limpia de mi habitación, no he querido andar por ahí por si aparecía una de tus doncellas.

Evaluó la situación. Era una mujer pragmática, acostumbrada a pensar en ella, en su propio provecho. La presencia de Grass la había alarmado, pero podía ser una ventaja.

—¿Te has quedado sorda? —la increpó mientras intentaba quitarse la chaqueta. Dejó caer la prenda al suelo—. Espabila.

Se mantenía junto al sillón, donde había estado sentado. A sus pies había una maleta reforzada con cintas de cuero. Cora seguía junto a la cómoda, manteniendo una distancia prudente.

—¿Qué llevas en esa maleta? —quiso saber, ignorando las exigencias de Grass.

—Oro, todo lo que tenía en mi caja fuerte. Hay suficiente para vivir como un rey en cualquier otro sitio. ¿Acaso crees que iba a desaparecer dejándotelo todo? Eso te habría venido bien.

La mirada fría de Cora se volvió pensativa. Grass le había servido, había ganado dinero e influencia por el temor que inspiraba, pero desde esa tarde se había convertido en un estorbo que podía arrastrarla en su caída. Ya no tenía a nadie que le protegiera. Si era rápida, podía conseguir un mayor beneficio.

Grass entornó los ojos.

—Tengo que irme de aquí cuanto antes. Si eres tan lista como presumes, vendrás conmigo.

Ella se mantuvo en silencio.

—Los *mounties* me buscan —soltó Grass malinterpretando su mutismo—, si me ponen la mano encima, me meterán en esa jaula que llaman cárcel. Tenemos que abandonar la ciudad esta misma noche, podemos zarpar de Dawson esta madrugada. Sale un barco a primera hora. Conozco al capitán, nos esconderá a cambio de una buena retribución hasta que hayamos dejado atrás el Yukón. Una vez en Alaska, los *mounties* no podrán darnos caza.

Cora dio un paso adelante, olvidándose de su propósito y pendiente de cada gesto de Grass.

—¿Abandonar Dawson? Te pedí que no te precipitaras, pero no me hiciste caso. Ahora pretendes que abandone todo lo que he conseguido. Estás loco si crees que voy a huir, no tienen nada en mi contra.

A pesar de estar en la segunda planta del edificio, el eco lejano de la música de la fiesta se oía en la *suite*. La algarabía contrastaba con la tensión que amenazaba con estallar en la alcoba; Cora y Grass se vigilaban con la misma suspicacia, sabedores de que ya no podían confiar en el otro.

—Bien, haz lo que quieras —soltó Grass—, pero al menos ayúdame a llegar al embarcadero.

—Te ayudaré si antes acabas con la mujer de Mackenna —le retó.

Rudger se echó a reír, las carcajadas le salían del pecho como golpes de pala en la gravilla.

—¿Crees que me la voy a jugar por ti? —Meneó la cabeza con asombro—. En cuanto me vean, alguien se irá de la lengua, pero eso ya lo sabes. Sospecho que no te importaría quedarte con mi oro y de paso con el de Mackenna. No esperabas volver a verme, eso te habría facilitado las cosas. Vaya faena para ti —añadió suavemente—. En fin, no tocarás nada mío. Para tu información, antes de ir a Mackenna Creek, he vendido mis concesiones a Macdonald. Podría haber conseguido más, pero una buena suma de dinero me espera en un banco de Seattle.

Volvió a negar con la cabeza al tiempo que se pasaba una mano por la cara. El cansancio y la pérdida de sangre le estaban debilitando. Se agachó para recoger la chaqueta tirada en el suelo. Precisaba largarse cuanto antes de allí, intuía que Cora se había convertido en su mayor peligro en ese momento. Apenas se hizo con la prenda cuando por el rabillo del ojo atisbó el movimiento de

Cora, que se le estaba echando encima armada con un atizador. Grass consiguió arrebatarle el hierro, que cayó sobre la alfombra. Durante unos segundos se miraron a los ojos, sopesando el siguiente movimiento.

Cora se vio a merced de Grass. El atizador estaba en medio, trazaba una línea divisoria entre dos enemigos en guerra, ambos decididos a ganar la contienda. Era consciente de su desventaja, sin embargo, en su rostro ya no quedaba nada de su habitual templanza. La rabia y el odio lo deformaban.

Cora no dudaría en intentarlo de nuevo, la certeza no le asustó, iba preparado. Se sacó de uno de los bolsillos de los holgados pantalones un pequeño revólver Apache cuya empuñadura era un puño americano. Su alcance era limitado al no disponer de cañón, las balas salían directamente del tambor; aun así, era temible en los disparos a corta distancia. Y si no era suficiente, se desplegaba una navaja por debajo del tambor. La blandió esbozando una media sonrisa e ignoró el latigazo de dolor en el brazo herido.

—Sabía que eras capaz de matar a pesar de tus maneras de dama remilgada. ¿Piensas que no he oído lo que se rumorea acerca de cómo te hiciste con el Nugget Bar en Circle City? Engatusaste al dueño cuando trabajabas como camarera hasta que conseguiste convertirte en su socia. El pobre desgraciado apareció flotando en el río unas pocas semanas después. Solo por eso te admiraba, pero eres una chiflada y yo no soy como ese idiota que te cargaste, aunque sospecho que no lo hiciste tú. Seguramente embaucaste a otro pobre diablo. Por eso mismo Mackenna te dejó, porque seguramente intuyó lo peligrosa y traicionera que puedes ser. Lo siento, Cora, pero no voy a ser tu próxima víctima. Estaba dispuesto a que siguiéramos juntos, pero... —Se encogió de hombros reprimiendo una mueca de dolor al sentir un repentino dolor en la herida—. Yo me voy con mi oro.

Fue hasta la ventana moviéndose con cautela y descorrió una cortina, sin perderla de vista. Echó un rápido vistazo al exterior para cerciorarse de que no hubiese ningún *mountie* en la calle. Fue suficiente para que Cora recogiera el hierro del suelo y volviera a por él. Grass la golpeó con fuerza haciendo uso del puño americano de su arma; ella se revolvió blandiendo el hierro y emprendieron un forcejeo, que acabó cuando el arma del alemán se disparó. La detonación reverberó entre las cuatro paredes.

Cora se tambaleó hacia atrás sosteniéndose el costado. Sentía un dolor punzante como si un hierro candente la atravesara. Se miró la mano manchada de sangre; la consternación empañó el dolor, su mente apenas procesaba lo que le estaba sucediendo. Su visión se enturbió durante unos segundos por el dolor, que regresó con más intensidad, pero no lo suficiente para olvidarse de su propósito. Su primer pensamiento fue volver a agredir a Grass. Matarlo. Quería matarlo. Con todo, se quedó paralizada con las manos apretadas contra su herida; en algún rincón de su mente la prudencia la urgía mantenerse quieta. Necesitaba descansar para recobrar fuerzas. Volvió a mirarse las manos ensangrentadas, después la herida. Apenas se distinguía la mancha en su vestido granate, pero ella veía como la mancha crecía. Las piernas se le aflojaron hasta caer de rodillas sobre la alfombra.

—Estás aún más loca de lo que pensaba —escupió Grass. Dio una patada al atizador que acabó bajo la cama—. Me lo estás poniendo difícil. Aun así, sigo admirando tu arrojo.

Ella se apartó el pelo de la cara, dejando un rastro de sangre en su rostro y cabello. Solo atinó a percibir el temblor de su mano, los latidos de su corazón, cada vez más irregulares, y el cansancio que la estaba paralizando. El miedo empezó a hacer mella en ella hasta que el orgullo, que siempre la había caracterizado, emergió de nuevo.

—Lárgate de mi hotel —siseó entre dientes.

No se reconoció la voz, las palabras le salieron guturales, roncas, con un incomprensible sabor metálico. Su cuerpo empezó a temblar mientras un sudor frío la envolvía como un velo pegajoso.

El alemán esperó a que se revolviera; todos los animales heridos lo hacían. La admiró por su temple y casi sintió una pizca de compasión que se desvaneció al instante, prevaleció la urgencia de marcharse de allí cuando la fiesta estaba en pleno apogeo. La música era una agitada jiga irlandesa, el taconeo de las parejas que bailaban se entremezclaban con las risas y los gritos. La despedida de quien fuera estaba siendo un éxito para Grass; nadie se había dado cuenta del disparo. Pero no sería una distracción suficiente para escapar, necesitaba algo más llamativo que mantuviera ocupado a todos los *mounties* de la ciudad. Esbozó una sonrisa torcida cuando supo lo que debía hacer. Se desplazó hasta una de las mesillas junto a la cama. Despojó la lámpara del aplique de cristal, lo tiró sobre la cama y un segundo después volcaba el pequeño depósito de combustible sobre la colcha de delicado brocado de seda.

Cora consiguió ponerse en pie lentamente; la herida le ardía, palpitaba como si su corazón se hubiese colocado justo donde estaba alojada la bala. Se sentía mareada y débil, pero la actitud de Grass bastaba para despejarla. Siguió cada paso de Grass con creciente inquietud.

—¿Qué haces?

Grass fue a la otra mesilla, procurando no acercarse demasiado a Cora. Repitió la operación, pero esta vez en la alfombra y las cortinas.

—Cobrarme el pequeño favor que me debes por haber intentado matarme. Ve hasta la butaca y mantén las manos en alto.

Cora obedeció sin perderle de vista. Le pesaban los párpados y el frío se había intensificado. Aunque empezaba a entender lo que Grass se proponía, se negaba a creerle capaz de semejante locura. Le siguió con los ojos mientras Grass se deslizaba hasta la cómoda donde ella había dejado la lámpara encendida. La respiración se le aceleró hasta faltarle el aliento.

—No lo hagas —susurró—. Vete, yo te cubriré. Te dejaré el chaquetón con capucha de uno de mis camareros para ocultar tu rostro. Yo misma te llevaré en una carreta hasta el embarcadero... Te ocultaré con una lona. Nadie lo sabrá...

Su voz empezaba a tomar un tono agudo, teñido de pánico. Con horror, vio como Grass se hacía con la lámpara encendida.

—Me las arreglaré solo, pero... —sonrió con sorna—, agradezco tu interés.

La luz de la lámpara deformaba las facciones de Grass, jamás le había parecido tan odioso y mezquino.

—No te atreverás...

—¿Crees que no sé que te daba asco acostarte conmigo? Claro está que no tengo la apostura de Mackenna, pero juntos habríamos conseguido ser los amos de Dawson. Podríamos haber hecho muchas cosas, Cora, incluso habría estado dispuesto a prescindir del sexo, aunque me gustas mucho, pero ya no puedo confiar en ti. Es una lástima.

—No lo hagas —rogó. Abrió los brazos abarcando toda la alcoba—. El Palladium es cuanto tengo, es mi hogar, mi vida...

Grass lanzó la lámpara encendida al cubrecama, que prendió al momento. Mientras Cora hacía lo imposible por apartar la colcha de la cama, Rudger salía del dormitorio cargado con la pesada maleta. Según iba caminando, derribaba las lámparas encendidas que iluminaban el pasillo, dejando tras de sí conatos de incendio, que se alimentaban con las alfombras empapadas de parafina. Oyó un grito de rabia de Cora, pero siguió adelante sin titubear. La conocía, intentaría salvar su querido hotel de las llamas. En el primer piso hizo lo mismo; no se cruzó con nadie, todos estaban en el salón y los que estaban en sus habitaciones estarían dormidos u ocupados en otros asuntos. Las llamas cobraron mayor intensidad. Bajó el último tramo de escaleras por la zona del servicio, donde se cruzó con dos camareros cargados con bandejas. Le miraron sorprendidos por su aspecto.

—¡Fuego! —gritó Grass—. ¡Fuego! Hay que avisar a los que están en las habitaciones y a los *mounties*.

Los dos jóvenes tiraron las bandejas y salieron corriendo hacia el salón. No le preocupaba que le hubiesen reconocido, el miedo al fuego primaría ante cualquier otro asunto. Se hizo con un impermeable con capucha, que algún camarero había dejado tirado sobre una silla, y se lo colocó gruñendo por el dolor que le martilleaba el brazo. El humo empezaba a bajar por las escaleras haciendo el aire denso y sofocante. Desde el otro lado del pasillo, por donde habían desaparecido los camareros, le llegaron los gritos y la confusión de decenas de personas que corrían hacia la salida. En la primera planta percibió el mismo alboroto. Grass siguió el pasillo hasta la cocina, donde las cocineras habían dejado de trabajar y se miraban indecisas entre ellas. Grass volvió a gritar:

—¡Fuego! ¡Salid de inmediato!

Camareras, lavanderas y doncellas empezaron a salir de diferentes dependencias como hormigas. El pánico estalló al segundo y huyeron por la salida del servicio como una estampida. Grass aprovechó el pavor de las mujeres y se entremezcló con ellas. Respiró hondo en cuanto estuvo en la calle trasera del Palladium. El espanto se había adueñado de los habitantes de Dawson; los incendios eran frecuentes y los daños solían ser cuantiosos. Todas las edificaciones eran de madera, que ardía como la yesca a la más mínima chispa. Durante el último incendio dos manzanas se habían convertido en ruinas humeantes. El deficiente servicio de bomberos, con su única cisterna, no conseguiría gran cosa a pesar de los esfuerzos de todos.

Ya se estaba formando una fila de personas que acarreaban cubos desde el río Yukón. Grass agachó la cabeza encapuchada cuando se cruzó con una pareja de *mounties,* que corría hacia el incendio. Detrás oyó una explosión que arrancó el grito de los que le rodeaban. Reconoció a Steele, que iba directo hacia el incendio. Grass fue el único que dio la espalda al incendio, se alejó procurando no mirar a nadie a los ojos. Se cobijó entre un grupo de fisgones sintiendo alivio y curiosidad. Contempló el Palladium mientras se metía la mano ensangrentada en el bolsillo donde había ocultado el arma. Nadie le prestaba atención; todos los presentes miraban con consternación el edificio en llamas. La sensatez le apremiaba a desaparecer del lugar, pero un placer morboso le clavaba los pies al suelo.

45

Cooper abrió los ojos con todos los sentidos en alerta. Registró el camastro donde Paddy dormía a pierna suelta; el cuartucho, que no era más que un almacén atiborrado de cajas y bultos inservibles; y la mujer que dormía entre sus brazos. Más allá de la puerta del pequeño almacén estaba la sala donde auscultaban a los pacientes, la cortina abierta que separaba las dos estancias y la sala que daba a la calle con las sillas y una pequeña mesa. Finalmente miró la puerta y la ventana, ambas cerradas y con las cortinas echadas.

Durante unos segundos se permitió disfrutar de ese momento de paz a pesar de sentirse inquieto; apartó el cabello de Lily con cuidado de no despertarla y la estudió, hambriento de saber más de ella, buscando un detalle que antes no hubiese estado ahí. Rememoró la noche que Lily había comentado; se había quedado dormida y él la había contemplado casi toda la noche, embelesado, maravillado de ser parte de su vida, hasta que había caído rendido. Como esa noche, trató de contar las pecas; cuánto las había odiado ella y cómo le habían gustado a él. Eran diminutas constelaciones que le salpicaban la nariz y las mejillas. Se las había besado una a una con reverencia.

Posó los labios sobre su coronilla mientras cerraba los ojos: cuidaría de ella y haría cuanto estuviese en sus manos por mantenerla a su lado. Presentía que solo disponía de una oportunidad, esa convicción le aterraba tanto como cuando se la habían arrebatado en el pasado. La pérdida sería mayor porque ya sabía lo que significaba vivir sin ella.

Lilianne salió de su duermevela lentamente, sintiéndose segura, sabiendo que estaba en el lugar correcto. Su mirada se entrelazó con la de Cooper. Le dedicó una sonrisa adormilada; ignoraba cuánto tiempo había dormitado. Le acarició la barba.

—¿Desde cuándo no te afeitas?

Él encogió un hombro y sonrió, agradecido por la pregunta. No quería que hablaran de todos los sucesos de ese día, sobre todo porque presentía que no había acabado.

—No lo recuerdo, quizás un año o más. La barba me protege el rostro de los mosquitos y del frío.

Cooper tomó la mano que le acariciaba la barba, le besó las yemas de los dedos, después la dejó con suavidad contra su pecho. A través de la tela la sentía pequeña y templada.

Estaba en brazos de Cooper sintiéndose protegida, aun así le resultaba extraño. Habían pasado de pelearse como cuervos rabiosos cada vez que abrían la boca a una intimidad inesperada. Emociones dulces y ávidas resurgían de lo más hondo. Lilianne le devolvió una sonrisa sosegada, aunque las yemas de los dedos todavía le hormigueaban. Bajo su mano —prisionera en la de Cooper—, sentía los latidos de un corazón fiero. Precisaba templar los nervios que se le habían escurrido hacia el estómago como el vuelo de mil abejas traviesas. Se enroscó un mechón de cabello de Cooper en el índice.

—¿Y el pelo? ¿Desde cuándo no te lo cortas?

—Desde que me metieron a la fuerza en ese barco en San Francisco.

—¿El cabello también te protege del frío y de los mosquitos?

Él se rio suavemente y estrechó su abrazo. Se resistía a separarse de ella.

—Algo así, aunque reconozco que me da igual mi apariencia.

Lilianne dejó que el mechón de cabello se deslizara entre sus dedos.

—Tenemos muchas cosas pendientes... —susurró—, mucho que contarnos...

Él asintió, deseando saber y a la vez temiendo ese momento. En el camastro un ronquido de Paddy le distrajo, se le escapó una sonrisa al ver el rostro de su amigo relajado con la boca ligeramente abierta. Su respiración era profunda y regular, lo que significaba que no le dolía la herida.

—No te preocupes —le aseguró Lilianne—, he sido cuidadosa. He extraído la bala y he buscado cualquier resto de tejido que hubiese podido meterse en la herida. Además, le he administrado morfina para el dolor. Dormirá como un niño unas cuantas horas.

—Le has salvado.

Ella se incorporó hasta que su rostro quedó a unos pocos centímetros de Cooper, necesitaba sentirlo más cerca. Se zambulló en su mirada clara, serena pero cauta. En el pasado los ojos de Cooper habían sido sonrientes, traviesos, la había mirado con anhelo, como si ella hubiese sido su sol y su luna. Desde entonces no había vuelto a sentirse tan valiente ni tan decidida, con el único fin de verlo cada día. Le envolvió el rostro con las manos y le acarició las mejillas con los pulgares.

—Estaba muy asustada —le confesó a media voz—, temía fallarte. Pensé en ti y me diste la fortaleza necesaria. En la consulta he ayudado muchas veces al doctor Donner, pero jamás lo había hecho sola. Fue aterrador ser responsable de la vida de Paddy, y a la vez me sorprendí al darme cuenta de que sabía qué debía hacer.

Cooper apoyó la frente en la de Lilianne.

—Eres mucho más fuerte de lo que crees.

—Mis temores han cambiado. Hace unos meses mi mayor pesadilla era no volver a sentir, vivir como un muñeco articulado, aunque era una vida cómoda que me brindaba seguridad. Tú y esta ciudad me habéis cambiado. Ahora me asusta la persona en la que me he convertido, ya no sé si me conformaré con la vida que he llevado hasta ahora.

Cooper susurró su nombre como un ruego y cualquier resquicio racional se hizo añicos. Las emociones la desbordaron, venció los pocos centímetros que separaban sus bocas y le besó lentamente, primero delineando sus labios con la punta de la lengua, sintiendo el vello de la barba. Siguió hasta las comisuras casi escondidas, y finalmente apoyó los labios contra los suyos buscando su lengua, intimando la caricia.

Las manos de Cooper subían y bajaban impacientes por la espalda de Lily, se aferraban a su cabello, acercándola más a él. No quería soltarla nunca más. Volcó en el beso todo lo que palpitaba en su interior, todas esas emociones que había reprimido, todo lo que se había negado a reconocer cuando la había visto por primera vez después de años, anhelándola y a la vez odiándola. ¿Cómo había podido odiarla? ¿Cómo había podido vivir sin ella? Lily era su brújula para no perderse en la locura, la soledad y la amargura.

Los labios de Cooper vagaron por su rostro, que le había sido tan familiar como el suyo. Reconocía la comisura donde Lily escondía esa media sonrisa traviesa que le había dedicado tantas veces, incluso cuando sus padres habían estado presentes y solo él había sabido interpretarla sin que ella lo mirase. Buscó el rincón bajo la oreja, donde había depositado miles de besos entre susurros; los párpados, que le habían recordado las alas inquietas de una mariposa; la zona frágil y sensible de las sienes, donde había dejado tantas veces descansar su mejilla. Con todo, había diferencias, Lilianne ya no era la joven de curvas redondeadas; se había convertido en una mujer esbelta, cuyo talle se ondulaba al caminar. Lilianne era perfecta, hecha a su medida; a su lado se sentía completo, una mejor persona dispuesta a todo.

Sin pensarlo una de sus manos fue hasta el vientre de Lily, donde un día hubo una vida que les había pertenecido a los dos. Cuando los habían descubierto, Lilianne no había mostrado ningún signo exterior de su embarazo. Habría dado la vida por ser testigo del cambio en su cuerpo, admirar la redondez de su vientre cobijando a su hijo. Se lo habían arrebatado a él y... a ella. La certeza le golpeó con fuerza y un gemido se le escapó de entre los labios. Ocultó el rostro contra su cuello.

—Cooper... —le murmuró ella.

Él negó en silencio contra su cuello, avergonzado por su debilidad. Lilianne le acarició el pelo, le acunó entre sus brazos con suavidad, sorprendida y a la vez conmovida. Había sentido la mano en el vientre buscando algún rastro de lo que ella había perdido. Respiró hondo, despacio, hasta encontrar la manera de hablar con voz pausada. Ese asunto pendiente sería el más doloroso para ambos.

—Cooper...

Él volvió a negar en silencio, un instante después sorbió por la nariz mientras se enderezaba. Se le veía tranquilo, pero Lilianne reconoció en sus ojos el rastro de su llanto reprimido.

—No... —le pidió él.

Lilianne sintió como la congoja se le alojaba en la garganta. No le dio tiempo a decir nada más, Sullivan entró en tromba. Cuando los vio, se detuvo con la respiración agitada como si hubiese corrido. Su cabello canoso y ralo en la coronilla estaba revuelto mientras que su tez, habitualmente sonrojada por el alcohol que consumía con generosidad, se veía pálida. Boqueó varias veces, buscando las palabras, negó con vehemencia, y por fin le salió un graznido que los dejó helados:

—¡Fuego!

Sullivan no precisó repetir la palabra, la puerta abierta dejó entrar el olor acre de la madera ardiendo. Cooper se puso en pie tan rápido que estuvo a punto de tirar a Lilianne al suelo. La ayudó a estabilizarse y dedicó toda su atención al médico, que seguía respirando con dificultad.

—¿Dónde?

—En el Palladium. Se ha convertido en una tea ardiendo. El fuego se ha propagado muy rápido. No se sabe dónde se ha originado, pero algunos clientes que han conseguido escapar afirman que ha sido provocado, que alguien tiró las lámparas de los pasillos.

Lilianne y Cooper se miraron, ambos pensaban lo mismo.

—He venido a por mi maletín y, si le parece bien, señorita

Dawson, debería venir a echar una mano. Hay heridos, algunos con quemaduras graves, medio asfixiados por el humo, otros se han cortado, golpeado... Es un caos. El fuego está extendiéndose al edificio de al lado...

Sullivan meneó la cabeza, aun así se le veía más sereno que nunca después de ponerles al tanto del incendio.

Lilianne cogió sus dos maletines y añadió medicinas así como vendas, ungüentos y morfina. Los tres salieron, dejando a Paddy dormido en el camastro. Se sintió dividida; después de una operación tan arriesgada, alguien debía velarlo, pero no podía dar la espalda a los heridos del incendio. Rezó para que la morfina que le había administrado fuera suficiente para tenerlo dormido mientras estuviese fuera.

Según se fueron acercando al incendio, el bullicio de la gente que iba y venía se incrementó, así como el fragor del fuego que se había extendido al edificio colindante al Palladium. El hotel ardía iluminando el cielo con una luz anaranjada entre vaharadas de humo. Los *mounties* se afanaban en controlar a los curiosos así como en poner orden en los hombres dispuestos a ayudar. Cooper localizó a Steele, que ayudaba a sacar de la entrada trasera del hotel a unas mujeres que apenas podían caminar. Se dio la vuelta para hablar a Lilianne.

—Ve donde están llevando a los heridos, no te alejes ni te aísles. ¿Me has oído?

Lilianne se llevó una manga a la boca, el olor a madera quemada era irrespirable. Toda su atención estaba puesta en el fuego que se agitaba como un gigante iracundo. Se oía el estallido de los cristales, los gritos de auxilio de los que estaban en la primera planta, dominados por el pánico. Un hombre se tiró sin esperar a que los de abajo estuviesen listos para recibirlo con mantas estiradas entre varios voluntarios. No muy lejos una mujer sollozaba sentada en el suelo mientras se ocultaba medio rostro con un trapo mojado. A escasos pasos otra mujer en camisón caminaba aturdida sosteniéndose un brazo ensangrentado. Había quien deambulaba de un lado a otro sin una meta, otros permanecían quietos con la mirada vidriosa. Los perros se replegaban, asustados; ladraban, tironeaban de los arneses que los mantenían unidos a los trineos. Todo a su alrededor era caos. No muy lejos reconoció al señor Tompkin, que echaba cubos de agua a la fachada de su negocio. La señorita Powell dirigía a un grupo de personas, entre ellas sus enfermeras. Durante unos minutos fue incapaz de reaccionar, jamás se había enfrentado a una situación tan dramática. El incendio irradiaba calor, sin embargo un manto helado la envolvía.

—Póngase esto...

Sullivan le puso su chaqueta sobre los hombros, solo entonces Lilianne se dio cuenta de que estaba temblando. Se ordenó serenarse, consciente de la mirada preocupada de Cooper. Metió las manos por las mangas y se las enrolló deseosa de ofrecer una imagen de seguridad.

—Estoy bien, solo ha sido la primera impresión.

Cooper echó un vistazo al viejo doctor, quien asintió en un tácito acuerdo de velar por ella, después se reunió con el superintendente. Lilianne fue hasta la mujer sentada en el suelo. Le habló con suavidad ignorando la agitación que la sacudía. Sullivan siguió hacia la mujer que se sujetaba el brazo. En pocos segundos ambos se habían sumergido en la tarea de atender a las víctimas; iban de una a otra, limpiando, suturando, vendando. Mandaban los casos más graves a uno de los dos hospitales en un trineo o una carreta, como el hombre que se había tirado de la ventana, de cuya pierna derecha asomaba el hueso de la tibia.

Mientras Lilianne se movía, sentía la petaca de Sullivan justo debajo del pecho derecho, el viejo médico parecía haber olvidado su constante necesidad de echar mano de su particular remedio para sobrellevar el día a día. Le buscó entre los heridos, Sullivan estaba vendando la cabeza de un joven de aspecto aturdido. Volvió a centrarse en la mujer que le hablaba mientras ella le limpiaba una quemadura en el hombro que se extendía hasta el codo. Ya no le temblaban las manos, tenía puesta toda su atención en lo que estaba haciendo, pero de vez en cuando miraba hacia el hotel. El edificio entero ardía produciendo un ruido ensordecedor y los hombres se dedicaban a arrojar agua a los edificios cercanos. El Palladium se consumía, moribundo; en unas horas sería un montón de escombros y cenizas. Jamás volvería a ser el majestuoso hotel de Cora.

Por primera vez la buscó entre el gentío. Sus ojos, irritados por el humo y el cansancio, se detuvieron en un hombre. Su actitud era diferente a la de los demás; todos a su alrededor estaban pendientes de las llamas y estudiaban con preocupación las pavesas que se depositaban en los tejados de las cabañas, que prendían en pocos minutos. Pero el desconocido no contemplaba el avance del fuego; en su lugar, no perdía de vista a Cooper, que ayudaba a bombear para que la deficiente manguera de la cisterna del cuerpo de bombero arrojara agua sobre el tejado de un colmado.

Sullivan la llamó haciendo gestos con los brazos para captar su atención. A sus pies, una mujer yacía sobre un hule.

—No se toque el vendaje —avisó a la herida—. ¿Se siente con fuerza de regresar a su casa, señora? —La mujer asintió—. Vaya mañana a que le vean las quemaduras en El Buen Samaritano.

Se reunió con Sullivan haciendo lo posible por vigilar al desconocido entre la cadena humana que cargaba cubos de agua. El hombre llevaba puesto un chaquetón de tela encerada, como el que los habitantes de los campamentos solían usar cuando llovía o para abrigarse del viento. Sin embargo, el resto de su ropa no tenía nada que ver con la vestimenta de los mineros. Por primera vez Lilianne se fijó en la pequeña maleta a sus pies.

La mujer sobre el hule presentaba signos de asfixia y profundas quemaduras en la espalda y las piernas. A pesar de todos los esfuerzos de Lilianne y Sullivan, no consiguieron salvarla. Desalentada, Lilianne volvió a buscar la alta figura de Cooper; ya no estaba bombeando, otro hombre había tomado el relevo. Escudriñó la multitud que se movía como una marea descontrolada, cada vez más inquieta. Un rumor circulaba de boca en boca: el Palladium estaba a punto de venirse abajo. El temor a que el incendio se extendiera se hizo más acuciante. Sorteó una carreta que se llevaba a varios heridos y por fin consiguió alcanzar al superintendente.

—¿Dónde está Cooper? —quiso saber en cuanto estuvo a su lado.

El jefe de los *mounties* tosía y sufría violentas arcadas. Su rostro era apenas visible por el hollín y su vestimenta, habitualmente tan impecable, presentaba quemaduras que dejaban a la vista pequeñas lesiones debidas al fuego.

—No lo sé —consiguió susurrar. Tardó unos instantes en recuperar algo de aplomo. Se enderezó buscando a su alrededor—. ¿Alguien ha visto a Mackenna? —gritó con voz ronca.

Uno de sus oficiales, que cargaba a un hombre inconsciente sobre el hombro, señaló el edificio en llamas.

—Ha entrado ahí dentro. Parece ser que hay una mujer tirada en las escaleras. Si no se da prisa en salir, toda la estructura se le echará encima.

Lilianne empezó a caminar hacia el hotel. Una mano la detuvo con fuerza, casi derribándola.

—No, ya es una imprudencia que Mackenna haya entrado. No voy a consentir que usted también haga algo tan insensato.

El miedo empezó a ofuscarla, se revolvió tratando de soltarse, pero el superintendente no cejaba en su intención. La sujetaba con determinación.

—¡Suélteme! —Apretó los dientes para controlar el temblor de su voz—. ¡Cooper está ahí dentro y nadie hace nada por ayudarlo!

—No será de ayuda si se ve rodeada de llamas, señorita. Mackenna es un hombre fuerte, logrará salir.

Un *mountie* se acercó a ellos, cargaba un hombre aturdido que cabeceaba mientras tropezaba con sus propios pies. Le dejó con cuidado sentado en el suelo.

—Señor, este camarero del Palladium asegura que Grass fue quien dio la voz de alarma y una mujer asegura que le vio salir por las cocinas.

Steele se arrodilló a su lado al tiempo que le tocaba con cuidado un hombro.

—¿Vio a Grass en el hotel antes del incendio?

El hombre negó e hizo una mueca.

—No, el incendio ya había empezado cuando le vi. Nos avisó y enseguida salimos corriendo para evacuar a los clientes. El Palladium estaba lleno por la fiesta. Cuando llegamos al comedor donde estaba teniendo lugar la fiesta, el humo ya bajaba por el hueco de las escaleras.

—¿Puede decirme algo de Grass? —insistió el superintendente con apremio.

Lilianne le escuchaba al tiempo que echaba miradas alarmadas a la entrada del hotel.

—Iba vestido con un chaquetón, de esos que llevan los mineros y llevaba una maleta. No me fijé en nada más...

Lilianne había dejado de escuchar, sus ojos inquietos iban de la puerta del hotel, del cual salían vaharadas de humo cada vez más densas, a la multitud, que miraba el incendio desde una distancia prudencial. El hombre de la maleta había desaparecido. Una maleta. Grass llevaba una maleta cuando dio la voz de alarma.

Una figura salió del Palladium cubierta con una manta humeante, se tambaleaba sosteniendo un bulto grande en los brazos. Dos *mounties* acudieron a ayudarlo, se hicieron cargo del bulto mientras encomiaban a Cooper a alejarse. Lilianne echó a correr justo cuando él caía de rodillas. Aceleró sus pasos. A lo lejos oyó a Steele lanzar órdenes, creyó reconocer su nombre, pero solo tenía ojos para Cooper, que parecía agotado. Detrás el fuego había convertido su figura en un borrón. Por el rabillo del ojo vislumbró una silueta agazapada tras una carreta abandonada; fue una visión fugaz, pero suficiente para ver que alargaba el brazo apuntando hacia Cooper. La certeza de que estaba en peligro crecía con cada zancada.

Lo que quedaba del hotel se vino abajo a cámara lenta con un gigantesco estruendo, que lanzó al aire una humareda incandescente. Los curiosos se dispersaron entre exclamaciones mientras los *mounties* formaban un cordón para alejar a los más temerarios. El aire se hizo irrespirable, cargado de pavesas y humo.

Mientras el Palladium se venía abajo Lilianne sintió un impacto violento que la desestabilizó. Dio un traspié sin perder de vista a Cooper, que se había puesto en pie con dificultad. El impacto había sido como un mazazo en las costillas. El dolor la dobló por la mitad, se le escapó un gemido ahogado. Después su visión se ensombreció, su último pensamiento fue que no podía respirar.

46

Cooper la alcanzó a tiempo para tomarla al vuelo antes de que ella se desplomara en el suelo.

—¿Qué te ocurre, Lily?

Lilianne tenía los ojos cerrados y boqueaba en busca de aire con el rostro contraído por el dolor. La alejó del incendio y la dejó en el suelo con cuidado. A su alrededor el desconcierto iba en aumento, pero a Cooper solo le importaba Lily. Le abrió la chaqueta de Sullivan y le palmeó el torso en busca de una mancha de sangre mientras ella jadeaba con dificultad.

—Due...le... —susurró ella.

El pánico se adueñó de Cooper.

—¿Dónde, Lily? No veo nada...

Ella tanteó con mano temblorosa justo debajo del pecho derecho, donde una fuerte punzada la laceraba. Le costaba tomar aire, pero al menos conseguía inhalar con cuidado.

—Ayúdame a sentarme —le pidió con voz entrecortada.

Le hizo caso a regañadientes y la sentó de manera que Lilianne se apoyara en él. Mientras tanto ella se palpaba las costillas con cuidado, tan sorprendida como Cooper de que no hubiese sangre.

—No lo entiendo —dijo al cabo de unos segundos—. He sentido el impacto justo aquí —añadió tocándose la zona más sensible. Se removió—. Ayúdame a quitarme la chaqueta.

Cooper era incapaz de pronunciar una sola palabra, asombrado de que ella estuviese tan tranquila, cuando estaba claro que algo le había sucedido. La ayudó a deshacerse de la chaqueta de Sullivan, de la que emanaba un fuerte olor a whisky. Le pareció absurdo, pero lo cierto era que el olor se hizo más intenso cuando se movió para mirar con más detenimiento a Lily.

—La chaqueta huele a whisky —señaló sin tener muy claro en qué cambiaría la situación.

Ella se echó un poco atrás cuando Cooper le acercó la prenda, luego echó un vistazo en busca de la figura que había suscitado todos sus temores. El caos en torno a las ruinas del Palladium había alcanzado su punto álgido, una tienda de lona de dimensiones considerable, que era un restaurante, se había incendiado por las pavesas que flotaban en el aire.

Cooper no prestaba atención a lo que ocurría a su alrededor, seguía esperando que en cualquier momento Lily se desmayara.

—No lo entiendo... —murmuró ella—. Sentí un fuerte impacto, creí que era un disparo...

—Todo ha sido muy confuso.

Cooper se mesó el pelo enmarañado al tiempo que negaba con la cabeza.

Unos pasos acompañados de una voz autoritaria se hicieron un hueco entre la gente que se había arremolinado en torno a la pareja. Sullivan se arrodilló con dificultad.

—¿Dónde le duele?

Ella se señaló el lugar, que palpitaba como si toda su sangre se hubiese acumulado en ese punto. El doctor se lo palpó con cuidado, consciente del dolor y de su palidez. Meneó la cabeza, los labios apretados casi desaparecieron bajo su abundante mostacho.

—No hay señal de herida externa. No lo entiendo. —El viejo soltó un suspiro—. Señorita Lily, menudo susto me ha dado. Por Dios, le dije que no se alejara de mí, y mire lo que ha ocurrido.

Lilianne seguía un poco aturdida y, por efecto de los últimos sucesos, se echó a temblar.

—Cúbrase, está conmocionada.

La tapó con su chaqueta. Sullivan actuaba con calma, pero sus manos volvían a temblar. Con disimulo buscó su petaca en el bolsillo.

—Por todos los santos, ¿qué ha ocurrido?

El viejo médico miraba la petaca deformada con una profunda abolladura en el centro. Aún goteaba líquido de un agujero. Cooper se hizo con ella y la estudió con creciente interés; sus sospechas se confirmaban al tiempo que daba gracias a no sabía muy bien quién porque la petaca había detenido la bala. La abrió y volcó una pequeña bala deformada le cayó en la palma de la mano. Se la entregó a Lilianne, aún concentrada en intentar respirar con normalidad.

—La petaca de Sullivan te ha salvado, Lily —aclaró Cooper. Se dejó caer junto a ella sintiendo como toda la tensión le dejaba exhausto—. Mira el impacto, eso es lo que sentiste, un fuerte golpe en las costillas, pero la petaca frenó la bala. Por eso olía tanto a whisky, no me estaba volviendo loco...

Lilianne repasó el agujero de la bala, la abolladura en la otra pared de la petaca, la que había estado pegada a su cuerpo, y la pequeña bala de aspecto inofensivo. Buscó el agujero en la chaqueta: pequeño, insignificante, pero que podría haberla herido de gravedad de haber perforado el metal de la sólida petaca de Sullivan. Se sobresaltó cuando Cooper le cogió el rostro entre las manos y la besó en la frente.

—Dios mío, Lily, creí que... —Las palabras se le atascaron en la garganta por la emoción. Soltó un hondo suspiro tembloroso—. ¿Estás bien? —Esperó a que ella le contestara con un asentimiento—. Voy a ver si puedo ayudar a Steele —dijo de repente, sin dejar de mirar a su alrededor—. Sullivan, quédese con ella.

A pesar del profundo alivio que había experimentado al entender que Lilianne no estaba herida, el peligro seguía presente. La prueba era la bala en la petaca de Sullivan y sabía quién había disparado.

Aprovechando la confusión, Grass se escabulló por un callejón desierto, no se había detenido en averiguar qué había sucedido después de su disparo. Cuando alcanzaba la orilla del río Yukón, se topó con una alta figura que no estaba pendiente de las ruinas del Palladium como los demás habitantes de Dawson. El hombre lo miraba sin un parpadeo ni una mueca; sostenía una afilada navaja en una mano. Desde algún punto detrás oyó unos gritos: el tejado de un pequeño edificio de dos plantas se estaba incendiando. Todas las cabezas estaban pendientes del desenlace del incendio.

Grass echó a correr hacia la primera barca al abrigo de un vapor desierto cuya tripulación debía estar donde estaban todos los demás. Ya no le daba tiempo de buscar el vapor que, se suponía, iba a sacarlo de la ciudad. Con todo ese barrullo el *Dora Lee* no zarparía a su hora y él tenía la muerte pisándole los talones. Intuía la presencia del hombre a su espalda, como una sombra tenaz. Su perseguidor no hacía nada por alcanzarlo, se conformaba con seguirle.

Una vez alcanzó la barca más alejada de la vista de los que formaban una cadena humana cargando cubos de agua, se introdujo en ella. El peso de la pequeña maleta le entorpeció los movimientos y la barca se removió de manera amenazante. Atrás el hombre le daba caza de manera implacable con la maldita navaja en la mano. Soltó el cabo que mantenía unida la embarcación al poste de la orilla y se hizo con un remo para empujar con fuerza contra el fango. La figura le alcanzó en dos zancadas, saltó con agilidad en la barca y ambos estuvieron a punto de zozobrar. Grass intentó golpearlo con el remo, el hombre lo esquivó y le asestó una patada a la altura de las rodillas. Grass cayó sobre la maleta, trató de sacarse el pequeño revólver del bolsillo de la chaqueta, ¿cómo no se le había ocurrido antes? El miedo le había paralizado hasta la sesera. Le temblaban las manos; sabía reconocer el peligro y el hombre tenía la muerte gravada en la mirada. Un golpe rápido y el revólver cayó al agua. Desarmado, el alemán tragó con dificultad, el pánico se le había alojado en la garganta impidiéndole respirar con normalidad.

—Espera, espera... —empezó con voz ronca—, tengo oro suficiente para los dos. Tendrás tu parte si me ayudas a huir de aquí.

El hombre ladeó la cabeza como un ave rapaz al acecho, pero mantuvo la boca cerrada. Grass interpretó su mutismo como una afirmación. A pesar de su temor esbozó una sonrisa.

—Toda la ciudad está pendiente del incendio. Si conseguimos salir de aquí, te daré tu parte. ¿Qué me dices?

El hombre echó un rápido vistazo a su alrededor; Grass estaba en lo cierto, estaban solos en aquella zona del río. Señaló los remos.

El alemán acató al tiempo que cavilaba sobre la manera de deshacerse de su silencioso compañero. Le costaba remar, le ardía el brazo herido; con todo, se mantuvo firme esperando la oportunidad de echar al agua de un golpe de remo al malnacido que le amenazaba con una navaja. El miedo empezaba a desvanecerse, remplazado por la codicia; jamás renunciaría a su oro. Cuando alcanzaron el centro del río, se detuvo obedeciendo a un escueto gesto de su indeseado compañero. Este, para su sorpresa, ató el cabo que Grass había soltado del amarre a una de sus muñecas. Casi sintió ganas de reír.

—¿Crees que me voy a desvanecer? Te aseguro que no pienso...

—Ponte en pie —le ordenó con calma.

Grass se esforzó por sonreír mientras obedecía.

—¿Qué pretendes?

Con esos salvajes nunca se podía adivinar lo que les pasaba por la mente, sus rostros eran insondables, pero todos tenían una debilidad, como cualquier hombre.

—Vamos, chico, siéntate o acabaremos en el agua.

Como respuesta, el indio le propinó un empujón que le tiró al agua. Grass braceó con torpeza; el agua estaba fría y turbia, se le metía en los ojos y en la boca. No era un buen nadador, apenas conseguía flotar. Consiguió aferrarse a algo. El indio le había alargado un remo para que se sostuviera a flote. Grass ya no entendía nada; se retiró el cabello de los ojos mientras tosía.

—Ayúdame a subir a la barca.

—¿No sabes quién soy?

Grass le miró con los ojos muy abiertos, como un pez aturdido fuera del agua.

—No... Yo... No sé quién eres... Pero ayúdame a subirme, aquí la corriente es muy fuerte.

—Soy Subienkow, hijo del jefe Klokutz del pueblo tlingit.

Grass parpadeó sin entender a dónde quería llegar ese loco.

—Ya, y yo soy Rudger Grass...

—Lo sé, eres el hombre que mandó matar a mi hermana Lashka.

El alemán ató cabos y un escalofrío le sobrecogió sin que el agua fría tuviese que ver algo.

—No, no... Yo jamás ordené a Jared que la matara; ese borracho se encaprichó de ella y perdió la cabeza.

—Jared me lo contó todo antes de dejarlo en el bosque para que se desangrara atado a un árbol. Mañana solo quedarán sus huesos roídos por las alimañas.

El terror le envolvió como una tenaza, le costaba respirar y las piernas le pesaban cada vez más.

—Escucha, déjame contarte lo que ocurrió. Yo intenté que razonara... si me ayudas a subir...

—Trataste de matar a la mujer de Mackenna. No conseguiste robarle su oro, así que pretendiste quitarle a su esposa.

—No... No... Yo...

—Vi cómo le disparabas.

Grass siguió los movimientos del indio con ojos inquietos, le temblaba el labio inferior y empezaba a sentir calambres en las piernas. Subienkow se había arrodillado y ataba la otra punta del cabo al asa de la pequeña maleta.

—Ahora tendrás que arreglártelas tú solo —le dijo Subienkow.

La maleta cayó al agua. La realidad se abrió paso cuando la cuerda atada a la maleta tiró con fuerza de la muñeca de Grass. Entre el peso del oro y la fuerte corriente, desapareció en las aguas del río Yukón, arrastrado por lo que más había codiciado.

Subienkow esperó un tiempo, que pareció haberse detenido, y regresó a la orilla donde Cooper había contemplado toda la escena. Ambos se evaluaron, precavidos. Mackenna fue quien habló el primero:

—Deberías marcharte. No puedes arriesgarte a que alguien haya sido testigo y te denuncie a los *mounties*.

El indio asintió lentamente.

—Me marcho de la región. Mi padre murió anoche, no soportó la impresión al ver en qué estado estaba Lashka. Ahora mi familia quiere unirse al poblado del jefe Isaak. Yo no quiero vivir donde nos quieren mantener vigilados como si fuéramos niños que no saben sobrevivir en esta tierra.

Cooper se sentía extrañamente turbado por lo que había visto y por la tristeza que transmitía Subienkow.

—No creas que lo he hecho por ti —soltó el tlingit—. Lo hice por mi hermana. Estaba vigilando a Grass, esperaba el momento oportuno para hacerle pagar por el sufrimiento de Lashka.

—Lamento la muerte de tu hermana...

—Ojalá jamás hubieses pisado esta región —le interrumpió—, Lashka no se habría encaprichado de ti, no habría cometido todas esas locuras, ni habría caído en manos de hombres como Jared. Tú también eres responsable por lo que le ha pasado.

—Nunca la alenté a pensar que...

Subienkow meneó la cabeza y echó a correr alejándose de la ciudad hasta que se fundió con la naturaleza.

Cooper permaneció unos minutos pensando en las palabras de Subienkow. Si bien no se sentía responsable de Lashka, su muerte siempre le acompañaría en lo más hondo.

Lilianne se sentó en una caja de madera, aún dolorida y ligeramente aturdida. Cooper había desaparecido, Sullivan había regresado a la zona donde llevaban a los heridos, los *mounties* se afanaban en intentar controlar el incendio que había engullido toda una manzana. Le escocían los ojos así como la garganta y sus labios resecos apenas encontraban alivio cuando se pasaba la lengua por ellos. Se permitió unos minutos para serenarse y tomar aliento; algo alejada del incendio contempló con desaliento la inmensa pira que se elevaba hasta el cielo oscurecido por la humareda. La bulliciosa ciudad había perdido su eterno optimismo; todas las miradas se dirigían hacia las llamas.

Se puso en pie despacio, decidida a ayudar en lo que pudiera. Necesitaba ponerse en movimiento a pesar del punzante dolor en el costado, prefería el ramalazo en las costillas a los sombríos pensamientos que la acosaban. ¿Quién había disparado? No estaba segura, quizás el hombre de la maleta. Grass.

Y de repente lo vio: caminaba cabizbajo. Sus hombros parecían aguantar el peso de todos los males de la ciudad. Como si Cooper percibiera la presencia de Lilianne, alzó la cabeza, ella se lanzó a sus brazos y rompió a llorar. Sabía que no tenía sentido, todo había pasado, pero el miedo, los sucesos de ese día y el dolor se habían adueñado de ella, dejándola al filo de la conmoción.

—¿Dónde estabas? —soltó entre hipidos.

Cooper la escuchaba con los labios apretados. Dawson no era una ciudad para ella, se la llevaría con él, pero la pregunta que le atormentaba era: ¿dónde? ¿A Mackenna Creek? El ataque del oso seguía arrancándole escalofríos. Se sabía en una encrucijada, en algún momento Lilianne debía volver a San Francisco, el último lugar donde él quería poner un pie.

—¿Cooper?

Él tomó aire.

—Tienes que irte, Lilianne. Este no es un lugar para ti.

Ella negó y se sorbió la nariz con una manga.

—No, esta vez no me echarás de tu lado. Tenemos muchas cosas que decirnos, tanto por descubrir el uno del otro, que no me iré hasta que no hayamos zanjado todo lo que tenemos pendiente. Tú mismo me dijiste que era fuerte, pues ahora te lo demostraré. Y si quiero llorar, lo haré —añadió en un tono desafiante, que indicaba que no estaba dispuesta a que usara las lágrimas como excusa—, no pienses que es un signo de debilidad.

Él sonrió ante la determinación de Lilianne. ¿Qué podía decirle a una mujer que había hecho un viaje de casi ocho mil kilómetros para encontrarle? Se había enfrentado a él, a un oso, a Jared. Ella estaba en lo cierto, tenían tanto por descubrir el uno del otro, tanto que contarse...

—Señora Mackenna... —susurró, con un nudo de emociones en el pecho—. Si sigue así, llevará los pantalones en este matrimonio...

—No lo dude, señor Mackenna. Ya me puse sus pantalones una vez y estoy dispuesta a hacerlo otra vez.

Cooper se rio por lo bajo y le besó una mano. Era frágil, y sin embargo, había salvado a Paddy, había sobrevivido en una ciudad caótica y le había dado una lección: cuando Lilianne se proponía algo, nadie la detenía. Sonrió sin nada en mente, solo necesitaba contemplarla como si fuera la primera vez. Las palabras brotaron lentamente como un susurro insinuante desde ese rincón prohibido, donde había alojado todo lo que había querido olvidar de ella, todo ese amor que había creído una maldición por no ser capaz de arrancársela de la cabeza y del corazón.

—Te amo.

—Lo sé —replicó ella en un murmullo—, ahora lo sé, como lo supe hace nueve años. No me quieres, porque se pueden querer unos zapatos nuevos o un trozo de tarta. Tú me amas.

Cooper soltó una risa que acabó en una mueca que pretendía ocultar su emoción. Agachó la cabeza apoyándola contra la de Lilianne. Le había repetido exactamente las mismas palabras que él le había dicho bajo un sauce en una tarde calurosa de verano.

—Te amo, Cooper. Ignoro qué nos deparará la vida, hasta ahora no ha sido muy benevolente con nosotros, pero si estás a mi lado, no me asusta nada.

Él asintió en silencio, incapaz de articular palabra. Se inclinó y la besó lentamente. Sus labios sabían a lágrimas. Tenían un largo camino hacia un futuro indeciso, pero juntos podían conseguir esa vida que habían soñado en el pasado.

CUARTA PARTE

47

—Te exijo que me digas donde está Lilianne —ordenó Gideon. Se movía como un león enjaulado por el saloncito donde su hermana le había conducido—. No vuelvas a decirme que está con Adele Ashford en Long Island. Al principio me lo creí, pero lleva semanas fuera de la ciudad y esa insensata jamás habría abandonado sin un buen motivo la consulta de esos pordioseros.

Violette le dedicó una mirada airada.

—La has ignorado nueve años, ¿y ahora pretendes que te diga dónde está? ¿Qué te ocurre, Gideon? ¿Acaso el padre de Reginal se ha enterado de la locura que ha cometido su hijo al tratar de ocultar el desfalco que provocaste en tu banco?

Gideon se detuvo bruscamente y se pasó una mano por el pelo.

—Fulton está al tanto desde el primer día de lo que ha hecho Reginal y pretende que devuelva lo que falta con unas condiciones inaceptables. Me ha tendido una trampa. Le importa bien poco su hijo y su familia. Se niega a fusionar los dos bancos. Incluso amenaza con desheredar a su hijo si en pocas semanas no hemos zanjado el asunto. Me ha amenazado con hacerlo todo público. Es su manera de chantajearme, su verdadera intención ha sido desde el principio quedarse con el Parker Bank por nada y mantenerme lejos.

Gideon presentaba signos de un profundo desaliento y sus ojos enrojecidos delataban que no dormía lo suficiente. A Violette le habría gustado sentir lástima por él, pero Gideon había traspasado todos los límites aceptables. Desde muy joven mostró ser ambicioso y temerario, con una mente privilegiada, pero carente de moral o piedad. En cuanto tomó las riendas de los negocios de sus padres, no dudó en comerciar con personas y opio, triplicó el patrimonio en un año, de manera ilícita pero efectiva y nadie le hizo preguntas. Y, si bien había dejado atrás ese comercio vergonzoso, siempre rozaba la ilegalidad en todo lo que emprendía. Se movía entre hombres con tan pocos escrúpulos como él; sobornaba, compraba, chantajeaba a todo aquel que le suponía un estorbo y con su hija Lilianne se había mostrado despiadado.

—Lo lamento, pero Lilianne no tiene nada que ver con tus problemas. Además, no entiendo cómo puedes juzgar a Fulton, es tan despiadado como tú. Has utilizado a tu familia para tu provecho. Ahora te enfrentas a un lobo mayor que tú, pero a buen seguro que acabaréis entendiéndoos.

Gideon caminó hasta la ventana y apartó el visillo. En la calle pasaba la carreta sobrecargada de un carbonero tirada por un viejo caballo. Una niñera correteaba detrás de dos niños traviesos. Por la acera de enfrente caminaba una pareja: ella se protegía del sol mañanero con una sombrilla, él balanceaba un bastón con indolencia. Sus vidas transcurrían sin sobresalto mientras que la suya pendía de un hilo. Todo lo que había conseguido se le estaba escapando de su control.

—El petróleo es el nuevo oro —musitó ensimismado mientras daba la espalda a su hermana—, sé que puedo conseguir que William Rockefeller me tenga en cuenta. Le conviene tener a un banco amigo en la Costa Oeste, un banco que entienda sus necesidades. Ahora que España ha perdido el control de Cuba y Puerto Rico, y todo indica que también perderá sus otras colonias en Asia, el comercio será imparable para nosotros, los negocios serán cuantiosos y las ganancias aún mayores. Volveré a ganarme la confianza de los inversores. Necesito que Farlan me apoye, que dé la cara por mí. En seis meses conseguiré sanear las cuentas del Parker Bank, no consentiré que Fulton se quede con mi banco. Es mi mayor logro, no dejaré que me lo arrebate. Necesito seis meses y volveré a estar en lo más alto. No es mi primer revés, lo superaré, pero Lilianne debe casarse con Farlan, será mi mayor aval. Dirige las empresas de su suegro desde hace años, es un hombre respetado e inspira confianza. Si entra a formar parte de la familia, Fulton dejará de amenazarme con quitarme mi banco. —Se dio la vuelta—. ¿No lo entiendes?

Hablaba con voz ausente. En las últimas semanas había perdido peso, la chaqueta de su traje le estaba holgada y el cuello de la camisa le bailaba. Violette sintió un pellizco de compasión. Se levantó, llevada por la lástima que le inspiraba su desvarío. Le puso una mano en el antebrazo.

—Vuelve a tu casa e intenta descansar. Pareces agotado.

Emergiendo de sus pensamientos, Gideon la miró sorprendido y colocó una mano sobre la de su hermana. Esbozó un asomo de sonrisa.

—Violette, dime dónde está Lilianne. Debe casarse con Farlan. Ella me puede salvar, Aidan hará cuanto esté en sus manos para que ningún escándalo salpique a la familia de su esposa. Necesito que el compromiso sea oficial cuanto antes.

—Deja de preguntarme. Lilianne volverá cuando lo crea oportuno.

La mano de Gideon empezó a presionar la de su hermana, hasta tal punto que Violette exhaló un gemido. Trató de soltarse, pero cada vez que tironeaba, más fuerza ejercía Gideon.

—Me lo vas a decir ahora mismo. Farlan regresará en unas semanas y no quiero que llegue ese momento sin que Lilianne esté aquí. No me tomes por un necio, no está en Long Island con Adele.

El tono de su voz se hizo acerado, tan amenazante como sus ojos, que la fulminaban como dardos. Por primera vez Violette temió a su hermano, jamás había visto en él esa mirada iracunda que rozaba la enajenación.

—Gideon, me estás lastimando... —Cuanto más intentaba zafarse, más apretaba su hermano—. ¡Suéltame!

—Deja de inmiscuirte en mis asuntos, en mi familia. Hace años accedí a que te llevaras a Lilianne, pero esta vez no consentiré que lo eches todo a perder.

—No accediste, te desentendiste de ella cuando te amenacé con divulgar donde la tenías encerrada. Jamás te diré dónde está.

La bofetada fue brutal; tanto, que la cabeza de Violette golpeó la pared con tal fuerza que se le nubló la visión. Se llevó una mano a la sien, donde un hilo de sangre empezaba a brotar. El asombro superó el dolor y el miedo, se miraba la mano sin creerse que su hermano hubiese llegado tan lejos. Sus ojos muy abiertos se desviaron hacia el rostro congestionado de Gideon.

—Vete ahora mismo —susurró con voz temblorosa— y jamás vuelvas a esta casa. Lo que hiciste hace nueve años a tu hija fue monstruoso, jamás consentiré que le hagas daño. Lilianne se casará con Aidan si así lo desea, no la presionarás.

—No me provoques. Lilianne hará lo que se le diga.

Unos golpes en la puerta le interrumpieron.

—Adelante —se apresuró a ordenar.

Se alejó sin perder de vista a Gideon. Sentía un pulso en la herida, pero no era nada comparado con el nuevo temor que su hermano le inspiraba. Afloraron lágrimas de alivio al reconocer al doctor Donner. Eric no era ni de lejos tan alto como Gideon, pero inspiraba respeto y confianza.

—¿Qué ha ocurrido, Violette? —quiso saber Eric, que ya se acercaba con la vista fija en la herida.

—Me temo que he tropezado y me he golpeado contra la pared —explicó, odiándose por no conseguir controlar el temblor de su voz—. Gideon iba ahora a avisar a Melissa.

Eric estudió a los dos hermanos, no se creía las palabras de Violette. La tensión flotaba en la estancia a pesar de la fingida calma de los allí presentes.

—Déjame ver esa herida —pidió con voz pausada.

Decidió ignorar a Gideon dándole la espalda, de ese modo

también se interponía entre los dos hermanos. Conocía a su amiga desde hacía años y jamás la había visto tan asustada.

—Me temo, señor Parker, que la señora Larke precisa unos puntos de sutura y descansar.

Violette quería pensar que su hermano había actuado en un momento de locura debido al temor de perder todo su patrimonio, pero Gideon no mostraba ni un ápice de arrepentimiento. Por mucho que la horrorizara, sabía que no se habría detenido si Eric no hubiese llegado en ese momento. La respuesta de Gideon tardó en llegar, incrementando así el temor de Violette.

—Volveré para acabar lo que estábamos tratando...

En cuanto Gideon abandonó el salón, las rodillas de Violette se aflojaron. Con la ayuda de Eric se dejó caer sobre un sofá junto a la ventana. Su hermano se había marchado, pero había dejado atrás su violencia reprimida; no cejaría en su empeño, haría cuanto estuviese en sus manos para averiguar el paradero de Lilianne. A ese temor se le sumó la preocupación por su sobrina, unas semanas antes había recibido una carta mandada desde el puerto de Saint Michael, donde Lilianne le hacía saber que había llegado a Alaska y en breve seguiría su viaje por el río Yukón hasta la ciudad canadiense de Dawson. La siguiente noticia había sido un telegrama tan críptico como desconcertante, donde Lilianne le decía que necesitaba más tiempo. El último telegrama le aseguraba que se encontraba bien, pero que no podía regresar aún. Desde entonces desconocía el paradero de su sobrina, si estaba en ese momento de regreso, si seguía en Dawson o en cualquier otro lugar.

Por otro lado, Aidan le había comunicado que su padre había fallecido. Violette se había permitido mandar un telegrama de condolencia en nombre de Lilianne. Ignoraba si el prometido de su sobrina estaba en ese momento de regreso o si seguía en Londres junto a su familia.

Todas esas preocupaciones no la dejaban descansar, había empezado a dudar de si había sido una decisión acertada dejar que Lilianne emprendiera ese viaje tan azaroso. Mientras Violette cavilaba, Eric dio órdenes a la doncella, que había permanecido con los ojos muy abiertos en el vano de la puerta.

—Tráeme el maletín que he dejado en la entrada y avisa a la señora Potts que prepare una taza de té bien fuerte.

Una vez solos, Eric se concentró en atender a Violette, que se presionaba un pañuelo en la herida.

—Querida, ¿qué ha ocurrido?

—Dios mío, Eric, ¿de verdad necesito que me cosas la herida?

—No, solo trataba de alejar cuanto antes a tu hermano. Ahora dime qué ha ocurrido.

Eric apenas conseguía reprimir la rabia que le producían la herida y la rojez de la mejilla. No necesitaba que se lo dijera, sabía reconocer la huella de una bofetada. Se hizo con un pañuelo y lo humedeció en una jarra de agua para limpiar la sangre que le había manchado la mejilla. Melissa estaba tardando en traerle el maletín, estaría contando lo sucedido a la señora Potts.

—Gideon pretendía averiguar el paradero de Lilianne —empezó Violette—. Me temo que mi hermano está perdiendo la paciencia. No sé cuánto tiempo podré detenerlo.

Su voz condensaba todas las dudas que la habían mantenido despierta hasta la madrugada: al miedo a que Lilianne hubiese sufrido un accidente se sumaban los reproches que ella misma se infligía por haber cedido a semejante dislate.

Eric se sentó a su lado, silencioso, sereno. Violette sintió agradecimiento por su presencia. Desde hacía años mantenían una discreta amistad. Eric era cuanto necesitaba, sabía escucharla, respetaba sus opiniones y compartían las mismas preocupaciones. Era más de lo que había compartido con su difunto marido.

—Estoy seguro de que Lilianne se encuentra bien. —Eric cogió entre las suyas las manos de Violette y se las presionó con cuidado—. No puedes seguir protegiéndola como si fuera una niña. Además, es una joven sensata con recursos y sabe lo que quiere. Jamás habrías conseguido disuadirla de viajar hasta Canadá.

—Estoy tan preocupada por ella... Quién sabe en qué hombre se habrá convertido ese Mackenna. No creo que guarde muy buen recuerdo de la familia Parker. Si mi hermano se portó con él como lo hizo con su propia hija, no quiero ni imaginar lo que habrá sufrido por culpa de Gideon.

—Sigo creyendo en Lilianne. La he visto tratar con energúmenos en mi consulta y ha salido airosa sin mi ayuda.

—Pero allí...

—No te recrimines ni te dejes llevar por el temor que ha despertado en ti tu hermano.

Eric se puso en pie cuando la doncella le llevó el maletín, se lo arrebató mientras la fulminaba con la mirada. Le recordó que trajera el té antes de cerrarle la puerta en las narices. Tomó asiento a su lado y se dedicó a limpiar la herida, enfrascado en sus propios pensamientos. A pesar de todo lo que le había dicho a Violette, él también albergaba dudas en cuanto a ese viaje y a la falta de noticias.

—Dios mío, ¿y si Aidan regresa antes de que Lilianne vuelva de Canadá? —exclamó Violette.

—Nos preocuparemos cuando se presente el momento, ahora intenta descansar —le recomendó mientras le acariciaba la espalda para sosegarla.

Al oír los golpes en la puerta, Eric se puso en pie dejando entre ellos la distancia correcta. La doncella dejó la bandeja sobre la mesa y se marchó en silencio. Violette la siguió con la mirada; en cuanto se cerró la puerta, devolviéndoles algo de intimidad, sacudió la cabeza.

—A partir de ahora Gideon mandará vigilar mi casa y cada movimiento que haga.

48

Lilianne se despertó aturdida, le pesaban los párpados y apenas conseguía mover un dedo. Por entre las cortinas entraba un hilo de luz, le era imposible averiguar qué hora era. Intentó hacer memoria, recordar cómo había llegado a esa habitación. Cooper la había llevado a un nuevo hotel, que se había inaugurado tan solo unos días antes. Unos días le parecían toda una vida después de los últimos acontecimientos.

Se sentó al tiempo que se llevaba las manos a las sienes, después se tanteó la zona de las costillas. Seguía doliéndole, pero respiraba con normalidad. Descartó tener una costilla fisurada tras moverse con cuidado de un lado a otro.

Cooper la había acompañado al hotel; delante de la puerta de la habitación, ella había protestado recordándole que Paddy precisaba de sus atenciones. Él la había silenciado con un beso, tras lo cual la había empujado al interior para cerrarle la puerta en las narices, dejándola confundida y, tenía que admitirlo, agotada. Apenas había hallado fuerzas para desnudarse y colarse entre las sábanas ataviada únicamente con la camisa interior y los pololos.

En el suelo reconoció su ropa arrugada y manchada, tanto como lo estaba ella a juzgar por el rastro de hollín y barro que había dejado en las sábanas y la almohada. Avergonzada, se llevó una mano al pelo enmarañado. Necesitaba arreglar el desaguisado y volver a la consulta. Junto al cabecero de la cama colgaba un cordón para llamar al servicio del hotel. Tiró indecisa. A los pocos minutos oyó unos golpes suaves en la puerta.

—Adelante.

Se tapó con la sábana hasta la barbilla cuando la puerta se abrió y una doncella tocada con una cofia de muselina —que le recordó un merengue vaporoso— asomó la cabeza.

—Buenas tardes, señorita. Espero que haya descansado.

Lilianne se sentía de lo más ridícula e ignoraba cómo actuar, pero la doncella entró resuelta sin esperar una respuesta.

—Me llamó Jane, seré su doncella mientras se hospede en el Fairview. —Se dirigió a las cortinas, que abrió con gestos enérgicos—. Hoy está nublado, pero la lluvia ha sido una bendición después del incendio. El señor Mackenna nos pidió que la dejáramos descansar cuanto necesitase. Después de un día y medio durmiendo, tiene que estar hambrienta. Me he tomado la libertad de dar aviso a la cocina para que le suban un buen tentempié, espero que le guste. También he mandado avisar a la señora Truseau que se ha despertado.

Jane hablaba mientras recolocaba una silla, la colcha que se había deslizado hasta el suelo, amontonaba la ropa sucia y las botas embarradas, todo con una sonrisa y una energía que avergonzaron a Lilianne. Con su fardo de ropa en las manos, la doncella salió un momento y regresó con un juego de toallas y una cesta con frasquitos.

—Si lo desea, puedo prepararle un baño antes de que suban la bandeja...

Lilianne se miró las manos sucias y asintió. Desde que Jane había aparecido, no había abierto la boca, le costaba procesar lo que le decía así como tomar decisiones. La doncella desapareció por una puerta en la que no había reparado y que daba a un pequeño cuarto de baño. Se le escapó un suspiro en cuanto oyó el agua y se echó de nuevo en la cama hecha un ovillo. Ignoraba dónde estaba Cooper, esperaba que no estuviese persiguiendo a Grass o hubiese regresado a Mackenna Creek.

Al pensar en él se sentía como si caminara por una cuerda

floja. Había viajado hasta aquel lugar en busca de libertad y en su lugar había resucitado el amor que había creído condenado al olvido, pero eso no significaba que todos sus problemas se hubiesen solucionado. Estaba Aidan; una vez más sintió una punzada de vergüenza. Por mucho que se negara a pensar en él, debía tomar determinadas decisiones que le pesaban.

—El baño ya está listo, señorita.

Jane esperaba a los pies de la cama con su sempiterna sonrisa. ¿Qué pensaría esa joven de ella? ¿La había visto llegar con Cooper? Se encogió de hombros, no le importaba. En cualquier otra ciudad habría sido un escándalo, pero en Dawson todo era posible sin que nadie juzgara a nadie.

Jane la ayudó a meterse en la bañera de cobre. Se dejó lavar el pelo con un jabón que olía a nardos, obedeció cuando le pidió que se echara hacia delante y le frotó la espalda. Se había convertido en una muñeca de cera que la doncella moldeaba con manos ágiles. Después la dejó sola cuando llamaron a la puerta. Lilianne esperaba que fuera la bandeja porque el baño le había abierto el apetito. Se permitió disfrutar del calor del agua; los músculos se relajaban lentamente, alejando los temores del día anterior. De repente recordó que Jane le había dicho que había dormido un día y medio. ¿Qué había sido de Paddy?

Ya había descansado lo suficiente, salió del agua y se envolvió en una toalla. En la habitación, Jane había dispuesto sobre una mesa una bandeja repleta de delicias, que arrancaron un gruñido a sus tripas. Lilianne se paró en el vano del cuarto de baño.

—¿No tiene que atender a otras clientas?

—El señor Mackenna me ha pedido que esté a su entera disposición, señorita.

Unos golpes en la puerta la distrajeron, Jane entreabrió con cuidado, pero al ver quién era abrió del todo y dos mujeres entraron cargadas con cajas, que dejaron sobre la banqueta a los pies de la cama. Las tres mujeres la contemplaron esperando unas directrices. Lilianne se arrebujó en la toalla, que gracias a Dios era enorme y la tapaba hasta los pies.

—¿Qué hay en esas cajas? —preguntó después de aclararse la garganta.

Una de las mujeres dio un paso adelante, como un soldado bien entrenado. Era pequeña, delgada y todo en ella recordó a Lilianne a un gorrión impaciente. Tenía los mismos ojillos oscuros e inquietos, el pelo presentaba un color indefinido entre el gris y el marrón, y las manos a duras penas se mantenían quietas, como alas prisioneras.

—Soy la señora Truseau, modista. El señor Mackenna nos pidió ayer que cuando se despertara le trajéramos unos trajes de noche y unas cosas más. —Por primera vez sonrió y los ojillos cobraron vida—. Si me permite, el señor Mackenna no ha exagerado al describirla. Creo que hemos acertado con el color de los trajes.

—El señor Mackenna... —repitió sin saber qué más añadir.

—Sí, señorita, nos dejó que eligiéramos nosotras. —Soltó una risita, pero se recompuso de inmediato—. Estamos a su disposición.

Lilianne parpadeó, cada vez más confundida. Lo único que quería era comer algo y volver a la consulta, pero no se atrevía a echar a esas mujeres, que seguían pendientes de ella. Inhaló lentamente.

—Yo... creo que ha habido un error...

La señora Truseau abrió los ojos de par en par.

—¿No es usted la señorita Dawson?

Lilianne fue a negar, al instante se tragó las palabras. Cooper había mantenido su falsa identidad. Seguía siendo Lily Dawson.

—¿Dónde está el señor Mackenna?

Esa vez Jane tomó la palabra.

—Se hospeda aquí, señorita, pero no ha parado de ir y venir desde ayer por la tarde. Ha dejado una nota para usted... —concluyó señalando la mesilla junto a la cama.

Solo en ese momento Lilianne tomó consciencia de lo grande que era la cama y de lo lujosa que era. Imágenes inoportunas de un sueño muy turbador, que había tenido durante su descanso, invadieron su mente: su cuerpo enlazado al de Cooper, sus manos buscándose, sus labios… Un repentino sofoco la invadió, deslizándose hasta rincones inesperados, la sangre empezó a fluir más rápido y los latidos se le aceleraron. Trató de reprimir ese inesperado arranque de voluptuosidad, pero todo su cuerpo había reaccionado con intensidad. Se ordenó serenarse.

Cogió la nota alargando la mano entre los pliegues de la toalla y se dio la vuelta, avergonzada por sus díscolos pensamientos. La leyó con avidez, como una debutante que recibiera su primera declaración de amor por parte de un enamorado.

> *Querida Lily,*
> *Espero que hayas descansado.*
> *No te preocupes por Paddy, las señoras Hitchcock y Van Buren le atienden como si fuera una figura de cristal y él parece disfrutar de sus atenciones.*
> *El doctor Sullivan te manda saludos.*
> *Elige el vestido que más te guste para esta noche. Jane y la señora Truseau te ayudarán en lo que precises. Te recogeré a las ocho en recepción. Mi intención es llevarte a cenar, a una función de teatro y a un baile, si te sientes con ánimo.*
> *Te amo.*
> *C.*

Lilianne se llevó una mano a la boca y se echó a reír tontamente. Aparecer en público con Cooper sin esconderse. Ese había sido uno de los muchos sueños que habían tejido con una ilusión casi infantil. Jamás lo habían convertido en realidad, ni siquiera cuando se habían fugado, demasiado asustados de que los reconocieran. ¿La intención de Cooper era cortejarla? Si era el caso, ya la había seducido con un beso y una sonrisa, pero Cooper pretendía, como ella sospechaba, crear un nuevo comienzo entre los dos.

Se giró hacia las mujeres sosteniendo la nota contra su pecho.

—¿Qué hora es?

Jane se miró un diminuto reloj sujeto a su pechera de un pequeño alfiler.

—Las seis y media, señorita.

—Tenemos que darnos prisa —las apremió Lilianne.

—¿No quiere tomar algo antes?

—No, no quiero llegar tarde.

Se ajustó la toalla como una toga y caminó hasta las cajas, que fue abriendo una a una. La señora Truseau la ayudó a desplegar los vestidos sobre la cama a la que habían cambiado las sábanas. Cada uno de los trajes la dejó boquiabierta. Uno era de un profundo tono verde bosque con bordados florales en negro; el segundo destellaba con un maravilloso tono broncíneo decorado con diminutas perlas que formaban pequeños ramilletes en el escote y la cintura; el último era de un delicado rosa tornasolado con la falda de un suntuoso brocado de seda. Los tres dejaban los hombros al aire, eran vaporosos, elegantes y espléndidos. Lilianne los acarició con reverencia, asombrada de reconocer los tonos que ella solía elegir; se detuvo en los detalles, ni ella misma habría acertado con tanta exactitud.

—¿Los ha escogido usted? —preguntó a la señora Truseau mientras las otras dos mujeres soltaban exclamaciones de admiración.

—El señor Mackenna me dijo que usted era pelirroja y de tez pálida. Le enseñé los trajes cuyos colores podían favorecerla y él eligió los que ve aquí. Creo que, elija el que elija, acertará, señorita. Cada traje tiene sus complementos, como zapatos y detalles para el pelo.

Lilianne asintió mientras se estremecía aún envuelta en la toalla. Los tres trajes llevaban en el corpiño una etiqueta procedente del *atelier* de Worth. Su hermana Becky era asidua de la *Maison* Worth y dos veces al año en el 7 de la *rue de la Paix* en París, le confeccionaban los trajes para las diferentes temporadas. Cada uno valía una fortuna.

—Son magníficos —susurró—, pero no puedo aceptarlos. No necesito... creo que me conformo con algo más sencillo...

—Sus órdenes son quemarlos si usted no los quiere.

Lilianne boqueó de indignación.

—¡Es un auténtico disparate!

La señora Truseau se encogió de hombros.

—Si eso la hace sentir mejor, son del año pasado, señorita. Puedo ofrecer lo mejor pero no lo último en moda parisina. Veo que no es ajena a estos trajes... —musitó tras echarle una mirada de reojo.

—Le aseguro que no me los puedo permitir.

La única vez que había llevado un traje de Worth, sus padres habían anunciado su compromiso con el señor Vernon Fletcher; en cuanto había conseguido escapar de la vigilancia de sus padres, se lo había quitado desgarrándolo de pura rabia para horror de su doncella. Pero esa noche iba a ver a Cooper, quien la haría girar en una pista de baile. Esbozó una sonrisa sin proponérselo y dejó en manos de las tres mujeres su persona. Deseaba que fuera una velada inolvidable, dejando a un lado por primera vez su recato o su consciencia. Quería recuerdos nuevos con Cooper, que borraran todos esos años de vivir sin sentir. Esa noche el pasado dejaba de existir, solo contaba el presente.

49

A las ocho en punto Lilianne se presentó en recepción, buscó a su alrededor con los nervios a flor de piel. Llevaba puesto el vestido de seda broncínea cuyos ramilletes hechos de perlas emitían un débil tintineo con cada paso. La señora Truseau se lo había ajustado con puntadas certeras. La otra mujer, que se había mantenido callada casi todo el tiempo, la había peinado con tenacillas calientes creando un elegante moño alto. Jane la ayudó a ponerse los complementos, como la delicada gargantilla de seda de la que colgaba un camafeo. Le colocó en el moño pequeñas flores hechas de la misma seda que el vestido. Para rematar le había pellizcado las mejillas y aplicado zumo de frambuesa en los labios. Quizá se hubiese dejado llevar por el entusiasmo de las tres mujeres, pero se había sentido renacer.

Volvió a estudiar la gente que la rodeaba; reconocía a algunos, los había visto en los campamentos a orillas del Klondike o en la consulta de Sullivan. Otros habían sido clientes de Cora que se habían refugiado en el nuevo hotel de la ciudad.

Un hombrecillo de aspecto atildado se le acercó; vestía un traje claro y calzaba unos zapatos lustrosos que las calles embarradas de Dawson no tardarían en echar a perder. Todo en ese hombre le produjo desconfianza; buscó a su alrededor una excusa para alejarse, pero el petimetre fue más rápido de lo esperado y le cogió una mano enguantada. Le besó los nudillos demorándose más de lo debido, después le dedicó una sonrisa lisonjera, que dejó a la vista unos dientes torcidos y amarillentos por el tabaco.

—Lawrence Harvy, para servirla. Es usted, *mademoiselle*, la criatura más encantadora que he tenido el placer de conocer en esta Babilonia. A su lado Venus palidece de rabia y Afrodita languidece de envidia.

La situación era casi cómica y Lilianne se habría reído por el descaro del hombrecillo, pero en sus ojos reconoció una determinación que presagiaba problemas. Tironeó en vano de la mano que Harvy seguía sujetando.

—No lo creo —musitó ella entre dientes—, y le estaría agradecida si me devolviera la mano.

En lugar de desistir, el hombre se acercó un poco más sin soltarla para susurrarle:

—Estoy dispuesto a poner a sus pies toda mi fortuna, *mademoiselle*. Solo por una noche —insistió mirándola fijamente a los ojos—. Ponga usted las condiciones...

Un camarero pasó por su lado, sostenía una bandeja cargada de copas de champán. Lilianne se hizo con una con la mano libre y derramó el contenido sobre la cabeza de su indeseado admirador. A su alrededor las carcajadas estallaron, así como las mofas de los testigos, pero al hombrecillo no le hizo ninguna gracia y alzó una mano, que se quedó en el aire sujeta por otra manaza mucho más grande, que se la presionó hasta que Lawrence emitió un gemido.

—Pida disculpas a la señorita —le susurró una voz amenazante al oído— si no quiere convertirse en el manco de esta Babilonia.

—Acepte mis disculpas, *mademoiselle* —farfulló Harvy y se escabulló en cuanto le soltaron.

Lilianne parpadeó de asombro, le había costado reconocer a Cooper. Había ido al barbero, solo le quedaba una perilla castaña donde antes había habido una tupida barba. Se había recogido el largo cabello en una apretada trenza, que descansaba sobre uno de sus anchos hombros. Llevaba puesto un elegante traje negro, acompañado de una camisa almidonada blanca y un chaleco cruzado de brocado del mismo color. Su aspecto era admirable, mujeres y hombres lo miraban tan asombrados como lo estaba ella misma.

—Señorita... —susurró Cooper inclinándose sobre una mano de Lilianne—, lamento haberme retrasado, me ha costado entrar en esta cosa. He tenido que sufrir las mofas de Paddy. Tranquila, he conseguido reprimir el deseo de dejarlo inconsciente.

Ella se rio por lo bajo todavía turbada por el aspecto de Cooper.

—Dios mío, apenas si te reconozco —musitó ella.

Los ojos de Cooper brillaron de diversión, se sentía orgulloso de haberla impresionado. Esperaba mucho de esa noche, todas sus esperanzas estaban puestas en ella. Colocó la mano inerte de Lilianne en el hueco de su codo y la guio hacia la calle.

—Pues yo sí que te he reconocido, estás preciosa. Me temo que Dawson no está preparada para tener entre sus habitantes a una dama como tú —añadió al recordar al hombrecillo que se había mostrado tan grosero con ella.

Lilianne se sentía feliz, tan liviana que apenas percibía como sus pies pisaban la madera de la acera.

—Me temo que el vestido es el responsable, no la mujer que lo lleva.

—No, el vestido no hace más que realzar a la mujer que hay debajo —le susurró.

El corazón de Lilianne aleteó por la dicha que la embargaba, pero también por la turbación que despertaba en ella Cooper, quien había conseguido avivar todos sus sentidos.

Dawson volvía a ser la de siempre; la gente caminaba, se interpelaba, entraba y salía de los locales. Era la misma ciudad, pero para Lilianne cobraba otro cariz; caminar cogida del brazo de Cooper la convertía en un lugar especial. Todo el rechazo que había sentido hacia aquel lugar se había mitigado. Quizá la nueva imagen que se estaba forjando en su mente se debía a que en ese mismo momento se sentía radiante; tanto, que el corazón amenazaba con estallar de alegría. Caminaba orgullosa por la estrecha acera, consciente del interés que suscitaban. Sospechaba que Cooper era la razón de tanta atención, ni siquiera ella conseguía reconocer al hombre que la acompañaba. Ni en sus sueños le había imaginado con un atuendo tan elegante.

—Me cuesta creer lo que ven mis ojos. ¿Recuerdas nuestra boda? Llevabas puesto un viejo traje de tu padre y ese día creí que eras el hombre más guapo que jamás había visto. Pero hoy... hoy...

—Te he dejado sin palabras.

—En efecto, señor Mackenna.

Él se inclinó y le susurró con un gesto de complicidad:

—Voy a serte sincero, estoy deseando tirar el maldito cuello rígido. Ahora sé lo que sienten los ahorcados. Y estos zapatos me están torturando los pies. Entiendo la razón por la que tu padre siempre tenía esa cara de amargado...

Ella rompió a reír ignorando las miradas curiosas.

—No te quejes, las mujeres debemos llevar corsés.

—Hummm... Eso he oído... Pero prefiero cuando no los llevan. Recuerda que tengo cierta habilidad para deshacerme de ellos.

Ella le propinó una palmada en el brazo.

—Compórtate... —susurró precipitadamente, mientras echaba miradas azoradas a su alrededor—. Eres incorregible.

Cooper se encogió de hombros, pero no logró ocultar su sonrisa. Habían llegado al final de la acera y debían cruzar. La lluvia, que había acabado con los rescoldos del incendio, había dejado la calle hecha un barrizal. No había pensado en ello, el traje de Lilianne se echaría a perder, así como sus flamantes zapatos o su propio traje y, si bien odiaba ir vestido de esa guisa, quería acabar la velada luciendo un aspecto presentable. A unos pocos metros unos hombres descargaban una carreta de vigas de madera.

—Espérame aquí un momento —le pidió.

—¿Dónde...?

Cooper ya se acercaba a la carreta. Después de intercambiar unas pocas frases, los hombres se giraron hacia ella con una mirada reflexiva. Un saquito de cuero pasó de una mano de Cooper a la de uno de esos desconocidos. Un momento más tarde, entre gruñidos y exclamaciones, los hombres colocaron a modo de puente entre una acera y otra la viga más robusta. Cooper volvió a su lado.

—Problema resuelto. Podemos cruzar sin embarrarnos hasta los tobillos.

Lilianne estudió con gesto receloso la viga; aparentaba ser sólida, con todo, le inspiraba tan poca confianza como su sentido del equilibrio.

—No estoy muy convencida... —meditó sin perder de vista la improvisada pasarela.

La frase acabó en un chillido reprimido; Cooper la cogió en brazos dispuesto a cruzar. A su alrededor se oyeron silbidos y risotadas, ya apostaban a que la viga no aguantaría el peso de los dos. Lilianne apenas conseguía reprimir la risa, estaba disfrutando de la situación, aunque exigía que la dejara en el suelo. Miró a Cooper a los ojos, este esperaba con una ceja ligeramente arqueada. Envolvió su cuello con los brazos al tiempo que soltaba una carcajada liberadora.

—¡Adelante, Cooper! Vivamos peligrosamente...

—Como desee mi dama —replicó él con aire triunfal.

La travesía fue lenta, no por la dificultad sino por el afán de Cooper de ofrecer un espectáculo. Avanzaba y retrocedía arrancando exclamaciones de los que se habían detenido para seguir su avance. Algunas cabezas se asomaban desde las ventanas y lanzaban gritos de aliento. Las apuestas seguían divididas entre los que pensaban que Cooper lo conseguiría y los que esperaban que la viga cediera bajo el peso de la pareja. Lilianne había perdido el sentido del ridículo, le daba igual que media ciudad estuviese pendiente de ellos.

Al otro lado de la calle, el superintendente seguía la escena apoyado contra una pared. En cuanto Cooper salvó el último metro, se acercó a la pareja sin prisas. Lilianne trató de recuperar la compostura mientras se sacudía la falda, pero le resultó imposible reprimir una risita. Cooper hizo lo propio con su atuendo sin perder de vista al superintendente.

—Mackenna... —Fue un saludo escueto, aunque no se percibía ninguna tensión—. Me ha costado reconocerlo.

—Un buen rasurado cambia a un hombre —convino este.

Steele asintió y desvió su atención hacia Lilianne, quien había conseguido serenarse. La presencia del superintendente la devolvía al pavor del incendio.

—Señorita Dawson, espero que haya conseguido descansar.

—Agradezco su interés, superintendente, pero estaría más tranquila si me dijera qué ha sido del señor Grass. ¿Ha dado con él?

Los dos hombres intercambiaron una rápida mirada que no pasó desapercibida a Lilianne.

—¿Y bien? —insistió ella.

—Me temo, señorita Dawson, que el señor Grass ha desaparecido. No hemos conseguido ni una pista. Es como si... se hubiese volatilizado. ¿No le parece curioso, Mackenna?

El aludido asintió sin abrir la boca, nada en su rostro delataba la inquietud que le oprimía la garganta.

—Sí, es curioso —convino—, no pensé que Grass fuera tan sigiloso o que conociera tan bien la región.

—En efecto, yo tampoco lo creí posible —musitó Steele sin perder de vista el rostro de Cooper—. Algo me dice que no volveremos a verlo por esta región o en cualquier otra. No niego que me tranquiliza pensar que Dawson es ahora un lugar mucho más seguro sin ese alemán, pero no me agradan los cabos sueltos.

—Aja... —gruñó Cooper—. Bien, si nos disculpa, no queremos llegar tarde a...

—Por supuesto, discúlpeme por haberles entretenido. Señorita Dawson, antes de que se marche, permítame agradecerle su ayuda con los heridos del incendio.

Lilianne le dedicó una inclinación de cabeza y echó a caminar cogida del brazo de Cooper. La conversación había sido extraña, con palabras silenciadas entre Cooper y Steele. Echó un vistazo a su acompañante, que miraba al frente de manera obstinada. Respetó su mutismo hasta que alcanzaron el restaurante Monte Carlo.

El bullicio los rodeó como una corriente cargada de risas y conversaciones. Los camareros se movían entre las mesas como bailarines. Esquivaban a sus compañeros y a los clientes con elegancia sin derramar una gota de las copas que llevaban sobre las bandejas. Durante un momento Lilianne dejó de lado el inquietante pensamiento que revoloteaba en su cabeza. No quería creer lo que su mente sospechaba. El Yukón era peligroso, aun así se negaba a pensar que Cooper fuera capaz de algo tan extremo.

Un joven los acompañó hasta una mesa bajo el escrutinio de las cabezas que se giraban a su paso. Cooper parecía tranquilo a pesar de no haber abierto la boca desde que se habían despedido de Steele. Como si lo hubiese hecho toda su vida, apartó la silla para que ella tomara asiento e hizo lo propio en la suya. Luego desvió la mirada hacia las otras mesas. El ambiente festivo de la sala flotaba a su alrededor, pero una sombra se había posado sobre Lilianne.

—Mírame —le pidió ella en voz baja.

Cooper suspiró, pero obedeció. Sus ojos grises no transmitían nada, la alegría que habían compartido al cruzar la calle sobre la viga se había desvanecido.

—Dime qué ha sido de Grass.

—No te preocupes, no volverás a ver a ese hombre.

Ella alargó una mano hasta colocarla sobre la de Cooper.

—No me ocultes nada. Tengo derecho a saber. Casi me mata de un disparo. Una vez me dijiste que no querías pasarte el resto de tu vida mirando por encima del hombro. Yo tampoco quiero tener que hacerlo. Dime qué ha sido de Grass. —Se inclinó un poco sobre la mesa y bajó aún más la voz—. ¿Tú lo has...?

—¿Y qué te hace pensar que está muerto?

—Porque si no fuera el caso, estarías en este mismo momento persiguiéndolo hasta la última madriguera del Yukón, y desde luego no estarías aquí sentado conmigo.

—¿Y qué más da? No entiendo que quieras hablar de eso ahora.

—Porque quiero saber. No me quedaré tranquila hasta averiguar la verdad. Así de simple.

Se estudiaron un momento, durante el cual las voces se atenuaron a su alrededor. Cooper entrelazó los dedos con los de Lilianne. Se los apretó suavemente antes de hablar:

—Quería matarlo, Lilianne —susurró—. Si hubiese tenido una oportunidad, lo habría hecho sin dudarlo. Alguien con razones de peso se me adelantó. Fui testigo de su muerte, podría haberlo evitado, pero no moví un dedo. Y no pienso delatar a quien lo hizo. Steele cree que he tenido algo que ver. Incluso puede que crea que haya sido yo, pero no tiene ninguna prueba. Ni la tendrá.

—¿No me vas a decir quién lo hizo? —Se echó hacia atrás al tiempo que soltaba un suspiro—. Da igual, no cambia nada. Debería sentirme horrorizada, pero creo que ya nada puede conseguirlo después de lo que le hicieron a Lashka. Si es cierto que ese hombre ha muerto, siento que se ha hecho justicia. Aun así, me gustaría que no tuvieses nada que ver en el asunto. ¿Soy egoísta?

Cooper sonrió y se agachó un poco para besarle la mano.

—No eres egoísta, eres humana. Aunque hoy pareces un ángel.

Lilianne quiso decir algo trivial, divertido, algo que relajara la repentina incertidumbre que la envolvía, pero las palabras se volvieron borrosas en su mente y solo atinó a sonreír. Era extraño, estaba casada con ese hombre, la había visto desnuda, la había acariciado y había besado cada rincón de su cuerpo, sin embargo, se agitaba con el mero pensamiento de que la tocara, como si aquella noche fuera la primera de sus vidas. Se negó a pensar en todo lo que había dejado en San Francisco; cuando llegara el momento pondría fin a su compromiso cara a cara. Era lo menos que podía hacer por Aidan. ¿Pero dónde dejaba eso a Cooper? ¿Volvería con ella a esa ciudad que tanto rechazaba? Meneó la cabeza para desechar todos esos pensamientos inoportunos, prefería centrarse en los asuntos pendientes en Dawson.

—¿Y qué se sabe de Cora?

—Era la última mujer que saqué del incendio. Me temo que ya estaba muerta cuando la encontré. —Acarició el dorso de la mano de Lilianne mientras ponía orden a sus pensamientos—. Es extraño, hace unas semanas le dije que acabaría quemándose por tentar tanto a la suerte. Era inteligente, podría haber conseguido lo que se hubiese propuesto en esta ciudad, pero prefirió tomar el camino más peligroso.

—¿Sientes su muerte?

Intentó dilucidar si eran celos o resentimiento lo que la agitaba. Por mucho que tratara de convencerse de que Cora había salido definitivamente de la vida de Cooper, un resquicio de aversión hacia esa mujer perduraba en su interior.

—No lo sé... —reconoció él. Su mirada se perdió en la nada durante un instante, en un parpadeo regresó con Lilianne—. La conocí en Circle City, enseguida presentí que era peligrosa y me alejé de ella. Ahora... siento lástima. En las ciudades que nacen junto a los yacimientos de oro las mujeres no lo tienen fácil, pero estas comunidades también brindan oportunidades que en ningún otro sitio se podrían ni imaginar. He visto mujeres explotar sus concesiones con el mismo valor que los hombres o montar negocios fructíferos sin ayuda de nadie. Cora podría haber sido una de ellas, pero su ambición era desmedida. Nada la frenaba.

—Las mujeres como Cora dan pie a que muchos piensen que, si una mujer se sale del camino más conservador, solo puede caer en la desgracia. Las que deciden luchar son duramente juzgadas como si fueran otra Cora. —Suspiró—. Casi todas las amigas de mi madre son mujeres ociosas, que se conforman con malgastar el dinero de sus maridos. Esperan la misma actitud de sus hijas, cualquier joven que destaca es marginada por su entorno. Las que necesitan trabajar para que sus familias sobrevivan solo pueden aspirar a unos pocos trabajos mal retribuidos.

Le habló de Amalia Godwin y de sus cinco hijos, de cómo trabajaba de sol a sol en una lavandería, donde cobraba un sueldo mísero. Cooper la escuchaba pendiente de cada gesto. Estaba descubriendo una nueva faceta, la de una mujer inquieta que se preocupaba por los más desfavorecidos.

—Ayudo a mi tía —proseguía ella—, colabora con una institución que hace lo posible por sacar de la calle a mujeres solas. Es gratificante verlas cambiar cuando alguien les tiende una mano. No siempre lo conseguimos, algunas caen en los viejos vicios como robar o beber, pero son minoría. Hay tanto que hacer y tan poco interés por parte de los que podrían solucionar esas carencias.

Cuando veo a las niñas en las calles, pienso que deberían estar en una escuela aprendiendo un oficio. Hasta en la pobreza las mujeres son discriminadas. Se les niega una mínima educación. Si las mujeres pudieran votar, quizá los políticos se involucrarían más en ayudar a los más débiles, pero nos ignoran, como si nuestros votos no pudieran aportar algo de sensatez. Se supone que estamos capacitadas para llevar una casa, educar a los hijos, cuidar de los nuestros, pero no para tomar decisiones.

Cooper alzó las cejas por el asombro.

—¿Eres una sufragista?

Las mejillas de Lilianne se sonrojaron, aun así alzó la barbilla en un gesto retador a la vez que le miraba sorprendida.

—¿Has oído hablar de las sufragistas?

Cooper se rio suavemente.

—Claro, durante una escala en Londres de un mercante en el que navegué, estuve dos días caminando sin rumbo por la ciudad; un día me topé con decenas de mujeres con pancartas que hablaban del derecho a votar. Una de ellas se subió a una caja de madera y habló como acabas de hacerlo. Después apareció la policía y todas salieron corriendo, pero no lo suficiente. Unas cuantas fueron apresadas y me sorprendió que las trataran con tanta rudeza.

Lilianne le estudió el semblante en busca de una muestra de rechazo, pero Cooper parecía hablar en serio.

—Admito que he asistido a alguna reunión de la Asociación Nacional por el Sufragio de la Mujer —confesó, pendiente de su reacción. Al no percibir más que curiosidad, prosiguió—: y concuerdo con las aspiraciones de Susan Anthony y Elizabeth Cady Staton. No es justo que nos obliguen a obedecer las leyes que los hombres crean como si fuéramos niñas, que se nos discrimine por el simple hecho de ser mujeres en algunos lugares y en otros no. Hace décadas nuestro país vivió una guerra civil para garantizar la libertad de los negros que vivían en el sur, pero nosotras seguimos siendo prisioneras de la decisión de nuestros padres o maridos, según donde vivamos. ¿Por qué en los estados de Wyoming y Colorado se permite a las mujeres votar y en California no? Debería ser un derecho para todas y contemplado en la Constitución. No puede ser un derecho aleatorio. Necesitamos mujeres congresistas.

—No me sorprende que los hombres teman que las mujeres puedan votar si todas muestran la misma vehemencia que tú. Creo que los asustáis. Además —añadió alzando una mano en señal de apaciguamiento, previendo la reacción de Lilianne—, ¿no crees que la mayoría de las mujeres acabarán votando lo que les digan sus padres y maridos?

—Lo sé, deberían decidir por sí solas, sin la influencia de sus familiares varones. Algunas mujeres en contra del sufragio universal esgriman este asunto con frecuencia. El derecho a votar debe apoyarse en el derecho a una educación universal, sin discriminación entre niñas y niños. Por eso admiro tanto a Elizabeth Blackwell. ¿Has oído hablar de ella?

—¿Busca oro o es trampera?

Lilianne se rio.

—No, aunque sospecho que podría hacerlo sin pestañear si se lo propusiera. Fue la primera mujer doctorada en medicina. La rechazaron en diez universidades, pero al final lo consiguió y abrió las puertas de la medicina a las mujeres. Lucha por la educación de las niñas desde una temprana edad. Ha hecho más que nadie por la enseñanza de las mujeres; sin una educación, las mujeres seguirán sujetas a los dictámenes de los hombres y jamás lograrán demostrar que están capacitadas para ser dueñas de sus vidas, sin tutela alguna. Fundó la Escuela de Enfermería de Nueva York, después la Escuela de Medicina para mujeres y finalmente el primer hospital donde todo el personal son mujeres.

—No sabía que tantas mujeres hubiesen tenido acceso a una escuela o una universidad. Creo que he pasado demasiado tiempo lejos del mundo civilizado.

—No son tantas como crees —suspiró ella—. Siguen siendo minoría y suelen sufrir el desdén de sus compañeros de profesión. Casi todos piensan que en lugar de educar a una mujer, que abandonará su profesión en cuanto se case, es más sensato formar a un hombre, que dedicará toda su vida a dar buen uso de sus conocimientos. No importa la pericia, la ilusión o la dedicación. Lo más triste es que se obliga a las mujeres a elegir: su profesión o el matrimonio. Cuando eligen su profesión, son duramente juzgadas por no cumplir con lo que se espera de toda buena mujer decente; además, son relegadas a un segundo plano, saben que jamás se las tendrá en cuenta como a sus compañeros de profesión. La educación es un derecho por el que debemos luchar; educación y voto tienen que ir en el mismo sentido, y cuanto más seamos, mejor se nos oirá y solo entonces conseguiremos alcanzar nuestras aspiraciones. Quizás un día no tengamos que elegir.

Lilianne hablaba con un fervor que le arrebolaba las mejillas. El tiempo la había convertido en una mujer apasionada, con aspiraciones que seguramente incomodaban a muchos. ¿Cómo encajaba Lilianne en su familia? Cooper sintió como las raíces de su amor se le hundían en las entrañas, se colaban en cada recoveco y se enroscaban de manera persistente. En ese momento solo aspiraba a tomarla en sus brazos y a gritar a todos los presentes que Lilianne era el oro más puro del Klondike, el tesoro más valioso al que un hombre podía aspirar.

—Te has convertido en una loba que lucha por su territorio.

—No te burles —se quejó ella.

—Te aseguro que no hay burla en mis palabras. ¿Qué estudiarías si te lo permitieran?

Se encogió de hombros con indiferencia, como si hablaran de algo inalcanzable, algo tan lejano como la luna.

—Elegiría medicina...

—Yo apostaría por ti, serías un magnífico médico. ¿Quién sabe? Quizás un día lo consigas, como Elizabeth Blackwell.

Ella negó y soltó un suspiro.

—No mientras mi padre pueda evitarlo. Apenas si tolera que ayude al doctor Donner en su consulta; si no fuera por mi tía Violette, jamás habría consentido lo que él considera una vergüenza para las mujeres y, sobre todo, para su imagen de hombre de éxito. Algunos días me considero una cobarde por no haberme ido de

San Francisco, lejos de la vigilancia de Gideon. He sido débil, me he aferrado a la seguridad del hogar de Violette.

—Olvidas que viniste hasta aquí —le recordó con suavidad—. Y tienes sueños, aspiras a cambiar el mundo. No te subestimes. Las mujeres que vienen al Yukón están demostrando ser tan fuertes como cualquier *sourdough*. ¿Ves a esa dama sentada junto a la ventana?

Lilianne asintió mientras observaba a la mujer que Cooper le había señalado.

—Dicen que es una periodista que ha venido desde Inglaterra. Creo que se llama Flora Shaw. Alex Macdonald me comentó ayer que ha venido para escribir una crónica de la fiebre del oro en el Klondike —proseguía Cooper—. ¿Lo entiendes, Lilianne? Podrían haber mandado a un hombre, pero mandaron a una mujer. Es el principio.

Lilianne miró con creciente respeto a la mujer, que cenaba rodeada de cuatro hombres como si estuviese en un salón de té. Admiró su aplomo, la seguridad en sí misma que esgrimía. Quizá un día lograra sentir esa misma seguridad, olvidar la sensación de derrota que la había acompañado durante años, pero esa noche era especial y no quería pensar en otra cosa que no fuera Cooper. Hizo un gesto vago con la mano libre y sonrió.

—Dejemos de lado todo este asunto, hoy estamos aquí para disfrutar de la velada, de la cena y quiero bailar contigo hasta el amanecer. Espero que no hayas olvidado las lecciones de baile que te di aquella tarde. Nos reímos tanto que no conseguimos mucho la primera media hora.

Le habría gustado averiguar más acerca de su vida en San Francisco, pero percibía una cierta zozobra en ella, una debilidad que le perturbaba. Presentía que tras los ojos serenos de Lilianne se ocultaban anhelos reprimidos. Un día, y no muy lejano, los descubriría.

—Yo era un pésimo bailarín, pero tú desafinabas al tararear, aunque con tal de tenerte en mis brazos, habría bailado contigo al son de un gato asmático.

La sensación liviana regresó, Lilianne se relajó al evocar aquellos recuerdos. A pesar de haber sufrido tanto por esos momentos de felicidad robada, por esos instantes compartidos, el abismo que los había separado se hacía más estrecho. Un día esa brecha desaparecería del todo, era cuanto deseaba Lilianne esa noche.

Cooper no podía apartar la mirada de Lily, resplandecía, tan bella, tan valiente como un amanecer.

—Te amo —articuló en silencio.

—Y yo a ti —replicó ella de igual manera.

Y ambos se sorprendieron por la facilidad con la que habían surgido las palabras.

50

A pesar de haber abandonado la sala de baile del Monte Carlos media hora antes, el eco de la música la acompañaba todavía. Se encontraba en su habitación en el Fairview, sentada frente a un espejo. Detrás, Jane le quitaba las horquillas del pelo.

La velada había sido sorprendente, sobre todo cuando fueron al recién estrenado teatro Tivoli, donde una mujer, que presentaron como El Ruiseñor del Klondike, cantó con una maravillosa voz de soprano. Contrariamente a las anteriores interpretes femeninas, que se habían contoneado con descaro sobre el escenario entonando canciones cuya letra había rozado lo soez, Beatrice Lorne había encandilado a todo el auditorio, en su mayoría masculino, con su voz de ángel interpretando con maestría el *Ave María*. Al acabar su función, y tras unos segundos de absoluto silencio, los hombres se habían puesto en pie entre vítores y aplausos. Algunos se habían enjugado las lágrimas sin avergonzarse por su debilidad y habían tirado a puñados pepitas de oro a sus pies.

Sonrió con un gesto embelesado al estudiar su melena, que se desplegaba como alas de bronce. Cooper le había susurrado cuán hermosa era mientras habían girado una y otra vez al ritmo de un vals. No habían sido la pareja más diestra, pero ninguno de los presentes había disfrutado tanto como ellos. Cooper la había seducido con miradas y pequeños roces que la habían aturdido de deseo. Pero al final de la velada se había despedido con un casto beso en la mejilla delante de la puerta de su habitación. Aún hechizada por la velada, intentaba entender a Cooper. ¿A qué estaba jugando con ella?

Se percató de que Jane ya le había cepillado el cabello y esperaba con las manos entrelazadas.

—Lo siento, puedes retirarte. No deberías haberme esperado, es muy tarde. Mañana me las arreglaré sola.

—Estaré pendiente, llame cuando me necesite. Buenas noches, señorita.

Una vez sola, estudió su imagen en el espejo en busca de un defecto, de algo que hubiese podido desagradar a Cooper. Su inseguridad la irritaba, pero no podía evitar culparse de no ser lo que los demás esperaban de ella. Le había ocurrido con su padre y con su madre. Demasiadas veces se había observado en un espejo buscando la razón por la que nunca le prestaban atención. ¿Cooper había percibido en ella algo que le había inducido a dejarla sola? Esos temores que remontaban a su infancia la perseguían a pesar de los años transcurridos y seguían condicionando su percepción de sí misma. Ya no importaba, se dijo con firmeza. Ya no mendigaría el afecto de nadie. Y lo que menos quería era malgastar su tiempo pensando en sus padres.

Unos golpes en la puerta la sacaron de sus meditaciones; se puso un *deshabillé* a juego con el camisón y se lo cerró hasta el cuello.

—¿Sí?

—Servicio de habitaciones, señorita —le contestó una voz meliflua amortiguada por la puerta.

—No he pedido nada.

—Es una entrega, señorita.

Abrió lentamente dejando solo una rendija para poder echar un vistazo al pasillo vacío. Sorprendida, asomó la cabeza. Entonces lo vio apoyado contra la pared junto a la puerta. Se había quitado la chaqueta y el cuello rígido de la camisa. Llevaba sueltos los dos primeros botones dejando a la vista la piel morena. El cabello suelto y ondulado le enmarcaba el rostro. Presentaba el aspecto despreocupado de un caballero disoluto y arrebatador, decadente como un ángel caído. Para Lilianne seguía siendo el hombre del bosque que olía a pináceas y a sol. Su aroma la había embriagado tanto como las copas de champán que había tomado. Soltó un suspiro después de contemplarlo durante unos segundos.

—Insisto, no he pedido nada —declaró enderezándose. Echó una mirada al pasillo—. Alguien podría verte aquí y echarías a perder mi reputación.

Habló con toda la dignidad de la que fue capaz, pero la risa se le escapó con las últimas palabras.

—Entonces tendré que casarme contigo. —Sonrió con aire canalla—. He traído una ofrenda.

Le ofreció una botella de vino espumoso, que ella tomó entre sus manos. La risa seguía burbujeándole en el pecho.

—Agradezco el presente. Buenas noches.

Cerró la puerta muy despacio mientras Cooper la miraba con cara de sorpresa. Esperó tres segundos y volvió a abrir justo a tiempo para pillarlo con el puño en alto, dispuesto a aporrear la puerta.

—¿Has olvidado algo? —inquirió ella.

—¿Estás hablando en serio?

La voz de Cooper transmitía tal confusión que Lilianne rompió a reír. Le invitó a pasar con una mano.

—Dios mío, Cooper, deberías mirarte en un espe...

No le dio tiempo a terminar, él venció la distancia que los separaba como si un fuego le persiguiera y la tomó entre sus brazos. La botella cayó al suelo emitiendo un ruido sordo y rodó hasta la cama derramando su contenido sobre la alfombra. Ninguno de los dos se inmutó, perdidos en los ojos del otro.

—Creí que me dejarías plantado —gruñó él a escasos centímetros de sus labios.

Cerró la puerta de una patada sin mirar. Luego la besó.

El tiempo se detuvo para Lilianne; durante lo que le pareció una eternidad se concentró en el beso, su sabor, el tacto de su lengua, su aliento entrecortado por los suspiros. Enroscó los dedos en el pelo de Cooper. Su piel se estremeció al tiempo que el corazón le palpitaba con fuerza. Cooper, Cooper, Cooper, todo su mundo se reducía a él. El beso se hizo profundo, urgente, hambriento. Ella se puso de puntillas, él ciñó aún más su abrazo, hasta tal punto que le costaba respirar. La sensación de vértigo se hizo más acuciante, más deseable, más cautivadora. Al cabo de unos instantes, se separaron solo lo suficiente para juntar las frentes.

—Lily...

Posó sus manazas grandes y pesadas en torno a la estrecha cintura de Lilianne. A través de las finas capas de tela percibió la templanza de su piel, la suave depresión al final de las costillas y la curva de la cadera. Tomó consciencia del cuerpo pegado al suyo, de sus pechos presionando contra su torso, las caderas pegadas. Temió no volver a respirar con normalidad el resto de su vida.

—No hay vuelta atrás —logró susurrar—. Si pasamos la noche juntos, si compartimos esa cama, nada ni nadie me apartará de ti. Eres la única persona que puede decidir, así que dímelo ahora.

—¿Acaso sigues dudando de mí?

Él cerró los ojos e inhaló lentamente. Apenas se habían movido, la única señal de vida era el ruido de la calle que traspasaba la ventana cerrada. En el interior planeaba una calma quebradiza por la incertidumbre de ambos por distintos motivos.

—He dado muchas vueltas a las razones que te han traído hasta aquí —murmuró con voz ronca— y solo se me ocurre que hay otro hombre.

—No, Cooper, no sigas por ese camino —le pidió ella. Se apartó para mirarlo a los ojos—. Es cierto, hay otro hombre, pero todo ha cambiado. La razón que me trajo aquí ya no tiene sentido. Aun así, tarde o temprano tendré que volver a San Francisco. Aidan se merece una explicación cara a cara.

—No quiero más separaciones ni quiero saber cómo se llama. No quiero saber nada de él.

Cooper hizo el ademán de alejarse, pero Lilianne le envolvió el rostro entre sus manos y le obligó a mirarla.

—Se llama Aidan y es bueno, honesto y sensible. Alejó la soledad que me había impuesto. No pretendo que entiendas la profunda amistad que hemos compartido. Cuando me pidió en matrimonio, dudé, después creí que me conformaría con la sensación de ser apreciada y valorada. Ahora que te he encontrado ya no puedo conformarme con ello. Te quiero en mi vida y lucharé por nuestro futuro, pero Aidan se merece que le diga cara a cara que mis intenciones han cambiado.

Cooper soltó un profundo suspiro, luego la besó en la frente.

—No me hables de él, es como una puñalada.

Lilianne resopló.

—¿Me guardaste fidelidad durante todos estos años?

—No, estaba convencido de que no volveríamos a vernos, pero te he amado cada día, aun cuando quería odiarte.

Le pegó un empujón que pilló desprevenido a Cooper. Este dio un paso atrás, inquieto.

—¿Y qué crees que me sucedía? —exclamó ella—. Fue una lenta agonía, sobreviví como un alma en pena, sonriendo solo para que no me hicieran preguntas, solo para que todos pensaran que no me ocurría nada, cuando en realidad quería morirme. No puedes culparme por haberme aferrado a Aidan. Él me entendía mejor que nadie. Perdió a su mujer después de una larga enfermedad, sabe lo que supone vivir a medias. Le hablé de ti, de nuestra fuga... —Dio un paso adelante y se aferró con fuerza al chaleco de Cooper, no admitiría ninguna duda—. Aidan no es ninguna amenaza...

Cooper negó con vehemencia. La tensión y los celos le agarrotaban todo el cuerpo; esa conversación no era lo que había imaginado para esa noche. Se sintió como un necio por haber sacado a relucir sus dudas.

—No volveré a perderte, por nada ni nadie. Pero si vuelves a San Francisco, tu padre hará cuanto esté en sus manos por alejarte de mí.

Ella le sujetó de un brazo y se lo sacudió, dolida por su desconfianza, por la incertidumbre que reflejaban sus ojos.

—¿Tan poca fe tienes en mí?

—Creo en ti, Lily, pero no me fío de tu familia ni de cualquiera que tenga que ver con esa maldita ciudad.

—Tendrás que confiar en mí.

Le echó una mirada desafiante; esperaba que él creyera en ella, como una prueba de fe.

—Y confío en ti, Lilianne.

Él esbozó una media sonrisa. Antes de que Lilianne entendiera lo que Cooper pretendía, este la abrazaba con un brazo y sostenía una cajita de terciopelo rojo con la otra mano. Aquella escena le recordó otra similar. Si bien había sentido entonces cierta reticencia por temor a encontrarse con un anillo de compromiso de Aidan, en el caso de Cooper esperaba que fuera una muestra más de su futuro en común. La abrió despacio, sin apenas controlar el temblor de sus manos. La cajita cobijaba una sortija con un pequeño diamante redondo rodeado de una fila de pequeños rubíes.

—Cooper, es una locura… —atinó a balbucear—. Es precioso… pero ya te has gastado una fortuna en los vestidos. No quiero que derroches tu oro en mí. Ya me siento…

Él ignoró las palabras de Lilianne y se hizo con la sortija. Tiró la caja por encima del hombro sin dejar de sonreír.

—Cuando nos casamos, no tuviste más que un aro de latón. —Le deslizó cuidadosamente la sortija por el dedo anular—. Este anillo es el que te mereces, el que quiero que luzcas. Y pobre de aquel que se interponga entre nosotros.

—Pero no malgastes tanto en mí.

A pesar de sus palabras, admiraba la sortija. No le importaba que fuera de oro ni las piedras preciosas, lo que la conmovía era lo que significaba. El anillo iba más allá de lo que sucedería en aquella habitación esa noche, era una declaración para todos los demás.

—¿Por qué crees que Grass me quería muerto?

Cuando las palabras calaron su aturdimiento, recordó que tan solo unos días antes había estado a punto de perderlo de nuevo. Un escalofrío la recorrió entera.

—¿Por qué tienes un extraño don para granjearte enemigos peligrosos?

Él se rio por lo bajo, más relajado, más optimista.

—Grass quería el oro de Mackenna Creek. Soy un hombre rico, Lily. Quizá no tanto como tu padre, pero puedo permitirme este anillo y unos cuantos más.

No se había parado a pensar en lo que Cooper había conseguido extraer en sus concesiones. Por su forma de vivir y su atuendo habitual, había pensado que apenas había sacado oro para salir adelante.

—Eres un hombre de éxito —susurró ella.

—Eso espero, sobre todo esta noche.

La cogió en brazos y la llevó a la cama, donde la dejó con cuidado. Le acarició una mejilla.

—Lily, esta es una segunda noche de boda. No todos pueden disfrutar de una segunda oportunidad. Una vez renuncié a ti, ahora no pienso cometer el mismo error.

Le sonrió al tiempo que extendía los brazos hacia él. Tiró del chaleco hasta que lo tuvo encima. Todo su cuerpo se estremeció por la familiaridad de su peso, por la urgencia que se le había anidado en las entrañas. Le había amado con la ingenuidad de una joven, con la rabia de una esposa que se había creído abandonada, y seguía amándole con la esperanza de una mujer que por fin sabía lo que quería: a Cooper Mackenna, con todas sus contradicciones.

—Te amo, Mackenna, pero si sigues hablando creo que me pondré a gritar. Me gustaría que usaras tus labios para otra cosa, como un beso para empezar.

Hizo lo que le pedía con gusto, despacio, buscando respuestas en ella. Después se enderezó y se deshizo del chaleco y los zapatos. Con una lentitud que erizó la piel de Lilianne, se soltó los botones de la camisa mientras le lanzaba miradas hambrientas. Los pantalones fueron lo siguiente, y así prosiguió hasta quedarse desnudo. Lilianne se permitió estudiarlo detenidamente apoyada en un codo.

—Reconozco que te mentí en Mackenna Creek, me gusta todo lo que veo. —Agitó los dedos para que se acercara—. Ven, háblame con tus manos, tus labios y tu cuerpo, como hacías en el pasado. Háblame de los valles y las montañas que recorrerás...

Los labios de Cooper se estiraron en una sonrisa traviesa. Se aseguró de que la puerta estuviese cerrada con llave, luego se subió a la cama.

—¿Crees que me voy a escapar? —bromeó ella.

Gateó sobre la cama sin perderla de vista como si ella fuera su presa.

—Por si acaso...

Lilianne ahogó una risita nerviosa, su corazón se había desbocado de nuevo; todas sus terminaciones nerviosas se habían tensado anticipándose al contacto con la piel de Cooper. Se preparó para recibir su peso, sentir como la aplastaba contra el colchón. En su lugar Cooper se arrodilló a su lado y se conformó con pasarle la punta de la nariz por el rostro, el cuello, el escote del camisón. Lilianne se removió inquieta. Alzó una mano para acariciarle el pelo, pero él se la sujetó contra la cama.

—No te muevas —le ordenó con voz pausada pero grave—. No te muevas... —repitió en un susurro que caló muy hondo en Lilianne.

Una mano le acarició una rodilla y ella estuvo a punto de dar un salto. Aquel inofensivo roce le había dejado un hormigueo que se extendía por el resto del cuerpo. Se le entreabrieron los labios, se le escapó un suspiro entrecortado. Si una sencilla caricia la dejaba al filo de un abismo, aspiraba a tirarse de cabeza a esa espiral de sensualidad, placer y rendición que le prometía.

—Cooper...

—Shhh... Déjame recordar. Déjame reconquistarte como si fuera la primera vez.

Ella soltó un gemido. La primera vez la había tratado con delicadeza, como si pudiese romperse entre sus manos, pero Lilianne ya no era aquella joven inocente; pretendía rememorar las sensaciones que Cooper le había regalado con cada caricia. Aun así esperó mientras una mano grande y ligeramente áspera le acariciaba un muslo, un brazo, el cuello, el vientre por encima de la tela del camisón. Él se movía con una parsimonia exasperante, que estuvo a punto de arrancarle un grito de frustración; al mismo tiempo deseaba que no parara nunca. De repente hacía un calor sofocante en la habitación, un calor que le nacía de muy dentro; al momento se estremecía con la piel erizada como si un viento helado la rozara. Se aferró a las sábanas.

—Cooper...

—Shhh...

Él se rio suavemente mientras le besaba el hueco del codo, luego le pasó la lengua por la piel sensible, pero Lilianne ya había tenido suficiente de juegos. La había provocado adrede, atormentado, enloquecido, esperando una respuesta y estaba dispuesta a dársela. Se le echó encima tomándolo por sorpresa; esa vez ella estaba sentada sobre sus caderas a horcajadas y él la miraba sonriente.

—Me has torturado.

Él posó las manos en las caderas de Lilianne. Las movió de arriba abajo disfrutando de tenerla encima.

—Pues tortúrame, ahora soy tu prisionero. Pero antes de proseguir, creo que deberíamos equilibrar las partes...

Sujetó el escote del camisón y desgarró la frágil tela hasta la cintura de un tirón. Ella boqueó de indignación.

—¡Oh! ¡Eres un salvaje! —exclamó y rompió a reír—. Es una pena, era precioso.

Se lo quitó con deliberada tardanza, primero el *déshabillé*, después el camisón echado a perder. Antes de tirar las prendas al suelo, se quedó con una cinta que se había soltado. La deslizó sobre el pecho de Cooper, que la miraba con ojos oscurecidos por el deseo. Ahora entendía el juego, la diversión de tenerlo a su antojo, de saborear la espera, el placer que reconocía en sus ojos, en la crispación de su mandíbula, y su propio deseo que se deslizaba en ella como miel templada hasta sus extremidades y rincones húmedos.

—¿Qué pretendes hacer con eso? —quiso saber él.

Lilianne se inclinó hasta que sus labios estuvieron a unos centímetros de los de Cooper. Notaba su cuerpo grande y tenso bajo el suyo, el deseo palpitante, e intuía la contención que casi le agarrotaba. Se sintió juguetona, un poco descarada.

—Junta las manos sobre tu cabeza —le ordenó en un susurro.

—¿Qué? —exclamó él, aturdido.

Le repitió la orden. Deslizó las manos por sus costillas. La piel se erizó bajo sus dedos. Ella se sintió poderosa. Le besó la línea de la mandíbula y él farfulló algo entrecortado.

—Te has vuelto una mandona —protestó él con una risa entrecortada—. ¿Eres consciente de que puedo romper esa cinta con dos dedos?

—Sí, pero no lo harás.

Él emitió un gruñido, pero hizo lo que se le ordenaba. Ella se rio por lo bajo, sorprendida por su atrevimiento; tener a Cooper a su merced no hacía más que avivar su excitación e imaginación. Enlazó la cinta a las gruesas muñecas y la anudó sin apretar. La cinta de raso, de un delicado tono lila pálido, se veía incongruente como atadura.

Le contempló a su antojo: el pecho ancho, ligeramente velludo, los brazos tensos sobre la cabeza, el rostro hermoso, los ojos entrecerrados, el cuello donde palpitaba con fuerza una vena. Luego hizo lo que él había hecho, deslizó la punta de la nariz justo debajo del lóbulo de la oreja hasta el torso, dejó un rastro de besos, trazó con la lengua círculos que después chupaba como si se tratara de golosinas. Mientras tanto sus manos bajaban hasta las caderas y subían, delineaban senderos que resurgían del pasado.

Disfrutaba de cada estremecimiento de Cooper, de cada gemido que emitía con los labios apretados. Se tumbó a su lado pegada a él y sus manos volvieron a explorar de manera más íntima. Le besaba aquí y allí, le rozaba con los labios, le mordisqueaba, le lamía. Cooper se agitaba y ella sentía como cada caricia reverberaba en ella, avivando un deseo voraz. Una mano se hizo más atrevida, se centró en su sexo cálido y firme. Lo acarició, deteniéndose en la punta y bajando de nuevo hasta la suave piel entre las piernas, que se abrieron sin que ella se lo pidiera. Sonrió contra su pecho notándolo húmedo de sudor.

—Dios mío —musitó él entre dientes—. Si pretendes matarme, lo estás consiguiendo...

—Shhh... Déjame recordar —le replicó ella.

—Eres rencorosa...

Lilianne se tumbó sobre Cooper y le silenció con un beso. Suspiró en su boca; empezaba a anhelar que Cooper la tocara, que la hiciera vibrar. Sus manos recorrieron los brazos y le liberó sin que él se diera cuenta, lo que la excitó aún más. Cooper estaba tan entregado al largo y profundo beso que ni siquiera había advertido que tenía las manos sueltas.

—Eres libre —le murmuró al oído.

Él miró por encima de la cabeza con gesto sorprendido; al segundo, su expresión se tornó hambrienta y decidida.

—Ahora eres mía...

—Siempre lo fui —le aseguró ella contra sus labios.

La tumbó boca abajo y Lilianne se entregó con los ojos cerrados. Cada caricia creaba nuevos lazos que los unían irremediablemente. Cooper la amaba con la dedicación de un escultor que daba forma a su obra más preciada. Ya no pensaba, solo se concentraba en las vibraciones de placer que le nublaban la mente. La voz de Cooper la hechizaba, le susurraba contra la piel cuan bella, tierna y dulce era mientras trazaba sendas de besos a lo largo de la espalda, en el hueco de la cintura, mientras sus manos redibujaban el contorno de su figura. Las emociones iban de un extremo a otro, se sentía renacer, frágil y vulnerable, temeraria e exigente.

Cooper la seducía con el pelo largo, con las manos, los labios, la lengua, desde el hueco de la nuca hasta la planta de los pies y ella solo atinaba a suspirar y gemir. Demoraba el momento que ambos deseaban, prolongaba el exquisito tormento. La puso boca arriba y ella obedeció dócilmente con los ojos cerrados, abstraída por lo que provocaba en ella. Se había convertido en arcilla que él modelaba a su antojo. No tenía suficiente, la quería rendida, pero consciente de ello. La besó entre los pechos, los envolvió con las manos y durante un instante el placer se detuvo. Cooper la miró y lo que vio le conmovió.

Aturdida por la vorágine de emociones, ella sintió su respiración pesada, agitada e irregular contra su piel.

—Mírame, Lily —le pidió—. Mírame.

Lilianne le hizo caso, Cooper la contemplaba con los ojos enturbiados por los recuerdos. Aquel encuentro estaba dejándolos desarmados ante los sentimientos que los asediaban. Ambos se sentían indefensos, trataban de superar el pasado y aferrarse al futuro.

—Te quiero aquí, conmigo. No llores, Lily. Nadie volverá a separarnos.

Solo entonces Lilianne advirtió que sus mejillas estaban húmedas de lágrimas. Le sujetó el rostro entre las manos atrayéndole hacia ella.

—No, Cooper —susurró contra sus labios—, nadie volverá a robarnos esta felicidad. Nunca más volveremos a sentirnos solos...

El beso selló el doloroso recuerdo de todo lo que les habían robado. Cooper se deslizó en ella despacio, sin apartar la mirada de los ojos verdes de Lilianne. Ella jadeó por la intrusión, se mordió el labio al percibir el pálpito de placer que se expendía en ondas en su interior. Sus cuerpos se acoplaron, se reconocieron después de tantos años, y se adaptaron el uno al otro como si jamás los hubiesen separado.

—Somos el uno para el otro —le susurró Cooper. Pegó su frente sudorosa a la de Lilianne—. Te amo, Lily. Te amé la primera vez que te vi y te amé cuando creía que me habías traicionado y abandonado. Te amo tanto que me duele y me asusta.

Las palabras calaron la delicada capa de autocontrol de Lilianne, significaban todo lo que había anhelado en su soledad. Aferrada a él, rompió a llorar, por todo lo que habían padecido, por la confianza dañada que los había traicionado —esa que los había impulsado a odiarse sin saber que los habían manipulado—, y por la resplandeciente euforia que la embargaba en ese mismo momento. Su mundo y sus aspiraciones se reducían a esa cama y a sus dos cuerpos enlazados, a Cooper en su interior y a su corazón que amenazaba con estallar de felicidad. Acogió el dulce vaivén de

Cooper con un profundo suspiro, que se llevó los sollozos y los convirtió en gemidos sofocados por los besos. Ninguno cerraba los ojos, absortos en el otro y el placer compartido. Si era posible rozar el Cielo, Lilianne lo estaba abrazando.

—Te amo, Cooper.

Su cuerpo se contrajo por fuera y se expandió en su interior en un estallido deslumbrante de placer que la dejó exhausta y liviana. Junto a su oído oía la respiración acelerada de Cooper que se iba serenando. Aún se aferraba a él con los brazos y las piernas. Se resistía a abandonar la placidez del momento. Cooper hizo el ademán de apartarse, pero ella lo detuvo.

—No te muevas —le rogó en voz baja—, quiero tenerte unos instantes más.

—Me tendrás siempre a tu lado. Siempre...

51

Ignoraba si era madrugada o mediodía, las cortinas echadas le impedían averiguar cuánto habían dormido. Se habían amado con lentitud, resucitando las alegrías del pasado y sepultando todas las lágrimas bajo capas de caricias. Después se habían quedado dormidos abrazados, incapaces de permanecer un segundo separados.

Lilianne dormía de lado, con la cabeza sobre un brazo de Cooper y la espalda pegada a su pecho. Con cuidado él le apartó un mechón de cabello que le cruzaba el rostro y contempló su perfil relajado. Con el índice trazó la línea de la nariz recta, el pómulo arrogante, la mandíbula que delataba su carácter decidido. Estaba perdido, irremediablemente atado a ella. Esa noche había dejado que Lilianne volviera a adueñarse de su cuerpo y de su felicidad.

—¿Qué hora es? —farfulló ella sin abrir los ojos.

—Es de día.

—Aquí siempre es de día —protestó.

Él se rio y se la llevó con él cuando se puso boca arriba. Lilianne se acomodó sobre el cuerpo de Cooper. Apoyó la cabeza contra su pecho y jugueteó con el vello.

—Estoy agotada y al mismo tiempo creo que podría mover montañas —musitó.

Él le acarició las nalgas a modo de respuesta. Emitió un gruñido al sentir como ella tironeaba del vello del pecho.

—No empieces otra vez —le avisó Lilianne entre risas—. Confiesa tus intenciones: pretendes matarme de agotamiento.

—Sería una bonita muerte, ¿no crees?

—Sí.

El silencio se alargó en contraste con el ruido de la calle, las voces, el traqueteo de las carretas, los ladridos de los perros. En la cama el tiempo se había detenido. Cooper se negaba a poner fin a ese momento de sosiego, a pesar de todo lo pendiente por revelar, a pesar de que había algo que quería averiguar y suponía un amargo paso en el nuevo inicio de la vida que Lilianne y él querían compartir.

—Lily...

Ella le lanzó una mirada somnolienta acompañada de una sonrisa que le derritió el cerebro.

—¿Qué quieres?

Dudó, sopesó las palabras; no había manera de suavizar las preguntas ni las respuestas que seguirían. Cuando lo miraba así, no era capaz de poner en orden a sus pensamientos.

—Tengo que regresar a Mackenna Creek —soltó, acobardado, temiendo oír lo que necesitaba averiguar. La incertidumbre le carcomía e ignoraba si alguna vez encontraría el momento oportuno—. Giuseppe lleva demasiado tiempo solo a cargo de todo y los perros no pueden permanecer encerrados. Los he sacado a diario y no están acostumbrados a un encierro de varios días.

—Dame dos horas y estaré lista para irme contigo. Primero tengo que ir a la consulta de Sullivan y echar un vistazo a Paddy, después recogeré mis cosas y me despediré de Mary y Edith.

Cooper le pasó una mano por el pelo enmarañado.

—¿Abandonas la consulta?

Ella colocó la barbilla sobre las manos entrelazadas.

—No soy médico ni siquiera una enfermera titulada, no puedo seguir engañándome.

—Muchos barberos no son médicos y ejercen la medicina.

—Y la gran mayoría son carniceros. No entiendo por qué no se regulan esas prácticas, causan más daño que alivio. Además, si tú estás en Mackenna Creek, yo no quiero permanecer en Dawson sin ti.

—¿Y qué harás en Mackenna Creek?

Ella se encogió ligeramente de hombros.

—Echarte una mano y, si alguien del bosque me necesita, podré ayudarlo.

—No irás sola por el bosque. Es peligroso, están los osos, los pumas y otras fieras que podrían agredirte. Y no todos los que viven allí son buenas personas. No voy a permitir que vayas por ahí sola.

Ella arqueó una ceja a modo de advertencia y él volvió a reírse.

—Está bien, encontraremos una solución —logró decir cuando Lilianne empezó a hacerle cosquillas—. Para... Para... —jadeó mientras se retorcía.

—Nunca me digas lo que puedo o no puedo hacer. Valoraré los riesgos, no soy una insensata. ¿Te rindes? —inquirió sin dejar de hacerle cosquillas.

—Está bien, está bien...

El silencio regresó, ambos meditaban su extraña situación en brazos del otro. Se sentían como dos conocidos que compartían un recuerdo clavado como una espina. Caminaban de puntillas en torno al asunto sin llegar a tocarlo. Lilianne le echó una mirada de reojo por entre el pelo que le cruzaba la frente; Cooper sonreía, pero sus ojos delataban la misma inquietud que experimentaba ella. Intuyó que no preguntaría, dejaría que fuera ella quien decidiera. Tomó aire, necesitaba quitarse de encima ese recuerdo que le pesaba como una losa.

—Cooper...

La miró con un punto de incertidumbre en los ojos. Lilianne barajó la posibilidad de escabullirse, enterrar el pasado para siempre, pero estaría siempre ahí, entre los dos como un cadáver podrido que ambos fingirían no oler.

—¿No quieres saber lo que ocurrió cuando te obligaron a marcharte de San Francisco?

Él tomó aire con tal fuerza que Lilianne sintió como su pecho subía de repente y bajaba lentamente. Apretó los labios y asintió. Ella se preparó, vació de emociones su mente como había hecho miles de veces. Necesitaba encontrar ese lugar frío que la insensibilizaba, que anestesiaba el dolor que los recuerdos arrastraban.

—Me encerraron en mi alcoba, como te dije en Mackenna Creek. Durante días solo vi a la doncella de mi madre. Llegué a odiarla tanto como a mis padres. —Lilianne jugueteó con la punta del cabello de Cooper—. No volví a ver a mi doncella, la despidieron. Creían que nos había ayudado a huir y no le dieron la oportunidad de defenderse.

Cooper la escuchaba, inquieto por el tono ausente de Lilianne. No le miraba, le negaba la complicidad, la oportunidad de darle su apoyo. Temió, de manera irracional, que una nueva brecha pudiera abrirse entre ellos. Quizá no estuviese preparado para oír la verdad, algunas veces el silencio o una mentira era preferible.

—No sigas.

Ella ladeó la cabeza mientras le contemplaba. Cooper la sintió muy lejos de él, inalcanzable. Entendió que esa actitud había sido su escudo, pero a él le inquietaba. Esa mujer que le miraba con ojos impasibles era la desconocida que le había pedido el divorcio. Quiso sentarse; tumbado bajo el cuerpo de Lilianne se sentía vulnerable. Ella se lo impidió; en cambio, se sentó a horcajadas sobre su vientre. Preciosa, lejana, herida.

—No, no más secretos entre nosotros. Sé que siempre te preguntarás qué sucedió. No quiero que haya ninguna sombra de duda. Solo lo haré una vez y no volverás a preguntarme. Tendrás que creerme sin más indagaciones.

Él le acarició los muslos. Los ojos de Lilianne, tan vivaces habitualmente, carecían de expresión.

—Recuerdo que la casa estuvo muy silenciosa durante esos días... O fueron semanas, no lo sé con certeza. Gritaba que me dejaran salir, que alguien me dijera qué había sido de ti sin conseguir nada. Un día creí oírte, aporreé la puerta, empecé a tirarlo todo. Creo que enloquecí, pero conseguí que mi padre apareciera en mi alcoba. Reconoció que habías estado en casa, que te había ofrecido quinientos dólares que habías aceptado. Añadió que habías abandonado la ciudad en un mercante.

«—¿De verdad crees que te quiere? Solo has sido un atajo hacia mi dinero. En cuanto le ofrecí quinientos dólares para que se fuera, los aceptó de inmediato. Ni tú ni ese bastardo que llevas en el vientre le importan. ¿Quién puede querer a una criatura tan insignificante como tú?»

El recuerdo de la voz de Gideon había sido tan real que un estremecimiento la recorrió. Lilianne parpadeó al regresar al presente. Miró a su alrededor para cerciorarse de que no estaba en aquella alcoba que llegó a considerar una cárcel.

—No quise creer que me hubieses abandonado, pero las dudas empezaron a hacer mella en mí. Gideon sabe ser muy convincente y, desde luego, sabe qué palabras hieren. Aun así te esperé, día tras día, con el único consuelo de nuestro hijo en mi vientre. Me aferré a él, pero mis temores se acrecentaron al no recibir noticias tuyas. Ignoro cuánto tiempo pretendían mantenerme encerrada. Una noche la doncella de mi madre entró cargada con unas sábanas y unas mantas, aproveché un despiste y la tiré al suelo de un empujón. Salí corriendo, pero ella se puso a gritar y me metieron de nuevo en mi cárcel.

Lilianne se apartó el pelo de la cara y se lo enrolló en un moño precario, que apenas aguantó unos segundos. Le temblaban las manos, era la única señal del nerviosismo que reprimía.

—Lily...

Ella meneó la cabeza con obstinación y prosiguió tras tragar con dificultad.

—Mi padre apareció hecho una furia y afirmó que tomaría cartas en el asunto. Para mi sorpresa, mi madre apareció poco después, me aseguró que había apaciguado a mi padre y le había convencido que lo mejor era mandarme a un sanatorio donde pasaría unos meses. Casi me sentí agradecida. Prefería cualquier cosa a ese aislamiento, al silencio.

Agachó la cabeza ocultando su rostro tras las manos durante

unos segundos. Cooper aguantó la respiración. Aquel día en Mackenna Creek Lilianne le había ocultado el resto.

—Déjalo, Lily. Ya me hago una idea...

Ella apartó las manos y le clavó una mirada salvaje.

—¿Crees saberlo? No, ni siquiera yo intuí lo que me esperaba. De madrugada dos hombres vinieron a por mí y yo los seguí voluntariamente. Habría aceptado cualquier cosa con tal de salir de esa habitación. No hice preguntas cuando me sacaron por la puerta del servicio, ni por qué no me crucé con ningún miembro del personal. Solo cuando salí de la casa y vi a los dos individuos que me esperaban supe dónde me iban a llevar. Ni siquiera tuve tiempo de gritar, me taparon la nariz y la boca con un paño empapado de cloroformo. Perdí la consciencia y cuando volví en mí estaba maniatada en una berlina cerrada. Recuerdo como el interior olía a estiércol de caballo y al sudor de los dos hombres. Me dolía la cabeza, sentía náuseas, estaba aturdida y asustada. Habíamos llegado a mi destino, no era el apacible sanatorio que mi madre me había descrito. El lugar era una mole de piedra tras una valla alta que lo aislaba del exterior. ¿Has oído hablar del Imola?

Él cerró los ojos al tiempo que soltaba un suspiro de desolación. Todos en San Francisco llamaban así al manicomio del valle de Napa. Las historias que se contaban con un placer morboso eran escalofriantes; quien entraba cuerdo acababa enloqueciendo.

—Dios mío, Lily, ¿qué te hicieron? —susurró, más para sí mismo que para ella.

Se enderezó y la abrazó con delicadeza cuando en realidad quería gritar, romper lo que fuera, golpear a alguien. La vergüenza le inundó por haber pensado en algún momento que Lilianne había renunciado a su hijo voluntariamente. Si bien ella no había terminado su relato, sospechaba que no le habían dejado decidir. Roto por dentro, la acunó despacio.

Lilianne reprimió el llanto que brotaba de una herida que nunca se cerraba y con la que se había acostumbrado a vivir.

—No sigas... —susurró él contra su pelo.

—Lo necesito, Cooper. Desde que salí de ese lugar, no le he

dicho a nadie lo que ocurrió —respondió contra su cuello—. Nadie me preguntó ni me explicó las intenciones de mi padre. Apenas recuerdo cuando volvieron a sedarme con cloroformo. Cuando desperté volvía a sufrir un insoportable dolor de cabeza, me zumbaban los oídos y estaba desorientada. Fueron los violentos calambres en mi vientre los que me confirmaron lo que había sucedido, lo que me habían hecho... Me lo confirmó una enfermera sin ni siquiera mirarme a la cara.

Cooper apretó los dientes, trató de serenarse respirando hondo. El odio hacia los Parker se desató como una tormenta, rugía tan fuerte en su cabeza que le costaba oír la voz de Lilianne. Habían hecho lo posible por romperlos y manipularlos sin remordimiento ni piedad.

—También me informó que la intención de mi padre era dejarme internada en el manicomio. Aun así, seguía pensando que volverías, que no habías embarcado en ese mercante. Seguí preguntando por ti... Pero mi padre se presentó acompañado de un desconocido, era el capitán del *Diana*. Gideon le pidió que me contara lo que te había sucedido, como habías fallecido. Fue como perderte una segunda vez, a ti y a nuestro hijo. Ya no me quedaban razones para vivir. Me negué a comer.

Lilianne perdió el férreo control que había ejercido sobre su persona, sollozaba sin contención. El dolor, que había sentido años atrás al entender que le habían arrebatado a su hijo, estaba de nuevo en su pecho, donde latía con fuerza como una llaga que supuraba amargura y fracaso. Cooper la mecía en silencio, pero su mente estaba librando una batalla para no perder el control de su persona. Para él todo era reciente, debía procesar las palabras de Lilianne y dominar sus emociones. Ella entendía el desasosiego que percibía en él, el desaliento por no haber podido hacer algo. La sensación de impotencia y frustración se removía, avivando el odio, el anhelo de venganza, de devolver el mismo dolor. Sin embargo, la sensación de vacío que la había acompañado ya no estaba. En su lugar Lilianne halló una calma que la sorprendió. El sufrimiento permanecía presente, la impotencia, así como la rabia, pero no el vacío. Las palabras habían ejercido de bálsamo por el simple hecho de haber compartido su desconsuelo más íntimo con Cooper.

—Te ahorraré los tratamientos a los que me sometieron para curar mi crisis de melancolía, como los médicos llamaban a mi estado de apatía. Tampoco entraré en detalle en cómo me alimentaban a la fuerza —murmuró. Por primera vez no sintió las náuseas que le había producido evocar ese suplicio: la sonda en la garganta, el miedo, la horrible sensación de ahogo, las arcadas secas, la repulsión por las manos que la habían inmovilizado.

Cooper le acariciaba el pelo, le besaba la coronilla, la sien, la frente. El dolor que le infligían las palabras susurradas eran como puñaladas finas y certeras, que le dejaban en carne viva. Ella se aferraba a él con fuerza, y él a ella. Necesitaba brindar consuelo a Lilianne. No quería saber más, pero Lilianne parecía necesitar exorcizar todos esos recuerdos. Escucharla era lo único que podía hacer por ella en ese momento.

—Mi padre se presentó en el manicomio y ordenó que dejaran de alimentarme. Entonces sentí alivio. —Soltó una carcajada seca que se convirtió en un sollozo—. Sentí agradecimiento. En realidad mi padre prefería a una hija muerta que a una viva que pudiera crearle más problemas. Cuando Gideon se desentendió de mí, el trato empeoró aún más. Era horrible, me dejaron en una habitación aislada donde no entraba nadie. Supe que esas cuatro paredes se convertirían en mi tumba. La enfermera se apiadó de mí y avisó a mi tía Violette, quien me sacó del Imola. Jamás olvidaré las noches, cuando se oían con más nitidez los gritos de auxilio, el llanto, las plegarias. Yo no era la única, Cooper.

—Lo mataré —susurró entre dientes.

Lilianne le cogió el rostro entre las manos y le obligó a mirarla.

—No. No te quiero en una cárcel por matar a mi padre. Si yo he aprendido a vivir con esos recuerdos, tú también tendrás que hacerlo. El mayor castigo que podemos infligirle es seguir con nuestro matrimonio. Que sea testigo de que no consiguió separarnos.

Cooper quiso revolverse, aullar como un animal herido, pero los ojos de Lilianne le ataban a ella, a su voluntad inquebrantable. De ahí provenía la fortaleza que le había asombrado, Lily había madurado a fuerza de golpes y humillaciones. Había aprendido de la peor manera posible hasta donde llegaba el egoísmo y la ambición de su padre.

—Yo no puedo prohibirte nada, pero tú me pides que permanezca de brazos cruzados. —Le aprisionó el rostro entre sus manazas y se acercó hasta que sus narices se tocaron—. Intentaron acabar contigo y... —Tragó con dificultad el nudo de ira y odio que se le había enroscado en la garganta—. Era mi hijo, Lily. Era tan mío como tuyo...

—Lo sé, pero no te dejaré cometer una locura.

Se abrazaron ignorando si en un futuro lejano o cercano llegarían a vivir sin que el recuerdo de lo que habían perdido los hiriera como en ese mismo momento. Cooper la acunó, le brindaba alivio y al mismo tiempo se aferraba a ella para no hundirse en el resentimiento. Ella le pedía algo que se le antojaba egoísta, y, al mismo tiempo, la entendía. Tocar un pelo de Gideon acabaría en una desgracia, Lily volvería a estar sola mientras él acabaría en una cárcel o le ejecutarían.

—Sé que lo conseguiremos, Cooper... —le susurró ella con tal convicción que suavizó la ira de Cooper—. No hemos sufrido tanto para fracasar ahora. Necesito creer que ni el pasado ni el presente nos impedirá disfrutar de nuestro futuro. Necesito saber que estás dispuesto a todo y eso incluye descartar una venganza que nos vuelva a separar.

Abrazado a la única mujer que había dado sentido a su vida, accedió.

52

El joven tamborileaba con los dedos la mesa mientras Lilianne le pedía que abriera la boca. A pesar de la aparente calma del paciente, el golpeteo suave de los dedos delataba su impaciencia. Lilianne apenas tardó un segundo en diagnosticar el origen de las encías sangrantes del joven: escorbuto. Se lo dijo y se dirigió a la pequeña pila donde se lavó las manos. A sus espaldas el tamborileo cesó. Le echó un vistazo por encima del hombro; el joven miraba a través del ventanal con la mirada ausente. Al otro lado Cooper estaba acariciando a *Brutus* mientras *Linux* restregaba su enorme cabezón contra sus piernas, casi derribándolo por la fuerza que ejercía. Cooper se rio por lo bajo, en el interior no se le oyó el sonido, pero Lilianne supo que era una risa feliz. Echó un segundo vistazo a su paciente, cuya atención estaba puesta en los perros.

—Parecen tan fieros como lobos... —murmurró él—, pero se comportan como cachorros juguetones.

Lilianne sonrió.

—Pueden ser peligrosos, pero cuando dan su lealtad a un hombre, son capaces de dar su vida con tal de protegerlo. ¿Lleva mucho tiempo en el Yukon, señor...?

—London, Jack London. Y sí, llevo un año, pero acabo de llegar a Dawson.

Lilianne le estudió con más atención; por su aspecto demacrado y la ropa desgastada, adivinó lo que le había sucedido.

—Me fui de San Francisco el verano pasado —prosiguió Jack—, después de la noticia de la llegada del buque *Excelsior* al puerto. Mi cuñado y yo decidimos ir a por el oro del Klondike. Nos dijeron que sería sencillo llegar y llenarnos los bolsillo... —Apartó los ojos de los perros y los clavó en Lilianne—. Salimos demasiado tarde, nos costó Dios y ayuda cruzar el paso Chilkoot. Mi cuñado no pudo seguir adelante y volvió a San Francisco. Ojalá yo también lo hubiese hecho. Pero me obcequé en mi empeño, me uní a un grupo de hombres y seguí adelante. El frío y la nieve nos alcanzaron en el lago Bennet, el lago se congeló. Tuvimos que pasar el invierno allí...

Lilianne agachó la cabeza. Ya había oído historias similares, de hambre y frío, de soledad y locura. Durante el verano habían ido llegando los que se habían visto obligados a permanecer a orillas de los dos inmensos lagos Bennet y Linderman. Alcanzaban Dawson agotados, demacrados y se daban cuenta de que ya no les quedaban fuerzas para hacer realidad su sueño, y su único empeño era regresar cuanto antes a sus hogares.

—¿Qué piensa hacer, señor London?

—Volver a San Francisco. Me han ofrecido pagar mi pasaje trabajando en la caldera del vapor en el que viajaré. Pero para dar paladas de carbón durante horas, necesito ganar fuerzas...

Su voz se desvaneció y agachó la cabeza. Lilianne supo que no tenía nada para pagar la consulta ni un tratamiento. Por suerte, el escorbuto tenía fácil solución y ella estaba en situación de ayudarlo. Al menos sería lo último que haría en la consulta de Sullivan. Abrió una puerta de la alacena y sacó limones. Ignoraba la razón, pero todos sabían que comer fruta o verdura fresca aliviaba significativamente los síntomas del escorbuto. Se los tendió al joven.

—Tómeselos, en zumos si le duelen las encías. Notará mejoría y las encías dejarán de sangrar.

—No puedo pagarlos —admitió Jack con un deje avergonzado.

—No puedo cargar con ellos, me marcho de Dawson y tengo que aliviar como sea el peso de mi equipaje —mintió sin sentir un ápice de vergüenza.

London le devolvió la sonrisa y asintió.

—Gracias, señorita...

—Señora Mackenna. Le deseo un buen viaje de regreso. Salude de mi parte la bahía cuando llegue a San Francisco.

Él ladeó la cabeza y su sonrisa se hizo más amplia.

—Ya decía yo que su forma de hablar me era familiar... Pero sospecho que usted vive al norte de Market Street.

—De pura casualidad, señor London. También viví en Oakland y guardo muy buenos recuerdos de la semana que pasé allí.

London salió de la consulta y admiró durante un instante la estampa de los perros, luego se alejó con el único oro que sacaría de la fiebre del oro: unos limones que le salvarían del escorbuto que amenazaba con dejarle sin dientes, en el mejor de los casos.

Cooper no prestó atención al paciente que acababa de salir y siguió cargando el equipaje en el trineo. *Linux* y *Brutus* tironeaban de los arneses, impacientes por emprender el viaje. Detrás, el perro que Lilianne había rescatado esperaba inquieto. Le palmeó la cabeza para calmarlo y le colocó unas pequeñas alforjas sobre el lomo.

—Necesitas sentirte útil, ¿verdad? —le susurró. Le ajustó con cuidado el arnés contra la barriga—. Pero estás un poco debilucho para tirar del trineo. Un día estarás junto a *Linux* y *Brutus*.

—Vaya, no pensé que era de los que hablan a los chuchos, Mackenna. Me sorprende.

Sullivan le contemplaba con el ceño fruncido; a su lado, Steele no dejaba entrever lo que pensaba. No les había oído acercarse.

—Mackenna nunca da a conocer todas sus cartas —puntualizó el superintendente.

El médico, que ya había perdido interés por la conversación, se pasó una mano por los labios resecos.

—Bueno, voy a despedirme de la señorita Dawson.

—Es la señora Mackenna —soltó Cooper pendiente de los perros, pero no pudo resistirse a mirar el efecto que causaban sus palabras en los dos hombres.

Sullivan dio un respingo.

—¡Por todos los santos! Eso se merece un trago. Voy a felicitar a la señora Mackenna.

Salió disparado hacia el interior de la consulta, pero Steele permaneció en el mismo sitio. Cooper se aseguró de que los paquetes estuviesen bien sujetos al trineo. Se mostraba tranquilo como si compartiera un amigable silencio con el superintendente, cuando en realidad esperaba tenso a que Steele hablara.

—Supongo que debo darle la enhorabuena, pero sospecho que ese matrimonio no se ha celebrado aquí ni es reciente.

Cooper se enderezó lentamente desplegando toda su envergadura como un oso que tratara de intimidar a un enemigo. Steele sopesó si seguir, Mackenna no solía meterse en problemas, pero en los últimos tiempos cada vez que sucedía algo en Dawson estaba relacionado como fuera con los sucesos.

—¿Acaso tengo que rendirle cuentas por mi matrimonio con Lilianne?

—Por supuesto que no, pero no me gustan las sorpresas y últimamente he tenido ración doble. Hoy me he enterado de la muerte del jefe Klokutz. —Se apoyó contra un poste en una actitud falsamente tranquila—. Estábamos rastreando el bosque en busca de alguna pista de Grass. No me gustan los cabos sueltos y ese alemán es uno que me molesta sobremanera, aunque estoy convencido de que no volveré a verlo aquí ni en cualquier otro sitio. —Se tironeó suavemente de la punta de su mostacho, pensativo—. La muerte de Klokutz no fue la única noticia que me llegó, su hija también ha fallecido y creo que de manera violenta. La familia del jefe ha mantenido la boca cerrada, algunos tlingits se resisten a que la justicia de los blancos se inmiscuya en sus asuntos, pero una anciana me contó que la joven estaba casi desfigurada por la paliza que le habían propinado.

Cooper escuchaba con el pecho contraído por la lástima que le producía oír hablar de Lashka.

—Me he enterado de las dos muertes.

—Oh, claro. Usted tiene una relación muy estrecha con los tlingits. De hecho no hay suceso en el bosque que usted no sepa.

Quizá me pueda decir entonces dónde está el hijo de Klokutz. Lleva desaparecido desde la noche del incendio.

—No lo sé, Subienkow no me tiene en muy alta estima y apenas nos dirigimos la palabra.

—Ya entiendo. ¿Su hermana Lashka era el motivo de esa enemistad?

—A Subienkow le molesta mi presencia en el bosque. No se fía de mí, eso es todo.

Pasaron unos segundos durante los cuales los dos hombres fingieron contemplar la calle bulliciosa.

—Hay más —dijo Steele de repente—. Mientras buscábamos un rastro de Grass en el bosque, nos topamos con el cuerpo de un hombre atado a un árbol. No quedaba gran cosa de él. No fue una visión agradable, uno de mis hombres casi echó las tripas.

Cooper se encogió de hombros al tiempo que sus entrañas se removían. Podía imaginarse el aspecto de Jared varios días después de haber estado a merced de los animales del bosque.

—Quizás haya sido un robo... —soltó sin convicción.

—No lo creo, todavía llevaba sujeto al chaleco un reloj de bolsillo de plata reluciente que nos permitió averiguar que ese pobre desgraciado era Jared Wilson, el hombre de confianza de Grass. A mí me pareció una venganza, algo así como un ojo por ojo. Sé que todos esos sucesos están relacionados de alguna manera y creo que usted sabe más de lo que dice.

Por primera vez le miró a los ojos y Cooper sintió deseos de mandarle al infierno. También le respetaba; Steele era íntegro, no se dejaba engatusar por el brillo del oro. Cumplía con honradez y ecuanimidad su cometido. Daba y exigía, en igual medida: toleraba las prostitutas, el alcohol, las salas de juego, pero había prohibido las armas, dejando claro que la combinación de alcohol, armas y mujeres solía acabar en desgracia para unos y en la cárcel para otros. Los domingos todos los locales cerraban, las tiendas, los almacenes, las consultas, pero también los prostíbulos, los bares, los teatros, y buena parte de la población asistía al servicio de los diferentes templos religiosos que habían ido brotando aquí y allí en las últimas semanas. Steele había impuestos normas lógicas que recordaban a los hombres y mujeres de Dawson que, más allá de la singularidad de la ciudad, había leyes y normas de conducta que respetar. Sin embargo, en el caso de Cora y Grass, no había hecho lo suficiente.

—Ya le dije una vez que no resulta sencillo mantener el orden en una ciudad donde el oro corre de mano en mano —soltó Steele meditabundo—. Hay quien ha acumulado una fortuna y otros se mueren de hambre, pero, a excepción de los sucesos relacionados con Grass, la señorita Cora y sus acólitos, Dawson es una ciudad segura. Y quiero que así siga, pero cuando usted aparece, todo bascula hacia el caos. Le aprecio, intuyo en usted a un hombre de palabra, sin embargo, debo velar por la ciudad que me han encomendado vigilar. Quiero calma en una comunidad que ha alcanzado los cuarenta mil habitantes y solo dispongo de un puñado de hombres para mantenerla. Y todo indica que llegarán más este verano y el que viene.

»¿Se ha enterado de la muerte de Soapy? Skagway es de nuevo una ciudad segura. Ya no hay robos ni extorsiones. Desde entonces el paso White es más seguro gracias a los elevadores que han instalado en la falda de la montaña. Las grandes empresas mineras no tardarán en alcanzar el Klondike, tal vez el verano que viene. Entonces la ciudad crecerá y nacerán nuevos negocios muy lucrativos, pero también llegarán más timadores, más pistoleros con ganas de enriquecerse rápido. De aquí al verano que viene ignoro si seguiré aquí, pero mientras esta ciudad esté bajo mi tutela, quiero calma y paz, y no pienso consentir que nadie se tome la justicia por su mano.

Cooper estaba al tanto de los rumores acerca de la muerte de Jefferson Smith, apodado *Soapy* por una serie de timos relacionados con barras de jabón. Se había hecho dueño de la ciudad fronteriza nacida al inicio de la fiebre del oro. Gracias a la complicidad del alguacil, Soapy había timado y robado a los viajeros que intentaban alcanzar Canadá a través del paso White o los que regresaban del Klondike con los bolsillos llenos de oro. En los últimos tiempos la voz de alarma había corrido entre los mineros y los viajeros preferían la ciudad de Dyea para cruzar la frontera por el paso Chilkoot, mucho más alto y arduo, en lugar de elegir Skagway y sortear el paso White. La violencia había alcanzado tales cuotas que los comerciantes, temiendo la ruina de sus negocios, habían instaurado el Comité de los 101, que pretendía imponer seguridad y justicia. El conflicto había desembocado en el enfrentamiento entre Soapy y Frank Reid, miembro del Comité y muy respetado entre los comerciantes. El resultado había sido la muerte de los dos hombres, pero la ciudad volvía a ser segura.

No había prestado atención a los sucesos, pero a la vista estaba que acabarían afectando a todos los habitantes de las orillas del río Klondike. Él, que llevaba años viviendo al margen, se enfrentaba a nuevos cambios. La incertidumbre le estaba abrumando, en otros tiempos habría vendido todo al mejor postor y se habría dirigido hacia el norte, apenas poblado. Con Lilianne de vuelta, no le quedaba más remedio que encarar la nueva etapa de su vida.

—¿Qué intenta decirme?

—Solo le informó acerca de los últimos acontecimientos.

—A mí me parece que me está echando de Dawson.

Steele percibió la resistencia de Cooper. Se había equivocado, Mackenna era un hombre poco acostumbrado a seguir las normas o los consejos como la mayoría de los veteranos; todos tan peculiares, inadaptados, aventureros, prófugos de la ley, algunos analfabetos, otros capaces de declamar a Homero o Nathaniel Hawthorne en las largas noches del invierno del Yukón. Eran hombres y mujeres curtidos, duros como rocas, pero reacios a avenirse a los cambios, a las leyes, a la civilización. Optó por otra estrategia y apeló al instinto de protección que intuía en Cooper.

—Si me permite un consejo, llévese de aquí a su esposa. Dentro de unas semanas los barcos dejarán de navegar por el Yukón, empezará el invierno y no necesita que le diga lo despiadado que es. Vele por su bienestar y llévese a la señora Mackenna lejos de esta tierra.

Cooper soltó un suspiro, sus ojos recorrieron la calle con una mezcla de sentimientos encontrados. Él había llegado al Yukón huyendo de su pasado, de los recuerdos, de un amor que casi le había costado la vida, convencido de que había encontrado su lugar.

—Hace unas semanas le habría mandado al cuerno... El Yukón me ha dado mucho y hasta hace poco no pensaba irme de aquí, pero mis prioridades han cambiado. —Echó un vistazo al interior de la consulta a través del ventanal; sus ojos se detuvieron en Lilianne, después fueron de nuevo al bullicio de la calle—. Antes de marcharme tengo que pensar en mis concesiones. Necesito gente de confianza para trabajar en Mackenna Creek.

Steele entendía el dilema de Cooper, un minero no podía desatender una concesión a riesgo de perder el derecho de explotación, pero no había problema que no tuviese solución.

—¿Conoce a Belinda Mulhrooney?

—He oído hablar de ella —replicó a desgana.

—Ha conseguido que la Gold Run Mining Company sea rentable desde que lleva las cuentas. —Al ver el gesto de sorpresa de Cooper, prosiguió—: Le ofrecieron la dirección de la cooperativa cuando regresó de Skagway y, a pesar de dirigir su hotel al mismo tiempo, ha conseguido poner en vereda a los que despilfarraban el oro. Lo primero que ha hecho ha sido quemar la ruleta que había en la oficina. Apenas llegaba el oro, se lo jugaban a la ruleta con quien quería apuntarse y ya sabe que en esta ciudad abundan los tahúres tramposos. Piénselo, Mulhrooney es honesta, inteligente, muy dura negociando, pero justa.

Steele dejó a Cooper meditando la recomendación. Le parecía una buena idea asociarse con Belinda Mulhrooney, aunque en ese momento se sentía dispuesto a retar al jefe de los *mounties* y permanecer en Dawson hasta que a él le pareciera oportuno marcharse. Una simple mirada al interior de la consulta, donde Sullivan brindaba con efusividad con Lilianne, disipó sus dudas. No la dejaría enfrentarse sola a sus padres, viajaría con ella y después... No tenía ni la más remota idea de lo que iba a hacer con su vida. Lily tenía aspiraciones, sueños, inquietudes, pero él se sentía a la deriva.

Pensó en unirse a la celebración, pero había cosas más urgentes que hacer.

En la oficina de Belinda Mulhrooney solo se oía el ronroneo de las voces de la calle. La mujer estudiaba el semblante de su inesperada visita con creciente interés. Ladeó la cabeza mientras daba vueltas a la propuesta que acababa de hacerle Mackenna. Estaba acostumbrada a mantenerse serena, pero necesitaba unos minutos para poner en orden sus ideas. Se rumoreaban muchas cosas acerca de ese hombre y la que más le interesaba era que no daba un paso sin antes meditarlo.

—Me siento halagada, aun así nunca firmo un contrato sin antes ver personalmente los resultados.

Belinda hablaba en tono moderado mientras limpiaba con un pañuelo las gafas que se había quitado. Le miraba entornando sus ojos miopes. Era una mujer poco agraciada de cabello encrespado y oscuro, nariz chata y barbilla prominente. Se mostraba juiciosa, ponderaba sus decisiones con prudencia y nunca se precipitaba, pero, cuando se decidía, nada ni nadie la detenía. La prueba era el magnífico hotel que había inaugurado en Dawson, sin dejarse amedrentar por la presencia de Cora.

—Lo entiendo —musitó Cooper con calma, aunque por dentro se removía con impaciencia. Le había planteado una asociación beneficiosa, pero se negaba a perder el control de sus concesiones.

Belinda se puso las lentes y le dedicó toda su atención.

—Ahora hablemos de cifras exactas. ¿Cuánto ha sacado hasta ahora?

—Más de cien mil en oro en unas pocas semanas. Somos dos socios y un amigo nos ayuda.

La única señal de asombro de Belinda fue un parpadeo. Se recompuso al instante.

—¿Cuántas concesiones tiene a su nombre?

—Dos, y mi socio Patrick O'Neil tiene otra —reconoció con reticencia.

—¿Me permite preguntarle la razón por la que busca un socio? —prosiguió Belinda.

—Tengo que irme a San Francisco e ignoro si me dará tiempo de regresar antes de que el Yukón se hiele. Confió en Paddy, pero no puedo exigirle que se quede cuando sé que sueña con volver a su tierra.

Belinda esbozó la primera sonrisa desde que Cooper había entrado en su despacho.

—Ese irlandés con cara de rata de agua despistada es listo como un lince. Tiene un buen socio.

Belinda se puso en pie y sirvió dos copas. Él observó su figura achaparrada, su rostro poco agraciado y se quedó con su mirada franca y su mente ágil. La seguridad que Belinda esgrimía le inspiraba confianza, pero no iba a bajar la guardia.

Ella le tendió una copa. Él la tomó, pero la dejó sobre la mesa sin más.

—¿Hablamos sin dar tantos rodeos, señorita Mulhrooney? Si no tuviese que irme, jamás habría buscado otro socio, sé que mis concesiones pueden dar mucho más oro del que hemos sacado hasta ahora, pero no me queda más remedio que abandonar el Yukón durante un tiempo. Confío en Paddy, sin embargo, sé que necesitamos un tercer socio, alguien que conozca esto como la palma de su mano, que entienda todos los tejemanejes de los derechos de explotación de una concesión. He pensado en usted porque hasta ahora todos los negocios que ha emprendido en el Yukón han sido un éxito y...

—¿Y? —preguntó suavemente Belinda.

—Si la Gold Mining Company confía en una mujer para llevar las cuentas, tiene que ser más lista que cien hombres juntos.

Belinda rompió a reír. Durante unos segundos Cooper la miró sorprendido; ese estallido de buen humor no cuadraba con la imagen seria que se había hecho de ella. Un instante después él también sonreía.

—Llegué a este lugar el verano pasado con cinco dólares en el bolsillo —empezó ella, cuando se repuso—, unos cuantos rollos de tela y unas pocas bolsas de agua caliente. Le aseguro que el lugar no podía ser más deprimente. Si no hubiese sido por mi fuerza de voluntad me habría marchado nada más pisar la ciénaga que era esto. Y mire ahora, he montado dos hoteles, tengo participaciones en muchas concesiones, alquilo cabañas y dirijo una compañía minera. Mi buena fortuna ha crecido a la misma velocidad que Dawson. Ahora la ciudad tiene telégrafo, teatros, restaurantes, hoteles, joyerías y tiendas con lo mejor del Viejo Continente, y pronto dispondremos de lámparas incandescentes. Las carreteras y el ferrocarril no tardarán en alcanzar la región. Yo he apostado por esta ciudad y, si nos asociamos, también apostaré por sus concesiones porque también formarán parte de mis intereses, a cambio del cuarenta por cien de todo el oro de Mackenna Creek.

Cooper estuvo a punto de soltar una carcajada por el despropósito que suponía pagar semejante suma, pero Belinda no sonreía.

—¿Está hablando en serio? ¿Cree que voy a darle casi la mitad de mis concesiones?

—Los negocios no son motivos de broma, pero si accede le garantizo las mejores condiciones. No perderá el control de Mackenna Creek. Usted y Paddy seguirán teniendo el sesenta por cien. —Al ver como el rostro de Cooper se contraía, prosiguió, sin ensañarse. Solo exponía un hecho—. Han dado con un yacimiento muy prometedor, pero sabe que muchos de los que se han hecho ricos han acabado arruinados por sus malas decisiones. No nos conocemos mucho, Mackenna, pero dicen de usted que es un hombre de palabra. No ha despilfarrado su oro en alcohol, mujeres o juegos, eso me gusta. Y lo que más me gusta: ha sabido mantener la boca cerrada sobre su oro, no ha ido pregonándolo por ahí. —Le estudió un instante—. Piense en los sueños que podrá cumplir lejos de aquí. Todos los que vienen a esta tierra tienen aspiraciones: comprarse la casa más grande, un viñedo aunque no tengan ni idea de vinos, caballos de carrera, incrustarse un diamante en los dientes como algunas señoritas de esta ciudad. —Se encogió de hombros—. Todos tenemos un sueño.

Su máxima ambición había sido vivir solo y olvidar el pasado. Ahora tenía a Lilianne y quería lo mejor para ella. Belinda estaba en lo cierto, si quería mirar hacia el futuro, debía pensar en qué haría con su vida.

—El diez por cien —soltó Cooper, cansado de tantos consejos.

—El treinta y cinco por cien.

—El veinte por cien del oro que se extraiga a partir de la firma de la asociación, si es que lo firmo.

—El treinta por cien de todo el oro —insistió Belinda.

Cooper escrutó sus ojos oscuros y entendió que esa mujer disfrutaba con el tira y afloja. Sospechaba que podía negociar durante horas.

—El veinticinco por cien del oro que se extraiga a partir de la firma de la asociación —gruñó mientras se ponía en pie. Le tendió una mano—. Es mi última oferta si mi socio lo aprueba.

Belinda entornó ligeramente los ojos mientras miraba la manaza tendida hacia ella. Con otro hombre habría podido conseguir más, pero Mackenna parecía tan testarudo como ella. Al final asintió y se estrecharon las manos.

—Está bien, Mackenna.

—Trato hecho. Necesito unos hombres de confianza, que trabajen duro y sepan mantener la boca cerrada. —No esperó a que Belinda contestara, se dirigió hacia la puerta, pero antes de salir le echó una mirada por encima del hombro—. ¿Y cuáles son sus aspiraciones, señorita Mulhrooney?

—Ser la dueña de mi vida, señor Mackenna. Aquí o en cualquier otro sitio, aunque sospecho que en pocos lugares me dejarían dirigir una compañía minera como aquí.

Mientras caminaba por la acera de madera, sorteando los postes de telégrafo y la gente, se preguntó si no había pasado demasiado tiempo solo. Las mujeres le abrumaban, le confundían, le llevaban la delantera. Eran listas, decididas, mucho más peligrosas y temerarias que muchos de los hombres que había conocido. Para bien o para mal, las que le habían rodeado en los últimos meses le habían dado lecciones de arrojo, aunque algunas, como Lashka o Cora, hubiesen pagado un precio excesivamente alto. Esbozó una media sonrisa al pensar en Belinda Mulhrooney; Steele no había exagerado, era lista. Al instante pensó en Lilianne y su sonrisa se hizo completa. Antes de iniciar una nueva etapa sembrada de obstáculos, pretendía tenerla para él solo en Mackenna Creek durante unos días y enseñarle la belleza que había visto en el bosque. Anhelaba que ella entendiera lo que él consideraba un hogar. Pero antes, debía hablar con su socio.

Al regresar a la consulta, Lilianne estaba charlando con el viejo doctor, Mary y Edith. Las dos viudas se habían acercado a la consulta para despedirse, después de los últimos acontecimientos en la ciudad, habían decidido marcharse cuanto antes. Pasó emitiendo un escueto saludo y se dirigió a la estancia donde estaba Paddy.

Media hora después este se tironeaba del lóbulo de una oreja con el ceño fruncido mientras echaba miradas a las mujeres que seguían hablando con Sullivan. El viejo ya había brindado cinco veces por el anuncio del matrimonio de Lilianne y Cooper. Los ojos del irlandés se detuvieron en la pelirroja, que charlaba y se reía de las ocurrencias del médico. Sus sentimientos hacia esa mujer eran ambiguos: le debía estar vivo, pero le alejaría de su único amigo.

—¿Entonces vais a volver a San Francisco?

—Sí, al menos durante un tiempo.

—¿Y qué ocurrirá con las concesiones de Mackenna Creek?

Cooper agachó la cabeza y unió las dos manos.

—Sé que quieres irte de aquí y las concesiones no pueden quedarse solas. He pensado en una asociación. Esta mañana he hablado con Mulhrooney.

Le explicó las condiciones de Belinda. Paddy se rascó la nuca con una mano. Permaneció pensativo un tiempo que a Cooper se le hizo eterno. Se sentía dividido, no dejaría a Lily viajar sola a San Francisco, pero al mismo tiempo ponía en una difícil tesitura a su amigo.

—¿Entonces? —insistió con impaciencia.

Paddy estudió el gesto serio de su amigo. Por primera vez estaba en sus manos hacer algo. Hasta entonces había sido Cooper quien había velado por él; por fin Paddy podía devolverle todo lo que había recibido de ese hombre tan peculiar.

—Apoyaré lo que decidas. Hemos llegado hasta aquí gracias a ti. Además, Mulhrooney me parece una buena opción, al fin y al cabo es irlandesa. —Sonrió de oreja a oreja—. Ahora que Grass y Cora ya no están, Dawson será divertido. Vigilaré a Belinda y a los que trabajen en Mackenna Creek. Me voy a convertir en un jefazo de Dawson...

—Pero llevas meses renegando y hablando de volver a Irlanda.

Paddy resopló con ganas.

—Llevó más de diez años lejos de mi familia, ni siquiera recibo noticias de mis hermanos. Irlanda era una meta, porque la necesitaba, de lo contrario me habría vuelto loco. Ahora que soy un hombre rico, voy a comprarme uno de esos trajes, como el que llevaste anoche, y me instalaré en el Fairview, donde viviré como un nabab. Además, alguien tiene que aprovisionar a esos tarados del bosque. Si no, ¿quién los vigilará? Son tan reacios a la civilización que son muy capaces de morirse de asco.

Cooper meneó la cabeza ante la generosidad del irlandés.

—No te gusta vivir aquí —refutó con insistencia—. Si te quedas, tendrás que aguantar un invierno más.

Paddy encogió el hombro bueno y se tocó con suavidad el vendaje del pecho.

—Escúchame, pedazo de mulo. Lo hago por ti, por mí y por ella. Entre Lilianne y tú, he renacido varias veces. Aquí soy alguien, fuera de Dawson y de las orillas del Klondike, seré un tipo raro con dinero. No podré fiarme de nadie, todos los timadores y demás oportunistas se me pegarán como moscas. Prefiero los mosquitos y los osos de aquí. Mi única duda es si sabrás comportarte sin mí, porque tienes el don de meterte en problemas.

Cooper se puso en pie y tendió una mano a su amigo.

—Te prometo que me portaré bien. Además, Lily estará a mi lado.

—Ya... no sé si es un consuelo. Esa pelirroja tiene demasiado genio —resopló el irlandés.

—De momento seguiremos viviendo en Mackenna Creek.

Se despidieron con un firme apretón de manos que transmitía

la profunda amistad que los unía. Ambos sabían que sus vidas habían dado un giro inesperado. Paddy se sentía dividido; el oro le simplificaría la vida, iba a disfrutar de una buena cama, a beber y a comer exquisiteces y vestiría como un señor, pero ya empezaba a sentir nostalgia por lo que dejaba atrás.

—Vete —le ordenó con un gesto brusco de la barbilla—. Si crees que me voy a echar a llorar como una damisela, andas equivocado. Y llévate los chuchos, aúllan todo el día y no me dejan dormir.

—Me lo imaginaba...

Había llegado el momento de marcharse de Dawson.

La paz del bosque resultaba reconfortante; delante de ellos, *Linux* y *Brutus* tiraban del trineo cargado con las posesiones de Lilianne. El otro perro caminaba pendiente de sus compañeros y haciendo lo posible por seguirles el ritmo. A lo lejos oyeron un zorzal emitir un gorjeo que fue respondido por otro trino. El olor del musgo húmedo se mezclaba con el de las pináceas. Entre el follaje de los árboles pudieron ver el vuelo sereno de un águila calva planeando majestuosamente en lo alto. La calma era absoluta, ajena al ajetreo que habían dejado atrás en la ciudad y los campamentos. Si no hubiese sido por el zumbido de los mosquitos que se entrometía y desaparecía tras un manotazo, el regreso habría sido perfecto. Lilianne resopló.

—Dios mío, me están comiendo viva. ¿Por qué no te pican?

—Porque tengo la piel como el cuero viejo —replicó con la vista al frente.

Lilianne le echó una ojeada. Desde que habían entrado en el bosque, Cooper había estado meditabundo.

—Dime qué te ocurre o me bajo y me planto aquí mismo.

Él sonrió y por fin la miró.

—¿Como la primera vez que fuiste a Mackenna Creek? Me tiraste una piedra. Por suerte no tienes muy buena puntería.

—Se me hizo eterno. Creí que no llegaríamos a tu cabaña. Me imaginaba dando vueltas y más vueltas hasta la eternidad.

—Quería fastidiarte. —Cogió una mano de Lilianne y le besó

la palma enrojecida de sujetar las riendas—. Me declaro culpable. ¿Me vas a castigar?

Los labios de Lilianne reprimieron una sonrisa y le miró alzando la barbilla. Sin embargo, sus mejillas se sonrojaron al recordar lo que le había hecho en el Fairview.

Cooper rompió a reír. Le besó de nuevo la mano.

—No esperaba menos de ti —susurró con voz profunda.

Lilianne soltó un suspiro, bastaba ese tono y esa mirada para ablandarla como mantequilla. Se recompuso tirando de su mano.

—Ahora dime por qué estás tan pensativo.

—Iré contigo a San Francisco —soltó de sopetón.

—Pero tus concesiones...

—Tengo un nuevo socio que ayudará a Paddy. No podemos seguir solos. Tampoco quiero que el Yukón se convierta en una cárcel. Y lo más importante: no te dejaré sola frente a tu padre.

Los perros se habían adelantado y agitaban las colas como banderas entre ladridos. Sin darse cuenta habían llegado a Mackenna Creek. Lilianne estudió la pequeña cabaña, la cuadra donde estaría *Trotter*, el abrevadero, la piragua fuera del arroyo boca abajo. Nada había cambiado desde que se había marchado, excepto ella.

—No será fácil —susurró buscando la mano de Cooper —, pero lo conseguiremos.

—Nunca lo hemos tenido fácil, pero si tú estás a mi lado, todo habrá valido la pena.

De la cabaña salieron Giuseppe y Sofia, que sostenía a la pequeña Bianca en brazos. Detrás estaba Milo, que echó a correr hacía los perros.

Lilianne sintió una profunda calma; la cabaña no era un hogar propiamente dicho, pero era el lugar donde quería estar junto a Cooper y sus amigos, donde se tomaría un tiempo para pensar en su familia de San Francisco, en el futuro en común que le esperaba junto al hombre que amaba y en esa nueva aspiración que llevaba días rondándola.

53

Seguían el aleatorio ritmo que les imponían sus cuerpos: cuando se necesitaban, se amaban; cuando tenían sueño, dormían; cuando tenían hambre, comían. No había horarios ni normas. Disfrutaban el uno del otro sin remilgos, sin testigos, excepto los perros. Jamás se habían sentido tan despreocupados; gozaban de una libertad desconocida hasta entonces.

En los cinco días que llevaba en Mackenna Creek, Lilianne había aprendido a manejar el banco de lavado del oro y disfrutaba de la expectación que le producía sacar un cubo de la zanja cada vez más alargada y profunda. La primera vez había gritado por la sorpresa.

—Cooper, ven corriendo. ¡He encontrado oro!

Cooper se acercó con calma, para desesperación de Lilianne. Después de echar un vistazo al hallazgo, se pasó el antebrazo por la frente sudorosa.

—¿Y bien? —insistió ella—. ¿Cuánto hay?

—Pues —empezó, dubitativo—, diría que has encontrado unos... tres dólares en polvo de oro.

La decepción fue tal que Lilianne se sentó en una roca sin perder de vista su diminuto hallazgo.

—Vaya minera estoy hecha. No tengo ni para pagarme una jarra de leche en Dawson.

Cooper se rio, lo que picó el amor propio de Lilianne.

—No te rías...

No le dejó terminar la frase, se la echó al hombro y se metió en la poza entre gritos y risas.

Desde entonces valoraba con más exactitud el oro que aparecía en el banco de lavado. Cooper la guiaba, le enseñaba el ritmo que debía imprimir a sus gestos. Tenerlo tan cerca siempre la turbaba; su tacto, su voz, todo reverberaba en su interior y despertaba una hambrienta necesidad de besarlo. Por eso mismo avanzaban poco; o ella o él daban por concluido el trabajo y acababan en la cabaña desnudándose con impaciencia entre besos y susurros entrecortados. No tenían suficiente, sus cuerpos se enlazaban mientras sus mentes se negaban a pensar. Sentir, amarse, disfrutar del momento era cuanto precisaban.

Eran conscientes de vivir un paréntesis, un tiempo limitado que acabaría cuando se marcharan de Mackenna Creek. En cuanto pisaran San Francisco, no volverían a disfrutar de esa maravillosa libertad. El tiempo era su aliado y su enemigo; se amaban con intensidad, se hablaban, se escuchaban, y los silencios se llenaban de gestos y miradas cargados de significados. El último que se dormía contemplaba al otro, robando horas de felicidad, porque nunca se saciaban, como el hambriento que no puede olvidar la huella del hambre.

—Deja de mirarme —musitó Lilianne, tumbada sobre la piedra en medio del arroyo.

Solo llevaba los pololos y una fina camisola; la tela mojada se pegaba a su cuerpo. Estaba boca abajo con una mano metida en el agua y la otra bajo la mejilla. Tenía los ojos cerrados, consciente de la mirada de Cooper. Él estaba metido en la poza con los brazos apoyados en la roca. Contrariamente a Lilianne, no mostraba ningún pudor al bañarse desnudo. Habían sacado cubos de tierra de la zanja y la habían lavado sin descanso durante dos horas, tras lo cual se habían tirado al arroyo. Después de retozar, provocarse y saciarse, descansaban bajo el sol.

Él alargó una mano y le apartó un mechón de cabello de la frente. Se izó sobre los brazos hasta alcanzar su frente, donde depositó un beso.

—¿Y cómo sabes que te miro?

Lilianne sonrió al tiempo que abría los ojos despacio, como si saliera de un sueño profundo.

—Porque siempre me miras.

—¿Y cómo te miro? —preguntó él, risueño.

—Como un preso que ve a una mujer por primera vez en décadas.

—No te he visto en años. De alguna manera he sido un preso.

Ella le acarició una mejilla. La barba le había crecido, Lilianne se la había recortado torpemente con algún que otro trasquilón. La piel mojada le brillaba y el pelo le enmarcaba el semblante afilado, tan orgulloso y a la vez tan expresivo cuando dejaba salir sus sentimientos. Se le escapó un suspiro, le colocó una mano en la nuca y tiró de él hasta que sus labios se encontraron. El beso se alargó, ambos se deslizaron en el agua sumergiéndose hasta desaparecer.

A la sombra de la cabaña, los perros alzaron las cabezas. El primero que se puso en pie fue el de Lilianne; ladeó la cabeza pendiente de la pareja. Se acercó a la orilla y emitió un lamento moviéndose de un lado a otro con impaciencia y desasosiego. Finalmente se tiró a la poza. Chapoteó soltando gañidos, no cejó en su búsqueda hasta que las cabezas de Cooper y Lilianne reaparecieron. Se acercó a ellos nadando y removiendo la cola al mismo tiempo, lo que provocó las carcajadas de ambos.

—Lo estás malcriando —protestó Cooper. Lo acercó a él y le acarició detrás de las orejas.

Lilianne se izó sobre la roca. Palmeó a su lado para que el perro se subiera también. El can le lamió la cara en cuanto la tuvo a su alcance.

—Es un perro muy protector. Ayer se enfrentó a una ardilla por mí. Fue todo un caballero —afirmó ella.

Cooper se sentó a su lado.

—Hay que ponerle un nombre, no podemos seguir llamándolo chucho o perro.

—No se me ocurre ninguno... —Lilianne frunció el ceño—. Podríamos llamarlo...

—¿Gideon? —propuso él.

Recibió un codazo.

—No seas malo, el pobre chucho no se lo merece.

Rompieron a reír. El perro ladró, *Linux* y *Brutus* lanzaron aullidos al aire en respuesta.

— Propongo *Beasley* —soltó Lilianne.

—¿*Beasley*? ¿Lilianne? —insistió al verla removerse un poco y se dedicó a acariciar el cuello del recién bautizado perro.

—En el internado había una profesora que me resultaba odiosa. Se apellidaba Beasley.

—¿Y el perro debe llamarse como esa mujer?

Ella sonrió, traviesa.

—Tienen la misma cara, los mismos ojos redondos, el mismo bigote, ambos tienen las orejas grandes... y... son igual de feos.

Se echaron a reír de nuevo, pero *Beasley* había perdido interés y se había tirado al agua para reunirse con *Linux* y *Brutus*.

—Ven aquí —gruñó Cooper.

Abrazó a Lilianne, dispuesto a convertir las risas en suspiros.

—¿Hay alguien?

La voz de una mujer los pilló desprevenidos. Lilianne ahogó un gritito y se ocultó bajo el agua. Cooper nadó los pocos metros que lo separaban de la orilla. Una mujer se acercaba subida a una carreta acompañada de seis hombres. Mientras se ponía los pantalones y las botas, observó la comitiva; reconoció a Paddy y a Michael Doillon, el joven abogado con quien había tratado alguna vez. A su lado se encontraba Belinda con su habitual aspecto severo. Los otros cuatro hombres le eran desconocidos.

Linux y *Brutus* fueron los primeros en acercarse a la carreta; husmearon a los recién llegados que ya se habían bajado. *Beasley* se quedó junto a la orilla, pendiente de la roca. De vez en cuando emitía un ladrido ahogado. Cooper rezó para que no se metiera en el agua y revelara la presencia de Lily.

—Señor Mackenna.

Belinda le hizo un gesto con la cabeza a modo de saludo y oteó a su alrededor.

—No me esperaba que esto estuviese tan aislado.

—No hay vecinos que molesten —replicó Cooper. Estudió a los desconocidos, los cuatro presentaban un aspecto robusto. Después se centró en Paddy—. ¿Cómo estás?

—Estupendamente.

—El señor O'Neil no puede hacer esfuerzos —le informó Belinda con seriedad—. Órdenes del doctor Sullivan. Nada de cavar o levantar peso al menos durante una semana más.

El irlandés la fulminó con los ojos.

—Ese viejo médico no sabe de lo que habla, me siento fuerte como un oso.

—Pues de momento te estarás quieto —le aconsejó Cooper. Luego se dirigió al abogado—. Doillon, un placer verle por aquí.

—La señorita Mulhrooney quería que estuviese presente cuando usted leyera el contrato, por si tenía alguna duda. Todo está en orden, solo falta que firme y nacerá una lucrativa asociación.

El joven abogado le gustaba; era trabajador y no enloquecía a sus clientes con la jerigonza legal que los letrados solían soltar. Le había llevado el documento que Lilianne le había entregado y Doillon le había explicado las implicaciones: con semejante confesión el divorcio habría sido fulminante si la familia de Lilianne tenía entre sus amigos algún juez. Y Cooper estaba seguro de que Gideon tenía muchos amigos bien situados.

—Le presento a Hypolite Jones —intervino Belinda—, Roy Blascon, Chuck Bennet y Guy Martin. Son los mineros que necesita. Todos de confianza.

Desde la orilla, *Beasley* empezó a ladrar con insistencia.

—¿Qué le pasa a ese chucho? —inquirió Paddy.

Cooper se encogió de hombros, aparentando una engañosa calma. Le resultaba divertido, pero Lilianne seguramente no opinaría como él.

—Habrá visto un bicho. Vamos donde estoy trabajando, allí explicaré las condiciones y todo lo demás.

Belinda echó un vistazo a la ropa de mujer tirada sobre un arbusto y después a la cabaña.

—¿No está su esposa?

—No, ha ido a recoger leña —mintió, y se apresuró a dirigir al grupo hacia el otro lado del promontorio de tierra.

—Es una lástima, me habría gustado saludarla —insistió Belinda.

Cooper echó un último vistazo a la poza, no se veía a Lilianne por ningún lado.

—No andará lejos, seguro que se reúne con nosotros en cuanto vuelva.

—Conque buscando leña, ¿eh? —le dijo Paddy mientras caminaba a su lado—. ¿Hoy ha sido día de colada? Espero que haya mejorado, recuerdo que su mayor afición era tirar la ropa al agua para que se la llevara la corriente. O puede que la hayas hecho tú. Lo digo porque estás calado, como si hubieses pasado un buen rato en el agua —prosiguió sin dar tiempo a su amigo a contestar—: ¿Y qué tal cocina ahora la pelirroja? Espero que algo mejor o me moriré de hambre.

—Cierra el pico.

En cuanto el grupo se alejó, Lilianne salió de su escondite detrás de la roca llevándose consigo una piedra que se había soltado. La estudió a la luz del sol; era del tamaño de su puño, sorprendentemente pesada y destellaba cuando la giraba de un lado a otro. Le pareció una bonita piedra que serviría a Cooper de pisapapeles. Alcanzó la orilla y corrió hasta la cabaña. Instantes después salía vestida y peinada, aunque no había podido hacer nada para disimular su pelo mojado. Se reunió con el grupo mostrando toda la dignidad de la que fue capaz.

—Hace calor, pero no para sudar tanto —masculló Paddy, que la repasaba de pies a cabeza con recelo.

Lilianne se había puesto una falda y una camisa. Su aspecto no podía ser más sencillo y correcto.

—Me he refrescado antes de venir a veros.

Cooper le presentó a Mulhrooney y Doillon. Belinda la contemplaba con curiosidad, igual que el abogado. Incómoda por tanto escrutinio, Lilianne saludó a los mineros.

—Soy Lilianne Mackenna.

Los hombres se presentaron quitándose el sombrero mugriento de sudor e hicieron un gesto con la cabeza. Dieron como carta de presentación sus lugares de origen: Hypolite Jones y Roy Blascon eran estadunidenses; Chuck Bennet, australiano; y Guy Martin, de la región de Quebec.

—Bienvenidos a Mackenna Creek. Y la bienvenida va dirigida a ti también, Paddy. Veo que bicho malo nunca muere —añadió al pasar por su lado.

El hombre entornó los ojos, dividido entre la irritación y la diversión.

—Ya sabía que eres una bruja. Ese pelo rojo te delata.

—Y tú eres un metomentodo. Ya sabes, las brujas lo oímos todo.

A pesar de farfullar entre dientes, Paddy sonreía por el tira y afloja. Podía entender a Mackenna, la pelirroja tenía agallas, justo como le gustaban las mujeres al irlandés. Un pensamiento fugaz atravesó su mente: ¿tendría Lilianne una hermana? Enseguida desechó la idea, no soportaría a dos Lilianne. Sin proponérselo, se rio por lo bajo atrayendo las miradas curiosas de los demás.

Una hora después los cuatro mineros montaban sus tiendas junto a la cabaña de Paddy. Belinda y el abogado se habían marchado tras la firma del contrato. En cuanto Cooper entró en la cabaña, vio la piedra sobre la mesa.

—¿Ahora vas a coleccionar pedruscos? —preguntó mientras se hacía con el hallazgo de Lilianne.

—Ya no saldrán volando los papeles cuando tengamos la puerta abierta.

Cooper la estudió detenidamente acercándose a la luz que entraba por el hueco de la puerta.

—¿Dónde la has encontrado?

—En la poza.

Cooper frunció el ceño.

—Vamos a asegurarnos de una cosa.

Sacó de un baúl una caja, de donde extrajo un frasquito y un recipiente de vidrio alargado y del grosor de un dedo. Con la ayuda de un cincel y un pequeño martillo, extrajo de la piedra una lasca que introdujo en el vial de vidrio. A su lado Lilianne seguía cada gesto con nerviosismo. Sospechó que lo que estaba experimentando era la expectación de todos los hombres que habían buscado oro en el Klondike.

Cooper destapó el frasquito y echó una pequeña cantidad de un líquido viscoso en el recipiente de vidrio. Se movía con extremo cuidado, despacio, sin perder de vista el contenido del frasco.

—¿Qué es eso? —quiso saber ella, casi sin aliento.

—Ácido nítrico. Es muy peligroso, siempre hay que usarlo con extrema prudencia —murmuró al tiempo que agitaba el tubo.

—¿Y ahora qué?

Cooper sonrió divertido ante la impaciencia de Lilianne.

—Pues si no ocurre nada, significa que es oro. —Agitó de nuevo el vial y le guiñó un ojo—. Y es oro, señora Mackenna. Tiene bastantes sedimentos, pero es un buen hallazgo para empezar.

—Pero... —Lilianne boqueó, asombrada—. ¿Ese oro es tuyo?

Él guardó todo el material que había sacado de la caja y lo dejó en el baúl. La tomó de la mano para llevarla hasta la poza.

—Indícame el lugar.

Así lo hizo ella y Cooper asintió.

—Llevo meses preguntándome si hay oro en la poza. Si es así, puede ser un verdadero filón. Mayor que el de la zanja. El jefe Klokutz me contó que hace varias décadas había una cascada en el arroyo Mackenna, el agua caía justo donde está la poza. —Le señaló los hilillos de agua que caían perezosamente—. Pero hubo un deslizamiento de tierra que cambio el curso del arroyo. —Señaló en dirección a la zanja, de donde estaban sacando el oro, más allá del promontorio que separaba su cabaña de la de Paddy, después de la roca donde habían estado sentados—. El antiguo cauce debía pasar por aquí, y puede que debajo de la roca también haya oro.

—Entiendo que el arroyo sufriera un cambio, pero no entiendo a dónde quieres llegar a parar con la poza.

—La corriente arrastra el oro de las grietas del lecho. Es un mineral pesado y durante siglos, al caer en la poza, seguramente se quedaba en el fondo. Eso explicaría por qué los otros mineros que trataron de encontrar oro en este arroyo fracasaron. Mis concesiones acaban aquí, más o menos donde se encuentra la cascada. ¿Ves la estaca? Los que intentaron buscar oro lo hicieron más allá de la roca descartando la poza, como hice yo. El fracaso de las prospecciones fue suficiente para que pensaran que apenas había oro en Mackenna Creek.

Lilianne se frotó las manos mientras miraba a su alrededor.

—¿Y ahora qué tenemos que hacer?

—Ir a Dawson y registrar una concesión a tu nombre que empieza justo donde has encontrado el oro. Ya eres una minera.

—Pero no pretendo ser una minera...

—Por supuesto que sí. Las mujeres pueden tener sus concesiones como los hombres. Vamos ahora mismo. —La cogió entre sus brazos y la hizo girar—. ¡Lily Mackenna, la minera más guapa de todo el Yukón!

Lilianne se dejó contagiar y le echó los brazos al cuello.

—Te mereces un beso para sellar esta nueva alianza —le susurró contra los labios.

54

Eran las once de la noche, Lilianne sonreía mientras se cepillaba el pelo con gestos lentos. El día le había deparado una extraña sorpresa: era la titular de una concesión. Durante un año podía hacer lo que quisiera en los ciento ochenta metros de orilla en el arroyo Mackenna, que iban de la cascada hasta un recodo del arroyo donde una familia de nutrias solía pescar. Ignoraba qué hacer con la concesión, pero si había oro, no lo rechazaría. Ya tenía mil ideas revoloteando en su cabeza: ampliar la clínica del doctor Donner, regalarle algo bonito y frívolo a su tía Violette, comprar algo útil pero coqueto a Amalia y mucha comida para sus hijos. Y estaba Willoby, ya se le ocurriría algo, tal vez un traje elegante. La sonrisa se hizo completa al pensar en Cooper. Le echó una mirada de reojo; repasaba sentado a la mesa los documentos que le había entregado el abogado después de redactar un nuevo contrato. Lilianne formaba parte de la nueva asociación, junto a Cooper, Belinda y Paddy, quien había soltado un suspiro de fastidio asegurando que lo último que necesitaban era una bruja como socia.

Echó un vistazo a Cooper sin que él se diera cuenta. El pelo le caía como un manto sobre los hombros desnudos. Solo se había puesto unos pantalones después de asearse al regresar de Dawson. Dejó los papeles sobre la mesa y soltó un gruñido al estirarse. Se le tensaron los músculos de todo el torso, desde el abdomen hasta los antebrazos. Los ojos de Lilianne se detuvieron en el vientre plano y un estremecimiento la recorrió seguido de una deliciosa sensación de necesidad. Le encantaba su pecho dorado por el sol, sus brazos bien definidos, las muñecas gruesas, las manos grandes y fuertes. Todo en Cooper inspiraba fuerza controlada y ella se estremecía al recordar sus besos, sus abrazos, la manera en que su cuerpo la arropaba, la envolvía, la seducía.

Cooper miró hacia la puerta con una insólita añoranza. Aquel contrato cambiaría para siempre Mackenna Creek, la noticia recorrería los campamentos del Klondike y en poco tiempo se instalarían otros en busca de su oportunidad. Talarían los árboles, cavarían innumerables zanjas, y el rasgar de las sierras y los martillazos sustituirían el trino de los pájaros. Quizás hubiese llegado el momento de marcharse, antes de ser testigo del cambio.

Se pasó las manos por la cara y admiró a Lilianne. Por ella estaba dispuesto a renunciar a la paz de Mackenna Creek. Llevaba un buen rato cepillándose el pelo, que le llegaba a la cintura. Anheló tocarlo, llenarse las manos con él como si fuera seda viva. La repasó con una mirada hambrienta, llevaba puesta una de sus camisas que la tapaba hasta las rodillas. Sabía que debajo no había más que piel templada. El deseo le recorrió, cálido y voraz, como una fiebre que le nublaba la mente. Se puso en pie y se colocó tras ella. La abrazó por la cintura atrayéndola hacia sí.

Ella dejó el cepillo sobre la mesa y cerró los ojos. Soltó el aliento entrecortadamente al tiempo que colocaba las manos sobre las de Cooper.

—¿Te he dicho alguna vez que me gusta tu pelo? —le susurró él contra la coronilla.

—Creo recordar que sí.

Le soltó los botones de la camisa muy despacio. Deslizó las manos bajo la tela, ahuecándolas sobre sus pechos. Se los acarició, pendiente de las respuestas de Lilianne. Bajaron hasta su vientre tierno, le sujetó las caderas y se las presionó contra su sexo. Ella se dio la vuelta y le envolvió el cuello con los brazos buscando sus labios, pero Cooper tenía otros planes. La colocó de nuevo de espaldas a él y prosiguió con sus caricias lentas, intencionadamente provocadoras, sin llegar a tocarla donde ella le pedía. Sonrió contra su pelo. Algunas veces necesitaba amarla despacio, otras el deseo se hacía más urgente. Esa vez no tenía prisa. En breve no dispondrían de la libertad que les brindaba la cabaña y quería recuerdos imborrables.

Lilianne apretaba los labios y emitía gemidos de frustración cada vez que las manos de Cooper pasaban de largo de donde ella necesitaba que la acariciara. Se estaba derritiendo de placer mientras su cuerpo protestaba, temblaba y se contoneaba. Echó una mano atrás para acariciarlo, pero él se rio y la inmovilizó sujetándole las manos. Ella se retorció y Cooper se inclinó sobre ella, grande, fuerte, y, sin embargo, siempre cuidadoso.

—No tenga prisa, señora Mackenna —le susurró contra el cuello, acto seguido se lo mordisqueó.

El tono de burla fue más que suficiente para que Lilianne se diera la vuelta, desafiante. Le brillaban los ojos, tenía el pelo alborotado, las mejillas ruborizadas y la piel resplandeciente. La camisa desabotonada dejaba a la vista una franja de piel pálida del cuello a las caderas. Jamás le había parecido más bella, femenina y deseable.

La contempló sin pestañear mientras ella se despojaba de la prenda. Todo su autocontrol se desmoronó; la atrajo hacia él, la besó de manera exigente, con voracidad, incapaz de renunciar a ella el tiempo de un suspiro. Le enloquecía con una mirada, le dominaba con sus sonrisas y sus besos le noqueaban como un puñetazo. Estaba perdido sin ella.

Se soltó los botones del pantalón sin dejar de besarla y la alzó, instándola a que le rodeara las caderas con las piernas. Se movió hasta tenerla prisionera entre su cuerpo y una pared. Se introdujo en ella y gimió contra su cuello, todo pensamiento coherente le abandonó en cuanto empezó a moverse. Solo importaba el placer que los recorría con avidez con cada golpe de cadera, como una onda luminosa que se expandía en círculos concéntricos hasta el último recodo.

Lilianne se aferraba a Cooper, le faltaba el aire, y él la abrazaba con más fuerza. El placer estalló, los dejó agotados, satisfechos y llenos de felicidad. Permanecieron abrazados mientras sus respiraciones se calmaban. Después se separaron sin dejar de mirarse a los ojos, siempre conscientes del milagro de volver a estar juntos.

Poco después, tumbados en el estrecho camastro de Cooper, permanecían callados y somnolientos en brazos del otro. Ambos pensaban en el fin de su estancia en Mackenna Creek.

—Necesito dos semanas —dijo Cooper de repente—, dos semanas para asegurarme que todo se encarrila, hasta que Paddy esté en condiciones de hacerse cargo de todo. Después nos podremos marchar a San Francisco.

—¿Cuándo zarpó de Dawson el último vapor el verano pasado?

—A finales de septiembre.

Ella le abrazó con fuerza. Si el último vapor había zarpado en septiembre de Dawson, significaba que en San Francisco el último barco también zarparía rumbo a Saint Michael por las mismas fechas. Los pasos de montaña se convertirían en trampas y las autoridades los cerrarían. Solo los más avezados se atreverían a desafiar el inminente invierno a riesgo de quedarse atrapados en pésimas condiciones a medio camino en los lagos Bennett o Lindeman, como había sucedido un año antes.

—Si prefieres quedarte, lo entenderé. Yo regresaré, aunque tenga que venir caminando.

—No, viajaré contigo.

Lilianne apretó los labios, dividida entre la euforia que le producía viajar con Cooper y el sentido de culpabilidad por alejarlo de Mackenna Creek.

—Hasta que no hable con Aidan, no podremos vernos en público como marido y mujer.

Cooper soltó un suspiro, que reveló con más sinceridad lo que pensaba del asunto, más que su respuesta:

—Lo sé. No me gusta pero lo acepto, siempre y cuando pueda verte.

—Tendremos que ser muy prudentes; no por Aidan, sino por mi padre.

—Lo sé —repitió con resignación—. Esta vez no se saldrá con la suya.

Ella se subió sobre su cuerpo y le dedicó una sonrisa.

—No, esta vez haremos lo que queramos. Y volveremos aquí si quieres. O si prefieres vivir en cualquier otro lugar, allí iremos.

Cooper le acarició una mejilla, conmovido por la dulzura de Lilianne.

—¿Sabes dónde pueden estudiar medicina las mujeres?

Ella ladeó la cabeza por la sorpresa y negó.

—Una mujer soltera tiene que superar un sinfín de obstáculos, pero para una mujer casada es imposible.

—Nada es imposible para ti. No desistas hasta no haberlo intentado.

—Crees más en mí que yo misma.

—Porque sé que eres especial. Siempre lo fuiste, pero ahora tienes la fuerza y la voluntad necesaria para conseguirlo. Yo te apoyaré, estaré a tu lado. Y si tengo que fundar esa maldita escuela o universidad, lo haré con mis propias manos.

Lilianne se rio, pero al constatar que Cooper hablaba en serio, enmudeció de golpe.

—¿Hablas convencido de lo que dices?

Las manos de Cooper aprisionaron su rostro.

—Por supuesto. Sé que serás un magnífico médico. Ya te lo he dicho y te lo diré cada vez que flaquees.

—¿Y tú, qué harás de aquí en adelante?

—Me buscaré algo, pero cerca de donde estés tú.

—Sé que tú también encontrarás tu camino.

Él arqueó una ceja. Pasó una mano por su trasero

—Seguro que sí.

Lilianne le dio un manotazo, pero sonreía.

—Tienes un fuerte instinto de protección, aunque te las has arreglado para disimularlo. Sabes dar a los demás lo que más necesitan. Además —añadió colocándole un dedo sobre los labios—, sé que los indios te llaman Gran Oso Blanco. Creo que es porque gruñes como un oso cuando te enfadas y eres igual de feo. Lo sé todo de ti, Cooper Mackenna.

La respuesta fue un gruñido que acabó en un beso que puso fin a la conversación.

55

Desde la cubierta del vapor de la Compañía Comercial de Alaska, los pasajeros divisaron el puerto de San Francisco, los innumerables mástiles de los veleros y las chimeneas de los vapores. Más allá la ciudad desprendía una niebla difusa. En el cielo, las gaviotas emitían graznidos mientras sobrevolaban el vapor donde viajaban Lilianne y Cooper. Ambos contemplaban la ciudad en silencio entre las exclamaciones de los que celebraban el final del largo viaje.

La mayoría habían viajado de Dawson al puerto de Saint Michael en el *Gloria*, y habían seguido de Alaska a San Francisco en el *Britany* haciendo escala en la isla de Unalaska para abastecerse de agua y provisiones. Los pasajeros habían disfrutado de las comodidades de los buques. Los vapores que recorrían la *Ruta del Rico* poco tenían que ver con los primeros buques herrumbrosos que habían emprendido ese mismo itinerario un año antes en dirección contraria.

Lilianne y Cooper se proponían enfrentarse al último obstáculo para disfrutar por fin de su vida en común. Las dos últimas semanas en Dawson habían sido una sucesión de separaciones: primero Mary y Edith, en una despedida alegre acompañada de promesas de verse en cuanto las viudas viajaran a San Francisco.

Después los Vitale abandonaron el Yukón. Lilianne y Cooper los acompañaron hasta la salida del vapor con emociones encontradas. Separarse de Giuseppe y Sofia fue una despedida triste pero también colmada de ilusiones, porque era lo que los Vitale deseaban.

Las dos mujeres se abrazaron ahogando los sollozos. Giuseppe y Cooper se despidieron con una amabilidad contenida para mantener a raya cualquier muestra de debilidad. El único que parecía feliz era Milo. En el momento de embarcar, Cooper había entregado a Giuseppe un pesado zurrón de recio cuero.

—¿Qué es? —quiso saber el italiano, intrigado.

—Ya lo verás, pero no lo abras hasta que no hayas llegado a Saint Michael.

Giuseppe lo cogió y frunció el ceño al constatar el peso del zurrón. Escrutó el semblante de Cooper con suspicacia.

—Si es lo que sospecho, no puedo aceptar. Ya me has dado suficiente.

—Por supuesto que aceptarás. Dentro de la bolsa he metido un papel con la dirección de la tía de Lilianne en San Francisco por si necesitáis ayuda cuando desembarquéis. También te he dejado la dirección de Gustaf. Lo último que supe de él era que se alojaba en el hotel Palace. Se alegrará de veros. Cuando estéis instalados en San Diego, nos gustaría saber de vosotros.

Giuseppe parpadeó, emocionado. Se aclaró la garganta y soltó un suspiro.

—Eres un tipo raro, Mackenna. Cuando te conocí, no me imaginaba que te convertirías en alguien tan importante para mi familia.

En respuesta Cooper emitió un sonido a medio camino entre el gruñido y un carraspeo. Desvió la mirada hacia las mujeres.

A un metro, Lilianne y Sofia hablaban en voz baja, ronca por las lágrimas reprimidas.

—Aquí tienes algunas medicinas por si los niños se ponen enfermos. Te he dejado las instrucciones escritas —explicaba Lilianne—. Cuidado con el agua estancada, intenta dar siempre agua hervida a los pequeños. Y cuidado con los alimentos...

Sofia sonrió, comprensiva, aunque emocionada por la preocupación de su amiga.

—Sé cómo son estos viajes, recuerda que vine de Italia hace años. Tendré cuidado.

—Lo siento... Pero prométeme que me escribirás. He dejado

a Giuseppe la dirección de mi tía en San Francisco. No dejes de escribir. Nosotros viajaremos dentro de poco...

Sofia la abrazó dejando a la pequeña Bianca prisionera entre las dos. El bebé se removió incómodo. Lilianne le acarició la pelusa de la coronilla.

—Tranquila, pequeña, tienes una madre maravillosa que cuidará de ti.

Bianca le dedicó una mueca parecida a una sonrisa que le llegó al alma. Jamás olvidaría a esa niña; la había traído al mundo ella sola, asustada pero eufórica, y se sentía responsable de lo que le sucediera en el futuro. La besó en la frente.

—Sé fuerte, pequeña —murmuró contra su piel tibia.

Los Vitale embarcaron después del último aviso. Cooper y Lilianne agitaron las manos mientras Giuseppe y su familia hacían lo propio desde la cubierta. Una vez solos, se alejaron cabizbajos y regresaron a Mackenna Creek con la sensación de dejar atrás una etapa de sus vidas.

—¿Qué le has metido en el zurrón? —le preguntó ella una vez en la cabaña.

—Diez mil dólares en pepitas. ¿Para qué sirve el oro si no es para hacer felices a los que te importan? —añadió Cooper encogiéndose de hombros.

Y ella le había amado aún más, si era posible.

Lo peor fue despedirse de Paddy. Las emociones se habían intensificado, a pesar de las continuas protestas del irlandés. Esa vez Cooper no había dudado en abrazar a su amigo.

—Cuídate, demonio irlandés —le dijo con voz áspera por la tristeza que se le había colado en el pecho—. Y si cambias de parecer, no dudes en marcharte de aquí.

Paddy resopló con brusquedad y se pasó la manga de su flamante traje nuevo por la cara.

—Ahora te pones sentimental, a buenas horas. Vete ya de una vez, Mackenna.

Con Lilianne se mostró algo más blando. Le pellizcó una mejilla con mano temblorosa.

—Cuida de este bruto, pero no te sorprendas si no te da las gracias. A mí no me las ha dado nunca a pesar de haber cuidado de él como una madre. Os deseo lo mejor, no quiero más drama. ¿Entendido? Y llevaos estos chuchos, no respondo de ellos si se quedan.

Lilianne se le echó encima abrazándole con fuerza. A pesar de sus constantes discusiones acerca de lo mala cocinera que era o de lo bruja que podía ser, el uno por el otro sentían una sincera amistad. Le echaría de menos.

—Vigílale —le susurró él devolviéndole el abrazo—, es capaz de meterse en líos nada más poner un pie en San Francisco.

Paddy había esperado en el embarcadero hasta que el vapor había desaparecido en la lejanía; en la cubierta, Lilianne y Cooper se habían tomado de la cintura y se sentían divididos por dejar atrás una tierra extraña, violenta y generosa. El Yukón, en su crudeza, los había puesto a prueba y gracias a ello habían descubierto su verdadero valor. Semanas después llegaban a San Francisco como colonos ante un nuevo mundo. Lilianne se sentía preocupada por Cooper, durante años había vivido en una región sin apenas civilización, sin normas ni limitaciones. ¿Cómo se desenvolvería en una metrópolis tan grande?

—¿Estás bien? —le preguntó de vuelta al camarote.

Revisaba el equipaje por si olvidaba algo. Se movía de un lado a otro, incapaz de mantenerse quieta. Al no recibir respuesta, se dio la vuelta buscando a Cooper. Este se había sentado en una butaca y la miraba sonriendo.

—Tranquila —la calmó al tiempo que se ponía en pie—. Todo irá bien.

Ella se concentró en ajustarle el corbatín, el cuello rígido de la camisa, en alisarle las solapas de la chaqueta. Se comportaba como una madre sobreprotectora, lo sabía, y, sin embargo, no conseguía controlar su zozobra.

—Todo irá bien —le aseguró Cooper—. Una vez me haya instalado en el hotel Palace, te mandaré una nota para que sepas que todo ha ido bien.

Ella miraba fijamente el alfiler de corbata que le había regalado con el oro de su concesión. Se había sentido orgullosa de poder comprarle un objeto digno del caballero más elegante de San Francisco. En dos semanas los cuatro mineros habían sacado el triple de oro que cuando habían estado solos Paddy y Cooper. La voz había corrido y otros mineros habían empezado a recorrer el arroyo Mackenna con interés. El cambio había empezado; habían construido una noria de agua, nuevos canalones y bancos de lavado. Habían dragado el agua de la poza, para pesar de Cooper, y dinamitado la roca donde se habían sentado tantas veces.

—Deberíamos ser más prudentes; si te alojas en el Palace, mi padre acabará por enterarse. —Soltó un suspiro y apoyó la frente contra su pecho.

—Esta vez no quiero esconderme. Tu padre debe saber que ya no soy el joven que engañó hace años. Pero no soy tan temerario, también buscaré un lugar tranquilo para nosotros.

Ella sonrió a pesar de la inquietud que la inundaba.

—Lo entiendo... En ese caso no pidas una habitación, exige una *suite* en la quinta planta. Si te ponen pegas, di que te lo recomendó Deborah Flinch, es una amiga de mi tía. En cuanto oigan ese nombre, te harán reverencias hasta el suelo. Su marido es un magnate del ferrocarril, pero llevan años en Los Angeles. Y habla como si nada te importara, mira a los ojos y jamás pidas permiso. En el mundo de mis padres, todo es cuestión de apariencias.

Cooper se echó a reír.

—¿Quieres tranquilizarte? Ya me lo has explicado mil veces.

—Lo sé, lo sé... te pido disculpas. Ahora mismo estoy tentada de pedirte que nos vayamos en el primer barco que zarpe de esta ciudad. Echo de menos Mackenna Creek, la algarabía de las calles de Dawson, los ruidosos campamentos... Dios mío, hasta echo de menos los dichosos mosquitos.

La meció entre sus brazos besándola en la coronilla. La entendía, él también sentía la misma incertidumbre, pero no por el mismo motivo. Temía no encajar en aquella ciudad.

—Todo saldrá bien... —le aseguró en un susurro.

—Pase lo que pase, nunca dudes de mí, oigas lo que oigas o veas lo que veas. No me fío de mi padre...

La obligó a alzar el rostro y, aunque él también albergaba la misma desconfianza acerca de las artimañas de Gideon, quiso transmitirle seguridad. Le acarició una mejilla con los nudillos.

—No me digas que la mujer que no temió meterse en los campamentos del Klondike, teme ahora a los petimetres de esta ciudad. ¿Dónde está la mujer que me desafió y se enfrentó a un oso con una piedra?

Ella le devolvió una sonrisa temblorosa.

—Tienes razón. Ya es hora de seguir adelante. En el hotel llamarás demasiado la atención con tres perros tan grandes. Me los llevo, al menos mi tía tiene un jardín donde podrán salir. Y una cosa más: no se te ocurra encapricharte de ninguna mujer de San Francisco.

Las palabras no expresaban lo que sentía por Lilianne. En respuesta, la besó como si le fuera la vida en ello, dejando claro que para él no había nadie más.

56

San Francisco era un asalto a los sentidos. Cooper había acabado con las gestiones recomendadas por el abogado para poner a resguardo el oro que habían cargado en Dawson, después se había dirigido al hotel Palace. Nada más cruzar el arco de la entrada de los carruajes en el patio de luz de forma cuadrada, se sintió intimidado por la majestuosidad del edificio de cinco plantas. Una cúpula de acero y cristal protegía a los que se bajaban de los coches de tiro. Una balconada por cada planta circundaba la pequeña plazoleta adornada con profusas palmeras en grandes maceteros.

Sus pasos resonaron sobre el suelo de mosaico del *hall* y se elevaron hasta el techo adornado con arcos y policromías. Al final de la estancia se ubicaba la recepción del hotel, un soberbio mostrador de ébano con un casillero y sus respectivos números para la llave de cada habitación o *suite*. En el suelo, junto al mostrador, unas escupideras de latón relucientes arrancaron una mueca a Cooper; ricos y pobres mascaban tabaco, hábito que siempre le había parecido repulsivo. Cuatro hombres holgazaneaban apoyados en el mostrador mientras otros esperaban sentados en las hileras de sillas pegadas a las paredes. Divisó muchos bombines y chisteras de piel de castor que habrían arrancado un grito de envidia al propio Alex Macdonald en Dawson. Detrás le seguía un mozo que cargaba su equipaje; lo habría hecho él mismo, pero seguía las recomendaciones de Lilianne.

—Señor Mackenna, le esperábamos —replicó el empleado tras el mostrador en cuanto dio su identidad—. Han dejado para usted una nota.

—¿Es usted nuevo en la ciudad? —quiso saber uno de los presentes.

—Sí, vengo del Yukón —contestó sin apartar la mirada de la nota que acaban de entregarle.

—¿Otro *stampider* con suerte? —inquirió otro.

—¿Un *stampider*? —repitió Cooper entornando la mirada—. No, señor, no soy uno de esos ingenuos que se dejaron engatusar. Llevo años viviendo en el Yukón.

—Este hotel está lleno de tipos como usted y todos los novatos, que aspiran a hacerse ricos, vienen a que les den consejos —replicó un tercero con desprecio—. No entiendo la razón de tantas consultas si hasta el más torpe puede viajar hasta ese lugar y volver con los bolsillos llenos de oro.

Cooper se acercó un paso al último individuo que había hablado. El hombre tuvo que echar la cabeza atrás para devolverle la mirada.

—Le invito a viajar hasta el Yukón, señor. Cargue solo el equipamiento que pesa más de quinientos kilos, es el mínimo que exigen las autoridades canadienses para sobrevivir al invierno que dura ocho meses. Cruce el paso Chilkoot o el White tirando de su equipaje por sendas plagadas de caballos, mulas o bueyes muertos de extenuación. Una vez sorteado ese obstáculo, constrúyase una barca o lo que buenamente pueda, inicie la navegación por un río lleno de rápidos, cruce los lagos Bennet y Lindeman, rezando que sople el viento, y siga hasta Dawson durante cientos de kilómetros cargando o tirando de su equipaje en una tierra salvaje, rodeado de una naturaleza que no perdona los errores. Una vez alcance la orilla del Klondike, métase en el barro hasta las rodillas y póngase a batear el río durante horas, eso si encuentra una concesión, rodeado de tifus, disentería, malaria, escorbuto y mosquitos que pican hasta enloquecer a uno. Se cansará de que el sol nunca se ponga. Pero cuídese de que no le sorprenda el invierno; el frío mata a un hombre en diez minutos si no va preparado, el viento sopla durante días y la soledad le susurra que estaría mejor muerto. Piense en manos y pies congelados, en comer carne seca y frijoles durante meses, en noches tan largas que temerá no volver a ver la luz del sol. Y un último consejo, caballero: manténgase lejos de los osos, pueden arrancarle la cara de un solo zarpazo. También desconfíe de los alces, los lobos o los pumas. ¿Le parece sencillo, señor?

Una hora después caminaba por Market Street, asombrado por el barullo de la calle, el traqueteo de los tranvías, el cloqueo contra los adoquines de los cascos de los caballos que tiraban de los coches de punto o de las carretas cargadas. En el aire flotaba el olor acre del estiércol de caballo y del hollín de las chimeneas de carbón. El tráfico en la calzada igualaba en intensidad al de las aceras. Las personas con las que se cruzaba eran de lo más variopintas: caballeros con traje de *tweed*, bastón y bombín; chicos de seis o siete años que pregonaban los titulares de los periódicos que vendían; hombres vestidos con pantalones remendados y botas desgastadas de cuyos hombros colgaban carteles que anunciaban las bondades del tónico para eliminar lombrices del doctor D. Jayne o de la Zarzaparrilla Ayer que abría el apetito de los más pequeños de la casa.

En una esquina un hombre tocaba un bandoneón mientras un diminuto mono, ataviado con un chaleco y un fez rojo chillón del que colgaba una borla, se agitaba al ritmo de la música. Unos niños se habían reunido a su alrededor y se reían de las gracias del mono mientras le tiraban cacahuetes.

Cooper cedió el paso a dos damas que caminaban cogidas del brazo, hablaban en voz baja con las cabezas muy juntas bajo sus sombrillas. Detrás, dos doncellas las seguían cargadas de cajas y bolsas. Todos caminaban con prisas, sin apenas contacto visual con los demás.

Una niña se le acercó para ofrecerle una cajetilla de cigarrillos liados. Aunque no fumaba, Cooper le compró dos paquetes y una caja de fósforos. La niña, de apenas diez años, le dedicó, en agradecimiento, una sonrisa deslumbrante que dejó a la vista unos pequeños dientes grisáceos.

Tomó la calle Montgomery hasta la calle Clay y volvió a girar hacia la izquierda por calles mucho más estrechas, alejándose de las ruidosas grandes avenidas; los edificios ya no eran de elegante piedra clara sino de ladrillo y madera, los altos ventanales eran sustituidos por ventanucos, olía a aguas corrompidas, orina y a col hervida. Por esas calles solo circulaban carretas y gente corriente, sobre todo asiáticos, nada de ómnibus tirados por caballos ni tranvías. Las tiendas eran oscuras y estrechas; de los portales de los edificios escapaban llantos de niños y gritos. Se había metido de lleno en el barrio chino ubicado entre el Distrito Financiero y el selecto Nob Hill, donde vivían el gobernador Leland y familias tan distinguidas como los Hopkin o los Astor.

Podría haber tomado un coche de punto, pero habría dejado constancia si alguien preguntaba. De momento su máxima era que nadie supiera hacia dónde se dirigía. Deambuló sintiendo la mirada desconfiada de los habitantes de esas calles hediondas hasta dejar atrás el barrio chino. En la calle Mason, el paisaje volvió a cambiar, grandes mansiones se elevaban ante sus ojos, propias del renacimiento italiano o del barroco francés. Las calles eran amplias, con poco tráfico. Destacaba el silencio solo interrumpido por el trino de algunas aves cobijadas entre el follaje de los árboles de los grandes jardines que rodeaban las mansiones.

Delante de una de esas edificaciones, aunque de las más modestas pero no menos elegantes, Cooper se detuvo y estudió la fachada. Se sacó la nota que le habían entregado en el hotel y se aseguró del número de la casa que buscaba. No se había equivocado. Llamó a la puerta mientras miraba a ambos lados de la calle. Apareció un hombre bajito y enjuto que le dedicó una mirada suspicaz.

—Soy Cooper Mackenna, el señor Janssen me espera.

—Por supuesto...

En el interior, que olía a limón y madera encerada, se oían las voces de al menos tres hombres. Reconoció la de Gustaf, enérgica y siempre jocosa: las otras dos le eran desconocidas. El mayordomo le señaló una puerta entornada y le precedió para anunciarlo.

Cooper se adelantó en lo que parecía un despacho cuyas paredes estaban forradas de estanterías llenas de libros. Apenas pisó la alfombra, la enorme silueta de su amigo se le acercó y unos brazos enérgicos le envolvieron en un abrazo que le dejó sin aire.

—Por mis barbas —soltó Gustaf en cuanto lo dejó libre—. Jamás pensé que volvería a verte. ¡Cooper Mackenna en San Francisco!

A pesar de no ser un hombre dado a demostraciones de afecto, Cooper se sintió reconfortado.

—¿Creías que ibas a desembarazarte de mí? —Le asestó una palmada en el hombro—. Si no eres capaz de sorprender a tus amigos, estás perdido.

Gustaf le presentó a Zack Morgan y Caleb Dubin; dos *sourdoughs* que habían recorrido el Yukón durante los mismos años que Cooper.

—Cuando me fui de Dawson, tú acababas de instalarte en aquel arroyo —dijo Zack. Una profunda cicatriz le cruzaba en diagonal el rostro, de la frente a la mandíbula. Cooper reconoció la huella de una zarpa de oso—. ¿Al final tuviste suerte?

El trato amistoso y directo de los que habían compartido la dureza del Yukón tranquilizó a Cooper. Asintió, no era una cuestión de fanfarronear de su éxito, hablaban de duro trabajo y semanas de soledad.

—Sí, al final Mackenna Creek fue una buena inversión. Más de trescientos mil cuando me fui de Dawson.

Caleb, que se había mantenido silencioso, soltó un silbido. Le faltaban tres dedos de la mano derecha y dos de la izquierda.

—¡Por Dios! Estuve tentado de probar suerte en aquel maldito arroyo, pero lo vi demasiado alejado de los demás y desistí.

Cooper se encogió de hombros mientras aceptaba la copa que le había servido Gustaf.

—Todos sabemos que era cuestión de suerte.

—¿Quién iba a decirlo?—intervino el sueco—. Este hombre

siempre ha hecho las cosas a su manera. Se quedó en Circle City cuando todos nos volvimos locos al enterarnos de que Carmack había encontrado oro en el Klondike, después desapareció con los kashkas. Reapareció de repente un año después con un irlandés cascarrabias, se instalaron donde nadie quiso hacerlo y han dado con uno de los mayores yacimientos de oro.

—Conque viviste con los kashkas —Caleb le dedicó una mirada de admiración—. Algo había oído. Son bastante huidizos con los blancos.

—Ayudé a uno que se había quedado atrapado en un cepo para lobos. En agradecimiento me ofrecieron ser el cazador que les faltaba. Fue muy sencillo, no son tan peligrosos como cuentan. Solo desconfían de los blancos, no entienden su locura por el oro. Para ellos no tiene ningún valor, no les sirve de nada.

La conversación prosiguió; fue agradable recordar a los que se habían quedado, los que habían salido victoriosos y las anécdotas. Media hora más tarde Zack y Caleb se despidieron.

—Tenemos que volver a vernos, Mackenna —propuso Zack—. Ven a vernos en cuanto te hayas familiarizado con la ciudad. Tenemos una oficina cerca del puerto en el Distrito Financiero. Gustaf, dale la dirección.

Una vez solos, Gustaf rellenó la copa de su invitado y le ofreció un puro, que Mackenna rechazó con un gesto de la mano. El sueco se sentó y se tomó su tiempo para encender el suyo. Tras exhalar una bocanada de humo, fijó sus ojillos azules en Cooper.

—Bien, ahora dime de qué va todo esto. Casi me caí de la silla cuando vi aparecer a los Vitale. Menuda sorpresa me dieron. Menos mal que dejé instrucciones en el Palace por si alguien preguntaba por mí.

—¿Cómo están? Espero que no te importara que te los mandara.

—Por supuesto que no. Están bien. Llegaron un poco debilitados por el viaje, pero descansaron unos días aquí y los llevé al ferrocarril, destino a San Diego. La otra sorpresa fue la carta que me dio Giuseppe. Cuéntame de qué desconfías tanto como para tomar tantas precauciones.

Dudó un instante y se puso en pie sopesando su decisión. Si había llegado hasta allí, necesitaba a un aliado y Gustaf le había demostrado ser honrado. Le contó una versión resumida de su historia con Lilianne. Hablaba deambulando de un lado a otro como un lobo encerrado ante la atenta mirada de Gustaf, que le escuchaba sin perder detalle ni interrumpir. Al acabar, se sintió agotado. Las emociones habían saltado de repente. La echaba de menos, aunque solo hacía unas horas que la había visto alejarse en un coche de alquiler rumbo a la casa de su tía. Le preocupaba no tenerla cerca para protegerla.

El silencio se alargó mientras Cooper miraba por la ventana que daba a un cuidado jardín. A sus espaldas, Gustaf seguía fumando su puro.

—¿Piensas ayudarme?

—Por supuesto. Vivir en esta casa me resulta muy cómodo, pero es algo aburrido. —Abrió un cajón de donde sacó un juego de llaves que sacudió delante de sus narices—. Aunque no me hubieses contado esa increíble historia, te habría ayudado muy gustoso. Aquí tienes, me he adelantado, si no te importa. Está deshabitada desde hace meses y estará un poco polvorienta, pero nadie te relacionará con esta casa. La he alquilado a mi nombre; siento decirte que la dueña no ha querido alquilarla por menos de seis meses.

—Gracias por hacerte cargo.

Gustaf le restó importancia a lo que había hecho con un gesto que esparció ceniza del puro por toda la mesa. No hizo caso al pequeño desastre.

—Ya te lo he dicho, necesitaba un poco de movimiento. —Tironeó de un cordón situado junto a la ventana—. Te voy a presentar a un chico; es listo como el hambre. Su padre no tuvo suerte y murió dejándolo solo en el Klondike. Se pagó el viaje de Dawson a Saint Michael echando paladas de carbón en la caldera del vapor. Es espabilado, trabajador y no hace preguntas. Ahora trabaja para mí.

El mayordomo apareció, erguido y con el semblante circuns-
pecto. A Cooper le recordó una zarigüeya medio calva, con la
nariz puntiaguda, los ojos pequeños, redondos y saltones y la boca
fruncida, como si oliera continuamente algo desagradable.

—¿Ha llamado, señor?

—Sí, dile a Adam que quiero hablar con él y avisa a la cocinera que quiero cenar guiso de alce con patatas.

La nariz del mayordomo se arrugó ligeramente. Se recompuso
al instante e hizo un gesto escueto con la cabeza.

—Se lo haré saber a la señora Dodger. ¿El señor desea algo
más?

—No, gracias Mitchum, puedes retirarte, pero antes aviva el
fuego de la chimenea. Hace fresquito.

El mayordomo le dedicó una mirada a medio camino entre el
desprecio y el horror, pero obedeció aunque no fuera su cometido.
Después salió con la boca apretada, como un mártir camino de su
último calvario.

En cuanto la puerta se cerró, Gustaf resopló.

—Si fuera por ese estirado con cara de cuervo, me echaría de
esta casa. Venía con los muebles, así como el resto del servicio. El
anterior dueño se arruinó y todos me miran como si yo fuera el
responsable de su desgracia. Pero me los ganaré, aunque reconozco que disfruto pidiendo cosas que los sorprenden. Ahora mismo
la cocinera estará preguntándose de dónde va a sacar carne de alce
y me estará maldiciendo. Es divertido verla ponerse lívida cuando
bajo a la cocina. Se pone como una gallina que ha visto a un zorro
en el gallinero.

El sueco soltó una risa estruendosa. Se sacudió como un enorme
oso y su barriga, que había ganado en circunferencia desde que se
había marchado de Dawson, se agitó. Cooper se acercó a la chimenea encendida al tiempo que meneaba la cabeza ante el buen humor
de su amigo. La estancia estaba sobrecalentada, las llamas se movían
lánguidas, como a desgana. Cooper entendía la necesidad de calor
de Gustaf, todos los que habían sufrido las consecuencias de los
inviernos del Yukón siempre se sentían reconfortados ante un hogar

encendido. El fuego había sido un aliado para no morir. La vida de los habitantes de aquella región dependía de la rapidez con la que un hombre encendía una hoguera. Se quedó unos segundos pendiente de las llamas con la mirada ausente.

—¿No lo echas de menos? —musitó en voz baja.

No precisó aclarar de qué hablaba, el sueco lo entendió. Gustaf se le acercó y le puso una pesada mano en el hombro.

—Algunas veces, pero no te engañes, no echo de menos el frío, el hambre, el miedo a volverme loco, a las noches sin fin. No. Lo que echo de menos es la camaradería, la buena gente que se fue, los que murieron, los que me salvaron el trasero. —Le obligó a mirarlo y por una vez Cooper vio a su amigo serio, sin una pizca de sonrisa en los ojos—. No te vuelvas un sentimental, Mackenna. El futuro está aquí, seguramente volverás al Yukón porque sigues teniendo tus concesiones, pero tu vida está lejos de aquel infierno. No te aferres a los buenos momentos que viviste, acuérdate de los malos también. Yo no pienso renunciar a lo que tengo ahora.

»Aun así no te voy a engañar, esto no es el paraíso —añadió mientras tomaba asiento en una butaca cerca de la chimenea—. Sé que los que me reciben en sus lujosas casas me tratan como a una mascota divertida, quieren oír historias espeluznantes del Yukón y yo los entretengo. Mientras tanto abro bien los oídos y los ojos, aprendo maneras y hago contactos sin perder de vista que para muchos de ellos soy poco más que un bárbaro dispuesto a violar a sus hijas y robar la plata de sus mesas. A pesar de ello, mi oro los atrae como un canto de sirena. Reconozco la envidia en sus miradas; necesitan mi dinero porque muchos son mequetrefes que solo presumen de apellido, pero carecen de fortuna por haberla dilapidado o son incapaces de buscársela.

Gustaf dio una honda calada y dejó que el humo saliera despacio de su boca. Después esbozó una sonrisa traviesa.

—Hace unos días una matrona intentó endilgarme a una de sus hijas, una solterona antipática, fea como un demonio y que escupía veneno como una víbora cada vez que me miraba. Me la ofreció como quien ofrece las llaves del Cielo. *Respetabilidad*, me dijo, y *abolengo*. No sé ni lo que significa esta última palabra. Por Dios, estuve tentado de hablarle de Kate Klondike y jurarle por la Biblia que con esa mujer sí que uno conseguía rozar el Cielo.

Gustaf rompió a reír mientras se daba palmadas en la barriga. Sus carcajadas llenaron la estancia y rebotaron en el ánimo de su invitado. Cooper meneó la cabeza sintiéndose menos afligido.

—¿Y qué le contestaste?

Gustaf se atusó su espeso mostacho pelirrojo y sonrió. Sus ojos se entrecerraron hasta casi desaparecer.

—Que aprecio demasiado mi persona como para emparentarme con una lagarta que solo quiere mi oro. Algunos se rieron con ganas, otros apuntaron al techo sus majestuosas narices con desaprobación. Soy un hombre campechano, pero no soy tonto. Me aprecian tanto como los aprecio yo, es decir, nada. Por eso me voy a asociar con Zack y Caleb, ellos hablan el mismo lenguaje que yo. Si hay que dar un puñetazo sobre la mesa, se da y punto. No nos andamos con remilgos. Estás invitado a unirte a nosotros, el futuro está en el cobre y el petróleo. Tenemos a un joven que trabajó para la *Estandard Oil*, el chico se puso a hacer el tonto con la hija de uno de los socios y le echaron a patadas, pero el chaval sabe mucho más de lo que sus anteriores jefes desearían que supiera. Por supuesto Paddy también está en el ajo si quieres. Sé que no haces nada sin tenerlo en cuenta. —Tiró lo que le quedaba de puro en la chimenea y abrió los brazos abarcando todo lo que le rodeaba—. Esta es una buena vida, no hagas como esos idiotas que han vuelto del Yukón y malgastan su oro en fulanas y alcohol rememorando su vida en Dawson. Algunos no consiguen dejar el pasado atrás, allí fueron alguien, aquí no tienen metas. Eres listo, Mackenna, te adaptarás a esta nueva vida. Además, tienes a tu esposa. Aquella noche en el Palladium estaba borracho, pero recuerdo a una joven pelirroja que te dejó la cara como unos zorros. Menuda mujer. Dios mío, qué genio.

Estaba en lo cierto, su futuro estaba junto a Lilianne y gustoso abrazaría esa nueva vida, fuera donde fuese. Ella era su tierra, su horizonte, la razón que le daba aliento.

—Por cierto, hace unos días vi a Ladue. Me preguntó por ti.

—¿Sigue en San Francisco? —preguntó Cooper, esperanzado.

—No, se marchaba a Nueva York al día siguiente.

—Una lástima... ¿Cómo le viste?

Gustaf meneó la cabeza con pesar.

—No muy bien, pero ya sabes que lleva años con esa tos. Seguro que la buena vida se la quita.

Cooper no lo tenía tan claro, Joseph llevaba un año fuera del Yukón y si después de tanto tiempo su tos no había remitido, no lo haría en el futuro. Unos golpes en la puerta captaron su atención. Un joven de unos quince años entró; era delgado, de poco más de un metro setenta de estatura. Llevaba ropa de calle bien confeccionada y botas relucientes. A Cooper le llamó la atención la mirada del chico: prudente, pero no huidiza. A pesar de su aspecto menudo, esgrimía confianza y calma. Le gustó al momento.

—Este es el chico del que te hablé —dijo Gustaf—. Y ahora vamos a planear lo que quieres hacer. ¿Te apetece divertirte un poco, Adam?

El joven sonrió.

—Sí, señor. Tanta calma empezaba a aburrirme. ¿Qué tengo que hacer?

—¿Lo ves? —exclamó Gustaf—. Este chico te va a gustar, Mackenna. Es de los nuestros.

57

Lilianne esperaba con el corazón encogido a que su tía Violette saliera de su estupor.

Después de la euforia del reencuentro, se lo había contado todo: su reencuentro con Cooper, el chantaje, el tiempo en Mackenna Creek, en Dawson. Le habló durante dos horas entre exclamaciones de asombro y horror de Violette de la consulta del doctor Sullivan, del incendio del Palladium, de la muerte de Lashka. Al acabar su relato reveló su intención de romper su compromiso con Aidan y seguir casada con Cooper. Su tía palideció sin que una sola palabra saliera de sus labios entreabiertos.

Lilianne se acercó a la ventana para darle tiempo a procesar todas las novedades. Le preocupaban las ojeras de Violette, así como la evidente pérdida de peso. El arrepentimiento la sobrecogió por su egoísmo; mientras ella había vivido una gran aventura, su tía había sido el escudo que había contenido a su padre.

Echó un vistazo a la calle; el hombre con el que se había topado nada más bajar del coche de alquiler seguía en el mismo sitio. Como había temido, Gideon había mandado vigilar la casa de su hermana. Después miró a los tres perros, que la habían seguido hasta el salón y permanecían tumbados junto a la puerta como tres centinelas. Su presencia la tranquilizaba. Se preguntó dónde estaría Cooper en ese momento, si había sufrido algún percance. Necesitaba saber de él, pero al instante se sermoneó; Cooper había sobrevivido sin ella nueve años en un territorio salvaje. Encontró consuelo en el brillo del anillo que le había regalado y que no había pasado desapercibido a Violette.

—Te has vuelto loca —murmuró esta, que por fin salía de su asombro—. Cuando consentí que realizaras la locura de viajar hasta el Yukón, pensé que sería para dejar atrás una etapa de tu vida que solo trajo desgracias. Ahora pretendes echar a perder la esperanza de ser feliz junto a un buen hombre como Aidan.

Lilianne se dio la vuelta lentamente. Se impuso contención, entendía la reacción de su tía, siempre había estado a su lado y solo necesitaba entender lo que se proponía.

—Quiero vivir junto a Cooper y convertirme en un médico titulado. No volveré a consentir que nadie mande en mi vida. Espero de corazón que estés a mi lado.

—¿Y si no consiento esa locura? Dios mío, escúchate: una mujer casada médico. Es un disparate que solo te traerá quebraderos de cabeza. Ninguna escuela ni ninguna universidad aceptará una mujer casada, ni siquiera la de Siracusa, por muy progresista que sea. Y está ese hombre...

—Cooper, tía. Se llama Cooper.

—Poco me importa. Lo único que me preocupa eres tú. ¿Acaso has perdido el sentido común? Tú mejor que nadie sabe lo que significa rebelarse contra todos. La primera vez casi te costó la vida y ahora aspiras a... a...

—A vivir la vida que quiero —la interrumpió, decepcionada pero firme.

Violette la miró, sorprendida por el aplomo de su sobrina. Hacía años que no la veía tan segura de sí misma y de sus decisiones; sus ojos verdes centelleaban con la intensidad de los que han hallado la verdad. El Yukón la había cambiado o quizá fuera ese hombre. Aquel pensamiento la hizo dudar de sus palabras, pero el miedo se inmiscuía en sus pensamientos. Se sentía mayor y sin fuerzas para una nueva batalla contra su familia.

—Gideon jamás consentirá que sigas casada con ese hombre... —murmuró, abatida.

—Cooper...

—¡Da igual! —exclamó poniéndose en pie—. Tu padre está desquiciado. Desde que te marchaste todo se le ha complicado. ¿Recuerdas lo que te contó Reginal acerca del déficit del Parker Bank?

Lilianne asintió con cautela, la reacción de su tía empezaba a alarmarla. Ignoraba a qué se había enfrentado durante su ausencia. ¿Qué había hecho su padre esa vez? Más que nunca se sentía ajena a los tejemanejes de Gideon, pero le importaba Violette. Por primera vez la veía frágil, a punto de venirse abajo.

—Reginal intentó encubrir el agujero en las cuentas del Parker Bank con fondos del Fulton Bank a espaldas de su padre, pero Henry Fulton lo sabía todo y dejó que su hijo se comprometiera —explicó Violette—. Ahora presiona para que Gideon le venda su banco por una miseria. Le amenaza con revelar todo el asunto a la prensa sin importarle que el escándalo salpique a su hijo. Tu padre sigue pensando que tu matrimonio con Aidan le salvará. ¿Puedes imaginar cómo reaccionará cuando se entere de tus planes?

Las noticias no la sorprendieron, al fin y al cabo su padre y Fulton eran de la misma calaña, tan despiadados como perros rabiosos. Se acercó a su tía para tomarle las manos. Su intención era tranquilizarla, pero también necesitaba serenarse.

—Mi padre no puede seguir manipulando a los que le rodean. ¿Sabías que obligó a Cooper a abandonar esta ciudad y ordenó al capitán del *Diana* matarlo en cuanto estuviesen lo suficientemente lejos de la costa? A mí me dijo que me había abandonado, sin hablar de lo que me hicieron en el Imola. No quiero seguir siendo su marioneta. Durante años me he sentido una sombra, culpable por haber amado a un hombre que me había cambiado por quinientos dólares.

Los ojos de Violette se empañaron al recordar el tormento de su sobrina, al filo de una muerte deseada. Había temido perderla cada vez que la había mirado a los ojos vacíos de emociones. El trato que había sufrido había sido cruel, pero lo que Lilianne aspiraba en ese momento la asustaba. Intuía que esa vez sería una batalla descarnada por ambas partes.

—Está aquí, me refiero a Mackenna —murmuró—. Ha venido contigo...

La respuesta fue un asentimiento de Lilianne al tiempo que le propinaba un nuevo apretón de manos.

—Está en San Francisco; se ha negado a dejarme sola. Se aloja en el hotel Palace. En cuanto hable con Aidan, le comunicaremos a Gideon mis intenciones. No habrá vuelta atrás ni volveré a consentir que mi padre mande en nuestras vidas.

Violette se dejó caer sobre el sofá sin perder de vista a su sobrina. La admiraba por su arrojo y a la vez temía que esa misma fuerza la llevara directamente hacia un fracaso de consecuencias dramáticas.

—¿Qué le ocurre a esta familia? —musitó—. Todo parece venirse abajo. Tu padre anda desquiciado ideando nuevos planes para rehacer su fortuna, tu hermana... Dios mío, Becky ha perdido la cabeza por un sinvergüenza.

—Cuéntame qué ha hecho mi hermana —quiso saber.

Se sentó junto a su tía, preocupada por su palidez.

—Lo de tu hermana ha sido un horror. Hace unas semanas el hijo menor de los Huntington fue hallado muerto en un callejón del barrio chino. La noticia causó un gran revuelo. Se rumoreó que el joven tenía una deuda pendiente con un prestamista chino. Huntington exigió al gobernador y al alcalde que se hiciera justicia. Se llevaron a cabo redadas en todos los tugurios en busca de los culpables. En una de esas redadas, tu hermana fue sorprendida medio desnuda y casi inconsciente en un fumadero de opio junto a su amante. Tu padre consiguió que la noticia no llegara a la prensa, pero el rumor corre de boca en boca. No sé qué le ocurre a Becky, pero está cada vez más descontrolada, y Reginal ha empezado a beber, le he visto a las once de la mañana medio ebrio en pleno centro de la ciudad. Esta familia se está derrumbando.

Lilianne no salía de su estupor; nada que proviniera de su familia debía sorprenderla, pero le costaba pensar en su hermana, en sus locuras, sin sentir un pellizco de celos por la benevolencia con la que Gideon siempre había tratado a su hija menor. Para su padre siempre había habido dos varas de medir las travesuras de sus hijas y Lilianne conocía de sobra su lado más intolerante. Desde muy niña la había condenado a una soledad que la había llevado a sentirse ajena a su propia familia.

No lo sentía por su hermana o por su cuñado, eran suficientemente mayores para tomar sus propias decisiones y sufrir las consecuencias de sus actos, sino por sus hijos. Eran aún muy jóvenes, pero tarde o temprano sufrirían las consecuencias de los escándalos de sus padres.

Las revelaciones de su tía aún daban vueltas en su cabeza cuando apareció Willoby. Una enorme sonrisa casi le partía el semblante por la mitad. Lilianne se puso en pie de un salto y fue a él deseosa de alejar los sombríos pensamientos que la acosaban. Le tomó las manos, después de calmar a los perros que se habían puesto en pie, y se las apretó con fuerza.

—¡Es cierto! —exclamó el hombre—. La señora Potts acaba de decírmelo, pero quería asegurarme con mis propios ojos. Por fin ha regresado.

—Sí, he vuelto —le aseguró con una alegría forzada.

—Bienvenida, señorita Lilianne.

Ella asintió, todavía no era el momento adecuado para aclarar que era la señora Mackenna.

—Gracias. Ahora cuéntame cómo está la señora Godwin. Mi tía me ha dicho que la has ayudado mucho.

Las mejillas del hombretón se sonrojaron. Desvió la mirada hacia el suelo.

—Sí, la he ayudado un poco, ya que usted no estaba y la señora Violette lo aprobaba.

—El mercadillo del reverendo fue un éxito —intervino Violette a espaldas de Lilianne. Dedicó una sonrisa a su sobrina cuando esta la miró por encima del hombro—. Amalia tuvo el buen tino de confeccionar un ajuar para recién nacido y Madeleine Astor se encaprichó de todo. Se lo compró para su futuro nieto por un precio indecente, pero muy beneficioso para Amalia. Después la señora Arlington, que espera su segundo hijo, quiso un ajuar idéntico al del nieto de Madeleine y desde entonces los pedidos no han parado. Ya sabes cómo son estas cosas; si es bueno para un Astor, es bueno para todos.

—Ha dejado de trabajar en la lavandería y ahora tiene un pequeño taller —añadió Willoby, claramente emocionado—. La señora Violette la ayudó a encontrarlo, lo tiene cerca de los almacenes City of Paris, en Union Square.

—Tiene que ir a verla, señorita Lilianne, mi madre se alegrará mucho.

Tommy había surgido de la nada, sigiloso como un ratón, mientras masticaba una generosa ración de bizcocho. Se metió el último trozo en la boca y casi lo engulló sin masticar. Después se limpió las manos en los pantalones y esbozó una sonrisa traviesa. Enseguida perdió interés en los adultos.

—¡Qué grandes! Parecen lobos. ¿Se pueden tocar?

—Mejor no lo hagas, estos perros no están acostumbrados a los niños. Hay que ser prudente —le aconsejó Lilianne, divertida por la actitud del niño.

—No me asustan —se jactó con arrogancia. Se metió los pulgares en la cinturilla de los pantalones—. He visto ratas más grandes que esos chuchos.

—Esos perros se comen a los niños maleducados como tú —masculló Willoby.

—Seguro que no —porfió el pequeño. Alzó su naricilla de forma retadora—, pero puede que no les gustes tú.

—¿No crees que deberías saludar cuando entras en una estancia?

La voz de Violette desinfló la petulancia del niño, que agachó la cabeza.

—Le pido disculpas, señora.

—¿Por qué no me cuentas lo que me ibas a decir de tu madre? —preguntó Lilianne, a la que el arrepentimiento del niño no engañaba, pero divertida por su desfachatez.

Tommy recompuso su sonrisa traviesa y al instante empezó a hablar:

—Yo también ayudo a mi madre. Cuando termino el reparto de los pedidos de la panadería, hago de recadero para mi madre y me dan buenas propinas. Madre me ha dicho que si las cosas siguen tan bien como ahora, me comprará una bicicleta y así iré el doble de rápido. —Señaló a Willoby con un pulgar—. Este no es el único que la ayuda. Cree que lo hace todo él, pero se pasa el día haciendo ojitos a mi madre...

La manaza del aludido le tapó la boca.

—Lo siento, señorita Lilianne. Esta sabandija necesita unos cuantos azotes. Es un sinvergüenza... ¡Ay! ¡Me ha mordido!

Tommy aprovechó para apartarse de Willoby. Todo su rostro reflejaba indignación, pero sus ojos revelaban una valentía sorprendente dada su estatura y su constitución enclenque. Parecía un pequeño David enfrentado a Goliat.

—¡Pues claro que te he mordido! Me estabas ahogando con esa manaza. Y es verdad, le hace ojitos a mi madre —insistió a Lilianne. Dirigió su atención al hombretón y parpadeó varias veces mientras su rostro adoptaba una expresión de arrobo y remedaba con voz de falsete —: «¿Un nuevo vestido Amalia? Caray, qué bonito. ¿Quiere que le cace un elefante, Amalia? Por supuesto, Amalia. ¿Quiere que me beba toda el agua de la bahía? Oh, no es molestia, Amalia.» —Luego miró a Lilianne—. Cree que no me doy cuenta, pero tengo ojos en el cogote y orejas en todas las paredes. Y sé que mi madre se ríe como una jovencita. —Se encogió de hombros con indiferencia y se hurgó entre los dientes con la uña del menique como si empezara a perder interés.

—Espera y verás, pequeña rata —le amenazó Willoby, mientras le propinaba un manotazo en la mano para que se sacara el dedo de la boca—. Tu madre me ha dado permiso para darte una buena tunda de azotes si te muestras tan maleducado delante de las damas.

Tommy hinchó pecho y lanzó una mirada retadora a Willoby.

—¡Atrévete!

Lilianne intercambió una mirada divertida con su tía, que se encogió de hombros a modo de respuesta. Se arrodilló delante del niño y le arregló el cuello de la camisa. Apenas conseguía reprimir la risa. Solo por el aspecto saludable del niño, estaba claro que la situación de Amalia había mejorado. Se alegraba por ello y se propuso estudiar si unos pequeños préstamos podían ser la ayuda necesaria para mujeres como la señora Godwin: alguien que creyera en ellas y les proporcionara el impulso necesario para salir de la pobreza.

—Willoby tiene razón, hurgarse en la boca es de muy mala educación, y desde luego no está bien que le hables de esa manera. Debes respetar a tus mayores. Es un buen hombre...

—No me importa que le haga ojitos a mi madre, señorita Lilianne. Willoby no me cae mal, pero no soporto cuando se comporta como un padre. Ya no soy un niño...

—No —convino ella peinándole con los dedos la espesa mata de pelo pelirrojo—. Ya eres un hombrecito y por eso tienes que comportarte como tal.

—¿Y cuándo piensa visitar a mi madre? —preguntó, deseoso de cambiar de tema—. Mi madre se pondrá loca de contenta. Tiene una sorpresa para us...

—¿Quieres callarte? —explotó Willoby.

—¡No me grites! No he dicho nada, ¿verdad, señorita Lilianne? Solo he dicho que mi madre tiene...

La manaza de Willoby volvió a silenciarlo.

—Por el amor de Dios, calla de una vez.

Lilianne ya se reía sin tapujos; esa discusión entre Willoby y Tommy le había recordado sus discusiones con Paddy. De repente le entró la nostalgia de enrabietar al irlandés.

Una llamada a la puerta principal los distrajo. Lilianne se asomó a la entrada justo cuando la doncella abría. Apareció un joven que sostenía un paquete bajo el brazo y preguntaba por ella.

—Soy Lilianne Parker.

—Tengo una nota para usted. —Le tendió un sobre cerrado—. Me han pedido que espere la respuesta.

Lilianne abrió el sobre con manos inquietas, segura de la identidad del remitente. Sacó una tarjeta con una dirección, una hora, una pregunta. Asintió con vehemencia con la cabeza.

—¿La respuesta es sí? —inquirió el joven, indeciso.

—Sí, por supuesto.

—Entonces, tenga.

Le entregó el paquete, después salió dejando tras de sí un aura de misterio que despertó la curiosidad de los demás que se habían asomado desde el salón.

—¿Y bien? —preguntó Tommy con una sonrisa pícara, y acompañó el gesto con un guiño—. ¿Un admirador secreto?

—¡Por Dios! —soltó Willoby—. Vámonos, me estás avergonzando.

Le agarró del cuello de la chaqueta y se lo llevó a rastras hacia el pasillo que conducía a la zona del servicio mientras el pequeño trataba de asestarle patadas.

—Siempre es igual cuando estos dos están cerca el uno del otro —intervino Violette a media voz—. Y lo más curioso es que siempre andan juntos. No debería consentir estas escenas, pero reconozco que me distraen de mis preocupaciones. Willoby y Tommy son como tener un espectáculo de circo en casa. Lo cierto es que Amalia ha resultado ser una mujer sorprendente. Ha contratado a una modista que confecciona las prendas y ella las borda. Se reparten el beneficio a medias después de comprar nuevo género. Saldrá adelante, solo necesitaba un empujoncito. —Escrutó el semblante radiante de su sobrina que la escuchaba a medias—. Es una nota de Mackenna.

Lilianne abrazó a su tía. De repente, todos los problemas de su familia habían dejado de afectarla.

—Todo irá bien —le susurró al oído—. Y si te tengo a mi lado, todo será perfecto. Te quiero, tía Violette. Alégrate por mí, soy una mujer feliz, muy pronto gritaré al cielo que amo a Cooper y todos sabrán cuánto me ama.

Violette le devolvió el abrazo. Quería sentir la misma felicidad que su sobrina, celebrar con ella su ilusión, o al menos su intención de enfrentarse de nuevo al mundo por ese hombre. Ahora solo cabía esperar que el futuro les fuera más propicio.

58

Eran las doce y cuarto de la noche y la calle llevaba horas sumida en un profundo silencio arropado por la oscuridad de un cielo nublado. Dave se las había arreglado para que la farola frente a la casa que vigilaba dejara de funcionar y él se había buscado un rincón tranquilo para vigilar la entrada principal y la del servicio sin que le vieran. Por suerte no era una casa grande y la tarea, tan sencilla como aburrida. Llevaba casi todo el día allí plantado y, a pesar de haber mandado recado a su jefe acerca de la llegada de la pelirroja, no había recibido respuesta alguna. Estaba harto de esperar, tenía hambre, sed y aspiraba a tomarse un buen trago antes de acostarse, si era posible con la siempre acogedora viuda del zapatero.

Se pasó una mano por el cuello rígido y echó una última mirada al reloj de bolsillo: las doce y veinte. Los habitantes de la casa llevaban una hora acostados. Las luces se habían ido apagando una a una, incluso las del servicio. Se recortó contra el tronco de un ciprés y se subió el cuello de la chaqueta. Una niebla procedente del mar se iba extendiendo como un velo sobre la ciudad hasta la colina de Nob Hill. Malditos ricachones y sus mansiones en la mejor zona de la ciudad. A esa hora y con esa niebla, la humedad se apoderaría de las calles cerca del puerto al sur de Market Street y se colaría en las casas dejando su abrazo pegajoso en las camas.

Un chirrido apenas audible pero repetitivo se acercó lentamente hasta donde se encontraba Dave. Se encogió preguntándose quién demonio estaría pedaleando a esas horas. Al menos no era una patrulla de la policía. Desde la muerte del joven Huntington a manos de los chinos, las patrullas se habían duplicado para tranquilizar a los privilegiados habitantes de Nob Hill. No lo hacían por las zonas más peligrosas como el barrio chino o las calles aledañas de Union Square, donde todos los matones salían de noche de sus agujeros como cucarachas, sino en las calles donde vivían todos los peces gordos de la ciudad. Así sus señorías y sus esposas dormían tranquilos.

Espió la silueta que se había detenido cerca de la puerta de servicio de la casa que vigilaba. Vestía ropa holgada y se tapaba la cabeza con una gorra calada hasta las orejas. Le fue imposible discernir sus rasgos, pero estuvo seguro de que era joven por la forma en la que se movía. Le vio dejar la bici junto a un seto recortado y cruzó la calle casi hasta dar con Dave. El chico espió las ventanas de la casa al tiempo que se sacaba una pequeña botella. Dio un trago y justo cuando se disponía a ponerle el tapón, una luz se encendió en el entresuelo de la casa. El tipo se puso nervioso, hizo el ademán de meterse la botella en el bolsillo, pero con las prisas no se dio cuenta de que esta caía sobre el césped con un ruido sordo. El joven ya había cruzado la calle y se deslizaba como una sombra hacia la puerta del servicio, que se abrió sin una bisagra que chirriara.

Una sonrisa estiró los labios de Dave; se había fijado en la joven doncella que trabajaba en esa casa. Era joven, rellenita como una pollita y de mejillas sonrosadas, justo como le gustaban. No como esas damas que parecían palos estirados. La doncella se movía con gracias, Dave había admirado el balanceo de su generoso pecho debajo del uniforme. Estaba de buen ver.

El joven desapareció en el interior de la casa. Dave no estuvo del todo seguro por la dichosa niebla, pero creyó ver la mano de una mujer coger al tipo de la muñeca y tirar hacia el interior. Se rio por lo bajo; estaba dispuesto a apostar al menos un dólar a que el tipo era el amante de la doncella. Un tipo con suerte; esa noche pasaría un buen rato entre los brazos de la bonita doncella de la casa. Todo ese sigilo era revelador. Él mismo, en sus años mozos, se había colado en una casa y la fregona de la familia le había recibido con un buen coñac, que había robado a espaldas del mayordomo. Después... «Si las mesas hablaran», pensó con la risa aflorando de su pecho encorvado.

Y estaba la pelirroja, demasiado alta y flaca para su gusto, que había llegado ese día, la razón por la que vigilaba la casa desde hacía días. La había visto bajar del coche de alquiler con esos tres chuchos grandes y de aspecto amenazante. Al menos dos de ellos, el tercero era más joven, más enclenque, pero no apartaba la mirada de la mujer como si la vida le fuera en ello. ¿Quién demonio era esa mujer? Nadie se había molestado en aclararle su identidad, pero era evidente que era una persona importante por el interés suscitaba.

A él lo había contratado un detective; le había abordado en un bar y ofrecido cinco dólares a cambio de vigilar una casa con discreción. La consigna era avisar al detective si aparecía una pelirroja alta y esbelta. Pues ahí estaba y nadie daba señales de vida después de haber mandado al niño harapiento que le llevaba algo para comer a mediodía. El crío no había regresado para llevarle algo de cena. Maldita rata, se lo haría pagar cuando le pusiera las manos encima.

La puerta del servicio se abrió al cabo de un rato y el joven salió de nuevo con la gorra encasquetada hasta las orejas. Se arrebujó en su chaqueta y se subió a la bicicleta. Se alejó con el mismo chirrido flojo y repetitivo hasta desaparecer como un espectro entre la niebla. El encuentro había sido rápido.

Dave perdió interés y gateó por el césped para hacerse con la botella. Le dio unos cuantos tragos. Era ginebra de la mala, pero al menos se metería algo en el estómago vacío. Chasqueó los labios y bebió de nuevo con avidez. Recostó la cabeza contra el tronco del árbol, se sentía cansado de no hacer nada. Cerraría los párpados unos minutos, lo justo para aliviar el escozor de los ojos por la falta de sueño. Unos minutos después Dave roncaba suavemente, sumido en un profundo sueño. Por esa razón no vio otra silueta salir con mucho cuidado por un ventanuco alargado a ras del suelo de la carbonera.

La silueta se acercó con cuidado a Dave y sonrió en la oscuridad al ver que la botella estaba casi vacía. El vigilante iba a dormir unas cuantas horas y no despertaría aunque le cayera un mulo encima. Satisfecho por haber sido más listo que ese idiota, tomó la dirección contraria a la bicicleta.

Vestida con la ropa que el joven Adam le había dejado esa misma tarde, Lilianne pedaleaba con la sensación de estar volando por las calles de San Francisco. Era la primera vez que salía sola a esas horas. La libertad le producía euforia, sobre todo porque el fin de ese viaje era encontrarse con Cooper. No tardó ni diez minutos en alcanzar su destino. Reconoció la casa por la descripción que había dado Adam. Estaba deseando que Cooper le explicara cómo había conseguido alquilar tan rápido una casa en una zona donde los propietarios solo se fiaban de los que presentaban una recomendación de alguien conocido.

Fue hasta la entrada trasera. Apenas le dio tiempo de apoyar la bicicleta contra la pared cuando la puerta se abrió y unos brazos fuertes la abrazaron y unos labios tan familiares como deseados la besaron como si no hubiese mañana. Ella devolvió los besos entre risas, aferrada a sus hombros. Minutos después, sin aliento, se separaron lo suficiente para mirarse a los ojos.

—Estás preciosa, incluso con la ropa de Adam —susurró Cooper.

Le quitó la gorra y la cabellera de Lilianne se desparramó sobre sus hombros.

—No me puedo creer que me propusieras esta locura, pero ha sido maravilloso.

—¿Habéis podido despistar al hombre que vigila la casa de tu tía? Adam confirmó mis sospechas e ideamos el plan del cambio de ropa.

Ella se echó a reír por lo bajo y miró a ambos lados del callejón donde se encontraban.

—Nadie me ha seguido, todo ha salido como tenía previsto.

Cooper tiró de ella hacia el interior y volvió a besarla. La tenía solo para él y no perdería tiempo en explicaciones. La izó instándola a que le rodeara las caderas con las piernas y ella se acopló a él con prontitud y agilidad sin el impedimento de su habitual ropa de mujer. Caminó sin dejar de besarla por una casa apenas iluminada. Daba traspiés y se golpeaba con los pocos muebles, pero nada le detenía. Mientras tanto se soltaban botones, aflojaban las corbatas y dejaban tras de sí un reguero de ropa. Lograron alcanzar un salón donde se dejaron caer sobre una incómoda otomana polvorienta. A ellos les dio igual, las manos se movieron impacientes sobre el cuerpo del otro, la estancia se llenó de susurros, suspiros, y, bajo la escasa luz de una farola, dos cuerpos desnudos se amaron como si llevaran años sin verse.

La noche se les hizo corta; después del primer encuentro precipitado y ofuscado por el deseo apremiante, volvieron a amarse con lentitud en una cama en la primera planta. Después se durmieron abrazados, hasta que los primeros trinos de los pájaros los despertaron. Apenas habían hablado de lo que les esperaba en aquella ciudad, esa primera noche había sido para ellos. Al día siguiente podía caer el diluvio, ellos habían conseguido ese primer encuentro con el que habían soñado durante todo el viaje. Al fin y al cabo en esa ciudad todo había empezado y volverían a empezar, pero esa vez bajo sus condiciones.

Se rieron al buscar su ropa y, una vez vestidos, Cooper la acompañó hasta la casa de Violette. Él llevaba la bicicleta, ella iba sentada de manera precaria en el manillar. Entonces Cooper le explicó el papel de Gustaf. En la puerta del servicio, se permitió un último beso.

El conductor de una carreta cargada de lecheras para el reparto de la leche recién ordeñada los vio a los lejos y escupió al suelo maldiciendo a los sodomitas pervertidos. Un segundo después se sorprendió cuando la gorra del más bajito cayó al suelo y una espesa y larga melena cobriza se desplegó. Se encogió de hombros y siguió su reparto mientras Lilianne entraba y Cooper se aseguraba de que el vigilante siguiera dormido. Luego él se alejó sobre la bicicleta demasiado pequeña para su estatura, pero le daba igual, la felicidad le embriagaba como el vino. Trazó un ocho con la bicicleta y se alejó dando bandazos con el manillar como un borracho.

Desde su ventana Violette observó el extraño comportamiento del hombre. Tardó unos segundos en reconocer a Mackenna. Esa larga trenza, la perilla y su envergadura la habían despistado; apenas recordaba al joven desgarbado y alto. De lo que sí estaba segura era que no llevaba ese pelo tan escandalosamente largo. Suspiró al ser testigo de la euforia de Mackenna. Sospechaba que Lilianne sentía esa misma felicidad en ese mismo momento.

La había oído salir con sigilo de su alcoba y bajar a la cocina. Ya sabía con quién había pasado la noche. Ya estaban de nuevo comportándose como dos atolondrados, como en el pasado. Pero esa vez no habría una segunda oportunidad. Se metió de nuevo en la cama. En menos de una hora oiría a su doncella moverse como un ratón al otro lado de la puerta. Solo esperaba que Lilianne hubiese entrado en la zona del servicio antes de que la señora Potts se hubiese levantado.

59

Lilianne se despertó sintiéndose aún radiante por la noche junto a Cooper. Apenas había dormido, pero todo su cuerpo vibraba con una energía desbordante. Saltó de la cama y se aseó sin llamar a la doncella. En el Yukón había descubierto que prefería arreglárselas sola. En cuanto estuvo lista, bajó dando saltitos por las escaleras. Se encontró a su tía en el pequeño comedor. Se sorprendió de ver vituallas para alimentar a un regimiento.

—Buenos días —exclamó antes de besar a su tía en una mejilla—. Estoy hambrienta.

Violette bebió un sorbo de su té. Observó a su sobrina por encima del filo de su taza, repasó su aspecto saludable, su sonrisa, sus ojos alegres. Dejó con cuidado la taza sobre el platillo y destapó una bandeja a rebosar de salchichas y jamón cortado en finas lonchas.

—¿Dónde están los perros? —preguntó Lilianne, sensible al silencio de su tía.

—En la cocina devorando seguramente cuanto hay en la despensa. He pedido a la señora Potts que te preparara un buen desayuno antes de que los perros te dejaran sin nada.

Las mejillas de Lilianne se ruborizaron, pero siguió llenando su plato. Se sirvió té y añadió un poco de leche mientras echaba miradas recelosas a su tía.

—¿Has dormido bien? —preguntó Violette en un tono despreocupado.

—No mucho —admitió—, pero me siento muy recuperada del viaje.

Violette murmuró algo ininteligible. Lilianne se llenó la boca y masticó sin perderla de vista. Su tía apretaba los labios como si apenas consiguiera detener un aluvión de palabras. Siguió comiendo, un tanto avergonzada por su hambre desmedida. No estaba bien visto que una dama mostrara tan buen apetito; por lo contrario, debía comer de manera comedida como un pajarillo.

Pero todo había cambiado, las reglas las ponía ella. Su encuentro con Cooper la había dejado exhausta, necesitaba reponer fuerzas. Una sonrisa se le escapó antes de pinchar con el tenedor un trozo de salchicha. Las imágenes de su noche de amor regresaron sin permiso y un delicioso sofoco la sobrecogió, despertando su cuerpo lánguido.

—Estás de muy buen humor, dado lo que te espera —musitó Violette.

Cansada de ese juego, Lilianne dejó el tenedor en el plato, lo empujó unos centímetros y se cruzó de brazos sobre la mesa. Otra cosa que una dama no debía hacer, pero poco le importaba.

—Deja de dar vueltas como un perro antes de acostarse y dime de una vez qué te ocurre.

—Bonita analogía, Lilianne. ¿Dónde has dejado tus modales?

Lo dijo con una indiferencia que no sentía. Lilianne era como una hija y, como tal, se sentía responsable de todo lo que atañía su vida, incluso la más privada. Sin embargo, ignoraba cómo abordar el asunto. Su sobrina tenía edad suficiente para dirigir su vida.

—Desde hace semanas duermo muy poco —empezó, indecisa. Apartó la mirada de su sobrina—. Me despierto muchas veces y, cuando el sueño se me resiste, me levanto. Algunas veces leo sentada junto a la ventana; otras, miro la calle. Me gusta la paz que se respira de madrugada. No hay nadie, se oye el rumor del mar cuando el viento sopla tierra adentro.

Lilianne esperaba impaciente, ya adivinaba por donde iban los derroteros de su tía.

—Esta madrugada he sido testigo de algo extraño —reanudó

Violette, tras una pausa. Jugueteaba con la punta del tenedor que, hasta entonces, no había tocado—: dos hombres iban subidos a una bicicleta. Uno la llevaba, el más alto. El otro, mucho más menudo, iba sentado en el manillar. —Echó una rápida ojeada a su sobrina y prosiguió—: los perdí de vista durante unos minutos, después el alto reapareció haciendo cosas extrañas con la bicicleta a todas luces demasiado pequeña para él.

Lilianne agachó la cabeza para ocultar la sonrisa que se le había escapado.

—Sí, admito que fue divertido ver a ese hombretón hacer el bobo. ¿No tienes nada que decirme acerca de tu misteriosa salida nocturna? —inquirió Violette, sacándola de su placentero recuerdo.

Lilianne también había sido testigo de los torpes intentos de Cooper de controlar la bicicleta. Se había quejado durante todo el regreso de los golpes en las rodillas. Y después le había visto hacer el bobo, como decía su tía, tambaleándose como un borracho. Lo que la había emocionado por encima de todo había sido su rostro de absoluta felicidad. Ladeó la cabeza; por fin Violette se mostraba sincera.

—¿No reconociste a ese hombre?

—Entonces no lo niegas. —Su tía meneó la cabeza, pero le devolvió la sonrisa en lugar de sermonearla—. Al principio, no. Ha cambiado mucho, ya no es el chico delgaducho que conocí hace años. Por aquel entonces no llevaba barba ni el pelo tan largo. Será la comidilla de toda la ciudad. ¿No piensa cortárselo?

—Quiso cortárselo antes de volver a San Francisco, pero le pedí que no lo hiciera. Me gusta. Y, llegado a este punto, tía, ya no me importa lo que digan los demás. No pediré a Cooper que haga algo que no le apetece. Ha renunciado a mucho por mí y para mí, como abandonar el Yukón. Cooper ama esa tierra, pero por estar a mi lado ha dejado atrás lo que él considera su hogar. —Se relajó al tiempo que extendía una mano para acariciar la de su tía—. Le quiero tanto que me duele. Me aterra volver a perderlo.

Violette asintió, profundamente conmovida por la felicidad

que asomaba a los ojos de Lilianne. El brillo del anillo captó su atención y pensó en el hombre subido a la bicicleta. Al fin y al cabo no tenía nada en contra de Mackenna. Le bastaba que hiciera feliz a su sobrina y que la protegiera de su padre.

Unos golpes perentorios en la puerta principal las sobresaltaron. Oyeron los pasos precipitados de Melissa y la voz autoritaria de un hombre. Todo el buen humor de Lilianne fue sustituido de inmediato por un escalofrío y un temor irracional. Se enfrentaría a él, como había hecho en otras ocasiones, pero Gideon tenía el poder de azuzar su miedo. Se puso en pie despacio, ocultando su temor. Violette la imitó, sin mostrar la firmeza de Lilianne. Le temblaban las manos y el corazón le latía con tal fuerza que temía desmayarse.

Melissa apareció en el vano de la puerta con el rostro acalorado. Un segundo después una mano la empujó a un lado y Gideon hizo su entrada como un Moisés iracundo ante la traición de su pueblo. Las excusas de la doncella fueron ahogadas cuando el visitante le cerró la puerta en las narices.

Lilianne registró el sorprendente cambio de su padre: la barba cana bien recortada y el cabello pulcramente peinado no hacían más que realzar los ojos enrojecidos y cercados por ojeras oscuras, fruto de una noche de insomnio o una resaca devastadora. Aun así Gideon Parker seguía infundiendo respeto y miedo; para su padre esos dos conceptos iban de la mano. Reprimió el deseo de dar un paso atrás, por fin se enfrentaría a su peor enemigo sin flaquear. Ese pensamiento la entristeció.

—Por fin ha regresado la hija pródiga... —soltó su padre con una suavidad que sonó a amenaza. Ni siquiera dedicó una mirada a su hermana.

—Padre...

—Haz tu equipaje de inmediato. Vuelves a casa ahora mismo. No volverás a desaparecer.

El corazón le dio un vuelco. Lilianne se llevó las manos al vientre, de repente revuelto por el manojo de nervios que lo apretaba con saña.

—No lo creo...

Gideon fue tan rápido que Lilianne no pudo reaccionar. La asió con fuerza de un brazo y tiró hasta hacerla trastabillar. Ella soltó un gemido ahogado al tiempo que Violette rogaba a su hermano que entrara en razón, pero Gideon mostraba una decisión férrea y sus ojos rebosaban una rabia que asustaba a las dos mujeres. Lo último que quería Lilianne era estar en manos de su padre. El recuerdo de las vejaciones vividas en el Imola la asaltó; se debatió, tironeó del brazo, hizo cuanto pudo por soltarse de la garra de Gideon.

Este, cansado de perder el tiempo, la abofeteó. Lilianne soltó un grito y a su alrededor estalló el caos. La puerta se abrió con violencia rebotando contra la pared. *Brutus* se tiró a la muñeca de la mano que sujetaba a Lilianne. Le clavó los colmillos con tal fuerza que desgarró la tela y la sangre manó de inmediato. Gideon aflojó la mano que sujetaba a su hija. Esta logró zafarse; al instante, *Linux* se interpuso entre los dos protegiéndola de su padre.

Lilianne ordenó con voz temblorosa a los perros que se calmaran. Para su sorpresa, le obedecieron, pero sin dejar de gruñir y sin perder de vista a su presa. Entonces tomó consciencia de otro peligro. *Beasley*, al que se le había erizado todo el lomo, no gruñía ni ladraba, solo arrugaba los belfos enseñando unos colmillos afilados mientras miraba fijamente la garganta de Gideon. La tensión de su joven cuerpo delataba el instinto de atacar. Cooper le había explicado que su fuerte instinto protector podía llevarlo a matar. Aun siendo todavía muy joven, había ganado vigor y corpulencia, en pocos meses sería tan grande como los otros dos perros. *Beasley* tenía fuerza suficiente en las mandíbulas para desgarrar un cuello. Lentamente, le sujetó del pelo y le ordenó que saliera. El perro se resistió, pero cedió a regañadientes. Los otros perros se apostaron junto a la puerta, pero no salieron.

Gideon se sujetaba el brazo herido mientras maldecía.

—¿Crees que esos chuchos van a impedir que te vengas conmigo? Te tendré bien vigilada bajo mis condiciones hasta que Aidan regrese. No consentiré que vuelvas a dejarme en ridículo.

Dame ahora mismo la confesión de abandono de ese malnacido. Ya he hablado con un juez...

—No tengo ese documento —replicó Lilianne a media voz.

—¿Qué?

—Gideon... —rogó Violette, a punto de desmayarse—. Te ruego...

—¡Calla! Estoy cansado de tus intromisiones. No consentiré que...

—¡Basta! —gritó Lilianne. Los perros se pusieron en posición de ataque—. Basta —repitió con más calma—, no me iré a ninguna parte.

Los ojos de Gideon se estrecharon hasta que solo fueron una rendija, aun así desprendían un odio que obligó a Lilianne a buscar refugio en la seguridad que le proporcionaban los perros.

—No —murmuró él—, esta vez se harán las cosas como yo diga...

Willoby irrumpió en la estancia, acalorado por haber corrido desde la cocina. Estudió la escena: los perros que gruñían por lo bajo, la palidez de las dos mujeres y el brazo ensangrentado del señor Parker.

—Ordena a ese muerto de hambre que salga de aquí ahora mismo —siseó este.

—Creo que quien se tiene que marchar de esta casa eres tú —replicó Lilianne.

—¡Quiero que ese malnacido salga de aquí ahora mismo!

—Márchate —ordenó Violette a su hermano—. No eres bienvenido en esta casa.

El cuerpo de Willoby se tensó con los puños apretados y las piernas ligeramente separadas. Pero Gideon solo tenía ojos para su primogénita. Emanaba una violencia apenas contenida.

—Siempre fuiste motivo de vergüenza. Eras una pequeña descarada y te convertiste en una zorra de tres al cuarto abriéndote de piernas para ese Mackenna...

Los insultos se convirtieron en un jadeo ahogado cuando Willoby le asestó un puñetazo en la barbilla. Los perros se removieron inquietos entre gruñidos, listos para recibir la orden de atacar. Gideon se recompuso con una sorprendente rapidez, se pasó la manga por el labio inferior ensangrentado y se tiró sobre Willoby. Los muchos años luchando en los cuadriláteros pusieron en guardia al ex boxeador y le asestó un golpe en el vientre que dejó sin aliento a Parker. Durante un instante solo se oyeron sus resuellos mientras se sujetaba el estómago con las dos manos.

—Me... las... pagarás... —logró decir a Willoby. Se enderezó con dificultad y clavó una mirada cargada de odio a Lilianne—. Y tú... Ojalá te hubiese tirado a un pozo nada más nacer.

—¡Gideon! —exclamó Violette, horrorizada.

Parker abandonó la casa dejando tras de sí la crueldad de sus últimas palabras. Lilianne solo atinaba a parpadear. No quería derramar una sola lágrima por unas palabras escupidas con saña, pero seguían golpeándola, aun después de que se hubiesen desvanecido en el ambiente sobrecargado del comedor. El diminuto sentimiento de amor filial, del que se había resistido desprenderse, estalló en mil pedazos y cada esquirla se le clavó como agujas en el pecho.

—¿Lilianne?

La voz insegura de su tía le llegó amortiguada por un dolor agudo. Contrariamente a su corazón, su mente aún intentaba rememorar un recuerdo, solo uno que desmintiera el ataque sin sentido, esa declaración tan brutal. Buscó algo a lo que aferrarse, sin hallar más que miradas cargadas de censura, hiciera lo que hiciera, y un continuo rechazo.

—Melissa, trae una copa de brandy —ordenó Violette a la doncella, que había sido testigo de la pelea entre Willoby y el señor Parker con los ojos como platos.

La joven salió corriendo, segura de que la señora Larke no la regañaría por ir trotando como un caballo por toda casa. En el comedor, Violette y Willoby miraban a Lilianne, que parecía ajena a todo lo que la rodeaba. Ni siquiera reaccionó cuando *Beasley* le lamió una mano entre gañidos lastimeros.

—Cariño —le susurró Violette, la tomó de los hombros y la llevó hasta una silla—. Siéntate.

Lilianne obedeció, perdida en una vorágine de emociones, sorprendida de cuanto le habían dolido esas palabras. Se había creído curada de toda decepción, pero estaba equivocada. Gideon acababa de asestarle la última puñalada.

—Estoy bien —murmuró cuando Melissa le ofreció la copa de brandy. Se la bebió de un trago—. Estoy bien —repitió para tranquilizarse—. Tengo cosas que hacer. Quiero visitar a Amalia e iré a la consulta de Eric. Tengo mucho que contarle.

Su voz se hizo más firme, más decidida. Echó una mirada a los demás, que permanecían petrificados.

—Estoy bien —afirmó por última vez y acarició la cabeza de *Beasley*—. Estoy bien.

Pero no lo estaba, el eco del desprecio de Gideon regresaba y la golpeaba con fuerza.

60

El tranvía subía la cuesta de Telegraph Hill por la calle Mont-gomery entre el traqueteo de las ruedas en las vías y el chasquido de los cables eléctricos. Cooper ignoraba las miradas que los de-más pasajeros le dedicaban. Aun llevando el pelo trenzado, la gen-te le miraba y murmuraba a su paso, pero en ese momento poco le importaba. Se dirigía a una cita imprevista; le habían entregado esa misma mañana en la recepción del hotel una nota de un abogado que le solicitaba un encuentro. El conductor agitó la campana anunciando en voz alta la siguiente parada en el Distrito Financie-ro. Se puso en pie y bajó de un salto antes de que el tranvía se de-tuviera.

Caminó con brío, a pesar de apenas haber dormido. Al cruzar esquivó a joven sobre una bicicleta y, sintiéndose el hombre más afortunado, sonrió al recordar el azaroso paseo con Lilianne sen-tada sobre el manillar. Iba tan despistado, que pasó de largo el edificio al que se dirigía. Retrocedió hasta el amplio portalón.

Ignoraba quién le había citado; durante un momento barajó la posibilidad de que fuera una trampa de Gideon. Solo había una manera de averiguarlo. Inhaló y dio el primer paso en un *hall* de techo alto donde rebotaba el eco de los pasos. El suelo de mármol blanco y negro como un damero se extendía varios metros hasta un ascensor. El resto estaba ocupado por sillones, mesitas y peque-ñas palmeras en grandes maceteros de latón. A su derecha un table-

ro con letras doradas grabadas anunciaba los negocios que ocupaban las seis plantas del edificio: venta de maquinaria agrícola, una
compañía de seguros, de transporte marítimo, otra de ferrocarril.
Entre tantas compañías se había colado un dentista, un médico y
un abogado: Ira Carlson, que ocupaba toda la última planta.

En el ascensor, un joven, ataviado con un uniforme granate y
tocado con un pequeño casquete ladeado, le recibió con una sonrisa obsequiosa.

—Buenos días, señor. ¿A qué pi...?

—A la sexta planta —atajó, ocultando su inquietud por subirse a uno de esos aparatos que le inspiraban desconfianza.

Reprimió el deseo de salir corriendo cuando la reja se cerró
con estruendo. Fijó la mirada en el suelo mientras el ascensor subía
planta a planta. La parada le sacudió ligeramente y, antes de que el
ascensorista abriera la reja, Cooper ya había echado mano al cierre.
Salió por un pasillo enmoquetado de paredes forradas de madera
y adornadas con cuadros de regios caballeros cuyas miradas seve-
ras y aspecto austero le parecieron deprimentes.

La sexta planta le pareció inmensa; miró desorientado a su
alrededor. Desde donde estaba salían varios pasillos. Ni siquiera
en la noche más cerrada del Yukón se había sentido tan expuesto,
como un maldito novato. Cada rincón ofrecía más sillones, mesas
y palmeras que entorpecían la visión.

Un joven de aspecto atildado se lo quedó mirando desde una
mesa al final del pasillo central. Cooper caminó directo a él dando largas zancadas. El joven esbozó una media sonrisa, aunque
apenas consiguió ocultar su inquietud ante la mirada ceñuda de
Mackenna.

—Busco el despacho de Ira Carlson.

—Por supuesto, señor. Ahora mismo le anuncio, ¿señor...?
—Al no recibir más información, se aclaró la garganta—. ¿El señor
Carlson le espera?

—Sí. Soy Cooper Mackenna,

La respuesta fue apenas un gruñido soltado entre dientes. El
joven se apresuró a llamar a una pesada puerta de madera oscura

antes de abrirla. Asomó la cabeza, Cooper oyó como repetía su nombre y apellido. Al momento apareció un caballero de mediana edad, de cabello canoso y una tupida barba que hasta el más aguerrido *sourdough* habría envidiado. Esa señal le tranquilizó; era absurdo, pero al momento Cooper se relajó.

—Señor Mackenna, agradezco que haya acudido tan prontamente. Por favor —añadió señalando el interior de su despacho.

Cooper entró mientras Ira daba instrucciones al joven secretario. El abogado se dirigió a su mesa y se sentó.

—Por favor... tome asiento.

Cooper estiró sus largas piernas cruzándolas a la altura de los tobillos.

—¿Cómo ha dado conmigo?

Ira esbozó una sonrisa comedida.

—Mi cliente me dejó instrucciones.

—¿Y su cliente es...?

La sonrisa del abogado se hizo más amplia.

—Lo que me gusta de los hombres del Yukón es su trato directo. Mi cliente es Joseph Ladue.

Cooper frunció el ceño.

—¿Ladue? No he sabido nada de él desde el verano de 1896.

—Ha sido el más escurridizo de los *sourdoughs* que he conocido. —Ira meneó la cabeza con aire asombrado—. Hizo cuánto estuvo en su mano por esquivar a la prensa cuando desembarcó del *Excelsior*. Parecía agotado, tan demacrado que temí por su salud.

—Es el precio de los largos inviernos en el Yukón; son tan generosos como despiadados.

—Sí, eso he oído. Aún me cuesta creer que la prensa animara a miles de hombres a viajar sin un conocimiento previo de la región. No quiero pensar en los que no acabaron el viaje. El verano pasado, después de la llegada del *Excelsior*, se desató una locura colectiva, todos querían el oro del río Klondike, como si brotara del suelo como repollos. Pero a la vista de la precaria salud del señor Ladue y de otros, todos han dejado algo más que sudor y sacrificio en aquella tierra. Al menos unos cuantos consiguieron su sueño...

Ira carraspeó y Cooper no precisó que acabara la frase. Aún le parecía oír a su amigo darle sabios consejos después de un golpe de tos que le dejaba siempre exhausto y con una respiración sibilante:

—*Sé prudente y vigila siempre tus espaldas, chico. Sobre todo si consigues oro. No todos siguen el código de los mineros.*

No había estado alejado de la verdad, en cuanto Grass y Cora se aseguraron que había oro en Mackenna Creek, sus problemas se habían multiplicado hasta poner en peligro la vida de Paddy y provocar la muerte de Lashka. Una punzada de lástima le sobrecogió, siempre tendría su muerte en la consciencia.

—Bien —exclamó Ira mientras rebuscaba entre las carpetas de color tostado que cubrían casi toda la superficie de la mesa—. Mi cliente se presentó con una sorprendente petición, pero hace tiempo que he dejado de tratar de entender al señor Ladue. Me pidió que guardara algo para usted. Dada la peculiaridad de lo que debía custodiar, me he permitido dejarlo a buen recaudo en el First National Bank.

Cooper escuchaba sin entender una palabra. Echó una mirada recelosa a Ira.

—¿De qué se trata exactamente?

—Le ha dejado una carta. Mi cliente me pidió que no le dijera nada hasta que no viera usted mismo lo que le espera en una caja fuerte.

Cooper la cogió, anonadado por la noticia. Antes de abrirla, soltó un suspiro.

Estimado Mackenna;

Estoy dispuesto a apostar un millón de dólares a que ahora mismo estás más confundido que un cheechako. Mejor olvídalo, no soy dado a malgastar en juegos de azar.

Me fui preocupado de Dawson al ver que seguías en las lejanas tierras del norte. Los rumores decían que estabas vi-

viendo con una familia kashka. Después averigüé que volviste a la civilización.

Hace unos días me enteré por Gustaf que ibas a regresar a San Francisco. Esa noticia me tranquilizó, aunque lamento no haber podido quedarme para verte. Ignoro si te has convertido en un hombre próspero; si no es así, me satisface aportar mi grano de arena a tu buena suerte. Una promesa es sagrada y cuando hay un apretón de manos entre dos socios, es como un contrato firmado ante mil abogados.

Espero que lo que te voy a revelar no te moleste, pero busqué nada más desembarcar del Excelsior a tu Lilianne. Pretendía demostrarte que yo estaba en lo cierto. No fue sencillo, pero di con ella. Lamento decirte que la cita no salió como esperaba. Al verla tan hermosa, entendí que no la hubieses olvidado, pero a la vista del poco interés que mostró, no le dije dónde te encontrabas; algo en ella me inspiró desconfianza. Lo lamento y espero que me perdones mi licencia.

Pero, amigo, te aseguro que no son todas iguales. Me satisface comunicarte que me casé con Anna. A pesar de los muchos años que tuvo que esperar, aguardó mi regreso. Piensa que una buena mujer es el mejor bálsamo para sanar.

Mi último consejo es que si necesitas a un buen abogado, tienes al mejor en Ira Carlson. No tratará de venderte humo. No te dejes engañar por su jovialidad, es un viejo zorro.

Ignoro si un día volveremos a vernos. Ira sabe dónde encontrarme. Si no es así, tenemos el recuerdo de la camaradería que nos permitió sobrevivir en las peores condiciones.

Te deseo lo mejor. Cuídate, amigo.

JOSEPH LADUE

Carraspeó, intrigado y desconcertado por la revelación.

—No me ha dicho cómo ha dado conmigo —quiso saber mientras doblaba en cuatro la carta de su amigo.

Los labios de Ira se estiraron en una sonrisa traviesa.

—Tengo gente en todos los hoteles de la ciudad. Unos cuantos centavos aquí y allá y dispongo de una maravillosa red de información. Su historia con el señor Ladue no es la única, más de un *stampider* se ha presentado buscando a un amigo, un hermano, un hijo. Muchos de los que se marcharon en grupo no acabaron el viaje juntos por motivos de salud, por las discusiones originadas por las durísimas condiciones de viaje, las avalanchas, los peligros del invierno. En fin, usted lo sabe mejor que yo.

—¿Y ahora qué tengo que hacer? —atajó.

—Ir al First National Bank e identificarse. El director del banco tiene instrucciones que le simplificarán las cosas. —Ira se echó a reír al reconocer el desconcierto de Cooper—. Es una muy buena noticia, señor Mackenna. Alegre esa cara.

Cooper meneó la cabeza. La risa de Ira volvió a irrumpir en el despacho como un trueno.

—El señor Ladue es un hombre de lo más peculiar, pero no piense que su amigo ha perdido su buen juicio. Es uno de mis más apreciados clientes. Considero al señor Ladue un genio y mire que he trabajado con numerosos mineros del Yukón y de Alaska.

Cooper estudió el semblante del abogado, necesitaba uno de confianza. Ladue siempre le había aconsejado con acierto.

—Hace unos minutos me ha ofrecido su ayuda.

Ira asintió, de repente solemne.

—¿Necesita un abogado?

—He dejado en el Yukón dos socios que dirigen cuatro concesiones. No sé cuánto tiempo permaneceré en San Francisco, pero mis socios y yo acordamos que sería beneficioso tener una sede de nuestra sociedad aquí. Para ello necesito un abogado familiarizado con los yacimientos auríferos. Quiero que revise los contratos para los suministros, que me asesore con respecto al transporte de material de minería, quiero reducir las tasas al máximo. Necesito...

Ira alzó una mano para acallar a Cooper.

—Lo he entendido. Soy su hombre. ¡Durham! —El secretario asomó la cabeza por el resquicio de la puerta entreabierta—. Coja lo necesario y tome asiento, tengo que dictarle unas cuantas cartas para el señor Mackenna. —Concentró toda su atención en su nuevo cliente—. Bien, empecemos por el principio...

Una hora después Cooper se despidía con un fuerte apretón de manos. Salió disparado con los documentos que Ira le había entregado. Corrió por el pasillo, ante la mirada sorprendida de los que se cruzaban con él. Una vez en la calle, después de bajar las escaleras de dos en dos, se apoyó en una pared. Se sentía como si hubiese estado prisionero en una jaula. Tomó aire y lo soltó despacio. Aun le faltaba mucho para sentirse cómodo en una oficina. Le costaba respirar en los espacios cerrados.

Quería ir a ver a Lilianne, contarle lo que acababa de sucederle, comentar con ella el contenido de la carta. ¿Lilianne se había reunido con Ladue y no le había dicho nada? Reprimió el deseo de indagar más acerca del asunto y se dirigió a la esquina entre las calles Samson y Bush, donde se alzaba el First National Bank.

Nada más identificarse, un empleado del banco le llevó a una oficina donde le invitaron a sentarse. Unos minutos después se personó el señor Samuel Murphy, presidente del banco. Como le había explicado Ira, todos los trámites se hicieron en un momento entre sonrisas complacientes, inclinaciones de cabeza ceremoniosas y una amabilidad que rozaba el servilismo. Qué sencillo era creerse el rey del mundo en esas circunstancias.

Para su sorpresa, le dejaron solo en el despacho con una sencilla caja de madera. La abrió preguntándose si Ladue había perdido el juicio; eso explicaría lo de Lilianne. El interior de la caja estaba lleno de serrín, para mayor sorpresa de Cooper. Hundió las manos hasta sacar dos tarros pesados, que le resultaron muy familiares. Estaban llenos hasta arriba de polvo de oro. Rompió a reír. Ese loco había cumplido con su palabra a pesar del tiempo y la distancia: le devolvía lo que Cooper le había entregado en agradecimiento por haberle salvado la vida años atrás.

Pidió dejar los dos tarros en la misma caja fuerte e inició el papeleo necesario para convertir el First National Bank en el guardián del oro de la sociedad entre Belinda, Paddy, Lilianne y Cooper. Al salir a la calle miró hacia el cielo y siguió el vuelo de una gaviota. A su alrededor la ciudad se movía como una marea, todo parecía encajar, todos tenían un cometido, como el vendedor de periódicos, el limpiabotas, los repartidores, con el ruido de fondo del tráfico incesante y el tañido de las campanas de las diferentes iglesias. Sin embargo, él se sentía más expuesto que en pleno bosque durante una noche sin luna.

Cooper estudió la calle abarrotada, buscaba una dirección hacia donde caminar. La carta le quemaba en el bolsillo. Necesitaba pensar con calma, barajar su siguiente paso: hablar o no de la revelación de Ladue con Lilianne. No quería herirla, que pensara que volvía a dudar de ella. ¿Creía en ella ciegamente? La pregunta le avergonzó y la descartó de inmediato.

Entre el gentío divisó una silueta que le resultó familiar. No supo la razón por la que ese hombre en concreto había captado su atención. No había nada amenazante en él, nada que destacara. Se olvidó del desconocido y echó a andar sin rumbo fijo. Al pasar por delante del amplio ventanal de una sastrería, volvió a ver la misma silueta. El desconocido fingía interesarse por el escaparate de una ferretería en la acera de enfrente.

Le costaba creer que ese hombre hubiese tomado casualmente el mismo camino aleatorio que había seguido Cooper. Caminó pendiente de la figura, que le seguía con disimulo pero sin perderlo de vista. Giró y volvió a girar, estuvo tentado de meterse en el meandro de las calles del barrio chino, pero lo desechó. En aquellas calles el tipo podía ser aún más peligroso y seguramente las conocía mucho mejor que Cooper. Al final optó por entrar en una licorería. Simuló estudiar el escaparate desde el interior mientras evaluaba al tipo tratando de entender la razón de la desconfianza que despertaba en él un anodino desconocido.

Compró una caja de vino francés para que se la mandaran a Ira Carlson; a continuación preguntó al tendero si había una salida trasera. Este ocultó su sorpresa y le señaló una puerta al final del mostrador. Un instante después Cooper salía a un callejón estrecho y oscuro. Rodeó la manzana para situarse en la esquina. Estudió con más libertad al hombre que esperaba paciente a que saliera de la licorería. Buscó ese algo que le resultaba familiar de una manera perturbadora; quizás un antiguo empleado de los Parker.

La respuesta le llegó cuando vio al tipo chasquear los nudillos de una mano con la otra. Había visto ese gesto en el pasado, exactamente nueve años atrás. Una súbita rabia le sacudió, las manos se convirtieron en puño y el cuerpo se le tensó. La prudencia traspasó la niebla roja de la venganza, dio un paso atrás, seguido de otro y otro, hasta que perdió de vista a Charles Jordan, el perro guardián de los Parker.

Caminó asegurándose cada pocos metros de que nadie le seguía. Las palabras de Ira regresaron a su mente: «Unos cuantos dólares por aquí y por allá y dispongo de una maravillosa red de información.» Gideon podía seguir el mismo procedimiento.

Sin darse cuenta había llegado a los muelles, donde el barullo de las carretas y los estibadores le sacaron de su estado de ofuscación. Las palabras de Ira se solapaban con las de Ladue en su carta: Joseph había buscado a Lilianne y ella no le había inspirado confianza.

Un niño de apenas siete años pasó por su lado vociferando los titulares del periódico que repartía. Cooper le compró uno y estuvo tentado de arrebatarle el cigarrillo mal liado que le colgaba de la boca. Se contuvo y se sentó sobre una caja de madera. Precisaba tomarse un tiempo, calmarse. Un nombre captó su atención cuando trató de leer un artículo en las páginas interiores del periódico. Nombraban a Gideon y los escándalos financieros que atribuían a su banco, la sombra de la quiebra se intuía tras cada palabra. Tomó aire despacio mientras dejaba a un lado el periódico. Un pensamiento cruzó su mente aturdida por todo lo sucedido esa mañana, que le avergonzó: si algo le sucedía, Lilianne se convertía en una viuda muy rica.

Había alcanzado un punto en el que no podía seguir dudando. En el pasado se había dejado manipular, dominado por el miedo, por la humillación de saberse la parte más débil frente a Gideon. Lilianne le había pedido que no dudara y él debía decidir si estaba dispuesto a creer ciegamente en ella. Descartó que tratara de salvar a su padre con el oro de Mackenna Creek. Fue una decisión tomada con la cabeza, no con el corazón. No la creía capaz de mentir; no después de todo lo que había sufrido por culpa de sus padres. Una ola de calma borró toda su zozobra cuando recordó que Lilianne era lo único imprescindible en su vida. Todo lo demás le importaba bien poco, incluso el oro de Mackenna Creek. Estaba dispuesto a jugar toda su felicidad a una sola carta: la de Lily.

Recordó que había visto unos grandes almacenes de aspecto elegante en Market Street. Siguió el camino inverso hasta que dio con el edificio de varios pisos de piedra blanca. En lo más alto unas letras gigantescas anunciaban los almacenes Emporium.

Le asombró la imponente cúpula de cristal y hierro de varios metros de altura del *hall*. Justo debajo se alzaba algo parecido a un quiosco redondo de madera oscura con mostradores que lo circundaban y donde se desplegaban todas las joyas imaginables. Se acercó sintiéndose un intruso. Un empleado de edad mediana y aspecto serio le dedicó una mirada escéptica.

—¿Puedo ayudarle, caballero?

Cooper detectó en su tono la displicencia de quien evaluaba sin mucha convicción a un posible comprador. Se sintió una vez más fuera de lugar entre todas las exquisiteces que se exponían en las vitrinas de cristal. Estaba seguro de que todos los allí presentes sabían que no era uno de los suyos. Dio un paso atrás, pero al instante recordó las palabras de Lilianne en el barco antes de desembarcar en San Francisco: «Siempre con la cabeza bien alta, actúa como si todo te diera igual, como si te resultara familiar y tedioso, como si lo hubieses hecho mil veces.»

—Quiero regalar algo especial a...

—¿Una dama? —sugirió el hombre.

—Sí, pero no tengo claro...

Todo le parecía demasiado llamativo, nada que tuviese que ver con su belleza serena.

—¿Algo así le parece adecuado?

El empleado dejó unos pendientes con un diamante del tamaño de un garbanzo rodeado de esmeraldas en la palma callosa de

Cooper. Reconoció la mano de un hombre acostumbrado a trabajar, a luchar por su porvenir. Observó la media sonrisa de Cooper, la ilusión que se reflejaba en su mirada y sintió simpatía por él, sobre todo cuando le vio negar.

—No, es demasiado... ostentoso. Ella es...

Por primera vez el dependiente le dedicó una mirada afable. Su cliente, a pesar de su aspecto intimidante, le recordó a un joven enamorado ante la elección de su primer regalo para su amada.

—¿Especial?

—Muy especial —convino Cooper, y muy a su pesar se sintió como un idiota, pero sonrió al pensar en Lilianne frente a un oso armada con una piedra—. Es valiente, decidida. Nada la detiene.

—¿Una mujer temeraria? —Al ver a Cooper asentir, alzó el índice—. Un momento. —Sacó de debajo del mostrador una bandeja forrada de terciopelo negro—. Son joyas procedentes de París. No todas las damas las aprecian, pero son deliciosas y, sobre todo, originales. Perfectas para una dama especial con carácter. Fíjese, es una libélula, pero si mira detenidamente verá que es una mujer. Las alas son un verdadero trabajo de orfebrería. Están esmaltadas, lo que le da ese aspecto iridiscente, y en la punta centellean diminutas esmeraldas como si fuera polvo de hada. Mire el pelo y los ojos, fíjese en la espléndida combinación entre el tono cobrizo del cabello y los ojos verdes. ¿Su dama es pelirroja? Sería una maravillosa casualidad, como si René Lalique hubiese creado esta obra de arte solo para ella.

Cooper estudiaba la delicada pieza, buscó algo que desentonara, pero el hombre tenía razón, era como si el creador del broche hubiese pensado en Lilianne.

—Es perfecto —susurró sin pestañear.

El hombre se aclaró la garganta.

—Es una pieza muy valiosa. Algunos piensan que por no tener diamantes como huevos de codorniz no tiene gran valor, pero solo hay que mirar el primor con el que ha sido creada para entender que es una pequeña obra de arte única.

—No importa, me llevo el broche.

—Si me lo permite, señor, tiene muy buen gusto.

Fuera se aseguró de no tener a ningún perro guardián pegado a los talones. Una vez convencido de que nadie le seguía, caminó con más calma disfrutando de su paseo. Sentía el ligero peso del broche en el bolsillo, le producía una maravillosa sensación de calma. Pensó en Gideon y en sus juegos de poder sin sentir la rabia agarrotarle. Esa vez no jugaría a esconderse; si Parker quería un enfrentamiento, sería bajo las condiciones de Cooper. Se había dejado llevar por la ofuscación al reconocer a Jordan, cuando en realidad había sido algo esperado. Por eso se había registrado sin ocultar su identidad en el hotel Palace, donde se alojaban todos los mineros que regresaban con los bolsillos llenos. Ya no quería esconderse de Gideon.

A una manzana divisó el edificio del *Examiner* que hacía esquina con la calle Tercera. No era el más alto, otras construcciones superaban sus siete pisos, pero su posición estratégica en una de las avenidas más importantes de la ciudad le convertían en una referencia. Ya sabía lo que iba a hacer a continuación. Entró en el edificio y preguntó por Bernard Grant. Minutos después un hombre se acercaba a él sin ocultar la sorpresa en su rostro.

—¿Cooper Mackenna?

—Sí, señor Grant, nos conocimos en mi cabaña, en el Yukón.

—Sí, por supuesto. Lo recuerdo, Gustaf nos llevó, a mí y a Melvin Shaw. También venía con nosotros un joven francés. Y conocimos a su socio... Danny...

—Paddy O'Neil. Admito que me cuesta reconocerlo, señor Grant.

Este se echó a reír.

—Es recíproco, señor Mackenna. Por aquel entonces todos llevábamos unas barbas de profeta y el pelo largo. Veo que sigue con el pelo largo, aunque la barba ha sufrido algún cambio.

Cooper se pasó una mano por la barba recortada hábilmente por un barbero esa misma mañana.

—Tenía que hacer alguna concesión si no quería asustar a los ciudadanos de San Francisco.

Grant estudiaba a Cooper. Recordaba un hombre callado, inquietante. Por lo contrario, tenía delante a un hombre relajado.

—Es cosa del destino —soltó Grant—. Hace unos días William Hearst me pedía un artículo sobre los *sourdoughs*. Me temo que las noticias procedentes del Yukón han pasado a un segundo plano; el conflicto de nuestro país con España ocupa todos los titulares de las primeras páginas, pero su historia es como las que busca Hearst, historias de aventura y superación que lleguen al corazón de las mujeres y hagan soñar a los hombres. Pretende buscar a los que considera los pioneros del Gran Norte, como usted. Si me concediera una entrevista...

Cooper esbozó una sonrisa lobuna. Si alguien le seguía, lo encontraría, pero cuando él lo quisiera.

—Por supuesto. Estaría encantado.

61

A Lilianne le parecía que había pasado una eternidad desde que se había despedido del doctor Donner para emprender su viaje al Yukon, sin embargo todo seguía igual y la sensación de familiaridad la sobrecogió. Reconoció el sempiterno olor del fenol y del jabón de lejía; los pocos muebles de los que disponían seguían en el mismo sitio. Se sentó en una silla que cojeaba de una pata y esperó a que Eric terminara de atender a su paciente. Sintió una punzada de tristeza al oír a través de la puerta la voz de una mujer, una nueva enfermera. La había visto salir y entrar casi de inmediato cargando una pequeña bacina y gasas. En otro tiempo había sido ella la encargada de ayudar a Eric en la pequeña clínica.

A su lado una anciana de rostro arrugado y pelo ralo la miraba con descaro. Cuando abrió la boca, dejó a la vista unas encías sin dientes.

—¿Y qué hace una dama como usted en esta clínica? —Su voz era áspera y su mirada calculadora—. ¿Los ricachones de Nob Hill no tienen sus propios médicos?

—Soy una conocida del doctor Donner —explicó Lilianne amablemente.

—Ah... ya me decía yo. Una dama no pinta nada aquí. Si estuviese enferma, iría a otro sitio. —La anciana sorbió por la nariz, que parecía un bulbo—. Yo he venido porque escupo sangre por el ojete, ya me entiende...

Lilianne apretó los labios para no dejar salir una sonrisa. Aunque el tema fuera desagradable, prefería oír hablar de los males de la anciana a seguir dando vueltas a las palabras de Gideon. Todavía intentaba entender la rabia y el odio que había reconocido en sus ojos mientras la había maldecido.

—El doctor Donner es un excelente médico. Sabrá cómo ayudarla.

—Eso espero. Es la primera vez que estoy enferma—graznó la mujer—. He tenido siete chicos y tres niñas. Y todos han vivido. Me he partido el espinazo, al igual que mi difunto marido, para que jamás se fueran a la cama sin un mendrugo de pan que llevarse a la boca. Pero ya soy vieja y me crujen todos los huesos. Y ahora esto. —Meneó la cabeza—. Hacerse viejo no es bueno. He venido porque Jessie, la mujer del herrero que está a la vuelta de la esquina, me aseguró que aquí atienden bien y no cobran nada. Así que me he dicho: ¿y por qué no vas a ese matasanos, a ver qué te dice? Porque me van a curar, ¿no es así?

La puerta de la consulta se abrió y un hombre apareció. Una gruesa gasa sujeta por un vendaje le tapaba un ojo. Detrás, la enfermera le guiaba sujetándole por un codo.

—¿Está seguro de que no quiere que avise a alguien que le acompañe, señor Doodley? —le preguntaba.

—No hace falta, todavía puedo ver por el otro ojo.

El hombre salió y la enfermera se fijó por primera vez en Lilianne. Su sorpresa se hizo tan evidente que la anciana se rio por lo bajo.

—No es una paciente —informó a la enfermera—. Es una conocida del matasanos. Pero yo estaba aquí primero, así que me toca a mí.

Se puso en pie entre quejidos de sus articulaciones y caminó con paso renqueante hasta la consulta. Después cerró la puerta con firmeza.

—Soy Lilianne Parker —dijo poniéndose en pie.

—Oh... El doctor Donner me ha hablado de usted. Si quiere...

—Esperaré a que Eric atienda a la señora que acaba de entrar. No tengo prisa.

Una vez sola en la sala de espera, se acercó a la ventana. Fuera, Willoby charlaba con dos hombres, a su lado estaba el pequeño Tommy Godwin. El niño le escuchaba al tiempo que imitaba su postura. Ese detalle enterneció a Lilianne. El expúgil y el pequeño pillo formaban una extraña pareja; el niño echaba pestes de Willoby, pero cuando este no le prestaba atención, le dedicaba miradas de auténtica admiración. Hasta se había puesto una gorra parecida, ligeramente ladeada, como la solía llevar Willoby. Se preguntó si era consciente de la adoración que suscitaba en Tommy.

Los tres perros esperaban tumbados en el cabriolé, pendientes de todo lo que les rodeaba. Después de la visita de Gideon, Violette había insistido en que se los llevara. Lilianne había protestado, pero junto a ellos se sentía segura.

Los minutos pasaron y Cooper ocupó todos sus pensamientos. Ignoraba cuánto tiempo tendría que esperar antes de volver a verlo; las horas lejos de él se le hacían eternas. Le echaba de menos, pero ante todo tenía una deuda pendiente con Aidan, una conversación que la atormentaba. La sentía como una traición hacia la amistad que habían compartido, aun así Cooper se había convertido en el eje de su mundo. Iría donde él quisiera ir y lucharía por hacer realidad su sueño.

La anciana salió de la consulta arrugando la nariz. En cuanto dejó espacio suficiente, Eric se adelantó y abrazó a Lilianne, sin importarle la presencia de su paciente y de la enfermera.

—Lilianne —susurró contra su cabello—. Creí que jamás volverías.

Ella le devolvió el abrazo, feliz y agradecida por la muestra de afecto.

—Pues sí que se conocen —masculló la anciana—. Hace años que nadie me da un buen achuchón de esos.

Media hora después estaban sentados en la consulta mientras la enfermera guardaba en la pequeña sala de cura contigua el instrumental usado ese día.

—¿Estás segura? —preguntó Eric.

Contrariamente a Violette, Eric no se mostraba horrorizado al averiguar que Lilianne pretendía convertirse en médico.

—Sí. En Dawson trabajé en la consulta de un médico, un borrachín que me daba carta blanca con tal de tener tiempo para tomarse una copa. Estaba asustada, pero gracias a todo lo que aprendí a tu lado, pude desempeñar mi labor. Y me gusta, Eric. No había sentido en mucho tiempo esa maravillosa sensación de ser útil, de poder hacer algo para los demás. Sé que tengo intuición para esta profesión y puedo hacerlo bien. Lucharé para conseguir mi sueño. Hace años, Elizabeth Blackwell se enfrentó a un sinfín de negativas, pero su tesón le permitió convertirse en la primera mujer médico. Si es necesario, me convertiré en la primera mujer médico casada. Llamaré a cuantas puertas sean necesarias.

Eric parpadeó ante la firme determinación de Lilianne.

—¿Y piensas que Aidan estará dispuesto a eso?

—¿Aidan? —repitió ella—. Dios mío, Eric, solo te he contado la parte de la historia más relacionada con esta consulta. No habrá boda con Aidan. Lo lamento, pero... pero...

—Pero encontraste a ese Mackenna... —Dejó el resto de la frase en el aire, no precisó indagar más cuando las mejillas de Lilianne se sonrojaron—. Ya veo... —musitó.

Lilianne se toqueteó el encaje del puño de la blusa, de repente cohibida por lo que Eric pudiese pensar.

—Le quiero. Tuvimos tiempo para aclarar los malentendidos. Mi padre nos mintió a los dos, nos manipuló haciéndonos creer lo que no era.

—No tienes que justificarte conmigo. Sé hasta qué punto tu padre puede ser peligroso, lo que me preocupa es lo que hará cuando se entere. Porque intuyo que no sabe nada.

—No, solo sabe que he regresado y... —De manera inconsciente se pasó una mano por la mejilla que Gideon había abofeteado—. Y no ha sido un reencuentro muy agradable.

Eric negó con la cabeza adivinando lo que había sucedido. Solo de pensar en cómo Gideon había tratado a su hermana le provocaba una rabia incontenible. En este caso Gideon no mostraría compasión por Lilianne.

—Eric... Yo... Conoces a mi familia desde hace años.

Donner asintió sorprendido por el cambio de rumbo en la conversación.

—¿Conocías a mis padres cuando nací?

La sorpresa fue en aumento. Estudió el rostro tenso de Lilianne.

—Sí, ya los conocía. ¿Por qué me preguntas eso ahora?

—¿Hubo algo extraño en mi nacimiento?

Le miraba fijamente con cierta angustia en los ojos.

—No que yo recuerde, pero no atendí a tu madre. Al año nació tu hermana Becky. Después tu madre sufrió dos abortos y no volvió a concebir. —Eric se pasó una mano por el rostro al tiempo que hacía memoria—. Aunque ahora te parezca imposible, creo que tu padre se casó enamorado de Ellen. Tu madre era deslumbrante, la joven más guapa de todas las debutantes de su edad.

—¿Y mi madre? —inquirió Lilianne—. ¿Estaba enamorada de mi padre?

—Ellen siempre ha sido indescifrable. No sé qué sentimientos albergaba, pero formaban una pareja envidiable. ¿Te preocupa algo? Dímelo —la instó tomándole las manos entre las suyas.

Lilianne agachó la cabeza, avergonzada por el simple hecho de repetir lo que Gideon le había escupido a la cara con tal convicción que jamás lograría olvidar sus palabras. Una vez lo dijo, Eric soltó una exclamación.

—Por Dios, Lilianne, fuiste una niña adorable, no hay nada malo en ti. —La obligó a mirarlo y suspiró al ver las lágrimas de Lilianne—. Creo que tu padre teme tu fuerza, tu voluntad inquebrantable. Sé que ahora no lo ves como un cumplido, pero Gideon y tú os parecéis. Los dos sois temerarios y decididos. Cuando se os mete algo en la cabeza, no cejáis hasta conseguirlo. Sin embargo, Becky es idéntica a tu madre, es el vivo retrato de la joven que fue Ellen; tienen el mismo temperamento ocioso, lánguido y egoísta. No sé si por eso mismo tu padre siempre ha sido más permisivo con tu hermana. —Meneó la cabeza con frustración—. Fuiste una bendición. El bebé más hermoso que jamás he visto. Y tan lista. Siempre preguntabas, tu curiosidad no tenía límites. Por eso no me sorprende que ahora quieras ser médico.

Mientras hablaba, Eric trataba de imprimir sinceridad, pero le resultaba difícil omitir el recuerdo de cómo sus padres la habían ignorado. Violette se lo había contado mil veces, indignada con su hermano y su cuñada.

Lilianne esbozó una sonrisa temblorosa.

—Lo siento, me he dejado llevar por un exceso de sensiblería. Lo importante es que he regresado y si aún me quieres en tu consulta... aunque ahora que tienes una nueva enfermera...

—¿Cómo puedes dudar de eso? Pequeña, necesitas descansar unos días después de un viaje tan largo, pero en breve te quiero aquí. La enfermera Sandler lo agradecerá. Hace turnos dobles para ayudarme. Estará encantada de trabajar solo en el hospital.

—Descansaré solo un día... —insistió Lilianne.

—Si así lo deseas. Pero te quiero lista para trabajar.

Al salir, le pareció que el cielo brillaba con más fuerza. Eric había aliviado la zozobra que la había acompañado durante casi toda la mañana. Se subió al cabriolé, Willoby cerró la puertezuela y se sentó en el pescante junto a Tommy, que lanzó un guiño a Lilianne mientras esta acariciaba la cabeza de *Beasley*.

—Ya verá lo contenta que se va a poner mi madre cuando la vea.

—Cierra el pico —le ordenó Willoby.

—¡Hey! Mono sin sesos, que sé guardar un secreto. No le he dicho a nadie que ayer te comiste el último trozo de tarta de melocotón.

Willoby farfulló una maldición entre dientes.

—¿Y tú cómo sabes eso, pequeña sabandija? —preguntó finalmente.

—Pues porque te vi desde la puerta de la cocina que se había quedado a medio cerrar. No se lo he dicho a nadie, ni siquiera a la señora Potts cuando me preguntó si te lo habías comido. Cerré el pico. Para que veas que sé guardar un secreto.

Detrás, Lilianne soltó una carcajada involuntaria. Willoby volvió a farfullar algo acerca de lenguas demasiado largas y tijeras bien afiladas, pero sus hombros se sacudían por la risa.

—Lo siento, señorita Lilianne —logró decir cuando recobró la seriedad que precisaba una disculpa—. Pero esta alimaña no sabe cerrar el pico. Y ahora, voy a llevarla al taller de Amalia. Verá qué bien lo tiene organizado. Y tú, pequeña rata, mantén la boca cerrada.

Tommy se encogió de hombros, ofendido por no haber sido tomado en serio. Un momento después empezó a parlotear. Willoby asentía cada vez que el niño le propinaba un codazo al final de una frase. Lilianne los observaba, divertida y conmovida. A pesar de sus constantes discusiones, la relación entre los dos se había afianzado mientras ella había estado fuera. El niño pasaba todo el tiempo libre con el expúgil, en cuanto acababa con los encargos que debía entregar, se escabullía de la vigilancia de su madre y le seguía como una sombra. No podría haber elegido una mejor compañía; Willoby era honrado, leal y conocía el lado más oscuro de la ciudad. Sabría ponerle en guardia contra los peligros y la falsa ilusión del camino más corto para hacerse con unos pocos dólares.

Con sus avenidas flanqueadas de farolas de gas y el incesante ir y venir de los tranvías, el alcalde estaba decidido a convertir San Francisco en la ciudad más cosmopolita del país, pero todos daban la espalda a los barrios más pobres, donde no había farolas, donde la basura se acumulaba en montones hediondos y donde una sombra podía ser una amenaza. Aun se respiraba la violencia de los inicios de la ciudad durante la fiebre del oro unas décadas antes. No era más seguro vivir en una gran ciudad ni más peligroso hallarse en el territorio del Yukón. Al menos en el Yukón el peligro era conocido de todos, en San Francisco se ocultaba tras el brillo de los oropeles, como era el caso de su padre, o en la oscuridad, como sus secuaces que le hacían los trabajos sucios.

Llegaron al taller de Amalia y sonrió al reparar en el cartel encima de la puerta: *Confección y bordados Ilusión*. Bajó seguida de los perros. Los transeúntes se apartaban al verlos, aunque ellos los ignoraban.

—Lo pintó Willoby —le informó el niño con el mismo orgullo que si lo hubiese hecho él mismo—, y yo le ayudé.

Lilianne colocó una mano sobre el delgado hombro del niño. Mantuvo los ojos fijos en la palabra *Ilusión*. Representaba el futuro de una familia. El bienestar de cinco niños y su madre dependía de esa inesperada oportunidad. Se sentía orgullosa de haber tomado la iniciativa; gracias a la intervención de Willoby, había conseguido dar un giro a la triste existencia de la familia Godwin.

Amalia apareció cargada con una cesta de mimbre forrada con un paño blanco inmaculado. Frunció el ceño al ver a su hijo.

—Pequeño, has desaparecido sin decirme a dónde ibas y he tenido que hacer la entrega yo. Sabes que no me gusta dejar a Lane sola en el taller...

El resto de la frase se convirtió en una exclamación cuando Amalia se fijó en Lilianne. Esta apenas reconoció a la viuda triste y amargada que había visto por última vez en su diminuto apartamento. Amalia, al igual que su hijo, había ganado un poco de peso, sus manos ya no presentaban el aspecto de un pollo escaldado y sus ojos, tras unas discretas gafas de montura metálica, lucían un brillo que no le había visto antes.

—¡Señorita! —Entregó la cesta a Willoby y tomó las manos de Lilianne entre las suyas—. Me alegro tanto de volver a verla. Ayer noche Tommy me dijo que había regresado, pero no pensé que vendría tan pronto.

—Ya sabes el motivo por el que he desaparecido, madre —intervino Tommy hinchando su exiguo pecho.

—Seguro que ha sido por eso —replicó Amalia, escéptica—. Desapareces todas las mañanas. Te he dicho que dejes en paz al señor Willoby. Es un hombre muy ocupado.

—Pues no dices eso cuando el cara mono viene a verte y te arregla esto o lo otro... —farfulló el niño por lo bajo. Fue más rápido que la mano de Willoby y dio un salto hacia un lado esquivando la colleja que le estaba destinada—. Me voy, madre. Tengo que hacer una entrega de la panadería. Volveré en cuanto acabe —gritó por encima del hombro.

Ya había conseguido poner la distancia suficiente para que no le atraparan.

—¡Tommy, no me mientas! —gritó su madre, pero de inmediato recuperó la compostura al recordar que Lilianne la estaba mirando. Esperaba que se sintiera orgullosa de ella—. Está claro que tendré que hacer la siguiente entrega yo —suspiró.

—Yo la haré —se ofreció Willoby y echó una mirada a Lilianne.

—Claro —convino esta—, yo puedo volver en tranvía a casa...

—¿Está segura?

Lilianne reconoció las dudas de Willoby. El hombre todavía pensaba en Gideon y su intención de llevársela a la fuerza.

—Estoy segura. Además, nadie en su sano juicio se acercará a mí con malas intenciones con estos tres guardianes.

Willoby hizo un gesto escéptico, pero asintió al verla tan segura. Los tres perros apenas se despegaban de sus faldas; le había costado mantenerlos en el cabriolé cuando habían esperado frente a la consulta del doctor Donner.

—Amalia, enséñeme las maravillas que confecciona en su taller —pidió Lilianne, deseosa de dejar atrás el recuerdo de su padre—. Mi tía me ha dicho que os habéis especializado en ropa de recién nacidos.

—Sí, pensé que con menos tela y en menos tiempo podía tener un ajuar para un recién nacido. —El rostro de Amalia se iluminó de satisfacción—. Y gracias al mercadillo del reverendo Wesley, he conseguido unas clientas muy elegantes. Por favor, adelante.

No muy lejos de allí, Tommy observaba la escena tan orgulloso de su madre como lo habría estado un padre de su hija. Amalia se había confeccionado un bonito vestido y desde que trabajaba en el taller, se acicalaba como cuando vivía su marido.

En cuanto entraron, el niño echó a correr hasta la siguiente esquina. Al girar rebotó contra un cuerpo firme y cayó al suelo. Se puso en pie mientras alzaba la vista. A pesar de sus pocos años, sabía reconocer a un hombre peligroso. El tipo iba vestido con un traje elegante, pero desprendía crueldad, olía al tufo de los antros del barrio chino, a huesos rotos y muerte a pesar de haberse bañado en colonia. Su primera impresión se reafirmó en cuanto el hombre le dedicó una sonrisa que dejó a la vista un colmillo de oro.

—Mira por dónde vas, pequeño, o te romperás la nariz —dijo mientras chasqueaba los nudillos de una mano.

Tommy tragó saliva cuando se fijó en las manos del hombre. Eran como las de Willoby, llenas de cicatrices por sus muchos combates, pero Willoby era una buena persona, y ese hombre aparentaba lo que era: un matón peligroso. El miedo se coló por todo su pequeño cuerpo. ¿A quién estaba espiando? Desde esa esquina se podía vigilar el taller; una mujer sola como su madre era una presa fácil. También estaba la señorita Lilianne, que debían proteger, según le había confesado Willoby. Y estaban los perros. Con la fiebre del oro del Klondike, los perros fuertes y fieros como los de la señorita Lilianne eran muy codiciados y muchas veces eran robados.

—Lo siento mucho, señor —balbució.

—Largo —espetó el hombre y sus nudillos volvieron a crujir.

No esperó a que se lo repitiera y se alejó corriendo.

62

Charles Jordan estaba acostumbrado a los silencios de Gideon Parker. No le importaba esperar, al fin y al cabo iba a cobrar lo mismo y no era desagradable estar allí sentado con una copa de un excelente coñac francés. Lo olisqueó y bebió un trago; el sabor fuerte se coló por su garganta dejando un remanente a madera. No era de su agrado, pero tampoco desagradable. Repasó las paredes forradas de papel pintado, la inmensa alfombra que cubría casi la totalidad del suelo, los maceteros de latón que cobijaban grandes helechos, las estanterías repletas de libros, que intuía que no eran más que parte de la decoración. Gideon seguía tamborileando la mesa de caoba con los dedos mientras leía un documento que, por su ceño fruncido, no auguraba buenas noticias.

—Maldito bastardo —escupió después de tirar la carta de aspecto oficial a la papelera—. Me está arrinconando entre la espada y la pared. Ese Barrymore es un carroñero de la peor calaña.

Charles bebió otro trago. Gideon se estaba enfrentando a una situación difícil, los rumores se agitaban entre susurros. Pocos en San Francisco ignoraban sus apuros económicos, los clientes abandonaban su banco ante las dudas y, aunque los Parker seguían llevando el mismo ritmo de vida, los acreedores empezaban a asomar la cabeza exigiendo que se saldaran las cuentas pendientes. Charles ignoraba si cobraría esa vez. Quizá debiera buscarse a otro cliente más fiable, que pagara puntualmente. Desde hacía unos meses Parker demoraba los estipendios de sus encargos y eso no era buena señal.

—¿Has investigado a Fulton?

La voz de Gideon estalló como un latigazo. Acostumbrado a las maneras bruscas de su cliente, Charles se arrellanó en su asiento haciendo crujir el cuero verde.

—Por supuesto, como me pidió, y lamento decir que no tiene vicios. Vive tranquilo y sigue la misma rutina cada día. Suele asistir a veladas musicales, a la ópera y a alguna cena. Pero he averiguado algo que tiene que ver con Becky. He sonsacado información al jefe de la policía acerca de la redada en el fumadero donde encontraron a su hija y todo indica que fue el secretario personal de Fulton quien dio el chivatazo.

—¡Maldito sea! Me lo olía. Me ha costado una fortuna acallar la prensa. Y, a pesar de todo, el rumor corre de boca en boca.

—Seguramente la tenía vigilada. La ha usado para enturbiar su reputación.

Se ahorró señalar que la reputación de Gideon ya estaba en boca de todos; que Becky apareciera medio desnuda, en un estado de semiinconsciencia en un fumadero de opio junto a un hombre en similares condiciones, no había hecho más que clavar unos pocos clavos más al ataúd de la familia Parker. Las puertas de los salones más selectos de la ciudad empezaban a cerrarse para Gideon y su indecorosa prole, porque la desaparición de Lilianne también había suscitado unas cuantas conjeturas.

—¿Y sabes algo del hombre que la acompañaba?

—No volverá a crearle problemas.

—Bien. ¿La sigues vigilando?

—Sí, apenas sale y no recibe visitas. De hecho, nadie va a verla. La noticia no salió en la prensa, pero ya sabe lo chismosa que es esta ciudad. Su yerno no se muestra tan dispuesto a ser discreto. Desde la redada, se emborracha a diario. Ayer noche le echaron de su club.

—Deja de vigilar a Becky, necesito que estés más pendiente de otras cuestiones. En cuanto a Reginal, que se mate bebiendo. No es asunto mío.

Gideon se pasó una mano por la cara y por primera vez Charles vio en el orgulloso señor Parker a un hombre derrotado. No sintió lástima, no era su cometido. Era leal a sus clientes mientras pagaban, y empezaba a sospechar que esa vez Gideon estaba con el agua hasta el cuello. Le interesaba que la buena suerte de su mejor cliente cambiara y él tenía la información para que así fuera.

—Tengo noticias que podrían dar un vuelco a su situación —insinuó.

Gideon alzó el rostro y escrutó el semblante de Jordan.

—¿Fulton se está muriendo?

—No, por desgracia, pero tiene que ver con su hija Lilianne.

—Lo sé, ha regresado. Recibí la información y fui a verla. Dile a ese Dave que ya no vigile la casa de Violette, acabará llamando la atención de los vecinos y alguien llamará a la policía.

—Muy bien, pero mi noticia es otra, una que puede cambiar sus planes. Mire esta lista de pasajeros del *Britany*, de la Compañía Comercial de Alaska. Le dije que era conveniente disponer de informadores, siempre tienen algo interesante que contar, ya sea en un hotel o en aduana.

—Ya, pero me cuesta un dineral...

—Sí, pero así se enteró de los líos de falda de MacArthur, de la inclinación hacia los hombres de Powell y de la mercancía que Fielding introduce sin declarar. Esa información le ayudó a la hora de impedir que cerraran las cuentas que tienen en su banco.

—Ahora no me sirve de mucho, los demás me están dando la espalda. Temen más a Fulton que a mí.

Gideon echó un vistazo a desgana a la lista y enseguida se fijó en los nombres subrayados. Soltó una maldición que hizo temblar las paredes.

—Viajaron como marido y mujer y compartieron camarote —musitó Charles y acompañó sus palabras con una sonrisa maliciosa—. Vuelven a hacer de las suyas, como hace nueve años.

La voz de Charles traspasó la niebla de rabia que envolvía a Gideon, dejó la lista y dio con el puño un golpe tan fuerte sobre la mesa que volcó el botecito de tinta. Le dio igual, sus problemas no hacían más que ir en aumento.

—¿Y esto es una buena noticia? —rugió.

Charles asintió, satisfecho a pesar del arranque de genio de su cliente.

—No es todo, señor Parker. Esta mañana vigilé el hotel Palace, donde se hospeda Mackenna.

—¿En el Palace? Por Dios, si es un muerto de hambre.

—Mackenna ha alquilado una *suite* en la quinta planta y no se esconde; sin embargo, apenas lo pisa desde que se ha registrado en el hotel. Por suerte esta mañana estuvo allí. Esto no es todo —se anticipó al ver que Gideon iba a soltar otra maldición—. Digo que ha sido una suerte porque esta mañana ha ido al Distrito Financiero, en concreto ha visitado a Ira Carlson, un abogado que suele tener trato con los mineros del Yukón. Estuve esperando un buen rato y cuando salió le seguí hasta el First National Bank. Después me dio esquinazo...

—Sigo sin ver las buenas noticias.

Charles empezaba a perder la compostura. Hizo acopio de toda su paciencia y cruzó las piernas al tiempo que entrelazaba los dedos sobre su regazo.

—Si me dejara terminar, podría decirle lo que realmente le interesa. Se está dejando llevar por el ofuscamiento, si me lo permite. Cálmese y escuche.

La respuesta fue un asentimiento de Gideon. En otro tiempo habría echado sin contemplaciones al detective de su despacho, pero estaba desesperado y necesitaba a ese matón más que respirar. Por eso mismo permitió que Charles se tomara su tiempo.

—Algunas veces en mi profesión hay que ser un encantador de serpiente.

—¡No quiero serpientes encantadas!

Acalorado y cada vez más nervioso, Gideon se puso en pie para servirse una generosa ración de coñac. Se lo bebió de un trago y se sirvió otro tanto antes de dejar la botella en un globo terráqueo de un metro de diámetro que un Atlas arrodillado sostenía sobre sus hombros. Era una pieza admirable que se abría por la mitad y donde se alojaban botellas y copas. Como todo en casa de los Parker, procedía del taller de un solicitado artesano de Nueva York; con lo que valía el mueble, una familia humilde podía vivir durante meses sin estrecheces.

—Ve al grano, Jordan. No te pago para que me cuentes sandeces.

—Pues ahí va y le aconsejo que se siente.

Intrigado por la confianza de Charles, tomó asiento, no sin renuencia.

—Te escucho.

—Como veo que hoy no está de humor para detalles, iré directo a la noticia sin decirle cómo he conseguido la información, pero he averiguado que Mackenna tiene una jugosa cuenta en el First National Bank. Ha comprado maquinaria destinada a la minería: calderas, un cargamento de palas, cedazos, bateas, tiendas, medicinas y más cosas que no sé ni para qué sirven. Lo ha hecho a través de una compañía que suministra material a los mineros del Yukón. Nadie compra tanto material si no ha dado con un buen filón, y, dado el importe de la cuenta de Mackenna y Asociados, dicho filón tiene que ser más que prometedor.

»Le insinué que su hija había viajado hasta el Yukón, pero no me hizo caso. Cuando me describió la foto, averigüé que, tras la llegada del buque *Excelsior*, Hearst mandó al Yukón a un joven fotógrafo y a un periodista. Acompañaron a los *stampiders* el verano pasado, se quedaron atrapados todo el invierno en aquel infierno y regresaron en el primer barco que logró cruzar el mar de Bering al final de la primavera. Desde entonces en el *Examiner* se han publicado crónicas de la *Estampida* ilustradas con fotografías de aquel viaje. ¿Y sabe quién es el fotógrafo? Melvin Shaw, muy amigo de Aidan Farlan.

Gideon tragó con dificultad e hizo un gesto para que prosiguiera.

—Su hija Lilianne es una mujer atrevida, no me cuesta imaginarla emprender semejante viaje. Pero se negó a escucharme...

—Cómo iba a imaginar que Lilianne iba a ser tan insensata.

Se hizo un prolongado silencio, Charles dejó que Gideon asimilara las noticias.

—Entonces le has visto...

Charles supo de quién estaba hablando su cliente. Frunció el ceño. Le había costado reconocer a Mackenna y mientras le había seguido había reconocido a un hombre peligroso, acostumbrado a moverse en un entorno hostil. Apenas quedaba nada del chico asustado que se había peleado como un jabato desesperado. Charles casi había sentido lástima por la joven pareja. Si no hubiese sido por una confesión susurrada durante un encuentro clandestino, Jordan no habría dado con ellos, jamás habría buscado en Oakland. Lo recordaba con ironía: el fingido arrepentimiento, la mirada brillante de lágrimas reprimidas, la voz entrecortada. Todo había sido teatro. Las mujeres eran incapaces de ser sinceras. Salió de su mutismo.

—Sí, he visto a Mackenna. Ha cambiado, se mueve como un gato y sabe observar. Ya no es el joven enclenque de hace nueve años, aunque por aquel entonces ya tenía un buen derecho. Cada día veo en el espejo el recuerdo del puñetazo que me propinó. —Encogió el labio superior y dejó a la vista un colmillo de oro—. Esta vez no será tan sencillo pillarlo por sorpresa.

Unas palmadas procedentes de la puerta los sorprendieron. Ambos miraron a Reginal, que sonreía con sorna. Su inestabilidad delataba su estado de ebriedad, aun así había conseguido entrar con sigilo. A pesar de su aspecto cuidado, reflejaba la desesperación de un hombre al límite de su resistencia.

—Vaya, vaya... Acabo de enterarme de que el miserable Mackenna ha regresado. —Soltó una risita—. Y encima se ha convertido en un hombre rico. ¿Qué piensas hacer, estimado Gideon? ¿Pedirle que meta su dinero en tu banco? ¿Qué te llame *padre*? Qué familia tan encantadora. —Se rio de nuevo. Echó a andar sin perder de vista a su suegro—. Tengo un mensaje de mi amado *padre*: tenemos dos semanas para devolverle lo que le debemos...

—¡Cómo que dos semanas! —explotó Gideon.

—Ahora exige los intereses también, unos intereses de usurero, pero... —Se encogió de hombros—. Ya sabes cómo son las cosas. Jordan, ¿en qué lío se está metiendo mi suegro? No, mejor no me lo digas. He acabado con mi cometido.

Salió sin hacer ruido, como había entrado, dejando tras de sí un silencio espeso, tenso por la rabia que emanaba de Gideon. Charles esperó sin levantar la vista de sus manos entrelazadas.

—Dos semanas —repitió Parker con voz sombría, como si se tratase de una condena.

—¿Tiene nuevas instrucciones?

—Sí. Para empezar, búscate a unos tipos que sepan luchar, van a necesitar los puños... solo tengo dos semanas para poner a Lilianne en vereda.

63

Era pasada la medianoche cuando una silueta montada en bici se acercó a la tranquila casa de Violette Larke; al instante apareció una segunda silueta más pequeña, acompañada de tres perros. Este se tiró al cuello del otro y le besó hasta que ambos se quedaron sin aliento.

—Vámonos —susurró Cooper—. Vivamos una noche especial.

Lilianne echó una mirada a su alrededor en busca de una silueta que no había aparecido durante todo el día.

—¿No ha aparecido nuestro guardián?

—No, pedí a Adam que se pasara varias veces a lo largo del día. No hay nadie vigilando la casa de tu tía. —Le hizo una reverencia—. Señora, su carruaje la espera.

Lilianne se echó a reír por lo bajo al ver el tándem apoyado en la pared junto a la puerta del servicio.

—¿De dónde has sacado eso?

—Me lo he comprado esta tarde, no pensaba seguir con la bicicleta de Adam. Vámonos hasta Clifford House y paseemos por la playa.

—¿Crees que es sensato? —preguntó a media voz, aunque sus ojos brillaban por el reto.

—¿No te crees capaz? —la desafió.

Fue suficiente para que Lilianne se encasquetara la gorra hasta las cejas y se subiera a la parte trasera del tándem.

—Haz los honores, te dejo el timón.

—Así tú descansarás y yo tendré que pedalear por los dos.

Se subió con dificultad, pero se reía por lo bajo.

—Venga, marinero —le arengó ella.

Se alejaron en silencio seguidos de los perros. La noche era cálida, las calles estaban casi desiertas. Formaban una estampa inusual: el más bajito de los dos hombres se reía mientras el más alto canturreaba *Daisy Bell* entre dientes. Los escasos testigos dudaban de qué los sorprendía más, si la extraña pareja o los tres enormes perros que los seguían.

La sensación de libertad era estimulante, Lilianne olvidó el desasosiego que la había acompañado durante todo el día, ni siquiera el regalo de Amalia lo había aplacado. Había admirado el camisón que le había confeccionado en agradecimiento por su ayuda. Había apreciado el delicado trabajo, los bordados, las diminutas puntadas y enseguida había sabido qué le regalaría a Amalia: una máquina de coser que le simplificaría el trabajo. La mejor que hubiese en San Francisco. Amalia y sus hijos se lo merecían. Aun así no había conseguido dejar atrás el recuerdo de la visita de su padre.

Pero descender las cuestas de San Francisco a una velocidad vertiginosa la estaba liberando de ese pesado lastre, era lo más parecido a volar. Sentía deseos de abrir los brazos y gritar su felicidad. Después se reía de los reniegos de Cooper cuando subía una cuesta. Cooper había acertado y estaba decidida a disfrutar hasta el final de la noche.

Llegaron al Golden Gate Park, donde los perros bebieron del caño de una fuente entre lametones ruidosos, mientras ellos hacían lo propio de una cantimplora que Cooper había llevado colgada como una bandolera bajo la chaqueta.

—Has pensado en todo —dijo ella después de un largo trago.

—Soy un hombre precavido. —Le guiñó un ojo—. Si he sobrevivido al Yukón, creo que puedo sobrevivir a San Francisco.

Poco después siguieron hasta Clifford House, una imponente edificación construida sobre una roca saliente. A esa hora el restaurante estaba cerrado y todas las luces apagadas, lo que convertía su silueta en una forma fantasmal algo difusa por la bruma. Parecía flotar sobre el mar. Más allá estaban los Baños de Sutro, el cementerio militar, el presidio y la zona de los cuarteles. El paseo marítimo estaba desierto, solo se oía el rumor de las olas. Dejaron el tándem apoyado en la barandilla y bajaron las escaleras que conducían a la playa. Los perros salieron corriendo, sin una muestra de cansancio. Lilianne y Cooper sentían las piernas temblorosas y se rieron al caminar torpemente por la arena húmeda.

—Ha sido una idea maravillosa —exclamó Lilianne. Tendió los brazos a Cooper—. Bailemos a la luz de la luna.

En el cielo se adivinaban a través de la niebla las estrellas y una estrechísima luna con forma de sonrisa vertical. Cooper se inclinó ceremoniosamente y la tomó en brazos.

—¿Vas a tararear tú? Sueles desafinar...

Ella le propinó un manotazo al hombro y empezó, al principio muy seria, un vals que fue tomando ritmo. Giraron cada vez más rápido hasta caer al suelo. Acabaron sentados contra una roca, ocultos de un posible visitante nocturno y al abrigo de la brisa. *Linux* y *Brutus* se habían echado a pocos metros de ellos, *Beasley* se revolcaba en la arena. Lilianne, sentada entre las piernas de Cooper y apoyada contra su pecho, le observaba sonriendo. El perro joven que se contoneaba como un cerdo en un barrizal nada tenía que ver con el perro fiero que la había protegido.

—¿Has ido a ver al doctor Donner?

Lilianne asintió sin perder de vista a *Beasley*. A su espalda, Cooper la besó en la coronilla. Exhaló un suspiro, no quería que aquel momento de paz tuviese fin ni quería recordar cómo había empezado la mañana.

—Sí —respondió finalmente—. Me apoyará. Creo que me entiende mejor que nadie en ese aspecto. Se ha ofrecido a redactarme una carta de presentación como recomendación para mi solicitud de ingreso en una escuela de medicina. Hay varias, lo intentaré en cada una de ellas.

Cooper apoyó la barbilla contra su coronilla y la abrazó más fuerte. A pesar de la alegría de Lilianne, sus sonrisas y de la evidente felicidad que le había proporcionado el paseo nocturno, intuía en ella algo que le ocultaba.

—¿Has hecho algo más?

—Sí, he visitado a Amalia y me ha regalado un precioso camisón en agradecimiento por haberla ayudado. Me ha emocionado.

—Hummm... ¿y cuando tendré el privilegio de vértelo puesto?

—Me lo reservaré para nuestra noche de bodas. Esa era la intención de Amalia.

Cooper sofocó las carcajadas contra el cabello de Lilianne.

—¿No crees que el camisón llega tarde?

Ella también se reía, contagiada por el buen humor de Cooper.

—Lo sé, es tan recatado y virginal que me ha costado contenerme cuando me dijo que era para mi ajuar. La pobre no sabe que ya estoy casada con un minero gruñón. Dime qué has hecho hoy. Las horas se me han hecho eternas, solo pensaba en verte.

Cooper la acunó entre sus brazos buscando las palabras.

—Hoy —empezó titubeante—, hoy me han seguido, era el detective de tu padre. Gideon ya sabe que estoy aquí.

Lilianne asintió en silencio, aunque estaba aterrada ante la reacción de su padre y de lo que pudiera idear. Cooper no le había visto aquella mañana en el comedor de Violette, representaba la imagen de un hombre que había perdido todo rastro de sensatez.

—Ten cuidado.

—Por supuesto. Y he visitado a un abogado que me había dejado una nota en la recepción del hotel.

Al percibir un momento de duda en la voz de Cooper, Lilianne se arrodilló y escrutó su semblante temiendo una mala noticia.

—¿Te he hablado alguna vez de Joseph Ladue?

Ella frunció el ceño haciendo memoria.

—No, pero he oído ese nombre en Dawson. Creo que fundó la ciudad. No llegué a conocerlo.

—Se marchó el verano pasado de Dawson. Llegó a San Francisco en el *Excelsior*. —Se rascó la barba y negó con la cabeza—. Hace unos años, Joseph me encontró medio muerto de frío cerca de Sixtymile, donde tenía un colmado que suministraba de todo a la gente de la zona. Me llevó a su cabaña y me atendió. Si no hubiese sido por él, no habría superado aquellas fiebres.

—Como hiciste con Paddy, le salvaste la vida la primera vez que os visteis.

Lilianne se acomodó dispuesta a escucharlo. Cooper relató como le había dado a Ladue los dos tarros llenos de oro. Lilianne soltó una exclamación de incredulidad al enterarse del motivo de la visita de Cooper al abogado.

—Dios mío, Cooper. Podría haberse olvidado de vuestro acuerdo. Es una fortuna.

—No volví a pensar en esa noche ni en la promesa de Ladue. Mi vida bien valía un poco de polvo de oro. Además, me quedaba suficiente para mí. Ladue es de los más honrados. Sus consejos siempre fueron muy sabios y su amistad aún más valiosa.

—Apostaste por el sueño de un amigo. ¿Hay algo más? —inquirió al percibir una ligera vacilación en Cooper.

Este hizo una mueca, pero se decidió por ir hasta el final. Ambos se merecían averiguar la verdad.

—En su carta, Ladue me dice que te estuvo buscando el verano pasado y se reunió contigo.

—Te aseguro que no me he reunido con ese hombre —exclamó ella—. No supe que seguías con vida hasta que vi el retrato de Melvin.

El rostro de Lilianne mostró tal desconcierto que Cooper casi sintió ganas de reír.

—Te creo. —Le acarició una mejilla—. ¿Recuerdas lo que me pediste antes de desembarcar del *Britany*?

Ella asintió con los ojos muy abiertos, aterrada ante la posibilidad de que pudiera dudar de ella. Sin embargo, él le habló con calma:

—Me pediste que no dudara de ti, y así será. No sé con quién se reunió Ladue, pero no fuiste tú. He meditado mucho esta tarde acerca de esto y sospecho que, si buscó a Lilianne Parker, se dirigió a la casa de tus padres. No podía saber que no vivías con ellos. Me imagino que tu padre mandó a alguien en tu lugar.

—No, cuando le enseñé tu retrato, se mostró realmente sorprendido. No creo que fingiera.

—Ya no importa, Lilianne. Hemos decidido confiar el uno en el otro y todo lo demás no debe afectarnos. —Le acarició una mejilla con los nudillos; después se sacó del bolsillo una cajita—. Hoy te compré esto. Ábrelo.

Se la entregó con la impaciencia de un niño. Lilianne abrió el estuche, despacio, sin dejar de mirar a Cooper. Le interesaba más su alegría que lo que hubiese en el interior. Luego soltó una exclamación.

—¡Cooper! Me has regalado un broche de Lalique. —Acarició con cuidado las alas—. Es precioso... Mi madre los considera baratijas, pero siempre me han parecido más bellos que esos gordos y ostentosos diamantes. —Se le echó al cuello y le susurró al oído aunque estaban solos en la playa—: Muchas gracias, pero deja de malgastar tu dinero en mí...

Cooper la abrazó con fuerza ocultando el rostro contra su cuello.

—Comprarte algo no es malgastar, me hace feliz. Ni en mis sueños más alocados había imaginado que un día podría regalarte todo lo que se me antojara. Aún me cuesta creer que te tengo a mi lado. Si ese Farlan no regresa cuanto antes, iré a por él y zanjarás de una vez tu compromiso.

Lilianne se apartó al tiempo que desviaba la mirada. Cooper la obligó con suavidad a alzar el rostro.

—No te estoy reprochando nada, Lily. Te entiendo aunque me provoque sentimientos encontrados. Si ese hombre fue, como dices, tan considerado contigo, se merece al menos sinceridad. No te niego que siento celos, me cuesta aceptar que estuviste a punto de unir tu vida a la suya. Pero cuando pienso en ello con calma, dejando a un lado mis sentimientos, sé que fue tu compromiso con Farlan lo que te devolvió a mí. Si no hubieses viajado hasta Dawson en mi busca, no habría vuelto a saber de ti. Tendré la paciencia necesaria, pero en cuanto hables con él, dejaremos de ocultarnos, aunque sea un escándalo en la ciudad.

Ella le abrazó conteniendo las lágrimas.

—Me siento tan dividida. Quiero estar contigo, pero no quiero lastimar a Aidan. Solo espero que me perdone.

Cooper le pasó las yemas de los dedos por el rostro, como si pretendiera borrar la incertidumbre que reflejaban los ojos de Lilianne.

—¿Has sabido algo de tu padre?

Ella se sentó recostándose contra su pecho. Jugueteó con la punta de la trenza de Cooper.

—Sí, se ha presentado esta mañana hecho una furia. Su intención era llevarme con él, tenerme vigilada en su casa o en cualquier otro lugar. Fue... fue cruel.

—¿Te ha lastimado? —inquirió reprimiendo la rabia que le inspiraban las palabras de Lilianne.

—No es lo que hizo lo que me dolió, sino lo que dijo.

Entre susurros le repitió las palabras que le había soltado con tanto odio. Cooper cerró los párpados, imaginando lo que ella había sentido al oír el rechazo tan brutal de Gideon. ¿Cómo un padre podía ser tan cruel con una hija? Sobre todo con Lilianne, que era toda bondad y generosidad. La meció cuando ella lloró en silencio entre sus brazos.

—¿Qué le ocurre a mi familia? Es...

«Un nido de víboras», pensó Cooper, pero se guardó su opinión para no dilatar la zozobra de Lilianne. Ella ya lo sabía, había sufrido la frialdad de su madre, la constante condena de su padre y la inquina de su hermana. Su propio padre no había sido un dechado de virtudes, pero, en un pasado lejano, había sido un buen hombre, un buen esposo, cuyo carácter se había agriado ante el infortunio.

—Mi padre fue un santo si lo comparo con tu padre. Al menos veló por mí a su manera y amó a mi madre. No he dudado nunca de eso.

—Háblame de tu madre —le murmuró ella, cuando se hubo calmado, como si le leyera el pensamiento—. Nunca me has contado nada de ella.

Se acomodó sentándola sobre su regazo y le acarició la espalda mientras hacía memoria. Le costaba recordarla, había sido una sombra silenciosa en su vida, casi siempre lejana a pesar de estar a su lado día tras día.

—Se llamaba Marnie, fue institutriz antes de casarse con mi padre. Se consideraba una solterona de treinta y dos años y había dado por hecho que nunca se casaría, pero mi padre la convenció de lo contrario. No sé si en algún momento fueron felices, pero sé que, antes de mi nacimiento, mi madre perdió dos hijos que apenas vivieron unos días. Después nací yo, y hubo otro que no sobrevivió. Murió al dar a luz del último. Ignoro si fue por la tristeza de haber perdido a tantos hijos, pero estaba siempre ausente, apenas hablaba, se mantenía ocupada, su mirada no reflejaba nada. Me enseñó a escribir, leer, sumar... me pedía que le leyera sentados los dos en la cocina. Me corregía con suavidad, nunca alzaba la voz, pero no recuerdo un gesto de cariño. Creo que temía perderme como había perdido a los demás. Recuerdo el día que la enterramos junto a su último hijo. —Se interrumpió aferrándose a Lilianne con fuerza—. No puedo olvidar las cinco tumbas, cuatro pequeñas y una grande... y mi padre sollozando mientras se despedía de todos ellos después de las últimas palabras del reverendo. No volvió a ser el mismo, empezó a beber. Jamás se emborrachaba hasta perder el control, pero se volvió irascible, impaciente, algunas veces violento. Solo tenía paciencia con los caballos. Me sentí solo hasta que te conocí...

Lilianne entendía su soledad, habían compartido la misma sensación desgarradora de ser invisibles para sus padres. Y como sospechaba, Cooper sentía la misma herida agarrotada, que jamás se cerraba.

—¿Qué haremos cuando todo acabe? —quiso saber Cooper.

Lilianne agradeció el cambio de tema, pensar en el pasado era tan doloroso para ella como para él. Al menos el futuro ofrecía promesas, un horizonte colmado de nuevas expectativas, metas por alcanzar.

—Lo que tú quieras, aunque... Quizá te parezca una locura.

—Se enderezó para tenerlo de frente. Apoyó las manos sobre las solapas de su chaqueta; aún le sorprendía no verle con los pantalones de ante y la túnica que se ponía para ir a Dawson. En cierto modo echaba de menos esa imagen de Cooper, reflejaba su verdadera esencia—. Sé que cuando estuve en el Yukón, renegaba mucho, pero desde que he regresado, no consigo sentirme en casa. Echo de menos el alboroto de Dawson y sus calles caóticas; sus habitantes excéntricos, siempre listos para festejar algo; ver a Stella y su horrible diamante incrustado en el diente; al borrachín del doctor Sullivan; el sol de medianoche que tanto me desconcertó al principio; pelearme con Paddy, hacerle rabiar; hasta echo de menos las dos cabezas de alce disecadas del Bill McPhee's New Pioneer.

Aquella última revelación arrancó a Cooper una carcajada liberadora después de recordar a su madre.

—¿Estás segura? Son lo más feo que jamás he visto en mi vida. En cuanto a Paddy, seguro que él también echa de menos a la bruja pelirroja.

—Volvamos a Dawson cuando todo acabe —exclamó ella.

Le brillaban los ojos y volvía a sonreír.

—No sabes lo duro que es el invierno...

—Viviremos en el Fairview, el hotel de Belinda es tan cómodo como cualquier otro de San Francisco.

Cooper buscó en su semblante una fisura, una duda, algo que delatara que lo hacía solo por él. Lilianne le estaba proponiendo lo que nunca le había mencionado, aunque era lo que más anhelaba.

—¿No estarás huyendo, Lily? Podemos vivir dónde tú quieras. Además, en Dawson no podrás conseguir ingresar en ninguna escuela de medicina.

—Lo sé, pero en Dawson podré seguir ejerciendo la medicina en la consulta de Sullivan. ¿No crees que me recibirá con los brazos abiertos con tal de disponer de más tiempo para sus escapaditas a algún bar? No huyo, Cooper. Solo quiero regresar durante un tiempo donde aprendí a creer en mí. En cuanto reciba una respuesta afirmativa de alguna escuela, iré a donde sea necesario: Nueva

York, Boston o Chicago. Me es igual dónde, siempre y cuando estés a mi lado.

La besó dándole así la única respuesta que se le ocurría. Lilianne le ofrecía el mayor regalo que pudiese hacerle. Odiaba San Francisco, sus calles atestadas, el olor a estiércol, a humo de carbón. Prefería mil veces las calles embarradas de Dawson, donde cada cual era lo que aparentaba, donde una pequeña comunidad no excluía a todos los demás por creerse mejor. Todo eso y más fue lo que Cooper le dijo con su beso.

—Quiero pasar lo que queda de noche contigo —le susurró ella contra sus labios.

—¿Y tu tía? —inquirió él con voz ronca.

—Mi tía te vio ayer de madrugada. Además, estamos casados, nadie puede decirnos nada.

64

El aroma del desayuno que Reginal estaba devorando le estaba revolviendo el estómago. Becky trató de mitigar la arcada con un sorbo de té de jengibre. Desde hacía días era lo único que su cuerpo toleraba a esas horas.

Mientras su marido seguía engullendo, Becky ojeaba el periódico que el mayordomo había dejado junto al plato de Reginal. Las únicas palabras que la pareja había intercambiado habían sido a propósito de dicho periódico.

—¿Me permites mirarlo antes que tú?

—Por supuesto, querida.

A pesar de las acusaciones y los reproches desde el escándalo por la redada en el fumadero de opio, en el desayuno —al menos desde que, para sorpresa de todos, la señora de la casa se levantaba temprano y desayunaba con su marido— reinaba una tregua superficial. Delante del servicio mantenían una actitud educada, casi considerada. Pero toda la mansión sabía de las discusiones que la pareja mantenía en la alcoba de la señora Fulton por las noches, sabían de los objetos que ella tiraba y de las amenazas del señor Fulton.

—Te recuerdo que hoy estaré fuera todo el día y volveré tarde.

La voz de Reginal la hizo levantar la vista del periódico. Sus miradas se encontraron; como siempre, su marido fue el primero en desviarla.

—Por supuesto. Por mi parte no creo que vaya a ninguna reunión —replicó ella.

Ambos omitieron que Becky había cruzado el límite de lo correcto al haber sido sorprendida en una actitud tan poco decorosa en compañía de su amante. De la noche a la mañana las invitaciones habían dejado de llegarle, y las que tenía pendientes habían sido sutilmente retiradas. Ella, que había sido la incuestionable reina de las veladas de San Francisco, se había convertido en una persona indeseada. A su puerta no llamaban sus amistades, ni siquiera las que ella había considerado las más sinceras. Desde entonces vivía en un estado de reclusión voluntaria impuesto por la ciudad.

Becky esperó un comentario de Reginal, pero este volvió a dedicar toda su atención a su plato. Estudió su perfil, todo en su marido era banal, gris, aburrido, aun así la había tratado siempre con adoración. Pero esa adoración había sido sustituida por una extraña actitud que iba de la ira de un hombre humillado a la decepción de un niño al que le habían roto su juguete favorito. De noche irrumpía borracho en su alcoba, la acribillaba a reproches, después trataba de abrazarla. Ella le rechazaba, los gritos regresaban, así como las amenazas. Por la mañana volvía esa calma superficial que no engañaba a nadie.

Becky soltó un suspiro y pasó una página. Paseó la mirada distraída por los titulares de los artículos al tiempo que se llevaba la taza a los labios. Una fotografía atrajo su atención, así como un titular: *La fabulosa historia de Cooper Mackenna, el hombre que sobrevivió a los peligrosos indios kashkas.* Leyó con avidez la crónica así como la entrevista que habían hecho al héroe que describían con tanto fervor. Olvidada la taza, esta cayó sobre la mesa derramando su contenido sobre el mantel blanco.

—¿Qué te ocurre, querida?

La voz de Reginal revelaba por primera vez una curiosidad sincera.

—Mackenna está en San Francisco —balbució Becky, como si hubiese visto a un fantasma.

—Oh, es eso. —Reginal se limpió los labios con la servilleta antes de dejarla junto al plato. Hizo un gesto al criado, que se afanaba en limpiar el desaguisado, para que trajera otra taza para la señora—. Yo me enteré ayer.

Becky parpadeó varias veces mientras miraba a su marido.

—¿Ayer? ¿Y no me dijiste nada? ¿Y mi hermana?

La respuesta fue un leve encogimiento de hombros de Reginal.

—No pensé que te interesara ese hombre. Y sí, tu hermana ha regresado, creo que trae de cabeza a tu padre porque no ha conseguido la confesión de abandono por parte de Mackenna. Para colmo, él ha regresado rico.

Becky le escuchaba a medias, toda su atención estaba centrada en los dos retratos: en uno apenas se le reconocía por la tupida barba, la capucha de piel que le rodeaba el rostro, los dos gruesos mechones de cabello largo que le colgaban a ambos lado del pecho cubierto por un abrigo de piel. En el otro se veía a un hombre con una barba recortada, el cabello retirado del rostro y ataviado con un traje al estilo de los caballeros elegantes de la ciudad. Si bien las dos imágenes parecían mostrar dos hombres totalmente diferentes, tenían un punto en común: la mirada. Un estremecimiento la sacudió y tragó con dificultad.

Recordaba al joven que había trabajado en las cuadras de Gideon: amable, sonriente, servicial; y al otro joven escuálido de aspecto enfermizo que había regresado de entre los muertos. Durante ese encuentro, del que nadie sabía nada excepto ellos dos, su mirada había pasado de la esperanza al resentimiento, y cuando se marchó, solo había habido cabida para el odio. No quedaba gran cosa del joven; en su lugar, un hombre de aspecto amenazador la miraba desde el periódico. ¿Con qué fin había regresado a San Francisco?

—Si me disculpas, querida, me marcho.

Becky apenas prestó atención a su marido. Le hizo un gesto vago con la mano sin alzar la vista del periódico.

Había sido tan instructivo espiar a su hermana en el pasado. Los había seguido intrigada por las escapadas de Lilianne. Había sido testigo de cómo Cooper trepaba de noche al árbol para reunirse con ella en su alcoba. Qué enamorados habían estado el uno del otro, qué tiernamente torpes, inocentes y apasionados habían sido los dos. Y como los había envidiado Becky.

Apartó de repente el periódico y se puso en pie. Mackenna y Lilianne ya no le importaban, tenía sus propios problemas que resolver.

En su alcoba llamó a su doncella y le ordenó que la desnudara. Según se iba despojando de las prendas, se negó a mirar su reflejo en los tres espejos que le devolvían desde varios ángulos el reflejo de su cuerpo. Se puso un discreto traje de mañana color crema, un sombrero de ala ancha con un tupido velo que le ocultaba el rostro, y se abrigó con una capa inusualmente discreta para el gusto de Becky, pero necesitaba pasar desapercibida.

Solo entonces se estudió con ojos crítico en los espejos, se ladeó mientras se pasaba una mano por la curva de las caderas estrechas, por el vientre plano y el pecho generoso comprimidos por el corsé. Su silueta suscitaba la envidia de las mujeres de su entorno, Becky se había encargado de pavonearse en los salones de la ciudad, etérea y sensual.

Solo en dos ocasiones se había recluido en la casa que la familia Fulton tenía cerca del club náutico de Sausalito. Había odiado su cuerpo deformado por los embarazos, apenas había soportado contemplar el vientre abultado, los pechos como ubres, la pesadez de las piernas, los tobillos hinchados. El espejo, que había sido y seguía siendo su mejor aliado, se había vuelto en su contra durante meses y el odio por su marido no había hecho más que crecer hasta cuotas alarmantes. Pero Becky había conseguido recuperar su figura escultural, reapareciendo en sociedad aún más deslumbrante. Siempre lo conseguía; incluso en los momentos más difíciles conseguía encandilar a todos hasta que olvidaban sus desmanes.

Caminó hacia el espejo central, disfrutó del suave susurro de la seda, se repasó la tez de porcelana, la delicada línea de las cejas, la nariz patricia, la boca sensual. Fingió sonreír, pero sus ojos permanecieron apagados. El miedo se había anclado en ellos; necesitaba verlo, comunicarle lo que había ocultado a todos. Ella misma había negado la realidad durante demasiado tiempo; en breve sería otro secreto a voces en la ciudad.

Con cuidado ocultó su rostro tras el velo y salió en cuanto el coche de alquiler paró frente a su mansión, dio la dirección al conductor antes de cerrar las cortinillas de las ventanas. En el interior olía a cuero y sudor, una combinación que le revolvió el estómago. Se llevó a la nariz un pañuelo húmedo de colonia e hizo lo posible por respirar de manera superficial.

En el barrio más bohemio de la ciudad, Becky bajó del coche y entró en un edificio que otrora había sido una majestuosa mansión. El abandono la había convertido en una triste réplica ajada de lo que había sido en el pasado. Subió las escaleras del palacete reconvertido en pensión para artistas por un pintor venido a menos. En el tercer piso el olor a trementina y óleo le provocó una nueva náusea. Se ordenó calmarse, lo último que quería era perder los estribos delante de Jason.

El simple hecho de evocar a su amante le produjo un pellizco en el corazón. Jason había sido el único en traspasar sus barreras, la había seducido con sus maneras dulces, sus miradas ardientes y sus poemas atrevidos, incendiarios para el corazón helado de Becky. Aun así se había resistido, no por sentido del decoro, ni por respeto a su esposo o por un falso puritanismo. Se había resistido porque había presentido que Jason le robaría algo más que unas horas de pasión en una cama. El joven pintor había sido testarudo y ella había cedido finalmente, a sabiendas que uno de los dos acabaría pagando las consecuencias de su locura.

Sus pisadas se hicieron más livianas y todos sus temores desaparecieron al pensar en las tardes que había pasado en el estudio de Jason. Desde que los habían descubierto juntos, no había vuelto a saber de él. Le había mandado cartas, todas ellas le habían sido devueltas sin una explicación. Se había enfurecido al principio: nadie le daba la espalda a Becky, pero todo su orgullo se había venido abajo. Necesitaba saber de él, verlo, tocarlo, abrazarlo y confesarle lo que la atormentaba desde hacía unas semanas.

Delante de la puerta de Jason se recompuso, adoptó una mirada desafiante y golpeó con los nudillos. Al otro lado no se oyó nada. Insistió con más fuerza, mostrándose menos arrogante. La respuesta fue el mismo silencio, que empezaba a angustiarla.

—Nadie abrirá.

Una mujer la estudiaba con indiferencia desde el otro lado del pasillo. Vestía una bata mal cerrada que dejaba a la vista buena parte de sus pechos y las piernas. No tenía ni veinte años; lucía con indolencia su belleza adormecida y despeinada. Fumaba un cigarrillo liado y en la otra mano sostenía una taza desportillada que olía a café.

Becky la envidió al momento, la joven acababa de levantarse, seguramente se había despertado en brazos de un hombre, que la había amado de manera apasionada. Entornó los ojos, estaba acostumbrada a las modelos que rodeaban a los pintores, pero en el caso de Jason los celos la carcomían. Si esa mujer era la sustituta que Jason se había buscado para olvidarse de ella, los problemas no habían hecho más que empezar para la joven y el pintor.

—¿Y cómo lo sabe?

La joven dio una calada y dejó que el humo saliera despacio de entre los labios mientras mantenía los ojos entornados. De su persona emanaba un aire de abandono, casi enfermizo, que tanto atraía a los pintores. Era una belleza angulosa de ojos hundidos, ojerosos, mejillas afiladas, nariz larga y boca grande. Una belleza ajada de manera prematura por el alcohol, el opio y el hambre.

—Se lo llevaron tres tipos. —Soltó una risita ronca—. Por Dios, tres tipos para llevarse a Jason, que apenas puede con un pincel.

La joven bebió un trago de café y se pasó un pie por la pantorrilla de la otra pierna mientras se apoyaba en el marco de la puerta. Dejó a la vista un poco más de su cuerpo. Incómoda, Becky apartó la mirada del triángulo de vello moreno que vislumbró y clavó los ojos en su rostro.

—¿Y qué ocurrió?

—Pues no mucho. Esos tipos regresaron sin él, embalaron sus

cosas, o, mejor dicho, lo tiraron todo a una carreta y avisaron a George que no contaran con Jason porque iba a hacer un viaje muy largo.

—¿Un viaje? —susurró Becky sin aliento.

De repente ya no le importaba la desfachatez de esa mujer, ni que llevara demasiados minutos a la vista de cualquiera que pasara por ahí. Una nueva náusea la dejó sin aliento. Tragó con desesperación. Su pregunta era retórica, ya sabía quién estaba detrás el supuesto viaje de Jason.

—Eso dijeron, pero al día siguiente encontraron un cuerpo con la cara destrozada en Point Lobos. ¿Se encuentra mal? —La mujer tiró el cigarrillo, indiferente a la quemadura que dejaría en el suelo de madera, y se acercó a Becky—. ¿Es usted su señora B?

Asintió sin abrir la boca. A su alrededor las paredes empezaron a ondularse. Se apoyó en la barandilla del rellano, cerca de las escaleras y trató de aquietar las ganas de gritar. La señora B era como la llamaba Jason. El recuerdo la golpeó como un latigazo: Jason tumbado sobre la cama mientras ella se arreglaba después de uno de sus encuentros: «¿Cuándo volveré a verte, señora B?» A Becky le había gustado ese apodo en los labios risueños de su amante.

—¿Vio a los hombres? —balbuceó.

—Sí, y eran unos matones que por unos cuantos dólares rompen las piernas o lo que haga falta. Uno de ellos tenía un colmillo de oro, un tipo siniestro.

Habló con una despreocupación que sacudió todavía más a Becky, quien dio otro paso atrás. La mujer la agarró de la capa.

—Cuidado o se caerá por las escaleras.

Pero Becky ya no la oía, no necesitaba más datos para saber que su padre estaba detrás de la desaparición de Jason. No volvería a verlo, la convicción le nacía de las entrañas. No era el primero que desaparecía de su vida de manera tan repentina. Los demás no le habían importado, pero Jason...

No supo si fue una nueva náusea o la certeza de que Jason había salido de su vida para siempre, pero se dobló por la mitad y devolvió el poco desayuno que había tomado esa mañana. No oyó a la mujer llamar a gritos a un tal Georges ni sintió como dos brazos fuertes la alzaban del suelo y la llevaban a una cama. No fue consciente del fuerte olor a pintura, de los lienzos apoyados en las paredes, del que estaba en un caballete a medio acabar donde la joven morena aparecía tumbada en una actitud de total abandono.

Georges Wiggs la dejó sin demasiadas ceremonias sobre las sábanas arrugadas y manchadas. La estudió con un desapasionado interés; su amigo Jason había pagado demasiado caro su encaprichamiento por esos rasgos perfectos, por una señora de Nob Hill. Él prefería las modelos como Allegra; no se hacían ilusiones, sabían en qué consistía el negocio. Era conocido en el mundo del arte por tratar bien a sus modelos; las alimentaba, les daba un techo y una cama mientras trabajaba con ellas. Después dejaban de ser su problema.

Allegra pegó su cuerpo delgado contra la espalda del pintor y apoyó la barbilla en su hombro. Ambos contemplaron en silencio a Becky.

—Suéltale el corsé —pidió Georges tras un rato—. Lo lleva tan apretado que se asfixiará. Y haz que beba algo para quitarse el sabor del vómito. Después la despachas y que no vuelva por aquí.

—Tiene un serio problema —murmuró Allegra, sin apartar la mirada de Becky.

—Sí, pero seguro que será menor que el que ha tenido Jason por su culpa. Por Dios, no debería haber jugado con una mujer como ella. Ni siquiera la quería, solo se divertía.

—Me da lástima.

Georges se deshizo de su abrazo y se puso una camisa sobre el pecho salpicado de pintura. Mientras se la abotonaba, soltó:

—Te aseguro que las mujeres como ella no sienten compasión por las chicas como tú.

Allegra se deslizó hasta un sillón, parecía haberse olvidado de la mujer desmayada en la cama.

—Tengo que ir al barrio chino —susurró antes de morderse la uña del pulgar con nerviosismo.

Georges soltó un suspiro de resignación. Jason había aficionado a Allegra al opio y esta necesitaba cada vez más evadirse en esos antros malolientes. Se sacó del bolsillo del pantalón algo de calderilla.

—Lo siento, pero es lo tengo. Puedo conseguirte comida, pero no pienso pagar tus vicios.

Allegra hizo una mueca, sus ojos cada vez más vidriosos fueron al broche que cerraba la capa de Becky.

—No se te ocurra robarle nada —la advirtió Georges antes de salir de la habitación.

Allegra esperó a que Becky volviera en sí. La ayudó a levantarse mientras le susurraba algo a cambio de una buena suma de dinero. Becky asintió, de repente aterrada ante la idea de verse sola. Su suegro no ignoraría una nueva afrenta pública. Sería otro escándalo que su padre trataría de sofocar sin éxito. Gideon. Al pensar en su padre, una nueva náusea la sacudió.

65

—¿Qué te parece?

Eric se hizo a un lado para que Lilianne echara un vistazo al bulto que presentaba el paciente. La situación era embarazosa para el pobre hombre, que permanecía estoico en pie con los pantalones bajados hasta las rodillas mientras una mujer le toqueteaba la protuberancia que le había salido en la ingle. Sin embargo, a ella no parecía incomodarla, palpaba y miraba desde varios ángulos el bulto mientras hacía preguntas al paciente.

—¿Dónde trabaja, señor Hawking?

—Soy estibador, cargo y descargo las mercancías de los barcos que llegan al puerto.

Lilianne hizo una mueca que el hombre no vio y le pidió que se vistiera. El paciente se apresuró a obedecer. Una vez adecentado, se sentó donde Eric le señaló.

—¿Y bien, doctor? —inquirió sin mirar a Lilianne, que estaba sentada junto a Donner.

—¿Señorita Parker, puedes explicárselo al señor Hawking?

Ella carraspeó y le explicó en qué consistía su problema con palabras sencillas. El hombre se los quedó mirando con el aspecto de un inocente ternero.

—Lo lamento, señor Hawking, pero solo tiene dos soluciones —le explicó Lilianne—. Una es dejar de ejercer tanto esfuerzo; la otra es operarse. En ambos casos tiene que tomar una decisión difícil.

—¿Operarme? —exclamó el hombre con voz aguda.

Donner tomó la palabra.

—No voy a andarme con rodeos, señor Hawking. La operación es delicada y no son pocos los pacientes que fallecen durante o después de la operación por las complicaciones. Pero si no lo hace, llegará un momento en el que no podrá levantar más que una pluma. Corre el riesgo de estrangular la hernia y eso es extremadamente peligroso. Hablaré con un compañero cirujano del hospital universitario y le comentaré su caso. Una vez tenga las respuestas, volveré a verle. Lo lamento, ojalá pudiera hacer más por usted.

Hawking se marchó cabizbajo ante el sombrío futuro que le esperaba. En cuanto se quedaron solos, Lilianne soltó un gruñido y se puso a caminar por la consulta.

—En estos momentos es cuando me pregunto si vale la pena. La vida de ese hombre no volverá a ser la misma, se opere o no de esa hernia. Y no podemos hacer nada, excepto mandarle a un hospital donde muchas veces los pacientes caen en manos de estudiantes inexpertos. No es justo. Cuando esos estudiantes se convierten en cirujanos experimentados, dejan de lado a los pacientes como Hawking.

—Cuando te enfrentas a un caso como este, tienes que pensar en los que has salvado y en los que salvarás en el futuro. No pierdas la fe. Aquí te dejo una lista de escuelas de medicina para mujeres, míralas y dime cuál te parece más adecuada. Yo apostaría por la de María Zakrzewska, es muy estricta, pero también de las mejores. —Eric se puso en pie y se quitó la bata blanca—. Márchate a casa, medítalo y procura descansar, tienes ojeras... aunque... —Le echó una mirada de reojo—. Se te ve radiante.

Lilianne quiso decirle que jamás había dormido tan poco y, sin embargo, nunca se había sentido tan espabilada ni tan feliz.

Fuera Willoby la esperaba junto a los tres perros, que se le acercaron husmeándole las manos entre gañidos.

—Me los he llevado a la playa y casi se han vuelto locos corriendo de un lado a otro, ladrando a las focas.

—Ten cuidado, están acostumbrados a cazar y llevan mucho

tiempo inactivos. ¿Dónde está el pillo de Tommy? Me sorprende que no esté contigo.

—Hoy tenía que hacer más entregas para la panadería, después iré a por él.

—¿Tommy ha vuelto a frecuentar la banda de Julius?

—No lo creo, señorita, lo tengo bien vigilado.

Se subió al cabriolé sin nada en mente, pero justo cuando Willoby chasqueaba la lengua y agitaba las riendas, una silueta captó la atención de Lilianne. No pudo verle la cara con claridad, ni vio nada extraño, pero un estremecimiento la recorrió. En cuanto se alejaron, la apartó de sus pensamientos. El regreso fue tranquilo, Willoby le hablaba de las nuevas estanterías que había recibido Amalia. Lilianne adivinó sus intenciones, se le veía impaciente.

—Ve a ayudarla con esas estanterías cuando me dejes en casa, pero antes vayamos a encargar la máquina de coser para Amalia.

—Eso está hecho, señorita. Se pondrá loca de contenta.

En los almacenes se hizo con lo que se había propuesto comprar, pero en el último momento decidió añadir algo para Willoby, que se había quedado fuera con los perros. Se paseó por los pasillos entre mostradores repletos de prendas. Al pasar por delante de un espejo, vislumbró la silueta de un hombre que había visto anteriormente delante de la consulta de Eric aquella misma tarde. No quiso dejarse llevar por la suspicacia, encargó unas botas para Willoby y se dirigió hacia la salida.

Volvió a cruzarse con el mismo hombre. No había lugar para dudas, el desconocido la miraba a ella, no había sido un cruce casual de miradas. Ella se quedó parada mientras el desconocido se perdía entre el gentío; su rostro le había provocado una honda turbación sin saber la razón. Se reunió con Willoby, quien la recibió con una sonrisa que la tranquilizó.

—¿Ha encontrado lo que necesitaba? —preguntó al tiempo que le abría la puertezuela del cabriolé.

—Sí, lo mandarán a casa mañana por la mañana. Dime, Willoby, acaba de salir un hombre. Llevaba un traje claro, un bombín y un bastón negro. —Al terminar la descripción se dio cuenta de que casi todos los hombres que pasaban por la acera presentaban el mismo aspecto—. No importa. Volvamos a casa, cuanto antes lleguemos, antes podrás ayudar a Amalia. Pero no le digas nada de la máquina de coser, es una sorpresa.

En la puerta de Violette Lilianne supo que ocurría algo en cuanto vio la sonrisa vacilante de Melissa. El sombrero, el bastón y los guantes en la mesita de la entrada le confirmaron sus sospechas y le aclararon la identidad de la inesperada visita.

—Un caballero la espera en el saloncito.

Durante unos segundos barajó la posibilidad de marcharse, dejar atrás lo que la esperaba en el salón. Aun así le entregó a la doncella su sombrero, los guantes y la sombrilla. Llamó antes de entrar y se quedó petrificada ante Aidan. Los sentimientos se agolparon: la alegría de verlo, la tristeza por lo que tenía que decirle y la nostalgia porque sospechaba que estaba a punto de perder a un amigo.

Violette se puso en pie; se toqueteaba el filo de las mangas con nerviosismo y sus ojos intranquilos iban de uno al otro.

—Yo... yo tengo... —balbuceó—. Si me disculpan...

Salió dejando a Aidan perplejo por la tensión que se había adueñado de la estancia en apenas unos segundos. Tendió las manos a Lilianne en cuanto se quedaron solos. Ella se acercó, no tan rápido como habría hecho unos meses atrás. Cada paso le resultaba más difícil que el anterior. Se le veía más delgado, más pálido, pero seguía siendo el hombre que la había ayudado a superar una etapa dolorosa, cuando creía que Cooper la había traicionado. Una vez estuvo a su lado, la abrazó y ella se lo devolvió, pero cuando Aidan se inclinó para besarla, Lilianne giró la cabeza y los labios de Aidan dieron con una inesperada mejilla. Ambos se quedaron quietos; él, confundido y herido por el claro rechazo de Lilianne; ella, nerviosa y apenada. Una desagradable cautela se dilató entre ellos.

Ella tomó asiento en un sillón en lugar de hacerlo en el sofá de dos plazas donde se habían sentado tantas veces juntos. El gesto de Aidan se crispó.

—Ignoraba que habías regresado —susurró Lilianne tratando de disipar el desagradable silencio que se interponía entre ellos.

Hizo lo imposible por sonreírle, pero le salió una mueca.

—¿Qué ocurre, Lilianne?

Se removió en su asiento, buscó las palabras sintiéndose cobarde por no atreverse a decirle sin rodeos la verdad.

—Lamento tu pérdida... —musitó por lo bajo, sin mirarle.

—Te lo agradezco.

Lilianne asintió sin alzar la vista de sus manos entrelazadas sobre el regazo.

—Dime qué te ocurre —insistió Aidan—. Tu tía se ha comportado de manera extraña y ahora tú apenas me miras.

Ella volvió a pensar en las palabras que debía decirle, en cómo suavizar la ruptura de su compromiso.

—En ese caso hablaré yo —empezó Aidan, ante la vacilación de Lilianne—. Como sabes, mi padre ha fallecido. Mi madre me ocultó la gravedad de su estado, solo me dijo que había empeorado. No llegué a tiempo, murió mientras cruzaba el Atlántico.

Lilianne alzó el rostro de repente. El gesto de Aidan era solemne.

—Lo siento —manifestó con sinceridad—. Sé cuánto querías verlo.

—No ha sido sencillo porque no fue lo único que me ocultó. —Respiró hondo mientras apartaba la mirada de Lilianne—. Mi hermano Anthony se ha convertido en el octavo conde de Annandale, pero...

Se pasó una mano por la frente, después fue hasta la chimenea y estudió durante un instante las estatuillas que adornaban la repisa. Lilianne se reunió con él. No se atrevió a tocarle, lo que la entristeció aún más. En otro tiempo le habría abrazado, le habría hablado para calmar la aflicción que percibía en él. Por lo contrario, permaneció quieta, esperando a que prosiguiera.

—Mi hermano padece tuberculosis. El invierno pasado estuvo a punto de morir. No lleva bien el clima frío y húmedo de

Escocia. Se marchará el mes que viene a Italia, en concreto a una pequeña isla al sur, donde le médico le ha recomendado que pase el invierno.

Lilianne cerró los ojos; por muy robusto que fuera un hombre, la tuberculosis solo auguraba una muerte prematura. A pesar de todas sus reservas, le acarició el antebrazo que descansaba sobre la repisa. Él la miró por primera vez desde que se había puesto en pie.

—¿Sabes lo que significa eso? —preguntó en voz baja.

—Pero tu hermano está casado, puede tener un hijo... Tu vida está aquí. Te gusta San Francisco...

Acalló de golpe al tomar consciencia de lo que estaba haciendo. Las decisiones de Aidan ya no eran de su incumbencia. La brecha entre ellos acababa de hacerse más ancha, más insalvable.

—Lilianne, mi hermano lleva ocho años casado y no ha tenido descendencia. No creo que ahora nazca un heredero. Cuando Anthony fallezca, me convertiré en el noveno conde y tendré que ocupar mi lugar en la Cámara de los Lores. No es el futuro que había trazado. Todo ha cambiado. Tengo que... que casarme con una mujer que...

Él desvió la mirada hacia el hogar apagado de la chimenea, mientras que a ella se le escapó el aliento de manera entrecortada.

—Que dedique cada día de su vida a apoyar tu carrera política —susurró ella.

Aidan asintió en silencio con pesar.

—Sé que para ti sería un paso muy difícil de sobrellevar. Quizás en unos años esa actitud conservadora cambie, pero de momento debo mostrar una actitud intachable, así como mi esposa.

Lilianne, que se había propuesto romper su compromiso, escuchaba como Aidan lo hacía en su lugar.

—Aidan...

—Anoche mi intención era plantearte esta nueva situación de manera mucho más atractiva, pero después de leer esta entrevista...

Se sacó del bolsillo un ejemplar del *Examiner* y lo abrió donde estaba lo que pretendía que leyera. Lilianne reprimió una sonrisa al ver dos retratos de Cooper: uno de cuando vivía en el Yukón, el otro mucho más reciente.

—Se llama Cooper Mackenna —afirmó Aidan—. Lo último que supe de ti era que pensabas viajar hasta esa región de Canadá en su busca y esta mañana me entero que él está aquí. Lilianne, ¿no me merezco una explicación?

Ella se sentó en el sofá y palmeó el sitio libre a su lado. No había vuelta atrás, había llegado el momento de sincerarse. Le contó su viaje, su intención de conseguir una confesión de abandono que agilizara el divorcio y los siguientes acontecimientos. Él la escuchó con una mirada ausente. Al acabar, esperó a que Aidan reaccionara. Temía sus acusaciones, no soportaría que se despidieran enemistados.

—¿Te das cuenta de lo afortunada que eres? —murmuró él para sorpresa de Lilianne—. Si pudiera estar tan solo una hora con Isabelle, lo tiraría todo por la borda por ella, por volver a verla, abrazarla... —Meneó la cabeza—. ¿Y pensabas que te iba a reprochar esa inesperada oportunidad? Dios mío, Lilianne, creí que me conocías, que eras más intuitiva. Lo único que lamento es perderte. —Le cogió una mano y se la apretó suavemente—. Siempre hemos sido sinceros el uno con el otro, compartimos un profundo afecto y creo que habríamos sido felices juntos, pero jamás nos habríamos amado como ambos sabemos amar. Es algo que sucede solo una vez en la vida. No la desaproveches y lucha por ello, Lilianne. Yo lo haría aunque tuviese que enfrentarme al mundo entero.

Ella se echó a sus brazos mientras rompía a llorar. La acunó al tiempo que hablaba.

—Sé feliz por los dos —le susurraba él—. Vive lo que yo no podré vivir. Me marcharé a Escocia en cuanto ponga en orden los asuntos de mi suegro. Después pasaré el invierno en Londres...

Enmudeció, las palabras sobraban. Ambos sabían que no había vuelta atrás. Permanecieron abrazados mientras la luz menguaba en el exterior. El silencio los arropaba, les brindaba una despedida que los dividía. Aidan envidiaba la maravillosa oportunidad que se le ofrecía a Lilianne a la vez que se alegraba por ella. Había sido sincero al reconocer que si se le ofreciera una única posibilidad de volver a ver a Isabelle, aunque fuera una hora, renunciaría a todo lo demás. Y solo por eso Aidan era de las pocas personas que podía entender la ruptura de su compromiso sin acusaciones ni rencor, porque daría media vida por abrazar a Isabelle. Pero antes de salir definitivamente de la vida de Lilianne, por mucho que le doliera, necesitaba ponerla en guardia e informarla del sorprendente descubrimiento que había hecho su abogado.

—Querida, antes de irme tenemos que hablar de varios asuntos. —Esperó a que ella se enderezara. Le ofreció su pañuelo; acompañó el gesto con una sonrisa melancólica, que se tornó severa en cuanto Lilianne se serenó—. Mientras estuve en Inglaterra, Gideon ha estado mandando cartas a mi oficina de Nueva York para proponerme nuevos negocios. Sus proyectos son todos disparatados, ningún socio apostaría por esos desvaríos, pero él parece convencido de que saldrán adelante. Agradezco que me hayas contado cara a cara el nuevo giro que ha dado tu vida, pero ¿lo sabe tu padre? No creo que Gideon permanezca de brazos cruzados cuando se entere de tus intenciones. Esta mañana se ha presentado en mi despacho; quería que anunciáramos nuestro compromiso en el *Examiner* en primera página. No sé si le he convencido de no hacerlo, le dije que antes tenía que hablar contigo.

—No cejará en su empeño, lo sé. Y no lo niego, estoy asustada.

Aidan le acarició una mano.

—Si me necesitas mientras esté en San Francisco, cuenta conmigo.

—Te lo agradezco.

—Lilianne... —Pareció meditar lo que se proponía añadir—. Antes de marcharme pedí a mi abogado que investigara... —le echó una mirada de soslayo—, que investigara tu matrimonio con Mackenna. Pensaba agilizar el divorcio.

Carraspeó, incómodo. Lilianne esperó, sorprendida.

—¿Y?

Aidan le propinó un apretón de manos como última muestra de afecto.

—No creo que cambie nada... me refiero a tus intenciones y las de Mackenna, pero...

Volvió a carraspear.

—Por favor, Aidan...

Él tomó aire y lo soltó despacio. Se sacó del bolsillo interior de la chaqueta un sobre. Lilianne se resistió a cogerlo, no presagiaba nada bueno; con todo, se hizo con él y lo abrió. Necesitó leerlo dos veces para entender las implicaciones y después tomó aliento al tiempo que dejaba caer el informe al suelo.

—No puede ser —susurró, lívida.

—Mi abogado me ha entregado el documento hoy, creí que te alegrarías, pero dada la nueva situación... Lo siento. Piensa que no es un obstáculo insalvable.

Aidan volvió a tomarle una mano para besársela con una corrección que entristeció a Lilianne. Se olvidó de su nueva inquietud y le dedicó una sonrisa temblorosa. Ya no quedaba nada que añadir, todo lo que se dijeran después no serían más que palabras vacías de sentido. Él se dirigió a la puerta con la cabeza gacha.

—¡Aidan!

Se abrazó a sí misma, pendiente del rostro de Aidan, que la miraba por encima del hombro. Se sentía dividida entre lo correcto, que era dejarlo marchar, o ser egoísta y resistirse a perderlo. Ignoraba qué decirle, cómo pedirle algo sinsentido. Dejó que fuera su corazón el que hablara por ella.

—No quiero perderte así, decepcionado conmigo. No quiero que un hombre tan bueno como tú desaparezca así de mi vida, pero ignoro qué hacer o qué decirte.

Aidan volvió a su lado al percibir su desconsuelo. Tomó sus dos manos entre las suyas y se las presionó con suavidad.

—No me voy decepcionado, Lilianne. Siento envidia y lamento no tener una oportunidad como la tuya. Ambos sabemos que de momento es imposible mantener una amistad, que presumo que es lo que esperas de mí. Pero te prometo una cosa: cuando tenga que comunicarte una buena noticia, una que cambie mi vida, te buscaré y te lo haré saber. —Le besó los nudillos—. No te olvidaré, te tendré presente en todas mis plegarias. Y... ¿quién sabe? Quizás un día volvamos a vernos.

Se marchó dejando en Lilianne una profunda sensación de pérdida. Acababa de ver como un buen hombre se marchaba con el corazón malherido, no por ella sino por saber que jamás podría vivir esa milagrosa segunda oportunidad que se le había presentado a Lilianne.

Se agachó para coger el documento que Aidan le había entregado. Volvió a leerlo y el asombro regresó. Le pareció tan irónico que se miró la mano donde brillaba el diamante que Cooper le había regalado. ¿Cambiaba algo? No, absolutamente nada.

Violette, pálida y visiblemente alterada, interrumpió sus meditaciones; sujetaba una nota en una mano.

—Un mensajero acaba de dejar una nota de Becky. Pide que acudas de inmediato a esta dirección.

Leyó la nota y, como a su tía, le produjo inquietud. No le pedía que se reuniera con ella, sino que le suplicaba que fuera a por ella.

—El mensajero se ha marchado de inmediato; era un chino —añadió Violette en un susurro apremiante, mientras se retorcía las manos—. Y Willoby no ha regresado aún. No puedes ir sola. Esa dirección está en el barrio chino. Esas calles son peligrosas a estas horas.

—Ordena a Melissa que me consiga un coche de alquiler.

66

El coche de alquiler se detuvo en la esquina de las calles Waverly Place y Clay, donde se elevaba un edificio de dos plantas de aspecto decrépito. De la cornisa de chapa colgaban unos farolillos redondos de vidrio rojos, que arrojaban una difusa luz en la acera húmeda por la niebla. En la puerta, varios chinos los observaban con recelo. Casi todos vestían pantalones holgados y túnicas de cuello fino. Algunos llevaban bombín, otros una cazoleta negra que solo tapaba la coronilla. Lo que todos tenían en común era la mirada desconfiada y la larga trenza que les llegaba a muchos hasta la cintura.

El barrio chino era el último reducto de la miseria en San Francisco; el alcalde y demás miembros influyentes de la ciudad ignoraban a los que vivían en condiciones insalubres, hacinados en viviendas en estado ruinoso. Unos años antes, los chinos habían sido apreciados por su discreción, docilidad e eficiencia como miembros del servicio en las mansiones y en los hoteles, pero desde el desplome de la economía se habían convertido en los enemigos de los trabajadores blancos, quienes los responsabilizaban de todos los males del país. Los que se atrevían a salir de su barrio sufrían linchamientos y los negocios fuera de los límites del barrio chino eran destrozados ante la indiferencia de los policías. Por el temor a las agresiones, los chinos apenas salían de su barrio y nadie se preocupaba de ellos ni de lo que ocurría entre sus calles, a menos que atañera a un miembro influyente de la ciudad. Los blancos que frecuentaban el barrio chino buscaban placeres exóticos y clandestinos en los muchos burdeles y bares que jalonaban sus calles. Para los incautos fisgones, algunos pillos organizaban por unos pocos centavos visitas a los fumaderos. El barrio chino despertaba fascinación y rechazo, a partes iguales. Para todo lo demás, esas calles estrechas y sus habitantes no existían para el resto de la ciudad.

Cooper ordenó en voz baja al cochero que los esperara. Después se cercioró de que el revólver oculto en la cinturilla de sus pantalones estuviese bien sujeto. Lilianne solo tenía ojos para la fachada lúgubre, ajena a todo lo que la rodeaba. ¿Qué hacía su hermana en un lugar como ese? Se estremeció al pensar que había vuelto a un fumadero de opio. Comunicó sus dudas a Cooper mientras este la ayudaba a bajarse del carruaje.

—No lo sé. Jamás he puesto un pie en un lugar como este.

Se hizo un pasillo entre los hombres según Cooper y Lilianne se acercaban a la puerta de lo que parecía un bar. Al menos era lo que pregonaba el cartel en lo alto del dintel. Una mujer diminuta ataviada con un conjunto parecido al de los hombres los recibió. Su forma de caminar era peculiar, como si sus pies asombrosamente pequeños pisaran un suelo irregular.

—¿Tú señolita Lilianne? —preguntó con reserva.

—Sí, ¿dónde está mi hermana?

—Tú venil conmigo. Él quedalse aquí —añadió cuando Cooper se propuso seguirla—. Homble no aliba. Solo mujel.

Lilianne dedicó a Cooper una sonrisa que ocultaba el temor por lo que iba a encontrarse. Subió por una angosta escalera que crujía a cada paso. El olor se hizo más penetrante; al aroma de las especias se sumaba el del sudor rancio producido por la falta de higiene, a orines y humedad.

La diminuta mujer se detuvo frente a una puerta; al otro lado se oía un llanto contenido. Lilianne la abrió al reconocer la voz de su hermana. Becky estaba tumbada boca arriba en una cama, se tapaba el rostro con un brazo mientras lloraba sin fuerzas. Corrió a su lado sin prestar atención a lo que la rodeaba. Se arrodilló antes de tocarle con suavidad el brazo lánguido que yacía junto al cuerpo.

—¿Becky?

—Mujel muy mal —exclamó la china desde la puerta—. Yo no quelel problemas. Ella la ha tlaído.

Señaló a una mujer sentada en una silla en un rincón; esta se encogió de hombros antes de ponerse en pie.

—Yo la he traído —reconoció Allegra—, pero ha dejado de ser asunto mío. Ahora me marcho.

—Espera...

Allegra ya había desaparecido por el pasillo. La china permanecía en la puerta con el ceño fruncido.

—Yo no hacel nada —repetía—. Ella muy mal antes de venil aquí. Yo no hacel nada.

—¡Fuera! —gritó Lilianne, cada vez más asustada ante la debilidad de su hermana.

La china cerró la puerta de un portazo, solo entonces Becky salió de su aturdimiento. Apartó el brazo dejando a la vista su rostro de palidez alarmante; apenas se le delineaban los labios y unas ojeras violáceas ensombrecían su mirada turbia.

—¿Lilianne? Oh, Lilianne, has venido... —Rompió a llorar con más fuerza al tiempo que se aferraba a su mano—. No sabía a quién llamar... Dios mío, Lilianne, estoy tan asustada. He cometido una locura, pero estaba desesperada... Ayúdame... Quiero irme de aquí, te lo ruego...

Le acarició el pelo húmedo de sudor para calmarla. Cavilaba qué hacer, cómo llevársela de allí, cuando un olor familiar la alarmó. Apartó la sábana mugrienta. Tragó con dificultad cuando las sospechas se hicieron más evidentes, le abrió las piernas con suavidad y el olor metálico se hizo más intenso. Una hemorragia había empapado el paño que le habían colocado entre las piernas. Echó una mirada a Becky, ya entendía qué locura había cometido.

—Te sacaré de aquí —susurró después de taparla—, te lo prometo. Te llevaré a la clínica del doctor Donner.

—No me dejes sola —gritó al sentir como Lilianne se alejaba hacia la puerta—. No me dejes sola —repitió entre sollozos.

—Voy a pedir ayuda.

Hizo oídos sordos a los ruegos de Becky y bajó corriendo las escaleras. Cooper esperaba junto a la puerta vigilado por varios hombres. Los chinos le estudiaban con una mezcla de curiosidad y recelo. Quizá fuera por la larga trenza de Cooper, la aparente indiferencia que mostraba hacia los que le rodeaban o por su estatura, que superaba con creces a todos los allí presentes. Lo cierto era que el silencio rezumaba peligro.

—Necesito ayuda para bajarla.

La china apareció de repente de un rincón oscuro y se puso a gritar:

—¡Homble aliba no! ¡Homble aliba no! —repetía una y otra vez.

Los hombres se acercaron y uno de ellos se llevó una mano a un bolsillo. Lilianne se adelantó.

—Escuche, si quiere que me la lleve, este caballero tiene que ayudarme.

—¡Homble aliba no! —repitió con un brillo malicioso en la mirada—. Si homble sube, homble paga.

—Es despreciable —espetó Lilianne.

—Déjalo —le aconsejó Cooper, que miraba a su alrededor con inquietud. Se metió la mano en el bolsillo y sacó un pequeño fajo de billetes, que tiró a los pies de la mujer—. Aquí tienes.

La china sonrió al entender que había hecho un trato más que beneficioso.

—Homble aliba, pelo lápido.

Cooper subió de dos en dos las escaleras por donde apenas cabía. Siguió por el pasillo maloliente ignorando las cabezas que se asomaban por las puertas que se iban entornando a su paso. Justo detrás Lilianne le indicaba hacia donde tenía que ir. Abajo se oían las voces de los chinos que hablaban entre ellos. La salida no iba a ser sencilla si, como sospechaba, pedían más dinero por dejarles que se llevaran a Becky.

Entró en la habitación que Lilianne le señaló y permaneció en medio de la estancia. Algo en él se resistía a acercarse a Becky a pesar de los años que habían pasado desde la última vez que se habían visto. El rechazo era visceral, así como el resentimiento. Becky le había mentido, dejando en él ese poso de odio que le había acompañado durante años.

—*Lilianne se deshizo del bastardo* —*le dijo en el jardín, cuando Cooper se había colado meses después de que le hubiesen metido a la fuerza en el* Diana—. *¿De verdad creíste que mi hermana iba a aguantar en un agujero maloliente con un bebé llorón y un muerto de hambre como tú? Por suerte para todos, ha entrado en razón. Ahora está de viaje, mis padres la han mandado fuera con mi tía para que la gente deje de murmurar acerca de la ruptura de su compromiso con Fletcher. Desaparece cuanto antes, Mackenna. Todos te creen muerto, no quiero un escándalo unos días antes de mi boda. Lo echarías todo a perder. Yo mantendré la boca cerrada y tú no volverás por aquí. Si asomas la cabeza, mi padre no se conformará con alejarte de Lilianne...*

Lilianne pasó por su lado y Cooper parpadeó para alejar aquel recuerdo, que le había acompañado durante años.

—Por favor, Cooper, tenemos que darnos prisa —le encomió ella—. Está muy débil.

Dio el primer paso, pendiente del rostro de Becky. Seguía siendo una belleza deslumbrante a pesar de la palidez. No era la primera vez que veía un rostro demacrado con ese color ceniciento; reconoció los síntomas de una considerable pérdida de sangre. Aún reticente, se acercó y esperó a que Lilianne apartara la sábana; la mancha de sangre no le sorprendió, pero no pudo evitar un estremecimiento. Buscó confirmación en Lilianne y esta asintió en silencio con los labios apretados.

Con cuidado la envolvieron en la sábana y Cooper la tomó en brazos. Ignoraba cómo iba a bajar las escaleras tan estrechas con el cuerpo de Becky cruzado a lo ancho. Se la echó al hombro ante la mirada horrorizada de Lilianne.

—Es la única manera de bajar con ella a cuestas. Lo siento.

En el pasillo, los curiosos se habían apiñado alrededor de la puerta. Lilianne se hizo un hueco a codazos y empujones. Bajaron las escaleras a sabiendas que los seguían, pero lo que preocupaba a Cooper era el silencio que se había adueñado de la planta baja. Como temía, cuatro hombres le cerraban el paso; justo delante de ellos la mujer china y un hombre, tan bajito como ella pero aún más arrugado y encorvado, los miraban con una sonrisa ladina en los labios.

—No pasal si no paga —señaló la mujer.

—Ya hemos pagado —le recordó Lilianne.

El anciano dijo algo en voz baja a la china y ella asintió.

—Pagal pala salil o mujel quedalse aquí.

—No tengo nada más encima —le recordó Cooper—. ¿Prefieres que venga la policía a por esta mujer?

El rostro de la china se iluminó con una sonrisa triunfal.

—Policía no sabel que ella aquí y tampoco sabel que vosotlos aquí.

Lilianne se llevó las manos al pecho. Tiró con todo el dolor de su alma al suelo el broche que Cooper le había regalado la noche anterior.

—Ahí tienes —dijo entre dientes—. Y, ahora, déjanos pasar.

La mujer tomó el broche y, después de estudiarlo unos segundos, se apartó al tiempo que murmuraba algo a los hombres. Cooper se sacó el revólver con la mano libre y lo amartilló delante de todos.

—Si pides un centavo más, vieja bruja, serás la primera en recibir una bala entre ceja y ceja. Después será el viejo, y así hasta que acabe con el cargador.

—Es falol —dijo la china entre risitas.

Cooper alzó el cañón hasta que lo tuvo a un metro de la cabeza de la mujer.

—¿Quieres apostar? Diles a tus hombres que se aparten de la puerta. Y no pretendáis jugármela.

La china soltó una retahíla de palabras que Lilianne interpretó como insultos sin que nadie se los tradujera. Se pegó a Cooper cuando este le susurró:

—Coge mi cuchillo, en mi bota.

Ella obedeció sin perder de vista a los hombres y se asombró como ellos cuando sacó un cuchillo de caza. El miedo la sacudía por dentro, apenas lograba hilar dos pensamientos coherentes, pero fingió una pose segura sin saber qué haría con ese cuchillo si no los dejaban pasar.

—Bien, señores —empezó Cooper reajustando el peso de Becky sobre su hombro—. Con lo que lleva mi mujer solemos cazar osos, lobos y leones de las montañas. ¿Alguien quiere probar suerte?

La china disertó con el anciano, que al cabo de un instante capituló de mala gana. Una vez fuera, Lilianne pidió ayuda al cochero, que echaba miradas inquietas a los chinos que se habían agolpado en la puerta. Para alivio de Lilianne, se había hecho con un arma y la blandía para que todos la vieran. Entre los dos lograron meter a Becky, que apenas había soltado unos gemidos, mientras el cochero vigilaba a los hombres de la puerta. Desde el interior Lilianne gritó al cochero la dirección de la consulta de Eric.

El trayecto se le hizo lento aunque el cochero iba a una velocidad vertiginosa azuzado por la recompensa que Cooper le había prometido.

—¿Cómo vas a pagarle si has dado todo lo que tenías a esa vieja bruja? —preguntó mientras intentaba encontrar el pulso a su hermana.

—¿Crees que se lo iba a dar todo? Sabía que no se conformarían con lo que les diera. Al menos me quedaba una última carta si todo fallaba. Lo que no esperaba era que dieras el broche a esa vieja. Era perfecto para ti.

Lilianne le dedicó una sonrisa, que se desvaneció en cuanto su hermana soltó un nuevo gemido.

—Dios mío, que no pierda el conocimiento —susurró.

Al divisar luz en la ventana de la consulta, Lilianne agradeció que Eric estuviese en su despacho. La puerta se abrió justo cuando el coche se detenía delante. Donner apareció ajustándose las gafas, preocupado por la presencia de un carruaje a esa hora. Se adelantó cuando reconoció a Lilianne y la cogió de los hombros al reconocer el miedo en su mirada.

—¿Qué ha sucedido?

Cooper apareció con Becky en brazos. Eric no precisó indagar nada, le señaló la entrada ante la emergencia.

—En la sala de curas, allí tengo todo lo necesario —señaló el médico a la espalda de Cooper, que ya desaparecía en el interior—. Dime qué ha ocurrido, está muy pálida —preguntó a Lilianne antes de entrar.

—Le han practicado un aborto y ha perdido mucha sangre.

En la sala de curas Eric se puso la bata blanca al tiempo que lanzaba órdenes a Lilianne. Cooper salió en cuanto destaparon a Becky y fue a pagar con una generosa retribución al cochero.

—No se marche todavía, podemos necesitarle más adelante.

—Con lo que me ha pagado puedo estar a su disposición toda la noche, pero ya le digo que no pienso volver al barrio chino.

Regresó a la sala de espera. Pensar en lo que esa maldita mujer había hecho le zarandeó como un puño. Apoyó los codos en las rodillas y se tapó el rostro con las manos. Así permaneció largo rato intentando serenarse. No quería pensar en Lilianne nueve años atrás, en esa misma circunstancia, sin haber decidido desprenderse de su hijo. Soltó el aire de manera entrecortada.

En la sala de curas Becky pareció reanimarse, sonrió a Eric.

—El bueno del doctor Donner. Ahora ríñame como a una niña mala.

Lilianne abrió la boca, pasmada. A pesar de su debilidad, su hermana todavía encontraba la manera de ser impertinente.

—No me incumbe reñirla, señora Fulton. Me conformaré con hacer cuanto esté en mis manos para ayudarla. Ahora, si me permite auscultarla, abra las piernas.

Becky obedeció sin dejar de mirar a Lilianne.

—¿Esto es lo que tanto te gusta? A mí me parece repugnante...

Las palabras se convirtieron en un gemido. La mirada de Donner confirmó a Lilianne la gravedad de la situación. Se encogió por dentro de manera dolorosa, por su hermana, por la vida de esa criatura que había sido sesgada de manera tan brutal. Se acercó a la cama mientras Donner se sentaba en una banqueta entre las piernas de Becky. Con cuidado, el médico le palpó el interior de la vagina extrayendo restos de tejido ensangrentado mientras guiaba a Lilianne, que masajeaba la zona inferior del vientre. Al cabo de lo que pareció una eternidad, Eric le puso un nuevo paño entre las piernas y pidió que las mantuviera cerradas. Se acercó a Lilianne para hablarle en un susurro.

—¿Ese hombre que te acompaña es Mackenna? Por supuesto que lo es. —Se pinzó la nariz con gesto cansado—. Voy a pedirle que mande al cochero al club de Reginal. Con suerte lo encontrará allí emborrachándose. Que lo traiga aunque sea a rastras.

—¿No puedes hacer nada por ella?

—¿Dices que le has quitado otro paño que estaba aún más manchado que este? —Lilianne asintió y Eric apretó los labios—. Ha perdido demasiada sangre. Es un goteo constante que no puedo detener. Si no muere desangrada, se la llevará la fiebre. He hecho cuanto he podido, su marido tiene que estar aquí por si...

El médico no acabó la frase y se dirigió a la pila para lavarse las manos.

—No me mientas, hermanita —murmuró Becky en cuanto se quedaron solas. Buscó la mano de Lilianne—. Nunca has sabido mentir, dime la verdad.

Se sentó junto a la cama y acunó entre sus manos la de su hermana. Estaba fría y lánguida. Trató de recordar cuándo la había consolado por última vez, cuándo la había tocado intencionadamente, no un roce casual, y tuvo que remontarse a muchos años atrás, a una infancia casi olvidada.

—Estás muy grave, no voy a negártelo. Pero Eric es un excelente médico...

Una risita, que se convirtió en un suspiro tembloroso, la interrumpió.

—Tú y tus buenas intenciones. No soy médico y sé que no veré amanecer. Abandono este mundo como la mala persona que fui desde que tomé mi primer aliento.

Lilianne agachó la cabeza, asombrada por la frialdad de Becky. Se sobresaltó cuando esta le agarró la mano con una fuerza sorprendente, como si pretendiera aferrarse a la vida a través de su hermana.

—¿Él está aquí?

—¿El doctor Donner? Ha salido un momento, ahora volverá...

—No, hablo de Cooper. Me ha costado reconocerlo. —Trató de sonreír, aunque sus labios, que empezaban a volverse violáceos, apenas se movieron—. Por fin he acabado en brazos de Mackenna —añadió con un brillo retador en la mirada—. Dime que no lo he soñado.

Se acercó a Becky, cada vez más confundida, convencida de que no la había oído bien. Su hermana estaba divagando, no encontraba otra explicación.

—Sí, Cooper me ha ayudado a sacarte de aquel sitio.

—Menudo sacrificio ha tenido que ser para él. Espero que sepas que ese hombre debe amarte mucho para salvarme de morir en ese antro.

—Becky, por lo que más quieras...

Esta resopló y cerró los párpados un instante. Se la veía tan frágil y, sin embargo, seguía esgrimiendo la misma inquina que siempre.

—¿Por qué lo has hecho? —preguntó Lilianne.

—No me sentía con fuerzas de llevar adelante este embarazo. No era de Reginal y él lo habría sabido. Si al menos el padre hubiese estado a mi lado —murmuró con un hilo de voz—, quizás hubiese tenido ese hijo suyo... pero se ha esfumado...

—¿No pensaste en tus hijos?

Becky le clavó una mirada fría.

—Jamás pienso en nadie que no sea yo. ¿No lo recuerdas? Mis hijos apenas me conocen; quieren más a su niñera y no me importa. Solo los tuve para cumplir con lo que se esperaba de mí. Una vez di un heredero a mi suegro, prohibí a Reginal tocarme. —Esgrimió una mueca de asco—. Jamás he soportado el contacto de sus manos siempre húmedas, blandas, indecisas. Dios mío, era como estar con una babosa.

—No digas eso de tu marido, Reginal te ama. Y los hijos siempre quieren a sus madres.

—¿Amas a nuestra madre? —Al ver como Lilianne agachaba la cabeza, se encogió de hombros—. Yo soy peor madre que Ellen. En cuanto a Reginal, solo me inspira desprecio y asco. Obedecí cuando me anunciaron que me iba a casar con él, porque ese matrimonio significaba una liberación para mí, dejaría de estar bajo la tutela de Gideon, pero decidí que Reginal jamás sería mi dueño. No pensaba cambiar una cárcel por otra. He vivido como he querido, Lilianne. Y he amado. Amaba a Jason, pero me lo arrebataron. —Intentó incorporarse sobre un codo; cejó en su intento al no encontrar fuerzas para sostenerse—. Me lo arrebató nuestro padre, como es habitual cuando le molestan. Era un pintor joven que conocí hace algo más de un año. Era guapo a rabiar y pobre. Yo le mantenía, me daba igual su condición, porque cuando me despedía de él, volvía a mi mansión, a mi vida rutilante, a mis fiestas.

Su rostro se suavizó. Fue un cambio fugaz, sorprendente, que se desvaneció al instante. Lilianne la contemplaba, turbada por la desconocida que era su hermana. Anhelaba estar en cualquier otro sitio y se avergonzó de ello. Para más agravio, le hormigueaba la mano que sostenía la de Becky. Quería soltarla, el mero contacto la perturbaba. Hasta la efímera dulzura que había intuido en Becky le resultaba inquietante.

—Habrás oído hablar del escándalo que se armó cuando me encontraron en un fumadero de opio —soltó Becky en un susurro—. No apartes la mirada, la chismosa de tía Violette te lo habrá contado. Otra bienintencionada santurrona. Yo no sentía interés por esa droga, pero quería estar con él. No te engañes, no me mires ahora con pena. Jamás habría abandonado mi vida por Jason. No soy como tú, aborrezco el sentido del sacrificio. Sigo siendo la mocosa que te metía en problemas y disfrutaba siendo el centro de atención. Nací bella, fría y letal, así me describía Jason. Para que te convenzas, porque tu mayor flaqueza es la compasión, te confesaré una cosa: fui la que os denunció cuando os fugasteis. Si después de eso sigues tentada de perdonarme, habrás ganado un lugar privilegiado en el Cielo.

Esa vez le salió una sonrisa de oreja a oreja como si hubiese conseguido una victoria sobre su hermana. Becky disfrutaba ante la confusión de Lilianne como una gata que se divertía atormentando a su presa.

—Os seguía a todas partes. A ti y a Cooper. Estabais tan ensimismados en vuestro idílico amor que no os dabais cuenta. Erais tan tiernos, tan apasionados. Fue muy instructivo espiaros y aún más divertido delataros cuando os fugasteis.

Lilianne quiso apartar la mano, pero Becky se la asió con más fuerza clavándole las uñas. La tenía viscosa por el sudor frío; le recordó la piel de una serpiente. Y como las serpientes, Becky era imprevisible. Acababa de asestarle un golpe brutal y cruel.

—Durante unos días fue divertido ver a nuestro padre enfurecido y a nuestra madre retorcerse las manos como una santa. Incluso la vi llorar, nunca la he visto llorar por mí —musitó por lo bajo con el ceño fruncido—. Me cansé al cabo de una semana y fui a hablar con Charles Jordan. ¿Recuerdas ese detective? Probablemente no llegaste a conocerlo tan bien como yo. No me atrevía a hablar con Gideon por si se enfadaba conmigo, así que engatusé a Jordan, le susurré entre lágrimas que sabía dónde estabas, pero mi padre no podía averiguar cómo lo había descubierto. Mi actuación fue soberbia, te habría convencido a ti también. —Soltó una risita infantil que sonó siniestra—. El tipo fue a por vosotros, llevándose así todos los honores. Y yo conseguí lo que quería sin verme involucrada.

Lilianne tironeó de la mano hasta verse libre y se puso en pie, asqueada. Dio un paso atrás. El estómago se le había encogido de manera tan dolorosa que temió vomitar.

—¿Por qué? —musitó con los ojos muy abiertos—. ¿Eres consciente del daño que nos hiciste?

Pensó en el calvario de Cooper, en su propio tormento. Hizo lo posible por serenarse porque en ese mismo momento solo pensaba en gritarle que no era una mala persona, sino un monstruo egoísta.

—Quería lo que tú tenías —proseguía Becky, indiferente al tormento que estaba infligiendo a Lilianne—. Me insinué a Mackenna y me despachó como a un insecto molesto. Ese muerto de hambre me llamó mocosa egoísta, a mí. No le perdoné. Ni a ti por vivir algo que me atraía; ansiaba sentir algo tan intenso como sentías tú, que alguien me mirara como te miraba Mackenna. ¿Te ha contado que vino en tu busca meses después de su desaparición? Se coló en nuestro jardín; parecía agotado, hambriento y enfermo, aun así vino a por ti. Eso me molestó más que cuando me rechazó. Le mentí, le dije que te habías desembarazado del bebé y que estabas de viaje con nuestra tía, disfrutando de las delicias de la vida de los privilegiados. No podía soportar que tuvieses lo que yo no podía tener.

»Y hace un año se presentó un hombre en casa de Gideon, dejó una nota para ti citándose contigo. Me hice con ella y me presenté en tu lugar. Ese pelele me dijo que sabía dónde podía encontrar a Mackenna. Le despaché, no lo quería de vuelta y que se supiera que había ocultado que seguía con vida. Soy así, Lilianne. Como una abeja, pico hasta la muerte. Los Parker estamos podridos.

Los ojos febriles de Becky la tenían hipnotizada. En ellos reconoció el mismo destello que había vislumbrado en Gideon. La locura brillaba en el fondo como una llama que lo consumía todo. Becky había sabido en todo momento que Cooper no había fallecido y se lo había callado, aun cuando Lilianne había aspirado a casarse con Aidan. La sensación de traición se agudizó hasta convertirse en un grito que se le quedó atascado en la garganta. Le costaba respirar. El resto de compasión que aún albergaba fue sustituida por una ira incontrolable. Solo atinaba a negar con la cabeza, cualquier pensamiento racional se le escapaba antes de darle forma.

—Estamos podridos, Lilianne —repetía, ya sin fuerzas—. Todos estamos podridos...

Reuniendo las pocas fuerzas que le quedaban, volvió a agarrar la muñeca de Lilianne. Esa vez le clavó las uñas sin compasión.

—Abre los ojos de una vez por todas, hermanita —susurró con apremio—. Yo soy como soy, pero recuerda que nuestro padre es aún peor que yo. Jamás estarás a salvo mientras Gideon viva. No te dejará en paz, te buscará allá donde vayas y te destruirá como me destruyó a mí. Prométeme una cosa —le urgió Becky, sin aliento.

En respuesta, Lilianne parpadeó. Era consciente de las uñas que se le clavaban en la muñeca, pero los ojos atormentados de Becky la tenían prisionera.

—Prométeme que jamás consentirás que Gideon se quede con mis hijos...

—Reginal es su padre —atinó a balbucear.

La presión en la muñeca se incrementó hasta arrancarle un gemido.

—Reginal no es más que un pelele de su padre y de Gideon. Le descuartizarán en cuanto ya no les sea útil. Nunca sabrá cuidar de sus hijos. Deberían haberlo sacrificado como se hace con los cachorros enfermizos. Prométeme que velarás por Genevieve y Edwin. Es cuanto haré de generoso por ellos.

Lilianne asintió, aturdida, dolorida y, por encima de todo, asustada. Becky la soltó y cerró los párpados.

—Ahora vete —le ordenó.

—Te compadezco, Becky —logró susurrar—. Ignoro cómo has podido vivir con tanto odio en tu interior. Prefiero ser lo que soy, aunque te parezca débil. Siento el dolor que vas a infligir a tus hijos, pero si pretendes que te odie, si quieres que viva con esa amargura que te ha consumido, no lo consentiré.

Salió de la sala a trompicones, azuzada por la maldad que transmitía Becky, y fue directa a Cooper, que la estrechó entre sus brazos. La meció despacio sin decir nada, dejándole que exteriorizara su congoja.

Donner meneó la cabeza antes de meterse en la sala para velar a Becky.

—Tranquila —le susurraba Cooper—. ¿Qué te ha dicho para trastornarte tanto?

Lilianne negó contra su pecho. Se aferraba a él como si se fuera a ahogar. No quería repetir las insidiosas palabras de Becky ni sus constantes traiciones. Hasta en su último aliento, su hermana escupía veneno, decidida a dañar a los demás, pero Lilianne no añadiría más dolor a los recuerdos de Cooper. Lo que le había hecho su familia era imperdonable. ¿Quién había sido Jason para despertar en una persona como Becky, incapaz de amar a nadie, un conato de enamoramiento? No lo sabría porque seguramente el pobre hombre estaría pudriéndose en algún rincón. Su familia destruía cuanto tocaba.

—Vámonos de aquí —pidió con voz ahogada. Se limpió las lágrimas con la manga y trató de sonreír—. Ya he hecho cuanto estaba en mis manos.

Reginal y Gideon irrumpieron en la sala de espera; el primero mostraba una expresión azorada, mientras que el segundo los fulminaba con una mirada glacial.

—¿Qué significa esto? —bramó Gideon.

Lilianne se colocó delante de Cooper. Este reprimió una sonrisa, le estaba protegiendo con su cuerpo, como si él no fuera capaz de defenderse ante su padre. Le extrañó no estallar en un arranque de odio al verlo, solo sentía una indiferencia precavida. Le estudió por encima de la coronilla de Lilianne, sorprendido de estar en presencia de un hombre anodino de aspecto ajado a pesar del elegante frac que llevaba puesto. Todo rastro del miedo que le había inspirado había desaparecido, solo quedaba prudencia al saber de qué era capaz Gideon.

—Es Becky —le informó Lilianne. Desvió la mirada hacia su cuñado—. Está en esa sala con el doctor Donner. —Le señaló la puerta y esperó a que desapareciera. Después volvió a mirar a su padre. Ambos recordaban su último encuentro—. Han practicado un aborto a Becky que ha salido mal. No se puede detener la hemorragia, se está desangrando

—¡Eso es mentira! —Su grito retumbó en la sala de espera. Dio un paso adelante, amenazante—. Eres capaz de dejarla morir por tus celos. Jamás serás como ella —siseó con malicia—. Solo eres una miserable copia de Becky.

Lilianne se encogió de hombros, aparentando una seguridad que no sentía.

—Me temo que lo que le ha dicho Lilianne es cierto —corroboró Eric.

Cerró la puerta dejando a solas a la pareja en la sala de curas. Con tacto se colocó de manera que podía controlar a Gideon por si este perdía los estribos e intentaba agredir a Lilianne. Echó una mirada a Cooper, ese hombre le preocupaba más que Parker. Su rostro no reflejaba nada; sin embargo, la tensión en sus hombros le delataba. Cuanto más callado se mostraba, más peligroso le parecía a Eric.

—¿Y qué hace ese bastardo aquí? —exclamó Gideon señalando con la barbilla a Cooper.

—Se llama Cooper, padre, por si lo has olvidado. Y me ha ayudado a traer a Becky hasta aquí.

Su voz se afianzaba según hablaba. Cooper le transmitía su fuerza solo con estar a su lado. Quizás un día lograría enfrentarse a Gideon, sin la necesidad de apoyarse en nadie. Un día no muy lejano, presentía.

—Calla de una vez —espetó Parker.

Por su parte Cooper no perdía de vista a Gideon, tratando de entender cómo en el pasado le había tenido tanto miedo. Ambos habían cambiado. A pesar de su actitud arrogante, Gideon mantenía una cierta reserva. Como todos los cobardes, no se enfrentaba directamente a Cooper, lo hacía a través de su hija. Soltó un suspiro de hastío y apartó a Lilianne.

—Si quiere insultarme, hágalo mirándome a la cara, pero deje en paz a Lilianne.

—Hago lo que quiero, pordiosero. Esa bastarda —añadió señalándola con un dedo— ha sido la ruina de esta familia. La peor zorra...

Las palabras fueron interrumpidas por un puñetazo de Cooper. Gideon trastabilló hasta quedar sentado en una silla con el labio partido por segunda vez en pocos días. Cooper se colocó frente a él en dos zancadas y le alzó en el aire sujetándole por las solapas de la chaqueta.

—Los pordioseros hablamos muy bien con los puños, señor Parker. ¿Quiere seguir conversando? No me gusta cómo trata a su hija. Una palabra más y le arranco la lengua —remató con una voz melosa, pero no carente de amenaza.

—Bastardo —farfulló Gideon.

Cooper le asestó una bofetada que le lanzó contra la pared. No contento con ello, volvió a asirlo por el cuello con una mano. En algún momento se había hecho con su cuchillo de caza y lo blandía junto a la cara de Gideon. Este empezó a sudar.

—¿De verdad que quiere perder la lengua, señor? —preguntó Cooper. Emitió un chasquido de descontento—. Le creía más listo.

—No... No me haga nada...

Cada vez más asqueado, Cooper le soltó. Parker se alejó unos pasos tropezando con sus propios pies mientras se masajeaba la garganta.

—Bien —soltó Cooper—, si no tiene nada que añadir...

Ofreció un brazo a Lilianne, quien se estaba conteniendo para no mostrar la vergonzosa satisfacción de ver a su padre asustado. Admiraba la calma de Cooper, el dominio que ejercía sobre sus emociones en los momentos de mayor tensión. Salieron del dispensario.

En la sala de curas Reginal solo atinaba a llorar en silencio sentado junto a la cama, ajeno al barullo que se oía al otro lado de la puerta. Becky había cerrado los ojos, no movía un músculo desde hacía varios minutos. El letargo era cada vez más pesado; le costaba respirar, le pesaban los párpados y sentía las extremidades cada vez más frías.

—Deja de lloriquear —murmuró ella.

Reginal se sobresaltó. Hizo el ademán de cogerle una mano. Becky se lo dejó hacer por primera vez en años, sin estremecerse, sin crisparse.

—Habría aceptado ese niño como mío —barbotó él entre lágrimas—. Sabía que tenías amantes, lo sabía todo, pero me daba igual con tal de tenerte a mi lado. Sé que fui muy severo contigo después de que te encontraran en el fumadero, pero se me habría pasado enseguida. Lamento haberte gritado...

—Dios mío, Reginal. Ten un poco de orgullo. Por primera vez mostraste algo de dignidad.

—No, no, no... Perdóname...

Ella abrió los ojos lentamente y Reginal se perdió en el azul profundo de su mirada engañosamente inocente, cuando en realidad ocultaba una esencia amarga como la hiel.

—¿Me amas, Reginal? —susurró con voz infantil.

—¿Cómo puedes preguntármelo? Te amo desde la primera vez que te vi —gimió besándole la mano inerte.

—Como el alcohólico ama a su botella —musitó ella cada vez más débil—. Si me amas, como dices, harás una última cosa por mí...

Reginal asintió con vehemencia. Le temblaba todo el cuerpo. No recordaba haber hablado de esa manera con ella, sin desprecio ni mofas de por medio.

—Acércate —le pidió Becky a media voz.

Él obedeció, estremeciéndose por estar tan cerca de ella. Desde hacía años solo la miraba como a una estrella lejana, siempre inalcanzable. Escuchó atentamente y abrió los ojos como platos.

—Dios mío, Becky...

—Será tu última prueba de amor.

Reginal vio con desconsuelo como sus ojos se apagaban. A pesar de la palidez de su semblante inexpresivo, de los labios violáceos y las ojeras, seguía siendo dolorosamente hermosa. Se echó sobre ella y dejó salir toda su desesperación. Ignoró la puerta que se abría y el grito ahogado de Gideon. Acababa de perder su única razón de vivir. El día de su boda había sido el más feliz de su vida y, sin embargo, ese día había firmado su sentencia. Becky había sido su luz y a la vez un veneno que le había emponzoñado el cerebro. Había tolerado todos sus caprichos con tal de estar a su lado y disfrutar de su belleza como quien admira una obra de arte tras una barrera. Por ella se había olvidado de sí mismo y de sus propios hijos. De todo lo que no fuera ella.

Se apartó dócilmente cuando Gideon le empujó. Este cogió una mano de Becky y farfulló palabras incoherentes mientras se la besaba. Reginal siguió llorando en silencio junto al doctor Donner. Haría lo que le había pedido en su lecho de muerte, aunque se condenara para ello.

67

Violette se había imaginado ese reencuentro decenas de veces desde que se había enterado del regreso de Mackenna, pero lo que jamás había conjeturado era que sería en circunstancias tan dramáticas. La muerte de Becky la había dejado afligida, pero no la había sorprendido. Becky llevaba tiempo comportándose como una preciosa mariposa bailando demasiado cerca de las llamas. Desde muy joven había actuado con descaro, como si nada le importara excepto ella misma. Ni siquiera el amor hacia su persona la había protegido de sus excesos. Y para colmo, Mackenna reaparecía como una sombra. Permanecía callado, recostado contra una pared sin apartar los ojos de Lilianne, que se había sentado en el sofá, arropando a su tía con un abrazo reconfortante.

«Lilianne», suspiró Violette en silencio. ¿Cuánto más tendría que soportar de su familia? Cualquier otra mujer habría perdido la razón con un padre tan déspota; una madre indiferente a su primogénita; y una hermana que se había propuesto amargar la vida de Lilianne. Sin embargo, esta se mostraba más fuerte que nunca y Violette sospechaba que la presencia de Cooper tenía que ver con su fortaleza.

Se estremeció al pensar en su hermano. Gideon adoraba a Becky, le había consentido todos sus caprichos, todos sus desmanes. Si en las últimas semanas se había comportado de manera errática, la muerte de su benjamina le trastornaría aún más.

Palmeó una mano de Lilianne.

—Estoy bien —aseguró sin convicción—. Cooper, me habría gustado que este primer encuentro hubiese sido en otras circunstancias.

Este meneó la cabeza en una respuesta que Violette no estuvo segura de entender. Ese hombre debía estar cansado de los dramas de los Parker, pero aun así seguía junto a Lilianne como un pilar inamovible.

—Alguien tiene que avisar a tu madre... —susurró a su sobrina.

Sin fuerzas sacudió el cordón para llamar a Melissa. La doncella apareció con el gesto sombrío; la casa de Violette era pequeña comparada con las otras mansiones de Nob Hill y el poco servicio se enteraba de todo lo que sucedía.

—Avisa a Willoby que necesito salir.

Melissa hizo una mueca indecorosa, que le habría valido una reprimenda en otra circunstancia, pero la falta de sermón le confirmó la gravedad de la situación.

—Me temo que Willoby no ha regresado, señora.

Violette y Lilianne se sorprendieron. Willoby iba y venía a su antojo en cuanto acababa su cometido, pero no solía trasnochar.

—¿Cómo que no ha regresado? —repitió Violette.

—Pues eso, señora. Willoby no ha regresado. Cuando trajo a la señorita Lilianne esta tarde, se marchó al taller de la señora Godwin.

—Sí —corroboró Lilianne—, me dijo que iba a instalar unas nuevas estanterías en el taller de Amalia. Pero hace horas de eso, no ha podido tardar tanto.

La doncella no abrió la boca. No se atrevió a informar que Willoby pasaba cada vez más tiempo con la viuda, pero sí que era inusual que no hubiese regresado para la cena.

—¿Dónde está el taller de esa mujer?

La voz grave de Cooper sobresaltó a las tres mujeres. Todas se giraron hacía él a la vez.

—En Union Square —le informó Lilianne.

Cooper dio un paso y el salón pareció empequeñecer ante su

envergadura. Violette se preguntó inoportunamente si alcanzaba los dos metros de estatura. Era extraño como la mente se evadía con detalles absurdos en una situación angustiosa.

—Si la policía no ha limpiado Union Square de maleantes, no es el mejor lugar de la ciudad una vez cierran las tiendas. Pero no pensemos en lo peor, puede haber ido a beber una jarra de cerveza con algún conocido —conjeturó.

Lilianne negó al tiempo que apretaba los labios. Se le arrugó el ceño por la preocupación.

—Willoby lleva una vida muy tranquila, apenas frecuenta las tabernas y menos aún de noche.

Melissa, que se balanceaba de un pie a otro, carraspeó.

—¿Sí? —preguntó Violette—. ¿Sabes algo que podría ayudarnos a averiguar dónde está?

La doncella dudó un instante, pero decidió que la seguridad de Willoby parecía estar en peligro. Si le sucedía algo a ese grandullón, jamás se perdonaría haber callado.

—Willoby pasa cada vez más tiempo en la casa de la señora Godwin. —Desvió la mirada hacia Lilianne, que le parecía menos intimidante que Violette—. Pero no suele volver tan tarde. Tal vez esta noche se ha entretenido...

Lilianne consultó el reloj en la repisa de la chimenea. Era casi la medianoche. Alejó de su mente la muerte de Becky, esa noche no quería enfrentarse a eso ni a la visión de su padre escupiéndole más odio. Se sorprendió del tiempo que había transcurrido desde que se había despedido de Aidan. Recordó que no le había hablado a Cooper de su visita ni del documento que le había entregado.

—Iremos a casa de Amalia, pero no quiero asustar a los niños si se ven las luces apagadas.

A lo lejos, procedente de la cocina, se oyó la voz alarmada de la señora Potts. Apareció sujetando de un hombro a Tommy, que se sacudía sin éxito para que le soltase. Su aspecto era deplorable; el traje que le había confeccionado su madre para realizar las entregas estaba manchado de barro y presentaba varios desgarros. Las lágrimas habían dejado un rastro por las mejillas sucias. Lilianne se acercó al niño. El presentimiento de que algo malo había ocurrido a Willoby se hizo más acuciante.

—¿Qué te ha sucedido? —preguntó antes de arrodillarse frente al niño.

Este, tan seguro habitualmente, parpadeó para alejar unas lágrimas vergonzosas. Sorbió por la nariz y se pasó una manga mugrienta por el semblante. De repente volvía a ser el pequeño pillo al que nada asustaba. Lilianne casi se habría dejado convencer si no hubiese sido por el ligero temblor de sus labios.

—Dime qué ha sucedido —insistió con voz suave.

El niño ya no la miraba, contemplaba con los ojos muy abiertos a Cooper. Le parecía un gigante; más delgado que Willoby, pero más alto, y transmitía algo primitivo, peligroso. Dio un paso atrás tropezando con la señora Potts.

La cocinera estudiaba la estancia con las cejas arqueadas, intrigada por todo el barullo de esa noche. Llevaba tres décadas trabajando en esa casa, había conocido al difunto señor Larke, un hombre afable que había convertido a su servicio en una prolongación de su familia. Y así se consideraba la señora Potts, aunque fuera de manera discreta y sin olvidarse de su lugar en la cocina. La señora Larke tenía también el don de brindar cordialidad y estima en su justa medida a todos los que la rodeaban. Y desde hacía unos meses estaban sucediendo muchas cosas que dejaban exhausta a la señora. La oía de madrugada caminar por su alcoba como un fantasma desolado, por eso la señora Potts se sentía en la obligación de velar por ella. También estaba preocupada por el grandullón, que no había acudido a la cena a pesar de saber que le esperaba un buen estofado de ternera con verduras y un trozo de tarta de melaza. Willoby no podía resistirse a un festín. Si una mujer pretendía ganárselo, solo tenía que llenarle el estómago. Soltó un suspiro y palmeó la coronilla de Tommy.

—Venga, pequeño. Repite lo que balbuceabas al entrar en la cocina.

Tommy echó un último vistazo de desconfianza al desconocido.

—¿Quién es él?

Cooper ladeó la cabeza ante la suspicacia del pequeño. Le resultaba divertido que un niño tan enclenque esgrimiera esa fachada orgullosa cuando un simple soplo podía derribarlo. Estuvo tentado de soltar un gruñido solo para comprobar si el chico era tan valiente como quería aparentar, pero se contuvo dada la situación. Se arrodilló delante, ignorando las miradas curiosas de la señora Potts y Melissa, que también querían averiguar quién era el desconocido.

—Me llamo Cooper Mackenna.

La señora Potts ahogó su asombro con una mano, y Melissa, que había oído una conversación entre la cocinera y Willoby, abrió los ojos de par en par. Cooper Mackenna era un nombre prohibido en esa casa, durante años solo se había susurrado a espaldas de Lilianne y Violette, y de repente aparecía tan amenazante como la sombra que había sido en el pasado.

Cooper solo prestaba atención al pequeño. Le tendió una manaza, que el niño estudió con cuidado como si representara una trampa.

—Yo me llamó Tommy Godwin.

Tras un segundo de duda por parte del niño, se estrecharon las manos. La del pequeño desapareció hasta la muñeca en la de Cooper, pero imprimió tal dignidad a su gesto que Cooper sintió un renovado respeto por el pequeño.

—Bien, ahora dime qué te ocurre —preguntó con suavidad.

La barbilla del niño empezó a temblar de nuevo y sus ojos se colmaron de lágrimas.

—Se han llevado a Willoby.

—¿Quién? —exclamó Violette, poniéndose en pie.

Los ojos del niño iban de uno a otro. Cooper le asió por las axilas y le sentó con cuidado sobre una silla. Le colocó una mano sobre una rodilla huesuda para tranquilizarlo.

—Es importante que nos digas lo que le ha sucedido a Willoby.

La boca de Tommy se abrió de repente y un aluvión de palabras llenó el salón. Relató con una precisión asombrosa cómo había descubierto que un hombre había espiado el taller de su madre justo cuando Lilianne se había presentado con Willoby y los perros. Al principio logró mantener la compostura, pero sus hombros se sacudieron entre sollozos cuando contó cómo, después de instalar las estanterías, Willoby y él se habían dirigido hacia la calle Montgomery para tomar un ómnibus. Tres hombres los asaltaron, Willoby le gritó que huyera, cosa que Tommy hizo, y que le producía una profunda vergüenza. Ocultó su rostro con las manos para que no le vieran llorar.

Cooper le palmeó la espalda. Empezaba a admirar a ese niño; reconocía sus lágrimas, las entendía, no eran de miedo, sino de rabia y frustración por no haber podido hacer más por su amigo, consciente de su debilidad.

—Tranquilo. Hiciste lo correcto. Quiso protegerte, por eso te pidió que huyeras. De esa manera podía poner toda su atención en defenderse. Lilianne me ha dicho que Willoby es un hombre grande y fuerte.

Tommy asintió sorbiendo por la nariz y Lilianne agradeció el tacto que Cooper estaba teniendo con el niño.

—Pero no me fui —murmuró el pequeño—. Me colé en un agujero que había en una valla y me quedé mirando. —Sus labios volvieron a temblar por la congoja—. Le acorralaron y aunque Willoby se defendía como un demonio... —Echó una mirada avergonzada a Violette y Lilianne—. Perdón, no quería decir eso... Pero Willoby no pudo escapar. Le golpearon entre los tres y, cuando lo tuvieron inconsciente en el suelo, un cuarto hombre salió de un rincón. ¡Era el mismo que había espiado el taller de mi madre! Ordenó que metieran a Willoby en un coche cerrado y se lo llevaron.

—¿Hace mucho de eso? —quiso saber Cooper.

—Sí... es que cuando vi que se lo llevaban, salí de mi agujero y corrí hasta alcanzar el portaequipaje del carruaje. Cuando el coche paró, volví a ocultarme entre unos matojos. Estuve espiando por un agujero en la chapa. Después me vine corriendo.

Lilianne, angustiada por el relato, se pasó una mano por la frente.

—¿Podrías decirnos dónde se lo han llevado?

El niño asintió con vehemencia.

—Está en una nave cerca del puerto. Parece un matadero o un almacén donde descuartizan la carne. Le han atado de manos y pies y le han colgado de uno de los muchos ganchos que cuelgan del techo. —Se puso en pie de un salto y sacudió la manga de Cooper—. ¡Hay que ayudarlo!

Este asintió, pero una duda le rondaba la cabeza.

—Descríbame al hombre que espiaba el taller de tu madre.

El niño obedeció con impaciencia, aunque detalló la descripción. Enmudeció al oír la exclamación de Lilianne.

—¡Dios mío! Ese hombre me siguió por los almacenes Emporium esta tarde. Su rostro me resultaba familiar pero...

—Es Jordan —musitó Violette. Se dejó caer sobre un sillón—. Tu padre ha empezado a hacer de las suyas.

El rostro que no había reconocido había sido una sombra en sus pesadillas. Nueve años atrás, apenas si había mirado al hombre que la había maniatado en la pensión. Esa noche solo había tenido ojos para Cooper, que se había llevado la peor parte.

—A mí también me ha seguido, estuvo siguiéndome ayer —dijo él con voz sombría—. Lo del colmillo de oro es nuevo.

La señora Potts meneó la cabeza con pesar.

—Melissa, sirve una copa de Jerez a la señora Violette y otra a la señorita Lilianne... —Carraspeó sin saber cómo seguir—. ¿Señor Mackenna?

Este denegó el ofrecimiento con un gesto de la mano, ensimismado en sus pensamientos.

—Después ven conmigo, Melissa —prosiguió la señora Potts—. Vamos a preparar té y algo para picar. Me temo que la noche va a ser larga.

En cuanto se quedaron solos, el niño había agotado lo poco que le quedaba de paciencia.

—¿Es que no vais a hacer nada? —gritó mientras apretaba los puños—. ¡Dijeron que esperaban a alguien y después le darían su merecido!

—Por supuesto —le aseguró Cooper—. Ahora cuéntame todo lo que recuerdes de la nave donde tienen a Willoby.

Violette hizo un gesto a su sobrina para que se acercara.

—Esperan a tu padre —murmuró. Procuró ocultar el temblor de sus manos aferrándose a la copa que Melissa le había servido. Bebió un generoso sorbo para darse fuerzas—. Cuando Willoby le golpeó, Gideon juró que se lo pagaría. Además, sin Willoby estás expuesta a lo que se le ocurra a tu padre.

Cooper, que había oído las palabras de Violette, se puso en pie despacio sin perderlas de vista.

—Necesito armas y...

—¿Y...? —quiso saber Lilianne, sorprendida por la sonrisa despiadada de Cooper—. Tenemos que pedir ayuda a la policía.

—No, sin policías. Lo haremos a la manera del Yukón.

Violette no pudo abrir más los ojos ante la expresión de Cooper. De repente le parecía aún más peligroso, si cabía. Solo atinó a pensar que, junto a un hombre como Mackenna, Lilianne jamás se sentiría en peligro. Estaba convencida de que daría la vida por ella; la prueba era que se proponía rescatar a un hombre que no conocía por el simple hecho de ser alguien al que Lilianne apreciaba.

68

Apenas le quedaban fuerzas para sostenerse sobre la punta de los pies, el agotamiento le obligaba a descargar todo su peso en la cuerda que le sujetaba las muñecas. Ya no sentía las manos y el dolor en las articulaciones de los brazos y de los hombros iba en aumento. El más mínimo movimiento, hasta tomar aliento, le suponía un suplicio. Intentó abrir los ojos. El derecho estaba tan hinchado que le fue imposible, el izquierdo apenas se abrió una rendija. Lo suficiente para ver a los tres tipos que le habían pateado. El otro no estaba, al menos, no hasta donde podía mirar Willoby. El que parecía mandar podía ocultarse en cualquier rincón.

Estaba seguro de haber oído a uno de sus atacantes decir que esperaban a otro. El miedo inicial al descubrirse maniatado tras volver en sí había menguado, le dolía demasiado como para seguir pensando en lo que sucedería más adelante. Ya no tenía fuerzas para pelear, se había rendido y lo único que le importaba era que todo ese suplicio acabara cuanto antes.

Se permitió pensar en Amalia y sus hijos y sintió un pellizco por lo que había soñado. Él, un solterón sin esperanza, había fantaseado con formar un hogar, una familia. Amalia le había devuelto la ilusión. Era trabajadora, una madre luchadora, una excelente cocinera y, lo que más admiraba de ella, era valiente. Y estaba esa pequeña sabandija de Tommy. Un nuevo pellizco de pena le sobrecogió. Le había gritado que huyera, pero el niño no era muy obediente. ¿Le habría hecho caso por una vez? Esperaba que sí, que no estuviese rondando por la ciudad buscándole.

Esbozó una sonrisa que le hizo sangrar el labio partido. Menudo sinvergüenza estaba hecho Tommy, tan pequeño y tan descarado. Demasiado valiente para su edad. Aunque le reñía y le amenazaba siempre con ponerle el trasero colorado, jamás había sido su intención ponerle la mano encima. Ese pilluelo era su debilidad. Soltó un suspiro, lo que provocó un aguijonazo que le atravesó las costillas magulladas.

A sus espaldas oyó que algo se deslizaba por el suelo. Ratas. Willoby se estremeció. La nave estaba infectada de esos bichos repugnantes, atraídos por el olor a sangre y los restos malolientes de carne que salpicaban el suelo. Se encontraban en un matadero y no hacía mucho que se había cerrado. Los ganchos, donde se colgaban las piezas de carne, seguían intactos y en las mesas todavía había algún que otro cuchillo oxidado.

Oyó de nuevo el ruido, un poco más cerca. Arrastró los pies hacia un lado, esperando que el movimiento asustara a las ratas. El dolor de los brazos se agudizó hasta lo insoportable, se estremeció sintiendo como se le cubría todo el cuerpo de sudor helado. Se le nubló el sentido, se sabía al límite de sus fuerzas.

Un roce en una pernera de sus pantalones le espabiló lo suficiente para que diera una patada al aire. Los hombres dejaron de hablar y le echaron una mirada burlona.

—¡Hey! ¿Te molesta algo? —gritó uno de ellos.

—¿Quieres ponerte más cómodo? —soltó otro.

Rompieron a reír todos.

Willoby masculló una maldición entre dientes. No lograba ver qué le había tocado. Le parecía demasiado grande para ser una rata. Oyó algo parecido a un gemido, pero no había sido humano. Imágenes de las ratas comiéndose un gato o un perro moribundo irrumpieron en su mente aturdida. Un escalofrío le recorrió la espalda. Intentó mirar el suelo, pero la postura de los hombros se lo impidió. De todos modos habría sido inútil porque se encontraba en la zona más sombría de la nave. Solo había luz donde estaban los hombres que le habían secuestrado.

¿Quiénes eran? La pregunta se desvaneció tras un aguijonazo de dolor. Se sobresaltó cuando desde fuera aporrearon la puerta. Los hombres se pusieron en pie.

—¡Hey, ahí dentro! —gritó un vozarrón desde el exterior.

Los golpes se hicieron más fuertes y los hombres se crisparon.

—¿Qué hacemos? —susurró uno.

—¡Hey, ahí dentro! He oído las voces, necesito ayuda. Han herido a mi compañero...

La voz se desvaneció entre una ristra de imprecaciones en un idioma desconocido y los golpes en la puerta regresaron con más ímpetu.

Uno de los secuestradores miró a un rincón oscuro, después se acercó a la puerta y abrió solo una rendija.

—¿Qué quieres? —espetó al desconocido.

Willoby trató de prestar atención a lo que sucedía, pero sus sentidos estaban mermados.

—Soy un marinero del *Alexander* y...

Las palabras se desvanecieron. Willoby dejó de prestar atención. Estaba agotado. Ojalá perdiera el conocimiento pronto. Su mente le estaba jugando una mala pasada, las ratas de ese sitió eran enormes. Esa vez le dio igual cuando algo peludo le rozó una pernera.

En la puerta un hombretón pelirrojo aparentemente asustado miraba la rendija que apenas dejaba ver el interior de la nave.

—Estábamos tomando unas jarras de cerveza con unos tipos. Cuando nos marchamos, nos siguieron y nos atacaron. Malditos bastardos, han herido a mi compañero. Le han dado en el vientre. Salimos huyendo y ahora no sé dónde estamos. Necesitamos ayuda, mi amigo ya no puede más.

Desde el interior los hombres se relajaron. No eran más que dos marineros que se habían metido en problemas.

—No puedo ayudarte —dijo el que estaba en la puerta, sin compasión—. Lárgate de aquí.

Se propuso cerrar, pero una manaza se lo impidió. El marinero le miraba con el ceño fruncido.

—No puedes dejarnos así. Mi amigo está mal herido... —añadió señalando el suelo.

Solo entonces el tipo en la nave se dio cuenta que un fajo de billetes salía del bolsillo del que estaba tirado en el suelo. Lo miró con avidez, ese fajo de billetes era seguramente la paga que el idiota se había propuesto gastarse esa noche. Si el que estaba en el suelo tenía ese dinero, el otro tendría más o menos la misma cantidad. Eran tres contra dos. Guiñó un ojo a sus compañeros al tiempo que les hacía una señal con una mano y estos lo entendieron.

En el otro extremo de la nave Willoby cabeceaba, ajeno a lo que estaba sucediendo. Le dolían los brazos como si se los estuviesen arrancando y las ratas le rondaban. No tardarían en subírsele por las piernas e irían a la cara ensangrentada. El asco le sacudió provocándole una arcada punzante.

En la puerta, el marinero pelirrojo se echó al hombro su compañero. El herido, encogido sobre sí mismo, soltó un quejido.

—Tranquilo, chico... —musitó con un gruñido.

En cuanto entraron, el que había estado en la puerta se agachó a espaldas del marinero y se hizo con el fajo de billetes que se había caído. El pelirrojo dejó con cuidado a su compañero y le dijo algo en un idioma que ninguno entendió. El herido se encorvó protegiéndose el vientre con los brazos.

—Gracias por ayudarnos —dijo el pelirrojo—. ¿Hay un médico cerca? Necesitamos un médico —insistió.

Estudió a los hombres, no le pasaron desapercibidas las armas sobre la mesa. Al no recibir una respuesta, oteó el interior de la nave hasta que sus ojos se detuvieron en una sombra en la zona más oscura.

—¿Y eso qué es?

Un cuarto hombre apareció de un rincón; era diferente a los demás por su forma de vestir y por la sonrisa que dejaba a la vista un vistoso colmillo de oro. Los otros se enderezaron, inquietos. Era el que mandaba.

—¿No eres un poco curioso? —preguntó Jordan.

El marinero se encogió de hombros.

—Sí, lo sé. En Suecia mi madre me decía que un día me metería en problemas por ser tan curioso. ¿Sabéis dónde está Suecia, hatajo de mentecatos?

Jordan se echó a reír, divertido por la desfachatez del marinero. Los demás le imitaron con menos seguridad. Se miraban unos a otros sin saber qué hacer. Habían esperado que el jefe no se metiera de por medio. En otras ocasiones había permitido que se sacaran un extra, pero esa noche no parecía dispuesto mantenerse al margen.

—¿Eres el gracioso que no sabe cerrar el pico? —preguntó Jordan cuando se calmó.

Dio un golpe con el pie al que estaba tirado en el suelo, no se le veía el rostro ni el pelo por la gorra que se los ocultaba.

—Tu amigo no se mueve.

Desde un lateral de la nave se oyó un gemido, que se convirtió en un aullido.

—¿Qué ha sido eso? —gritó uno de los hombres, sin ocultar su temor—. No ha podido ser ese muerto de hambre.

Un segundo gruñido, largo y escalofriante, se oyó desde el otro lado. Oyeron otros dos como réplicas al primero. Todos los hombres escudriñaron la zona más oscura de la nave, menos uno que se movió con sigilo hasta ponerse en pie mientras blandía un revólver.

Cooper no necesitaba mirar hacia la oscuridad, reconocería esos gruñidos entre mil, lo que le inquietaba era cómo habían llegado hasta allí. Emitió un agudo silbido; al momento, justo cuando todos se daban la vuelta para mirarlo con asombro, tres siluetas saltaron sobre las mesas. Los hombres se quedaron pasmados ante las fieras que los miraban con los belfos encogidos

—¡Lobos! —gritó uno de los secuestradores.

Intentó hacerse con un revólver de la mesa. *Brutus* saltó sobre las armas. Se irguió sobre las cuatro patas con la cabeza ligeramente agachada; se le había erizado todo el pelo del lomo y emitía un gruñido bajo, amenazante. Hasta Gustaf, que le conocía desde que era un cachorro, se sintió impresionado por su estampa. ¿Cómo narices habían llegado hasta allí?

—No son lobos —replicó moderando su tono, consciente de los ojos del perro que vigilaban a los hombres—, pero pueden arrancar la cara de un idiota de un mordisco amoroso si se lo ordenan.

Cooper no perdía de vista a Jordan, pero el resto de sus sentidos estaban puestos en lo que ocurría al fondo de la nave.

—Mackenna —musitó Jordan.

Los dos se midieron con prudencia; Cooper recordaba más los puños de aquel hombre que su rostro. Por su parte Jordan evaluaba las diferencias; poco quedaba del joven que había apaleado. Inconscientemente se pasó la lengua por el colmillo de oro. Por aquel entonces ya pegaba fuerte.

—Ordena a tus hombres que no se muevan —le aconsejó Cooper.

Los demás se habían quedado petrificados, pendientes de los perros, que habían trazado un triángulo que mantenía cercado a los secuestradores. Gruñían sin apartar la mirada oscura de sus presas. Nadie entendía lo que estaba sucediendo, excepto Cooper.

Apartó la mirada un instante de Jordan y buscó en la oscuridad. Maldita mujer testaruda. Y a buen seguro que el niño también estaba allí. Antes de abandonar la casa de Violette, había discutido con Lilianne, quien no había cejado en su intención de acompañarle. Solo cuando la había amenazado con encerrarla, ella había claudicado. Había sido demasiado sencillo, debería haber sospechado.

En el fondo de la nave Willoby se revolvió sin apenas fuerzas al sentir que le asían una manga. Quería gritar que le mataran de una vez pero que no le dejaran a merced de las ratas. Una mano suave le silenció.

—Soy yo, Lilianne —le susurró muy cerca—. No te muevas, te vamos a soltar.

A pesar de no ver gran cosa, Willoby parpadeó varias veces e intentó sacudir la cabeza. La presión sobre su boca reseca se hizo un poco más intensa.

—No te muevas, no digas nada —le pidió de nuevo Lilianne. Apartó la mano y le acarició una mejilla magullada—. Dios mío, qué te han hecho esas bestias... —Se le quebró la voz—. Venga, Tommy, sube sobre mis hombros y córtale la cuerda de las muñecas.

Willoby se preguntó si ya estaba divagando. La señorita Lilianne y Tommy habían acudido a rescatarlo. Le pareció el colmo de lo absurdo; sin embargo oyó con total nitidez la voz del niño susurrarle al oído:

—Cuidado, grandullón, no muevas las muñecas o te cortaré.

Lilianne aguantaba el peso de Tommy sobre sus hombros. Con lo enclenque que era, pesaba más de lo que cabía esperar. Le tironeaba de la ropa, del pelo, pero le daba igual, toda su atención se centraba en Willoby. Le preocupaba su pasividad, estaba conmocionado, pero ignoraba si era por los golpes o por una herida más grave.

Trató de controlar su temor e ignoró lo que estaba sucediendo al otro lado de la nave. No quería pensar en la reacción de Cooper. Habían discutido: él se había negado a que los acompañara, ella y Tommy se habían negado a permanecer de brazos cruzados. En cuanto Cooper se había marchado a casa de Gustaf, Lilianne, el niño y los perros habían tomado atajos llegando así a la nave unos minutos antes que Cooper y Gustaf. Llevarse a los canes había sido idea de Tommy, y, si bien al principio no le había hecho gracia a Lilianne, se alegraba de tenerlos allí.

En cuanto Tommy cortó la cuerda, Willoby se desplomó llevándose con él al niño y a Lilianne. Los tres acabaron en el suelo entre gruñidos y quejidos. Lilianne se arrastró como pudo de debajo del cuerpo de Willoby. Le dolía un tobillo, pero lo primero que hizo fue asegurarse enseguida de que el niño y Willoby se encontraran bien.

—Tommy, enciende la vela que hemos traído —pidió ella por lo bajo.

Mientras el niño obedecía, Lilianne se hizo con el maletín que había dejado cerca del agujero en la chapa por donde ella, Tommy y los perros se habían colado. Ni Cooper ni Gustaf, demasiado grandes, habrían podido ni siquiera intentarlo como había augurado el pequeño. No se arrepentía de haber desobedecido a Cooper, aún se sentía ofuscada por sus gritos al prohibirle rescatar a Willoby. ¿Quién se creía que era? No volvería a consentir que nadie decidiera por ella.

—¿Va todo bien? —inquirió Cooper.

De nada servía negar la evidencia. Sentía deseos de zarandearla y al mismo tiempo quería ir hasta donde ella estaba y abrazarla hasta dejarla sin aliento. Paddy le había avisado: nada sería sencillo junto a Lilianne y empezaba a entender la envergadura de esas palabras.

—Sí, todo bien —gritó ella.

—Yo también estoy bien, señor —replicó Tommy.

Cooper intercambió una mirada con Gustaf, que parecía divertido por la presencia de Lilianne. Jordan arqueó una ceja sin perder de vista a Cooper. Rezumaba burla a pesar del arma que apuntaba hacia él.

—¿Una mujer y un niño, Mackenna? ¿Eso son tus refuerzos?

Cooper se encogió de hombros.

—Cuando Lilianne se propone algo, no hay quien la haga desistir. No estaba previsto que viniera, pero el niño y ella decidieron lo contrario.

Con una calma admirable, Jordan se llevó una mano al bolsillo de su chaqueta, la alzó antes de alcanzar su objetivo cuando *Linux* emitió otro gruñido de aviso.

—Dile a tu chucho que solo pretendo encenderme un cigarrillo, aunque puede que tus perros te obedezcan tan poco como la mujer y el niño. ¿Ahora qué vas a hacer con nosotros? —inquirió con tono burlón—. ¿Piensas matarnos a todos?

Cooper repasó a los otros tres hombres, que se habían apiñado contra una pared. Entre tipos de esa calaña no había lealtad, obedecían a Jordan porque le temían. No podía dejarlos marcharse, no confiaba en ellos. Carecían de lealtad, pero les sobraba cobardía y no dudarían en clavarle un puñal en la espalda. Hizo un gesto a Gustaf, este asintió mientras se acercaba a los tres hombres. Los maniató con fuerza con nudos marineros y se los llevó fuera. No muy lejos había un pequeño cobertizo donde los encerró atrancando la puerta con un madero. Una vez cumplido su cometido, regresó a la nave.

Junto a Willoby, Lilianne se afanaba en limpiarle al menos los desgarros que le había dejado la cuerda en las muñecas. Las heridas eran profundas, cada vez que Willoby se había debatido, cada vez que había tironeado, se había clavado un poco más la cuerda. A su lado Tommy murmuraba palabras de consuelo como hacía su madre cuando enfermaba. La imagen del niño y el herido la enterneció. Se culpaba de esa situación, una vez más los Parker lastimaban a inocentes. Mientras vendaba las muñecas de Willoby, prestó atención a todo lo que se decía al otro lado de la nave.

—Debería haberte matado en cuanto os puse la mano encima. —Jordan ladeó la cabeza y sonrió dejando claro que se estaba divirtiendo—. Parker no quería ningún cadáver que se pudiera relacionar con su familia, ni siquiera un desgraciado chico de cuadra. Por aquel entonces solo le importaba su campaña electoral.

—Por eso te ensañaste bien conmigo, en la pensión y después en la carbonera.

Jordan se recostó contra una viga que sostenía la chapa del techo.

—No era personal, solo hacía bien mi trabajo.

—No lo pongo en duda, pero te esforzaste mucho.

La sonrisa de Jordan se acentuó, otorgando a su semblante un aspecto siniestro. Se había quedado solo, pero lejos de mostrar inquietud, se comportaba con arrogancia.

—Tenía que quebrar tu voluntad, eras demasiado testarudo y orgulloso.

Cooper le devolvió la sonrisa. Gustaf, que observaba a los dos hombres con una inquietud creciente, reconoció a dos depredadores listos para tirarse al cuello del otro.

—Podemos solucionar esto entre tú y yo —propuso Cooper—. Un «cara a cara». Hace nueve años tuviste ventaja. Necesitaste dos hombres para sujetarme mientras me rompías las costillas. ¿No quieres una pelea justa para resarcir tu cobardía de entonces?

—Entonces era trabajo, pero ahora podemos probar suerte, si así lo deseas. —Jodan ladeó la cabeza—. ¿Tú y yo solos? ¿Sin perros ni armas?

—Tú y yo. Los dos solos.

—¿Un combate a muerte?

Cooper asintió lentamente, alzó la mano para acallar a Gustaf, que se proponía protestar.

—Solo las manos como armas —confirmó por lo bajo.

Jordan evaluó a Mackenna; era grande, tenía buenos puños y parecía saber luchar, pero Charles había sido un magnífico boxeador hasta que se había ganado la fama de rematar con demasiada saña a sus oponentes. La muerte de dos hombres en combate había echado a perder su carrera; después de esas dos muertes nadie más quiso luchar con él. Desde entonces, acudía varias veces a la semana a un club de boxeo donde se entrenaba; en su profesión necesitaba estar preparado para usar los puños.

—Está bien. Solo tú y yo —convino.

Lilianne corrió junto a Cooper. Había temido lo peor al volver a San Francisco, como una traición, una trampa de su padre, pero Cooper se proponía una locura. Tironeó de una manga para atraer su mirada.

—No lo hagas —le suplicó.

Cooper no desvió la mirada de Jordan. No quería perderlo de vista. Este sonreía de manera más abierta, como si le ocultara algo.

—¿Vas a dejarte dominar por una mujer, Mackenna? No vale la pena, ni siquiera ella. ¿No te ha contado lo que sucedió cuando nos quedamos a solas en su alcoba antes de que Parker se presentara?

Lilianne abrió la boca para protestar, pero Jordan se adelantó.

—No lo niegue, señorita Parker. Oh, perdón, señora Mackenna. Entiendo que no quiera que se sepa, pero en su momento se mostró muy afectuosa, un poco cohibida al principio, pero enseguida colaboró...

—¡Es mentira! —gritó Lilianne. Sacudió la manga de Cooper. Este se había convertido en un bloque de hielo—. ¡Mírame, maldita sea! Jamás me puso la mano encima. Quiere provocarte. Te lo he contado todo. ¡Todo! —La risa de Jordan arañó el poco control de Lilianne—. ¡Deje de decir mentiras!

—¿Lo ha olvidado? —Chasqueó la lengua—. Es un golpe bajo, señora Mackenna. Creí que dejaba mejor recuerdo en las mujeres que se abren de piernas para mí.

Cooper dio un paso adelante, Lilianne se interpuso entre los dos hombres.

—Vámonos, Cooper —insistió—. Tenemos a Willoby, era lo que queríamos.

—¿Crees que tu padre nos dejará en paz mientras tenga a Jordan a su servicio? —replicó Cooper sin perder de vista al detective—. ¿Recuerdas lo que te dije de Grass en Dawson? No quiero vivir el resto de mi vida teniendo que vigilar mis espaldas.

—Tiene razón —convino Jordan—. No suelo dejar cabos sueltos —añadió mientras miraba a Cooper—. No me gusta dejar inacabado un trabajo, es malo para mi reputación.

—Gustaf, llévate a Willoby y al niño. Lilianne, ve con él y vigila a los perros.

Gustaf obedeció a Cooper en silencio; le conocía de sobra, de nada servía intentar convencerle. Le había visto enfrentarse a cuatro hombres para impedir que mataran a su caballo y a su burro. Cargó el cuerpo lacio del herido entre gruñidos. Fuera lo colocó en la carreta, pero solo tenía ojos para la puerta abierta que dejaba a la vista a Cooper y Lilianne, que hacía lo imposible por convencerle de que se marcharan.

—Dime, niño, ¿puedes llevar a tu amigo a un médico?

Tommy asintió con vehemencia subido al pescante.

—Claro, puedo llevarlo a la consulta del doctor Donner.

—Pues lárgate cuanto antes.

El niño obedeció con prontitud. Gustaf echó un vistazo a su alrededor, pero la zona se veía desierta. Se acercó a la puerta con prudencia.

—Gustaf, llévate a Lilianne —le pidió Cooper.

—¡No! ¡No me moveré de aquí si no vienes conmigo!

Gustaf sintió lástima de la mujer, no entendía que Cooper había llegado a un punto sin retorno. La sujetó de la cintura con la intención de sacarla. No se esperó la patada en la espinilla ni el codazo en las costillas que le dejó sin aire. Soltó un gruñido.

—No me ponga una mano encima —exigió, furiosa—. Si pretendéis solucionar vuestros asuntos a puñetazos, que sea bajo mi supervisión. —Lanzó una mirada iracunda a Cooper—. Me las pagarás, te lo aseguro.

Se hizo con el arma de Cooper antes de que este pudiera reaccionar, después se colocó junto a la puerta.

—Gustaf, llévese a los perros lejos de aquí, si oyen un quejido de su amo, no habrá quien los detenga.

De repente los tres hombres estaban pendientes de ella. Sintió ganas de gritar de rabia. Odiaba la violencia, pero Cooper parecía necesitar una absurda venganza, azuzado por la lengua ponzoñosa de Jordan.

—Vaya genio ha echado la mosquita muerta —dijo Jordan entre risas—. Me gustan las mujeres con carácter.

—¡Cierre el pico, Jordan! —soltó ella—. Si queréis un combate, será bajo mis condiciones. Cuando yo dispare al aire, daré el combate por acabado. El que me desobedezca, recibirá un tiro en una pierna. Será el primer aviso.

Jordan se encogió de hombros con indiferencia. No temía las amenazas de una mujer, incluso si iba armada. Se quitó su chaqueta para dejarla con cuidado sobre una mesa y esperó a que el sueco sacara a los perros.

Este se veía tan pasmado como el propio Cooper, pero se guardó de replicar. Había visto a esa pelirroja lacerar el rostro de Mackenna, no estaba dispuesto a que le hiciera lo mismo. Una vez fuera, cerró la puerta y echó un vistazo a los tres chuchos que le inspiraban tan poca confianza como los tres individuos que había dejado dentro. La pelirroja estaba en lo cierto; si los perros oían alguna queja de su amo, se volverían incontrolables. A duras penas logró llevárselos de allí decidido a alejarse de esa pelea.

69

—¿Preparados? —preguntó ella, pendiente de los dos hombres. El revólver pesaba, aun así lo mantuvo en alto apuntándolos—. Cuando gusten —añadió con ironía.

Cooper y Jordan caminaban de lado sin perderse de vista trazando un círculo invisible. Sus cuerpos tensos se habían encorvado ligeramente, mantenían los puños apretados. Cooper no dejaba reflejar nada; por lo contrario, Charles esbozaba una sonrisa ufana.

—Dime, Mackenna, ¿te dieron tu merecido en el *Diana*? Tengo entendido que a los marineros les gustan los chicos rubitos y guapos, como eras entonces.

Lilianne soltó un suspiro tembloroso. Rezó para que Cooper no se ofuscara con las provocaciones de Charles.

—Me dijeron que guardaban muy buenos recuerdos de la zorra de tu madre —replicó Mackenna.

El detective no se amilanó por el insulto; por lo contrario, se echó a reír suavemente.

—Veo que disfrutaste si bromeas con ello. ¿Desde entonces te gustan más los hombres? Me han dicho que la primera vez duele, la segunda escuece y la tercera apetece.

—Dímelo tú —murmuró Cooper con una suavidad que arrancó un escalofrío a Lilianne, luego esbozó una sonrisa siniestra—. ¿Sientes curiosidad?

La tensión que sufría Lilianne estaba dejándola al límite de sus fuerzas, la física y la emocional. Quería gritar que se callaran, que dejaran de gruñirse como perros enrabietados. Aun así permaneció en silencio, horrorizada por los insultos que se soltaban. Jordan provocaba a Cooper, pretendía pillarlo en un descuido. No lucharía limpio, si es que una pelea podía ser limpia. Se maldijo por no haberlo registrado, seguramente ocultaba un arma.

—Si me estás haciendo una propuesta, Mackenna, lamento decirte que prefiero las mujeres. Cuando acabe contigo, me llevaré a la pelirroja y le enseñaré como se mueve un hombre. Tranquilo, la dejaré satisfecha.

Un disparo estalló en la nave, reverberó de un lado a otro contra las chapas. Los dos hombres la miraron.

—Ni siquiera me nombre, señor Jordan —amenazó Lilianne—. Esta vez he apuntado al techo, pero el siguiente disparo irá directamente a su pierna.

Cooper la miró, dividido entre el asombro y la inquietud; la sabía valiente, pero no tan peligrosa. Jordan se repuso el primero y se le echó encima. El choque arrancó a Cooper un jadeo por el golpe en el estómago. Se enzarzaron entre gruñidos en una pelea cuerpo a cuerpo.

La respiración rápida y superficial de Lilianne le estaba dejando la boca seca como el esparto. No distinguía quien pegaba a quien. Los dos hombres golpeaban con fuerza. Ignoraba que unos puñetazos sonaran tan fuertes, o quizá se lo parecía a ella por su estado de ansiedad. De repente brilló el filo de una navaja en la mano de Jordan. Cooper retrocedió, le sangraba un corte en la ceja y le palpitaba un pómulo, sin hablar del dolor sordo en el estómago. Tomó aliento sin perder de vista la navaja.

—¡Suéltela! —ordenó Lilianne.

—¿Piensa quitármela personalmente? —la provocó Jordan. Mientras hablaba, vio por el rabillo del ojo que Cooper se hacía con su cuchillo de caza oculto en una funda en una bota. Durante un segundo palideció ante el aspecto amenazante de la lengua de acero. ¿Cómo no se había dado cuenta antes?

—No necesito tu ayuda, Lilianne, aunque te lo agradezco. ¿Y bien, Jordan? ¿Seguimos con esto?

—¡Sin armas! —chilló Lilianne. Se estremeció al pensar en las posibles heridas—. Soltad las armas.

Jordan obedeció, sabedor que estaba en desventaja frente al cuchillo de caza de Mackenna. Era más hábil con los puños e igual de letal. Cooper dejó con cuidado su cuchillo en el suelo y le propinó una patada.

Esa vez no esperó el momento oportuno, embistió descargando todo su peso en Jordan, que se estrelló contra la chapa de la pared. Toda la nave se estremeció. No le dejó tomar aire, le asestó un puñetazo en la mandíbula y otro seguido en el estómago. En cuanto Charles se dobló por la mitad, le golpeó varias veces con el codo en las costillas. Jordan trastabilló. Los golpes de Mackenna eran como mazazos, le estaba triturando los huesos. Trató de alejarse, necesitaba tomar aire, pero Cooper le agarró del pelo y estampó el puño contra la mejilla, otro en la oreja. El dolor se propagó por toda la cabeza de Jordan, ya no se movía, pero eso no detuvo a Cooper, alzó el puño para golpear otra vez.

Había perdido la contención; una rabia cegadora le incitaba a seguir hasta rematarlo como a una bestia. Ante Gideon no había sentido ese impulso porque solo había visto en él a un viejo amargado, pero Jordan estaba a su nivel en fuerza y resistencia, y cuando este había ido a por ellos en el pasado, se había ensañado con ganas en Cooper. Había disfrutado de cada insulto, golpe y humillación. No había habido compasión en el matón.

—¡Cooper! ¡Lo vas a matar!

Lilianne tuvo que colgarse del brazo en alto de Cooper para detener el último golpe. Jordan tenía los ojos en blanco y un hilo de sangre manaba del oído que había recibido el golpe. Había visto a Cooper pelear, pero jamás había visto en él esa violencia desatada. El peligro que había intuido en él en el Yukón había emergido en estado puro. Temió no traspasar la ira cegadora que le obnubilaba. Le habló mientras Cooper respiraba con dificultad, con el puño en alto y sin soltar a Jordan. Le susurró, controlando el temblor que le cambiaba la voz, que le amaba. Solo cuando le dijo que le necesitaba, Cooper parpadeó. Soltó a Jordan, que cayó al suelo desmadejado. Lilianne abrazó a Cooper olvidándose del cuerpo inconsciente del detective. Sintió el violento temblor de Cooper, se aferraba a ella como si se fuera a ahogar.

—Qué conmovedor...

Por instinto, Cooper trató de ponerse delante de Lilianne, pero ella se movió hasta colocarse a su lado. Gideon los apuntaba con un arma.

—Por fin os tengo donde quiero.

—¿Qué pretendes, padre?

Gideon se acercó a Jordan sin dejar de mirarlos y le asestó una patada que solo arrancó al detective un gruñido.

—No me ha servido de mucho. Por suerte ya no lo necesito. —Disparó al detective en el pecho; al instante la respiración sibilante de Jordan dejó de oírse—. Un problema menos —musitó; después sonrió a su hija como si se propusiera compartir con ella una maravillosa noticia—. Te voy a convertir en una viuda rica. ¿No te parece un buen plan? Después me encargaré de ti y se acabarán todos mis problemas. —Se le quebró la voz, pero al momento su boca se torció por el odio—. Por tu culpa Becky ha muerto...

Lilianne buscó la mano de Cooper, que permanecía quieto y silencioso. No tenían manera de defenderse, el arma que había dejado caer al suelo no estaba a su alcance. No llegaría a ella con tiempo.

—Siempre echando la culpa a los demás —soltó ella con cansancio. Solo esperaba que Cooper reaccionara bien a lo que iba a revelar—. Lo siento, padre, pero si matas a Cooper, no lograrás lo que pretendes. No me convertirás en una viuda rica.

—¿Qué tonterías estás diciendo? —exclamó Gideon.

El cansancio se hizo más agudo, punzante. Quería acabar de una vez con aquella locura y quizás el documento de Aidan salvara a Cooper.

—No estamos casados.

Sus palabras rebotaron en la nave. Sintió como Cooper la miraba perplejo, pero Lilianne vigilaba a su padre. Este parpadeó, desconcertado por la revelación.

—¿Crees que esa mentira le salvará? No digas tonterías.

Despacio Lilianne se sacó del bolsillo de la falda el documento doblado y arrugado que Aidan le había entregado esa misma tarde. Solo habían pasado unas horas y, sin embargo, se sentía como si hubiesen pasado días.

—Es cierto —insistió sin fuerzas—. Me he enterado esta tarde. Aidan estuvo en casa de Violette y me entregó este informe de su abogado. Él también quiso agilizar el proceso de divorcio, aunque en su caso lo hizo manteniéndose en los márgenes de la ley. Su abogado advirtió que mi matrimonio con Cooper no estaba registrado en ninguna parte, de modo que investigó al supuesto juez que nos casó y al dueño de la pensión. Descubrió que nos timaron; el certificado de matrimonio es falso, una buena copia, pero, a efecto legal, sin ningún valor. —Soltó una risa que resumió todo su agotamiento, toda su frustración, su rabia—. Todo este drama por nada. Todo fue en balde, padre. Cooper y yo no estamos casado. Jamás lo estuvimos.

Cooper la escuchaba sin dar crédito a lo que oía. Al principio había creído que ella mentía para ganar tiempo, pero cuando Lilianne había sacado del bolsillo el documento, se lo había arrebatado de las manos y, después de leerlo, se le había helado la sangre. Jamás habían estado casados. El juez estaba cumpliendo condena por diversas estafas, entre ellas hacerse pasar por juez de paz. El dueño de la pensión de Oakland también cumplía condena como cómplice del juez. Entre los dos habían timado a muchos de los clientes de la pensión, muchos viajeros incautos.

—¡Eres una maldita mentirosa! —gritó Gideon—. Mientes, mientes, mientes...

—Me temo que no...

La voz provino de la espalda de Gideon; este se giró en redondo, sobresaltado. Se relajó en cuanto reconoció a Reginal. Su aspecto era lamentable, solo inspiraba compasión, pero la compasión no era una virtud que Gideon conociera.

—Lárgate de aquí —le ordenó—. Mete la cabeza en un barril de whisky y acaba contigo de una vez por todas. Líbranos de tu miserable existencia.

—Quizá lo haga más adelante, pero lo que acaba de decir Lilianne es cierto.

Reginal saludó de manera educada a su cuñada, como si estuviesen en un elegante salón. La situación era incongruente; tanto, que Lilianne temía estar delirando.

—Sabía que Farlan estaba a punto de regresar de Inglaterra, así que dejé un aviso a su abogado para que se pusiera en contacto conmigo de inmediato. Admito que mi solicitud tenía un tono un tanto desesperado. —Soltó una risita que sonó ridícula—. Aidan tuvo la deferencia de acudir a mi despacho nada más llegar a San Francisco —prosiguió Reginal—, y, como te acaba de señalar Lilianne, me dijo que no hubo matrimonio. ¿No te parece irónico, Gideon?

—¿Qué estás tramando con Lilianne? ¿Crees que voy a creerme ese estúpido cuento? Pobre imbécil, hasta un niño podría engañarte, no sirves para nada. No me sorprende que Becky no fuera feliz contigo...

Cooper evaluó las posibilidades que tenía de alcanzar el arma: no muchas. Gideon iba armado y para colmo había aparecido el otro. Este parecía inofensivo, pero había visto hombres de aspecto vencido revolverse como serpientes venenosas. Calculó los pasos necesarios para ocultarse detrás de una de las mesas si la volcaba. Ignoraba qué haría después. Tiró suavemente de la manga de Lilianne.

—La empujaste a los brazos de otros hombres —increpaba Gideon a Reginal—. Tú eres responsable de su muerte.

Parker mordía las palabras y apuntaba al pecho de su yerno. Este se llevó las manos a la cabeza mientras negaba con violencia.

—No, no, no... ¡Yo siempre hice cuanto estuvo en mis manos para hacer feliz a Becky!

Abrió los brazos echando el pecho hacia delante como si retara a su suegro a que le disparara. En su rostro se reflejó un odio que le transfiguró el semblante. Lilianne le miraba fascinada y horrorizada por el cambio. El dulce y callado Reginal se había convertido en un desconocido movido por una emoción salvaje que apenas lograba contener.

—¡Tú, maldito bastardo, la convertiste en una mujer atormentada! —volvió a vociferar Reginal— ¡Tú, pervertido malnacido!

—Yo la quería más que a nada en el mundo.

—¡Tanto que la destruiste! ¡Monstruo degenerado! ¡Me das asco! —La voz de Reginal se rompió en un sollozo—. En realidad, eres el único responsable de su muerte...

Cooper dejó de prestar atención a los dos hombres e izó a Lilianne tomándola de la cintura. Ella ni siquiera reaccionó, se dejó llevar como una muñeca. Toda su atención se había centrado en lo que estaban diciendo su padre y su cuñado. Cooper, que apenas escuchaba, no entendía el significado de las palabras, pero estaban teniendo un efecto alarmante en ella.

—¡No sabes lo que dices! —rebatió Gideon. Alzó su revólver hasta apuntar al rostro de Reginal—. Es de cobarde buscar un culpable para justificar tu ineptitud. Cuando Becky vivía conmigo, era una joven feliz.

—¡No! ¡Te odiaba! Te odiaba con todas sus fuerzas, tanto como te odio por haberla lastimado. Yo la quería, yo la quería... pero tú...

Se le quebró la voz y se echó a llorar.

—Pero ella jamás te quiso —escupió Gideon al cabo de unos segundos—. Mi único error fue consentir que te casaras con ella.

A Lilianne le escocían los ojos por las lágrimas que se negaban a salir, le dolían las mandíbulas de tanto apretarlas, pero solo atinaba a parpadear, inmóvil, rígida, conmocionada. Una duda planeaba en su mente, una sospecha que le erizaba toda la piel hasta lastimarla. Cooper la había colocado detrás de una mesa y se movía despacio a su lado. Ignoraba qué hacía, era incapaz de apartar la mirada de los dos hombres que se lanzaban acusaciones escalofriantes. ¡Cuánto amor había suscitado Becky y cuán devastador había sido!

De la nada apareció un pequeño revólver en la mano de Reginal. Gideon soltó una carcajada burlona aunque sus ojos enrojecidos lucían un brillo asesino. Lilianne oyó su propio grito de angustia, un grito que se quedó atascado en su pecho y que solo ella oyó.

—¿Serás capaz de hacer algo tan audaz, pequeño Reginal? —le provocó Gideon.

La mano de Reginal tembló, pero estaba tan cerca de su suegro que no podía fallar el tiro

Cooper, que había encontrado su puñal, lo asió con determinación, dispuesto a tirárselo al primero que los amenazara. Después... después ignoraba lo que haría para proteger a Lilianne. Los revólveres estaban fuera de su alcance. Echó un vistazo a la escena, con un poco de suerte esos dos se matarían mutuamente. No sintió ningún remordimiento por ese pensamiento, solo le importaba Lilianne.

—Ella me lo contó todo y me pidió una última cosa antes de morir —susurró Reginal.

El rostro de Gideon palideció, dio un paso atrás.

—Mientes... No sabes nada. No sabes nada... —repetía una y otra vez.

Su voz había perdido toda su fuerza; escudriñó el semblante demacrado de su yerno. La mirada de Reginal siempre había sido transparente, jamás había sabido ocultar sus emociones. Supo que decía la verdad, tambien reconoció la rabia y el odio, y también la desesperación de un hombre sin esperanzas, así como una determinación alarmante. Por primera vez tuvo miedo.

—Baja el arma —exigió Gideon—. No cometas una estupidez.

Los labios de Reginal se estiraron en una sonrisa desdibujada.

—Becky me pidió que te transmitiera un último mensaje: te espera en el Infierno.

Los ojos de Gideon se dilataron por la verdad que encerraban las palabras póstumas de Becky. Una detonación estalló en la nave. Cooper se quedó paralizado por el asombro.

Los tres miraban el cuerpo de Gideon en el suelo.

Lilianne soltó un suspiro entrecortado, se aferró a la mesa con los ojos muy abiertos y la respiración superficial. Cooper reconoció los síntomas de una conmoción. La agarró por la cintura con un brazo mientras sujetaba su cuchillo en la otra mano y vigilaba a Reginal. Este permanecía inmóvil pendiente de su suegro, de la mancha de sangre que se iba agrandando en el suelo de tierra batida. Lloraba en silencio.

—Reginal...

Cooper hizo lo posible por hablar con una calma que no sentía. No lo conocía, pero intuía que ese tipo de aspecto vencido estaba a punto de cometer una segunda locura. Su temor era que se convirtieran en el blanco de su locura.

Reginal se giró despacio hacia ellos con el arma aún en la mano. Apuntaba hacia el suelo. Sus ojos llorosos pasaron por Cooper con indiferencia y después se detuvieron en Lilianne. Durante un instante pareció recobrar la cordura. Le dedicó una sonrisa torcida por los sollozos que le sacudían.

—La he perdido para siempre, Lilianne —barbotó entre hipidos—. La he perdido...

—Por favor —le rogó ella, saliendo de su aturdimiento—, suelta el arma. Nos iremos a casa y...

—Mi padre me ha desheredado, he perdido a la mujer que amaba... Ya no tengo casa... Ya no tengo nada...

—Tienes tus hijos —insistió ella.

Quiso dar un paso, reunirse con él, pero la mano de Cooper en su cintura se lo impidió. Con impotencia vio a Reginal negar en silencio.

—Ni siquiera sé si son míos... —susurró, derrotado y humillado.

Se movió muy despacio sin apartar la mirada de Lilianne, levantó el brazo que sostenía el arma y estalló un segundo disparo. Esa vez el grito de Lilianne rebotó contra las paredes. Cooper no se atrevió a moverse durante un instante, tan horrorizado como ella. Reginal se había volado la tapa de los sesos sin titubear.

Los perros entraron corriendo en la nave, soltaban gruñidos y gañidos, se movían nerviosos de la pareja a los cuerpos tirados en el suelo. El olor de la sangre los desquiciaba. Gustaf apareció jadeando, se apoyó en el vano de la puerta para recobrar el aliento.

—Se me han escapado cuando han oído el primer disparo... Yo... Yo... —enmudeció al percatarse de la escena—. Dios mío...

Lilianne quiso aferrarse a un último jirón de cordura, pero su mente se negó a seguir pensando, a entender lo que había sucedido. Se desmayó en brazos de Cooper.

70

Había pasado una semana desde los funerales de Becky, Reginal y Gideon y todavía sentía un profundo desasosiego por todo
lo sucedido. Se despertaba de noche con un grito ahogado y el
cuerpo bañado en sudor. El eco de las acusaciones de los dos hombres seguía atormentándola. Lo último que deseaba era ver a solas
a su madre.

Un día antes Ellen le había pedido en una nota que se reunieran
en la Misión Dolores, una antigua capilla de la orden de los fran-
ciscanos, donde era casi imposible encontrarse con ningún conocido de su familia, en su mayoría protestantes. Su madre buscaba
un lugar tranquilo para lo que tuviese que decirle. Un escenario
neutral, ajeno a los recuerdos de madre e hija. Cooper se negaba a
que se reuniera a sola con Ellen. Lilianne agradecía su apoyo. Temía ver a su madre, pero ¿qué más podía añadir a la historia sór-
dida de su familia?

La había visto por última vez durante el funeral, sentada en el
banco reservado para la familia. Lilianne se había negado a tomar
asiento en primera fila y a fingir pertenecer a los Parker. Si bien
ante la ley no era una Mackenna, así se sentía y aspiraba a dejar
atrás cualquier recuerdo que la relacionara con Gideon.

Se había negado a sentarse junto a su madre, pero la había
observado desde unas pocas filas atrás. Ellen se había comportado
con estricta mesura, sin una señal de desfallecimiento ni un rastro

de congoja. A su lado, Henry James Fulton había mantenido la misma postura hierática. Este la había estudiado con sus ojillos calculadores a su llegada al templo, después había valorado a Cooper sin mostrar emoción alguna y finalmente había fijado su atención en el pastor. La falta de sentimientos de su madre y de Fulton la había asombrado; ella apenas lograba mantener las lágrimas a raya a pesar de los sentimientos encontrados que se agitaban en su interior.

El funeral fue discreto, con muy pocos asistentes. Las muertes repentinas suscitaron muchas habladurías, pero nadie conocía la verdad. Fulton se había encargado de manipular a la policía y la prensa. Charles Jordan era oficialmente el único responsable de la muerte de los dos hombres. Lilianne ni siquiera se había molestado en averiguar qué mentiras había fraguado la mente ambiciosa de Fulton.

A su lado Violette había llorado en silencio en el templo, y una semana después seguía aturdida por todo lo sucedido esa horrible noche. Al otro lado Cooper le había sujetado una mano oculta entre los pliegues de la falda. Ese simple contacto había sido suficiente para que lograra aguantar sin venirse abajo. El único consuelo había sido que Willoby se reponía de sus heridas.

Después la congregación se había disuelto en silencio. Entre los presentes había reconocido los rostros amables de Adele y Aidan. No se habían acercado, pero Lilianne había agradecido esa muestra de apoyo cuando la familia Parker estaba en boca de todos. Había cruzado una mirada con Aidan, en silencio se habían despedido una última vez. Dicho adiós había estado a punto de vencer su fortaleza impostada. A su lado, Cooper había contemplado durante unos minutos a Farlan. Aunque no estaba segura de ello, le había parecido que Cooper había dedicado a Aidan un gesto de la cabeza, que le había sido devuelto. No estaba segura de nada.

Lilianne y Cooper bajaron del coche de alquiler frente a la modesta capilla. Era un edificio con un tejado a dos aguas, austero, pequeño y encalado en blanco. Dos columnas flanqueaban la recia puerta de madera pintada en verde y sostenían en lo alto un estrecho balcón de madera que iba de un extremo a otro de la fachada. A la izquierda se ubicaba la entrada de un pequeño cementerio protegido por una valla hecha de listones de madera entre los cuales se veían lápidas antiguas de piedra cuyas letras eran apenas legibles. Árboles de tronco retorcido y arbustos asilvestrados custodiaban las tumbas como guardianes silenciosos. La quietud del lugar contrastaba con el bullicio de las calles a poca distancia.

Era la primera vez que se dirigía a aquel lugar. Había pasado por delante innumerables veces, pero jamás se había detenido. Le resultaba extraño; a pesar de haber vivido toda su vida en San Francisco, apenas sabía nada del edificio más antiguo de la ciudad. El mundo de Lilianne se había reducido a unas pocas calles hasta su fuga, después había aprendido a desplegar las alas y a volar sola. Solo se arrepentía de no haberlo hecho antes.

Cooper le propinó un apretón de mano. Ella se lo devolvió para convencerle de que todo iría bien, ocultando que temía todo lo que tenía que ver con su familia, pero se negaba a que el miedo la condicionara una vez más. No viviría huyendo, estaba dispuesta a enfrentarte a sus temores. Costase lo que costase.

—Si no quieres entrar, nos podemos marchar de aquí ahora mismo —le susurró Cooper, deseoso de protegerla.

El rostro de Lilianne revelaba un profundo cansancio por las noches que había pasado llorando en brazos de Cooper. Y él mostraba aún los signos de su pelea con Jordan. Ambos parecían dos supervivientes de un conflicto. Y hasta cierto punto había sido así.

Lilianne le acarició una mejilla. Aun con el rostro magullado, le pareció un hombre apuesto. Supo que, aunque un día se convirtiera en un anciano de rostro arrugado y de cabello blanco, siempre le admiraría con el mismo arrobo.

—No, es el último eslabón que me ata a mi familia. Este encuentro será el corte definitivo, después no querré saber nada de los Parker. Ahora soy una Mackenna de los pies a la cabeza.

—Aún no —replicó Cooper; cada vez que pensaba en ello sentía un latigazo.

Ella trató de sonreír para imprimir firmeza en su aseveración, pero le temblaron los labios. Se aclaró la garganta.

—Lo solucionaremos en un santiamén. —Echó un vistazo a la puerta cerrada de la capilla—. Voy a entrar, Ellen no puede añadir nada a todo este drama que me afecte. Creo que he visto lo peor de todos ellos.

Cooper no era de la misma opinión, pero se guardó de añadir nada. Lilianne apenas se sostenía en pie, no solo la vencía el agotamiento físico, sino que estaba al límite de su resistencia emocional. Lo intuía en sus miradas perdidas, sus silencios, en el temblor de sus manos. Le dolía no poder hacer nada para aliviar su tristeza, solo podía abrazarla y amarla hasta que mostrara señales de mejora. Lo conseguiría, lo sabía porque Lilianne era fuerte, pero como en toda conmoción, necesitaba esos días de duelo para dejar atrás el dolor y encontrar de nuevo la serenidad que la había caracterizado en otro tiempo. Saldría adelante, encontraría la manera de superar tanta locura y él estaría a su lado.

En el interior apenas iluminado la misión olía a incienso, cera y madera. Caminaron bajo el techo policromado en tonos crema, ocre, verde pálido y granate. Dejaron atrás la pila bautismal, que se encontraba a la izquierda del pasillo, ignoraron los dos altares a ambos lados de la nave y el retablo dorado en el fondo, donde un cristo crucificado los contemplaba desde su eterno dolor. Solo tenían ojos para la pequeña figura vestida de negro que se había sentado en el primer banco.

Ellen estudiaba a escasos centímetros de sus pies las tumbas de un señor llamado William Leidesdorff, la de la familia Noe, a la que perteneció el último alcalde mexicano de la ciudad; la de Richard Carroll, primer pastor del templo; y la de un teniente llamado José Joaquín Moraga. Se fijó en las fechas en la tumba de la familia Noe, en la edad de cada uno de ellos y la premura de sus muertes la dejó indiferente. La madre había fallecido a los treinta y seis años, la hija a los trece y el hijo a los veintidós. La tragedia se había cebado en esa familia desconocida a lo largo de trece años. «Al menos tuvieron tiempo de reponerse», pensó fríamente. Ella había sobrellevado un calvario durante treinta años, acababa de perder a su marido, a su hija y a su yerno la misma noche, y se disponía a despedirse del último miembro de su familia.

No mostró señal de contrariedad al percibir el paso de dos personas caminar por el pasillo. Esperó sin moverse, contemplando un rato más las tumbas, hasta que el bajo de una falda y unos pantalones masculinos aparecieron en su campo de visión. Antes de alzar los ojos supo quién acompañaba a su hija. Lo había contemplado durante el funeral a través del velo negro y le había parecido aún más peligroso que en el pasado. Sin embargo, no había sentido rechazo, ni siquiera temor, estaba cansada de tanto drama, agotada de la mentira que había mantenido durante treinta años y aspiraba a poner fin a su pesadilla.

Posó la mirada en el rostro cansado de Lilianne. La sorprendió lo mucho que se parecía a su padre. La belleza peculiar de su primogénita había sido y seguía siendo su mayor castigo; le recordaba un pasado en el que había amado con ingenuidad, convencida de que el destino le sería favorable. Luego estudió abiertamente el semblante de Mackenna, se detuvo en las señales de una pelea: en la ceja partida, el pómulo tumefacto, el párpado amoratado y ligeramente hinchado. Tomó aire al percibir la frialdad de sus ojos tormentosos. Se fijó en las dos manos unidas: una grande y morena, protectora y fuerte; la otra pequeña y pálida, pero capaz de obrar el milagro de curar. Había seguido los progresos de su hija sin que ella lo supiera.

Analizó durante unos instantes los sentimientos que albergaba hacia Lilianne: la envidiaba porque en su momento Ellen había carecido del valor de su hija; la admiraba por ese mismo valor, pero un remanente de rechazo afloró por ser Lilianne motivo de tantas lágrimas, por haber sido un constante recuerdo de su cobardía. Volvió a fijar su atención en Cooper; no lo conocía, con todo, le creía capaz de luchar por su hija hasta dar su vida si fuera necesario. Lo había hecho en el pasado, cuando no había sido más que un joven pobre y débil. Tenía delante a un hombre curtido que había luchado en muchas batallas para sobrevivir. Su simple presencia era un escudo que protegería a Lilianne mientras estuviesen juntos. Aunque sospechaba que su hija era capaz de valerse por sí sola.

—Lilianne —murmuró en un tono carente de emociones—, entiendo la presencia de Mackenna, pero me gustaría mantener esta conversación en privado.

Cooper se disponía a protestar, pero Lilianne asintió en silencio anticipándose a sus objeciones. A regañadientes, él se sentó unos bancos atrás sin perderlas de vista. Ellen parecía indefensa, pero él sabía hasta qué punto las palabras podían herir. En esa familia eran dardos envenenados. Lilianne le había revelado la confesión de Becky antes de morir, cómo los había delatado y cómo había disfrutado al hacerlo. Los Parker eran peligrosos hasta el último suspiro.

—Por favor, toma asiento —pidió Ellen.

Lilianne obedeció, no sin reticencia. Se las arregló para no entrar en contacto con su madre. El gesto la avergonzó, le pareció mezquino, aun así no lo enmendó. Inhaló para darse valor mientras estudiaba el perfil de su madre; qué chocante le resultaba estar sentada a su lado sin sentir nada por ella. En el pasado la había espiado, embelesada por su belleza, por la perfección de sus rasgos, la gracia de sus gestos, sin entender la razón por la que jamás le había prestado atención. Durante toda su infancia Lilianne se había sentido invisible.

Ellen le devolvió el escrutinio con el semblante inexpresivo, Lilianne aguantó a duras penas, le hormigueaba la piel como si los ojos fríos de su madre la tocaran. Esperaba los habituales comentarios acerca de sus pecas. Habían sido su tormento hasta que Cooper le había asegurado que eran preciosas. El silencio se alargó y Lilianne rogó que su madre le dijera algo amable, se conformaba con lo más insignificante.

—Te pareces tanto a tu padre.

Lilianne expulsó el aire que había aguantado, decepcionada.

—Ya lo sé —contestó agachando la cabeza.

Ellen soltó una risa baja y ronca, muy contenida, pero no menos sorprendente.

—He dicho que te pareces a tu padre, no a Gideon.

Lilianne alzó el rostro, confundida por las palabras de su madre.

—No me mires así, eres una Parker. Te lo aseguro.

—No lo entiendo...

Ellen cogió un estuche plano de unos veinte centímetros por cuarenta, que había dejado a su lado, y se lo entregó a su hija. Esta lo miró sobre su regazo con las manos en alto; no se atrevía a tocarlo. Intuía que en su interior se toparía con otra revelación que sacudiría una vez más los cimientos de su pasado, ya de por sí débiles e inestables. No se sentía con fuerzas para descubrir nuevos secretos, nuevas traiciones, nuevas decepciones.

—No contiene nada peligroso —le avisó Ellen a media voz—. Creo que te vendrá bien averiguar qué hay dentro. Ha sido mi bien más preciado, lo he mantenido escondido durante tres décadas.

Lilianne parpadeó, indecisa; la curiosidad empezaba a hacer mella en ella. Alzó la tapa con cuidado hasta que apareció un retrato al óleo de un joven de unos veinte años. Durante unos segundos vio a Gideon, lo que la confundió aún más después de las palabras de su madre, pero al estudiar con más detenimiento el semblante que la miraba desde el pasado, detectó detalles inconfundibles. Enseguida reconoció los ojos verdes, idénticos a los suyos. Se le aceleró el corazón. El joven que vestía una indumentaria anticuada era pelirrojo como ella, su sonrisa era una réplica de la de Lilianne, con una ligera inclinación hacia arriba de la comisura izquierda. El último detalle que la dejó helada fue la tez pálida sembrada de pecas. El pintor había sabido reflejarlas con detalle. Tragó con dificultad el nudo de lágrimas que se le había atorado de golpe en la garganta.

—¿Quién es? —susurró sin apenas aliento.

—Era Eugene Parker, un primo hermano de Gideon. —Ellen apartó la mirada del retrato, aún le dolía—. Nos conocíamos desde niños, su padre y el mío eran socios. Tenían una naviera. Entonces vivíamos en la calle O'Farrell, nuestros jardines se comunicaban. Yo jugaba con sus hermanas, y él me metía ranas en los bolsillos. Yo pensaba que era un niño odioso. Pero crecimos, Eugene dejó de torturarme con sus bromas y yo dejé de ignorarlo. Nuestra amistad se convirtió en algo más profundo. Nuestros padres veían con agrado una unión entre las dos familia, una unión que reforzaba la asociación entre nuestros padres.

Ellen soltó un profundo suspiro, absorta en la contemplación del retrato. Los recuerdos acudieron a su mente; por primera vez en tres décadas dejó que vagaran libremente. Se le relajó el rostro por la ternura que la invadió.

—Eugene era dos años mayor que yo. Al cumplir los diecinueve, su padre decidió que su heredero debía realizar su *grand tour* antes de casarse conmigo. Por aquel entonces las familias acomodadas mandaban a sus hijos a recorrer Europa durante un año. Fue su única condición y Eugene y yo lo aceptamos. Éramos jóvenes, un año nos parecía tan poca cosa. Fue cuando me regaló este retrato, para que no lo olvidara. Yo le regalé uno mío para que siempre me llevara con él.

En ese instante Ellen ya no estaba sentada en un banco de la Misión Dolores, se había marchado muy lejos de allí. Esbozó una sonrisa que Lilianne jamás le había visto. Destilaba tanta ternura que se le encogió el corazón. ¿Cuántas veces había anhelado esa sonrisa de niña?

—Ocho meses después de la partida de Eugene, su padre sufrió un colapso. —La sonrisa desapareció repentinamente—. Se quedó en una silla de ruedas. No se recuperó nunca de ello. Su mujer llamó a un sobrino para que la ayudara a dirigir la empresa hasta el regreso de Eugene. Fue cuando Gideon apareció en nuestras vidas. Yo solo contaba los días para el regreso de Eugene. Se le había comunicado por carta lo sucedido a su padre, pero tardaba en volver. —La voz se le quebró, fue muy sutil, apenas un suspiro tembloroso—. Tardó demasiado. Gideon empezó sus maquinaciones sin que nadie se percatara de ello. Sin que yo fuera consciente de la situación, puso sus miras en mí. No cejó hasta obligar a mi padre a aceptar nuestro matrimonio.

La revelación de Ellen la estaba anestesiando como el más potente narcótico, embotaba todos sus pensamientos: sentía las manos heladas, el corazón le bombeaba demasiado rápido y la poca intuición que le quedaba le gritaba que se marchara de allí. A pesar de todas las señales de alarma que la estaban sacudiendo, permaneció sentada, rehén de la voz de su madre.

—Mi padre me anunció mi enlace con Gideon; me opuse, convencida de que era absurdo. Entonces me enteré de que Gideon se había hecho con el mando de toda la empresa. Todo lo que mi padre había conseguido a lo largo de su vida dependía de mi matrimonio con Gideon. Accedí y Eugene reapareció. —Tomó aire al tiempo que cerraba los ojos unos segundos. Los recuerdos seguían lastimándola con la misma intensidad que treinta años atrás—. Se enfrentó a su primo; fue como ver un duelo entre un inocente gatito y un león. Gideon poseía una fuerza arrolladora. Eugene no sabía cuán peligroso era su primo, yo sí lo sabía; mi padre me había revelado que Gideon traficaba con personas y opio, que sobornaba a los empleados de la aduana para que miraran hacia otro lado, cuando no recurría al chantaje.

»Tenía que proteger a Eugene y la única manera que se me ocurrió fue alejarlo cuanto antes. Le prometí que huiríamos a Europa. Se las arregló para conseguir dos pasajes para Inglaterra. La noche antes de nuestra fuga, me entregué a él. Al menos quería ese recuerdo. Al día siguiente no me presenté a nuestra cita para embarcar juntos. En su lugar, un criado le entregó una carta mía de despedida. Él se marchó sin una pregunta. Que cediera tan rápido fue como una puñalada traicionera, en mi fuero interno había esperado que luchara por mí. No fue así...

Lilianne quiso cogerle la mano, pero la costumbre de mantener las distancias con Ellen la detuvo. El instinto de consolarla se desvaneció y en su lugar se aferró al retrato. Las preguntas brotaban de ninguna parte y se golpeaban unas con otras, aumentando su confusión.

Frente a ella pasó un sacerdote que se detuvo para echarles un vistazo, sorprendido por la presencia de las dos mujeres y del hombre unos pocos bancos atrás. Ellen se recompuso, esgrimió su mirada gélida. El sacerdote se alejó ojeando por encima del hombro.

—Me casé dos meses después con Gideon embarazada del mismo tiempo y sin que nadie lo supiera —prosiguió Ellen con calma—. Pero Gideon no era un ingenuo. Por supuesto, naciste dos meses antes de lo previsto. Gideon me mandó a una finca que sus padres tenían en San Rafael. Me dejó allí tres meses mientras contaba a todos que habías nacido prematura y que yo estaba muy débil y precisaba reponerme. Durante ese tiempo fuiste mía, eras lo único que me quedaba de Eugene, aunque cada vez que te miraba, me recordabas cuán cobarde había sido. Sobre todo porque mis padres fallecieron pocas semanas después de mi boda al volcar su carruaje mientras cruzaban un puente durante una tormenta. Fue irónico y a la vez trágico. Me dejaron sola cuando yo lo había sacrificado todo por ellos.

La voz de Ellen cobró un tono acerado. Meneó la cabeza con vehemencia como si saliera de una pesadilla al tiempo que expulsaba todo el aire de los pulmones. En cuestión de segundos, volvió a hablar con su habitual indiferencia.

—Al cabo de tres meses, Gideon regresó a San Rafael y te entregó a una nodriza. Me dejó claro que jamás debía acercarme a ti. Te reconocía como hija suya públicamente, pero no te quería cerca. Me prohibió mostrar preocupación por tu estado de salud si llorabas, ni debía preguntar por tus progresos.

Las palabras fluían como un torrente, no necesitaba pensar. Según revelaba su historia, el peso que la había aprisionado durante décadas se hizo más liviano. No la eximía de sus errores, seguía siendo la misma persona que un día antes. Gideon la había moldeado a su antojo y Ellen había consentido que la manipulara. Aun así, ya no soportaba la carga del pasado, compartirla con Lilianne mitigaba la pena y el sentido de culpabilidad largo tiempo reprimido. El egoísmo de tal pensamiento le arrancó una mueca de desagrado dirigida a su propia persona. Una vez más pensaba en ella; una madre responsable y preocupada por la felicidad de su hija habría suavizado la verdad, incluso se la habría ocultado, pero Ellen necesitaba esa confesión como un penitente en busca del perdón. En este caso el penitente no recibiría la absolución, estaba seguro de ello.

—Fue un suplicio —prosiguió con voz ausente—, pero cuando encierras tu corazón tras una coraza, dejas de sentir. Me costó muchísimo, aun así lo logré. Gideon me inspiraba temor, él se encargaba de recordarme día tras día que mi vida y la tuya estaban en sus manos. Después nació Becky y Gideon cambió, se volvió más amable conmigo. Le había dado una hija y, si bien había preferido un heredero, se volcó en tu hermana con un afecto que me sorprendió. No lo creía capaz de amar con tanta devoción.

Lilianne recordaba con dolorosa precisión las muestras de afecto de Gideon hacia Becky, como la había mimado, consentido, adulado hasta convertirla en una criatura caprichosa, egoísta, volátil, incluso cruel. Recordaba a la Becky niña, muy pequeña, regordeta, de tirabuzones dorados y ojos azules como los de Gideon. Qué dulce había sido por aquel entonces. Qué poco tiempo habían tenido para conocerse, las habían separado siendo aún muy jóvenes. Lilianne había acabado en un internado mientras su hermana había disfrutado de la cercanía de sus padres.

—Lo sé —musitó por lo bajo—. Gideon siempre se encargó de hacerme saber que no era bienvenida a su lado, pero recibía a Becky con abrazos y regalos constantes. No me importaban los regalos, pero su afecto...

La mano de Ellen se posó sobre la de Lilianne, que se sobresaltó por lo repentino que había sido el gesto y por el contacto. Le resultaba extraño y angustioso. No recordaba cuándo su madre la había tocado por última vez. Aunque la mano de Ellen estaba enguantada, percibía su calidez. Alzó la mirada hasta toparse con la de su madre, siempre tan bella y fría, pero en ese momento delataba un profundo dolor.

—Fue una suerte que te odiara, que apenas aguantara tu presencia. El amor de Gideon hacia Becky fue el mayor castigo de tu hermana.

Las palabras de Reginal regresaron, cobraron un sentido que la golpeó con fuerza a pesar de sus sospechas. Fue más de lo que pudo soportar y rompió a llorar. Dejó que las lágrimas la liberaran del dolor lacerante que la azotaba desde aquella noche en la nave.

Creía haber conocido lo peor de Gideon, pero nunca dejaría de ahondar en lo más miserable.

Cooper se puso en pie, dispuesto a poner fin a esa conversación que estaba rompiendo en mil pedazos la entereza de Lilianne. Le sorprendió el gesto de Ellen, quien había alzado una mano para detenerlo. No fue esa pequeña mano enguantada lo que le detuvo, sino el llanto silencioso de esa mujer que había creído esculpida en hielo. Las dos estaban llorando. Titubeó, pero finalmente concedió unos minutos más a la conversación.

—Dime que no lo sabías... Dime que no lo sabías —repitió con insistencia.

—Por supuesto que no. Unos días antes de la boda de Becky, me reuní con ella. Mi deber era prepararla para su noche de bodas. Se rio de mí, me escupió a la cara que era demasiado tarde para explicarle lo que sucedía entre un hombre y una mujer. Entendí que había mantenido relaciones íntimas con algún joven, pero me corrigió. Me reveló que su padre se había encargado de hacérselo saber muchos años antes. —Se le escapó el aliento de manera temblorosa—. La hirió en lo más hondo, la convirtió en una persona destructiva consigo misma y con los demás, incapaz de amar. Y no me sorprende, el hombre que supuestamente más la amaba la condenó a un tormento sin cura ni alivio. Todo lo que tocaba Gideon era maldito, condenado a lo más despreciable. Era una mente brillante, pero podrida hasta el corazón. El odio que sentía hacia ti te protegió, no te libraste de sus maquinaciones, de su maldad, pero consuélate: al final conseguiste librarte de él. Fuiste la más valiente de las tres.

71

Permanecieron en silencio; cada una meditaba la desgarradora verdad. Lilianne acarició el retrato con dedos inseguros. Ni siquiera se molestaba en enjugarse las lágrimas. Agradecía que Ellen le hubiese contado la verdad acerca de su padre, el verdadero, el que le había ocultado durante toda su vida. Pero al mismo tiempo su regalo se veía envenenado por la tragedia de Becky. Habría preferido no saber nada. Quien ignoraba la verdad, no sufría.

—¿Qué fue de Eugene? —preguntó con la voz ronca.

—Murió cerca de la ciudad de Calcuta de unas fiebres. Que yo sepa, no tuvo descendencia.

Lilianne se encogió de hombros, ya tenía una familia. Le bastaba tener a Cooper y a su tía en su vida. Giró la cabeza hacia su marido, que la vigilaba con el ceño fruncido y los puños apretados. Hizo lo imposible por sonreír con la intención de tranquilizarlo. Él lo entendió y asintió con otra sonrisa que revelaba sus dudas, pero se conformó con ello.

—Tengo una petición.

La voz de Ellen la devolvió a la realidad. Su madre había recuperado su habitual impasibilidad.

—Fulton me hizo una visita ayer. Se presentó como un carroñero para reclamar lo que Gideon le debía. Se quedará con el banco, la mansión de Nob Hill y la de Sausalito. Ha tenido la deferencia de dejarme la finca de San Rafael, la que menos valor tiene de todas, por supuesto. También me hizo saber que se niega a reconocer a los hijos de Becky como sus nietos. No los quiere, como si fueran trastos inservibles y molestos. Es un miserable, pero dado el comportamiento de tu hermana, no he podido culparle. Genevieve es idéntica a su madre y Edwin es moreno con ojos pardos. Ninguno de los dos se parece a Reginal...

—Dios mío. Los niños no han hecho nada para merecer tanta injusticia. Pero no están solos, te tienen a ti.

Una ceja de Ellen se alzó unos milímetros.

—Dime, Lilianne, ¿he sido una buena madre? —Al no recibir ninguna respuesta, esbozó una media sonrisa. Era de esperar que su hija no se apresurase a contradecir lo que dejaba entender esa pregunta—. No soy la persona más adecuada para cuidar de dos niños a los que apenas han prestado atención sus propios padres, pero tienen a alguien...

Lilianne se puso en pie, asustada por lo que su madre le iba a pedir. Lo percibía en lo más hondo y el miedo se adueñó de ella. Negó con vehemencia.

—No, no me puedes pedir lo que insinúas. No puedo hacerme cargo de ellos.

Su madre se puso en pie sin apartar los ojos de los de su hija.

—Tú misma acabas de decir que no tienen la culpa de nada. Eres la única que puede brindar un hogar a esos niños. Si tú no te responsabilizas de Genevieve y Edwin, su abuelo los entregará a un orfelinato, lejos, para no saber nada de ellos.

—Tú...

—Yo jamás podré hacerme cargo de unos pequeños. Así son las cosas. No me engaño, no soy la persona adecuada. Si apenas supe proteger a mis hijas, ¿qué piensas que haré con esas dos criaturas? Lilianne... —Su voz adoptó un tono casi de súplica—. Eres la única de esta familia con corazón. Están en casa de sus padres, ve a por ellos. Siempre fuiste especial, sabrás hacerlo bien.

—¿Y tú, qué harás de aquí en adelante?

Ellen se encogió de hombros con una indiferencia que, por primera vez en muchos años, era fingida.

—Me marcharé a Inglaterra. Tengo una prima lejana que vive en Devonshire. Venderé la finca de San Rafael y me compraré un *cottage* en la campiña inglesa. Seré una viuda respetable que toma té y miraré desde mi ventana pasar las estaciones. —Soltó una risita temblorosa—. Tal vez un día me perdone por haber sido tan cobarde.

Se dejó llevar por un instante de debilidad, Gideon ya no estaba para recordarle su promesa de no acercarse a su hija. Le acarició una mejilla. Fue un roce fugaz, tímido, apenas perceptible.

—¿Nunca pensaste en dejarlo? —murmuró Lilianne, conmovida por ese simple gesto.

—Lo soñé millones de veces, pero no soy como tú. No soy valiente, nunca encontré el coraje de enfrentarme a él. —Quiso repetir la caricia, pero esa vez no encontró el valor. Dejó caer la mano, odiándose por no ser capaz de mostrar afecto—. Esta es nuestra despedida. No creo que volvamos a vernos, al menos en mucho tiempo. No podemos ignorar la brecha que yo misma cavé entre tú y yo. Quizá un día...

Lilianne asintió, su madre estaba en lo cierto. A pesar de todas las emociones que flotaban en el aire, un océano de recuerdos infelices las separaba. «Ojalá un día», como le había dicho.

—Quédate con el retrato, al fin y al cabo es tu padre. Yo lo tuve treinta años, ahora te pertenece.

Ellen ocultó su rostro tras el tupido velo negro y se ajustó con cuidado los guantes. Justo cuando se proponía alejarse, Lilianne la sujetó del brazo.

—¿Sabías que Gideon pretendía internarme en el Imola?

Durante unos segundos, pensó que su madre no iba a contestar. Bajó la mano, no soportaba tocarla.

—Al principio, no. Creí que iba a llevarte a un sanatorio en Palo Alto. Supe la verdad cuando vinieron a por ti, cuando vi la berlina. Ya era tarde para impedirlo.

No hubo ningún gesto de despedida, ni una palabra. Se alejó como una sombra; vaciló al pasar junto a Cooper, pero continuó sin detenerse.

Lilianne la siguió con la mirada hasta que desapareció, dividida entre dejarla que saliera para siempre de su vida o echar a correr tras ella. Ellen se había refugiado tras una pared para no sentir, abandonando a una criatura a su suerte. Tampoco había sabido proteger a su otra hija de su padre. Se negaba a aceptar sus revelaciones, eran una sinrazón; con todo, había reconocido la verdad al mirarla a los ojos. Se negaba a culparla de todo, su madre había sido una víctima. Como lo había sido Becky.

En cuanto se quedaron solos, se echó a los brazos de Cooper. La envolvió en un abrazo protector que pretendía aliviar su evidente zozobra. Dejó descansar la mejilla contra su coronilla. Los sollozos contenidos le sacudían como puñetazos. Se sentía impotente por no aliviar su dolor y solo se le ocurría mecerla entre sus brazos.

—¿Me quieres, Cooper?

Lilianne se apartó apenas un palmo de él. Sus miradas se enlazaron y, antes de abrir la boca, Cooper le contestó con un gesto que abarcaba todo el amor que sentía por ella. Envolvió su semblante congestionado por el llanto entre sus manazas y le enjugó las lágrimas con los pulgares.

—No, y lo sabes. No te quiero, yo te amo...

—¿Más que unos zapatos nuevos? —replicó ella con la voz trémula.

—Por supuesto.

—¿Más que un trozo de tarta de manzana?

Lilianne estaba aturdida, rota por un dolor profundo; sin embargo, esa última pregunta tranquilizó a Cooper. Solo ellos entendían el significado de esas palabras tan carentes de sentido.

—Más que dos trozos de tarta de manzana. ¿Qué te ocurre, Lily?

Ella se puso de puntillas hasta alcanzar la oreja de Cooper y le susurró algo que le dejó petrificado. Permaneció abrazado a ella, buscando en su interior la respuesta. No tardó en hallarla. Todo lo que ella le propusiera sería bueno para él, aunque le pidiera acompañarla hasta el mismísimo Infierno.

—¿Estás segura? Estoy contigo y siempre lo estaré, pero es una responsabilidad abrumadora.

—Estoy asustada, pero ellos no tienen la culpa de nada. Nuestros padres fueron nefastos, nos hirieron, pero míranos: tú y yo. No hemos salido tan mal.

—Lo sé. Sobre todo tú. —Se le hinchó el pecho de orgullo y amor por ella—. No había imaginado que sería tan pronto, pero pensaba formar una familia numerosa contigo.

Ella se echó a reír al tiempo que ocultaba el rostro contra su chaqueta. Se permitió inhalar su aroma, Cooper siempre olería a viento y pinácea. A libertad. Era su refugio; a su lado nunca conocería la soledad, y en un futuro lejano quería mirarle a los ojos y decirle cuan maravilloso había sido recorrer a su lado el largo camino de sus vidas.

—Gracias.

No pudo reprimir todo lo que sentía por ella; agachó la cabeza para besarla despacio. Sus labios sabían a lágrimas. Esperaba que fueran las últimas en mucho tiempo. El abrazo se estrechó y el beso se hizo más profundo. Un carraspeo los interrumpió. Ambos alzaron la cabeza para ver a un sacerdote que los contemplaba con un gesto de censura.

—Lo lamento, padre —murmuró Lilianne con las mejillas enrojecidas.

Cogió el retrato que había dejado donde había estado sentada, lo metió en la caja con cuidado y la cerró. Se marcharon con toda la solemnidad de la que fueron capaces cogidos del brazo. Una vez fuera, Cooper la tomó en brazos y la hizo girar ante las miradas asombradas de los que pasaban por delante de la misión.

—Vivamos peligrosamente, Lily. Y si es con dos niños, pues vayamos a por ellos cuanto antes.

En el carruaje, Cooper le echó un brazo por los hombros, atrayéndola contra su cuerpo. Sabía que en la caja que Lilianne sujetaba contra su pecho había un pequeño cuadro, presentía que era importante para ella. Lilianne se lo contaría en su momento, cuando estuviese lista para hablar. Cerró los párpados después de besarla en la frente.

—¿Lily?

—¿Humm?

—Si vamos a convertirnos en padres, ¿no crees que deberíamos pensar en casarnos?

La risa de Lilianne estalló en el interior del carruaje. Asintió despacio contra el chaleco de Cooper.

—Creo que sería lo más conveniente...

El carruaje se detuvo frente a una mansión de ladrillo rojo; la fachada reflejaba la opulencia del interior. Ambos subieron la escalinata de la entrada tomados de la mano. Un mayordomo les abrió la puerta antes de que llamaran al timbre. Para sorpresa de Cooper y Lilianne, sin que ellos le dijeran nada, los acompañó hasta un salón donde se encontraron con Henry Fulton. Este les dedicó un gesto de la cabeza como saludo.

Era un hombre de aspecto insignificante, de estatura media, de rostro banal, pero si uno se detenía en su mirada, podía reconocer su inteligencia y su temperamento mezquino.

—Veo que Ellen ha cumplido con su palabra. —Se puso en pie para servirse una copa. No les ofreció nada. Se tomó un trago sin prisas y sin perderlos de vista—. Me dijo que te los llevarías. Por mí, como si los tiras a una cuneta.

—Es horrible que hable así de sus nietos —exclamó Lilianne.

—¿Mis nietos? —Se echó a reír quedamente—. ¿Estarías dispuesta a poner la mano en el fuego por esos niños? —Meneó la cabeza al tiempo que esbozaba una sonrisa falsamente indulgente—. No, por supuesto que no. No son de mi hijo. Traté de abrir los ojos a ese estúpido, pero estaba obnubilado con todo lo que tenía que ver con Becky. Le tenía totalmente dominado.

Caminó hasta una mesa y abrió una caja de la que sacó un puro. Lo olió antes de encenderlo. A Lilianne le asombraba su falta de emoción al hablar de Reginal o de sus nietos. No estaba dispuesta a poner la mano en el fuego por Becky, pero castigar a los niños por los errores de los padres era una aberración. Prefería pensar en Ellen, que se había preocupado de sus nietos a su manera. Ese detalle, aunque nimio, la reconfortaba. Al menos Ellen creía en ella.

—¿Dónde están Genevieve y Edwin? —atajó, cansada de la actitud de Fulton.

Él soltó un aro de humo que subió en el aire de manera perezosa.

—Arriba, en las dependencias de los niños con su *nanny*. No los quiero aquí. Y espero no volver a tener ninguna relación con los Parker.

—Le aseguro que así será —intervino Cooper.

Cogió a Lilianne de una mano, no servía de nada hablar con un hombre como Fulton. Carecía de compasión, no la había tenido con su hijo, no la tendría con nadie. Subieron las escaleras casi de dos en dos. Una doncella correteó tras ellos hasta alcanzarlos. Los guio por el laberinto de pasillos y salones hasta una zona aislada del resto de la casa. Cooper pensó que debería oírse alguna risa infantil, un juguete caerse o pasos correteando. Por lo contrario, el silencio era lo único que ocupaba el pasillo.

Lilianne se anticipó a la doncella cuando esta se detuvo delante de una puerta. La abrió sin llamar y se quedó parada en el umbral. Un niño moreno de unos cinco años jugaba con cubos de madera que apilaba de manera cuidadosa. Fruncía el ceño y la punta de su pequeña lengua rosada asomaba por entre los labios apretados. Una niña rubia estaba sentada en una banqueta, sostenía un libro con ilustraciones de animales, que cayó al suelo en cuanto los vio. Sus grandes ojos azules destacaban en el pequeño rostro rubicundo; enseguida adoptaron una expresión desconfiada. En una esquina, una mujer de aspecto severo se puso en pie.

—Señorita Genevieve, señorito Edwin, saluden...

Ni Lilianne ni Cooper oyeron lo que siguió; los dos estaban absortos en la contemplación de los pequeños. Eran la imagen de la inocencia, aún protegida por los sueños, pero esos pequeños eran inusualmente precavidos. Carecían de la espontaneidad propia de los niños, no había risas en sus miradas. A la mente de Lilianne acudieron Tommy y Milo, tan espabilados. Habían vivido en algún momento la angustia del hambre y el frío, sin embargo, jamás se habían sentido desprotegidos. A Genevieve y Edwin no les había faltado de nada, solo había que ver la estancia donde se encontraban, abarrotada de juguetes, su atuendo cuidado y sus mejillas redondas, pero sus ojos revelaban una soledad desgarradora. Genevieve y Edwin habían carecido de lo imprescindible: el amor de sus padres.

La mano de Cooper se aferró a la de Lilianne. Esta se dio cuenta de que no era la única que temblaba de emoción. Ambos entendían esos niños, habían sufrido la misma carencia de afecto, sabían que la falta de amor dolía tanto como el hambre. Dejaba una huella profunda que jamás se curaba. Habían aprendido a vivir con ese vacío, hasta que sus caminos se habían cruzado y solo entonces habían descubierto lo hermoso y generoso que podía ser el amor. Estaban a tiempo de enseñar a esos pequeños cuan bello era saberse amado.

Con una mirada supieron que nadie les arrebataría a los niños. La decisión estaba tomada, ya habían caído rendidos ante su actitud demasiado cauta.

—Dios mío —susurró Cooper—, son tan pequeños.

—Sí —convino ella sin aliento—. Y tan guapos...

Intercambiaron una mirada esperanzada y se sonrieron. Habían empezado solos el azaroso viaje y seguirían adelante con dos niños. No les importaba, les sobraba amor, necesitaban entregárselo a esos pequeños. A partir de ese día, Genevieve y Edwin recibirían lo que se les había negado desde su nacimiento: una familia que se preocuparía por ellos, que los escucharía, los mimaría. No sería siempre sencillo, se les antojaba una responsabilidad descomunal, abrumadora, pero habían superado tantos obstáculos para estar juntos que se sentían con fuerzas suficientes para mover montañas.

—¿Cooper? —susurró Lilianne.

Él asintió con un nudo en la garganta, se sentía demasiado grande y torpe frente a unas criaturas tan frágiles, pero en su interior empezaba a palpitar una emoción nueva, ligera como una invencible pompa de jabón, angustiosa y a la vez hermosa. Esa emoción cobró fuerza cuando su mirada se detuvo en el niño, que permanecía sentado sobre la alfombra con la boca entreabierta, y en la niña que le devolvió la mirada sin vacilar. Ya empezaba a amarlos.

—¿A qué esperamos?—contestó él.

72

Territorio del Yukón, 24 de diciembre de 1898

En el comedor del Fairview la música tronaba mientras las parejas bailaban, pero en la última planta se respiraba paz. En un rincón Paddy descansaba en una mecedora y escuchaba la dulce voz de Genevieve. Menudo genio era esa pequeña bruja, idéntica a su tía. Se rio por lo bajo al pensar en Lilianne. Esa misma mañana habían discutido acerca de la manía de la mujer por los baños. ¿Desde cuándo era necesario bañarse a cada instante? Pero la pelirroja se mostraba inflexible y no había quien la engañara. Ni siquiera cuando Paddy se echaba encima medio frasco de colonia.

—¿Por qué te ríes? —quiso saber Genevieve, que había interrumpido su lectura.

—Por nada que te incumba. Sigue leyendo.

La niña puso los ojos en blanco y prosiguió. Paddy la estudió con la mirada entornada. La pequeña había aprendido a leer en muy pocos meses. ¿Todas las mujeres de la familia de Lilianne eran así de espabiladas? Como si no fuera suficiente con la pelirroja, se había traído a su tía, aún más remilgada que Lilianne. Aunque, a decir verdad, tenerla en Dawson aportaba algo de distinción, los mineros la trataban con delicadeza y educación, hasta el más bruto. Con los niños ocurría lo mismo; no había muchos en Dawson, menos aún en los campamentos, de modo que cuando Genevieve y Edwin caminaban de la mano de sus tíos, recibían muestras de cariño, las tenderas les regalaban golosinas, hasta las fulanas les hacían arrumacos. No era el mejor lugar para dos niños, pero todos hacían lo imposible para que los pequeños vieran la cara más amable de la ciudad.

Echó un vistazo a Edwin, tumbado sobre una piel de oso. Su cabeza descansaba sobre el lomo de *Brutus*. Al chucho no parecía importarle, se dejaba usar de almohada sin protestar mientras dormitaba junto al calor de una estufa. No era habitual que el niño estuviese tan quieto. Si bien al principio se había mostrado huidizo y apenas había abierto la boca, desde hacía un tiempo no permanecía callado o quieto cinco segundos.

Qué extraño había sido ver llegar a Cooper acompañado de dos damas y dos niños. Había sido la comidilla de todo Dawson; hasta Steele se había desplazado hasta el embarcadero para asegurarse de que el rumor era cierto. Recibió a la familia Mackenna con una sonrisa burlona, que Cooper había encajado con un gruñido.

Ignoraba qué había sucedido en San Francisco, pero, a pesar de su evidente felicidad, habían desembarcado con una tristeza en la mirada que, por suerte, había ido diluyéndose poco a poco.

Soltó un suspiro. Lo importante era que por fin vivían en paz. En ese periodo del crudo invierno todo se paralizaba. Los días eran cortos, el frío seguía azotando la región como un año antes, pero vivir en el Fairview lo cambiaba todo. El hotel de Belinda ofrecía calefacción, agua caliente, una estupenda comida y luz eléctrica. Unos días antes habían arrancado las calderas y desde ese momento memorable en Dawson, el Fairview brillaba en la oscuridad del Yukón como un faro en un mar helado.

—No me estás escuchando —se quejó Genevieve con indignación.

¡Por san Patricio! ¿Es que esa niña le leía el pensamiento? Era cierto que había dejado de prestarle atención.

—Claro que te escucho —mintió.

Los ojos de Genevieve se entrecerraron.

—Júramelo.

—Un irlandés no jura nunca.

La risita de Edwin estalló en la estancia caldeada.

—Esta mañana juraste por todos los santos de Irlanda a la tía Lilianne que no volverías a darte un baño.

Cooper entró. Cargaba en un brazo un pesado abrigo de piel y un aparatoso gorro. En cuanto lo tiró todo a una silla, se agachó y estiró los brazos.

—Venid aquí, pequeñas sabandijas.

El niño no se hizo de rogar y se lanzó a los brazos de Cooper. Los primeros días había temido a ese hombre tan alto y de aspecto intimidante, pero había descubierto que a su lado se sentía seguro. Después de un escueto abrazo y un beso en su tupida barba, se le subió a la espalda. Al momento Genevieve tiró el libro y se encaramó al pecho de Cooper. Él se puso en pie al tiempo que soltaba un gruñido.

—Empezáis a pesar demasiado. La tía Lilianne os está cebando como cochinillos.

Los niños se rieron, encantados. Las cejas de Paddy se dispararon hacia arriba. Esas escenas familiares eran frecuentes, pero todavía le sorprendía ver de esa guisa a Mackenna. Costaba reconocer al hombre huraño y solitario de Mackenna Creek.

—Si te vieran algunos, ya no te llamarían Gran Oso Blanco. Te has convertido en una mamá osa.

Cooper le lanzó una de sus miradas gélidas sin que surtiera efecto en el irlandés.

Violette apareció cargada con una bandeja, que desprendía un delicioso aroma dulzón.

—Aquí viene una merienda tardía, pero como hoy cenaremos tarde, no importa. —Dejó la bandeja sobre una mesa y se sacudió las manos—. ¿A quién le apetece un chocolate caliente?

Los niños se apresuraron en bajarse de su tío y corrieron a la mesa entre empujones.

Violette sonrió al ver a los pequeños comportarse por fin como niños felices. Los primeros días en San Francisco habían sido complejos, Genevieve y Edwin apenas habían abierto la boca con los adultos de la familia, se habían mantenido aislados, siempre cogidos de la mano y habían buscado refugio en los perros que los acogieron como cachorros. Durante el viaje, Genevieve se había mostrado protectora con su hermano de una manera enternecedora. Sin embargo, la llegada a Dawson los había asombrado de tal manera que habían salido de su repliegue de repente con mil preguntas atropelladas.

A ella también la había dejado boquiabierta la ciudad. Pero en aquel lugar extraño habían encontrado la manera de ser felices. Echaba de menos su casa, a la señora Potts, a Melissa, pero la tranquilizaba que Adele se hiciera cargo de ellas mientras la familia estuviese en el Yukón. Lilianne había vuelto a la consulta del doctor Sullivan, que la había recibido con los brazos abiertos; Cooper y Paddy se ocupaban de sus concesiones cuando el tiempo lo permitía; y Violette se encargaba de la escuela, donde daba clases a los pocos niños de la ciudad y de los campamentos. No había hecho distinciones, para ella, blancos e indios eran niños y necesitaban una educación.

Sirvió el chocolate a los pequeños; después sirvió una tercera taza y se dirigió a Paddy.

—¿Le apetece, señor O'Neil?

Él la miró con los ojos muy abiertos.

—¿Acaso le preguntaría a un león si sabe rugir?

—No, como tampoco le preguntaría si le gusta bañarse —musitó Violette ahogando una risa.

—¡Y dale con los dichosos baños! ¡Pues pienso bañarme cuando me dé la gana! Y ahora pienso tomarme el chocolate tranquilamente, el primero que abra la boca, le corto la lengua.

Violette se irguió, no fue mucho porque era bajita, pero Paddy se encogió ante la autoridad que desprendía la mujer. Meneó la boca y se metió las manos en los bolsillos de los pantalones.

—Lamento mi salida de tono, señora Violette.

La aludida resopló por la nariz, pero su boca se suavizó y le tendió la taza.

—Está bien, no hay mejor hombre que el que sabe disculparse

a tiempo. Tome asiento. Debo decirle que le sienta bien haberse afeitado. Ahora sé qué rostro tiene, señor O'Neil. —Se aclaró la garganta y le echó una mirada de soslayo—. Un buen corte de pelo no le vendría mal. Esas greñas parecen ratas escaldas. ¿Cooper, le apetece un chocolate? —añadió justo cuando Paddy se disponía a replicar.

El irlandés boqueó varias veces buscando las palabras. Violette le recordaba a su madre, hablaba suave como un guante de seda, pero era intransigente. Por respeto, y porque no quería enzarzarse en una nueva discusión que perdería, prefirió tomarse el chocolate tranquilamente.

Si hubiese sido la pelirroja, no se habría mostrado tan dócil. Qué genio tenía esa mujer y qué elocuencia para conseguir lo que quería. No entendía la mitad de las palabras que usaba Lilianne. Estaba seguro de que lo hacía a propósito, solo para fastidiarle, pero no lo conseguía.

La señora Mackenna era el mejor tónico para mantenerse alerta. Sí, señor, disfrutaba de sus escaramuzas con ella. Lilianne no se amilanaba por mucho que él se mostrara terco y gritara, y eso le gustaba, aunque prefería cortarse la lengua antes de reconocerlo en voz alta. La pelirroja había conseguido hacer feliz a Cooper, que ya no contestaba con gruñidos y casi era posible bromear con él. Solo por eso, Lilianne se merecía su admiración y respeto.

Cooper contemplaba la escena sin chistar. Aún le costaba creerse que estaba de nuevo en el Yukón con esa extraña familia, pero jamás se había sentido tan satisfecho y feliz.

—Gracias, Violette, pero no me apetece.

—¿Cuándo regresará tía Lilianne? —preguntó Edwin.

Un espeso bigote de chocolate coronaba su labio superior, lo que le daba el aspecto de un rufián cómico. Cooper se acercó para limpiárselo con una servilleta.

—Ahora viene, ha ido a echar una mano al doctor Sullivan.

—Pero hoy es víspera de Navidad —se quejó Genevieve. Se pasó la lengua por el resto de chocolate—. No se debe trabajar.

—Pero las enfermedades no entienden de fechas —le explicó

Cooper con paciencia—. Tranquila, esta noche las veremos. ¿Queréis venir? —preguntó a los demás.

—Por supuesto que no, estoy harto del mismo espectáculo —se quejó Paddy.

Violette negó en silencio mientras pensaba cuanto había cambiado ese hombre. Apenas reconocía a Cooper. Su rostro se había dulcificado un poco, lo suficiente para no parecer a punto de arrancar la cabeza al primero que le molestara, y sus ojos ya no reflejaban esa frialdad que la había sobrecogido la noche que volvió a verlo en su salón.

La puerta se abrió por tercera vez; Lilianne los saludó con una sonrisa y los niños se le echaron encima. Ella les hizo arrumacos, preguntó si se habían portado bien, si habían disfrutado del chocolate. Hablaba al tiempo que acariciaba sus rostros, les recolocaba el pelo, los acicalaba. Cooper se derretía cada vez que la veía de esa guisa. Bajo sus atenciones los niños habían florecido, la querían con locura, casi tanto como él.

—Bien —exclamó ella mientras se enderezaba, con el abrigo aún puesto—. Creo que ya podemos irnos.

—Lo tengo todo listo —intervino Cooper. Se acercó a ella y la besó en la frente—. Su carruaje la espera, majestad.

Los niños soltaron gritos de alegría y corrieron hasta sus habitaciones para abrigarse.

—Es una locura —protestó Violette—. Hace un frío horroroso.

—Pero solo serán unos minutos —le aseguró Cooper, que ya se ponía su pesado abrigo—. Y llevo bolsas de agua caliente en el trineo. Es una noche perfecta, despejada. Las veremos con claridad.

Lilianne asintió. En efecto era una locura, pero ya lo habían hecho y tomaban precauciones con los niños.

—¿No vienes, Paddy? —quiso saber ella.

—No, gracias. Alguien tiene que quedarse con la señora Violette.

Esta agradeció la consideración del irlandés y le dedicó una sonrisa. Lilianne sondeó sus rostros.

—¿Qué os traéis entre manos?

Paddy se puso en pie alzando la barbilla.

—Ya está la pelirroja metiendo las narices. Pues no nos traemos nada entre manos.

Lilianne se le acercó y ladeó la cabeza sin dejar de sonreír.

—Te has afeitado. Al final lo he conseguido.

Y, dicho esto, le besó en una mejilla. El irlandés se sonrojó.

—No creas que me vas a engatusar, pelirroja.

—Lo sé —murmuró ella—, pero estarías más guapo si no gruñeras tanto.

—Por favor, no empecéis otra vez —rogó Violette.

Unos minutos después bajaban los cuatro por las escaleras del servicio seguidos de *Brutus*. Se cruzaron en la puerta de la cocina con Belinda.

—Hummm... dejadme adivinar dónde vais.

—¡Sí! —gritó Edwin antes de que Belinda lo dijera—. Tío Cooper dice que es una noche perfecta.

El rostro severo de la señorita Mulhrooney se relajó.

—Ya, y tu tío sabe mucho de eso. Que lo disfrutéis.

Mientras cruzaban la cocina, los niños recibieron golosinas y comentarios divertidos de los empleados del hotel. Salieron a la calle. No era tarde, apenas las siete, pero la oscuridad se había desplegado desde hacía horas. Lilianne se acomodó en el trineo, luego se puso el gorro de piel y los guantes. Justo delante se colocó Genevieve. Y finalmente Cooper sentó a Edwin. Se aseguró de que estuviesen bien protegidos del frío. Los abrigó con gruesas mantas de piel de lobo y les colocó las bolsas de agua caliente alrededor.

Beasley y *Linux* esperaban con los arneses listos. Cooper ajustó el de *Brutus* y acarició las cabezas de los tres perros. Se agitaban, nerviosos por la salida nocturna. Soltó el freno del suelo nevado para impulsarse con una pierna al tiempo que lanzaba la orden de correr a los perros. Los niños y Lilianne sintieron la sacudida, de inmediato tomaron velocidad por la ciudad hasta que la dejaron atrás. Cooper los guio por un paisaje nevado, que bajo la luz de la luna cobraba un aspecto fantasmal azulado, hermoso en su inmensidad. No tardaron en llegar a un claro. Los niños ya tenían la vista fija en lo alto. Les fascinaban las luces verdosas que se extendían en el cielo como velas agitadas por el viento. Pero no había viento, era una noche apacible. Bien abrigados como iban, podían contemplar el fenómeno natural más espectacular que brindaba el Yukón.

Lilianne se recostó, relajada, y alzó una mano hacia atrás. Cooper, que permanecía de pie detrás de ella, se la tomó después de quitarse el guante. Ella le echó una mirada; en silencio le susurró que le amaba y él le contestó de la misma manera. Sellaron sus palabras con un apretón de las manos entrelazadas.

—Dime, Genevieve, ¿crees que papá y mamá están ahí arriba?

La voz de Edwin era soñadora, pero no transmitía pena. Lilianne apretó los labios; era la primera vez que su sobrino nombraba a sus padres.

—No lo sé —musitó su hermana—. Puede que sí.

No volvieron a abrir la boca. Cooper sintió lástima por esa etapa de sus vidas. Por eso mismo se volcaba en ellos, les ofrecía todo lo que tenía, hasta su corazón. Ignoraba de dónde salía ese instinto de protección que le impulsaba a velar por los niños como si su vida dependiera de ello. La otra razón que le daba aliento era la mujer sentada en el trineo. Se inclinó hacia delante para escudriñar el rostro de Lilianne.

—Estoy bien —le aseguró ella.

Tiró suavemente de su abrigo hasta que sus labios se rozaron.

—Ya están besándose otra vez —susurró Edwin.

Genevieve se rio por lo bajo.

—Lo sé —replicó en el mismo tono.

Lilianne y Cooper también se rieron.

—Ya es hora de volver —avisó él al tiempo que soltaba del suelo nevado el freno.

A esa temperatura no debían permanecer mucho tiempo fuera. Regresaron cantando villancicos acompañados de los ladridos de los perros. Volvieron a subir las escaleras de servicio. Delante de la puerta de su *suite* oyeron el barullo de muchas voces, risas, el ruido sordo del tapón de una botella de champán que saltaba por los aires. Los cuatro se miraron sorprendidos. Abrieron despacio y asomaron las cabezas. En el interior estaban todos sus amigos: Paddy y Violette, por supuesto; Belinda, el doctor Sullivan, el superintendente Steele, Stella, la señora Cabott, el abogado Michael Doillon, los empleados de Cooper en sus concesiones, mineros de los campamentos, pacientes de la consulta de Sullivan, y otros muchos habitantes de Dawson.

—¡Por fin habéis regresado! —soltó Paddy—. ¡Feliz Navidad!

—Niños —les invitó Belinda—. Creo que hay unos regalos bajo la ventana y parece que son vuestros.

Abrazada a Cooper, Lilianne se sintió afortunada; todavía le quedaban muchos obstáculos que sortear, como conseguir que la aceptaran en una escuela de medicina para mujeres, pero nadie le robaría ese instante. Esa noche de Navidad, rodeada de sus amigos y familia, significaba que nada era imposible.

—Creo que venir hasta aquí fue lo más acertado —susurró a Cooper—. No podemos tener a mejores personas a nuestro alrededor.

Él asintió y soltó un suspiro.

Esa misma noche, Willoby entró en el comedor de la nueva casa de Amalia con una caja de madera entre las manos. Los niños ya estaban en la cama, lo que había dejado un extraño silencio en la vivienda. Amalia estaba sentada junto a una estufa y a la luz de la lámpara de gas sobre su cabeza, tejía un jersey. Alzó la cabeza de su labor en cuanto le oyó entrar y le dedicó una sonrisa.

—¿Y los niños? —quiso saber él algo decepcionado—. ¿Has conseguido meterlos a todos en la cama?

—Sí, me ha costado, sobre todo Tommy. He tenido que amenazarlo con dejarle sin comer dulces mañana. Llegas tarde, creí que cenarías con nosotros.

Willoby dejó la caja sobre una mesita y se sentó junto a Amalia.

—Mi intención era venir, pero el abogado de Cooper y Lilianne me pidió esta tarde que me pasara por su despacho. Me ha deseado una feliz Navidad y me ha entregado dos cajas: una para mí y otra para el doctor Donner.

Los ojos amables de Amalia fueron del rostro desconcertado de Willoby a la caja.

—¿Y no has mirado lo que hay dentro?

—Sí, claro. Sobre todo cuando llevé la caja al doctor Donner y vi lo que había en su interior.

Las cejas de Amalia de arquearon, cada vez más intrigada.

—¿Y bien?

Willoby sacó del interior de la caja un bote de vidrio de aspecto anodino. Se lo entregó con cuidado a Amalia, que se sorprendió por su peso. Ella lo giró para admirar el polvo que había en su interior: parecía arena dorada. Consultó el rostro de Willoby en busca de una respuesta.

—Es oro, Amalia. El otro frasco que he llevado al doctor Donner era idéntico a este. Y en cada caja había una nota: Feliz Navidad de parte de la familia Mackenna.

—Dios mío —exclamó Amalia—. ¿Y qué ha dicho el doctor Donner?

—Se ha echado a reír como un loco. Y, a decir verdad, yo también me eché a reír. Nos han regalado un bote lleno de polvo de oro por valor de cinco mil dólares cada uno. Estos Mackenna están locos.

Epílogo

Seattle, 16 de febrero de 1910

Estimado Aidan,

La noticia de tu enlace me ha causado una honda alegría, sobre todo después de tantos años sin saber de ti. Me complace que Imogen sea una mujer tan comprometida con las necesidades de las mujeres de los nuevos tiempos que corren, pero... ¿Una conocida sufragista? Me pregunto qué pensarán de la nueva condesa de Annandale los demás diputados de la Cámara de los Lores.

Te confieso que esta maravillosa noticia me ha quitado un inmenso peso de encima. Desde aquella conversación en el salón de mi tía y de nuestra despedida tan triste, sentía que te había fallado. Ahora, de manera egoísta por este alivio, pensaré en ti con afecto pero sin remordimientos.

Me preguntas por mucha gente, aquí te hago un pequeño resumen de lo que han sido las vidas de los amigos que compartimos.

Adele abandonó San Francisco después del terrible terremoto que sacudió la ciudad en 1906. Ahora vive en Los Angeles y se ha casado con un promotor del nuevo cinematógrafo. Gracias a la correspondencia que mantiene con mi tía Violette, tengo frecuentes noticias suyas y creo poder asegurar que es feliz.

Mi querida tía sigue siendo una mujer emprendedora, pero está cada día más frágil, camina más despacio y su cabello se ha cubierto de canas. No sé qué habría sido de mí sin ella, me enseñó tanto y me brindó tanto afecto que no concibo no tenerla a mi lado. Por eso viajó con nosotros hasta el Yukón al finalizar el verano de 1898. Nada más poner un pie en Dawson, organizó una escuela para todos los niños de la ciudad y de los campamentos, blancos e indios. Cuando nos instalamos en Seattle, creamos un sistema de ayuda financiera para mujeres que aspiran a dirigir pequeños negocios, como hicimos hace años con Amalia Godwin, y hasta el día de hoy hemos cosechado grandes alegrías.

Sin embargo, sé que aún llora la muerte de nuestro querido Eric. Falleció durante el terremoto tratando de ayudar a los demás. En su memoria, Cooper y yo mandamos construir el nuevo dispensario Eric Donner, donde dos jóvenes médicos perpetúan la magnífica labor que empezó nuestro amigo. Cada día le recuerdo con afecto y nostalgia, pocas personas dejan una huella tan profunda en la vida de los que le rodean. Fue un ejemplo de dignidad y bondad.

Genevieve se ha convertido en una beldad, como lo fue su madre. También es testaruda, audaz y, lo que más me tranquiliza, cariñosa y compasiva. Cuando la oigo hablar de sus sueños, recuerdo las palabras de Emerson: «No vayas por donde te lleve el camino. En cambio, ve por donde no hay camino y deja tu huella.» Estoy convencida de que mi sobrina abrirá no un camino, sino una avenida para las mujeres del mañana. Es fuerte, se enfrenta a los contratiempos con un temple admirable y tiene muy claro lo que desea hacer con su vida.

Su pasión son los aeroplanos, devora todo lo que publica la prensa acerca de las proezas de los hermanos Wright. Ayer noche, por no ir más lejos, declaró durante la cena que quiere aprender a pilotar un aeroplano en la escuela de aviación de Moisant en Nueva York. Creí que Cooper iba a sufrir una apoplejía. Me dio lástima, mi pobre Cooper, tan protector con ella, tan paternal, pero debería saber que cuando una mujer de esta familia se propone algo, no ceja hasta conseguirlo. Dormiríamos mucho más tranquilos si fuera una joven de temperamento más cauto, aun así hemos decidido dejarla elegir sus batallas.

Edwin es todo lo contrario a su hermana; es contemplativo, ama la lectura, tiene un marcado sentido artístico y siente una profunda debilidad por cualquier animal en apuros. Tenemos ocho gatos, cinco perros, gansos, patos, palomas, un cerdo, tres caballos y unos cuantos animales más. Casi todos recogidos por Edwin. Hace unas semanas metió en casa una mofeta. Ya te imagino riéndote, pero fue un suplicio. Durante al menos tres semanas el olor del animal impregnó las paredes, los muebles y hasta los techos. Por suerte la criatura se escapó y no hemos vuelto a verla.

De mi pequeño Edwin puedo decirte que todavía le veo como el niño que recogí de casa de sus padres: tímido y sediento de afecto. Mantiene con su tío Cooper largas conversaciones que me sorprenden por su madurez, le acompaña en sus viajes, pero no creo que tenga madera de empresario. En el día de Navidad le regalamos una cámara fotográfica, desde entonces no tenemos un momento de intimidad sin que Edwin aparezca cámara en mano. Me asombra la sensibilidad que transmiten sus retratos: la mirada soñadora de Genevieve mientras contempla el vuelo de una bandada de estorninos, el reflejo de un rayo de sol en mi cabello, a Cooper relajado acariciando el cabezón de Beasley, a tía Violette degustando una de las exquisitas galletas de la señora Potts. Cada escena transmite una emoción que me sobrecoge. Sin embargo, me preocupa que su corazón tierno no llegue a entender que en este mundo nada es blanco o negro, que existe una extensa gama de grises que aportan matices como en sus fotografías.

Cada noche rezo por él y su hermana para que hallen la felicidad que se merecen. Tú mismo sabes lo caprichosa que puede llegar a ser la vida. Nos regala y arrebata sin compasión lo que más nos importa, y pocas veces nos brinda una segunda oportunidad. A pesar de todas las adversidades que debimos superar, Cooper y yo fuimos unos afortunados. Aun así, ojalá mis niños no tengan que superar en el futuro tantos obstáculos como nosotros.

Algunas veces los observo en busca de un rastro de la debilidad de Reginal o del carácter indomable de Becky. Nunca sabremos la huella que dejaron en sus hijos, ni qué recuerdan de sus padres. Eran muy pequeños, Genevieve tenía siete años y Edwin unos cinco. ¿A esa edad la carencia de afecto puede marcar el carácter de una persona? ¿Quizá por eso Genevieve es tan independiente y Edwin tan dependiente de nosotros? Cuando sean mayores, cuando quieran formar su propia familia, sientan curiosidad o la necesidad de averiguar quiénes fueron Reginal y Becky, no me quedará más remedio que hablarles de sus padres. Temo ese momento porque me niego a mentir, pero no puedo arrojarles la verdad sobre lo que hicieron y cómo fueron.

No volvimos a saber nada de Fulton y creo que fue un acierto que se mantuviera lejos de los niños. Adele nos comunicó su muerte en el terremoto. Renegó de sus nietos y convirtió a uno de sus sobrinos en su heredero, un joven de la misma calaña que Fulton, según Adele.

Cooper y yo no gozamos de la alegría de la paternidad, por eso damos gracias a Dios cada día por haber puesto en nuestras manos a Genevieve y Edwin. Son lo único bueno que nos dejó mi familia. Por ellos nos superamos día tras día, nos esforzamos por ser mejores personas, y tomamos cada una de nuestras decisiones pensando solo en ellos.

En el verano de 1899 abandonamos la ciudad de Dawson después de que se descubriera oro en la playa de Nome. Nos marchamos como media ciudad, pero mientras todos corrían como locos hacia los nuevos yacimientos de Alaska, nosotros viajamos hasta Seattle después de vender las concesiones a una empresa minera. Desde entonces Cooper ha creado junto con otros tres socios una empresa de transporte y suministra material de minería en el Yukón y Alaska, ya que no solo son regiones ricas en oro, también abunda el carbón y el cobre, entre otros minerales.

Creo que nunca nos desvincularemos de aquella tierra, nos dio tanto y guardamos tantos recuerdos, que ocupa un lugar especial en nuestros corazones. Fue arriesgado regresar a Dawson con dos niños pequeños, pero los cuatro necesitábamos el aislamiento y el anonimato que brindaba el territorio del Yukón. Sus paisajes nevados nos ofrecieron paz sin chismorreos, dejamos atrás los recuerdos más aciagos. Cooper y yo nos casamos en el barco que nos llevó de vuelta al Yukón, fue una boda sencilla rodeados de los pasajeros y hoy en día sigo pensando que fue lo mejor. Aprendimos a vivir en familia, a ser padres de dos niños solitarios que desconfiaban de nosotros. No fue sencillo, llegué a dudar de mi capacidad como madre dado los antecedentes en mi familia, pero valió la pena cada paso que dimos hacia ellos. Ahora Genevieve y Edwin son el centro de nuestras vidas.

Después de los acontecimientos que sacudieron mi familia, perdóname si no entro en detalles pero doce años después me siguen produciendo un profundo desasosiego, me juré que jamás volvería a San Francisco. Con todo regresé en dos ocasiones: para el doloroso último adiós a Eric, y en otro momento más alegre, como el enlace de Willoby y Amalia. Me agradó compartir la felicidad de nuestros amigos, pero cada rincón me recordaba ese pasado que prefiero olvidar. Una ciudad no es responsable de lo que sucede en sus calles, pero no consigo pensar en San Francisco sin que mi padre o mi hermana se inmiscuyan en mi memoria. Puede que un día regrese si Genevieve o Edwin desean conocer la ciudad que les vio nacer. Entonces me enfrentaré a los fantasmas y, si es cierto que el tiempo todo lo cura, tal vez vuelva a disfrutar de aquella maravillosa metrópolis, con sus luces y sus sombras.

Unas dos o tres veces al año recibo noticias de mi madre. Se trasladó a Inglaterra en busca de paz y anonimato. Mis respuestas son cartas educadas pero carentes de sentimientos. No tuve oportunidad de conocerla; se fue tan lejos que el afecto no tuvo oportunidad de arraigar. ¿No se dice que no hay que perder la esperanza? Me aferro a esas palabras para darme ánimos cuando pienso en ella. Quizás un día, espero no demasiado lejano, tengamos la oportunidad de sentarnos juntas y hablar de cualquier cosa menos del pasado. No quiero despedirme de ella mirando una lápida. Vivió junto a un hombre mezquino y, para no sufrir, se aisló de los demás. No dejó que nadie la alcanzara, ni siquiera sus hijas. No fue la mejor decisión, pero no soy quién para juzgarla. Ahora sé que mi madre, Becky y yo fuimos víctimas de la locura de Gideon. Digo «locura» porque me niego a pensar que una persona en su sano juicio pueda causar tanto dolor a sus allegados.

Querido Aidan, tengo la satisfacción y el orgullo de comunicarte que logré realizar mi sueño: me aceptaron en la Escuela de Medicina para mujeres de María Zakrzewska en Boston, donde nos instalamos el tiempo que estuve estudiando. No lo habría conseguido sin la ayuda de tía Violette y de Cooper. Me licencié siendo la primera de mi promoción, después me especialicé en obstetricia y pediatría. No fue sencillo, mi condición de mujer casada fue un obstáculo, pero me comprometí con María y ella aceptó el reto.

Ahora administro mi propio dispensario dirigido a mujeres y niños, soy conocida en Seattle como la «doctora Mac». Amo mi trabajo, cada día disfruto de las alegrías que me brinda ayudar a mis pacientes. Y cuando, por desgracia, no puedo hacer nada, recuerdo las palabras de nuestro querido Eric: «Cuando dudes o creas que no haces lo suficiente, piensa en todos los que has salvado. Entonces entenderás que vale la pena seguir adelante.»

Es irónico que ahora que las mujeres han demostrado tener la misma capacidad que los hombres para estudiar cualquier carrera universitaria, nos enfrentemos al ostracismo de nuestros colegas de profesión. Me decepciona su intransigencia, su falta *de compañerismo. No entiendo la desconfianza que suscitan las mujeres médico, creo que hay sitio y pacientes suficientes para todos. Nuestro deber, seamos hombres o mujeres, es atender sin prejuicios a los que nos necesitan. Por desgracia el país sufre un nuevo brote conservadurista, el doctor Abraham Flexner ha emprendido una campaña que pretende prohibir a las mujeres el acceso a las escuelas de medicina. Me temo que no ganaremos esta batalla, son muchos los políticos, los médicos, incluso son muchas las mujeres que aprueban las intenciones de Flexner. Estas últimas son las que más me entristecen, mientras algunas mujeres luchan por conseguir mayores derechos, otras se muestran de manera incomprensible más intransigentes que sus padres y maridos. Ignoro qué sucederá en el futuro con las escuelas de Elizabeth Blackwell o María Zakrzewska, pero si un día fuimos capaces de derribar los muros de la intolerancia, lo lograremos una segunda vez.*

La próxima primavera viajaremos a Irlanda, donde se estableció Patrick O'Neil, el antiguo socio de Cooper en el Yukón. Nuestro amigo contraerá matrimonio con una joven lugareña en mayo. Luego viajaremos a Devonshire para hacer realidad esa esperada conversación con Ellen. Quizá, querido Aidan, podamos en algún momento de dicho viaje organizar un reencuentro en Londres y contarnos más detalles de nuestras vidas. Admito que me puede la curiosidad y ardo en deseos de conocer a la nueva condesa de Annandale.

Me dejo muchos detalles, pero creo que te he contado lo más importante.

Una vez más, mi más sincera enhorabuena por tu matrimonio con Imogen. Transmítele nuestro más sincero afecto. En cuanto a ti, querido amigo, te deseo todo lo bueno que una persona tan maravillosa como tú se merece.

Afectuosamente,

LILIANNE MACKENNA

Dejó la pluma estilográfica sobre la mesa y se quitó las gafas. Estaba cansada, había trabajado todo el día en su dispensario y anhelaba un baño. Melissa entró en el salón cargada con una bandeja que dejó a su lado.

—Un té azucarado, lo manda la señora Potts.

—Agradéceselo de mi parte, pero deberíais estar disfrutando de vuestra noche libre.

—Ahora mismo, señora. Esta noche vamos a casa de mi amiga Tracy, vive a dos calles de aquí. Jugaremos unas partidas de faro.

—Me cuesta imaginar a la señora Potts jugando al faro.

Melissa soltó una risita antes de servir una taza de té.

—¿Necesita algo más?

Lilianne sonrió.

—No, iros cuanto antes. Las calles están heladas, id con cuidado.

—Sí, señora.

Una vez sola, se tomó el té con calma. No era frecuente tener la casa para ella sola. Violette y los niños habían asistido a una fiesta de cumpleaños, pero la nevada de esa tarde dificultaba el regreso. Una hora antes habían avisado a Lilianne que se quedaban a dormir en casa de la anfitriona. En cuanto a Cooper, esperaba su regreso, aunque ignoraba a qué hora ya que llevaba dos días negociando con un nuevo cliente.

Caminó hasta una pequeña mesa redonda donde había colocado una serie de fotografías. En una de ellas, Lilianne aparecía junto al doctor Sullivan delante de la consulta en Dawson; en otra, Amalia y Willoby posaban muy erguidos, solemnes y rodeados de los pequeños el día de su boda; justo al lado había una fotografía sacada en Mackenna Creek. Los cuatro socios miraban fijamente a la cámara: Paddy, Cooper, Belinda y ella. En primera fila estaban los niños, tan pequeños por aquel entonces. Las miró todas: la de Eric unos días antes de despedirse de Lilianne al final del verano del 1898, otra de toda la familia Vitale tomada en San Diego. La fotografía que había devuelto a Cooper a Lilianne también se hallaba ahí, arrugada, un poco estropeada, pero cada vez que la miraba le devolvía el recuerdo del hombre indomable que un día había sido. Y detrás de todos, el retrato de su padre dominaba todos esos recuerdos. Sonrió al rostro pecoso. Los primeros meses se había atormentado por ese padre que no había conocido, pero el tiempo había apaciguado su ira, su decepción, su frustración. Soltó un suspiro.

—¿Dónde está la doctora Mac?

Se rio al reconocer la característica manera de Cooper de anunciar su llegada. Había sido el primero en llamarla así y desde entonces, cada vez que llegaba a casa, soltaba lo que tuviese en las manos y se reunía con ella con la misma pregunta.

—En el salón —contesto riéndose.

En cuanto entró en el salón, ella se dio la vuelta dispuesta a darle un abrazo, pero al ver su rostro, se quedó con la boca abierta.

—¿Qué te ha ocurrido?

Cooper hizo una mueca al tiempo que se llevaba una mano al pómulo hinchado. Se tocó el pequeño corte.

—No es nada, hemos celebrado a nuestra manera el fin de las negociaciones.

—Y habéis ido a ese club de boxeo.

Lilianne valoró la pequeña herida así como la zona amoratada. No era preocupante, le había visto en peores condiciones, pero le trató con sumo cuidado mientras chasqueaba la lengua en señal de desaprobación. Se había cortado el pelo muchos años atrás y ya no llevaba barba, pero para Lilianne seguía siendo el indomable minero del Yukón.

—No puedo creer que sigáis comportándoos como niños. ¿Es que no podéis celebrar algo sin daros puñetazos?

Cooper se encogió de hombros. Había sido idea de Adam; Zack, Caleb y Cooper, junto a Gustaf, se habían dejado tentar. Las negociaciones habían sido duras y largas y todos habían agradecido desahogarse después de tantas horas encerrados en un despacho. A pesar de los años transcurridos, echaban de menos algunas cosas de su pasado y una buena pelea no les asustaba.

—Es divertido ver a Gustaf dando saltitos con la ridícula ropa que se pone. Parece ir en calzones.

Se rio por lo bajo ignorando los pinchazos en el pómulo.

—Sois incorregibles. Espero que te hayas vendado las manos.

Le estudió los nudillos ligeramente inflamados. Meneó la cabeza.

—Estoy bien, te lo aseguro. —La envolvió con sus brazos—. Pero si quieres mimarme, te diré que me duele mucho aquí —dijo señalándose los labios.

Ella se puso de puntillas para depositar un beso ligero justo donde le había indicado. Cooper siguió con sus quejas entre risas y ella le hizo caso hasta llegar a la oreja izquierda.

—Estamos solos, señor Mackenna —le susurró—. Tenemos la casa para nosotros.

Cooper se quedó quieto. Lilianne se preguntó si algún golpe le habría afectado el oído. De repente se la echó al hombro emitiendo un gruñido.

—¿Y por qué no me lo has dicho antes? —exclamó mientras subía las escaleras de dos en dos.

Lilianne se reía y le reñía que la dejara en el suelo, todo a la vez, lo que produjo una cacofonía que Cooper ignoró. Una vez en el dormitorio que compartían, la dejó en el suelo y le envolvió en rostro entre las manos.

—Doctora Mac, necesito un reconocimiento exhaustivo, minucioso, concienzudo. Me duele desde los dedos de los pies hasta la raíz del pelo. No se olvide de ningún rincón.

Lilianne no podía detener las carcajadas.

—Menudo canalla estás hecho. Vuelves a casa con media cara morada y ahora quieres que te mime.

Cooper apoyó la frente en la de Lilianne.

—Si la doctora está cansada, puedo ponerme en su lugar —le susurró un instante antes de soltarle el moño—. He tenido una buena maestra y le aseguro, *madame*, que sé distinguir el dedo gordo del pie de la nariz.

Deslizó las manos por los costados de Lilianne, feliz de no

toparse con un rígido corsé. Su distinguida esposa había emprendido una cruzada contra esa prenda y daba el ejemplo usando unos
escandalosos *bustiers*. Y Cooper se relamía cada vez que la tenía
entre sus brazos, tan suave y flexible.

—Doctora Mac, ¿no llevas corsé? —Chasqueó la lengua en
señal de censura, pero regodeándose como un gato al acecho de su
presa—. Tienes suerte de no haber nacido un siglo antes, te habrían
quemado en una hoguera por ser tan desvergonzada...

Se rieron a la vez. La risa se desvaneció al cabo de unos segundos. El deseo se apoderó de los dos, se besaron y el sabor de ambos
les nubló los sentidos. Sus cuerpos se acoplaron en un baile que
habían compartido cientos de veces. Nunca se saciaban, nunca
tenían suficiente de sus labios, de sus cuerpos.

Cooper la llevó junto a la chimenea y la desnudó lentamente.
Disfrutaba de cada centímetro de piel que desvelaba, de su belleza.
La tumbó sobre una gruesa manta de piel de oso y la amó como
solo sabía hacer: con toda su alma.

Dos horas después Lilianne contemplaba a Cooper dormido.
La escasa luz de las llamas de la chimenea le dibujaba el contorno
del rostro. No se cansaba de mirarlo, sobre todo cuando dormía,
cuando se relajaba del todo, cuando más vulnerable era.

Pensó en todo lo que habían vivido juntos y separados y en el
amor que nunca se había apagado, incluso cuando lo habían creído
perdido. El recuerdo de aquel verano de 1898 regresó a su mente,
la carta de Aidan había reavivado el pasado. Durante unos meses
había conocido todas las facetas del amor, del más generoso al más
destructivo. El generoso había sido el de Sofia y Giuseppe, el de
Eric por sus pacientes, el de Paddy y sus gruñidos enternecedores,
el incondicional de Violette, siempre reconfortante. Por desgracia había visto las consecuencias de la otra cara del amor. Lashka
se había tirado de cabeza hacia su final. Cora se había dejado llevar
por la codicia y la venganza. El de Ellen había sido reprimido por
miedo a sufrir. A Aidan se lo había arrebatado una larga enfermedad. El amor de Becky había sido el más dramático, se había refugiado en ella misma sin hallar la paz que le había sido robada

siendo muy joven, y en el camino había arrastrado a Reginal hasta la locura. El que más la atormentaba era el amor enfermizo de Gideon.

Alejó de inmediato el recuerdo de ese hombre. Le aliviaba pensar que no había sido su padre. Prefirió centrarse en Cooper, en su vida juntos, en sus niños y en su trabajo. Recostó la cabeza contra el hombro de su marido y se subió la manta hasta la barbilla. Se dedicó a mirar la nieve que volvía a caer al otro lado de la ventana. Quería saborear ese momento de paz y felicidad. Mañana sería otro día y, como siempre había hecho hasta entonces, se enfrentaría a ello con ánimo, siempre que tuviese a su lado a Cooper.

Agradecimientos

Escribir *Bajo el sol de medianoche* ha sido una aventura apasionante: primero me enamoré del contexto, perdí la cuenta de las horas que pasé buceando por archivos y bibliotecas; después nació la pareja protagonista: Cooper y Lilianne me acompañaron día y noche sin descanso, inmiscuyéndose incluso en mis sueños. Al cabo de muchos muchos meses, llegó el momento de escribir la última palabra con algo parecido a la nostalgia que acompaña el final de todo viaje. Aunque escribir conlleva pasar innumerables horas a solas, tengo que agradecer haber tenido a tanta gente a mi lado cuando el ánimo o las fuerzas flaqueaban.

A Patricia Jurado, por su eterna presencia desde el principio, incluso en la lejanía.

A Patricia Rodríguez Quirós, por esas eternas conversaciones hablando de todo menos de lo que estaba escribiendo. Fueron el descanso que muchas veces necesitaba.

A Lidia Cantarero, por ser todo lo contrario. Por ser mi acicate para seguir adelante. Por tu constante buen ánimo y por esa chica sentada delante de una cabaña esperando lo inevitable. Esa imagen me acompañó durante meses; la miraba y veía a Lilianne.

A mi compañera de letras y amiga, Amber Lake. Un café siempre sienta bien, pero contigo se convierte en algo glorioso. Gracias por las risas y los momentos de consuelo cuando todo se tornaba demasiado complicado.

A Mari Carmen Sierra Blanc y Carmen García Cases, por las charlas, por escuchar pacientemente, por los paseos, por vuestra amistad.

Hay una réplica de un personaje que saqué de una conversación con Carlos Campoy. Si bien puede dar lugar a caras de sorpresa, fue todo muy inocente: una noche de verano en el patio de Paco con veinte personas alrededor y una copa de vino en la mano. Gracias por ese: «Me han dicho que la primera vez duele, la segunda escuece y la tercera apetece.» Ya sabes que todo lo que se dice delante de alguien que tiene la manía de escribir puede ser reproducido en un contexto totalmente diferente.

Y, por supuesto, a mi marido y a mi hija Fanny, que entienden mis silencios, mis ausencias, incluso cuando estoy en la misma estancia que ellos, pero perdida en una escena.

Finalmente, a Ediciones B por confiar una vez más en mí.

OTROS TÍTULOS DE LA COLECCIÓN

De Inglaterra a Virginia

ALEXANDRA MARTIN FYNN

Anne McLeod, la hija de un barón inglés, ha cambiado sus vestidos y joyas por una falda, botas y sombrero. Montada en su caballo recorre incansablemente los campos que ha heredado en la lejana Virginia.

Motivada por una decepción amorosa, y a pesar de la reticencia de su padre, ha dejado Inglaterra para emprender la mayor aventura de su vida: hacerse cargo del magnífico rancho Eaglethorne. La posesión de la propiedad supone enormes desafíos para su dueña, incluyendo un oscuro misterio que rodea al poco fiable administrador. En su viaje, conoce a Harrison Bradley, un criador de caballos de aspecto rústico, muy diferente de los caballeros con los que ha tratado hasta el momento. Pese a los desencuentros que se producen entre ambos, por provenir de mundos muy diferentes, la joven ve tambalear su decisión de no volver a caer en las trampas del amor.

De *Inglaterra a Virginia* es una novela plena de heroísmo y romance, que describe la vida en una plantación en Norteamérica a fines del siglo XVIII y la primera entrega de una serie histórica que retrata la vida de los miembros de la familia McLeod.

Trazos secretos

DÍAZ DE TUESTA

Richard Arlington abandonó el Servicio Secreto inglés cuando tuvo que asumir el título de duque tras la muerte de su hermano mayor. No echaba de menos esa vida ni deseaba volver a ella, pero cuando su hermano menor, Charles, es asesinado, no le queda más remedio que hacerlo. Charles murió mientras investigaba la posibilidad de que un pintor español fuese «la Sombra», uno de los espías más activos y sanguinarios de los últimos tiempos. Richard deberá descubrir la verdad, a pesar de su relación con Ana, la hija del pintor, a la que conoció en Madrid varios años antes y a la que nunca ha olvidado... Por su parte, la vida de Ana nunca fue fácil. De familia humilde, el ascenso de su talentoso padre en una corte española socavada por las intrigas, solo les deparó problemas. Conoció a Richard en un momento difícil, cuando tenía el corazón roto por su primer amor. Luego, ya no pudo apartarlo de sus pensamientos.

El reencuentro de ambos y los sucesos siguientes envueltos en un entramado de pasiones, intrigas, sospechas y reproches, será el principio de un camino largo, complicado y oscuro.

Sin embargo, no se puede luchar contra los impulsos del corazón.

Sombras del ocaso

MIRANDA KELLAWAY

Irlanda, 1893. Después de toda una vida lejos de la patria de sus antepasados, Benjamin Young regresa con la única intención de dar caza a una mujer por la cual, cinco años atrás, estuvo a punto de ser ejecutado por un crimen que no cometió. Natalie Lefèvre, una prófuga exiliada de su país natal, será su objetivo, aunque no contará con que su reencuentro despertará pasiones dormidas y nefastos recuerdos, que le conducirán a conocer a su propio corazón y a verse envuelto en la magia y los conflictos políticos de una isla que lucha ardorosamente con el Reino Unido por su independencia.

Además, ambos deberán enfrentarse a un férreo enemigo de Natalie cuyo rencor, engendrado por la sombra de un antiguo secreto, les enseñará que las apariencias solo son la punta de un iceberg sumergido en un mar de engaños. La verdad es algo que, en ocasiones, no puede reconstruirse más que con las diferentes versiones que existen de una misma historia.